生存之路

上册

程介平 著

天津出版传媒集团
百花文艺出版社

图书在版编目（CIP）数据

生存之路．上册 / 程介平著．-- 天津 ：百花文艺出版社，2024.6
ISBN 978-7-5306-8729-1

Ⅰ．①生… Ⅱ．①程… Ⅲ．①长篇小说－中国－当代 Ⅳ．①I247.5

中国国家版本馆 CIP 数据核字（2024）第 088876 号

生存之路 上册

SHENGCUN ZHI LU SHANGCE

程介平 著

出 版 人：薛印胜　　**责任编辑：**张 雪
装帧设计：任 彤 刘昌凤　**特约编辑：**韩玉龙
出版发行：百花文艺出版社
地址：天津市和平区西康路 35 号　**邮编：**300051
电话传真：+86-22-23332651（发行部）
+86-22-23332656（总编室）
+86-22-23332478（邮购部）
网址：http://www.baihuawenyi.com
印刷：三河市元兴印务有限公司
开本：880 毫米 ×1230 毫米 1/32
字数：238 千字
印张：10.625
版次：2024 年 6 月第 1 版
印次：2024 年 6 月第 1 次印刷
定价：128.00 元（全二册）

如有印装质量问题，请与三河市元兴印务有限公司联系调换
地址：河北省廊坊市三河市黄土庄镇尚庄子村
电话：0316-3180002
邮编：072750

我以极大的热情来写这部小说，在为这部小说画上最后一个句号之际，我感到书中的人物都活了，他们一个个朝我走来，向我诉说他们的悲苦与幸福，我常常被他们的故事感动得泪流满面。我觉得我是有使命写这部小说的。如果有人问我，这部小说写了什么？我会说，就写了一个字——“爱”。

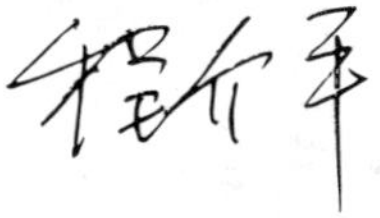

◎自 序

六十七年前，我在我家一张红木大床上呱呱坠落。我的母亲也同样生于斯,和在这里入赘的我的父亲养育了六个子女。我的老爹(爷爷)是弄堂里第一家住户，并在那里迎娶我的老奶，他们在一起度过了一整个甲子的光阴，直至辞世。我的整个童年、少年及青年时期都在这幢石库门里，生活了将近四十年，因此对石库门有着深厚的感情。

读书的时候我喜欢抄书，但只抄过一本书，也从未抄完。因为我纠结于字写得不漂亮，常常是写一页撕一页，本子撕得散落了，书还是没抄完。二十年前,我有了一台电脑,想到自己的字可以变成印刷体,我便大大地兴奋起来，以在电脑里打字为乐。也因此萌生了一个想法：创作一部有关石库门的市井小说。七年前，我开始付诸实践，写了一些石库门里的人物故事，并陆续在《新民晚报》上发表。突如其来的疫情限制了我的外出，却为我提供了一个全新的创作契机，这部小说便成型于那个期间。在动笔之前，我犹豫了很长一段时间，生怕自己写不出这样一部小说来，是已故文友周伟民老师的鼓励，才使我坚持下来，写好这部小说。他说："你行！你有生活的经历，一定能够写好的！"

于是开弓没有回头箭。

在我幼年的记忆里，经常听到老爹讲房东阿海的故事，说他是个大好人。我不知道做裁缝的老爹怎么会和资本家阿海成为好朋友的。似乎我们的弄堂里，阶层之间的分割是不甚明显的，邻居隔壁之间也十分和谐，今天吵过明天就好，照旧是在涮马桶的声音中醒来，在听着邻居咳嗽声、摇蒲扇的交响中睡去。

弄堂对面是一家室内菜场，菜场和弄堂之间隔一条小马路。最早的路是弹格路，乡下酱作坊的马车和装满新鲜蔬菜的大板车，给酱油店、给菜场送货，都要经过一段有坡度的路，上坡十分困难。弄堂里的人，见了都会相帮推车，也会顺走一根萝卜、一只山芋。后来小马路变成了柏油路，坡度也整平了。于是，响着铃铛的马车不来了，大板车也不见了，都用卡车送货了。

弄堂底有一家纸头厂，据说厂里藏着一个帮助小孩读书开智的白胡子老公公——一个助人的好鬼，每天夜晚会出现在厂里。这种无厘头故事留给童年的我许多既欢快又惊悚的回忆。八号里的“长脚”会说书，大伙晚饭饭碗一放就争着去八号里亭子间听他说书，一本两三千字的《血泪塘》，他说了一两个月都没说完，将孩子们的胃口吊足。弄堂后面有一幢在二十世纪二三十年代就使用上煤气的有院子有铁栅门的漂亮安静的小洋房，小洋房里居住着神秘的邻居。听母亲说，小洋房在抗战时期被日寇侵占，做过日军宪兵司令部。

如今，弄堂老屋，还有那幢神秘的小洋房都已不复存在，取而代之的是一幢幢高楼大厦。小马路也成了一条十分漂亮的沥青路，还画上了黄白交通标志线。路仍狭窄，半个多世纪以来几乎没有拓宽，但路修平整了，大型卡车都能通过。因此，我对它又有点陌生了。

阿海造了两条弄堂，我们在他造的房子里生活，然后上海就从一个滩涂渔村发展起来了。我想，这就是上海发展的缩影吧！

这里的石库门完全没有“上只角”石库门那样的洋气，但是弄堂里的故事一样精彩——阿海打造的弄堂又短又窄，是不是阿海过于精明，要在有限的土地上造出更多的房子来赚更多的租金？我不得而知。然而，多少年来，老一辈人在汹涌变幻的时代大潮中，起伏沉浮，永不停息、永不言败的奋斗精神是刻在石头门楣上的。周伟民老师用“打不死的小强”来比喻这一代人，我深以为然。他说，要么不写石库门，要写，就要写“打不死的小强”。正是有了他们、有了这种百折不屈的斗志，才使我们的文化得以传承、我们的民族屹立于世界五千年不倒。

我老爹是个斗大的字不识一个的手艺人，他会说很多故事。例如太平天国、小刀会，又如“一年不打仗”东洋人掼炸弹（上海本地人的口音，一·二八打仗听上去就是“一年不打仗”），他在广福死里逃生的故事。这个故事他反反复复和我说了无数遍。再后来，在2015年，我有幸和上海本土作家郑自华老师采访一位宝山罗店出生的海归实业家。他告诉我们，时至今日，在农耕时仍会耙出死于日寇战火的白骨。我很震惊。而对于那一段历史，在我们的文学作品里出现得少之又少。当我查阅了许多资料，对那一段历史有了比较多的认识后，便着手写作了。

祖辈们生活的那个时代，我有幸深入了解，并深感其独特魅力。我常常感觉到祖辈们的生命是有浓度的，在他们身上凝聚着一种激发人的斗志、激励人们向前看的“能量”。他们的经历不仅是他们自身的写照，更是上海这座历史悠久的城市的缩影。正是这些平凡的灵魂和普通的人生，支撑起城市的传奇，积累了城市的厚重。我觉得我是有使命的，要去写这样一部小说。如果我不写，我觉得这辈子白活了。我希望通过我的文字，让更多的人了解那个时代，感受那个时代的魅力，并从中汲取力量与智慧。

小说将上海开埠初始到中国人民抵御外侮赶走外国殖民者，在共产党的领导下获得新生这一段汹涌澎湃的、光辉的岁月真实地再现在读者面前。我深爱小说中的角色和故事，他们大多来源于我对现实生活的敏锐观察。这些故事既有真实事件的影子，也有我天马行空的想象。我总是信手拈来我周围发生过的事作为写作材料，几乎没有主观评述，而是让角色通过情节展开说话。这种写作方法带来一种非常有趣的结局是：它十分真实，烟火气十足。因此，我称这部小说为“沪式物语”。我以极大的热情来写这部小说，常常夜不成眠。我默默地读着我自己写的一字一句，常常会为书中人物的命运而感慨，而唏嘘，而共鸣，被自己塑造的人物和情节感动得流下眼泪。我用满腔的热情和笔触，写出了一部值得我写的作品。这部作品是我主动地从生活中采集到的一朵文学小花。如果读者读了小说也能泪流满面，我的创作便算是成功了。

作者记于2023年4月清明

目 / 录

●上册

●下册

主要人物列表

（按人物关系和出场次序）

李善仁——李家大院财主。李大人远亲。中年得子，庚子家变，举家南迁，因劳心而死。

李夫人——李善仁之妻，死于日寇炮火。

李小娘子——李善仁妾，和管家私奔，死于清风寨强盗奸杀。

金相玉——李家大院管家，又名秦无争，与李小娘子有染，死于清风寨强盗之手。

马辰龙——即李祥龢，李善仁与李小娘子所生之子，后参加革命。

李祥海——李善仁与李夫人之子，“一街两坊”缔造者，同情革命，与陈小姐育有一子李瑞申。

吴　妈——李府下人，赵大的姨娘，阿毛娘子的养母。

牛老四——李家家丁，与吴妈相好，死于日寇炮火。

老鲁、王二、马三——李家家丁，死于李家庚子劫难。

赵　大——李家家丁，又名赵大牙，吴妈的外甥，娶沈姑娘为妻。

赵大祥车行老板，后加入义勇军参加抗日。

张先生——张家医堂中医。

张厚朴——张先生三子，巴渝号巡洋舰舰长，解放战争时率舰起义。

张厚淳——张先生次子，国军军调局处长，为救张厚朴而牺牲。

张家姑娘——张先生之女，嫁与福生为妻。

铁　头——黄河捞尸人，水鬼兄弟老大，被清风寨强盗所杀。

铁头媳妇——铁头的妻子，被强盗掳上清风寨做压寨夫人，被救回后自杀。

方宗明——黄河捞尸人，水鬼兄弟老二，后参加革命。

陈英文、陈英武——水鬼兄弟老三和老四，死于军阀混战。

万中秀——万团长，水鬼兄弟老幺，任北伐军团长，镇压工人起义。

衙门老爷——官员，感恩于铁头捞得其子尸首，帮助铁头开客栈。

郭阴阳——风水先生。

史密斯——英国商人，李祥海的外文老师。

沈老板——沙船大王，李善仁之世交。

福　生——沈老板之子，李祥海的同学，中华人民共和国成立前夕移居香港。

沈姑娘——沈老板之女，嫁给赵大为妻，不久病死。

乡　长——广福乡贤。

老　蔡——赵大祥车行车夫，参与盗窃日寇军火被日本人抓获后叛变。娶凉茶为妻，后自杀。

红莲女——秦淮船女，与老蔡同居生有一子小蔡，与金少爷私奔、结婚。后跳河自杀。

宋巧儿——广福寡妇，金家佣人，为金少爷生有双胞胎儿子。

金少爷——有钱人家少爷、汉奸，拐走老蔡的女人，霸占佣人宋巧儿，日本鬼子投降后被镇压。

凉　茶——姓石，名凉茶。寡妇，大众食堂打工女，嫁给老蔡为妻。

陈三虎——清风寨强盗大王。

一枝花——陈三虎的三姨太。

大保、二保、小保——三保兄弟，清风寨强盗。

马木匠——岸滩老木匠，马辰龙的养父。

林　容——革命军首领，死于清廷刽子手。

林氏媳妇——林容妻子，死于难产，遗一子林阿毛。

眼镜先生——革命者。

王本华——革命者。

阿　毛——林阿毛，林容的遗腹子，娶吴妈女儿为妻。

阿毛娘子——吴妈之养女，嫁给阿毛为妻，彪悍小脚女。

张五义、张王氏——阿毛养父母。死于灾荒。

老　杜——地下党，组织偷盗日寇军火，后参加游击队。

武　田——日本间谍。

美智子——日本间谍。

陈老板——陈氏纱厂老板，民族资本家的进步分子。娶法国女子为妻，后郁愤而死。

陈太太——出生于法国，留学俄罗斯，陈老板之妻，与陈老板育有一女陈小姐。

陈小姐——陈老板之女，中法混血儿，地下党、红军战士，与李祥海有一子李瑞申。在反“围剿”战役中牺牲。

陆公子——纨绔子弟，陆监察之子。

陆监察——陆公子之父，与美智子有染。

捕　头——巡捕房捕头。

赵先生——大中国饭店厨师，陈太太后夫。

李瑞申——陈小姐与李祥海之子。

董牧师——地下党。

弄草儿——又名牡丹，误入青楼，后为朱家童养媳，头婚嫁与朱傻，二婚嫁与二瘸，三婚嫁与李祥海。

子　良——牡丹表姐，暗娼。

王道士——兵痞、假道士。

朱大爷——广福富农，有二子，一傻二瘸，收养弄草儿为童养媳，死于日寇炮火。

朱傻、二瘸——朱大爷儿子，先后娶弄草儿为妻。

来　娜——林阿毛大女儿。嫁给国军少校张厚朴为妻。

来弟、来萍——阿毛的二女儿、三女儿。

来　福——阿毛养子。

运粪大妈——“一街两坊”运粪工，为帮助老杜偷运军火而牺牲。

秦先生、张大姐、阿庆婆——“一街两坊”的邻居。

杨营长——国军营长，抗日英雄。

小山东——解放军连长、指导员，解放上海的功臣。

·第一篇·

事起苍黄

一百多年前，义和团扶清灭洋，八国联军犯京，皇太后仓皇出逃，陷国人于水火不顾。总理大臣李大人奉旨剿杀义和团，与洋人签下一系列丧权辱国的条约。在一场苍黄翻覆的动乱之后，冀鲁大地终于迎来了一丝太平迹象。

一条大河在群山间逶迤盘桓，经天津、跨海河，来到冀鲁平原，与东、西、北三个方向而来的三条河流交汇后向南流去。时值冬天，河面结了一层薄冰，泛着白光，岸边的树上挂满了似雪非雪的雾凇。如果站在高处朝河流望去，河流蜿蜒曲折，犹如四位窈窕美女在洁白的天鹅绒上翩翩起舞。古人认为山水皆有灵性，喜欢把名川大山比作令人仰慕的山神河仙，自古以来，横亘在冀鲁大地的这四条古老的河流就叫作四仙河。四条河交汇的地方，有一座村庄叫作四仙村，这里水路通达，北连京城，南接苏杭，物产丰富。虽经战火多次侵扰，但土地肥沃，人民勤劳，很快就又恢复了生机。

庚子年未过，辛丑年临近，村巷里家家户户都忙着贴囍字，把旧年的春联撕下来焚烧、扬弃掉，向上苍讨取新年兴旺发达的希望。已是傍晚，田野里仍不断有零零星星的鞭炮声，碎纸片随风飘摇，升往天空。远处，一匹高大威武的红鬃马沿着弯弯曲曲的土路飞奔而来，马蹄卷起阵阵尘土，使一人一骑看起来像是从尘土中飞出一支离弦的箭。挥鞭催马的是四仙村李家大院的管家金相玉，他年前受李老爷委派去往州城办事，如今办完事心急火燎地往回赶。四仙村方圆十里，村外是一望无际的麦田，麦田尽头有一座土坡。金相玉驱马爬上土坡，在马背上向前方眺望。前方的四仙村仿佛一位佳人，袅袅娜娜向他颔首而笑，迎接他回家。他策马下坡，远远地望见了那座熟悉的深宅大院。大院被小河环绕，四面围着一人多高的院墙，缕缕青烟从院墙内青灰的屋顶上、翘起的飞檐下袅袅而起，它就是李家大院。此刻，李家大院正在操办喜宴。

李家大院的老爷是远近闻名的财主李善仁，李善仁是总理大臣的宗亲族人，本是江南徽州人氏，早年李家随李大人迁职而迁居于此。在李大人的庇荫下，李家替总理衙门来往于上海操办兵工军务，兼官盐私酒、丝茶田畜，无不涉足，到了李善仁手上已成富甲一方的大财主。其待人仁义，常开仓济贫，人称李善人，然年过四十膝下无子。去年初秋，年逾四十的李善仁在夫人怂恿下娶了个落难人家的大小姐做妾，唤作李小娘子。李小娘子长得面如满月，目如银星，待人接物八面玲珑，俨然公主小姐，又十分乖巧。去年腊月，李小娘子诞下一男婴，阖家欢喜。李善仁给孩子起名叫祥龢，寓意祥和安定。他感谢老天爷眷顾，又逢新年来临，故此在李家大院设下筵席，杀年猪宴请四方宾客、邻里乡亲，款待家丁仆人，吃团圆饭辞旧迎新。

金相玉风尘仆仆地牵马走进院子。李善仁一颗心方才落地，在廊下招呼道："回来了？路上可好走？"金相玉答道："路上好走，办事不太顺。原先的银号，不知何故掌柜的换了人，须要交涉，以至于耽搁了时日，害老爷操心了！"李善仁说："都等着你回家呢！平安归来即好，这个年头诸事不顺，须格外小心。"说罢，招手叫来家丁牛老四，将马匹牵去后院马厩。金相玉与李善仁、李夫人、李小娘子一一见过，随李善仁来到账房，从随身褡袱里取出一大沓银票，交予李善仁，将州城之行一一交代完毕，又随李善仁回到庭院。庭院里已摆开酒席，乡亲们都已入座。金相玉拍了拍大手，放开喉咙唱起《过年歌》："今天二十八，明天二十九，后天三十晚上了……"众人齐唱："家家把门关，大家过年了，依得勒喂哟嗬，喂得勒依哟嗬，家家把门关哟，过年了……"一众人从傍晚吃到月上树梢才散。

打更的已敲过二更，李府上下仍旧灯烛高烧。宾客中，大人们酒足饭饱后散去，只剩下顽皮孩童不肯离去，哄闹着要看祭灶神。冀鲁习俗，每年卅午夜要祭灶神爷，借以寄托辟邪除灾新年安康的美好愿望。管家端来饴糖，一家人围坐客堂，待李夫人上堂做糖元宝，午夜要派用场。李夫人因见时辰尚早，在李小娘子房中侍弄婴儿。李小娘子嫁入李家十个月不到，不负众望，为李家诞下祥龢。李夫人与她姐妹相称，有事无事总要到李小娘子房里来坐坐，和李小娘子说话。见婴孩可爱，在李小娘子房中待了一个时辰，聊了些老爷的脾性嗜好、起居习惯和李家的规矩等等杂事，听见敲过二更，起身去灶房。在灶房里向了一会儿火，这才净了手来到客堂。帮厨的吴妈早已在八仙桌上摆开四张簸箕，八只海碗。李夫人款款走来，撩起棉袍在八仙桌边坐下，从海碗里取一团黏糊糊的饴糖，在手心里搓捏几下，将饴糖捏成元宝模样，摆在簸箕里。众人都学着样，恭恭敬敬捏起糖元宝，小心翼翼在簸箕里码放齐整。

院子里，红灯高挂，寒气逼人，左邻右舍的孩子们仍在院子里乱窜，他们一年到头吃不到几回甜食，满心盼着午夜来临，祭过灶神后就可以吃糖元宝。

李善仁穿一袭貂毛大氅，口中呼出白气，要个人闹气旺，不顾天寒地冻，兴致勃勃地在院子里哄孩子们开心，说吃了祭过灶神的糖元宝，来年可以长新牙。拖着鼻涕的孩子们信以为真，围着李善仁求解："给灶神爷爷吃糖元宝也是让灶神爷爷长牙齿吗？"李善仁笑得合不拢嘴，继续逗孩子："那可不是，给灶神爷爷吃糖元宝，是要把他的嘴巴粘住，不让他在玉皇大帝面前说你们坏话。要是你们不听话，被灶神爷爷说了坏话，玉皇大帝就要把你们抓了去。"孩子们却并不怕，强撑起打架的眼皮说："玉皇大帝长啥模样，长得像不像爷爷？"孩子们管李善仁叫爷爷，其实李善仁年岁并不大，只是胡须已花白，孩子才满月就被称作爷爷，却也眉开眼笑，拉起孩子在院子里玩老鹰捉小鸡的游戏。

李夫人在客堂里捏了一会儿糖元宝，看看时辰已不早，便歇了手。吴妈端来温水让李夫人洗了手，李夫人起身来到院子里，见李善仁围着孩子转，忍不住嘀咕道："老大不小的没正经，也不怕闪了腰！"这时，李小娘子也已下了楼，紧随李夫人来到堂前，拱手欠身道："请老爷。"孩子们一哄而散，李善仁张开臂膀扮作老鹰，连忙扯住孩子叫他们别走，还没吃糖元宝呢！孩子们重新围拢来，一个扯着一个的衣衫，躲在他身后，像龙的尾巴一会儿甩到东一会儿甩到西，李善仁忙前忙后，终于捉住了领头的："来，来，跟爷爷去吃糖元宝。"说着满面堆笑，随夫人去灶房。李小娘子身着大红棉袍，迈动小脚，屁股一扭一扭地搀扶着李善仁说："老爷，你一年到头不来灶房一次，脚下生疏，小心缓行。"李善仁满心欢喜，家人、管家一众人等跟随，簇拥着走进灶房。孩子们也悄悄来到灶房外，探头张望。

灶台上摆上了鸡鸭鱼肉、酒茶蔬果之类的供品，灶台下堆着纸糊的神马。李善仁往灶台上又添了几盘蔬果，象征性地上了供，吩咐夫人小心守护，不要让粗粝秽物上灶台，家禽羽毛及自身毛发都不能沾边。不一会儿，看看时辰已到，领家人向灶壁神龛跪下，磕头祭拜，然后焚烧香表，依次斟酒磕头。最后，家丁老鲁递上一只大公鸡，李善仁接过，那公鸡便梗直颈骨高声啼叫起来。李善仁连忙拢在怀里，管家又递上新酿的米酒，李善仁伸出三根指头蘸了蘸，淋于鸡头之上，嘴里念念有词，突然高喊一声"起"！鸡头扑棱有声。李善仁大喜，那鸡是灶神爷所乘之马，鸡有声是神已领情之象，连忙拱手再拜，磕谢再三。祭神完毕，管家领着，再去后院祭祖。

一应事毕，老鲁揭下纸糊的神马，用竹轿草马焚送门外。院内的孩子单等这一刻到来，一哄而上，瞬间将灶台上的糖元宝抢了个精光。李善仁站在门边上，拿烟杆乐呵呵地追着拍打孩子露在开裆裤外被寒风吹得红而发紫的圆圆的屁股蛋，嘴里"嘘嘘"地叫着，赶鸭子似的赶走了顽皮的孩童，李家大院瞬间安静下来。

李善仁洗了手，擦了脸，笼了袖，踌躇满志，步入客堂。管家金相玉已在堂前摆下一张太师椅，备了搁凳、茶几、烟筒、烟枪、手壶、脚炉，端上茶盅。他知道老爷忙了一整天，需要静静躺一会儿。单等老爷歇下，他便好去做事。此时，月明星稀，夜凉如水，李善仁在太师椅上坐下，正待躺下。李小娘子换了一身艳色棉袄棉裙，从屋后转出，袅袅婷婷来到他面前，口吐莺莺细语道："老爷新年祥和，健康长寿，万事如意。请受妾身一拜！"说着，扭动腰肢，扯动宽大棉袍，掖了棉袄大袖朝地上跪下。李善仁捻着胡子笑道："正旦至矣，吉祥开泰！"从盒匮里取出一只金元宝，拉过李小娘子纤纤玉手，将金元宝放到她手上。李小娘子接过金元宝，揣在袖里，口中念念有词："老爷安康！"李善仁说："起来吧！"李小娘子这才起身，服侍李善仁在太师椅上躺下，抱起他双腿放到搁凳上，在一旁跪下，握起粉拳在他腿上轻轻敲打。李善仁顿感无比舒畅，舒了一口气问："龢儿可安睡？"李小娘子娇滴滴道："回老爷，龢儿早已安睡。有太太照看着呢，太太也是惯着我，除了孩子吃奶，一概不使唤，我这里正奶涨哩，惹老爷见笑。"李善仁中年得子，对李小娘子宠爱有加，此时见她胸前鼓胀呼之欲出，不由得爱抚她的脸说："奶水充盈，孩子长得虎头虎脑，爹娘开心。这里没有你的事了，你去吧。婴孩说醒就醒，一会儿啼哭起来，虽有太太在，却不及你在孩儿身边好使。"李小娘子从腋下抽出一方湖绿色的真丝手绢掩口，轻声说道："看这天色渐亮，老爷可睡一会儿，妾身去了……"说罢，扭头对一旁伺候的金相玉使了个眼色，往屋后走去，金相玉伫立不动。李善仁从茶几上取过水烟，用通针通了烟管，装上烟叶点燃，"咕噜咕噜"吸了几口，顿觉浑身舒泰，又连着吸了几口，吐出袅袅青烟，对金相玉说："你也去吧！"管家如释重负，快步追随李小娘子而去。

李小娘子出身州府张氏显赫人家，其父官至州城知府，因前些年不满洋人教士侵占本地铺面田地、凌轹乡党，联合“拳匪”，将洋人牧师绑至祠堂里杀了，又一把火烧了洋人教堂。朝廷起先听之任之，并暗中扶助，后来却将他革职处死，抄家治罪。张氏族人死的死、逃的逃，如惊弓之鸟，撇下他妻女不管。其母张氏亦是官宦人家出身，遭此家难后仓皇出逃，来到四仙村，靠变卖家财过活。渐渐坐吃山空，因与李府管家金相玉沾亲带故，母女两人便来投靠。

金相玉也是官宦人家子弟，四方脸、直鼻梁、阔鼻翼，人高大英俊，会些拳术，左眉梢一块破相的白疤，却如银星耀眼，更给他平添一分英气。早些年因战乱而家道中落，他不得不离家外出帮佣，在李府做管家，至今十年有余。张氏母女前来投奔，金相玉见她们落魄无助，且是远房亲戚还有相同的身世，便时常接济。金相玉年纪三十，尚且单身，一心帮扶主人打理李府，无心婚娶，见张氏女楚楚可怜，有沉鱼落雁之姿、闭月羞花之貌，怦然心动，恨不得就做一处。张氏女虽身处逆境，仍一心不忘饭来张口、衣来伸手的公主生活，不耐困顿潦倒，且生性妖娆，见金相玉相貌堂堂，又仗义疏财，遂委身于他，和他做了暗地夫妻。

金相玉遇上张氏女，犹如干柴遇见烈火，一发不可收。竟为一己淫欲，把仁义道德抛诸脑后，置主仆之恩于不顾，利用掌管李家出入钱账之便，先是小偷小拿，继而日匿数金，有时索性收了佃户利钱不入账，转手交予张氏女任其用度，一念之差，从此坠入万劫不复的深渊。

且说张氏女挥霍无度，金相玉渐渐难以为继，担忧老爷盘点账目，事情败露，将会身败名裂，无奈将张氏女的用度减半供给。张氏女心生不满，渐嫌金相玉身为奴仆，矮人三分，无钱无势难以依靠，意欲另攀高枝。金相玉一心要与女子做长久夫妻，又难以承受其挥霍无度，突发一个前无古人后无来者的奇想，欲将张氏女嫁进李家大院与李善仁为妾，既可保张氏女荣华富贵，又可与自己日日相守。一个贪财，一个爱色，两人一拍即合，金相玉假借媒婆之口替张氏女做媒，又在李夫人面前做说客，说张氏女大户人家出身，温良淑德品行端庄，丰乳肥臀会生养。李夫人是个宽厚笃信之人，否则此时只要稍加究察，金相玉就会露出马脚，也就不会有后面家毁人亡的故事，但李夫人并无丝毫怀疑。丈夫李善仁年届四十，膝下无子，李夫人为此伤透了脑筋，于是听信媒婆、管家的谗言，答应与张氏女见一面。管家将张氏女领进李家大院，与李夫人相见。李夫人见她落落大方，乖巧懂事，便心生喜欢。随即在李善仁面前美言相劝，撺掇他另纳一房小妾，并一味夸赞张氏女贤良恭谦，说得李善仁心动，随即将张氏女领到李善仁面前。李善仁见张氏女美貌无双，出言得体，已是动了心，毕竟不孝有三无后为大，又兼夫人再三劝说，便将张氏女娶进李家大院。

李家大院原是前朝康党遗产，虽门面不宽，但有三进四院，纵深数十丈，房屋上百间。后院的尽头，有一排房屋，是摆放祖宗牌位用于祭祀的先祖堂，平日里少有人到。张氏女嫁入李家大院后，家中大小事情些许不操心，一心都在金相玉身上。而深得主人信任的金相玉，早将忠义两字抛之脑后，竟胆大包天，日日在主人家先祖堂和李小娘子无耻苟合。李小娘子和李善仁一起时少，和金相玉一起时多，和李善仁只敷衍了事，和金相玉则缠绵无度。不久前，李小娘子生下祥龢，认为孩子不是李善仁的，而是金相玉的。俗话说宁愿天上做只鸟，不愿屋里做个小，李小娘子不甘为人小妾，定要嫁给金相玉做正夫人。金相玉起先为能够和李小娘子日日厮守而欢欣，后来却担惊受怕，担忧一旦奸情败露，身败名裂事小，坐牢吃官司事大。正所谓邪恶的念头一经滋生，地狱里的魔鬼已在招手，金相玉与李小娘子定下计谋，趁新年热闹，要掳尽李家金银财宝远走高飞。今夜月黑风高，正是动手好时机。

此刻，李小娘子假装朝后屋走去，走了没几步却踅过后院来到先祖堂，悄然推开门扉，将门扉虚掩，摸黑在蒲团上坐下。只过了一会儿，屋外一道黑影闪过，冷飕飕一阵风吹进屋，金相玉就蹑手蹑脚溜了进来。李小娘子一双晶莹的眼睛透出热烈的光亮，轻声唤道：“我的亲哥哥，你去了半月，妾身想你想得好心焦！”金相玉一把将她抱在怀里，顾不得天寒地冻，就在蒲团上宽衣解带，搂在一起行起事来。黑暗中，一来二往，李小娘子已自香汗淋漓，软了身子，娇声说道：“哥哥稍歇一歇吧……”随即与他两口相叠做了个吕字，又将他脸面贴了又贴，道：“今夜可否行事？”金相玉答道：“银两都已装车，看月象，天明会有大雾，真是个千载难逢的好时机，此时不动手更待何时？”李小娘子道：“我也已早做了准备，睡觉都不敢脱衣裳。现时北风呼呼的倒是脱了，只为和你快活。”金相玉道：“娘子今且担当些，从今往后决不让娘子受些许苦。”李小娘子立刻对未来充满憧憬，眼前浮现出锦衣玉食、夫妻恩爱的情景，乐颠颠道：“老天爷可怜见，奴家一心只在哥哥身上，欲与哥哥远走高飞。”金相玉道：“等会儿我去院子里放一把火，娘子趁乱即去后院林子里。林子里已备下车舆，草料装了满满一车，万事齐备只欠东风。”李小娘子呢喃细语道：“此事成了，我俩比翼双飞，享不尽荣华富贵哩。”不觉兀自坐在金相玉身上动了又动，托起一只沉甸甸的奶子，将一颗宝石似的奶头塞进金相玉嘴里。金相玉含住，如饮甘饴，再赴云雨。好一会儿，李小娘子气喘吁吁推开金相玉道：“今日暂且委屈些，尽快起身早些动手吧！”

金相玉匆匆完事，抹了一把脸，起身整衣。李小娘子不忘叮嘱他道：“凡事依计而行，万不可节外生枝，更不可伤人性命，若伤人性命，必有大事发生。”金相玉说了一句“不消娘子费心”就匆匆离开先祖堂。屋外寒风凌厉，一只野狗突然从脚边蹿过，将他吓了一跳，连忙紧了脖子，拢了袖，蹑手蹑脚朝后院走去。李小娘子亦起身穿衣，系了腰带，拾起金元宝重新掖在袖里，穿戴整齐回到自己房里。给孩儿喂足奶，以防要紧关头啼哭。然后收拾起贴身衣物，坐在帐中静待院中起火。

金相玉来到后院马厩，解开缰绳，将马嘴套了口罩，又给马蹄子穿上脚套，将缰绳在手上绕了几圈，牵出马来，走到后院。见后院门洞大开，先是一惊，再往外走时，见一个影影绰绰的身影在院门外蹲着，又吃一惊，连忙拉住缰绳，在黑暗中定睛一看，原来是家丁老鲁。老鲁提了一盏灯在河边打扫场地，将祭神的竹轿纸马残烬归拢在一处后坐在石阶上抽旱烟，这时听到身后有动静，窸窸窣窣转过身，见管家驭马拉车从后院出来。这后院从来不曾进出马匹，子时刚过午夜才到，管家大人就要出门？老鲁心中疑惑，提过灯笼来到金相玉面前。灯下照见三匹高头大马套了一辆舆车，一匹红鬃马，两匹黄栗马，是最受老爷宠爱的三匹骏马。这是要出远门，马嘴马蹄却都戴了套。老鲁站停了问金相玉："管家大人，深更半夜不睡觉，要去哪里？"金相玉先见门外有人，已是吃惊不小，此时听见老鲁问话，慌乱之中信口胡言："出门要账去。"老鲁当了真，又问："天黑得伸手不见五指，哪里去要账？"金相玉边拍打马脖子，叫马儿拐弯，边盘算如何才能脱身，情急之下竟说漏了嘴："前面树林。"沿河的树林是一片湿地，湿地遍布水杉，涨水时水漫过堤岸，枯水时暗藏沼泽，是个险象环生的地方。老鲁见他神情慌张答非所问，心中疑窦顿生，便紧随其后。金相玉赶车出后院，沿河走去。老鲁拉了拉一边轸框，觉得车舆沉重，心疑有异，赶上一步，拖住金相玉手臂说："既然外出要账，怎么不走前院大门，要费事绕道后院？"金相玉见被老鲁识破真相，料想一时半会脱不得身，顿时怒从胆边生，将李小娘子的嘱咐抛之脑后，二话不说，就从腰里摸出一把尖刀，转身朝老鲁胸口就是一刀。老鲁"啊"了一声，怒目圆睁："好你个家贼！老爷待你不薄，你，你为何忘恩负……义……"话没说完，身子已软了，就朝金相玉脚边倒下。可怜老鲁忠心耿耿，寄身为奴几十年，一瞬间三魂赴在枉死城中，做了刀下冤鬼。金相玉将尖刀在他身上擦去血迹，拾起地上灯笼，将尸体推入河中。然后整装举鞭，轻呼一声"吁"，将马车朝杉树林的那一头赶去。

杉树林绕着李家大院，一头在李家大院后院门外，另一头沿河道拐弯，在李家大院东南角柴房处。这个时刻树林里过于安静，连风都销声匿迹，漆黑一片带有腥味的空气中不时扩散着几声怪鸟的呜咽和老鸦的聒噪声。金相玉手中的灯笼如鬼火般忽暗忽明，又加脚下泥泞湿滑，似钻进一片酝酿着死亡的黑暗沼泽地。他心中发毛，硬着头皮钻进去，走了百十来步，来到河边。见河边不知何时多出一间黑戳戳的大草棚，便止步不敢再进去，找了一棵粗壮大树，将缰绳牢牢绑在树干上，又迅速钻将出来，将灯笼在脚下踩得稀烂，踢进林中，撒腿奔回李家大院，装作无事一般来到前堂。夜阑人静，李善仁已在太师椅上进入梦乡。

李家大院笼罩在黎明前的黑暗中，打更的也不知跑哪里睡大觉去了。金相玉心想现在正是放火的好时机，就悄悄退出来，蹑手蹑脚来到灶房，用引火柴在灶膛余烬中挑起火星，点燃一支火把，举在头顶上，舍近就远，穿过灶房与前院相连的狭隘走廊，来到前院。院子里柴堆是早已堆好的，他只要将火把往柴堆里一塞，火乘风势，一场大火就将燃起。以起火为号，李小娘子即出后院去河边林中和他会合。此刻他蹲下身子刚要将火把塞进柴堆，却见天边隐隐约约有红光闪亮，就多了一个心眼，起身来到院门后，朝门枢里撒下一泡尿，悄无声息打开院门察看。只见黑黢黢的天空之下，天边有火光摇曳。

“莫不是‘红毛’来了？真是天助我也！”

金相玉兴奋地想着，这时打更的不知从哪里冒了出来，张开齿落漏风的嘴，喘着粗气嚷道：“‘红毛’来了！”

“果真是‘红毛’来了？”金相玉扯住他问。

“是的，看这情形错不了！”打更的说着就跑开了。

金相玉心中大喜，正要将火把往柴堆里塞去时，不料李善仁醒来，听见院子里有动静，起身披上大氅，朝院子里走来。

"'红毛'来了！'红毛'来了！"金相玉见此时再要点火已来不及，索性喊叫起来。一声呼喊，顿时惊起大院里所有的人。

庚子事变后，义和团遭朝廷和洋人双重剿杀，已消灭殆尽。后继新起贼匪为壮声势，打着义和团旗号，昼伏夜行，打家劫舍，所到之处，百姓惶恐，士绅忧惧。有避之不及的，皆乖乖献财进宝捐草纳粮；也有负隅顽抗的，即遭暴殄。因贼匪身穿红衣、头裹红布，有时干脆披头散发，因此人称"红毛"。听到金相玉高喊"红毛来了"，李善仁大惊失色，一把拉住他问："你亲眼所见？"

"老爷，你看……"金相玉举手指向天边，"去年拳匪过境，也是这副景象！"李善仁朝远处望去，果然和往常不一样。往常这个时节，天空还是黑的，院外田野里静得地底下水流的声音都能听到，而今天，天际透出红光，隐含着不安分的骚动。

李善仁道："你再去村口打探，探得实情速速回报！"金相玉心想用不着跑去村口，在自家塔楼就可以看到村口动静，就说："回老爷，小人去塔上察看便知。"李善仁说："看我也是糊涂了，你可速去察看。"金相玉点头应诺，假意护院，将院门关上，却不将门栓闩上。

李家的仆人和家丁一个个从下房里奔出来，闹哄哄地围了上来。李善仁吩咐他们道："抄家伙随我去后院！"仆人、家丁也是经历过战乱的，明白贼匪如蝗，以为老爷吩咐抄家伙是为自卫，便四处寻找坚硬利器，整个大院就乱了起来，李善仁连忙制止，吩咐只要锄头铁镐和扁担木棒，众人便火速去取。

金相玉来到塔楼，这塔楼是有钱人家为防盗防火修建的，有五层高，是李府的制高点。金相玉爬到塔顶，朝村口四仙河望去。

只见四仙河对岸隐约有火把在移动，果真是贼匪来袭。他连忙返身下楼，来到前院。李善仁正朝后院去，见了他忙问："所见如何？"金相玉道："火把明晃晃的，这架势跟去年闹拳匪时一模一样，真的是'红毛'来了！"

金相玉官宦人家出身，其父原为朝廷重臣，因剿杀"拳匪"有功，朝廷赐他田宅、金银财宝无数。庚子年"拳匪"进京，一夜烧杀无数，天空皆赤，金家也遭洗劫。那时候他才十九岁。"拳匪"专为复仇而来，闯入他家，绑起他父亲，令他交出家中所藏皇家所赐财物。他父亲坚不吐露实情，拳匪手起刀落，将他父亲斩杀。又将他扒光衣服绑在家门外，当着他的面，将他一家老小全部杀戮，逼问他财物去向，不然就要烧死他。金相玉无奈说出宝物藏于屋后一处山洞里。"拳匪"留下两个兵弁看守金相玉，一众人上山寻宝。此时火势失控，火舌燎去了他一块脸皮。金相玉人高马大，又是会武功的，拼力挣脱绳索，跳出火圈，三下五除二将两个兵弁斩杀，连夜逃走。大火将他家宅屋烧得干干净净，金相玉逃亡到冀鲁，在李家大院打工谋生。那一晚的景象他永生难忘，如今一见赤红的天空便知是贼匪来了。此时，他要将事情往紧急里说，便不假思索地说道："红衣白刃，正在涉水过河呢！"

金相玉说得没错，一伙新起的贼匪正在渡河往四仙村来。过了河到四仙村有两条路，一条往南，一条往东，往东是去往州城的大路，往南是沿河的土路，土路的尽头便是李家大院。金相玉将事态往紧急里说，是要吓唬李善仁赶快弃宅逃命，这样他就可以从容放火，既可以一把火烧毁计营账册，又可将贼匪引来。贼匪一来，必定翻箱倒柜，放火烧杀，便可以掩盖他蓄意偷盗李家财物之实。李善仁即使报官，无凭无据也缉拿不了他。

这时，李夫人从上房出来，不慌不忙地对李善仁说：“孩子他爹，早先闹匪时，管家搬回一幅大红拳字，说是朝廷给的，贴在大门上，拳匪便秋毫不犯。那时候没用上，现今放在库房里，可否拿来一用？”李善仁连连摇手说：“不可，前些年拳匪得到朝廷支持，专袭洋人，庚子事变后，反遭朝廷剿杀，若是再用朝廷唬人，必定自寻死路。如今，新起的贼匪穷凶极恶，比那拳匪有过之而无不及。赶快唤二夫人收拾好孩儿，即刻离开此地。”夫人忙问：“离开此地？到哪儿去？家中细软财物怎么办？”李善仁嘱咐道：“夫人不必多虑，我自有安排。夫人快去房中取银匣，其余一概不要，任贼匪尽取，或可保全祖产，他日尚可回转。”并再三叮嘱：“事情紧迫，取了银匣，偕二夫人一同到后院，切不可犹豫滞缓，因小失大！”说完，即招呼仆人、家丁，拿上锄头铁锘，急急往后院走去。金相玉见李善仁果然仓皇出逃，连家中财物也不要了，心中窃喜。殊不知李家原始积累丰厚，自买下李家大院后，不再屯田置业，只做商贸交易，一些暂时不用的钱财换成银票生利，也仅仅九牛一毛。他的投资都在江南兵工厂，那是一本万利的生意。甲午之后，北方战事频起，民不聊生，东南拥地自保，日臻繁荣。现今贼匪侵扰使他决心断臂求生，南下铺展新天地。金相玉不知李善仁近些日子已置下一艘摇橹木船，掩藏于后院杉树林草棚中，更不知后院先祖堂门外桂花树下，还埋有李家世代传承的生计银。

但凡大户人家，为了应对世事不测，大都备有生计银，相当于朝廷的镇库银，那是一个家族的救急之本。李家的生计银，都是稀世珍宝，历经九世传承，传到李善仁手上时，家业光大，生计银从最初的一坛到现在已存下三坛。此时，李善仁匆忙南下，头等大事就是要将祖传生计银起出带走。

一众人跟随李善仁往后院去。李夫人见李小娘子尚未下楼，立刻吩咐吴妈去下房，相助二夫人收拾孩儿赶快下楼一同去后院。自己回到上房，从床后官皮箱里取出一只精致银匣，来不及打开察看，裹起就走。来到廊下，廊下空无一人，未见李小娘子下楼。李夫人顾不得自己小脚行走不便，又上楼来到李小娘子房里，见李小娘子怀抱穌儿坐在床沿上兀自啼哭，吴妈站立一旁束手无策。李小娘子听闻院中人声嘈杂，却未见院中起火，也不见金相玉回转，料事难成，说不定大难当头，金相玉弃她不顾，自顾自逃命去了。心中徒生悲戚，因此不肯下楼。此时见夫人进房，她心中有鬼，三魂丢了七魄，脸上不由得显出惊慌神色。李夫人待李小娘子亲如姊妹，以为她年少不省事，遇事没主张，赶快上前安抚道：“怎么还在发呆？强盗来了，快快随我下楼！”李小娘子魂不守舍，依旧呆坐不动。李夫人欲抱过她怀中孩子，李小娘子却紧紧抱住不肯松手。夫人见她神情怪异，恐有意外，连忙吩咐吴妈，赶快搀扶二夫人下楼，情势紧迫，不可耽误。说完急急下楼，没想到和飞奔上楼的金相玉撞了个满怀。

原来，金相玉见李善仁急急忙忙率众人往后院去，院子里已空无一人，立刻在院子里点起火来。干柴遇上烈火，火头借着风势，大火很快熊熊而起。他本该半个时辰前就放火，好让李小娘子趁乱提前逃出后院到树林里等他。因见贼匪来了，他临时改变主意。贼匪还得半个时辰才能过河，先前他已趁李夫人在客堂里捏做糖元宝之机，已悄悄潜入上房，将李夫人所藏李家财物窃得在手，现在将李善仁吓跑，欲再去上房掳掠一遍。上房里还藏着一些值钱的字画、古玩，他要去一并掠了，再携李小娘子从容逃走。可李小娘子并不知情，左等右等未见院中起火，心里凉了半截，亦不敢贸然行事。因此李夫人上楼来催促她快走时，她走也不是，留也不是，最后眼看拖延不过，只能长叹一声，随吴妈下楼来。而金相玉也不知李夫人和吴妈为了劝说李小娘子，都在李小娘子房里未及下楼，这时奔到楼梯口，一头和李夫人撞上。金相玉顿时傻了眼，定了定神，见李夫人身后跟着李小娘子，正拿她那双黑暗中透亮的眼睛惊喜地望着他。金相玉随即上前搀扶李夫人："夫人，前院起火了，你们怎么还没有离开，赶快往后院去！"话语中向李小娘子传递了他已放火的讯息，埋怨她为何不按既定谋划事先去树林躲藏。

李夫人骂道："该死的冒失鬼，养兵千日用兵一时，使唤你时，你死哪里去了？快快扶二夫人下楼！"

金相玉应声道："老爷吩咐我上房察看，所以不在夫人身边，现在'红毛'已经过河进村，院里已起火，夫人赶快离开。"

李夫人听说贼匪已过河，心下慌乱，没工夫想贼匪还在路上，院子里怎会起火，忙乱中脚下乏力，金相玉赶紧扶住。李夫人说："老爷已去后院，我有吴妈服侍，你不要管我，去搀扶二夫人。"说罢掉头便走。

金相玉巴不得李夫人这么说，马上转向吴妈道："快快扶夫人去后院，二奶奶让我来服侍。"说话间，李小娘子已走下楼梯。金相玉转到李小娘子身后，暗中将她屁股上一捏，李小娘子立刻明白诸事顺当，心里有了主心骨，脚下也轻快了，撇了吴妈，紧随李夫人身后快步朝后院去。金相玉急了，赶上几步，偷偷扯了她一把，李小娘子这才反应过来，放慢了脚步。待吴妈赶上，搀扶李夫人走远之后，金相玉一把将李小娘子娘俩抱起，绕道夹弄奔向后院先祖堂。李小娘子转忧为喜，倒在金相玉怀里，将一张樱桃小嘴贴到他腮帮上，悄声唤道："我的心肝宝贝，妾以为你将妾身抛弃了呢！"金相玉也不答话，一路奔跑，将她母子俩抱到夹弄的另一头。夹弄的另一头正对后院先祖堂。此时先祖堂前人影憧憧，李善仁举着火把，指引家丁在桂树下挖掘宝贝。金相玉连忙放下李小娘子母子，将她掩在身后黑暗处，仔细往桂树下望去。

火光中，时而是这张脸，时而是那张脸，忽闪忽现地闪烁着。家丁从地底下挖出一只毫不起眼的胖肚瓦坛，瓦坛齐腰高，和酒坛毫无两样。很快，又挖出另外两只瓦坛。金相玉知道那才是宝贝，自己每日在先祖堂出没，没想李善仁的家财就在这里藏着，一时间傻了眼。

先祖堂边有一扇低矮的侧门，门外是河堤，沿河往西十来步便是杉树林。金相玉本来打算从这扇侧门出去，现在被李善仁他们堵了道，心想李善仁挖出瓦坛一定从后院门出去，此时李夫人也正在往后院来，他必须抢在他们之前出后院。金相玉立刻转身又抱起李小娘子娘俩，穿过横弄转到后院，却见李夫人及吴妈众人已聚集在后院。金相玉后悔刚才没有直接从后院出去，现在侧门出不去，后院也走不得，心里焦急。李小娘子见左右走不得，担心怀中孩子啼哭，一迭声地埋怨金相玉。金相玉说："还有一个地方可以出去，快快随我来！"说完，毫不迟疑，再次抱起李小娘子娘俩，仍旧横穿夹弄，来到柴房，放下李小娘子娘俩，移开墙角下的柴垛，墙角下露出一只容狗进出的洞。金相玉说:“娘子，如今委屈你了，随我从这洞口出去吧。”李小娘子一时呆住，想不到金相玉叫她从狗洞里爬出去。李小娘子向来是父母的掌上明珠，即使嫁进李府为妾也是备受尊宠，高高在上，怎肯去钻那又低又窄又臭又脏的狗洞？立刻凄凄惨惨推却道：“妾身生下孩子，腰就不中用了，现时蹲不得……”一面说话，一面因寒冬腊月在院子里奔突了半夜而冻得瑟瑟发抖，说话也不利索了。金相玉见李小娘子不肯钻狗洞，只好自己先爬出去，在洞外百般劝说道:“娘子，快快出来！车上备了厚被，脚炉烧得暖暖的，出了这洞口，便可安享受荣华富贵了。”

李小娘子仍面壁而叹，金相玉在洞外苦苦相劝。此时，缕缕烟雾涌进柴房，李小娘子被呛得咳了几声，知道大火已蔓延过来，容不得半点迟疑，须刻不容缓逃离李家大院。无奈将怀中孩子从狗洞送出，金相玉在洞外接住。可怜张家大小姐李家小娘子只能从狗洞里匍匐着钻了出去。

李善仁指点家丁将生计银搬去后院外杉树林，指引牛老四在河边草棚下拖出一艘木船。一众人见了目瞪口呆，除了老鲁，没人知道李家在杉树林里藏着一艘木船。李善仁吩咐家丁将瓦坛搬到船上，下到舱底，随身箱笼也都搬上船，叫夫人率众人在船上等他回来。自己掖了一只粗布口袋，回到先祖堂，不及燃香点烛即稽首叩拜，告知祖宗，他逼不得已动了祖宗生计银，容当日后迁至新地珍藏。然后收起祖宗牌位，装进口袋，俯身再拜，却在蒲团边发现一方湖绿丝绢，捡起一看，认得是二夫人随身之物。心中疑惑，笼入袖中，这才想起二夫人和金管家已不见多时，连老鲁也不知去向。而此时，院中大火烧得“噼噼啪啪”地响，浓烟卷过层层叠叠的屋子朝后院涌来。李善仁片刻都不敢耽搁，奔出后院来到河边，并不上船，就在河边大声询问夫人：“可见二夫人和金管家？”李夫人说：“刚才一起从房里出来，黑暗中以为她跟在身后，谁知走着走着不见了，我也正纳闷着呢。”李善仁无奈上了船，命牛老四解开缆绳准备开船，自己钻进舱内翻箱倒柜一番搜寻，取出一把金光闪闪的手枪，欲回大院寻人，被夫人一把拖住。此时，李家大院浓烟升腾，不愿意跟随李善仁逃难的仆人和家丁都奔走逃命去了，船上只留下吴妈、家丁牛老四和饲马的仆人王二、马三。李夫人扯住李善仁说：“去不得，院中已经起火。”说着，吩咐王二、马三回大院查看，务必找到二夫人母子及管家三人。

王二、马三急匆匆返回大院，大院浓烟滚滚，两人直奔下房。此时，腿快的贼匪已登堂入室，一贼匪在上房翻箱倒柜搜寻一遍，竟一无所获，手持火铳怒气冲冲奔下楼，恰好撞上王二、马三，二话不说，抬手就是两枪。可怜王二、马三顿时倒在血泊中，命归黄泉。

却说金相玉接住从狗洞钻出的李小娘子，悄然来到杉树林。树林沿河道拐了弯，此时他看不到李家大院火把晃动、浓烟四起，也听不见人声嘈杂，四周静得出奇。他把李小娘子扶下河堤，搀进树林。李小娘子黑咕隆咚踩到一只蛤蟆，脚下一滑，禁不住尖叫起来，金相玉连忙捂住她的嘴。李小娘子不知蛤蟆是活着被她踩死的还是死了被她又踩了一脚，总之那种滑腻腻的感觉从她的脚下爬上来，觉得十分恐惧，把那只脚在湿草上擦了又擦。心头的焦躁和脚下的恐惧使她皱紧了眉头，望着脚下的草地不肯迈步。金相玉二话不说，拽起她朝树林里面一脚高一脚低地奔去，在微光中找到马车。马儿套了口罩，因此没有一点声响，见到金相玉靠近，这才打了个无声的响鼻。金相玉将李小娘子扶上车，车内暖炉烧得旺旺的，十分暖和。李小娘子怀抱婴孩钻进车中，心中还在想着被她踩了一脚的蛤蟆是不是即将死去，或者经过一番痛苦的挣扎后已经死去了，仿佛自己亲手杀死了一个生灵，心中惶惶不安。她孤零零地坐在车中，和她朝夕相伴的老娘此刻不在她身旁，她觉得没人可以依靠，也没人给她安慰。现在她有一丝后悔，后悔冲动到和管家不顾一切地私奔，她似乎预计到这样狼奔豕突，会有可怕而悲惨的结局。

金相玉关上车门，卸下马儿口罩、脚套，驭马走出树林。刚拐过河湾，就见河中泊着一艘木船，明晃晃的火把下，李善仁夫妇在船头翘首张望。不禁大惑，李家哪里来的木船？此时李家大院有枪声传出，院墙里浓烟滚滚，来不及多想，扬起手中长鞭催马上堤。

李善仁见王二、马三去了许久没有回转，心中焦急，环顾四周，晨雾已从河面上袅袅升起，船后的杉树林笼罩在一片令人不安的神秘气息中，忽然听闻院中传来枪声，他以为李小娘子和金相玉被贼匪堵在了院子里，仗着手中那把自动手枪，又要上岸返回大院救人，再次被李夫人劝阻。忽听得身后林中马儿长啸，似有马车跃上堤岸。晨雾中一辆三驾马车从面前经过，窗幔遮掩得严严实实，扬鞭驾车的正是金相玉。李善仁瞬间明白，原来管家拐了李小娘子，正要举枪射击，马车上传来一阵婴儿的哭声。

李夫人惊叫起来："不要开枪！稣儿在车上！"婴儿的啼哭声冲破晨雾，在天空中回荡。李善仁无奈朝天开了一枪，隔空高喊："金相玉，要财取财，要去便去，留下孩子！"金相玉却高举马鞭在空中甩了个响炮回应道："孩子是金家的，不是李家的！"金相玉的回音穿过浓厚的雾层传到李善仁耳边时恰似放大了数十倍，震得他如耳鼓碎裂般刺痛。李善仁顿时怒火中烧。原来这两个无耻男女早已暗通款曲，自己一直蒙在鼓里，还在如此危急时刻伫立船头傻等他俩回转。待要上岸追杀，无奈贼匪迫在眉睫，虽心中气愤难平，也只能打掉牙往肚里咽。眼睁睁看着金相玉一架舆车套了三匹马，车里坐着自己曾经的宠妾，扬长而去，只能仰天长叹："罢，罢，罢！金相玉，你好一个狠人！"

此刻，李家大院火光冲天。贼匪听到枪声，冲出后院。大雾弥漫，只听见河堤上传来马蹄声，却不见车马，便朝四处胡乱打枪。忽又见远处有火把亮光，便朝亮光处奔来。李善仁慌忙吩咐将火把丢了，众人一齐将手中火把丢于河中，就有石弹、铁弹射来，接连击在水中，一颗铁弹从李善仁胯下穿过，打穿了他脚下的船舱板。李善仁这一吓非同小可，连忙钻进船舱，吩咐牛老四赶快将船撑开。牛老四举起竹篙在土堤上用力一撑，船就离开堤岸，往河中心淌去。

河面上飘起湿乎乎的白雾，浓浓地弥漫在空气中，像一张巨大的布帘，将木船罩得严严实实，一丈之外，看不见任何东西，贼匪在岸上呐喊放枪，木船在河中悄然驶去。

贼匪穷凶极恶闯进李家大院，没想到偌大一个财主庄园，竟找不到任何值钱的东西。后院桂树下有三个大洞，想必是前面这驾马车先人一步，将李家大院洗劫一空，还放火焚烧，只留下一片狼藉。这伙贼匪纵横杀戮，所到之处必有斩获，从来未曾如此失败。贼匪头领恼羞成怒，指使手下循声追赶马车，誓要抢夺车上财物。但是大雾弥天，根本看不清道路，奉命追赶的贼匪发一声呐喊，循马蹄声紧追不舍。

此时天空透出微亮，月亮暗淡地挂在半空中。牛老四急急忙忙摇橹，一会儿脱把，一会儿落轴，差点将橹滑落河中，好不容易安上,又把船摇得左右乱晃,一船人都惊叫起来。李善仁连忙道："前方白茫茫一片，须小心，不要撞到堤岸上才好。"

贼匪在岸上追逐金相玉，木船在水中载着李家人逃难，在同一个方向上。岸上枪声、马蹄声和呐喊声乱纷纷响成一片，一船人躲在船舱里大气不敢出。只有李善仁稳稳地坐在船头，把李夫人急得直跺脚，几番拖他进船舱，李善仁却毫不在意，将四周观察了一会儿安慰牛老四说："我们什么都看不清，贼人也看不见我们，不要着急。看情形，他们不知河里有船。"牛老四回望李家大院已隐不可见，杉树林也被飘带似的云雾环绕起来，时隐时现，这才放下心来，把船摇得稳了。

此刻，黯淡无光的月亮变得模模糊糊了，好像天亮就要消失的幽灵一般。空气中突然吹过一阵黎明前的微风，雾层渐渐变得稀薄，化成薄纱一般乳白色的气流，随着船的行进急速向后方漂移。船驶得并不快，只是雾气在风的吹拂下流动得快了，显得船在急速行驶。李善仁心想，若以这样的速度行驶，必定会赶上贼匪，急忙吩咐牛老四："慢点，我们是在与贼匪相向而行，那么急干吗，是急着去追贼匪还是怎么的？"牛老四说："下人根本没有撑篙也没有摇橹，船在顺流而下。”李善仁方才醒悟，吩咐牛老四多往河底撑篙。幸好不久船拐进运河，与贼匪追击的方向岔开了，李善仁心中稍安。

大河的凉气迎面扑来，两岸黑黝黝的树林慢慢地向后移去，船仿佛行进在明亮广阔的空间里，悄悄地继续朝更深更亮的神秘的河面驶去。岸上的枪声、马蹄声和贼人虚张声势的呐喊声渐渐远去。四周除了水流的声音，一切归于平静，灰白色的浓雾迎面扑来，被船首慢慢分开，又在船尾缓缓合拢，船似乎不是行进在水上，而是在云上飘行。李善仁在船舱中寂然默坐，昨夜发生的一切，像梦中一般。

这艘木船有上下两层，上层是客舱，下层为货舱。客舱有两间，一间主人住，一间仆人住。橹也有两条，船头船尾各一条，可以东风西驰，西风东行，实乃“日行江淮三千里、风送南北第一舟”。当初李善仁买下这艘船，是为了帮助生意场上的朋友解燃眉之急而为，再者，李家大院紧靠河流，有了船方便往来生意，可为不时之需，想不到很快就派上了用场。

渐渐地，大雾开始消散，但数丈之外仍白茫茫一片。鸟儿还在沉睡，只有船橹在浓湿的空气里发出“吱吱呀呀”的响声，船不紧不慢在水上行驶，仿佛置于幻境，在梦中漫游。

·第二篇·

南下求生

一个时辰后，船已在运河上驶出十里地。船舱内，李善仁手抚金手枪陷入沉思。这把手枪是李家的传家宝，当年兵工厂仿造出第一批手枪，将十把枪镀了金，编上号，盛以盒匣，呈送李大人，这把枪就是其中之一。那时候，李大人刚刚出访归国，因额头上吃了日本浪人一枪，在总布胡同府上休养，心中愤愤难平。见此枪精美绝伦，丝毫不比洋货差，下令大量生产，不但装备给北洋水师，还给每一位于兵工厂有功人士颁发持枪证书，以资表彰。早在同治四年,那时李善仁才五岁,父亲动用李家祖传生计银，用马车驮到上海，入股兵工厂。他父亲说老太后允办兵工、兴建北洋水师“以绝洋人觊觎”，是一件利国利民的大好事，然因资金匮乏而搁置，多亏李大人振臂一呼，称朝廷有难，地方乡绅应积极为国解忧。地方乡绅果然群起响应，纷纷出资助办，这才解了兵工厂初期急需资金支持的燃眉之急。其后三十余年，兵工厂陆续造出火枪、火炮、毛瑟枪。到了庚子年，终于造出第一批自动手枪。那一日，李善仁受父亲所托从上海取来这把手枪，叫老鲁搬出落地花架，置于后院靠墙处，请父亲退至十丈开外，小心翼翼地把手枪交到父亲手上，让父亲验枪。

父亲接过枪，看了又看，这是一把镀了金的勃朗宁八英寸手枪，在阳光下金光闪闪。

“把火铳造得这么小，可打多远？”父亲有点失望。李善仁笑道：“这哪里是火铳，这是欧洲人的手枪。有上下两管，一枪打完一枪自动待发，从这里打到院外河边没有问题。”李善仁指向院墙窗格外百米开外的小河，胸有成竹地说。然后吩咐家丁取来一只铜手壶，置于花架之上，要父亲开一枪试试。

李善仁指点父亲将枪弹上膛，瞄准铜手壶扣动扳机，只听“砰”的一声巨响，铜壶“咣当”弹到墙上，白灰糊的墙壁立刻撞出一个黑黝黝的坑来。再看铜手壶已四分五裂。父亲被震得手臂发麻，两耳几乎失聪，不断惊呼：“这撸子太厉害了，又不用上火药，这下洋人不敢再欺侮国人了！”

李善仁告诉父亲说：“非但不用上火药，还可以自动连发，父亲可以再打。”

父亲连连摆手说：“不打了，太硌手了，快快收起！这种杀人武器还是不要用到才好。”

李善仁接过手枪，擦拭干净，仍旧收藏于盒中，今天之前，从未取出来过。

李善仁手捧此枪，心想天有不测风云，大难当前，各奔东西，一大家子人死的死、走的走，一个早晨就剩下牛老四、吴妈、自己和夫人四个，心里顿生悲凉。又想到金相玉，恨不得将他当作暖手铜壶一枪崩了。一旁李夫人见他面露杀气，说了一句和他父亲同样的话：“且收起吧，杀人家什放在手中不吉利。”李善仁不以为然，说道：“妇人之见！为了守护生计银，李家祖先不惜重金组建团练自保,那还是在陆地上。现在我们在水上,还将一路南下。千里之途，必定危机丛生，有了这家伙才可放心。”说着，从衣袖里取出那方湖绿丝绢，系在枪把子上，“要时刻提防着才好。”

李夫人认得丝绢是二夫人的，奇怪二夫人的秽物怎么会在老爷兜里藏着？因问李善仁：“此物不是二夫人的贴身香帕嘛，如何在老爷身上？”

李善仁说：“是我在先祖堂蒲团上拾得的，若有幸再见，我必将原物奉还！”李夫人已察知原委，知道李善仁心中愤恨难耐。这也难怪，自己的女人跟别的男人跑了，这是天大的怨气，换做任何别的汉子都咽不下去。她想起刚才劝说二夫人赶快下楼时，二夫人神色慌张的情景，原来二夫人早已和金相玉做了一处。真是知人知面不知心啊！可二夫人是自己看中并怂恿夫君娶进门的，心中百般恼恨。但是李夫人是个吃素念佛的信徒，极其宽宏大量，事已至此，她劝李善仁说：“到那个时候，二夫人就只有死路一条，成为你枪下冤鬼，老爷又于心何忍。且不说缘在天定，分靠人为，佛家崇尚五戒十善，善待他人就是慈悲自己。老爷你忘了，一日夫妻百日恩，今后遇见也当礼待才对，难不成要冤冤相报？”一番话，说得李善仁心中宽舒了不少，想那李小娘子八面玲珑，深得李府上下宠爱，但做出如此丧失人伦之事，理应人神共愤，夫人却如此宽厚，竟如此帮衬她，便不答话。

李夫人又说：“方才老爷说起路途遥远，安全最要紧，老爷是否为缺少帮手发愁？听吴妈说她有个外甥，正值年轻力壮的年纪，为人忠厚老实，可使吴妈唤来船上差遣。别的人不敢使，吴妈是信得过的，且叫她外甥在船上帮扶摇橹，日后慢慢扶持他。”李善仁说：“夫人说得极是，当可使来。摇橹倒是不必尽快。如今天下风起云涌，不知今后情势如何，且慢慢行即可。”夫人困惑地问：“你我急于奔命，为何又要慢慢而行？”李善仁说：“观天下大势，大清内忧外患、民生涂炭，军事外交，无一不败，连皇帝、太后都弃京出逃，我等奈何？朝廷自顾不暇，贼匪四起，祸害作乱。李大人已日暮西山，且身负卖国罪名，民怨沸腾，我等只能婴城自保。现今北边纷乱，东南华洋贸易方兴未艾。尤其上海地处东海一隅，我去过多次，自从西洋各国议准通商以来最为繁盛，交易流通，商贾辐辏，因此我欲一举南迁。只是今日事出意外，疲于奔命之际，恐难寻安耽之处，须等到时局稳定，假以时日，慢慢寻找一方安全乐土才可一劳永逸。”李夫人恍然大悟：“老爷深谋远虑，且不说北方穷山恶水，连年战乱，气候也是南方的好，山清水秀，怡情养人，北方哪里可比。只是可惜李家大院毁于一旦。”

“李家大院是当初李大人将罚没康梁余党的房产、田地卖个人情给了先父，所费不多。现今存于娘子房中的银票，这样的宅院可置十处尚绰绰有余，何足惜矣！”李善仁摆了摆手说。

说起银票，李夫人忽然想起那只银匣，昨夜事起苍黄，自己心急慌忙从官皮箱里抢出银匣，看都没看。这时连忙从箱笼里取出银匣，打开一看，里面竟然空空如也，所存银票、财物不翼而飞。

“哎呀，不好了，老爷！”李夫人不禁失声惊叫起来。

“怎么了？”李善仁问道。

李夫人说：“昨夜逃命要紧，情急之间取了银匣就走，没有查看匣中钱物在不在。刚才被老爷提醒，才打开来看，盒中所存银票及沉香如意、蜡扦和金银首饰尽皆不见，仅存一空匣了。”李善仁听罢，顿时愤恨不已，可恨的金相玉财色通吃，不但拐走他的女人，还掳尽他家中财物。他猛地一拍桌子道：“真乃家贼难防！原想他是个有脸面人家的人，家中遭遇不测才至家道中落，断不至于人心险恶。原来是个狼心狗肺的家伙，劫财还要劫色，叫我如何咽得下这口恶气！”心中懊恼方才没有把那忘恩负义的家伙连同他的孽种一枪撂倒。此时，李夫人扔了空匣，“扑通”跪到地上，自责不迭:“老爷，都是妾身的不是，真是成事不足败事有余，李家的一家一当要败在妾身手上了啊！”

“怪不得夫人，”李善仁缓了缓气，安慰夫人道，“情势所迫，即使打开看了又如何？你看那王二、马三去了没有回转，一定是遭遇毒手，或葬身火海。你若稍有耽搁也会将性命断送。是那家贼太狠毒，也怪我太粗心大意了！”李夫人惶惶不安道：“这二夫人也是我替老爷看上的，想不到给李家带来这么大的灾难，我真正是败家的扫把星、害人精，求老爷休了我吧！”说罢号啕大哭，跪地不起。

李善仁连忙扶起夫人：“怪不得夫人，是我娶妾不慎，此乃我一人之责，与夫人无关。夫人不可如此自贬，快快请起！”李夫人哪里肯依，跪伏在李善仁脚下，请求责罚：“既不肯休我，杖责代罪也是应该的！”李善仁于心不忍，上前将夫人搀扶起来，说:“夫人何罪之有！人心叵测，虽百密也有一疏。家中豺狼窥伺，蛇蝎潜伏，早晚遭它咬一口，在劫难逃，天数也！”李夫人方才起身，仍哭泣不止，忽又下跪道：“老爷娶了妾身，尊为夫人，而妾身没有为李家诞下一男半女，如今又将李家多年来辛辛苦苦积赚的财物统统拱手与人，妾身还有何脸面活在世上？还是让妾身去死吧！”说罢就要往河里跳。李善仁慌忙一把抱住：“夫人不要胡言乱语，测字先生说我四十岁以后必有一劫，此乃苍天宿命，不可违也，夫人再不可自责。”李夫人悔恨交加，再三磕头，请求李善仁既然不肯责备于她，一定要答应日后再娶。李善仁只得应允，李夫人才肯起身。

“夫人，”李善仁安抚李夫人坐下后说：“此行南下，非十天半月可达,其间必有许多艰难,须齐心协力方可共渡难关。行船靠舵，赶车靠鞭，你看船上只有一个牛老四，虽无须跋涉，但他摇得橹就撑不了篙，撑了篙又摇不了橹，怎能长途行船？倘若遇到强盗贼匪、意外灾情，将如何应对？如今急需得力人手来帮扶。你可速与吴妈说知，要她外甥快快前来，方是当务之急。”李夫人这才止了哭，擦去眼泪说：“听说她外甥年方一十五岁，学过武，会拳脚，若是施展手脚，十几个人都别想近他身。现今却无事闲在家里，前些日子吴妈跟我说起过，看我倒是忘了。”李善仁说：“如此正合适。趁现在船还没走远，且有贼匪在前头，不如我们在此停歇两天，等待吴妈将外甥请来帮工，那时贼匪也走远了。”李夫人点头称是，来尾舱找吴妈。吴妈正要生火做饭，夫人将意欲招她外甥帮工一事说了，正合吴妈心意，便歇了手随夫人来到前舱。李善仁请她坐下说话，问她外甥详情。吴妈告诉李善仁，她外甥前些年去嵩山少林寺拜师学武，一心要入武科，考取武举人出人头地。如今武科已废，空有一身武艺却无处施展，只好回家种地，谁知家里已无地可种。外甥的母亲，即吴妈的亲妹妹，因早些年死了丈夫，家中没有劳力，便将一亩三分地抵押出去，得些碎银艰难度日。如今已重新嫁人，尚且温饱难保，对外甥子无暇顾及，随他在外流浪。李善仁听了吴妈叙述后说："你在李家帮佣已有年余，从来兢兢业业，无些许差错，想你外甥也是一如你忠心耿耿，既空有武功无处施展，又无处安身，可否引来一见？此行路途遥远，正需他鼎力相助。我将你带在船上，随我南下，使你有家不能回，如今又要雇请你外甥，我心中十分过意不去。待我在上海落脚，你要走要留悉听尊便，如今缺了你不行。刚才听你说，你女儿已嫁人，家中无男丁，仅此一外甥，你待他亲如自家儿子，他若在你身边帮工，你也可安心，你意下如何？"吴妈方已从李夫人口中得知李家此行是举家南迁，心里正挂牵着外甥，听李善仁这么一说，正中下怀，磕头谢恩不迭："老爷无须多虑，方才夫人已与我说知，老身巴不得如此。老爷夫人如此看得起老身，老身唤将儿来，他是高跳龙门，当尽心尽力服侍老爷夫人，老身亦当犬马相报，哪有不肯之理！"李善仁说："这样甚好！此事当急速办妥，以解燃眉之急，只是委屈了你和你家汉子。"吴妈道："不必说他，说起他来，我恨不得咬他身上几口肉！他嫌家贫，早已离家出走，些许年都没回家了。"

此时，河面上的雾气散去，太阳露了脸，水汽见着阳光又起雾霭，飘飘忽忽挂在低空，船在其中穿行。牛老四已经将船摇得又快又好了，船平稳地沿河驶去，船后留下一条狭长而均匀的银色波纹。牛老四欲找一处可以系绳的堤岸靠岸，好让吴妈上岸，突然发现水面上漂来一团黑物被躺在河中的树枝勾住，便用铁钩钩来一看，是一具尸体，连忙要放手任其飘走。李善仁叫道："老四，钩起来，那是老鲁。"李善仁认得老鲁所穿的衣裳，李家大院遭遇不测，未见老鲁现身，至此才明白老鲁不知何时已死于家难。牛老四一听是老鲁，连忙重新钩过来，将尸身翻转，大伙一看，正是老鲁。李夫人胆小，见了死人连忙避得远远的。吴妈虽和老鲁同为仆人，也时常相互帮衬，但是死尸是熟悉的身边人，又在水中浸泡多时，面目狰狞，也不敢近前。牛老四再将尸体翻转过去，绑在船帮上，在水中拖着。不一会儿见前方有码头，急欲将船靠过去，被李善仁阻止。李善仁拿出一张牛皮纸地图，指指点点说这是一处村寨，村里有兵营，有绿营军驻扎，不要停留，速速将船撑开。众人都奇怪李善仁怎么会有地图，怎么知道村里有兵营。原来，刚才李夫人去请吴妈时，李善仁在舱板下发现了这张地图，心想船老板真贴心，卖船还送地图。一看，是一张日本人在庚子年间画的江南河志图，每一条河流有几条支流、每条支流又有哪些分汊，都绘得详详细细，沿河哪里有码头、有哪些村庄、哪些城市，甚至这个地方的构造、人口、驻军都标注得一清二楚，简直是一张军事舆情图。此时，李善仁已将地图研读过，阻止牛老四在这处靠岸。船拖着老鲁的尸体继续前行，一船人战战兢兢，都不敢走出船舱。船行至一水流平缓处，岸边竖着四根石柱子，每根石柱子上都凿有给来往船只系缆绳的洞。石柱下有石台，石台旁一条石阶起起伏伏从河边通往岸上高处，消失在前面的树林里。李善仁这才叫牛老四将船靠过去，在石台处停泊，将缆绳羁牢，吩咐牛老四上岸，在坡地上寻一个朝阳处挖坑，将老鲁尸体掮于坡地上埋了，插上标记。然后让吴妈上岸回家。李夫人将装有银两的包袱塞进吴妈怀中，叮嘱她速去速回。吴妈连声应诺，刚要下船，又被李善仁叫住，嘱咐她返回时不忘去镇上叫挑夫挑三四大坛上等好酒来，三天后仍旧在此等她。吴妈奇怪，这个时候老爷为何需要大坛好酒，难道逃难路上还有如此雅兴，需要对酒当歌？不便多问，匆匆上岸而去。

过了两天，到第三天午时，吴妈果然领了她外甥和两拨挑担来了。两个挑夫每人肩挑两个大坛，摇摇晃晃跟在吴妈身后，在岸边树下歇了。吴妈在石阶高处，将手搭在额头上东张西望，不见摇橹木船。吴妈觉得奇怪，说好了船在原地等候，此时却不见船的影子。原来吴妈上岸去后，李善仁为防万一，吩咐牛老四将船撑开，在不远处芦苇荡里隐藏，每日翘首而望，盼望吴妈速去速回。此时看见吴妈在原先系船的石阶处探头探脑，连忙叫牛老四将船撑过去。牛老四吹了一声口哨，将船从芦苇中撑出来。牛老四的口哨吹得十分响亮，三里地外都能听见，在冀鲁李家大院时，平日里招呼吴妈，总是一声口哨，吴妈是听惯了的。吴妈家就在李家大院外三里地，平时宿在李家大院，偶尔回家一次也是半夜。那时候，她家里的还在，吴妈要隔三岔五回去照看他。有一回，天气忽然转冷，吴妈半夜回家取衣服，刚一进门就被家里的按在炕头扯了裤衩欲行事，听闻远处口哨响，忽地不举，骂道："催命呢！"一脚将吴妈踹下炕去。吴妈赶紧拾起裤衩穿上，嘴里一迭声："家里的，冷暖自知，我去了！"回到李家大院，牛老四正从屋顶下来，吴妈抄起一根竹竿敲在牛老四头上说："你是成心的吧？大冷天的上房吹口哨！我才去，你就催命地吹！我不回来，又怕真的是老爷有事使唤，明明知道你这催命鬼在捣鬼也只好回来……"牛老四扭头就跑，吴妈举起竹竿一边追着打，一边骂道："叫你再吹，叫你再吹！"牛老四被打得抱头鼠窜，从此不敢再对吴妈吹口哨。

此时吴妈听到熟悉的口哨声响起，连忙竖起耳朵，手搭额头朝口哨响起处瞭望，循声走下石阶。只见牛老四隔着老远朝她挥手，快速将船撑了过来。牛老四将船靠岸停稳，在石柱子上系了缆绳，往石阶上搭上艞板。吴妈走下石阶，唤过外甥，帮扶挑夫将四大坛酒挑到船上，下到底舱。按主人吩咐做上标记，和三只大肚瓦坛混在一起。上得甲板，银货两清，打发挑夫回去，牛老四起篙行船。吴妈引领外甥来到前舱，叩见李善仁。李善仁见她外甥果然人高马大，身强体壮，心下已有三分欢喜，夸奖他额圆嘴方，一副忠厚之相。吴妈说他亲生母亲嫌他嘴大牙阔，常刻薄他血盆大口阔板大牙，家里有多少稻谷都要被吃穷，所以送他去嵩山少林寺学拳。因张嘴一口大门牙，村里人不叫他名字，都叫他赵大牙。李善仁微笑道："为何没叫你赵大胆？"

吴妈外甥一本正经地回答李善仁说："嘴大在面上看得见，其实胆子也大。当初在少林寺学武，因少林寺林木茂密，猛兽出没，僧众不敢单独习武，唯独我不怕。一日早起，遇一群恶狼在山门外徘徊，师兄们吓得躲进大殿不敢出声，我一人独斗群狼，送它们都去见了阎王爷，从此少林寺再无野兽敢来。因肝胆在内，别人看不见。故此未有人叫我赵大胆。"说得李善仁哈哈大笑，已有五分欢喜。问他多少岁数，一餐可吃多少。吴妈外甥答曰："过了年一十五岁。"又指着李夫人怀中一只盆大的手炉说，"一餐手炉大小三碗米饭不在话下。"李善仁微微点了点头，叫吴妈去灶房端饭菜来，让她外甥吃饱了说话。吴妈端来三大碗白米饭、些许隔夜剩菜，她外甥二话不说，端起饭碗就往嘴里扒，急得吴妈在一边再三跺脚："你道是比武啊，谁叫你来拼吃饭？"她外甥却无暇旁顾，风卷残云般将饭菜吃了个底朝天。吴妈见状满面忧愁，生怕主人嫌鄙，毕竟亲生母亲都嫌他嘴大牙阔吃穷家底，这一副吃相还不把初次见面的李老爷吃怕？谁知李善仁却喜出望外，心中早有了七分喜欢，说道："你这饭量，真叫人高兴。人是铁饭是钢，孩子正在长身体，吃饱了才有力气嘛！"又问："你这是几日未进食了？"吴妈外甥如实相告："不瞒老爷，三日未吃饭了。"李善仁说："果不其然。还可饭否？"吴妈外甥答："现在坐着吃饱了，一会儿站起来恐又可食。"吴妈愁得直皱眉头。李善仁又笑，称孩子实诚，是棵好苗，心中已然有十分喜欢，说道："名字俗气了，把'牙'字去掉，就叫赵大吧！"吴妈闻言，知道李善仁已将外甥招用，立刻转忧为喜，改口叫外甥："阿大，还不快谢老爷看待！"李善仁笑道："大哉乾元，万物始化，朗朗乾坤，以大为本，才能生生不息。阿大这个名字也叫得好！"然后又问他在少林寺几年了？赵大答："三年。"李善仁叹了一口气说："那你饿了三年！"赵大尴尬地垂下头说："我亲生阿妈生了我这张大嘴却不管饭，我以为一定会饿死。如今大人肯收留我，实乃救命恩人，日后当涌泉相报。"李善仁见赵大憨厚诚实，身体强壮，言语恭逊，心下已十一分喜欢，遂叫赵大留下在船上帮扶。李善仁嘱咐他跟随吴妈做帮手，空闲时帮扶摇橹。吴妈有了帮手，兼是亲人做伴，煞是高兴。甥姨两人视李善仁为大恩人，上岸采购、下船打杂，里里外外照应周全。李善仁看在眼里，喜在心里，也视两人为一家子，和气相待。吩咐吴妈，不用每天上岸，每次上岸尽量多购几日所需，嘱咐赵大切不可年轻气盛出头惹事。又吩咐牛老四，无事不得靠岸，靠岸不得超过一个时辰。亦无须卖力撑船，随波逐流即可。牛老四便不再摇橹，只拿竹篙有一篙没一篙地撑着。

不一日，船行驶到北运河的尽头一岸滩处，过了岸滩便是黄河。欲继续南下，必须进入黄河，逆流而上百十里可再次岔进南运河。可是，此时黄河有冰凌漂浮，船只都不敢通行了。

黄河自西向东，弯曲如鳝，到达黄土高原时掉头向北，初春时节，因南北温差大，北段河流渐冻。南段河水仍滔滔不绝向北涌来，遇上封冻河段，就此堵塞成坝。太阳一出，冰雪消融，水鼓冰开，形成声势浩大的凌汛。到达冀鲁时，河道再次向南，河水夹带着浮冰如刀刃般顺流而下，所向披靡。这个时候，除了那些为了生计仍在黄河上放木排的船工，没有人敢在河中过。

这岸滩是北运河上最后一个回水沱，虽与黄河相通，但水势没有黄河那样湍急。它地势平缓，黄河水拐弯进来时已少了许多戾气。岸边有一大片丛林，围住整个回水沱，是一个天然避风港。但是，这里方圆十里地没有旅店、客栈，即使有，李善仁也不会去投宿，他不可能将生计银搬至客栈，更不可能人在客栈住，生计银留在船上。因此将船在岸滩搁浅了，暂且在船上滞留。

第二天，天气忽然温暖，黄河水异常平稳。牛老四准备解绳开船，要趁早过河。李善仁说："此去南运河还有百十里，保不准会突然遇上冰凌。要是遇上冰凌，必将船翻人亡。过黄河的时日还早呢！"果不其然，入夜后，河中"吱吱嘎嘎"响了一夜，第二天日中，汹涌的冰凌出现了，它们相互挤压着，有的被挤压得竖立起来。它们顺流而下，势如刀剑，连放木排的也歇手了。牛老四不禁为李善仁的高瞻远瞩折服。但是一家子人滞留在船上也不是个办法，牛老四和吴妈都为此着急。而李善仁却不急，放眼望四周，清冷的阳光下河滩呈现一片金色，丛林环绕之下，犹如与世隔绝一般静谧安详。李善仁的眼睛直直地盯着远处看，一看就是老半天。原来远处突出于黄河的河滩上，有一个窝棚。窝棚内有一个汉子，天气晴朗的时候，他就会将一张羊皮筏子拖出来，坐在筏子上抽旱烟，从不离开窝棚半步，只有当河里有物件下来时，才会一跃而起，用长长的铁钩去钩。窝棚外堆积着大量从河里捞起来的木料和各种杂物，背阴处竖有一根木杆，像孙猴子七十二变大战三只眼杨戬，变成庙宇后无法隐藏的那条尾巴高高竖起。木杆下还有用烂木、石块垒起来的香烛台。每天卯时，就有一位头上蒙着头巾的女子来给汉子做吃的。女子一来，汉子就拖起羊皮筏子进窝，两个人都睡到筏子上，羊皮筏子就如浪尖上的小船一般颠簸起来，半个时辰里不消停。过后，窝棚内便飘出袅袅炊烟。显然，那女子是汉子的婆娘，汉子为了生活，不得不在凌汛期也要在黄河边劳作。待到炊烟散去，女子走了，汉子又拖出筏子，一如既往坐在筏子上抽烟。待到日落再将筏子拖回去当床睡，日复一日，不思改变。

这天清晨，晨雾散去，天气转晴，东方出现了瑰丽的朝霞，女子又来了，汉子连忙拖起羊皮筏子进窝，筏子便又不消停起来。窝棚是没有门的，汉子早已发现岸滩边停着一条船，但他并不介意，也不过问。女子来时，便往窝棚门上挂起花衫裤衩、棉裤棉袄，聊以遮掩。久违的太阳露了头，难得一见蓝天碧云，窝棚内飘出炊烟，给这一片岸滩增添了一分难得的生机。女子一走，汉子照例又拖出筏子，在河滩上就地而坐，面朝滚滚黄河点燃旱烟，窝棚重归安宁。

几天后，北风一吹，下起雪来。眼看船上备货已不多，吴妈为此十分焦急。李善仁却每日在船舱里喝茶看风景，并不着急。在李善仁眼里，这里人迹罕至，是一个难得的好地方。

这一日，李善仁走出船舱，朝窝棚走去，阿大紧随其后。

李善仁对窝棚观察已久，汉子一定是靠河吃饭的船工或者水鬼，是有家室、为了生计而在黄河边拼搏的穷苦人。李善仁来到汉子面前，他的身影挡住了汉子眼前惨淡的光线。汉子抬起头，眯起眼打量这位不速之客。见他一身青色长袍，脚穿布鞋，目光犀利，虽一身平民打扮，但眉宇间透露出儒雅之风，汉子也不说话，只顾"吧嗒吧嗒"抽旱烟。李善仁见汉子的脸上，布满了深深的像刀刻一样的皱纹，两只眼睛浑浊无光。一双手像一对佛手瓜，每一根指头都像棒槌，粗得好像弯不过弯来，手背上的皮肤皱巴巴的，像榆树皮，是一个饱经风霜的中年男子。

李善仁面带笑容招呼道："天气又转冷了……"汉子收起目光，面无表情，抽一口烟，朝空中吐出一口烟气，说："是啊，很快黄河就要结冰了！"汉子愁苦地说道，突然间两眼突然放出光芒，就如猎狗发现猎物而发出的绿光。只见他像旱地蚂蚱一般蹦跳起来，将手中烟杆朝沙砾上一扔，迅速穿上葫芦瓜做的腰舟，拖起羊皮筏子朝河中奔去。李善仁顺着汉子奔去的方向望去，发现河中漂来一团黑乎乎的东西，随着水流上下起伏，一会儿沉入水中，一会儿浮出水面。当它再次浮出水面时，李善仁才看清，那是一具尸首。汉子奔至河边，没等他推动羊皮筏子入水，一个浊浪翻卷过来，那尸首就自己跑到河滩上来了。紧接着又一个浊浪翻卷上岸，眼看尸首就要重新卷入河中，汉子果断地扑上去，将尸首死死摁在身下。前一个浪头退下，后一浪还未来时，汉子迅速将尸首拖上岸，一直拖到窝棚边烛台下，那是一具衣着体面的男尸。汉子很高兴，把尸首洗净，挂在屋后木杆上晾晒。做完这一切，见李善仁和赵大仍未离去，问李善仁道：“客官，哪里来？”

李善仁自称是生意人，在运河上做小买卖，因黄河凌汛受阻于此。凌汛遥遥无期，现已在船上住了五天。欲另寻住处暂栖，谁知方圆十里竟无一处客栈，如今为此发愁。借机和汉子客套起来：“干此营生，如果没人来领，就会白忙了吧？”汉子答道：“非但白忙，还须帮忙埋了。干我们这一行的，要么不去碰它，既然碰了它，就要让死者入土为安，否则死者灵魂无处安息，就成了怨尸，于捞尸人不利。也有投回水里让它自行漂去的，但这样的话，它的家人和朋友都不知它已死，它就不算真的死了。会有人替它制造出许多好的或坏的经历，这个人的灵魂就不得安生了。”

李善仁说：“原来还有如此一说！如果死者经历了几次钩起来又放回去，从上游到下游，那会有多少种故事？”

汉子抽了一口烟，吐出一团烟雾说：“那就真成了孤魂野鬼。”然后望着黄河不再说话。

李善仁与之一番交谈，已拉近了两人间的距离，此时问道：“请问壮士尊姓大名？”

“鄙人姓李名铁头，穷人家取名随意，见笑了！”

李善仁道：“真是有缘，你我五百年前是一家，鄙人也姓李，名善仁，和善的善，仁义的仁。”又问：“壮汉今年贵庚？”铁头答：“今年虚岁三十有一。”李善仁说：“鄙人今年四十有二，虚大一十一岁。”又问他怎么一个人在这干此营生，如有不测，多有不便。铁头见是本家，又见他谈吐不俗，出行还带随从，猜想他非富即贵，却不肯移船他处，或到岸上寻找客栈歇脚，一定是惹了麻烦或有诸多不便。捞尸人身上阴气重，一般无人愿意与之打交道，而这位客官却不避忌讳，愿意和自己说话，随即热络起来。说不只是他一个人，这一片河滩上，曾有捞尸十兄弟，都是前些年黄河发大水，从河南家乡逃难来的庄稼人。来到此地无地可种，一无钱财二无手艺，只能靠山吃山靠水吃水，水中捞尸为生。前些年，兄弟中死了一半，都死于尸煞，莫名其妙跳进黄河寻死，拦也拦不住。剩下的四位兄弟因汛期歇息在家，只有他家中有新媳妇，不得不在汛期还要下水作业。李善仁听铁头说还有四位兄弟，就说：“这位兄弟，我船上也有老婆家人一大帮，如若去了客栈，这艘船无法安顿。可否将四兄弟招来，如今正好歇了捞尸的活，用你这些废旧木料，帮我在丛林边搭建几间吊脚楼暂住？报酬按行价分文不少，只有多给，不会少付。”

铁头见李善仁船上有家人，说话在理，待人和善。今凌汛锁河，无以为生，搭建吊脚楼也非难事，有如此好事何乐而不为？当即问道：“这位客官说话当真？”李善仁答道：“句句当真。”铁头大喜，说道：“客官屈尊相求，是我等‘水鬼’之大幸，小人定当鼎力相助。”李善仁喜上心头，与铁头约定，楼屋建成后，倘若自己离去，楼屋和各兄弟各半所有。铁头听了，喜出望外，想自己必定是积了阴德，如若不是，怎会有如此好事。李善仁说：“那就请好汉尽早唤来四兄弟，早日建起楼屋，使一家人免受风雨之苦。”铁头当即应允：“兄弟一贫如洗，唯有些力气可使，客官若另有用得着兄弟处，也尽管吩咐。”李善仁说：“如此甚好。”和铁头约好，待他唤来四兄弟，即可动工。李善仁和赵大回到船上，告知夫人如此这般。夫人也是喜形于色，称在岸滩暂住再好不过。

翌日，铁头召来水鬼兄弟，将前事一说，四位兄弟哪里肯信，天上掉馅饼，哪有此等好事？都道铁头大概是被新媳妇迷了神魂，做起了白日梦。铁头无奈之下，只好请来李善仁当众红唇白牙将打造吊脚楼一事与四兄弟叙述一遍。四兄弟听了将信将疑，先磕头谢恩再说。李善仁为打消水鬼兄弟们的疑虑，从酒坛里舀出好酒，召集水鬼兄弟在船边岸滩上席地而坐，叫吴妈烧几样好菜，和水鬼兄弟义结金兰。老大李铁头，依次往后为老二方宗明、老三、老四为陈英文、陈英武两兄弟，老幺是年龄最小的万中秀。兄弟们齐称上辈子积德，才有此生天大的福报，尊李善仁为堂主，李善仁受之无愧。水鬼兄弟择日开工。李善仁见铁头窝棚后面木杆上吊着的尸首至今无人认领，与铁头商量将它埋了。铁头连忙表示歉意，连日来，为打造吊脚楼的事倒把这个事给忘了，吩咐兄弟们将尸首放下，就地掩埋。谁知埋的是官老爷的儿子，日后起出来，得到官老爷的鼎力相助，真是好人自有好报。此是后话。

水鬼兄弟热火朝天打造吊脚楼，李善仁好酒好肉款待。铁头感激不尽，将河滩上囤积的木材悉数奉送，河滩取沙、砸石，齐心合力，犹如营造自己家园一般。只十来天工夫，岸滩上便竖起一幢高耸的吊脚楼。完工之日，延请夫人下船，到楼上卧房安顿。楼下本是为栏圈猪牛或堆放杂物而筑，李善仁嘱咐辟做酒窖。将船上七只瓦坛悉数搬来，标了记号的埋于底层沙土下，买来的四坛酒放在地面上压着。拾掇停当，放炮庆贺。

当晚，水鬼兄弟齐来贺喜。李善仁早已吩咐赵大和吴妈去十里地外镇上置下荤蔬吃食，吴妈做下佳肴，就在吊脚楼下席地而坐，酒坛里舀出酒来，尽水鬼兄弟敞开喝。水鬼兄弟喝得醉醺醺，吵吵嚷嚷，要李善仁和李夫人喝交杯酒、入新房，直闹到月上西山方才散去。李善仁亦是高兴，不觉多喝了几杯。清晨醒来，见窗棂外晨霭苍茫，山峦起伏初露形廓，一缕晨曦透进屋内。屋内煨着炭火，温暖如春。夫人侧身枕臂，兀自沉睡。李善仁不觉欲念勃发，一把将夫人从后面抱住，前胸贴着后背，犹如两把汤匙叠合，毫无间隙。夫人睡梦中醒来，见窗外朝霞似万簇金光从鲜红的云层中迸射出来，一轮红日一跃而出，不觉燕声呢喃道："此地甚好，可在床上观日出，真乃良辰美景。"李善仁笑道："窗外美景怎比床上美色？"夫人慵懒侧身，床笫承欢。一个徐娘半老风韵犹存，一个白首之心宝刀未老，颠鸾倒凤，竭尽恩爱。

翌日，李善仁又请水鬼兄弟将摇橹木船拖上浅滩，在木船外搭建窝棚遮挡风雨。此后，水鬼兄弟又在主楼两边，打造两幢副楼，历经月余，左右副楼也都完工，嵌以石灰，抹上桐油，吊脚楼在阳光下熠熠生辉。两幢副楼，一幢家丁、仆人住，一幢五兄弟自住，如卫兵一般护卫主楼，李善仁甚为满意。众兄弟搬进新屋，又移植了几棵高大树木在屋前，日头高照时，洒下一片绿荫。最妙的是二楼窗户外有一排探出楼屋的座椅，坐在座椅上，可以远望青山含黛，近看黄河烟波浩渺，运河波光粼粼。李夫人尤其喜欢，盛赞此乃世外桃源，人间仙境。

在吊脚楼安顿下来后，李善仁吩咐赵大去镇上租下两匹快马，然后修书一封，差赵大北上京城李大人府中，将家中遭管家暗算，私通小妾窃掠财物潜逃、李家大院遭贼匪悉数焚毁一事告知，请李大人差捕役捉拿金相玉和李小娘子一对贱人归案。另遣牛老四沿黄河绕道滨州涉水至苏北赴上海，打探兵工厂近况。

先说牛老四快马加鞭，日夜兼程，不一日来到上海，按图索骥寻找兵工厂，哪里还找得到。因庚子年以来军需紧迫，上谕扩大生产，商人们将一个厂办成十几个分厂，又在偏僻的高昌庙觅地新建了总厂。牛老四好不容易找到高昌庙新厂，递上股东权证文书，得知李大人已死于京城贤良寺，朝廷大局已换了袁氏执掌。牛老四连忙拿了变更文书，心急火燎地回岸滩复命，却遇船厂工人罢工，道路阻断，因此在城里耽搁了些许日子。这一日，路障撤去，工人复工，牛老四丝毫不敢怠慢，马不停蹄赶回岸滩。

不一日，牛老四回到岸滩，见过李善仁，将上述事件一一禀告。李善仁见消息有好有坏，有喜有忧。好消息是兵工厂在扩大规模，作为股东，他可以坐收渔利；坏消息是李大人已过世，袁氏上位，自己还蒙在鼓里。因家事生变，耳目闭塞，没能赴京奔丧，担忧因此造成不可挽回的损失。袁氏执掌北洋军以来，觊觎兵工厂已久，不知会否将兵工厂收归朝廷。如今李大人已仙逝，赵大却依旧给李大人送信，必然要闹出笑话来。不然的话，应该改去拜见袁氏才对。想他赵大早已抵京，为何至今未回，想要亲自至京拜谒袁氏，又虑京城情势不明，不宜轻举妄动。倘若袁氏知晓他拜谒李大人不成转来晋见自己，必将弄巧成拙，贻笑大方。从牛老四带回的消息看，上海也不太平，现时贸然迁居上海，也不是一个好时机，便决定且安心于此，等待赵大回转再做打算。

可也怪，自岸滩建起吊脚楼以来，黄河水就变清了，上游也很少再有浮尸漂来。水鬼兄弟歇了水鬼营生，尽心尽力为李善仁看家护院，闲暇时在堤岸上开垦荒地，种粮种菜自给自足，日子过得颇为安逸。紧接着又在岸滩空处营造了好几幢吊脚楼，相邻吊脚楼之间又搭建裙楼，将所有吊脚楼都连成一体。往来船商见沙土上凭空出现一片深棕色城堡似的建筑，近看吊脚凌空，一檐飞天；远观虎踞龙盘，错落有致，好似一幅巨大的绝美的山水画屏风，颇有秦汉之韵、清幽之美，无不叹为观止，都将船只在此停靠歇脚。

这一天，李善仁早起漱洗，李夫人自觉身子慵懒，在床上问道："今天怎的起得这么早？天还没有亮呢。"李善仁推开窗户看天色，果然启明星高挂，天还未大亮，喜鹊却已在屋檐下"叽叽喳喳"吵个不停。平时总是夫人先起，服侍他洗漱完，他要坐在床上抽完一筒烟才起床。今天，勤快的喜鹊将他吵醒了，没等夫人醒来，他已起床摸索着找烟抽。李夫人赶快起身下楼去灶房打水。吴妈在灶房准备早膳，见夫人下楼，上前伺候道："不消夫人亲自下楼，只消吩咐一声，吴妈即可上楼服侍，不要上下奔波累着了身子。"李夫人说："不打紧，每天这点爬上落高还是需要的。"吴妈问："今日感觉如何？"李夫人道："没有动静，恐怕是白欢喜一场。"

吴妈很肯定地说："不会的，老奴从未看走眼过。"

李夫人说："如此便好。"拿盆盛了水上楼。李善仁盥了脸漱了口，拿过烟筒去烛火上点燃，刚贴上烟嘴吸了一口，忽听见身后夫人发出奇怪的声音，回头一看，夫人呕了一地，不觉放下烟杆来问道："夫人，怎么回事？"

李夫人不及答话，又呕出一大坨酸污秽物来，清水夹着黄水，眼泪鼻涕一大把。李善仁连忙呼喊吴妈。夫人却手抚肚子面露喜色，嘤嘤说道："老爷恐是有喜了！"

"说的什么话，怎么我有喜了？"

李夫人欠了欠身，说："妾身有喜了……不就是老爷有喜吗？"

李善仁问道："你说什么？"

李夫人又说："妾身有喜了！"

李善仁问："果真？"

"果真。妾身已一个多月没来月事，前天开始肚子里顶得难受，以为刚吃过酸梅反胃。昨日吴妈给妾身搭了脉，察了尿……说是有喜了。今早自觉身子慵懒，早起米水未进就反胃，怕是真的有了。"

李善仁听后高兴得合不拢嘴。这时吴妈已快步上楼，李善仁道："你看她呕得一地。"吴妈说："果然有喜了。不打紧，待我打扫干净。"李善仁问："你又不是郎中，怎知她有喜？"吴妈说："夫人告诉我，她上个月的月事是初八来的，今天已二十八还没来，最喜欢吃的蜜枣也不吃了，只吃酸掉牙的梅子。老身生两个女儿都是如此，因此猜想十之八九是有喜了。"李善仁听后哈哈大笑，心想刚才喜鹊在窗外交头接耳，果然是有喜事，情不自禁在夫人面前蹲下身子，将头附在她肚子上说："让我听听，有没有动静？"

吴妈扑哧一笑："恭喜老爷，贺喜老爷！"说罢下楼去取扫帚簸箕。

李夫人连忙躲开，掩饰不住喜悦心情，娇嗔道："像什么话，让下人看到还做人否，老爷的脸面放哪里去。再说，还早着呢，哪里会有动静，你以为怀的是妖怪？"

李善仁喜得合不拢嘴："我可不要妖怪。倘若怀的是哪吒，还不把夫人给折腾得死去活来？我也等不得他三年零六个月才降世。你本不该往灶房里去，引发呕吐如此，一切都有下人照应。从今天开始，再不要往灶房里去，只在房里，要吃啥尽管与下人说，好好养身子。"夫人含笑应允。

李善仁捡起烟杆来，在烛火下重新点上，边抽烟边思忖。此处山抱人家水抱幽，一处安宁，一隅清幽，夫人极为喜爱。本打算在此地歇息，多则一年，少则半载。如今楼屋刚刚建起，夫人就有身孕，此地更是李家福地。不过，凌汛即将过去，黄河就将通航，莫非老天不想自己在此久留？如若仍在此地驻留，来年开春孩子降生，难道还在吊脚楼里住吗？倘若现在不走，等到孩子降生后再走时，又有诸多不便。梁园虽好，但非久留之地，只等赵大归来，黄河开航，便要继续启程南下。

·第三篇·

恶有恶报

话分两头，各表一枝。却说贼匪尾随金相玉追了一整天，终究一人一骑追不过三驾马车，临近黄昏，金相玉已逃得不知去向，眼看前面村庄有绿林军驻守，贼匪不得不停止追击。金相玉摆脱了贼匪，不敢去村庄里歇宿，赶着马车跑到一个峡谷中，给马儿喂罢草料，在马车上歇宿。李小娘子怀抱婴孩在马车里颠了一天，吃不起劳顿之苦，央求金相玉回四仙村将她老母接来。老母与她相依为命，是她唯一的亲人，她不能抛下她不管。金相玉无奈，天亮往回赶路。出得峡谷，来到一个村口，一户农家老夫妇在树下摆摊，妇人向路人兜售皮毛山货，老汉给过往行人测字算命。金相玉向妇人要了一口水喝，脱下绸布长衫、摘了西瓜皮帽，向老汉换来一顶斗笠，一袭粗布长衫。刚穿上要走，被老汉拖住。从来人往高处走，水往低处流，绸布换粗布，这不是人往低处走吗？老汉将金相玉看在眼里，硬要给金相玉卜一卦。金相玉无奈，只得应允。老汉看了金相玉面相后，皱紧眉头说：“你这人面带凶相，恐有灾祸，我给你算上一卦，你须依爻行事，方可逢凶化吉。”金相玉笑了笑，心中却是有些生气，心想：“这莫非是算命先生惯用的伎俩？也罢，且看他怎么说！”于是开口道：“你且爻吧。”老汉拿来卦筒摇了一摇,即有一卦跳出。金相玉拾起来一看,爻曰：“悬崖上面翻跟头。”再转过来看签文，签文曰:“一见佳人便喜欢，谁知佳人是白虎；落马坡前见分晓，黑松林下定乾坤。”老汉捏着指头掐算一番说：“此去吉凶难料，务必小心行事。若要化解，须多做善事，改过自新，或可重新做人。”

金相玉听了，闷闷不乐，丢下一两银子便走。想那贼匪是过境四仙村，这会儿早已鸟飞兔走。但是李善仁虽坐上木船逃走，只怕他已报官，此番走回头路，实属凶险。可是李小娘子没有她老娘便不肯再走，金相玉只好硬着头皮冒险潜回四仙村。

金相玉在路上走了一天，夜晚仍旧在马车里歇。第二天来到四仙村，将马车隐于杉树林，袖里笼了两只包子，悄然来到张氏居所。张氏已饿了两天，缩在角落里，见女婿来到，喜出望外。金相玉从袖中取出包子递给张氏，说她女儿在马车上等她。张氏狼吞虎咽将包子吃了，跟起金相玉就走。及至树林上了车，见到女儿便抱头痛哭。金相玉不敢久留,催马上路,再次经过李家大院，见偌大一处深宅大院已成废墟，只剩残垣断壁，废墟中仍有黑烟冒出。一些衣衫褴褛的穷人在废墟上扒拉着寻找尚未烧毁的东西，一派劫后余生的颓废景象。金相玉心中忐忑，一心要离李家大院越远越好。不觉奋力挥鞭，快马加鞭而去。他不知道，李善仁自身难保，尚未顾得上报官。此番回头路金相玉是安全的，但前途充满险恶。

三驾马车载着一家人跋山涉水往南而去，不觉已到邻县境内。这里是丘陵地带，山不高，但树林茂密，常有剪径贼匪出没。金相玉不敢稍有怠慢，一刻不停地扬鞭催马赶路。午后来到一处坡地，抬头一看，路边巨石上镌有“落马坡”三个大字。金相玉心头一惊，此地果真有个落马坡？难不成要在落马坡见分晓？这个时候，李小娘子虽有老娘帮手，却是吃不起苦的，一路叫苦不迭，借口不要将马儿累趴了，要在此歇一歇。金相玉环顾四周，见此地四面环山，山上杂树丛生，脚下乱石磕脚。想起老汉的箴语，如今偏不在此地歇脚。便说乱石沟不可久留，恐有野兽出没，又前不着村后不着店，多有不便，只有赶在太阳落山前翻过前面山冈，到镇上找一家清爽旅店方可歇下。李小娘子便不作声，金相玉给马喂了一些草料后再次催马上路。前方都是盘山险路，果真是连马都难走的地方，车里又载着妇孺老幼，金相玉不得不下车牵马，小心翼翼盘着坡慢慢走。好在有三马共驾，马儿健硕，才不至于落坡。到达冈顶时已近黄昏。从冈顶望下去，山脚下集镇隐约可见，下山的路弯弯曲曲，但会省力得多。金相玉稍歇了一口气，见马和人都累了，便找了个向阳背阴的平地驻车，让马儿吃草。李小娘子不耐车上逼仄，下车坐在车踏板上，解了衣襟给孩子喂奶。

金相玉环顾四周，一边是光秃秃草木不生的山岭，一边是黑压压一片黑松林，整个山冈看上去就像被剃了阴阳头的罪徒，不觉大惊失色。情知此处不可久留，欲待马儿吃饱，就要一鼓作气下山。忽听见树林里隐约传出说话声，金相玉取下斗笠，吩咐小娘子和老母回到车上，仗着手里有火铳，前去松林里探个究竟。地上的硬草擦过他的裤脚，他迈开两条长腿磕磕绊绊地走进树林。那松林如夜色中沉睡的野兽，只在枝丫交错间洒下一些血红的夕阳，就像野兽发着红光的眼睛，让人不寒而栗。突然，林中传来救命声，金相玉记得老汉的话，欲行善事，俗话说救人一命，胜造七级浮屠，便手握火铳壮胆循声而去。见树林后有一伙贼人，一个小蟊贼跪在地上，向贼头模样的黑壮汉子磕头求饶。黑汉气急败坏将小蟊贼鞭打脚踢，欲将他一脚踢下山崖。旁边两个一伙的跪地求情，黑汉仍不罢休，骂骂咧咧道："大王叫我等下山筹措粮草，好不容易劫得一车，却让你这狗日的翻下山崖，叫我怎么空手上山？如若空手上山，大王肯定不饶，你若不死，我等都得死，记住明年今日是你周年。"说罢抬腿朝小蟊贼踹去，求情的贼人急忙抱住他腿，将头磕得如捣蒜一般，恳求看在生死兄弟的份上，且饶他一命，允他再去寻一车粮草。黑汉不肯，无奈腿脚被他死死抱住，抬腿不得，便举起手中梭镖向跪地的小蟊贼刺去。金相玉见了，不觉"啊"地叫了一声。贼人都回过头来，抱腿的也放了手，见是个白面书生藏身树林，这时欲窜出树林逃走。黑汉大喊一声："哪里走！"手中梭镖早已飞来，一枪扎中金相玉屁股。金相玉闷哼一声倒地，一摸一手血，也顾不得许多，爬起来继续逃命。可他千不该万不该往自家驻车的地方跑，将贼人引来，置一家人于险境。

金相玉踉踉跄跄奔至自家马车前，顾不上屁股流血，爬上车辕就要赶车跑路，却被黑汉手持梭镖追上。黑汉见一辆三驾马车，车上满载粮草，车内还有美貌女子，一看便是个富贵人家。真所谓天无绝人之路，水有无尽之流，他心中大喜，口呼："天助我也！"上前牵住马羁，双目圆睁，威吓金相玉道："给我下车！此车征用了！"金相玉立刻装出一副可怜相，作揖打躬，从怀里掏出碎银递过去，乞求放过自己：“好汉，看在车中老幼妇孺的份上，放我等一马，来生做牛做马相报。”黑汉哪里肯依，抢过银子揣进兜里，将金相玉拽下马车，一脚踹在地上，骂道：“去你妈的！我又不是你老子，你走了，我还追你不成？你我就此不见，如何还做牛做马相报。老子翻了车，正走投无路，你自己撞上来，不关我甚事，连你媳妇我也征用了！”说着朝车厢走来。李小娘子见黑汉色迷迷朝自己扑来，不觉尖声惊叫，怀中孩子也受到惊吓哇哇大哭。金相玉顿时怒从心头起，来不及从地上爬起，就从怀里掏出火铳，火药是早就装好了的，指向黑汉背后大喝一声：“且住手！”此时老汉的话在他耳边响起，金相玉思忖救贼是不是善事，杀贼是不是恶行。正在纠结是不是要开枪时，黑汉已拉开车门，和李小娘子扯拉在一起，金相玉再顾不得许多了，一个旱地拔葱从地上跳将起来，扑向车厢，对准黑汉胸口扣动扳机，“呯”的一声，枪口火光一闪，黑汉颓然倒下。其他三贼手持砍刀，三步并作两步赶来，一看贼头倒在地上，金相玉手中握着一杆火铳，火铳还冒着青烟，都不敢上前。

金相玉用火铳划来划去指着三贼道：“都退后，冤有头债有主，不关你们的事。”谁知黑汉倒地后未死，这时又蹿起来拼死扑向金相玉，金相玉近距离对准他心口又开了一枪，送他上了西天。其他三贼却没有吓跑，立刻散开，将马车围住，金相玉又朝天开了一枪，大喝一声：“让开，不要挡道！我不想杀人，但是子弹不认人。大路朝天，各走一边！”贼人愣了愣，后退一步，没想到金相玉屁股不争气，此时血流不止，疼得他一个趔趄跌倒在车辕上，龇牙咧嘴的脸都变了形。这屁股中枪，开始时只是麻胀，继之就像全身力气一下子被抽走似的钻心疼，疼得金相玉扑在车上无力起身，但他仍不忘用火铳指着贼人。谁想贼人却扔了手中砍刀，反向金相玉磕拜，自称大保、二保、小保，是受官府欺压，被迫落草为寇的三兄弟，人称清风寨三太保，刚才被打死的是山寨小头目。自称大保的对金相玉拜了又拜，说："好汉！方才不是好汉来到，我家小保必定性命难保。因山寨有一百四五十号人眼巴巴望着粮草续命，如今头目被你打死，纵然好汉不取我等性命，我等空手回去，也是一个死。"金相玉忍痛喝道："既然救你兄弟一命，你就不该对我要挟，放我一条生路，与人方便就是与己方便。不然休要怪我枪子不认人！"大保说道："大哥错怪了！我等并非要挟。我见大哥也是一条好汉，既然大哥不肯救我等性命，我等山寨回不去，走投无路，只能跟定大哥。只是家眷都在山上，我等不回，必将因我等受害，大哥怎肯见死不救？"一旁的二保对金相玉观察良久，此时开口说话，竭力劝说金相玉道："我见大哥一身穷苦人打扮，却有三驾马车，马匹个个精壮，车舆满载粮草，载了一家老小在外奔波，想必也不是安稳之人。如今你杀了人，我等若是横下心来报官，大哥必遭官府通缉。当今朝纲昏聩，天下不公，义民四起，大哥不如与我等一起上山，带领兄弟们占山为王替天行道方为上策。大哥救人救到底，况且大哥身负创伤，急需救治，若不及时救治，恐怕也是性命难保，望请大哥斟酌！"大保见金相玉火铳在手，不敢轻举妄动，此时又帮腔道："大哥送佛送到西，救人救到底，不如随我等一同上山吧！"说罢，叫小保取出金创药，给金相玉疗伤。李小娘子被金相玉近距离向贼人开枪吓得昏晕过去，刚才一声枪响又将她震醒，此时见金相玉与贼人周旋，屁股上汩汩地冒出血来，而贼人并无恶意。便顾不得许多，救夫君性命要紧，将怀中孩子交予老母，战战兢兢跳下车，接过小保手中金创药，要替金相玉敷药。

金相玉见自己的境遇已被几个贼人看破，且贼人所说不无道理。自思李小娘子老家虽还有老宅，但他断然不敢去投奔一个受刑之家，将自己行踪暴露。山下虽有客栈可住，倘若李善仁已报案，或者贼人破罐子破摔报官，官府肯定派人来捉，到时候必死无疑。现时若坚决不从，贼人没有退路，或与自己拼命，他们手上都有砍刀，虽然自己有枪，但一枪不能打仨。即使自己会些拳脚，如今屁股被梭镖戳伤，血流如注，也是心有余而力不足。贼匪以三打一，自己寡不敌众，未知鹿死谁手；倘若发生混战，车中娘子老幼性命都将不保。如若贼匪跟定自己，一样会受连累，且以自己有伤之身，要驱赶马车远走亦不可能，更有性命之虞。思来想去，只有暂且去山寨避难一条路可走。有满车粮草，再有意奉送一些银两，山大王一定不会为难自己，先入伙避难，视后情再做打算是上上之策。只恐车中财物将遭瓜分，须先设法隐匿。既然落草为寇，即是同寨兄弟，若将财物藏匿于李小娘子母女身上，贼人一定不会搜身。算计定当，大呼一声："罢，罢，罢！想我一生清白，与世无争，欲行善救人，不想惹祸上身。一介书生无可奈何，只好随你等落草为寇了！"说罢放下火铳，脱了裤子让李小娘子给伤处上药，趁此机会嘱咐李小娘子，赶快将车上财物分散藏于娘俩身上，不要让贼匪察觉。

贼人见金相玉听从了建议，立马大喜，连忙牵马过来，又从金相玉的车辕里解开一匹马，一人一骑一马，待李小娘子替金相玉创口上了药，将金相玉扶上车，将车舆夹在中间，往清风寨而去。不多一会，金相玉创伤发作，虽上了伤药，还是体力不支，掖了火铳，就在李小娘子怀里昏睡过去。贼人不敢走大路，专拣崎岖小路走，一路颠簸，翻过三道冈，午夜时分才到达清风寨地盘。过了二道寨卡，在第三道寨卡卸下马匹，来到一道山崖前。金相玉被李小娘子推醒，见山崖挡道，山崖上有石阶百十级，崖上才是贼窝子，必须爬上石阶才能到达。金相玉心有胆怯，抖抖霍霍不敢迈步。贼人见状，一左一右将金相玉架起来，拖着他来到石阶下，说道："上得台阶便是大王窝棚，早有喽啰上去通风报信，现时一定篝火高烧，大王升帐恭候呢！"

金相玉别无退路，咬紧牙关一瘸一拐攀上崖顶。崖顶有一个巨大的岩洞，洞口插着旗杆，上挂一面"清风寨"旌旗。金相玉昏昏沉沉被三保兄弟引去叩见山大王。

山大王人称陈三虎，是个肠肥脑满的胖家伙。大保将实情告知，再三称同行的头目争胜逞强以致被来者误杀，现说动来者入伙，任凭大王发落。陈三虎见有一车粮草入伙，来者又乖乖地将身上所有银子悉数奉献，已自欢心。思忖他一家老小都在车上，老母慈祥，女子貌美，又见金相玉文质彬彬，不像个蓄意杀人之人，暂且信过，叫随营郎中验过枪伤真伪，给他治伤，引去窝棚暂歇。大保引见有功，升做头目，又领了一笔赏金。而二保、小保功劳全无，大为不满。

金相玉得到随营郎中及时医治，性命无虞，在山寨安心养伤。伤好以后，陈三虎见金相玉能算会写，非但没有为难他，还升他做了管事。金相玉半世打工，一朝为"官"，好不得意，却不知陈三虎另有所图。

陈三虎有四个姨太太，其中两个是他提升手下做了头目后，头目贡献出来的婆娘。李小娘子虽布衣素装却掩饰不住天生丽质，来到山寨后，将他四个姨太太都比下去了，陈三虎心中存了邪念，欲将李小娘子也收做姨太太，不久便提升金相玉做二大王。金相玉不明就里，做了二大王后，恰似金榜题名，不觉趾高气扬。李小娘子更是满面春风。自娘家横遭变故以来，落魄至今，如今夫君做了山寨二大王，仿佛自己就是压寨夫人，自觉是今生最风光的时刻，虚荣心大大满足了一番。金相玉倾力扶助陈三虎，将山寨打理得井井有条，陈三虎多有褒奖。金相玉是读过书的，而各头目都是粗人，金相玉不将他们放在眼里。大保不服，金相玉是他引荐上山的，金相玉做了二大王，他只升做小头目，言行之中对金相玉颇有不敬。陈三虎心怀叵测，有意激他，对他说："你别不服气，金相玉虽然白面书生一个，还是你引荐上山的，但他能算会写，打理山寨驾轻就熟，你能比得上？"大保见陈三虎如此说，憋了一肚子气道："山寨的兄弟们、马厩里的马匹，都要粮草供养，总不能靠嘴皮子、靠算盘吧？清风寨是靠兄弟们拼死打下来的，筹粮保寨也得靠咱兄弟相助才成，他金相玉算个老几，大王要如此高看他？"陈三虎说："你若不服气，可以和他比武。你要是压过金相玉，自然由你做二大王。"大保是个粗汉，听了此话信以为真，一拍大腿说："大王一言九鼎，说好了，若我将他比下去，二大王的位置就是我的。"陈三虎说："大丈夫一言既出驷马难追，你若在比武大会上比过他，叫全寨人都服你，做二大王也就不难。"又对大保耳语道："你若真比过他，可将他当场杀了，二大王的位置才坐得稳！”大保惊道："此话当真？”陈三虎道："当真！”大保才知陈三虎提拔金相玉是假，要他性命是真。便在陈三虎面前夸下海口，杀掉金相玉易如杀一只鸡，凭他三指锁喉之功，可将金相玉一招致死。陈三虎大喜，他要的就是大保这句话。等不得清明过去，陈三虎就召集起全寨人马在大王窝里举行比武大会。大保雄心勃勃，欲将金相玉一招锁喉，金相玉不知就里，卸下身上护甲，轻装上阵应战。陈三虎端坐交椅，坐看好戏开场。大保解下束腰带，耀武扬威地出场来，金相玉也是赤手空拳，两人就在大王窝里斗将起来。众人以为陈三虎心血来潮，以娱乐的心情来看两人比武，连女眷也都来了。陈三虎要的就是这个效果，稳坐交椅，静观两人你来我往争斗。贼眼望向女眷座上的李小娘子，想着马上就可以如愿以偿将美人拥抱入怀，心里美滋滋的，脸上露出一丝奸笑。大保果然出手不凡，近身肉搏，拳拳到肉，招招见杀气。陈三虎心中暗喜，想他金相玉今日命不久矣！金相玉却毫不示弱，见招拆招，以柔克刚，总能化险为夷。斗到第二回合，大保耐不住，一上来就气势汹汹施出他的绝招鹰爪功，三根指头弯曲成铜筋铁骨似的鹰爪，直插金相玉咽喉。金相玉见他来者不善，便使出少年时就练成的少林护体神功，手臂运力一挡，直接将他震开，然后走出凌波微步，钻入他裆下，以迅雷不及掩耳之势，将他拉在背上，一招“仙人指路”将他重重摔倒在地，反手拿住他手肘。大保一声哀号，早被金相玉捏住后颈摁到地上，犹如狗吃屎一般。窝棚里立刻响起一阵雷鸣般的掌声和尖锐的口哨声，其中不乏平时被大保欺侮敢怒不敢言的人。大保威风扫地，颜面尽失，从此对金相玉怀恨在心。各头目见金相玉武功了得，都对他心悦诚服。陈三虎假意对金相玉恭维了几句，对他更是忌惮，一计不成，又生一计。五月初三是陈三虎的生日，四月刚过，他就对金相玉委以“重任”，将他派往山下筹办生辰纲，此去少不了十天半月，他可以对李小娘子从容下手。做了头领奉献婆娘是山寨的规矩，到时候生米煮成熟饭，谅他金相玉亦无话可说。

金相玉下山后，陈三虎即将李小娘子叫到大王窝里“议事”。平日里陈三虎请女眷议事也是常事，议的都是家眷们的日常琐事，李小娘子有请必到，而且极喜欢这样的“议事”。虽然她对于寨事百事不管，但她生性妖娆，一有机会便要展示自己的风采。俗话说，虫子即使趴地下，蚂蚁也要来挑逗，李小娘子丰姿绰约，又喜张扬，陈三虎如何按捺得住？借着议事与李小娘子套近乎，一对水泡眼只在她身上滴溜溜转，他的姨太太们便齐刷刷向李小娘子射来嫉妒的目光，李小娘子每每引以为傲。

此时，李小娘子踏进大王窝棚，见窝棚内只有陈三虎一人，李小娘子心中已然明白，也不声张，神闲气定入座，且看他如何说话。清风寨处于山巅悬崖之上，极其寒冷，五月天，窝棚内还烧着炭火炉，热气腾腾，炭火炉上烤着玉米棒子和牛羊肉，满窝棚飘逸着一股畜肉烤熟了的香味，令人馋涎欲滴。陈三虎膀粗腰圆，上身只穿一件粗布马甲，下身穿一条宽大裤头，裸露着臂膀和肚脐，脸上堆起笑来道：“来，来，来，娘子坐下，先喝一杯暖暖身。”说着走去掩上门。桌子上早已摆放着碗筷酒肉，李小娘子大大方方坐下，将酒碗推到一边道：“不是议事吗？怎的喝酒？”

陈三虎嘿嘿笑道：“不急，娘子先喝酒吃肉再议事……”说着又从烤炉上拿来一大撸烤羊肉，举到李小娘子面前道，“娘子尝尝，刚杀的羔羊……”

陈三虎说话的时候马甲下圆润的肉肚脐一突一突的，不像是上面嘴巴在说话，倒像是下面肚脐眼在一开一闭地发声，引得李小娘子的目光不由自主地停留在他肚脐眼上撇不开去，见他矮墩墩圆鼓鼓的小丑模样，不免想起《安禄山谄贵妃》这出戏来，心中好笑，故作镇静，颔首而笑。陈三虎见状，以为李小娘子对他有意，便凑到李小娘子跟前说：“娘子真乃好气度，大王我若得娘子做压寨夫人，就是死也值了！”一股羊膻气迎面扑来，李小娘子连忙闪身避开，说道：“小女子不会喝酒，也不吃牛羊肉。今日所议何事，为何众女眷都未来？”陈三虎将一张胖脸凑到李小娘子眼前，伸手抬起她下巴，一张肉嘟嘟宽厚的嘴唇几乎贴到她樱桃小嘴上，色迷迷说道：“自从娘子上山，寨子增色，军心稳定，今日不议寨事，只请小娘子叙情。”

这陈三虎与其他贼匪不同，他早年上过私塾，言语温文尔雅，相貌也非凶神恶煞，因此李小娘子并不害怕。殊不知他表面温文尔雅，内里心狠手辣，寨子上下暗地里都称他“笑面虎”。此时，李小娘子轻轻将他推开，款款道来：“大王虽为绿林好汉，焉不知男女授受不亲，名花有主岂容你再摘？大王虽有无上权力，但也须行必有正。你既然已有一正三副四位娘子，理应好好对待她们才对，你却还嫌不够，又下山强抢民女。山下百姓怨声载道，纷纷逃离，以至于就近无有粮草供养。你是读书人，非獐头鼠目之辈，个中道理难道你不懂？我系官宦人家小姐，二大王也是有身份之人，只认大王是个读书人，才肯落草助你，如今他在外为大王卖命，你却觊觎他婆娘，难道不怕寒了兄弟们的心？你是头猪还是狼？

是人还是畜生？”

李小娘子的一席话，说得陈三虎一愣一愣的，半晌说不出话来。李小娘子见状道：“既然大王只请了小女子一人，又非寨事，小女子恐受流言蜚语之祸，即刻告辞！”说着就要离去。陈三虎急忙拦住，说：“娘子说得极是，真是相见恨晚！娘子有沉鱼落雁之容，闭月羞花之貌。自从第一眼见娘子美貌，我是日日思念，夜夜梦见，再也放不下，欲求一近芳泽，便死也值了！求娘子可怜见我！”

李小娘子见陈三虎恬不知耻，怕落入贼手，急欲脱身，便道：“我把道理已与你说得明白，我是有夫之妇，劝你打消这非分之想。”

“娘子不明白我的心思！”

李小娘子见他不肯罢休，便假惺惺问道：“不知大王心思如何？”陈三虎恬不知耻说道：“大王我欲请娘子做压寨夫人，到时候享不尽荣华富贵，不知娘子意下如何？”说着将李小娘子拦腰抱住，嘴中酒气合着羊臊味便朝她脸上喷来。李小娘子欲拒还迎，与他周旋，要摸他底细，假意问他：“如果我做了你的压寨夫人，我的二大王夫君怎么办？”

陈三虎马上丢开假面具，露出凶恶真相：“二大王若肯依便没事，如若不肯，闹将起来，便杀！”李小娘子说：“如此说来，小女子刚才一番话，大王些许都没往心里去！同为一个寨子首领，你是大王，他是二大王，相煎何急！况且二大王也是对寨子有功之人，你若杀了他，寒了兄弟们的心，往后如何号令各兄弟？再说我一妇侍两夫，又如何有脸活在世上？即使从了你，你那四位姨太太个个都是如狼似虎的年纪，一宿一个轮流伺候，你那身子骨如何吃得消？纵使你有金刚不败身，肯轮流施宠，也要四五天轮到一次，小女子年纪轻轻可耐不住寂寞守不了活寡！”李小娘子的话柔中带骨，噎得陈三虎两眼翻白，无言以对，竟扯开衣襟，露出白胖赘肉，哈哈笑道：“我道是娘子决不肯从我，原来是体恤我身子骨，娘子秀外慧中，也是个色中饿鬼。你瞧我的身子骨，老虎也打得死，不要说一夜一个，就是一夜六个、十个也不在话下。我是真爱小娘子美貌如花哟！娘子，我先与你做个露水夫妻，然后大婚娶你，夜夜和你做伴。大王和二王不可同日而语，谁敢说不！”陈三虎借着酒劲将李小娘子轻轻一提便抱到桌上。李小娘子骂道：“去你个色中饿鬼！”粉拳便在他胸脯一通擂打，两手相拒，不让他近身。陈三虎奸笑道：“娘子不愧为女中豪杰，我就是喜欢你这劲头。”

这个时候，一股牛羊肉的焦味从火炉那边飘来，李小娘子急呼：“羊肉烤煳了！”

陈三虎却不予理睬，一把将李小娘子搂在怀里，鼻子呼出热烘烘的酒气，拱到李小娘子胸前道：“管什么羊肉，这里人肉正香着哩。”说着将李小娘子压在身下，三下五除二，将她衣衫尽皆撕开，李小娘子瞬间袒胸露乳，羞愧难当，虽百般抗拒，怎奈陈三虎一身肉膘重得像座山，任她用尽全力也脱不了身。陈三虎瞪起一对水泡眼将她雪白玉体浑身上下看了个够，又伸出魔爪将她上下摸了个遍。李小娘子急得一口咬在他手臂上。谁知陈三虎皮厚肉厚，任她咬去，拱起猪一样的鼻子在她身上一阵狂嗅，道：“娘子冰肌玉骨，兰薰桂馥，叫我怎肯放手！”李小娘子惊恐万分，可怜她娇小玲珑力量单薄，被陈三虎老鹰捉小鸡似的捉在胯下，毫无反抗之力。眼看就要落入贼手，李小娘子情急之中，将陈三虎裤衩下的劳什子狠命一扯，扯得他杀猪般哀号跳将起来，李小娘子趁机跳下桌子，捡起衣服来不及穿上，推开门要逃。谁知被陈三虎的姨太太们堵了门，顿时吓得呆若木鸡，抖抖霍霍赤身立于门后，心想今日清白节操将要休矣！

哪知这些姨太太们是得知陈三虎召李小娘子“议事”，情知有好戏可看，便约了一起来看窝内“春光”的。为首的是“一枝花”三姨太，见李小娘子裸身蹿出门来，笑嘻嘻堵住她的去路，另两位姨太一左一右将她围住。李小娘子呆了一会儿回过神来，手忙脚乱穿上衣服。四位姨太太刚才在门外偷听了她对陈三虎刚柔并济的一番规劝，个个心生敬佩，却又是放浪惯的，按捺不住淫浪之心，这个瞄一眼，那个睃一下，将她浑身上下看了个遍。李小娘子感觉像有无数只蚂蚁在身上爬，浑身暴起鸡皮疙瘩。这男人看女人，是一把欲火，烧得女人春心荡漾；而女人看女人，那是一把刻刀，将女人刻得体无完肤。这个说：“哟，原来是个白虎精，难怪大王日思夜想。”那个道：“奶儿大，屁股儿翘，煞是迷人。”“一枝花”甚至伸手捏了她一把说：“嘻嘻，果然皮滑肉嫩，水灵灵的娇娘们，我看着也喜欢。”李小娘子吓得花容失色，跌跌撞撞夺门而去。

姨太太们这才一股脑挤进屋，只见陈三虎缩成一团白肉在地上呻吟，连忙扑上去安抚。谁知陈三虎如鲸鱼出水一般翻身跃起，大吼一声：“滚！”

平时的陈三虎对待她们总是和颜悦色，从来没见过他这样大嗓门吼人，姨太太们个个吓得面如土色，一窝蜂地窜出窝棚外。

只留陈三虎一个坐在地上唉声叹气，忽听见他有气无力地叫了一声："回来……"又慌忙奔回去。

李小娘子逃回二大王窝棚，坐等金相玉归来。金相玉去了十来天，这天满载粮草而归，李小娘子如此这般告诉金相玉，要他提防陈三虎的暗算，早做打算。

金相玉闻言大怒，心想怪不得陈三虎三天两头指派他这个管内务的二大王下山筹措粮草，还要派他到州城去蹲点，原是要将他支开，他便可以对娘子下手，不由得一怒为红颜，先下手为强。在一个月黑风高之夜，他悄悄潜入大王窝，杀了陈三虎，仓皇出逃，一家四口再次奔上流亡之途。

再说，吴妈见外甥去京城月余没有回转，心中牵挂，又不便在老爷太太面前表露出来，整日无精打采，做啥事都不上心，居然船上的米吃完了都不知。那天吃饭，吴妈竟然只给大家吃红薯。这大户人家，红薯是只给猪吃的，哪里吃得红薯？李善仁却毫无责备之意，知道她担忧外甥，以致丢三落四，人也没了精神。故而说道："偶尔不吃大米饭，换个口味吃一下红薯也是好的，此地的红薯是沙土薯，最好吃。"吴妈愧得无地自容，心中越发不安。她不知李善仁内心比他还要焦急。李善仁已知京城有巨变，担心赵大有意外发生，可不见赵大回转，他只能耐心等待。左等右等，又等了十来天，赵大还是没有回来。眼看春风化冻，凌汛过去，黄河已经通航。李善仁迫不得已和铁头商议，说等不得赵大回转了，要先行离去。倘若赵大在京城遭遇不测，他在此再等也是白搭，如他离去后，赵大又回来了，可叫他来上海会合，铁头点头称是。两人坐在吊脚楼下，商议定当，李善仁立刻就要动身，却远远望见古道上一人一骑策马飞奔。马背上的人灰头土脸，和黄土一个颜色，看不清面目。有道是马至滩，不加鞭，来者却策马直奔岸滩而来，到得吊脚楼前，翻身下马，将缰绳系于木桩上，李善仁才看清正是日盼夜思的赵大回来了。赵大见了李善仁，不及细说，跪地磕头请求宽恕。李善仁连忙将他扶起，见他衣衫褴褛满面尘土，瘦得连人形都没了，急问："何来求恕之说？又如何这副模样，莫非路遇不测，快快与我说来。"赵大有气无力缓缓起身，两眼翻白，摇摇晃晃说道："快与我饭来吃……"

吴妈在灶房里瞧见外甥回来了，此时不待李善仁发话，早已胡乱取了吃剩的红薯，风一般奔来端到赵大面前。赵大接过，一顿狼吞虎咽，盘中红薯连皮带肉统统下了肚。缓了一口气后，把去往京城所遇经历一一道来。

赵大受主人所托，骑上快马日夜兼程，三天后来到宣武门外，经过一座僻静敞轩，在一片林子里稍息。敞轩里有文人墨客聚会，赵大在林子里拴了马，走去敞轩问路。走得近时，听闻这些人议论的事正与李大人有关，有人忿然说道："朝廷昏聩，重用卖国贼，误国误民，实在令人震惊，李贼死了是国之大幸。"赵大心中疑惑，那人口口声声说的李贼不就是李大人吗？难道李大人已死？便冒冒失失跑上前去，拉住那人问："客官，刚才你说李大人死了？"那人见偏僻的轩外平白无故冒出一个人来，十分警惕地问："你是什么人？在此干吗？"赵大答曰过路人，往京城总布胡同送信，马儿累了，在此歇息。那人听赵大说要去总布胡同，惊讶地说道："那不是李贼的老窝吗？你去总布胡同干吗，谁不知李贼已死？"赵大不信，说道："李大人已死？什么时候死的？"那人道："李贼去年已死，你左一声李大人右一声李大人，莫非确实和李贼有关？但看你却不像道中人。你是李贼什么人？竟然不知道李贼已死！”那人连珠炮似的问话，将赵大问蒙了，过了好一会儿才回过神来，脱口而出道：“去年就死了？我家老爷怎么会不知道，还要叫我马不停蹄给他送信？”那人问：“你家老爷是谁，难道是世外之人？看你老实巴交的，劝你不用再去了，赶快打道回府吧！城里现时乱得很，再说总布胡同还远着呢，何必白跑一趟！”赵大半信半疑，告辞道：“谢大人好意提醒，但我还是要去走一趟，探个究竟。我既然跋山涉水而来，也不在乎再多走一些路了。”那人摇了摇头说：“无可救药。竟然有这样的事，给死人送信，还浑然不知醒悟。李贼死了，天下人都知道，就你家老爷不知道，你现在给李贼送信，那就要送到阎罗王那里去了！”说罢哈哈大笑。赵大不再理会，扶鞍上马，按李善仁的吩咐去寻找山东会馆。

山东会馆坐北朝南，有东西两院，足足占了半条胡同，十分有气势。赵大到来时，每个房里都空无一人，都涌到西院戏台听讲演去了。赵大在马厩下系了马，和一位叫作林容的同住。林容十八九岁模样，矮矮的个子，一副农村人打扮。他也是刚刚来到，放下随身包袱，拉起赵大也去西院听讲演，说能够聆听大学堂先生的讲演，机会难得，不容错过。赵大心想闲着也是闲着，就跟随林容来到西院。西院有一座高大的戏台，戏台下被人围得水泄不通，台上一位穿灰布长衫的眼镜书生正在慷慨激昂地演讲：“新政夭折，政局动荡，以致外强争相环伺。值此国家危急关头，我九州同胞当结为一人，齐心协力，争取民主宪政之权利，把旧政全部革除掉。国家被一群满奴汉奸把持，助纣为虐，我们不能坐以待毙，要采取非常手段还以颜色，雪洗祖宗数百年之大耻！”听众掌声雷动。林容也握紧拳头振臂高呼：“行动起来，同谋富强！”突然，会馆外马蹄声起，哨声大作。一个放哨的青年学生飞奔而来，大声疾呼：“先生快走，宪兵来了！”眼镜书生立刻被人簇拥着从后门逃离会馆，听讲的人也立刻作鸟兽散，一瞬间都跑得无影无踪。赵大哪里见过这等阵势，也从未听说过这等言论，正不知所措时，林容拉起他就跑。两人回到馆舍刚在床沿上坐下，宪兵就冲进会馆，分头进入各个房间搜捕眼镜书生。一名宪兵来到赵大和林容的房间，问赵大：“可曾听讲演？那个讲演的往哪里去了？”林容万分紧张地盯着赵大，暗暗摇了摇头。赵大说自己刚到，包袱还没打开，哪听什么讲演？宪兵见他床上的包袱胡乱地甩在角落里，就拿过来检视，见里面都是些替换衣衫，便随手甩在床上。再问林容，林容也是一问三不知。宪兵见是两个乡巴佬，不像读书人，料想问不出什么，掉头就走。

“好险！”宪兵一走，林容就说：“要不是你我跑得快，如今都做阶下囚了。”赵大问林容：“看起来你们在做什么秘密大事？”林容伸出两根手指放在嘴边说：“嘘！看你是老实巴交庄稼人，不像和官府有什么勾连，如何来京城找李贼？你可知李贼是什么人吗？”赵大道出原委，林容笑道：“人家说得没错，你确实是世外来的人，怎么连国家如此大事都不知道？”再问赵大身世，赵大说自己在少林寺学过武，现在替主人做事。林容颇有兴趣地说：“看不出你是少林弟子，可否露一手看看？”赵大离开少林寺多年，平时虽也有练功，但都是孤芳自赏，见有人欣赏，便忍不住技痒，一个下蹲原地腾空，早就蹿到林容的上铺。林容瞠目结舌，继而惊喜道："兄弟功夫如此了得，不枉为少林武僧啊！"赵大越发得意，对林容发泄朝廷突然废除武举科考的不满："要不是武科废了，我这一身武功一定可以考取功名。"说着，又一个鹞子翻身，从林容头顶一跃而下。林容再次惊呼："兄弟一身武功，可惜报国无门。不但武科废了，文科也要废止了。不过，现时武备学堂吃香，兄弟可以上武备学堂继续深造。"赵大说："不了，本来是奔着武科状元才学武的，并不是为了参军打仗。再说读书要趁早，年岁大了，混一口饭吃要紧，还读什么书。"林容问赵大多大？赵大说一十七岁。林容说："我一十九岁，自诩少年壮志扫胡尘。你才十七岁，年纪不大却老气横秋，千辛万苦只为考取功名，抱负太小。"赵大说："吃不饱穿不暖，何来抱负？"林容说："天下吃不饱穿不暖的何止万万，朝廷腐败无能，官不为民而致国运衰败，国不强，民不富，非学成武功即可温饱也！"

自从进城以来，赵大就觉得自己进入了一个新天地，所见所闻焕然一新。林容的一番话，几乎与刚才眼镜书生的讲演如出一辙，虽轻声细语，却如同敲鼓打钟般振聋发聩。他虽一知半解，内心却震动不小，说："林兄的话闻之提神醒脑，令人豁然开朗。"林容拍了拍赵大肩膀说："兄弟，我看你刚才临危不惧，又有绝技在身，是做大事的人，可愿意加入同学社？"其实，赵大什么都不知，觉得宪兵的搜查与己无关，才面不改色无动于衷，是真不知有什么危险。此时猜测林容说的同学社，一定就是干秘密大事的团伙。连忙说自己受主人差遣来京城送信，不是来结社的，现在李大人既然已不在了，他必须马上回去复命。如滞留不归，主人必定翘首以待，恐有负于主人。林容称赞赵大是个有情有义的人，劝说赵大："国家兴亡匹夫有责。你怀才不遇，何不为国家出力？舍小家为大家，去腐败而存良善，除奴隶而为主人，才是真豪杰，才不负了兄弟当初学武之初衷。"赵大不为所动。林容便要他去见一人，何去何从由他自做决定。赵大思忖林容见多识广，为人真诚，恐不会加害自己，更好奇地想知道，林容他们不惜抛头颅洒热血，到底有些什么名堂？当即应允。

当晚，林容将赵大带到一个秘密处所。这是一间有钱人家的书屋，屋内黑黢黢的，一张桌子前围着人，正在商量大事。灯下穿灰布长衫站着说话的那位，正是白天在会馆戏台上讲演的眼镜书生。赵大一进门，眼镜书生就用异样的目光盯着他看了又看，问林容："你怎么带一个生人来？"林容道："他就是你需要的人。"眼镜先生用犀利的目光望向赵大，停了一停，招呼林容到书桌前，把赵大晾在一边，对屋子里的人说，现在最后排一下行动线路。大伙围拢来。过了一会儿赵大才看清，屋内有七八个人，都是年纪差不多的书生。

眼镜先生环顾各位后说道："自去年八月后，老太婆深居简出，平时轻易不离长春宫，所以我们的计划一再推迟。她平时没什么爱好，但对拍照情有独钟。如今春暖花开，才肯移步颐和园，所以这次是个绝好的机会。后日午时，你负责将炸药送进宫，由马太监带他进颐和园。"眼镜书生指了指赵大，对林容说。

"这样太麻烦。"有人提议道，"最好在她要经过的路上埋上炸药，田里、树上、路中央，等她经过同时炸响，保证她立刻完蛋！"

"同志们，干革命千万不能异想天开，要脚踏实地！"说着，两手各拿一只茶杯，放在书桌的左右两边，一手从一只茶杯划到另一只茶杯，接着说："从长春宫到颐和园大约三十里地，范围太大，途经之地必定戒备森严，哪里容我们从容埋下炸药，而且到哪里去弄那么多炸药？我们只能贴近她行动。颐和园假山林立、瀑布洞穴众多，这些园林景观可以让我们得手后便于撤退。但是，颐和园门禁加严了，所以我们必须使用新人，新人就是这位壮士。"眼镜书生说完，各位都对赵大行注目礼。赵大顿时明白林容领自己来这里的目的。这时他已不能退缩，也不能解释，再加上受到莫名的鼓动，不觉挺直了身子，显出威武气概。林容问眼镜书生："何时拿炸药？"眼镜书生不紧不慢按自己的思路继续说道："我们的人已在日本买到威力强大的炸药，他明日回国，直接到我这，明日午夜你来取炸药。后日午时举事。此次计划可谓万无一失，不成则天亡中国矣！"众人异口同声说："不成功便成仁！"

林容受命和赵大回到会馆，已是半夜。林容激动地告诉赵大，赵大的任务很简单，就是利用他的游客身份，潜入园中，将炸药交给照相师，然后离开。单等颐和园这边得手，同学社的人即按计划各自暴动。那时，天下将发生翻天覆地的变化，实在令人兴奋。为了这天下大业，即使牺牲性命也是值得的。林容的一番话，说得赵大热血沸腾，仿佛自己已成了头戴桂冠万众拥戴的大英雄，兴奋得夜不成眠。

第二天天未亮，林容就离开了会馆。赵大坐等林容送来炸药，林容突然飞奔进门，要他赶快离开，行动失败了！清军正在大肆搜捕党人。事情来得太突然，赵大来不及多问，立刻从马厩里牵出马匹，与林容拱手相别："后会有期！"林容失望地对赵大说："人各有志，不能强勉。你既忠心耿耿一心报恩主人，我也不强留你。

但你应当明白，虽事不成，但世道已有翻天覆地的变化，从戎报国是有志青年的唯一正确方向。你回去若肯招募有志青年，可来鄂州找我,我们来日再见！”说完,递给赵大一张巴掌大小的名笺。赵大接过，揣在怀里，快马加鞭逃离京城。

赵大将京城之行的来龙去脉说完，从怀里掏出林容给的名笺，双手递给李善仁。李善仁接过一看，是鄂州新建陆军营务处林容的名头，方知赵大所说不妄。心想真是洞中三日，世上千年。赵大京城之行，尽管耽误了不少时日，但都在不可预料之中，李善仁反而对赵大的应变能力刮目相看，从赵大所说的京城乱象来看，他南下的决策十分正确。

“阿大，”李善仁对赵大说，“你若没去京城一趟，我将一直不知道李大人已去世，只是在世事交替之际，与袁氏失之交臂，实为憾事。”赵大却还沉浸在对往事的追忆中，说道：“小人实在不明白，林容居然是新军长官，新军不是朝廷操练的吗？怎倒反起朝廷来了？”

“阿大，这个我比你还不明白。不过你有了自己的见解，是好事。你肯回来追随我，我感激不尽。将来到了上海，你要去读书，念了书，你就是文武双全的有用之才。现今将歇两日，夫人已经身怀六甲，黄河也已通航，当务之急是速速启程继续南下，再拖延不得。”李善仁惊觉士别三日当刮目相看,从此对赵大另眼看待。

当晚，铁头五兄弟将赵大奉为座上宾，要他说说京城故事。赵大也说不明白，只是将林容说过的话，他自己也不甚懂的理论，详细叙述了一遍。但凡不识字没文化的，讲故事都是高手，赵大绘声绘色把会馆听先生讲演、暗室密谋、事变失败，临行林容邀请参军事叙说一遍。没想到说者无心听者有意，水鬼五兄弟动了心，要找林容参军。他们预料，一旦李善仁离开岸滩南下，岸滩虽有遮风挡雨之所，但他们一无所长，免不了又要忍饥挨饿。即使李善仁不离去，他既无产业又无事业，说是做酒生意的，却从不见他酿酒也不见有买卖，日久坐吃山空。到了那时，他们说不定又要重拾水鬼行当，最终逃不过葬身黄河死于非命的命运。不如大伙一同赴鄂从戎，管它革命不革命，最要紧的是有皇粮吃，因此个个蠢蠢欲动。

铁头将兄弟们的意思与李善仁一说，李善仁觉得不无道理，自己走后，五位兄弟都留守岸滩非长远之计。但是新军入伍要求严格，铁头年长又有家室，新军定然不会要他。方宗明他们虽都是年富力强的青年，既无前科又不食鸦片，也非无业游民，符合入伍条件，但无有财物作保亦无入伍可能。他建议铁头道："兄弟们有参军志向，这是好事。今后新军必为国之栋梁。但是参军须有商铺作保，兄弟年长，已过了参军的年龄。若四兄弟要参军，兄弟即刻经营客栈，获取牙贴方可给兄弟们作保。且岸滩坐镇南北，是人来船往的必经之地。滩涂平缓，宜于船只停泊，再加上河水难得清澈，景色清癯秀丽，又远离镇集，是个好地方，说是桃花源也不为过。岸滩经营客栈，他日定有惊喜回报。"铁头点头称是，说道："大哥深谋远虑，说得极是。兄弟一定竭力经营好岸滩，不负大哥的期望。大哥可给个店名？"李善仁说："此处依山傍水，将来或有发展，皆因水而生，客栈名可叫'水在流'可好？"铁头大喜道："铁头乃粗人一个，水在流名头听着顺耳，甚是好记。大哥谋划万全，可大哥此去，日后如何与你联系？"李善仁当即拿出一枚光绪元宝金币，一掰两半，一半交予铁头，一半自己留着，说道："见币如见人。将来如有可能，定当偕夫人福地重游。此去时局必有大变，故此去上海先不进城，在苏淞之地的广福暂栖。广福距上海县城不甚远，也是个可进可退的好地方。你们兄弟若有困难，可来广福找我。"铁头应诺。

翌日，铁头遵照李善仁的嘱咐，到官府申请牙帖。衙门老爷问清楚岸滩楼屋的来龙去脉，又详详细细询问铁头从家乡来到冀鲁都做了些什么，在岸滩何以为生。简直要将铁头的祖宗三代都翻个底朝天。铁头一一相告，说到黄河捞尸，最后一具尸体没有归主时，衙门老爷的眼睛顿时亮了起来。仔细问了死者的穿着、年纪，捞到尸首的日期，突然拍下惊堂木，大喊一声"儿啊"，便不省人事，朝地上倒下。旁边衙役连忙扶起，手忙脚乱了一阵子，才将衙门老爷救醒。衙门老爷悲痛至极，说那具尸体是他儿子。因他儿子外出做生意，无故失踪，至今生不见人死不见尸。刚才听铁头说有一具尸体因无人认领而埋于岸滩，详情皆一一对拢，便认定那具尸体是他儿子，当即亲赴岸滩认尸。铁头重新将尸首挖掘出来，尸首已成白骨。但衙门老爷认得儿子的衣着、身上的玉佩，不禁抚骨恸哭。哭毕，将儿子白骨重新收殓入葬，感激铁头虽穷困潦倒却不取死人随身之物。如果他取了儿子身上玉佩，又变卖了，那么今日面对一堆白骨，他便无法相认，儿子便永远成了孤魂野鬼。衙门老爷感恩铁头行善仗义，欲予重赏，铁头坚决不收。衙门老爷再三致谢，当即发放牙帖，盖上印信，并为铁头亲笔书下"水在流"店名，题签落款。铁头谢过，高高兴兴叫人打造了一块匾额，镌上"水在流"名头，挂在中间最高的那幢吊脚楼门头上。衙门老爷送来贺礼，“水在流”客栈正式开张。铁头又请衙役出具一份保书，交予方宗明，方宗明大喜。

这一日，水鬼兄弟齐集岸滩，拆了摇橹木船的风雨棚，等到河水上涨时，五兄弟一齐发力，赵大和牛老四相帮，发一声喊，肩扛手推，木船随即滑入河中，漂浮待行。李善仁吩咐水鬼兄弟将吊脚楼沙土下埋藏的三坛“好酒”起出，说是祖传酒头，仍旧搬上摇橹木船，择午时水势平稳之时出发。铁头依依不舍，和李善仁作揖相别。方宗明四兄弟和李善仁同船过黄河，从陆路赴鄂州。摇橹木船再次进入运河，继续南下。

五月的天气，既没有初春时的料峭之寒，也没有盛夏时的炎热与慵懒，河水和气候一样温和，摇橹木船安安稳稳进入运河。又有月余，终于到达千年古城姑苏。

李善仁本是江南徽州人氏，咸丰十年随李大人北上，迁居冀鲁，今日时隔三十余年重回江南，心下甚觉慰藉。李夫人生于北方长于北方，第一次来到南方，此时端坐船头，见大运河竟然穿城而过，河水清澈见底，两岸店铺林立、商贾云集，粉墙黛瓦、垂柳驳岸，甚为惊奇。不觉夜幕降临，华灯初上，有游船姗姗而来，船上灯火点点，富有诗情画意。

俗话说，怀胎二月在娘身，心中烦闷似火焚，此刻李夫人见了姑苏的繁华，心中的忧郁烦闷一扫而光。李善仁见夫人喜爱江南风光，吩咐牛老四在山塘河靠岸，留下他守船，自己带领夫人、吴妈姨甥上岸游览姑苏夜景。李夫人心情大好，在各家绸布店、帽子店、丝巾店流连忘返，购下许多苏绣、宋锦，加之有孕在身嘴馋，西山板栗、赤豆猪油糕、白果蜜糕、酸甜山楂糕买了一大箩，叫赵大捧在怀里。李善仁吩咐吴妈，多买些上等的姑苏稻谷和玉米、棉花种子，将来有用。吴妈也买了一大箩。众人在荣阳楼吃过晚餐，给牛老四带了一份猪油八宝饭，回到船上。李善仁吩咐牛老四，今晚在城外寒山寺泊船，他要闻听寒山钟声。

佛经有“闻钟声，清烦恼，长智慧，生菩提”之说，意思是敲一下钟能除去一个烦恼。这寒山钟声是新的一天到来的第一声钟声，李善仁欲待午夜来临，去寒山寺敲钟。

当晚，船泊城外枫桥，众人都不睡，午夜将到时，李善仁吩咐赵大随他上岸。及至寺外，敲钟的人已排成一字长蛇阵，都在说现今的寒山寺没有钟可敲了。询问原因，都不知。寺门外有两个小和尚在发传单，大概是问的人多了，寺方懒得一一回复，派小和尚守在寺庙门口给来敲钟的人发传单。传单上写有一首康圣人的七绝，云：“钟声已渡海云东，冷尽寒山古寺枫。勿使丰干又饶舌，他人再到不空空。”下面题款中又云：“唐人古钟已为日人取去。”原来，寒山寺古钟早已被日本人所窃，李善仁只好作罢。两人返回船上，鸡已叫头遍，赵大倒头便睡。醒来时，天已大亮，船早已驶离姑苏城。

大运河自进入江南以后，河道变得曲折狭窄，姑苏其后尤甚，行船速度因此慢了许多。又过了十来日，摇橹木船行到娄水河，在广福靠岸。

广福原是江南一个无名渔村，却是南北漕运必经之地。清康熙九年，此地水漫为患，康熙帝在此设“厂”施粥，这一片土地因而成为“广阔福地”，始称“广福”。到了同治年间，广福滩涂建起船坞，为兵工厂加工船只，渐渐市集繁荣，竟成江南名镇。

前年初秋，李善仁到兵工厂取年利，顺便到广福看望世交好友沈老板。沈老板是广福镇上数一数二的船老板，没想到李善仁见到沈老板时，沈老板父亲刚刚去世，沈家产业几近倒闭。这位同是兵工厂股东的沈老板，居然是个康党分子，他瞒着父亲，将兵工厂的投资悉数抽回，资助康党变法。没想到变法不堪一击，康圣人远渡重洋，沈家因之破产，欠下一大笔债务，沈老板不得不变卖家里一艘刚刚打造好的摇橹木船还债，却无人问津。这艘船凝聚了沈老板父亲毕生心血，他父亲得知后吐血暴亡，临死抓住沈老板的手说："远离政事，你什么也改变不了。"父亲刚刚下葬，债主接连上门讨债。沈老板走投无路之际，恰逢李善仁来到广福，得知沈老板如此窘迫，立即出手相助，高价买下这艘船，沈老板对李善仁感激涕零。

此时，李善仁一家，坐着摇橹木船在广福十字桥上岸，寻见沈老板。两年未见，沈老板靠着卖船所得，渡过难关，已经东山再起，现时成了沙船大亨，还开起商行、银号。故友相见，惺惺相惜。沈老板视李善仁为救命恩人，李善仁也将沈老板称作救星，要不是沈家这艘船，他说不定已遭杀身之祸。沈老板没想到李善仁也经历了莫大的劫难，十分惊诧他仅靠两名并不熟悉水路的仆人，可以一路顺水顺风从冀鲁来到广福。李善仁笑道："这要感谢沈兄在船上留了河志图，此图万分精确，与实地处处相符，不然我亦免不了无头苍蝇般瞎乱撞。"沈老板这才想起，他确实留了一张地图在船上，那是康圣人见沈家打造了这艘独一无二的摇橹木船，说有船没图，等于瞎子，因此从日本买来送给他的。他很纳闷，日本人画中国地图意欲何为，它又是怎么画成的？康圣人告诉沈老板，早在十年前，日本人就假扮游客和商人深入中国内地到处乱转，画成一张巨大的中国地图，将大河上下、大江南北，地势、地质及矿盐、沙金等资源都标注得清清楚楚，江南河志图只是其中的一部分。这个东瀛邻国费心费力来画中国地图，必有不可告人之目的。日本人窥视中国的狼子野心，从它掳走寒山寺大钟就可见一斑，国人应当引起警惕。但它科技先进，单就这张河志图就比大清的《皇舆全览图》详尽得多，可以拿来一用。沈老板将这张地图藏于船舱，没想到帮了李善仁的大忙。李善仁再次谢过，要租沈老板五间楼房屋暂住。沈老板说："李兄雪中送炭救人于危难，此等大恩大德，鄙人正愁无以为报。如今兄弟有难，鄙人理当全力相助，谈什么租房！"当即拨出名下房屋五间，让李善仁住下，分文不受。

翌年正月初五，李夫人三十八岁，诞下一名男儿。李善仁欢喜不尽，合着生辰八字，起了个响当当的名字叫李祥海，寓意孩子吉祥安康，如海洪福。

俗话说，只愁不养，不愁不长，转眼间，小祥海已满周岁。李夫人在饭桌上摆开笔、墨、纸、砚、算盘、钱币、书籍，脱下腕上一只冰种玉镯凑满八样，让小祥海趴在桌上抓阄。小祥海前几样都不要，独独爬到桌边抓住玉镯不放。李善仁一看就急："这小子长大了不省心，见色眼开。"夫人不以为然，说道："胡说什么，这玉镯哪里有色？分明冰清玉洁，说明孩子冰雪聪明。再看这八样东西，哪样最贵？是不是玉镯最贵？那是孩儿要最好的嘛！"李善仁捻须笑道："再怎么说，玉镯总是女人的物件嘛！"

李夫人不以为然，对儿子愈加宠爱，捧在手里怕摔，含在嘴里怕化。谁知祥海长大后，果然令父母不省心。

却说金相玉拐走李小娘子，一直是李善仁的心头之痛，李大人在世，他还有捉拿金相玉的希望，如今李大人已死，他在朝廷已无人撑腰，只好作罢。谁想金相玉玩火自焚，自取灭亡。他行刺陈三虎后，逃亡到一个山村野地隐居，自知车舆目标太大，狠狠心劈了当柴烧。马匹拉到市场上去卖了，只留一匹红鬃马做乘骑。凡事不事张扬，隐姓埋名历经三载。那天，他独自一人去往州城，欲将手中银票换成现银和铜钱，以便日常用度。

他牵马来到大德通票庄门前，却发现大德通大门紧闭，门口贴着一张布告，称经理携款逃逸，本钱庄正在代追、清理票款云云。他转身再找其他票庄，没想其他票庄统统关了门，小票庄们结伙脱离大德通，另立山头去了。金相玉傻了眼，寻思哪里还有钱庄，蓦然想起运河码头还有个山西人开的钱庄，不过那边的伙计恐怕没见过如此大额的官府银票，必定会对这张少见的银票而大惊小怪。但是除此之外，他不知道哪里还有可以兑换官府银票的钱庄。他只好硬着头皮骑马来到运河码头，在钱庄门口系了马，佯装大老板模样，大摇大摆走进钱庄。接票的恰是个老伙计，身上有学究的味道。见了这张银票就开始好奇了，说这张银票十年前盖的戳，如今还是崭新的，翻来覆去看着说，这张银票肯定是在哪个洞窟中沉睡过，不但值钱还值得收藏。端上热茶，让金相玉稍候。金相玉提心吊胆喝着茶，大冬天头上冒热汗。幸好学究伙计认得是难得一见的官府银票，迅速拿去给掌柜的过目，掌柜的竟没有见过。学究伙计打包票是真票，掌柜的这才肯兑票。经过一番周折和惊吓，金相玉终于拿到银子，又兑了好些碎银，走出门来舒了一口气，不忘给李小娘子买些吃食。牵马走来街上，糕点必须是洞天府的，绸布非瑞蚨祥不可。诸事办妥，已延误了回家的时辰，只好在客栈将就一宿，明日早起。

翌日一早，金相玉从随身褡袱中取出干粮吃了，马厩里牵出马匹，翻身上马，赶路回家。雄壮的红鬃马四蹄翻腾，长鬃飞扬，箭一般奔驰在崎岖山路上。日上三竿时，离山村已不远。金相玉心想，此刻家中必定已做好美味佳肴，娘子坐等夫君回家吃饭。他美滋滋地想着，然智者千虑必有一疏，他千不该万不该图个便捷留下这匹红鬃马。试想一个贫瘠山村小屋里的“穷”人家怎么可能拥有一匹高头大马？他虽然十分谨慎小心过着日子，然而红鬃马却将他欲盖弥彰的行迹暴露无遗。

金相玉快马加鞭来到山村时，已临近正午，在家门口系了马，从马背上搬下两只鼓鼓的褡裢，里面装着专给李小娘子所办的各式好吃的零食，捧在怀里，兴冲冲推开柴门，眼前所见使他顿时傻了眼。

只见屋内翻箱倒柜一片狼藉，张氏蜷缩着倒伏在炕上，身下压着一汪鲜血，沿着炕壁挂到地面，往门口低处流去，在门槛下凝成一汪污血。李小娘子身盖棉被，两眼朝天睁开。金相玉上前掀开棉被，只见李小娘子大敞四肢躺在炕上，罩衫敞开，龙凤描金肚兜断了绳卷在腋下，下身不着寸缕。手腕上一对白玉镯子不知去了哪里，一头黑发乌云一般散在炕头，发梢遮着她的脖子、脸颊，头上一副通体碧绿的玉簪子、耳垂上一对天然媚红花坠子、脚上的蟠龙花鞋都不见了。大花裤衩甩在墙角落，胸口有一个血窟窿，流出的血和她老母的血汇集在一起，淌到炕下，已经凝结。

四岁的祥龢光屁股坐在冷炕上，屁股下湿漉漉一片，靠墙哭得奄奄一息，见到父亲回家，顿时瞪起一双惊恐的眼睛发出悲惨的尖叫。死一般沉寂的屋子立刻被孩子恐怖的叫声充塞，像满屋子下起了刀子雨，令人不寒而栗。金相玉见此惨状，顾不得安抚孩子，伸手去李小娘子鼻底下拭了拭，哪里还有气息，再摸她身上，如地窖里的铁镐，冰冰凉了，冥冥之中透出一股怨气。金相玉拂下她眼睑，掩了布衫，见盘扣仍在纽扣里，知是被刀子挑断的，方知遭到恶贼洗劫。再看张氏，也是死不瞑目。金相玉心中悲哀，呆立了片刻，将祥龢安抚得不再啼哭，再去查看坛中窝藏的财物，哪里还有？顿时犹如大冬天一桶冰水从头顶浇到脚底，瞬间透凉。

金相玉不知道，他在客栈住下的当晚，村里闯进三个来路不明的蒙面歹徒。他们是已经探过路蹲过点的，熟门熟路直奔村后坡上的破落户而去，一人把门望风，两人杀气腾腾闪进屋内。李小娘子和老母正盘在炕上唠嗑，灶头上锅里煨着饭菜，金相玉已耽误了回家吃午饭，想必晚饭前一定会回家。可是到了掌灯时分，还是不见他回家，突然闯进两个蒙面歹徒，李小娘子知道来者不善，刚要高声呼救，被歹徒手持利刃压制在炕上，逼令交出钱财。张氏虽是官宦人家夫人，这时与一般无知村妇无异，早已吓得屁滚尿流，瘫软在炕上。歹徒将她一把揪起，令她交出财物。可她确实不知钱财藏在哪里，只能一味摇头。歹徒一刀抹了她脖子，拉到一边。孩子见了，刚要喊叫，被歹徒用刀指着说：“哭就杀了你！”孩子骇得一声不响。李小娘子见歹徒穷凶极恶，杀人不眨眼，已自瘫了，听声辨音，似乎是清风寨三保兄弟，顿时觉得不妙。心想丈夫杀了他们山大王，如今他们一定是为报仇而来，倘若不说出钱财藏匿所处，恐将性命难保，不得已告诉贼匪，财物藏于橱柜下的瓦坛里。

歹徒放了李小娘子，扑向橱柜，从橱柜下拖出一只口小肚大的瓦坛，伸手到坛里一抓，抓出一把金银珍宝，又一抓，抓出一把银票，顿时大喜，举起瓦坛砸在地上。瓦坛立刻四分五裂，里面的财物散落一地。歹徒狂喜，扑到地上用两条臂膀搜罗起来，胡乱地抓起来塞进随身包袱。

李小娘子趁机欲起身逃跑，却见门外也有歹徒把守，又见孩子眼瞪瞪望着自己发呆，便放弃了逃跑的念头，扑向炕头将孩子搂在怀里，孩子这才“哇”的一声哭了出来。李小娘子连忙用手捂住他口，不让他啼哭，生怕贼匪加害孩子。孩子止了哭，李小娘子拿眼睃去，看身形没错，屋内两人正是大保和二保，门外是小保。此刻大保财物到手，转身狞笑着扑向李小娘子，从她怀里一把拽出孩子，孩子再次啼哭起来。李小娘子发了疯似的扑过来抢夺孩子，被大保推开，捉起孩子领子，老鹰捉小鸡似的拎到灶头一边。将尖刀指着孩子的脸道：“妈的，再哭就挑了你！”孩子顿时张口无声。

大保放下孩子，踩到炕上，一手举尖刀一手将李小娘子抓过来问：“你家男人哪里去了？”李小娘子战战兢兢答道：“外出办事了。”

大保又问：“到哪里去办事了？”

李小娘子老老实实回答说：“去州城了。”

大保一听金相玉去了州城，料想一时半会儿回不来，嘴里骂了一句：“算他命大。”将刀子咬在口中，伸手来扯李小娘子布衫。

李小娘子大惊失色，竭力捂住胸口不让碰。大保见昔日风光一时的二大王夫人、众兄弟为之神魂颠倒的美人儿，如今沦为一介村妇，虽略经风霜，却别有风韵。大保鼻子里出气嘿嘿淫笑着，牙口里取下尖刀，抵在李小娘子胸口上比划了几下，李小娘子吓得瑟瑟发抖。大保拿利刃一个一个挑开她身上布衫盘扣。李小娘子浑身颤抖着道："你要干什么……"大保伸手捂住她嘴道："乖乖听话，不吭声就不杀你，不然立马让你陪老母去！"李小娘子顿时噤若寒蝉。大保收起刀了，扯开她身上蓝布罩衫，里面还有一件描金小肚兜，伸手要扯，怎奈李小娘子双手紧紧护在胸前。大保去扯她裤衩，她便紧紧拉住裤腰带。大保火起，甩了她一巴掌。李小娘子吃痛，双手护脸。大保三下五除二扯下她裤衩，果然是天生尤物。李小娘子早已没了矜持，瘫软在炕上，任其摆布。大保玩够一支烟工夫才歇手，换上二保，自己去灶边掀开锅盖，扯去头罩，拿起煨得热乎乎的白面馒头大快朵颐，一边吃一边看着炕上。只见二保上下其手将李小娘子抚摸一遍，才将自己脱得精光，也将头罩扯了，裸身压上。大保吃了白面馒头，搓了搓手，坐到炕沿上，从兜里掏出一支北洋卷烟来，宝贝似的摸了摸捻了捻，点燃了放在嘴里美滋滋深吸一口，讥笑二保磨叽多事。李小娘子睁见果然是大保二保，恐怕孩子再有意外，早已放弃抵抗，紧闭双眼任其为所欲为，心里恼恨当初金相玉为何不杀了他们，以致今日颜面尽失，生不如死。二保耸动多时，李小娘子低声央求道："二保兄弟，看在曾经共事一个山头，饶了我吧！"

二保一边耸动一边狞笑着："饶了你？问问大保兄弟肯不肯！"

大保一马鞭抽在二保屁股上道："你他妈的玩完了没！"又用

马鞭在李小娘子奶头上戳了戳，说道：“我倒是肯饶你，可二保兄弟怕是要啃了你才罢休哩！”说着，又拿马鞭朝李小娘子腰眼里点点戳戳，李小娘子不觉“咿呀”一声，两脚朝天。二保却更是来劲，没有停止的意思。大保又骂道：“奶奶的！”接着又是一鞭，二保最后一个激灵，浑身颤抖，一抖一抖地伏在李小娘子身上，号叫一声便不动了。大保一脚将他从李小娘子身上踢开，二保翻身仰躺在床上，翻起死白鱼的眼睛，露出猥琐的笑容。大保转头对守门的小保说：“你过来！”说罢又点燃一支烟。小保转身进屋，二保起身穿衣，怪模怪样地对小保道：“小子，今日让你开荤了！”说着将小保推到李小娘子面前，自己去门口望风。小保见李小娘子玉体横陈，双目紧闭，已被折磨得死去活来，不忍下手。大保不耐烦，将刚刚点燃的烟在靴底上捻灭，踢了小保一脚说：“小子，让开，你不上我要上了！”再次扑到李小娘子身上。屋外传来鞭炮声，有人家死了人放炮入葬，门口的马匹惊得嘶叫起来，大保这才抽身起来，拉上裤头，从裤腿里抽出尖刀。李小娘子睁眼看见，有气无力地求饶道：“大保兄弟，饶我一命……”殊不知大保心狠手辣，今日是专为取她性命而来，哪里有半点恻隐之心。说道：“我要饶你，可大王不肯饶你！记住明年今日是你忌日！”说罢，手起刀落，李小娘子顷刻之间魂归西天。四岁的祥龢见到这一幕，早已骇得惊厥过去。大保转身见小保呆立在他身后，眼中冒出怨恨的火光，不觉一怔，推开他道：“妈的，死了你老娘了还是怎么的？大王吩咐斩草除根，快把那小子一并做了。”门外的招魂铃由远而近，大保急忙兜起钱财出门，翻身上马。二保已先于大保端坐马背，两人腿脚一紧，马儿便蹿出一里地外。小保尚存一丝怜悯，不忍将孩子杀害，临走将李小娘子尸身轻轻抚摸，喃喃念叨：“夫人在天有眼，非我小保所为，明年今日是你周年。”拉过被子盖在她身上，转身出门，追随大保二保仓皇逃走。

金相玉见到这副惨状，已将事由猜了个十之八九，悔不该自己利欲熏心，背恩忘义，又得罪了不该得罪的强盗，如今家破人亡，竹篮打水一场空。只能强忍悲痛，取来两只麻袋，裹了李小娘子和张氏尸体，掮于背上，驮去村外山脚下无主之地掩埋。

可怜金相玉一家四口人，两天工夫死了一双，老天亦悲悯，天空轰隆隆响起惊雷，突然降下大雨。一连几日，大雨如注，雷声像拉磨，狂风夹冰雹，房屋被狂风掀开屋顶吹跑、被冰雹砸烂倒塌无数。金相玉所住茅草屋处在半山腰没被水淹，然屋外一片汪洋，难以外出觅食，父子两人饿得奄奄一息。红鬃马也有气无力倒卧在地，金相玉迫不得已将红鬃马杀了果腹。谁想大雨竟如天漏，持续下了九天九夜，仍没有停歇的迹象。金相玉父子天天吃马肉，吃到嘴唇起火，马肉出蛆，雨还在下，漏雨成柱，难以安睡。

金相玉惶惶不安，半夜开门察看，发觉大雨已引发山洪，正从屋后山上倾泻而下。他连忙背起孩子往山上转移，刚刚爬上山顶，洪水就将茅屋冲垮，茅屋在瀑布似的水流中翻了个个，瞬间散了架消失得无影无踪。金相玉寻了个山洞暂栖。谁想大水过后瘟疫流行，金相玉无计可施，领着祥龢逃离山村，一根扁担两根绳，沿运河一路向南来到黄河边，冥冥之中走了和李善仁逃难相同的路，也来到岸滩。见丛林围起的岸滩吊脚楼高耸，炊烟袅袅，心中一阵惊喜，穿过丛林来到滩涂，见楼屋高挂“水在流”匾额，是一家客栈。连忙牵着孩子前去，欲讨一口水喝。却被门前两只大狗拦住，狗子见不得要饭的，朝他狂吠，金相玉被吓阻在远处，不得近前。

李善仁和四兄弟走后，铁头就将媳妇接来，夫妻合力做起客栈生意。河上来来往往的客商，看见昔日的荒滩上吊脚楼高耸，纷纷前来歇脚。客栈生意兴隆，客人多的时候，他夫妇俩竟难以应付。这时铁头听到狗叫，从吊脚楼上探出头来朝下张望，见一个汉子手牵幼儿前来讨饭。铁头心善，连忙喝止看家狗，下楼端出两碗白饭一碗咸菜递给金相玉。金相玉父子果了腹，千恩万谢，询问有无客房可住。铁头心中颇为奇怪，讨饭逃难的竟要住客房住？看他举止文质彬彬，心想他必定是个一时落魄之人，便有意探他底细，询问他姓甚名谁，哪里人氏，因何落难。金相玉自称秦无争，冀鲁人氏，因家乡遭遇洪灾逃难至此。铁头见他人高马大，虽一时落魄却不失英气逼人，便欲请他留下来帮扶打理客栈。此举正中金相玉下怀，金相玉在李家大院做管家十多年，能写会算，头脑精明，经营这吊脚楼绰绰有余，便一口答应。金相玉为表诚意，取出身上仅有的一张银票，要和铁头合伙做生意。铁头见他背井离乡，竟然还有银票在身，想必非一般之人，也不深究。心想客栈生意向好，也需要一个得力帮手，便以大哥敬之，和他合伙经营起吊脚楼。金相玉善策划、长算计，建议铁头在滩涂上搭建码头，供南来北往的客船停靠，客商便会在客栈歇宿。铁头遵照施行，客栈生意越发兴隆。

铁头待人和善，金相玉经营有方，两人珠联璧合齐心协力打理客栈，又兼岸滩风景如画，方圆几十里地独此一家，客栈很快远近闻名。每当树木抽出新枝，柳树探出绿芽的时候，黄河上船来船往，客商有事无事都喜欢在此歇脚，一时间，岸滩码头上桅杆如林，客商云集。

金相玉给祥龢改名叫辰龙，以遮人耳目。好多年过去，辰龙渐渐长大，到了上学年纪，金相玉要送他去十里外的私塾读书，辰龙却不肯，他从小在岸滩上滚爬摸打，只爱七技八匠手艺活。金相玉对他十分宠溺，只好遂他心意，送他去镇上手艺最好的马木匠家里学木匠手艺。辰龙心灵手巧，三年学得满师，在岸滩上替来往客人修补船只，价钱公道出手又快，客人往往宁愿多住几日，也要等辰龙将船修缮或者额外打一套新式家什才走。这个时候，铁头就会半价收取宿资，客人交口称赞。客栈有个小木匠，手艺精湛，价钱又公道，一传十十传百,百十里外的人都专门坐船来客栈投宿，欣赏黄河边的美景，坐等辰龙打造家什，客栈愈发兴旺。码头经再三扩建，仍船满为患，只好又在滩涂上打下十几根木桩，任由客船系绳停泊。谁知人怕出名猪怕壮，“水在流”名声在外，给岸滩招来无妄之灾。

话说金相玉刺杀陈三虎，那天天黑得伸手不见五指，他悄悄摸进大王窝棚内。就着窝棚内昏暗的省油灯，金相玉看见床榻上陈三虎两条粗胖膀子露在棉被外靠墙而卧，鼾声如雷。他的三姨太“一枝花”紧贴他后背，侧身而眠。金相玉怕惊动众匪，不敢用枪，用的是一把随身匕首，此时看得分明，举刀扑向陈三虎。谁想他进门后未将窝棚门关上，正当他举刀刺向陈三虎时，一阵寒风吹进窝棚，油灯忽闪一下灭了，窝棚内顿时漆黑一片。金相玉顿时两眼一抹黑，无从下刀。“一枝花”从梦中惊醒，扭头见床前黑湫湫一条人影，举着一把明晃晃的尖刀，刚要叫喊，被金相玉捂扑上去住嘴道："嘘……不发声便与你无关。""一枝花"吓得战战兢兢，乖乖瞪着金相玉，不敢吱声。

金相玉掀开被褥，举刀刺向陈三虎。这陈三虎是个精怪，睡觉不但枕头下压着尖刀，并且只睡里床，床外必有女人压阵。但他睡觉太死，寒冷天掀了被子都未觉醒，尚在做着好梦。金相玉因床外睡着"一枝花"，用不上全力，一刀下去，刺在陈三虎手臂上。陈三虎瞬时疼醒，"忽"地从床上跳将起来，没想动作过大，将床榻压塌，连人带床朝里侧翻。"一枝花"一声惊叫滚落到陈三虎的身上。金相玉功夫在身，此时并不惊慌，只轻轻用力，便将床榻掀起搁在墙上，俯身找人。只见一胖一瘦两具白花花的肉体团在一起。金相玉怕有误伤，一把扯住"一枝花"的秀发，毫不费力将她提拎起来，"一枝花"以为要杀她，顿时放开喉咙尖声呼救。金相玉心虚，怕她的呼声招来其他贼匪，狠狠心将她老鹰抓小鸡似的拎在半空，一刀朝她心窝子剜去，"一枝花"瞬间命归黄泉。金相玉拿她朝地上一丢，再来寻陈三虎。陈三虎臂膀上吃了一刀，在地上摸索了半天，才摸到那把防身尖刀。可此时他臂膀上血流如注，兼身体沉重，见金相玉杀气腾腾举刀向自己扑来，心中惊慌，连忙就地一滚，钻进床榻与墙壁的夹角里瑟瑟发抖。金相玉将尖刀咬在齿间，双手搭住床榻边，腰间发力，床榻一下就从他头顶飞了开去。金相玉赶上一步，月光下将陈三虎踩在脚下，举刀又刺。陈三虎奋力蹿起躲过，金相玉心急，再一刀又刺偏，刺在他腰眼上，鲜血喷了自己一头一脸。金相玉抹了一把脸，再看陈三虎时，陈三虎已手握尖刀，朝他反扑过来。金相玉飞起一脚，踢在陈三虎心窝上。陈三虎虽五大三粗，但外强中干，如何是金相玉的对手，被金相玉一脚踢在心口，随即闷哼一声仰面朝天倒在地上。金相玉再一刀直捅他的心窝，陈三虎立即口吐鲜血不再动弹。金相玉以为陈三虎命已归天，连夜携妻儿老小下山逃窜。

没想到陈三虎肉肥皮厚，命大福大，金相玉在黑暗之中又看不真切，狠命几刀均未致命，最后的一刀也偏离心窝寸余。陈三虎经过随营郎中及时救治竟奇迹般活了下来。但虽拾得一命，却因腰间那一刀而废了下身。将息一年以后，陈三虎报仇心切，派人四处寻访金相玉的下落，允诺事成之后有重赏。金相玉虽行踪诡秘，终被三保兄弟找到蛛丝马迹，跟踪而来，在偏僻山村找到他的藏身之处，还意外打探到金相玉窝藏主人银票无数，负罪潜逃多年，于是就有了三保兄弟上门抢劫杀人一事，唯独让仇家金相玉侥幸逃过。

陈三虎得知三保兄弟只杀了李小娘子母女，仇家金相玉父子漏网，大为不快，对他们不再信任。不是大保将金相玉引上山，他陈三虎何至于落到如此下场？于是另派人乔装打扮四处寻访，继续追寻金相玉。尽管金相玉改名换姓，还是被陈三虎的人寻访到踪迹，确认“水在流”客栈的管家秦无争就是金相玉。这一次，陈三虎当堂立下军令状，谁杀了仇人金相玉，并斩草除根以绝后患，他就将山大王的位置拱手相让，还奉送压寨夫人。这样的好事，大保当仁不让，在陈三虎面前夸下海口，这一次一定取来金相玉父子头颅。见大保立下军令状，其他贼匪都不敢出头，陈三虎只能应允仍由他领头追杀金相玉。三保兄弟当即快马加鞭来到岸滩，连夜摸进“水在流”客栈。从窗户翻入金相玉卧房，见金相玉在床榻上侧身而睡，将他眉梢上一块耀眼疤痕看得清清楚楚，便大喝一声："金相玉！"金相玉睡梦中被叫醒，懵里懵懂答应一声，大保早已手起刀落，将金相玉斩杀于床榻。可怜金相玉死得不明不白，不知自己是被仇人陈三虎所杀，全因那年他杀人没杀透。

大保杀了金相玉后，搜得金相玉的火铳，插在腰间，在屋内搜寻他儿子未果，提了金相玉的人头下楼，和正上楼查夜的铁头迎面相遇。铁头见贼匪手提血淋淋人头下楼来，杀气逼人，连忙跳下楼梯就跑。大保穷追不舍，铁头一路狂奔逃到码头上，无路可逃，正要往黄河里跳，被大保追上。大保一把拽住他衣领，逼问他管家儿子哪里去了？铁头闭口不语，大保一刀将铁头砍杀。回到楼屋，又撞上铁头媳妇从屋里逃出，迎面跑来，二保在她身后紧追不舍。大保见状，立马上前围堵。铁头媳妇见贼匪追杀，早已吓得屁滚尿流，此时被大保迎头堵了路，先自软了身子。大保不费吹灰之力，将铁头媳妇按倒在地捆绑起来，驮于马背上。然后将金相玉人头装进马褡子，燃起火把，挨个楼屋搜寻金相玉儿子。住宿的客人顿时乱将起来，大呼小叫地四处逃窜。大保闯进客房将客人尽皆砍杀，劫得财物无数，依旧没有找到金相玉的儿子，眼看天将黎明，便一把火烧了客栈，驮了铁头媳妇匆匆逃离。俗话说月黑杀人夜，风高放火天，这一夜岸滩两样全占了，火乘风势，烧了一天一夜，将吊脚楼烧成了木炭。

第二天，辰龙从师傅家回来，见岸滩楼屋倒塌成焦炭、尸横遍地，他哭喊着寻找父亲和铁头大叔。寻到码头上，意外发现铁头躺在码头边一息尚存，连忙将他抱起，连声呼喊："铁头大叔，铁头大叔，我父亲在哪里？"铁头微微睁开眼，见是辰龙，用最后一丝力气告诉他："客栈遭遇劫难，你父亲已被贼匪所杀，那无头怨尸便是……"说着，颤抖着手从衣兜里摸出半块金币，"贼匪到处找你，你在岸滩待不下去了，可去上海寻找李善仁，说铁头辜负了他的期望。"说毕在辰龙怀里缓缓闭上双眼，重赴黄泉路。

辰龙遭受了他这个年龄不应该遭受的巨大灾难，却没有惊慌，表现出与他年龄不相称的成熟冷静，走了四十里路来到县衙报案。县衙大门紧闭，门外路边立着一块"禁碑"，"禁碑"上刻有三院禁约，无外乎秉公执法、禁止滥用公权等等。"禁碑"后的廊下，挂着一面红漆白皮大鼓。辰龙来到大鼓下，踮起脚拿鼓槌奋力击打了一下。大鼓"砰"地发出一声闷响把他吓一大跳，衙门却没有动静，依旧紧闭。辰龙不断敲打，敲了半个时辰，敲得头晕眼花时，衙门才"吱呀"一声从里面打开，衙役探出半个脑袋，喝道："打住！光天化日有什么冤屈，要来击鼓滋扰本堂！"辰龙连忙扔了鼓槌，恭恭敬敬答道："敝民无有冤屈，但有命案，因歹徒半夜入室杀人，家父及客人暴死客栈。万望老爷明勘，缉拿凶手，替百姓申冤！"

衙役："拿状子来！"

辰龙："敝民没有纸状，亲身报案，请官代书。"

衙役："如此，今日讼师不在，改日再来！"说着就要关门。

辰龙连忙推住门扉，一脚跨入门槛，俯身在门槛上磕头："求告老爷，家中现场尸横，歹徒鼠窜，万望官衙从速勘查。"

衙役一听，人命关天，说道："既然如此，随我入内。"闪身让辰龙进门，又匆匆将大门关上。

衙役将辰龙带到正大光明殿，扔给他一张蒲团，辰龙跪下。

县老爷升堂，问过案情，事关重大，立刻派出衙役骑快马飞驰四十里来到偏僻岸滩，现场查案。岸滩上横七竖八躺着从废墟里扒出来的尸体，惨不忍睹，其中一具还是无头尸。所有指证都指向有预谋、有计划的贼匪结伙杀人，衙役却认定是流寇犯事，与本地治安无关，结案具报，草草了之。应了一句老话，叫作穷人屈死不告状，告状没有好结果。辰龙强忍悲愤，将父亲的无头尸及铁头尸首掩埋，再将“水在流”匾额劈开，一半插在无头尸坟头上，一半插在铁头的坟头上，再三磕头，口中念叨：“父亲在天之灵安息，待孩儿寻得元凶，定当替父亲和铁头大叔及所有无辜冤死客人报仇雪恨！”这时，马木匠夫妇走来岸滩，见岸滩满目疮痍，辰龙跪地悲泣，便上前劝慰道:“苍天有眼，必替死者申冤。如今你哭死了也唤不回亲人生命，倘若你死了，谁替你报仇？师傅知道你报仇心切，然这伙贼匪是清风寨强盗，人多势众，杀人越货强抢民女，犯下滔天罪行，官府也拿他们无可奈何，你单枪匹马如何斗得过他们？君子报仇，十年不晚，快快离开此地，随我回家吧！”辰龙见了马木匠，像是见了亲人，顿时涕泗滂沱，哭得一佛出世，二佛涅槃，天地为之动容。哭罢，又朝坟冢磕了三个响头，离开岸滩去师傅家栖身。

·第四篇·

小荷露尖

祥海到了上学的年纪，李善仁请来私塾先生到家里教书。先生捏了捏祥海耳朵，说他一对耳朵老长，颇有佛相，以后大气。再摸他后脑勺，摸到一根后山骨，说孩子聪颖，但性格倔强，少时不省事，长大后必定成才。再看生辰八字，说土命之人土太多，宜伐土不宜兴土木助土。李善仁频频点头，叫夫人记下，以后当避则避，以免失之偏颇。

祥海顽皮，才读了半年书，就和先生称兄道弟，还敢捉弄先生，常常弄得先生哭笑不得，打不得骂不得，只好每每在李善仁面前告状。李善仁一见先生告状就生孩子的气，就要拿尺板敲打他。祥海一见父亲拿出尺板就大呼小叫，知道只要唤来母亲，父亲就打不下去。然而也是贱骨头，一天不打屁股痒，三天两头总要做出一些出格的事，被父亲捉住痛打一顿，好过几天，又要重犯。那一天，先生教书教到一半要如厕，祥海悄悄溜走，独自一人跑到海边去踩潮，在海滩上挖洞捉蟹捞贝壳，竟忘了返家。忽然东海紫光冲天，海水暴涨，浪潮涌来，将他一个踉跄打翻在沙滩上，所拾螃蟹贝壳全被冲走。祥海呛进好几口海水，那海水异常咸苦，直往他鼻子里钻，呛得他晕头晕脑。稍后回过神来，猛然发现今日的海水非同往日之咸水，他欣喜若狂，这不是先生所说的“苦水煮盐”之水吗？先生曾说，广福处于三江汇集之地，常常出现紫潮苦水，没人知道这种苦水从何而来，它来无踪去无影，却可以煮盐。祥海急急回家欲告诉父亲。李善仁刚刚接到先生的诉告，说小儿罢课了，不知跑到哪里去了，正气急败坏要赵大去捉拿，却见儿子落汤鸡一般，嬉皮笑脸走进客堂。李善仁一把将他捉住，厉声呵斥道：“大胆顽儿，竟敢逃学，平日里还捉弄先生，今日新账旧账一起算，不打你个半死，你不知天高地厚，不知还有天王老子，谁也不许劝和！”只要李善仁一教训孩子，李夫人就会出来劝阻，后面这句话李善仁是说给夫人听的。李善仁这一次决意要教训一下顽儿，叫赵大将祥海剥去裤子，绑在长凳上，举起竹板就要开打。他高举尺板的手尚未落下，祥海就杀猪般号叫起来：“小儿该打，小儿该打！只是把小儿打死了，李家的血脉就断了！”李善仁见儿子竟敢威胁老子，气得半死，“啪”的一声，手起板子落，祥海屁股上顿时血印暴起。这一下，可把赵大吓坏了，赵大不敢劝和，急忙走去通知李夫人。李夫人听闻儿子被他爹剥光了往死里打，这一吓非同小可，急急从屋后来到客堂，却见李善仁抱着孩子在说悄悄话，不由得傻了眼。赵大也是呆立一旁不知所以然。只见李善仁问祥海道：“果真？”祥海大咧咧答道：“果真！”李夫人以为李善仁又要教训孩子，急忙上前阻拦，李善仁却不顾祥海还未穿上裤子，高兴地拧起祥海腮帮子和颜悦色道：“你怎知此事？”祥海答道：“先生所说。”李善仁连忙放下孩子交给夫人，夫人给祥海穿衣，李善仁叫赵大唤先生来问话。先生颤颤巍巍走来，见问东海咸水，答曰："老夫确实对令郎说过苦海可以煮盐，那是前朝的事，如今紫潮早已消失得无影无踪。如若令郎所说，那是紫潮又来了。"

李善仁一听真有此事，大为惊奇，立刻吩咐赵大去舀海水来。赵大提了木桶去海边舀了满满一桶海水回来，给先生验证。先生用手指蘸了一蘸，放在嘴里尝了尝，对李善仁说："你看这海水，晶莹剔透，泛着蓝光，非一般咸水，真是可以煮盐的上好紫海水。"李善仁叫赵大快快拿去煮来。赵大将一桶海水拎到灶房，叫吴妈放下手头的活，先煮海水。吴妈不知所以，以为外甥消遣她，怪道："煮海水？怎么煮？"赵大说："煮干。"吴妈举起烧火棍欲揍赵大："嫌我太闲空还是怎么的？"赵大连忙解释道："是老爷吩咐，要用这海水煮盐。"吴妈将信将疑，接过水桶将海水倾在锅里，烧起火来。不一会儿，水煮开，冒出一股青雾，煮了半个时辰，锅中水煮干，留下一片白晶。赵大用手指将锅沿上的白末星子抹在嘴里舔了一舔，舔了一嘴的咸，连忙"呸呸"连吐了几口唾沫，欣喜若狂地叫喊起来："成了，成了！"急忙用铲勺铲起，盛在碗盏里，端起碗盏就往客堂跑。吴妈举起扫帚追着他后背打："你成了，我这锅子可就废了！"赵大不予理睬，兴冲冲来到客堂，将手中碗盏交给李善仁，李善仁看到一碗白花花亮晶晶的盐巴，顿时惊掉下巴。事后立刻围海筑坝设厂煮盐。这海水煮的盐，不但质量好，产量也高得惊人，是别处的十倍。

一年之后，李善仁买下镇上十字桥东侧一片荒地，造起深院大宅，起名叫作李家店堂，将沈老板拨给的五间房屋归还，择黄道吉日，举家迁至新居。依旧在后院种下桂花树，埋下生计银，始觉落叶归根。借机大摆宴席，广交地方官员、乡绅邻里。此后，又在娄水河边建了一所学堂。

娄水河横贯广福南北，可谓是广福的母亲河，它流经十字桥，分为东西南北四条河，往西到太仓拐向姑苏与大运河相接，往南通达上海，汇入城内方浜，通达黄浦江；往东可达吴淞口，往北是漕粮北运的出海口。自古娄水河“漕运万艘，行商千舶”，是通江达海的黄金水道。李善仁在娄水河边建学堂，莘莘学子来往于此十分方便，这件事在广福引起轰动，交口称赞李善仁办了一件造福乡民的天大的好事。

娄水河边还有一座大宅，那就是沈府。沈老板祖居广福，不但在娄水河边置宅建屋，在上海南门方浜花衣街也建有沈氏府邸，等于把守着黄金水道的一头一尾。从海上火轮驳来的货物，或者内河来的货船，通过这条河可以直达城内沈家府邸后面的小码头，或者经水门开进黄浦江，畅通无阻。当年小刀会起义在他家设立指挥部，从这条水道进城出府神妙莫测。小刀会起义失败后，沈家因有“通匪”嫌疑险遭灭顶之灾，从此一蹶不振。到了沈老板手上，沈老板又倾全部家财资助康党，新政失败，沈家再次没落。沈老板从此不问政事，拿了出卖摇橹木船的钱，还清欠债，占据有利位置，专做沙船生意。适逢五口通商，上海城里人口骤增，商人在城内拆棚屋建石库门供人租住，需大量沙石，沈老板很快成了沙船大王。

沈老板和李善仁，虽一个世代在广福，一个来自徽州府，却是世交契友，现又做了乡邻，两家来往热络。这一天，沈老板女儿沈姑娘二十岁正生日，李善仁备下厚礼，携夫人、儿子和赵大、牛老四等去往沈府贺喜。沈老板在沈府码头的浮船上设宴，延请李善仁上座，李善仁礼让一番，方才落座。天色已暗，船上点起华灯，船靠码头的一边有铁链锁住，靠河的一边一头一尾也有两支铁锚沉入河底，船稳稳地固定在码头上，既不会摇晃也不会漂动。河水拍打着船帮“哗哗”地响，偶尔传来一声清晰的、有节奏的波浪拍溅声、水流冲击船底的“噼啪”声。坐在席上望向河中，河水微微地流动，仿佛船在水中行走，十分惬意。

沈老板将自家娘子及儿子福生，唤来船上见客人。沈夫人落落大方，见过李善仁，福生和祥海在同一私塾先生门下受教，已是和祥海熟稔了的，早已坐在一起，唯独不见沈姑娘迎客。李善仁就打趣说：“今日是专门来吃沈姑娘蹄髈的，怎不见沈姑娘？”沈老板笑道：“姑娘的蹄髈兄弟可吃不得。”李善仁自觉失言，连忙改口道：“沈姑娘做的红烧蹄髈可谓广福一绝，小弟吃得。”沈老板说：“姑娘在灶房忙着呢，大恩人到来，她的蹄髈需要亲自把关。”李善仁连忙说：“你看，你也说她的蹄髈，非小弟妄言！”沈老板发觉落了李善仁的圈套，干脆说：“兄弟既是对姑娘的蹄髈念念不忘，等会儿唤来让你吃了罢！”李善仁大笑道：“如此说来，可吃不得了。喜事要贺，蹄髈也要吃，可请来一见，夫人要向她请教烹饪手艺呢！”沈老板当即吩咐家丁去灶房叫来女儿沈姑娘。一会儿，沈姑娘款款前来拜见李善仁，并与李夫人、祥海、赵大一一见过。沈姑娘是广福镇上绝无仅有的才女，上得厅堂下得厨房，棋琴书画样样精通，极喜欢在船上面河挥毫、对月抚琴。以前这里系着的是沈府独一无二的摇橹木船，因摇橹木船不在了，沈老板特意打造了一艘浮船来代替摇橹木船，终究有些抱憾。沈姑娘来到船上，见过客人。李善仁打趣说道："久闻姑娘芳名，今日我是专门来吃你做的红烧蹄髈的，蹄髈可曾烧好？"沈姑娘向桌上扫过一眼，答道："马上就好，恩人稍候。"说话间，家丁已将一盆重油赤酱晶莹透亮的红烧蹄髈端了上来，瞬间香飘满屋色香诱人。李善仁啧啧称赞："果然名不虚传，未及品尝，我已垂涎三尺。这蹄髈可有名头？"沈姑娘说："它就是万三蹄。"李善仁说："万三蹄可是让皇帝都吃了不肯放手的，请问沈姑娘在哪里学的手艺？"沈姑娘说是在她姑奶奶那里学的。她姑奶奶曾得万三蹄嫡传，在姑苏开了一家万三蹄专营店。她在姑苏学堂读书时，在姑奶奶家借宿，姑奶奶每天要做上百只蹄髈，她空闲时在旁做帮手，因此学得精湛手艺。李善仁说："这么说来，姑娘也是万三蹄传人了。我家夫人要向你拜师学艺,你不会不同意吧？"沈姑娘说："恩人过奖了，小女子不敢当。"沈姑娘落落大方，与李善仁客套一番，不忘见过赵大等人，一对桃花眼只在赵大身上扫来扫去，众人毫无察觉。李善仁见沈姑娘聪明伶俐，知书达理，呵呵笑道："沈老板真是好福气，女儿不但蹄髈烧得好，还八面玲珑，应酬得当。"便打发自家夫人随沈姑娘下船去灶房学做万三蹄。

沈李两家分主宾团团而坐，下人早已端上后续菜肴，摆满一桌，主宾围坐一桌，正要动筷开吃，祥海却站起来，一把将蹄髈拉到自己面前。李善仁的脸顿时难看："这孩子怎么这么没规矩，再喜欢吃，也不能这样。"祥海却自顾自用两根筷子在一碗蹄髈里翻来搅去，李善仁瞬间脸色铁青，正要发作，却见祥海扒开蹄髈，从里面抽出一根刀子样的细骨，兴奋地说："耶，真有骨刀呀！"见祥海急吼吼扒拉着一碗蹄髈却又不吃，一桌子人都愣住了，不知他葫芦里卖的什么药。却见祥海捏着细骨说："先生说过，万三蹄是招待皇帝吃的，蹄髈整个儿没法吃，必须用刀切开，但是皇帝面前不能动刀。蹄髈烧得好，应该骨肉分离，里面有一根细骨可以拿来代刀切肉。看，真有耶！"众人这才恍然大悟，原来万三蹄还有这一说。沈老板连声夸奖道："令郎果然聪明过人，先生教诲，事无巨细谨记在心，将来一定可以成大器。"李善仁转怒为喜，频频含笑点头，不禁喜形于色。祥海用手中骨刀，将碗中蹄髈分成八块，送到沈老板面前："伯伯请用。"沈老板大喜，搛起一块送入口中，又将蹄髈推到李善仁面前，李善仁也搛起一块，再推到两个孩子面前。两个孩子不再客气，筷子如雨点般落向蹄髈。李善仁笑话他们吃相难看，像是没吃过饭的乞丐。说蹄髈要吃，鱼腥虾蟹、时令菜蔬也要吃，就给两个孩子碗里都搛了鱼类、蔬菜，两个孩子如吃药一般，面露难色。沈老板就说："随他们去吧！今日请恩人来，有一件事相商。"李善仁说："但说无妨。"沈老板说："犬子比祥海虚大三岁，在私塾老先生处同受教诲，才智大有长进。如今已读完四书，《礼记》《春秋》也读了，珠算、习字，也样样授读，然私塾毕竟有局限，知识偏窄，应该去海洋学堂读新书，将来才有出息。不知恩人意下如何？"李善仁："兄弟早就有此想法，现今孩子已读完私塾大部分学业，先生已教无可教。洋学堂是一定要读的，两个孩子合得来，且是私塾同学，早就想让他们结伴同去城里读书了！"沈老板说："这样甚好。秋后便动身如何？"李善仁说："正中下怀，不过在此之前你我应当进一次城，一为考察学堂，二为选一处便利房屋，让孩子租住，安心读书。"沈老板说："我自家有船，新近又置了车，来去方便，经常在城里和乡下两头跑，兄弟来到上海一次都未进过城，确实应该去走走。不过，洋学堂是寄宿制，不消自己找房子住，平时读书不准外出，只在节日假期才让他们回家。”李善仁听了说：“这样可以省去好多事。只是孩子尚小，孤身在外难免有意外难测之事，可叫我家赵大陪同。赵大忠心耿耿，跟随我多年，也是有心读书之人，三人之中，赵大最大，可一边读书一边看顾他们两个。”然后将赵大介绍一番。沈老板说：“如此就放心了，孩子一周可回家一次，我家每天有船只来往于城乡，可专程接送。”两人一拍即合，一顿饭工夫，把孩子读书大事商量定当。

祥海指海为盐，人皆惊为神童。先生授讲新课，一遍就懂，温旧念新无不烂熟，且每每有新奇问题提出来，几乎问倒先生，先生经常称赞祥海负气含灵，敲敲头顶脚底板亦会响，将来一定有出息。当李善仁把祥海、福生兄弟下学期将去上海读新书一事告诉他时，他大为赞同，称道：“好马就应配好鞍，去上海读书，正是给了他们任意驰骋的广阔天地，是好事。老朽早已教无可教了！”

赵大得知李善仁真要自己去上海读书，虽然高兴，但心存担忧，说道：“小人仅为老爷的仆人，老爷肯如此看顾我，小人感激不尽，然诚惶诚恐，不知此生何以为报。只是自己粗人一个，舞枪弄棒一事尚可为之，真要去读书，恐有负老爷期望。”李善仁说：“读书是一方面，还有陪读一事非你不可。”赵大见李善仁果不食言，且祥海指定要他同去，心中无限感激，誓当全力相报。

很快，秋日来到，停靠在十字桥下的摇橹木船早已打扫干净，牛老四摇橹，赵大撑篙，一行人乘坐摇橹木船前往上海。

船四平八稳行驶在娄水河里，沿途的两岸稻田里，黄澄澄的稻谷在秋风中化作金色的麦浪。树叶黄了，挂在树上，好像一朵朵金色的小花；飘落到河里，仿佛一叶叶金色小船，惹得祥海扑在船帮上，伸展臂膀，拿一根树枝去水里撩，观赏水面荡开的一层层平稳而波动的水圈。牛老四吹了一声口哨，惊动飞鸟“扑拉拉”从头顶掠过，孩子们发出一阵惊喜的欢呼声。

“这艘船是先父亲自设计、监工打造的一艘快船，别看它是摇橹船，但它有双橹，比桨船快得多。它凝聚了先父毕生的心血，可我将它卖了，实乃败家子一个。自觉惭愧。”沈老板和李善仁坐在船舱里喝茶，沈老板第一次坐自家造的船，颇有一番滋味在心头。

李善仁说：“多亏了沈兄这艘船，又快又好。当年坐这艘船从冀鲁来上海，因前途不明，我还嫌它太快，叫牛老四慢慢摇。沈兄家里船不少，然而对于沈家来说，此船独一无二，非一般之物，它记录了令尊创业的艰辛，沈兄视它如珍宝，我亦不做夺人所爱之事，如今我将它完璧归赵，聊释沈兄心头之痛。沈兄意下如何？”

沈老板没想到李善仁愿意将此船奉还，他早有此想法，只是难以启齿，听李善仁主动说起，连忙点头说好：“恩人既然肯成人之美，我也不推辞，照单收下了。此船停在沈家码头，那是一种念想，或可慰藉先父亡灵。感谢李兄大恩大德，兄弟我没齿难忘。至于船金，分文不少，加倍归还。”李善仁摇手说：“要不是沈兄给予我这艘船，兄弟我恐怕早就命归黄泉了，我还得感谢沈兄雪中送炭深情厚谊，哪能要你多付银两。”

“不，不，桃花潭水深三千尺，不及李兄助我情……要不是兄弟鼎力相助，我沈某哪有今日矣！因此船金必须加倍偿还，方可了却我一桩心事。”

李善仁不肯多收船金，沈老板发了财，哪里肯依，赞其绝渡送舟，别无他法，只能加倍回报。李善仁只好从命。当初李善仁肯为朋友倾情付出，如今白白使用了一回救命之船，又加倍收回了船金，真是杲杲冬日光，怡怡兄弟情。沈李两家以此船为媒，交情愈笃。

沈老板望着船头两个孩子说：“前人栽树后人乘凉，你我为了孩子奔波了半世，如今世道仍不太平。大清风雨飘摇，是注定要覆灭了的。纵观当今政坛，你方唱罢我登场，今日是英雄，明日是狗熊，变幻莫测。想那先人沈万三，一番好意捐资修城墙，倒是修出个充军发配的结果来，还是不问政事搞实业安妥。”

李善仁说：“此话千真万确。自古政商分道，钱权分家，如若掺和在一起，必致身败名裂。今后国之存亡兴衰，皆以实业为根。”李善仁想到自己投资的兵工厂几成清廷最大的武器库，朝廷视东南拥地自保为肉中刺，倘若南北开打，朝廷趁机收归国有，所投之银可能都打水漂，心下便有意将兵工厂的投资收回。

船从广福乡下一直摇到城里肇家浜，众人上岸，见一李公祠，祠旁的土丘上矗立着一座先贤的铜像，一行人登上土丘拜谒。铜像戎装佩刀，高达丈余，威风凛凛，居高临下凝视着脚下大地。铭牌上镌刻着：“毕生谟烈，虽万代后，其事迹行踪，尚丕焕不坠。”李善仁凝视良久，对赵大说：“这位就是你想见而没有见到的李大人。想不到，李大人在京城遭到如此贬低，在上海却塑有铜像纪念，褒奖之高，出人意料。功过之论，天地之别。”赵大抬头仰望铜像，心想，这位李大人看上去没有什么能耐，为何却遭千人唾万人骂？

这时李善仁招呼祥海："给爷爷磕头。"祥海磕了头说："这个爷爷我没见过。"李善仁说："这个爷爷在你出生前就过世了，你当然没见过。"祥海又说："先生说他叫李二。"李善仁说："李二就是一人之下万人之上，就是当大官的。"祥海百无禁忌，又说："先生说李二就是二傻子、卖国贼。"李善仁瞪起眼训斥道："小孩不要乱说话，如果是卖国贼，怎么还有人给他立铜像建祠堂？"祥海不语，又抬头望了好一会儿，说那把剑是假的。李善仁把他拉到一边说："小子，别那么多话，铜像是假人，剑当然是假的！"祥海又说："那剑为什么指着我的头顶，为何不拔出来指向外国人，显一显国人威风呢？"李善仁无言以对，沈老板抚须大笑，说："令郎真乃初生牛犊不怕虎！要我说，李贼丧权辱国，确实是最大的贪官。但偏偏又是少有的务实能干的宰相，做了不少利国利民的好事，故所以世人对他褒贬迥异。"

众人行了礼，拜谒过铜像，走下土堆，不远就是圣依纳爵公学。正是秋季开学期，学校里来来往往的学生很多，有的搬出被头铺盖晒太阳，有的领到新书捧在怀里嘻嘻哈哈打闹，更多的在打扫宿舍、坐或躺在草地上说话。一行人找到校长，祥海、福生及赵大三人将简历文书递上。校长叫去另室考核，祥海和福生毫无悬念得以通过，赵大因无些许文化知识，又说了一些似懂非懂的革命理论，恰恰犯了公学"不问政事"之信条，没能入学。李善仁只能作罢，领他到青年会夜学堂报了个识字班，让他循序渐进，先从"要紧字"学起，然后读《四书》《五经》，另在学校边租了一间房，给赵大住宿，并负责两个孩子的路途安全。

三个人读书的事都有了着落，沈老板邀请李善仁父子等人去沈府做客。一行人再次登船，经打浦桥、卢家湾至斜桥，驶进方浜，从西水门进城，城内巷道曲折河流错综，从西到东横贯上海城。沿河所见商铺和民居交织,虽堆积着很多杂物,但是河水清澈,房子的倒影也清晰可见。沿河又有许多百货商行，人们匆匆来去，络绎不绝。牛老四也是大开眼界，手下的橹也摇得慢了，自说自话道："谁说上海是小苏州？我看是完完全全的大上海，早就将姑苏比下去了。"祥海更是目不转睛,问东问西。福生是常来常往的,见得多了，十分淡定。赵大一路跟随李善仁，从黄河边来到上海，又去过京城见过世面，此时也不由得说："说姑苏是天堂，此话差了，我看上海才是天堂。"李善仁问他，要是拿上海和京城比呢？赵大不假思索答道："京城好比玄鸟，上海就是孔雀，孔雀只是天堂有。"赵大此言一出，众人皆惊。沈老板说："这位兄弟的比喻对绝了！"

船继续逆流而上，到达东门，来到花衣街小码头靠岸。一行人上岸。沈老板站在沈府门前指指点点道："你们看，门前这条河蜿蜒曲折,却是四通八达,从这边拐弯出东水门,从南面出南水门,都通向黄浦江。"这时，黄浦江上的汽笛声响了起来，祥海先是一惊,继而说道:"芦笛,芦笛在叫！"沈老板摸了摸他的头说:"小子,那是外国轮船上的汽笛声。"然后又指向旁边的小巷说："那边是棉花交易市场，黄浦江轮船上的花衣接驳舢板可以直接运到市场，如果是小船那就不用接驳就直接从黄浦江开进市场来，十分方便。有些花农不进市场，直接在岸边街上负担求售，所以这条街就叫花衣街。往北，可以通到松江府去到姑苏城。"说着，将众人引进自家府邸。

沈府四进五开间，坐西朝东，红砖拱券、砖作仪门、镂雕木饰，皆精美至极。庭院错落有致，存货成堆，仆人数百，众皆惊呆。厨子见老板携朋友来到，赶快安排下一桌丰盛佳肴，可桌子却是临时的，那是一张红木大方桌。沈老板说当年战事吃紧，周立春在这张桌上发号施令，突然一声巨响，南门城墙被法国人的大炮轰塌，周立春仓皇出逃。事后，朝廷欲拿他沈家治罪，沈家辩解贼匪手中有刀枪，要进驻谁家，谁敢阻拦，怎能凭此治罪？他家的船只一直停在屋后码头，贼匪要跑，跳上船就走了。沈家有心协助朝廷擒贼，赤手空拳也阻拦不得。一番辩解在情在理，本来是要满门抄斩的，结果领罚二十万两白银修复城墙。沈家又自愿捐银二十万两救济难民，县城才又恢复如初。沈老板说罢抚须大笑：“这一段故事，先父常常对我说起，说小刀会颁布的法令，都是为老百姓的，清廷把上海城团团围困，苦的是老百姓，没吃没喝能撑得了多久？先父要解救城里的百姓才冒险从水道进城。可是，只为那一丝善念，差一点遭到满门抄斩！”李善仁说：“这样一来，沈家比朝廷还体恤民情，朝廷的面子往哪儿放？”沈老板说：“是呀！从此先父就不问政事，竭力反对我与康党有来往。可我一腔热血，可谓螳臂当车不自量力，败光了家财不说，还气死了父亲。”李善仁戏谑道：“如此看来，沈兄也是少不省事，现如今改邪归正还来得及。”沈老板哈哈笑道：“兄弟说得极是！”

饭后，一行人走上大马路，大马路的景象更是奇特。农村的独轮车嘎吱嘎吱地经过精致的万国建筑群，铁壳有轨电车和挂着铃铛的马车并排而行，黄包车上的旗袍美女向身旁留着辫子的马褂男子投抱送怀，各国人士身着各色服饰在街上行色匆匆，街边的算命先生在暖暖的阳光下打瞌睡，老鼠毫无顾忌地沿着墙角窜进下水道。街头店铺一幢挨着一幢，门头上的招牌像牌桌上打乱的麻雀牌，看似杂乱无章又井然有序，都在自家门前。绍兴黄酒、牛庄高粱、粮食店和各种花露店混杂。沿街走去，一会儿闻到两广的海腥味、闽贵的土腊味，一会儿又飘来西洋花露水香气。每家店幡都稀奇古怪，闽广洋糖、两洋海味，什么都有，样样都卖。还有专卖德国、俄国、英国、法国和美国货的商店。满目都是店家，但是初来乍到的，指定要找一家店家却十分不易。

眼前一家店铺门前挂着白色衣服、白色布匹，大概是酒家的工作衣和桌布，一眼望去，像是出丧人家的招魂幡，十分可怕。祥海拉了拉父亲衣角，小声问道："父亲，父亲，这家店铺死了人？"李善仁哭笑不得，说城里没乡下那么多规矩，只图方便，在自家门前挂白布，在乡下，可是死了人才挂白布的。

一行人在大马路看热闹，太阳西下时，还没走完半条马路。远处，悠扬动听的海关钟声敲响四下，这才依依不舍，回到沈宅，仍旧坐摇橹木船顺流而下回广福。

·第五篇·

荡寇风云

话分两头，事归一面。话说当年，水鬼四兄弟投奔林容参军，风餐露宿，不远千里来到鄂州，找到新军营务处，递上林容的名笺，说是来寻林长官参军。这一天正好是林容巡营，见新兵处人头攒动，走过去一看，来人拿着自己的名笺要求参军，方知赵大果不食言，介绍他兄弟来入伍了。当即大喜，问过赵大近况，得知赵大忠心耿耿，随主人南下拓展，不禁啧啧称赞。一番寒暄过后，因和赵大是患难之交，又有大老板李善仁以客栈名义保荐，李善仁的名气可不小，在军界也是如雷贯耳，心里便有意成全。已升任标统的林容便传话给新兵处，四位新来的兄弟年轻力壮，有商铺担保，入伍手续从简。但是新军规制，只招本地良民，不收外地人氏，新兵处不敢破例，上报协统定夺。协统将林容召去询问，林容以落实袁公扩军扩编为由，说正值国家需要人才之时，五镇不要，他们就会去其他镇，与其让别人收罗，何不充实自家队伍？一番说辞说动协统，破例让四兄弟入了五镇，编入工兵营。

营伍管吃管住管穿还有不菲的薪资，水鬼兄弟对林容感恩戴德，皆尊林容为恩师，凡事悉听教诲，林容也拿他们当作自家兄弟看待。新军操练极其规制，他们原本就是吃得起苦的穷苦百姓，跌打滚爬自然不在话下，行军打仗更是勇往直前，不久之后都得到升职晋级。他们时刻牵挂铁头大哥，但因身在军营几乎与外界隔绝，并不知铁头大哥已命归黄泉。岸滩离军营足足有两千里路，有了假期也难以回家探亲，与岸滩一别三年。如今四兄弟小有成就，趁部队休整，告假回乡探望铁头大哥，得到林容准允。

四兄弟得到准假，骑上军马，意气风发往岸滩而来。不一日，四人四骑威风凛凛到达岸滩，却被眼前的景象惊呆了：原先辛辛苦苦搭建的吊脚楼全部倒塌，被大火烧成炭的长木框架，歪七扭八地耸立在一片废墟之上，像是烧焦的鲸鱼骨架，刻有“水在流”名头的匾额一劈为二成了墓碑。

四兄弟多方打听，才知他们走了以后，铁头收留了一对逃难来的秦氏父子，与之共同经营客栈。客栈日渐兴旺，引来一伙贼匪，杀人放火抢劫财物，铁头大哥死于非命，大嫂被强盗掳走，秦氏也惨遭毒手，岸滩毁于一旦。只剩他儿子因在师傅家做木匠，才幸免于难。兄弟们打听到是清风寨强盗所为，怒火填膺，全然不顾身为军人一切行动须听指挥，合谋要灭了这一伙强盗，只要回军营销假不逾期，可谓神不知鬼不觉。四兄弟商量定当，即刻快马加鞭前往清风寨，要为铁头大哥报仇。

却说三保兄弟屠戮岸滩，大保割下金相玉首级回山寨复命，称金相玉的孩子早已不在岸滩，现时不知去向。陈三虎无奈，见了金相玉人头，迫于三保兄弟在山寨的威势，只好将山大王宝座拱手相让。大保如愿以偿做了山大王，欲将铁头媳妇收在帐中做压寨夫人，铁头媳妇拼死不肯，大保将她囚于牢中，任她哭喊，死活不管，先将陈三虎的三位姨太太收罗，日日对酒当歌醉生梦死，引起二保大大的不满。二保认为当初在陈三虎面前立下军令状的是他们三兄弟，岸滩杀人劫财也是三人之功而非大保一人所为。再说铁头媳妇先是他追捕的，铁头媳妇应该归他所有。铁头媳妇正值花样年华，又是良家妇女，非那些姨太太能比，大保怎肯放手，全然不顾兄弟反目，将铁头媳妇关在牢里不给吃食，逼迫她就范。铁头媳妇饿得天旋地转、丧失理智时，大保又假惺惺劝慰，再投以美味佳肴，让她饱餐一顿，然后再次饿她，一次比一次饿得狠。铁头媳妇忍耐不住，被迫做了压寨夫人。二保立刻和小保联手，纠集起手下人马，与大保为抢夺压寨夫人展开火并。怎奈大保手中有枪，反被大保所杀。大保从此肆无忌惮，有了一正三副四位姨太太尚且不满足，又觊觎上手下一位婆娘。威逼利诱手下，许诺手下日后升他做头目，霸占他的婆娘做了五姨太。

真是人欢没好事，狗欢一锅汤，兔子欢了挨枪子。大保恶事做尽，早已惹怒苍天。佛经说，不是不报，时候未到，时候一到，一切都报。

这个五姨太，论外貌是四位姨太太中最不出众的一个，长得却肥臀细腰最为妖娆，时常趁大保留宿其他姨太太处，和旧日的男人偷欢。那一日，五姨太约了旧日的男人到后山马厩里偷欢。没想到被平日里不和的三姨太发现，去大保面前告密。大保正在大王窝里喝酒，闻言提刀来到马厩，将五姨太和她的男人抓了个正着。大保将她男人一刀砍杀，将五姨太捉回窝棚。五姨太赤裸裸跪在地上，吓得瑟瑟发抖，大保提起马鞭便要抽打，鞭子尚未落到她身上，她便娇滴滴喊叫起来：“大王厚此薄彼，平日里只往大太太房里去，奴家耐不住寂寞才做出傻事，下次再也不敢了！”大保听她娇滴滴声音煞是动听，自觉平日里确实怠慢了五姨太，她是跟旧日的男人相好，自己横刀夺爱，毕竟理亏。手中的鞭子便有气无力朝她屁股上挥去，挥一下问一句：“× 你个姥姥，大王我只空闲了你几晚，你就骚烘烘拱出窝棚去了……”五姨太涕泪俱下道：“大王真是贵人多忘事，你想想和奴家在一起已是哪一日的事了？大王已五日未来奴家窝里了！奴家是想大王想得发痴哟，求大王可怜……”说着哇哇大哭，翘起屁股在大保面前缩成一团。大保又一鞭抽在她白花花大屁股上：“给我闭嘴，你还有脸哭……”说着又一鞭，五姨太屁股上已暴起多条玫瑰红印。五姨太惊声尖叫，却耸着屁股凑上来道：“你打，你打，大王真是下得了狠心哟……奴家该打，奴家的屁股是大王的，身子也是大王的，将奴家往死里打吧，奴家再也不哭……”说着便可怜兮兮地俯身在地，屁股撅得更高。大保顿时兴起，解了裤腰带，挺起长矛直捣黄龙，抽一鞭叫她动一下，抽一鞭又问一句：“你那病恹恹男人可有大王我耸得你开心……”五姨太扭扭捏捏呜呜咽咽答道：“他那猫狗之物怎与大王驴马之器相比，捣得奴家心花怒放哩！因此奴家才一刻离不开大王啊……”大保不觉丢了皮鞭捧住她硕大的屁股一味耸动，惹得地上一只猫转动发绿的眼睛，蠢蠢欲动地盯着瞧。五姨太淫声浪语不断：“哎哟大王，你要搞死奴家了……奴家要被你搞死了……”事毕，大保“啪”地一下，重重地拍在她屁股上道：“这一次且饶了你，日后若再敢做出那猪狗不如的事来，休要怪我！”五姨太战战兢兢，连声答应。没想她好了伤疤忘了疼，时隔三日，就又耐不住寂寞，约了大保的马弁在草棚里酣战。

自以为神不知鬼不觉，却又被三姨太告了密。大保气汹汹提了火铳来到草棚，五姨太和马弁在干草上赤裸裸滚在一起，猛地见大保大踏步抢进草棚来，骇得屁滚尿流，慌忙跪地磕头求饶。大保提起火铳就要开枪，被随后赶来的铁头媳妇劝阻道：“大王！不能开枪，恐枪火引发干草起火！”原来，五姨太和三姨太不和，铁头媳妇都看在眼里，因她平日和五姨太好，见三姨太鬼鬼祟祟溜进窝棚，和大保耳语一番，大保即气势汹汹提枪出去，恐有不测，立马尾随大保来到草棚，这时扑上前去阻拦。大保一愣，也怕草棚起火，只得忍了，将火铳插在腰间，上前一手一个，拎起两人，捉到大王窝，将两人赤条条绑在立柱上。三姨太已叫了众人来看五姨太出丑，众人闹哄哄围在窝棚内争着看热闹。大保拿马鞭抽得两人身上血印子一条条的，两人鬼哭狼嚎般惨叫。大保还不罢休，抽出尖刀要割了马弁的劳什子才解心头之恨。众人个个噤若寒蝉，缩了头不敢发声。

正在这时，窝棚外杀声四起，水鬼四兄弟杀到。守寨的卒子跌跌撞撞奔进来报告道：“不好了，大王，官府杀上山来……”大保一把拎起卒子衣领道：“官府？官府何时管起山寨来……”正在疑惑间，窝棚外已响起枪声。大保奔到门口一看，四个军人杀气腾腾冲上山来，子弹射进窝棚，贴着他擦身而过。大保一看情势不对，连忙拖起铁头媳妇往后山逃窜。

水鬼四兄弟很快就攻占了大王窝，立刻展开清剿行动。这占山为王的蟊贼，如何敌得过行伍出身的正规军士？大刀梭镖很快就被铁壳毛瑟击溃。半身不遂的陈三虎死于乱枪。大保拖了铁头媳妇跑到马厩里躲藏，被方宗明追上。大保拿铁头媳妇挡在面前做人质，朝方宗明胡乱开枪，方宗明将他一枪撂倒，解救出铁头媳妇。山寨贼匪逃的逃死的死，余者皆被剿灭。水鬼兄弟将大小头目就地正法，五姨太和马弁因祸得福，被方宗明从立柱上解下，给衣服穿上，遣送回家。剩余妇幼老小，连同其他各位姨太太，统统遣散，山寨财物发还给受苦百姓，一把火烧了山寨。

水鬼四兄弟毫不费力将山寨荡平，百姓拍手叫好，将四兄弟当作安民除暴的大英雄抬下山来，放炮庆贺，大鱼大肉招待。水鬼四兄弟低调行事，带上铁头媳妇趁黑夜悄悄离去。再次来到岸滩，整修了铁头大哥和秦氏众人的坟冢，燃香告慰在天之灵。铁头媳妇抽抽搭搭跪在铁头坟前，夫妻恩爱的情景，全都在她脑子里闪过。那些时光，她得到最爱她的男人全部的爱，她是世界上最幸福的女人。现在丈夫死了，她却与抢劫杀人的恶人、杀死她丈夫的凶手夜夜交欢，还怀了凶手的孩子！她在铁头坟前长跪哭诉道："妾身被贼匪玷污，非妾身愿意，请求夫君原谅。如今虽然获救，妾身却再无脸面活在世上，下辈子若有缘相遇，还你清白之身，再续今世姻缘。"哭罢，起身朝码头狂奔。等到方宗明反应过来追去时，铁头媳妇已跑到码头，毫不留恋她身后的人世间，像一头被追逐的美丽的动物，纵身一跃，在空中划出一道优美的弧线就跳进了黄河。方宗明追到码头边，没有截住她，来不及脱去衣服，也一跃而下救人。其余兄弟随后赶到，合力将铁头媳妇救起，在河边将她倒提起来拍打、揉捏。铁头媳妇吐出一肚子黄水后醒来，脸色惨白如纸，还要寻死。

"这叫我怎么活啊！"铁头媳妇眼泪鼻涕一大把，像个三岁小孩，哭得歇斯底里。几个男人束手无策，劝慰不了她那一颗受太多伤害、太多侮辱的心，只好将她紧紧抓住，不让她再跳黄河。老幺万中秀于心不忍，脱下身上衣服给她裹身，然后将她扶上马，一步一颠送回她娘家。她娘家虽是穷苦人家，却于女儿贞洁一事十分看重，拒不收留，还对她恶语相加。俗话说，天不怕地不怕，只怕恶语锯人心。铁头媳妇已没有了活下去的理由，她觉得发生过这一切之后，不仅是活下去她感到羞耻，甚至想活下去也是可耻的。当晚，铁头媳妇在自己房里，一根麻绳吊死在屋梁上。

水鬼兄弟送走铁头媳妇后，去镇上寻找秦氏小木匠，欲带往军营让他加入童子军。马木匠说，马辰龙已听从铁头临终遗言，去上海寻找恩人了。水鬼四兄弟这才离了岸滩回军营销假，前前后后十天，正好在假期以内。以为神不知鬼不觉，没想到因他们剿了清风寨，其余山头受到震慑，纷纷下山向官府缴械投诚。官府莫名其妙，派出访事来调查。一批好事的文人闻知此事，蜂拥而来，写成文字刊于报章大加表彰，说国家青年都像五镇新军这般，为国为民除暴安良，国家有望，外侮可荡。事情闹大了，林容才知是水鬼四兄弟做的“好事”，大为震惊，刚刚被协统擢升为标统的林容立刻将水鬼四兄弟绑缚起来押送协统长官署听候处置。协统长官调查清楚，身为军人，擅自行动当立刻问斩。林容慌忙负荆请罪，愿受管带不力之罚，保他们四人性命，私下奉上大笔贿金。协统见钱眼开，念他们淳朴勇悍，且为五镇争了脸面。现正值用人之际，又有手下干将担保，便卖个顺水人情，将四人免去死罪，打入军牢，以罚代刑。林容因管带不力降级留用。四人在军牢里关了一个月，出狱以后，仍在林容手下做事。

·第六篇·

先烈永生

林容本是个读书人，只因朝廷废了科举，入仕无望才投笔从戎。暗杀行动夭折后，他逃离京城潜回鄂州，暗地里鼓动有志人士欲举反帝反清义旗。这天，林容在营部召集手下各营排干将二三十人开会，只见他从怀里掏出一面旗帜抖开，旗帜上绣有九角十八星标记。他手举旗帜说道："鄂北有句老话，一龙挡了千江水，一钱难死众将军。忠汉军成立在即，各地有志青年踊跃，然经费紧缺，无法购买枪支弹药，连造旗印布告之事都难以进行。"顿了顿又说："我从襄阳来到鄂州，家族中人曾为我捐官筹措了五千两白银，我愿意全数支持反清事业，以解忠汉军燃眉之急，希望各位同志舍小家为大家，有钱出钱，有力出力，齐心协力举起反清灭洋的大旗。"水鬼四兄弟坐了一个月的牢，连薪银也扣罚了，这时抓耳挠腮，为囊中羞涩发愁。方宗明突然想起，曾在清剿清风寨时搜获到一些官府银票，这时还妥妥地在自己衣兜里，连忙拿出来给林容过目："这是官府银票吧？可值几个钱？可派上用场吧？"林容见方宗明从衣兜里摸出一大沓银票，接过来一看，惊喜地说道："值大钱了！何止派上用场，是派上大用场了！你这是金屋藏娇啊，从何而来？老实招来。莫非令尊也准备给你捐官？”

方宗明说：“我等父母乃吃不饱穿不暖的穷苦农民，早早离世，我是孤儿一个，一穷二白，在黄河边捞尸为生，做梦也梦不到捐官。幸逢长官相惜，再生之恩没齿不忘。银票是清风寨缴获的赃物，乃借花献佛。”

林容听了道：“好一个借花献佛！尔等背着我做出惊天大事来，我为保尔等性命，不惜降职留用，还贴去大笔贿金，尔等竟然瞒天过海，还藏匿赃款不报，岂有此理！”

方宗明嘿嘿笑道：“我等清风寨归来就坐牢，长官也不来牢里看望，因此一直没有机会跟长官细说。长官为我等再生父母，我等怎敢背着父母藏污纳垢？长官常常一件行李，一把雨伞，足迹遍布江淮南北，到处去物色同志，募集资金，为革命舍生忘死，我等实在惭愧，只能借花献佛而已。”

林容道：“尔等入狱后，我确实忙于各事，未到牢里看望，万望见谅。尔等为革命做出表率，我等兄弟理应效之。”

各位连排官兵见状，纷纷慷慨解囊，将家里给的花销、自己的军饷统统拿出来充经费。林容大喜，振奋说道：“凡事但需大家拧成一股绳，同申革命救国大义，万事可成。”

林容一伙人在军中结社，引起清廷高度警惕。总督下令收缴新军子弹，以防新军倒戈。林容决定提前举事。不想一位参谋在家里试制炸弹，不慎将自己炸伤。此炸弹威力巨大，爆炸后引发大火。清廷军警非常警觉，循迹而来，在他家中搜到一份名单和十八星旗，起义计划泄露。清军总督这一惊非同小可，立刻下令全城戒严，按名单抓人。林容名列首位。清兵包围了林容住处，“乒乒乓乓”敲打大门。林容听到敲门声，又听见街上枪炮声响，知事已泄露，赶快把怀有身孕的媳妇推出柴门，嘱咐她出了门不要回头，向南逃命，随后端坐前堂，不慌不忙写下赵佶一首绝句：

彻夜西风撼破扉，萧条孤影一灯微。
家山回首三千里，目断天南无雁飞。

清兵破门而入，见林容伏案而书，因平时都受过他的恩惠，此时伫立一旁，稍候片刻，齐声说道：“林大人，请！”林容缓缓写完，掷笔危坐，清兵一拥而上，将他五花大绑押至协统署。

协统亲自来到牢房规劝林容：“你我同为伍人，应知王法，受大清俸禄，自当爱护大清，而你竟结党谋反，该当何罪？”

林容厉声反问道：“所谓俸禄是我汉族同胞的血汗，吃同胞的饭，为同胞报仇，理所当然，何罪之有？”

协统又说：“事已至此，死到临头，何苦顽冥不化使肉体受辱！念你是一条好汉，曾经同僚共事，若能认罪服法，可以免死；倘若执迷不悟，罪不容诛。”

林容冷笑道：“我既从事革命，早已将个人生死置之度外，杀便杀，无须多问，今天杀了林容，很快就会轮到你们掉脑袋了。”

协统恼羞成怒：“看你的嘴硬，还是我协统的刀硬。本部已经禀明总督，传令明日黎明前，将尔等乱党，押至督军府东辕门内斩首示众。”

第二天黎明，大风骤起，尘土飞扬。督军府东辕门刑场前人头攒动，被五花大绑的林容悲壮地昂首看着民众和人群中的战友连呼“同志速起，还我河山”口号，刽子手扬起大刀手起刀落，革命党人身首异处，烈士的鲜血洒满辕门，可叹林容一介书生，革命军中马前卒，死于黎明前的黑暗，年仅二十一岁。

林氏媳妇出了柴门，哪管东南西北，山高水低，沿着河流逃命，饿了就采些野草充饥，渴了捧一掬河水解渴，日行乱葬岗夜宿山神庙。一天，来到张家冈地界，过了冈已是凤阳，突然，腹中胎儿骚动，知道要生了，急忙走进一座古松环抱的土地庙，在菩萨后面桌几下铺好杂草待产。腹中疼痛便一阵紧似一阵袭来，林氏媳妇大汗淋漓，心里呼唤道：“夫君，妾身今命休矣，孩儿恐等不得出世，要随妾身而去了！”

张家冈下五里村，处于三冈环抱之中，地势偏僻，人迹罕至。村外居住着一位雉河集人氏叫张五义，张五义上山打柴，突遇狂风骤起，山风刺骨，便迈入土地庙歇脚。刚进庙门，就听见菩萨壁后传来女子的呻吟声。他朝里寻去，见一双女子小脚伸出壁后，兀自伸缩转动。他又趄入壁后察看，见壁后供桌下有一个怀孕女子蜷缩在地，泪眼迷离，痛苦呻吟。张五义上前询问：“娘子安好？”女子见有人来，说了一句“不好……我怕要生……”下身已有脏水汩汩流出。张五义叫一声“不好！”，放下柴火，对女子说：“娘子咬咬牙坚持一会儿，我去去就来。”说罢夺门而出，朝山下狂奔，回到家里，一把扯住在炕上纳鞋底的妇人说：“不好了！快随我去土地庙。”妇人纳闷：“天寒风紧，上山去庙里干啥？”张五义说：“土地庙有一女子，在地上呻吟打滚，恐怕是要生了。”

“什么？有人在土地庙里生孩子？”妇人也急了。

“是啊！我看她衣衫褴褛，似是一个逃荒的穷苦人，天寒地冻生孩子，恐将性命难保。我一个男人不便，你与我同去，将女子背到家里来生，血光冲了菩萨可不好！”

妇人立马放下手中活计，随丈夫顶着寒风朝山上奔去。来到土地庙山门外，听到大殿传来一阵婴儿嘹亮的啼哭声，情知女子已生。夫妇俩忙不迭奔进庙堂，见壁后女子两脚直挺挺撂在地上。连忙跑到壁后察看，见婴儿落在女子两腿间杂草上，挥拳蹬脚，哇哇大哭，女子肌肤苍白、面无血色，下身赤裸满是血污，一动不动昏死在地上。张五义略一迟疑，脱下身上棉袄裹住林氏，将她驮在背上，顾不了避嫌，托起林氏光腚就朝山下跑。妇人亦解开衣扣将婴儿贴身裹在怀里奔出庙来，踉踉跄跄随夫奔下山。不想林氏身上的血污一路走一路淌，引来野狗在身后尾随不舍。张五义咬咬牙一路狂奔，林氏被颠醒，气若游丝说道：“大哥……放下我吧！我不中用了……将我埋在这里……好心人，请收留我儿，长大后告诉他是革命军林容后代………”说罢，不再有声。张五义觉得林氏身子渐渐凉了，连忙放下她，再摸她胸口，白玉一般冰凉。无奈在雪地里将林氏浅浅掩埋。第二天欲将尸首转移到山上，来到昨夜掩埋处，见雪地里刨出一个黑黜黜的大坑，女子尸体被野狗刨食殆尽，尸骨全无，张五义悔恨不已。张五义夫妇无儿无女，无奈将林氏的遗腹子收养，取名林阿毛。

秋风劲吹、细雨纷飘的季节，长江边上的一座古镇，仿佛一颗璀璨的明珠，镶嵌在连绵起伏的青山与雾霭之间。这座古镇，府衙众多，官署林立，各种中外建筑沿着江岸排列，宛如一幅壮丽的画卷。

这天傍晚，天色阴沉，江边的枝叶在远处望去，灰蒙蒙的一片。

雾霭之下，高耸着一片黄土坡，土坡上青瓦白墙的营房隐隐可见。突然间，营房内枪声骤然而起，尖锐的枪声划破了秋夜的沉寂。一队新军呼喊着口号，如狂潮般冲出营房，队官上前阻拦，被“水鬼”兄弟老大方宗明飞起一脚，踢得倒退数步。方宗明顾不得他，振臂高呼：“随我来！拿枪打旗人！”率领敢死队奔向中和门，直扑楚望台军械库。军械库官佐见义军来势汹涌，慌不择路越墙逃走，义军顺利夺占军械库，缴获大量武器弹药，转而攻打督军府。

督军府久攻不下，“水鬼”兄弟陈英武不幸牺牲，方宗明不得不指挥敢死队边战边撤。正当危急之际，万中秀他们的炮兵队，扛起大炮急行军绕了半个城，进占城外高地，架起大炮，向督军府猛烈轰击。经过一夜的激战，一面醒目的十八星大旗，在黄鹤楼头迎风招展，革命志士们用鲜血换来了东方的黎明。

此后，南方革命军攻克南京，在南京成立中华民国，孙文担任临时大总统。清廷在这突如其来的打击下，瞬间陷入了混乱。

河南洹上，袁氏在家乡小河边一间草棚凉亭内席地而坐，一杆长长的竹竿伸向小河，垂下鱼钩。勾栏舞女环伺左右。三年前，他遭遇弹劾下野，在家乡隐居，日与骄妻美妾，诗酒调情，钓游乐性，暗地里与过去的同僚、北洋军的手下电报往来，指点时事。人们在背地里不称他袁氏，都称他袁大头。此刻，牧童引来一位锦衣绣袍的老者，老者一脚高一脚低踏进凉亭，袁大头见了，连忙将钓鱼竿朝泥地上一插，起身打躬作揖，将来人请到地上盘腿而坐，奉上美酒佳肴。原来老者不是别人，而是朝廷大臣。袁氏见朝廷命官不请自来，想必朝廷有难，心中暗喜。河面波光粼粼，袁氏一边下钓，一边与朝廷大臣大谈殷墟古迹、成汤轶事。大臣见他下的鱼钩是直的，笑他这哪里是钓鱼，而是喂鱼。不想袁氏哈哈笑道："愿者上钩。"大臣愣了一愣，这才明白袁氏钓鱼只是幌子，不觉露出尴尬神色。亭内酒肉飘香，勾栏佳人吟唱起舞。袁氏捧起地上一只用糙皮纸包裹的道口烧鸡和一碗飘着米油的金黄色小米粥，双手递给大臣道："大人不远千里来到安阳，小人无有美味招待，仅有烧鸡一只，聊可果腹……"大臣双手接过，闻之香味扑鼻。一路走来也是饿了，便顾不得许多，抓起烧鸡便啃，吃一口鸡肉喝一口粥，填饱肚子后才期期艾艾地说出朝廷的意思，只要袁氏夺回鄂州三镇，就让他官复原位。袁氏心头大喜，当即领命。日后却迟迟不动身，反而在家里大办生日宴。友人、幕僚都知大臣来过，得知袁氏不日即可返京重掌大权，都争先恐后前来祝寿。

李善仁偏居江南一隅，耳目闭塞，对于远在安阳发生的"大事"一无所知。一日和沈老板喝茶，沈老板说起此事。说者无心听者有意，李善仁十分懊恼，没能事先得知这个消息，再一次错失拜谒袁氏的良机。沈老板又告诉他，袁某人的生日还在三日后，他的五十大寿要连贺三日。李善仁立刻转忧为喜，连夜收拾箱笼，携一家老小，备下丰厚礼金，叫赵大和牛老四各挑一担南北珍宝，星夜启程，坐火车赶到安阳。到得袁府外，报上姓名，说是昔日同仁来贺，赵大和牛老四将礼担挑进待客房等待召见。不一会儿，袁氏一身戎装，大腹便便迎出堂前。见是已故李大人的宗亲族人，兵工厂金主来访，让了礼，请进厅堂。李善仁率夫人、孩子进到厅堂，在堂前跪下，奉上银票及礼物清单，口中高诵祝词："敬祝大人安康，万寿无疆，步步高升。在下耳目闭塞，未及道贺，甚为惶恐！”袁氏在总布胡同见过李善仁好几回，也是熟的，收了银票、礼单，脸上堆下笑来，拄起手中军刀，抬起两只水泡眼，望了一眼堂下众人，好一会儿才说：“起吧！不必行此大礼！”堂下众人恭恭敬敬起身，分左右坐下。袁氏毫无表情地乜了祥海一眼，问小儿多大了？李善仁毕恭毕敬答曰：“小儿十一岁了。”

李夫人连忙牵了祥海的手，来到袁氏跟前再次稽首，直待袁氏说“起”，才起身对祥海说道：“快叫爷爷！”其实袁氏才五十出头，只比李善仁大三岁，祥海应敬称伯父才对。而袁氏须发尽白，俨然六七十岁的人，看上去确实像是爷爷的辈分。祥海察言观色，口称爷爷福寿安康。

袁氏面露喜色，叫随从拿红包赏孩子，说道：“小子乖巧惹人喜爱，过来，让爷爷抱抱。”祥海丝毫不胆怯，兀自走到袁氏面前，左一声“爷爷”右一声“爷爷”，叫得袁氏心花怒放，摸了摸祥海头顶笑道：“小子有出息！爷爷肚子太大，抱不动你了。”随从手捧匮盒，递到袁氏面前，袁氏从匮盒内取出一封红包递给祥海，祥海接过红包，还知道说声“谢谢爷爷！”张开双臂要去抱他，喜得袁氏花白髭须朝上翘起。李夫人见了连忙上前扯住，回到边厢坐下。

袁氏喝了一口茶，放下茶盅，不紧不慢地问李善仁：“听说你的事业顺水顺风，还建了盐厂？”

李善仁心头一惊，自己在荒芜的海边煮盐，袁某人都知道？据说袁某人在革职归田期间，貌似远离政事，却耳目四通八达，没有什么事瞒得过他，今日面见，果然是一只笑面虎，实在令人惧怕。连忙诚惶诚恐跪下，磕头称罪：“回禀大人，此是小儿顽皮，偶尔发现东海紫潮可煮盐，在下想着不煮也是随波逐流而去，浪费可惜，故而筑坝取水。”

袁氏正色道：“这是跟朝廷抢饭碗呀，这样的事连盛杏荪也不敢做呢！”

李善仁听了，又吓出一身冷汗，他当然知道盛杏荪是大清首富，还是袁氏的死敌。此刻，袁氏提及他，是将他归到他敌人一类去了，心中吃惊不小，战战兢兢说道：“现今紫潮早已隐去，海水不能再煮盐了，前后仅有年余。在下鲁莽，全仗大人照应，望大人指教！”

袁氏摆了摆手，这几天他心情大好，且李善仁所奉礼金丰厚，要不然绝不会放过他。这个李善仁身为南方兵工业金主，自恃朝廷有靠山，靠山倒了也不来疏通。当初李大人治丧不见他露面也罢了，他上任总督，李大人手下哪一个不改投袁府门下？唯独这李善仁不见影踪，不免使人生疑，却原来在上海围海煮盐。官盐私营，该当何罪，想必李善仁是知晓的。不待袁氏再次开口，李善仁赶快把家中遭遇一一陈述，诉说自己当时在逃难路上，连李大人逝世的事也是事后才得知，要不怎会不赴京奔丧。袁氏愤然道：“原来你曾遭遇家破人亡之变故，那个恶人可曾捉拿归案？”李善仁答道：“不知逃往何处，在下也未曾报案。多年过去，不知其踪。”袁氏听闻李善仁一席话，知他因家中变故，才失聪至此，今天主动认罪，并奉上大礼，等于负荆请罪，心中隔阂去了大半。如今有他的把柄在手，今后不怕他不从，须待慢慢敲打，于是叹了一口气，轻描淡写地说了句：“歇了就好！私盐可不能碰，历朝历代，盐都是政府垄断买卖，碰了谁都救不了。回去以后，好好反思。”停了停，又假惺惺关切地说：“倘若获悉恶人行踪，可报官府捉拿，如若官府不办，你可来讨我手谕，定不能让恶人逍遥法外。”李善仁唯唯诺诺，口称：“大人明镜高悬，朝廷栋梁，众望所归，将使社稷中兴，百姓安乐，天下太平。”袁氏微露喜色。

李善仁惶惶然借机告辞，回到广福，依旧惊魂未定，仿佛死里逃生一般。这私盐的事，要是治起罪来，可是死罪，现今落了把柄在袁氏手里，袁氏今天不拿他治罪，不等于以后也不治罪于他。当即拆去围海堤坝，毁厂灭迹，将那盛盐的海塘尽皆捣毁，盐场掘地三尺，挖土来填盐场，一切恢复如初，仿佛从未有过此事。从此深居简出，谨慎度日，吩咐吴妈将姑苏捎来的稻麦、玉米以及棉花种子，在自家门前屋后播下，其余种子散与乡邻，再养些鸡鸭猪鹅，自给自足，与世无争。

袁氏赴京复职，果然不负朝廷所望，发兵南下，很快收复鄂州三镇。然风云突变，清廷无力回天。

祥海和福生在公学读完三年小学，来年即将升入中学，因时局动荡，今天不是礼拜天，学校也放假了。他们搭乘福生家的沙船回广福，船走走停停，从城里来到乡下。一路上，两岸到处有剪辫子的人，身穿军服的革命军士兵在农户家里进进出出，挥舞剪刀剪辫子。被硬按在板凳上强行剪去辫子的人面如死灰，发出杀猪般的号叫；自愿剪辫子的则舞动剪下的辫子弹冠相庆。船行经蕰藻浜桥下，祥海见桥上两边石柱都贴有民国告示，请船工在此稍停，他上岸察看告示。告示大意是：满清皇帝业已退位，中华民国已经成立数月，国家奉行三民主义，一切由民做主，不应当再拖着象征清朝政府的辫子了，工、农、兵、学、商，一律都要剪去辫子云云。另一边石柱上贴的是《剪辫令》，祥海揭下《剪辫令》掖在怀里，猛地被身后人拍了一下肩膀："兄弟，革命了！剪辫子了！"祥海回头一看，是个精壮大汉，一手举起剪子一手捏住他鞭子就要开剪。正在要紧关头，赵大大步流星赶来，一个"朝天蹬"朝汉子的手腕踢去。汉子"妈呀"怪叫一声，手中剪子早已飞入河中。汉子哭丧着脸蹲在地上满地找剪刀："这一下我要蚀一把剪刀了！"旁边熟人见了哈哈大笑道："二狗子，我看你一早上就吃了十碗阳春面，还没吃饱嘛！没吃饱，拿我的辫子去换吧！"原来，此地剪一条辫子可以在政府衙门换一碗面吃呢！赵大赶快把祥海拉回船上。祥海扬了扬手中的布告说："我们也剪了吧！学校不是要我们回家把辫子剪了吗？"福生说："还是回到广福看情形再说，要剪也要回到广福镇上剪，辫子剪了安不上，万一世道变回来，虽说不至于杀头，倘若惹下麻烦则不小，还是谨慎一点的好。"福生虽比赵大小十几岁，但比祥海年长三岁，生性老成稳重。祥海想想不无道理，听了福生的话，回广福再说。

雨后的天空清明爽朗。沈老板家的沙船在广福码头靠岸，祥海、福生和赵大匆匆下船，踏上乌亮残缺的石板路，穿过破旧而繁华的小巷，往广福茶馆而来。广福茶馆位于十字桥东头，背靠洋泾河，每天清晨就开始熙熙攘攘，热闹非凡，一直延续到午间才会歇息，然而今天已是下午，茶馆里仍非常热闹，缕缕茶香中交谈声、招呼声、咳嗽声、跑堂的叫喊声、茶客扯开嗓子的争论声和壶水鼎沸时发出的"咕噜咕噜"声交织在一起，老远就能听见。和往常不一样的是，茶馆门面被一顶破旧的篷帐遮去一半，这张斜撑的篷帐是东邻剃头店老板支起来的。篷帐很大，遮住整个剃头店和茶馆的一半门面，还一边搭到它西邻的面馆。此刻，剃头店老板手拿剪子“咔嚓咔嚓”空剪，吆喝道：“来，来，来，剪辫子送肉面啦！”篷帐下放着一张方凳，不断有人前来剪辫子，地上已经堆起一堆长长短短的辫子。隔壁面馆门前一张桌子上摆着七八碗热气腾腾的麦面，面碗里都搭着一块大肉，面汤上漂着青葱，香味四溢，面馆老板还在不断地端面出来，茶馆也是免费喝茶。原来这一阵势，是剃头店和茶馆、面馆联合起来替革命军宣传剪辫子。

三人看见篷帐下有官员坐镇指导，才确信船在水中行，世间已换代。三人走进篷帐，赵大抢先坐了凳子，招呼剃头店老板：“老板，剪辫子！”剃头店老板来到他身后，一手捏起他的辫子问：“剪短还是留长？”赵大望着围观的人群说：“剪短，你看人家剪短多爽快！”围观的人大多是剪了辫子的，有人笑说：“只是太凉爽，不耐风寒。”赵大大手一挥说：“没事，习惯就好了，剪！”老板手起剪落，赵大的辫子就被剪下丢于地上。赵大一边大呼“肚子饿了”，一边伸手到面馆搭过来的门板上端起一碗大肉面，“呼噜呼噜”吃得精光。轮到祥海时，剃头店老板已去替别人剪辫子，祥海干脆拿来剪子“咔嚓”一下自己解决了，堆到“辫子山”上，端起面碗吃面。福生也是自己剪了辫子吃面，边吃边伸头照镜子。剃头店老板想得挺周到，篷帐里挂了几面小镜子，让剪了辫子的人照一照剪去辫子后的新模样，不至于遇见熟人，彼此都吃一惊。三人吃完面，在镜子里端详一会儿，这个说“真精神啊”，那个说“感觉身轻如燕”。照完镜子，谢过老板，抹了嘴巴，欢快地走出篷帐，在十字桥上分手。祥海和赵大回家，刚走进庭院，李善仁迎面走来，见两人脑后光光，大吃一惊，问道：“你们的辫子呢？”

祥海说："剪了！"

赵大也说："剪了。"

李善仁说："你们吃的灯草灰，说话那么轻巧，这辫子如何剪得？"

祥海说："父亲，你也不出去看看，世道变了！"

李善仁说："真变了吗？"

"真变了。"祥海说着从怀里取出告示给李善仁，"连年号都改了，现在已不是清国，而是民国了。"李善仁将《剪辫文》从头至尾一字一句仔细读来："今者清廷已覆，民国成功。凡我同胞，允宜除旧染之污，作新国之民，凡未去辫者，于令到之日，限二十日，一律剪除净尽，有不遵者，以违法论。"祥海等李善仁读完，告诉他说："一路上所见到处都在剪辫子，剪辫子是新政府的法令，所以现在不用害怕剪辫子要杀头，而是要担心不剪辫子吃官司了。"李善仁摇摇头说："剪辫事大，不可鲁莽。"说着放下告示问："我只知道皇帝下台换成总理，什么时候又换成总统了？"祥海说："皇帝退位总理当家，已是老皇历了。现在总理已换成总统，连京城都换地方了。"

"京城搬家了？搬到哪里？"李善仁问。

祥海说："不是搬家，是在南京成立了新政府，今后还要实行民选总统，学洋人建立共和国，没有皇帝了。""那么，现在有南北两个政府？"祥海点点头说："必将去掉一个，留下一个。""你也集会，我也结社，都称为民，又分门别户，互相诋诽，留下哪个好？""不管留下哪一个，总之是民国了，辫子是留不下了。"祥海说着，拉起父亲就朝门外走去，要父亲也将辫子剪了。李善仁不肯。祥海困惑地问道："李家历经磨难，都是拜清廷所赐，不知父亲为何还愿意留着这根劳什子？"李善仁连忙摆手道："世道变得如万花筒一般，谁知将来还会变成什么样子，一刀下去，剪掉的不是简简单单的一根辫子，而是二百年的规制，万不可轻举妄动。你若硬要逼我剪，现时我就是断了这条手臂也绝不剪的。"赵大见李善仁决意不肯剪辫子，想着毕竟这根辫子跟了他五十年，连忙劝阻祥海说："告示没说一定要剪辫子，老爷愿意留着，就让老爷留着吧。"祥海说："告示写得明明白白，宽限二十天，二十天后不剪辫子作违法论处，你不知道洋人怎么看待这条辫子的？说它是猪尾巴，他们把我们看作猪猡。"李善仁大声斥责祥海："放肆！猪尾巴有这么长吗！洋学堂这么教你和父亲说话？看我打不死你这逆子！"说着就要抄家伙，祥海立刻大叫，李夫人闻讯而来，祥海溜之大吉。

不一日，学校开学，李善仁亲自将三个孩子送到圣依纳爵公学，在沈府宿了一晚，第二天一早出门叫了一辆黄包车去往高昌庙。

高昌庙过去是黄浦江边的一片滩涂荒地，河道环绕，芦苇丛生，仅"横篙挂网几渔家"，是个实足的乡下地方。清同治四年，兵工厂在此圈地大兴土木，高昌庙才开始热闹起来。军队驻扎、圈地建厂，冶炼钢铁、制造枪炮、打造船舰，至今已是烟囱林立，港口、码头、军营、自来水公司、电灯公司、煤栈汇集。不远处又建起一座南火车站，高昌庙由此成为洋务重镇。

从沈府到高昌庙仅七八里地，过去是烂泥地，现在修筑了通汽车的公路。黄包车跑起来飞快，不多久就将李善仁拉到了高昌庙，在兵工厂门外铸铁栏杆前停车。李善仁下车走向兵工厂大门。

兵工厂从虹口迁来此地后，李善仁还是第一次来这里，第一次见到兵工厂那扇独具一格的过街楼式大门以及大门内的城堡式建筑。他向卫兵出示了股东证书，说找张总办。卫兵告诉他，前面一幢城堡三楼就是总办写字间。李善仁进入城堡，走上旋转楼梯来到写字间门前，轻轻敲了敲，里面传来一声“请进”，李善仁推门进去，见垂直推窗下一张硕大的红木办公桌后，坐着一位面目清朗的长官，他就是兵工厂新任的张总办。张总办示意李善仁坐下，侍卫递上热茶，李善仁和张总办寒暄了几句，双手奉上厚礼，远亲朋党之类套一番近乎，递上股东文书及红契，申言自己需要修葺家宅，无奈兵工厂的高额回报也不要了，请求总办退回原始投资。兵工厂总办换了好几任，如今的张总办也是徽州人，且曾经在李大人麾下共事，李善仁以为乡党共事好说话，谁知碰了一鼻子灰。张总办瞄了一眼股东文书，推在一边，不耐烦地说：“当初苏淞太道奉朝廷谕旨筹办兵工厂，谓曰官筹民办，谁知苏淞太道将官办扔了，完全筹成一家私募兵工厂，这不是拆国家墙脚吗！难怪这些年没有成本核算，谁也不担责，搞那么大的规模，什么也搞不出来，都是被你们这些官商掏空了底子。我问你，你至今已取回多少红利？有账可查，我估摸贩卖鸦片也没这么高的回报。你知不知道袁大人为了填补财政空虚，强大国家军工，向四国银行团借了两千五百万两银洋。你倒好，如今急需资金支持时，却要抽回投资。”李善仁被张总办一顿数落，不免有些尴尬，见这位总办不太好说话，就更坚定了抽回资金的决心。他装出一副愁眉苦脸的样子，叙说家中遭遇不幸，才逃亡来到上海，这些事袁大人也是知道的。前些年建造家宅又欠下一大笔钱，请求总办高抬贵手，予以核准退出。张总办见李善仁搬出袁氏来，说得有鼻子有眼的，姑且信了，就说："即使如此，袁大人也不会同意你抽回资金的。家宅如何比得过国器重要！不瞒你说，袁大人有令，要另建北洋兵工厂，今后上海兵工厂还要造船，这一切都需要资金。看在同乡的份上，你若是要执意取回，须按官银当本利率扣除分红资金结算。你若同意，就在红契上签字，否则免谈。"李善仁没料到这位同乡总办铁面无私，嘴上说得好听，却一点不念同僚乡党之情，还精于算计。心想当初筹资时说好可以随时退股，这事在红契上写得明明白白，怎可以说推翻就推翻？但是张总办是军方代表，又搬出袁氏来唬人，虽然自己有红契在手，也不敢要求他遵照红契办事，索性依他，先取回本金再说。于是利索签字画押，约定三天后来拿银票。李善仁收起红契要走，办公桌上的电话铃声急促地响起，张总办抓起电话接听，突然脸色大变。李善仁识趣，悄悄离去。

原来不久前，主张"三权分立"的法制院院长宋教仁在上海北火车站被刺身亡，所有证据都指向袁氏。孙文认为袁氏此举已背叛了革命，组建讨袁军卷土重来。一路高歌猛进，直逼袁氏在上海的大本营——高昌庙兵工厂。刚才张总办接的电话，便是有密报说讨袁军正在向兵工厂结集。接报后，张总办立刻布置宪警进入战备状态，已经放工的工人也都召集起来，严阵以待，防备讨袁军突袭。李善仁下得楼来，厂内已戒备森严，宪警全副武装，三步一岗五步一哨，如临大敌。李善仁来到大门口，大门已经关闭。这是一扇两层钢板夹南洋檀木做成的大门，足足有千斤重，两个卫兵一个提枪一个拿刀，重新打开大门，待李善仁出去后又将大门重重关上。李善仁原以为同僚乡党好说话，饿着肚子满怀希望而来却在张总办面前碰了钉子，灰溜溜地出门来，自叹一朝天子一朝臣，今朝不认前朝人，因此不再抱有任何奢望，指望三天后取回本金。他垂头丧气地走进一家面馆，叫了一碗大肉面。一碗面吃了老半天，吃不下，拿眼盯着街上，见有黄包车来，连忙推开面碗拦下黄包车，回到花衣街沈宅。

沈老板直到傍晚才回，见李善仁郁郁寡欢，一再请李善仁去老城厢逛街，晚上就在戏台子边上一家百年老店吃饭，吃了饭看戏。李善仁盛情难却，就耐着性子随沈老板来到老城厢。李善仁南下上海十多年，老城厢还是头一次来。现时华灯初上，老城厢灯笼高悬，人来人往，古朴的牌坊下小巷狭道如同迷宫，各种店铺多到看都看不过来。李善仁却没有心情观赏，每家店铺前都是看一眼招牌就走。沈老板猜想李善仁去兵工厂办事不顺，便拉着他来到城隍庙财神殿拜佛。李善仁趁机燃香祷告，祈求财神老爷保佑，三天后能够顺利取回本金。烧过高香，心情似乎好了许多，又随沈老板到豫园兜一圈，逛到老饭店吃夜饭。席间，李善仁问起拆城墙的事。沈老板说："那是洋人的主张，拆了城墙，华洋再无阻隔，无形之中扩大了租界，洋人何乐而不为？工部局完全听洋人的，所以拆城墙是铁板上钉钉的事。城墙原是先父花了四十万银两修复的，现在说拆就拆，水道填没，将来黄浦江的棉花船和沙船都进不来，必然大大影响沈家的生意，却一点补偿都没有。我不服，和工部局打官司。官司打到市政厅，工部局有洋人支持，官司打不赢。眼看城墙保不住了，我建议留下大境阁，那是'江皋霁雪'著名景点，拆不得，不知工部局会不会采纳。"

李善仁听了颇有同感，将他上午在兵工厂的遭遇告诉沈老板，说道："这真是秀才遇见兵，有理说不清。李家多年来在兵工厂的投资收益，将在我手上化为泡影！"

"有什么理可说！我现在都怕见官了，见官无好事！"沈老板说道。言语间也是郁郁不乐，两人同病相怜，各自将心中冤屈一吐为快。

窗外传来铿锵的锣鼓声，听见久违了的戏曲鼓点，李善仁的心情顿时舒缓了许多，随沈老板移步戏台，在昏暗的天空和墨绿色的树梢下找到座位坐下。今天这里将上演小连生的《定军山》。观众纷纷入座后，一阵紧锣密鼓，小连生扮演的老黄忠出场了。小连生自幼学戏，因嗓音沙哑，只扮老生，但其扮相俊俏，深得戏迷追捧。只见他笑容微露，嘴角上翘，才出场就引得台下看客一致拍手叫好。

戏台在一暗一明之间换了好几场。观众第一次见识到这种灯光配合瞬时换场移景的西洋布景，每一场换布景都是掌声雷动，李善仁也连连拍手叫好。沈老板却忧心忡忡对李善仁耳语道："讨袁军已开到上海，市面上传言纷纷，上海要打仗了。"李善仁听了不觉一怔，困惑地问道："这歌舞升平的景象，哪里有要打仗的迹象？"沈老板说他家的船只今天都回不来，都被讨袁军征用了，这明摆着是要打仗了。李善仁半信半疑地环顾四周，只见戏台上战鼓擂得震天响，戏台下观众群情激昂，他摇了摇头难以置信地说："马上要打仗，这里还围着戏台子闹哄哄看戏，真不可思议。"戏台上又一通锣鼓响，小连生唱道：

这一封书信来得巧，
助我黄忠成功劳。
站立在营门三军叫，
大小儿郎听根苗：
头通鼓，战饭造；
二通鼓，紧战袍；
三通鼓，刀出鞘；
四通鼓，把兵交。
进退俱要听令号，违令难免吃一刀。
三军与爷归营号，到明天午时三刻成功劳！

小连生一边念唱，一边抖擞着连翻了几个跟头，台下掌声不断，一片叫好。这时，戏台上的布景“山垭子”突然向左右分开，灯光一闪一闪的像霹雳。观众都惊呆了，这不像法正计取定军山的场景，倒像是沉香劈山救母的景象。观众正在惊讶时，幕后跑出来一名手提开山斧的壮实大汉，本来照在背景布上的幻灯仍旧亮着，照在小连生和大汉的脸上、身上，山影叠在小连生的脸谱上，投在大汉的灰布衫上，使他们看起来真像是华山诸神，大汉手中的开山斧泛着青光，就像一柄宣花神斧。大汉来到小连生身旁，对小连生耳语了几句，台上锣鼓声突然停了，二胡“吱嘎吱嘎”地拉着长音，灯光大亮。小连生“唰”地一下掀起盔甲，迅速脱去戏装，摘去头盔，一个鹞子翻身，从戏台一跃而起，在空中翻了个跟头稳稳跳到台下，撕去髯口用力抛向空中，大吼一声：“同胞们，讨袁军来了！他们正在攻打兵工厂，上海也要光复了！

同胞们随我来，支援讨袁军！”他画着枣红脸，只有额头是白的，随着一声怒吼，他的脸更红了，红得像一个喝多了酒的醉汉，连额头上的白也红了。刹那间，一伙身穿形形色色服装的商团自发组成的民军，手擎棍棒斧头从戏台后奔涌而出，一声呐喊，簇拥着小连生朝马路上奔去。原来，李善仁离开兵工厂不久，陈英文率领的讨袁军就悄悄开到了高昌庙，现时正在奋力攻打兵工厂。

陈英文在鄂州首义中立下大功，跟随孙文南下，前些日子奉命潜入上海大营，组织军警敢死队，趁夜幕降临，举兵攻打兵工厂。兵工厂里有大量的武器弹药，凡举事必欲先占兵工厂，谁占了兵工厂谁就先得一半胜算。哪知张总办事先接到密报，早有准备。待到陈英文率敢死队来到厂门外，只见大门紧闭，城堡似的门头上布满了荷枪实弹的士兵，大炮也填了炮弹，严阵以待。陈英文并不知情，一声令下，展开进攻。兵工厂大门坚不可摧，敢死队只有手枪和长枪，每个人两颗手榴弹，子弹打在铁板大门上如隔靴搔痒，手榴弹也伤不了它一根毫毛。守军却居高临下火力全开，机关枪扫射过来，敢死队立刻死伤大半。陈英文不得不率残部退至开阔地外，倘若守军此时出击，敢死队必将覆灭，整个讨袁行动也将功败垂成。正在危急关头，小连生率民军赶到，抄后路向守军发起攻击。守军见后院起火，不知来的是哪一路援军，恐遭前后夹击，无心恋战，纷纷弃守逃命。兵工厂里受苦受难的工人打开大门迎接讨袁军，张总办眼见大势已去，跳上一艘木船从水道逃进租界。兵工厂失守，北洋军在上海的最后堡垒被攻克。讨袁军当夜便成立上海军政府，宣布上海光复。可是军中几个头头为了听谁的吵得不可开交，没有乘胜追击，北洋军得到喘息的机会。几天以后，黄浦江上开来兵舰，向城里一通炮击，讨袁军很快就土崩瓦解，上海军政府随即倒台，陈英文出逃日本。袁氏大权在握，将兵工厂改为造船厂，另建北洋兵工厂。李善仁再到哪里去讨要银票？手中的红契成了废纸一张。

袁氏一纸令下，各位金主应一如既往地支持建造北洋兵工厂。原来的投资收不回，还需再次投入，李善仁心中戚戚。现时他手上只有沈老板给的摇橹木船所得，这远远不够袁氏塞牙缝，如果搪塞不过去，势必就要动用李家生计银。一旦将生计银投入，那是有去无回的买卖。要是走到这一步，自己就是李家的败家子，真是成也萧何败也萧何。倘若不响应号召，又怕袁氏新账老账一起算，李家在劫难逃，李善仁为此焦头烂额，一病不起。

没料想世事多变，各地督军纷纷闹独立，反对袁氏专权。袁氏忙于平定各地“乱军”，另建兵工厂一事，只有上文没有下文，李善仁这才松了一口气。

各地独立事件越闹越凶，一个民国变成了十几个国中国。袁氏急召睿智人士寻求对策，睿智们建议总统速速恢复帝制，以掣肘各地都督。袁氏大骂睿智们狗屁不如，现今共和深入人心，要他倒行逆施，不是拿他放在炉火上烤嘛！这一日，他那睿智的儿子给他送来京师发行量最大的《顺天时报》，说是日本人办的中文报纸，人民大众呼声高昂，要求大总统登基做皇帝，救民众于水火。当初袁氏在朝鲜与日本人开战，与日本人是死对头，深知小日本诡计多端，起先撇之不信，久之竟每日离不开这份报纸了。越看越觉得小日本的建议才是当今治国良方，于是“顺乎天意”，于公元一九一五年十二月十二日龙袍加身。几乎中华民国，又变作袁氏帝国。偏偏共和一事已深入人心，西南作怪，大江南北，统飘五色旗，要与袁氏对仗。新华宫里，单单几个爱子奉迎，几个骄妾侍寝，算是袁皇帝登基。

那日一早，袁家三小姐手里卷着一份报纸心急火燎地跑来新华宫。袁氏连日来批阅奏折几乎废寝忘日，身体偶染风寒，只在居仁堂办公待客，这时正在公事房里晒太阳看报纸。袁三小姐跑过来，一把夺下袁氏手中报纸，展开看了一眼，自言自语说："果真是假的！"

袁三小姐是袁氏最喜爱的女儿，也最任性。袁氏见她擅闯书房，劈头盖脸夺下他手中报纸，也不见怪，问道："你总是风风火火，慌里慌张，说什么是假的？"

袁三小姐道："大爷，你看看这是什么？"

袁氏看到女儿手里拿的也是一份《顺天时报》，不禁奇怪地问道："一份报纸怎让你如此慌张？"

三小姐说："大爷，我这才是真的《顺天时报》，你看的是假的！"

袁氏乍一听有点糊涂，报纸还有真假？难道他天天看到的《顺天时报》是假的？

"拿来我看……"他说。

三小姐说："还真是假的！"说着将手里的报纸拿给袁氏看。袁氏拿来放在鼻子下闻了闻笑道："你的牙齿早晚要让五香豆嘣了几个才安耽！一早就吃五香豆，也不嫌屁臭！"他用手指掸了掸报纸说："是包五香豆的吧？你吃了魁光阁的五香豆？"说着放在鼻子底下闻了闻，"真香，我也想吃，可是你大爷牙口不行了。"

三小姐急了，道："都什么时候了，大爷还拿我笑话！报纸确实是我在宫外大街上买五香豆包的纸，但是我看着不对劲，大爷快看看吧！和你看到的是一样的吗？”

袁氏摊开一看，报头一模一样，再看头版头条，却南辕北辙，完全不一样。自己手中的报纸头版头条刊登的是《君宪救国论》，鼓吹人民程度不足，主张帝制。留有五香豆味的报纸刊登的却是《护国讨袁檄文》，历数袁贼十大罪状，南方蔡松坡等将领举兵讨袁。袁氏看了胆战心惊，如此国家大事怎的瞒得他铁桶似的？忽然手脚颤抖不已，想要从椅子上站起来，又颓然坐下。三小姐连忙上前扶住，急问道：“大爷，你怎么了……”

袁氏摆了摆手道：“快把……太……太子叫来……”

袁公子进宫，见事情败露，不得不坦白这是他为了老子称帝做下的手脚。原来，每日送进宫的《顺天时报》是他定制的，只印一份给他老子一个人看，要不是三小姐吃五香豆吃出真相来，这事还不知要瞒他多久。袁氏听了后两眼翻白，说了一句：“逆子误我！”瘫在座椅上再也起不来。袁公子跪地求饶，将头磕得如捣蒜一般，袁氏只在椅背上喘粗气，把个袁小姐急得直哭。袁公子急忙唤来御医一番诊治。袁氏这才醒来，抬起水泡眼在龙殿里转了一圈，又回到袁公子身上，定定地望着他说不出话。此时，有军机大臣来报，说蔡蒋军在云南起兵，各地均有响应。袁氏听后两眼发直，一对水泡眼瞪得铜铃一般大，将众人唬得魂飞魄散。袁氏强打起精神，在座椅上动了动身子，似有吩咐。袁小姐和袁公子急忙上前扶住。袁氏口中一字一句缓慢吐出诏令：“着令弢斋进宫，即刻告示天下，取消帝制。”言毕，双眼紧闭，口唇里流出涎水来，道：“扶我去龙厕……”

洪宪皇朝只存在了八十三天，随即取消。而护国军却没有停止进军，一路北伐，欲捉拿袁贼以平民愤，各地督军纷纷仿效，一时间四面楚歌。皇帝做不成，总统没人承认，袁氏急火攻心，竟暴毙于新华宫。

初夏的早晨，马路上笼罩着薄薄的微雾。太阳还没有出来，黄浦江上吹来的风，带着潮湿的凉意，吹向一条深幽的弄堂。祥海紧了紧衣领，抹了一把睡眼惺忪的脸，从弄堂里出来，走到枝繁叶茂的梧桐树下，在一个卖大饼油条的摊位前坐下。摊主便问："老板，今天吃什么？"

"照例一碗豆花、一副大饼油条。"

弄堂口的梧桐树枝繁叶茂，罩住了树下一辆木架子钉就的手推车。这辆手推车推起来会吱吱嘎嘎作响，每天一早都要来树下摆早摊。车的四周放一张小桌子,三四张木凳子,车上支起个煤炉，炉里煤火发出微微的亮光，炉上架一口大锅，锅中淡黄色的水里温着白花花的豆腐花。

祥海已经公学毕业，不肯回乡下，福生回家替父亲打理生意，祥海和赵大就在外白渡桥下石库门弄堂里租了一个亭子间住，要在上海做股票生意，因此每天一大早就要出门买报纸，并在豆花摊上吃早饭。

"来了……"摊主老板用一只大大的铜瓢在豆花上面一划一舀，一瓢刚好盛一碗，抓一把咸味鲜末撒上。祥海接过，就有卖报的报童跑来道："先生早！今天有号外！"报童也是每天一早五点半要在弄堂口卖报纸给祥海的，今天见祥海起早了，因此奔跑过来和他招呼。

“号外？”祥海赶快掏钱买了报，嘟囔道：“今天有什么号外？”

报童压低声音在他耳边道：“袁大头死了……不知是真是假……因此不敢叫卖……”

祥海听闻报童此话，摊开报纸，见大字标题触目惊心，心中震惊，将手中报纸一页一页仔细看，都是“袁大人一命呜呼”的新闻。有说他由于贪恋女色掏空了身子所致；有说他为国家鞠躬尽瘁，死而后已；也有说是被他儿子气死的，众说纷纭，不辨真伪。此时又有专卖花边新闻小报的报童喊叫着跑来，祥海又买下好几份小报，有时候小道消息比官方报闻靠谱得多。他摊开一份小报，见一位名人学者发表评论，称袁氏“突发疾病，召御医进宫已然不治。皆因操劳过度引发肾炎而猝亡。其功过是非，只待后世评说”，这才确信袁氏已死。想起当年父亲千里贺喜被袁氏吓得气都不敢出的往事，始作俑者还是自己，他憋了一肚子气。现在他将报纸看罢，抑制不住内心欢欣，一碗豆腐花一口未吃，起身奔回弄堂。待到摊主老板从土炉里钳出两张大饼，将一根滚烫的油条夹在两张大饼中间，朝祥海递过去时，祥海已奔进弄堂不见了人影。

祥海“噔噔噔”爬上亭子间，兴奋地摇醒赵大：“袁大头死了！袁大头死了！”赵大尚未毕业，每晚要在路边摆摊卖五金洋火做些小买卖，睡得迟起得迟，这时正在呼呼大睡，被祥海推醒时还在睡眼蒙眬之间，尚未明白祥海在说什么，祥海手拿卷起的报纸，说了一声：“我要回广福一趟。”就又“噔噔噔”下楼而去。走出弄堂，被摊主老板叫住：“客人，你的豆腐花……”祥海头也不回地走了。

临近中午，祥海兴冲冲来到广福李家店堂门外，用力拍打挂在铁做的老虎鼻子里的铁环。门内传来一声咳嗽，父亲在门内问话：“谁呀！那么早！”

“哪里还早，现已午时。”祥海嘟囔着。门开了，却是母亲。

“啊，海儿回来了！”

祥海跨进家门，大声嚷道：“父亲，你猜我给你带来什么好消息了？”

李夫人赶紧阻止道：“快别嚷嚷，你父亲昨夜咳嗽，一夜没合眼，天亮刚刚睡下。”

“是海儿回来了？”李善仁在床上问道。此时李善仁卧床未起，被敲门声吵醒，听见夫人的话，对于祥海的突然回家颇觉意外。

祥海进屋道：“父亲，是我回来了，我给你带好消息来了。”

李善仁朝他望了望，有气无力地说：“不会是有媳妇了吧？”

祥海道：“此事比媳妇还重要。”

李善仁坐起身拿来烟杆，正要点燃，被李夫人劝阻：“老爷，你咳嗽未好，烟还是要少抽。”李善仁无奈放下烟杆，慢悠悠对祥海说：“眼下于你而言，有什么事比媳妇还重要？今日你回来正好，明日请张先生吃饭，他宝贝女儿也要过来。你母亲要亲自下厨露一手……”

“父亲，你看……”祥海打断李善仁的话，将手中报纸递给他。李善仁见是“号外”，就说：“又有什么乱哄哄的新闻？”祥海又将报纸拿回来，摊开，指着大字标题说：“父亲，袁大头死了！”

李善仁一听此话，“忽”地从床上跳将起来，又将烟杆抓在手里，两眼放光问道：“谁死了？你说谁死了？”

祥海赶紧回话说：“袁氏，袁大头死了！”

“袁氏死了？不该死啊，皇帝做得好好的怎么就死了呢？”李善仁似乎不信，又丢了烟杆抢过报纸去看，见报纸白纸黑字刊得明明白白：“洪宪帝暴毙新华宫”。李善仁从头到尾仔细看完，再回到前面重新看一遍，反反复复看过几遍，这才面露微笑，仰起头长长地吐出一口气，拈须沉吟道：“半笼寒雾锁九州，乱蝶悄然跃枝头。一江春水向东流，稚子言秋安敢愁。”李夫人见李善仁看完报纸，一改往日的颓废模样，忽然变得精神矍铄中气十足，咳嗽也没了，一对浑浊的眼珠子也亮了，不禁高兴地说道：“老天爷开眼，终于雨过天晴，老爷的病好了。”祥海见父亲高兴，便心血来潮，吟就报纸上的一副对子，叫父亲看对得上对不上：“袁大人千古，中国人民万岁。”李善仁听了哈哈大笑说：“小子，此联千古对万岁，很是工整，但是袁大人对中国人民，三个字怎么能对四个字？”祥海说：“对不起就对了嘛！”李善仁大惑不解，问祥海何意。祥海说：“就是袁大人对不起中国人民嘛！”李善仁再次大笑：“你小子，还跟老夫玩这一套！”说罢沉思片刻，郑重其事对祥海说：“老夫要重修李家店堂。”

祥海见父亲这个当口要重修家宅，颇觉意外，劝说道：“李家人口不多，不需要太多的房屋，建了无人居住是浪费，再说房大不养人，人养房子麻烦多。”李善仁说：“什么房大不养人，麻烦不麻烦的，年轻人有所不知，老家宅屋是灵魂归宿，无论你在哪里打拼，老家宅屋就是你的寄托。老家宅屋不在了，家就不在，你的魂就不在了，因此老家宅屋不管有没有那么多人住，都要修得气派、阔绰。当初李家从冀鲁逃难来到广福，匆忙建起的宅屋太逼仄，连个太师椅也没地方放，并且已显破旧，日后还要恭迎媳妇进门，不可等闲视之。”

祥海说：“孩儿懂了。但是媳妇八字没有一撇，怎么说恭迎媳妇进门？”他担心父母自作主张，暗地里给他相了亲。果不出所料，李善仁说：“你母亲已替你相中了张家老先生的女儿，张家女儿如花似玉、端庄贤惠，是一个不可多得的好女子。你可趁吃饭的机会，见一见张先生，也见一见她女儿。看中了，速速八抬大轿迎娶。”祥海耐着性子等李善仁说完了才说自己还年轻，心思不在婚姻上。现今已完成全部学业，今天除了回家报喜以外，还有一件事要与父亲商量。李善仁忙问何事？祥海将上海如今繁荣昌盛民安乐业，滔滔不绝说了一大套，最后说想在上海做股票生意，需要父亲资助。李善仁自从军工投资打水漂以后，正愁坐吃山空，觉得祥海有志气做生意是件大好事，就要他说一说何为股票。祥海说股票就如契约，买了股票就如买了一份契约，就是一份投资，像兵工厂的投资一样，年底有红利可分，且随时可以赎回。李善仁不懂股票，听说有红利又可以随时赎回，以为就如计息的银票一样。不像兵工厂的投资放出去随心所欲，收回来却要仰人鼻息受制于人，随时可以赎回就不至于血本无归。他希望读过洋书的儿子比自己有出息，便有意将转卖摇橹木船所得交与祥海做本钱，要他赚了钱就回广福打理学堂，尽早娶妻生子替李家传宗接代。祥海满口应允，唯称婚姻之事要自己做主。

李善仁怒斥道：“万事都依你，婚姻大事可由不得你！男女无媒不交，若无父母之命媒妁之言，你如何行得十礼九聘？你也老大不小了，不想着婚娶成家生儿育女，替李家传承香火，要让为父担忧到何年何月？”祥海却执拗地说道：“婚姻事大，并不是父母做主就是好的，孩儿的事就应当让孩儿自己做主。父亲若是不肯，孩儿就不要父亲的本钱，即使做不成生意也是不同意的。”李善仁见祥海如此说，觉得此事不能强求，且祥海拿了银票明天就要回城，为儿做媒之事只好作罢。然而心里闷闷不乐，一桩心事总归不顺。不管如何，房屋总归要修。待到房屋修好，看这个不孝子有没有脸面让祖宅空着不娶媳妇进来。

李善仁如蛰伏已久的秋虫，度过漫长的冬天迎来了春天，蠢蠢欲动。夏至过后，他就迫不及待大兴土木，将原有的单个院落按照冀鲁李家大院的模样扩建为上中下三院，上院的院门屋檐、东西厢房和上房连在一起，合围成一个方方正正的中庭。来年开春，李府扩建完工，取下门头的黑漆匾额，换上“厚德府”金字匾。中庭内周摆开盆栽花卉，院中央一口八仙桌一般大的水缸，巨大的荷叶像睡莲一样漂浮在清澈的水面上，叶子上长满了青翠的铜钱草，生机勃勃。院外普植香樟，阳光透过香樟树高大的树冠从屋檐合围的天空照进庭院，落到水池里，池中泛着金光，煞是好看。正值春暖花开之际，李善仁坐在廊下西洋红木摇椅上，瞬间找回了冀鲁李家大院的感觉，一心盼望祥海赚了钱回广福，娶妻生子，教书育人，造福乡民，了却自己毕生心愿。

·第七篇·

商海淘金

祥海拿了父亲的钱，全部投入到交易所买了股票。那时，上海市面上各种交易见风而起，鼎盛一时。正所谓初生牛犊不怕虎，想不到歪打正着，股票买入后一路高涨。祥海天天往交易所跑，眼看手中股票价格翻番，盈利岂止二三倍，他想要卖出套利，又不舍得，生怕一个冲动将好股票弄丢，再也买不回来。为此夜夜睡不安稳，在床上辗转反侧难以入眠，头发掉了一大把。赵大见他烦恼，随口说道："如果你睡不着觉，那么就卖掉你的股票吧！卖掉股票你就睡得安稳了，倘若不卖掉你睡得骨头疼，长此以往，身体弄垮不合算。"祥海一听话虽粗浅却是在理，第二天就将股票出手。仅此一次，祥海就赚得钵满盆满。随后，股票又疯涨了几天，祥海懊恼不已，可不久就一路下跌，再无起死回生之力。祥海大呼："阿大股神也！"一门心思待股价跌到谷底再次进场，以更便宜的价钱买进更多，哪里还记得答应过父亲，赚了钱回广福娶妻生子、教书育人的事。可是股价一路往下不复返，仿佛钻进了无底洞，地底下还有地狱。祥海到底是洋学堂毕业的，一看情势不对，将所有钱款换成银票，交还给父亲李善仁，不忘在父亲面前炫耀一番。李善仁见祥海只一年工夫就将本钱翻了番，想那上海十里洋场，果真到处是金子，从此对祥海言听计从。

在赵大看来，祥海走的是歪门邪道，赚的是不义之财。读完初小，仍想回乡下帮李善仁做事，报答他的栽培之恩。祥海劝阻他说："不可。我等的就是你学成后与我一起在上海打拼，干一番事业，你怎么可以回乡下？"

"难道老爷太太将我送来城里读书，读完了我就像鹞子一样飞去，置老爷太太于不顾？不思报答之恩，那不是我赵大的为人。"

"父亲将你送来城里读书，就是要你在城里发展的。你要不信，去问我父亲，看我说得对不对。"

"不行，即使老爷是这个意思，我也不能抛下老爷太太在乡下不管。"

祥海见说服不了赵大，拖起赵大出门闲逛，走过外白渡桥，来到黄浦滩。黄埔滩桥堍下有一座外国人建的公园。赵大眼尖，见薄暮中的公园门口竖着一块牌子，牌子上刻着"除西人佣仆外，华人不准入内……"隔着铁栅栏，公园内灯光幽暗，花圃草丛中飘出轻柔的外国音乐，许多金发碧眼的外国男女，说着洋文在公园里散步。赵大顿时心头冒火，指着牌子愤愤然对祥海说："中国的地方，不允许中国人进，岂有此理！"祥海点了点头说："任何中国人看到这块牌子，心头都不是滋味！然而，你知道吗？这是外国人的特权，是中国人自己给的。"祥海叹了一口气，又道："皆因太穷，所以你我现在首先要做的事是赚钱、干实业。阿大，你比我年长，我不想阻止你回乡下，照理我应该支持你回乡下，有你帮扶我父母，我才可以放心。可我们一旦离开上海，就再回不来了，此生也就默默无闻，不会有什么建树。你想，纵然你身怀绝技，但是离开少林寺就无用武之地了。是不是这个道理？上海是个大舞台，读了书在上海干事业，你读的书就能派上用场，否则书也白读了。”

“可是我十五岁就跟了老爷，老爷对我恩重如山，我怎么可以辜负老爷对我的期望，读了书就不再回到他身边了？”

“实话告诉你，父亲的期望是要你助我一臂之力。要不然我有福生做伴读书，父亲为何还要你和我做伴？”

赵大点了点头，觉得祥海说的也对。

当天色完全暗下来的时候，他们说着话，沿黄浦滩朝十六铺走去。

“走，我们去城里逛逛。”祥海说。

自拆墙筑路以后，原本在城外的十六铺已今非昔比，码头、市场、酒库、军营、官署、儒塾、佛仙宫殿、商号繁多，马路两边竖起电线杆，装起电灯，到了晚上灯火辉煌，店家都不关门了。城里的居民华灯初上都纷纷涌去租界购物、看灯，即使是堂堂道台衙门外那条路上，还都是人工点燃的老式油灯，一到夜晚，衙门和店铺都隐没在一片鬼火似的暗淡光线下，遇到刮风下雨油灯摇曳怦然熄灭，让人倍觉凄凉。现在说起进城，那就是进租界，去城里反而要冠个“老”字。

两人往“城里”走去，走得累了，在一块修路后未及撤去的石头墩子上坐下休息，眼前是一座高耸入云的气象信号塔。祥海仰望高塔，见天空中一轮发红发黄的满月，被一圈圈浓厚而泛着光晕的气团似的乌云包围在中间，一忽儿明亮，一忽儿昏暗。

“不好，”祥海突然说：“明天有大风大雨。”赵大奇怪地问道：“现在和风徐徐，明日哪里会有风雨？”祥海指着塔顶黑白两颗圆球说：“你看黑球降落了，就是预告将有大风大雨。”

“对了，在船上时，每晚和姨娘坐在船板上看星星，姨娘总跟我说，日枷风，月枷雨。现在月亮周围有月晕，明日会下雨。”

“真羡慕你小时候在乡下，在船上的日子，那么无忧无虑。”祥海说。

“你真是少爷只知春花景，不知农夫苦中咸，船上的日子哪里有你想象得那么美，那真正是颠沛流离的生活，不信去问老爷。”

“我好奇，如果明天暴风雨掀翻几条船，死掉几个人，沙船的股票会不会大跌，棉花会不会大涨。”

赵大突然用异样的眼光望着祥海，问：“好端端的为什么盼望人死船翻？”他觉得祥海兄弟自从做了股票买卖以来，就不太踏实，常常突发奇想，总之是钱来得太容易。就问祥海：“股票这东西，我一直想不明白，买的是一张纸，如何变成钱？人家说上海十里洋场，一纸值千金，难道真是这样？”说话间，海关大楼的自鸣钟“当当当”地敲了起来，两人不知道自鸣钟到底响了几下，只见一个红巾缠头的大胡子印度阿三走过来朝他俩喊话：“喂！中国人，宵禁了！你们还坐在这里干吗！”祥海这才发现，刚才还灯火辉煌的十六铺，现在已经一片漆黑，商家也已全部打烊。好像魔术师变戏法一般，突然将一座城变没了。

红头阿三走过来，不容分说，将两人扭送进了巡捕房。

在阴暗潮湿又低矮的牢房里，赵大突然想起什么来对祥海说：“有一句话我不知当说不当说，你要是下回买股票，就买沈老板家的股票。沈李两家亲如一家,到时候娶她女儿为妻,他家有船翻了,丈人会不及早告知女婿?那时你可以抢先一步卖掉股票，就不会亏钱。如果他家买了新船，赚了大钱，你第一个知道，预先买进坐等疯涨，不就发洋财了？”祥海听了目瞪口呆，惊呼道：“赵大呀赵大，你真是个天才！这是违法的，违法的事可不能做，要不然坐在牢里别想出去了！”顿了顿又拿他寻开心道：“亏你想得出来，是不是看上沈姑娘了？”赵大急了，要扯祥海嘴巴子，闹出动静来，看守走过来拿警棍敲打牢门：“干什么呢！坐牢还这么开心，不想出去了是吗？”两人这才安静。看守走开后，赵大悄悄问祥海：“要是不回乡下，我们可以做什么呢？”

祥海笑了，知道已经说动了赵大，他说：“做实业！”

“做什么实业呢？”

“造房子，造好多好多房子，让中国老百姓居住。”又问赵大有了钱想做什么？赵大说：“等我有了钱，就要打造中国人自己的公家花园，让中国人随便出入，外国人不得入内。”

两人说了一会儿股票买卖，又说起沈姑娘。祥海说沈姑娘是个才女，琴棋书画样样精通。上次见她学画娄少鸣的荷花鸳鸯图，实在学得惟妙惟肖，被沈老板拿去送人，人家误以为是真迹。说着话，天就亮了。待到红头阿三打开牢门，放他们出去时，外面果然风雨交加，两人连忙跑进“大世界”躲雨。刚一进门，就被一面凸肚皮镜子照得乐不可支，笑到直不起身。没想到，此后祥海每天都要去“大世界”，晚上再到“百乐门”舞厅跳舞。赵大十分担忧，这凸肚子西洋镜头一回看，觉得稀奇古怪，多看了也就这么回事，谁都知道“大世界”的“无裆裤子”“裸体皇后”才是重头戏。这百乐门更是和舞女搂搂抱抱揩油去的，舞女不少是会乐里来的流莺楼凤。祥海这是自甘堕落，要是和舞女弄出点事来，他这个跟班的不好向老爷交代。赵大自思眼不见为净，找了个借口再次对祥海说，过了年就要回乡下。

赵大根本不知道祥海每晚往百乐门跑是有原因的。上海街头晚上的生意大大好过白天，特别是宵禁以后，更是灯红酒绿生意兴隆。现时上海的地价贵如金，祥海自思买不起，如果能在租界里留宿，开个店铺专做宵禁以后的生意就可以赚大钱。如何在租界里留宿，祥海想来想去，想到了在公学读书的洋文老师史密斯。史密斯是个中国通，在上海神通广大。祥海找到史密斯，说他看中了宁波路上的街面房，要以老师的名义租一间门面，经营一爿酒行，专做从百乐门晚归的舞客生意。祥海深知那一带的门面房相当紧俏，中国人根本无法染指，顶多租到弄堂里的房子，只有请洋人出面才可以租到街面房。史密斯很是看重祥海这个中国学生，乐意帮忙，利用他在工部局的人脉，一下给祥海租下两间街面房。祥海欣喜若狂，将一间转租赚差价，一间开起一家半中半洋的摩登酒行。酒行前店后厂，白天雇人经营酒业，兼卖堂食，店堂里设西式吧台，摆开四张高脚凳，晚上经营酒吧。另雇人在店后酿乡土米酒，酿出的米酒拿到店堂里卖。一时间酒行生意兴隆。赵大见祥海果然有本事，如此一来，即使宵禁时间，他们也不用提心吊胆地怕被红头阿三捉去蹲班房了。赵大也就不再提要回乡下的事。

没想到过不多久，赵大却被李善仁叫回乡下去了。

冬日的下午，李善仁在太师椅上闭目养神。他很少有像现在这样属于他的恬静时光，往事像走马灯那样一幕一幕地呈现在眼前。和煦的阳光悄悄地从他身上爬到他的脸上，照得他周身暖洋洋的，不觉软绵绵地睡了过去。蒙眬之间，他仿佛回到了庚子年那个夜晚。李小娘子红装玉容，袅袅娜娜飘然而来，俯在他耳边说道："今夜纱厨枕簟凉，红心带花床已暖，老爷，解衣就寝吧……"李小娘子那温香软玉的身子伏在他的身上，李善仁嗅了嗅鼻子，鼻子底下飘来一缕兰香，李善仁欲念顿起，刚要入彀，忽听见"啪啦"一声鞭响，李小娘子满面愁容升腾而去。李善仁猛然醒来，却见李夫人轻手轻脚，拿一张毛毯盖在他身上，说："寒冬天，怎么在廊下睡着了？老爷睡梦中面带笑容，想必是梦见了什么欣快事，很少见老爷梦中如此快意，妾身不忍叫醒。"李善仁沉浸在梦境里还未走出，欲言又止，想着刚才的梦，不就是洞房花烛那一夜吗？李小娘子肚中的孩子不就是那晚坐上喜吗？虽早产了几日，怎见得就不是他的骨肉呢？难不成这贱人未嫁时就与金相玉有奸情？李小娘子虽贪图虚荣，但不至于死心塌地跟金相玉私奔，一定是受到金相玉的胁迫。至今他都不愿相信李小娘子在嫁入李家大院前就和金相玉私通了，更不愿意相信李小娘子是金相玉的同伙，和金相玉一起策划了李家大院纵火案，只将一腔怨愤记在金相玉头上。毕竟一日夫妻百日恩，李小娘子走后多年杳无音信，当初对李小娘子必杀之而后快的仇恨心情已消磨殆尽，如今竟有些思念，不知她母子是否安好。此时见夫人问话，又闻到了来自夫人身上的兰花香，不免有些尴尬，叹了一口气说："不瞒夫人，梦见了前些年的事，往事不堪回首。"停了停，突然说道："把阿大叫回来吧！"

夫人奇怪地问道："阿大不是跟着祥海在上海做事吗？阿海正需要他做帮手，怎的突然要将他叫回来？"

李善仁说："阿海木已成材，不再需要陪护了。"

李夫人说："海儿才十七岁，需要人照看。再说阿大也不是仅仅为了陪护海儿才留在海儿身边的，而是帮他打理酒行的。你把阿大叫回来了，叫海儿一个人怎么打理？"

李善仁说："十七岁还小吗？我十五岁时已经独自一人来往于姑苏替父亲跑码头了。"

李夫人说："话虽如此，家里有吴妈和牛老四照应就够了，把阿大叫回来也没他什么事。"

李善仁说："叫他回来有事。"又问夫人："阿大今年多大了？"未等李夫人答话，又自问自答道："辛丑年，阿大上船时和阿海现时一样年纪，今年应该也有三十出头了吧？把他叫回来，是要替他说一门亲事。"

李夫人一听，原来是要替阿大说亲，就说："阿大年纪三十有二，已老大不小。他来到李家，勤勤恳恳，一心奉主从无违拗，老爷待他如亲儿子一般。且他父亲早逝，母亲改嫁，视你我为再生父母，理应趁早替他张罗一门婚事，不知老爷心有所指？"

李善仁说："日前，沈老板特地问起阿大的事，我猜想沈老板不会无缘无故关心起李家下人，恐怕有意撮合赵大和他家姑娘的婚事。"

李夫人听了不敢相信自己的耳朵，惊讶地问道："堂堂沈大老板肯将姑娘下嫁阿大？不会是你自己瞎猜想吧？"

李善仁说："若非沈老板主动提亲，我哪里敢打他女儿主意？

起先我也是不以为然，以为沈老板酒后戏言。昨天他又提起，此番说得很明白，是沈姑娘看中了我家阿大。沈老板几番提及此事，我这才着急要将阿大叫回来。”

李夫人道：“当真如此，也是阿大的福气，李家当竭力帮扶。”

李善仁说：“夫人说得极是，我打算先将阿大收为义子，然后再议婚娶之事，这样才显得门当户对。”

李夫人说：“阿大和沈姑娘，这是想也不敢想的事。现在沈老板主动提亲，且是她姑娘的主意。男追女隔座山，女追男隔层纱，阿大也与沈姑娘有过一面之缘，这事就好办。”

李善仁说：“阿大和沈姑娘见过？”

李夫人说：“老爷忘了？那回沈姑娘廿岁生日，阿大在沈府和沈姑娘见过一面的。”

“哦，我记起来了，是有这回事，这就对了，正是沈姑娘自个的意思了。真是看不懂，沈姑娘美貌无双，棋琴书画无不精通，尤其一手小楷写得极其娟秀，广福镇上绝无仅有。只是性情有些古怪，一向喜田园静处，不喜张扬。如今年纪二十有七，尚待字闺中，上门提亲的很多，她一概不中意，偏偏看中我家阿大。现在的年轻人个个如此，连女孩子都不肯听信父母之命媒妁之言了。我想沈老板也是拗不过她宝贝女儿才肯将女儿许配给我家阿大的。”

李夫人说：“我家阿大忠厚老实，做人做事也不差，只是家境贫寒，如今上了学念过书，老爷再收他做义子，与沈姑娘也算是般配的。”

李善仁说：“再怎么说，阿大也难配他家女儿。沈姑娘是沈家父母的掌上明珠。因此李家要将阿大的婚事当自家儿子一样操办，给沈家撑足面子才好。”

李夫人说：“这样甚好。我这就去请媒婆相帮提亲。”

李善仁拦住她道：“先不着急，等阿大回来后，还要委派他办一件事，等办完这件事，就可以替他张罗婚事。”

李夫人困惑地问：“老爷刚才急着要召回阿大，如何又要派他去办事？”

李善仁说：“我原本是要让阿大在城里帮扶阿海开店，待阿海羽翼丰满了再派阿大用场的。现在沈老板提了亲，所以不得不将阿大叫回来。这样也好，让阿海独自一个人历练历练。可这件事非阿大去办不可，别人替代不了，否则等他成了亲，我如何再能差遣沈家女婿出远门？所以先要将这件事办了。”

李夫人说：“老爷说得极是！不知老爷要阿大出远门去哪里？”

李善仁说：“要阿大去四仙村看一看，老宅怎样了？再去岸滩走一趟，我们走后，岸滩那边了无消息，不知铁头将客栈经营得怎样了，他兄弟几个从军以后又是怎样了，都须打探明白。”

“原来如此，此事倒是确实非阿大去办不可。可是阿大此去没有十天半个月回不来，你在沈老板面前说好的事，恐怕也拖延不得，如何是好。”

“这个我会如实告知沈老板。夫人这边趁阿大外出办事，可和他女儿悄悄接触，我们这边尽早做下准备，等阿大回来，一切都已就绪，马上可以成婚。”

李夫人说：“既然如此，我就在心里做打算，不露声色。”

李善仁点头称是，然后又说：“先不妨和吴妈通通气，看她意下如何？吴妈听知此事一定高兴，你就先索取阿大八字，再暗中讨来沈姑娘八字，先看看两人八字合不合。八字相命虽然只是场面上的事，但是能合最好。”

夫妻俩商议定当，将赵大召回广福，赵大巴不得。原来祥海的酒行，中国人来得少，外国人来得多。外国人肯花钱，但是都冲着女人来。祥海请了两个日本女子来坐台，日本女子应付不过来。祥海想要再请几个漂亮的中国女子，中国女子更受洋人欢迎。为了让中国女子半夜还能在酒行上工，他让她们挂在史密斯的经纪公司名下。赵大觉得这样不行，一来祥海已经偏离了做生意的正道，总是花样奇出，现在虽风头正劲，但将来恐怕是个败家子；二来祥海身上洋人毛病太多，喜欢夜生活，和洋人、舞女混在一起,不知今后会弄出什么不甚体面的事来。这样的事,老爷不知道，自己又不能说，不如早日脱身，免得大家别扭。此时老爷将自己叫回去，再及时不过了。赵大与祥海辞别，祥海没想到，他事业刚刚起步，要派赵大用场时，赵大却被父亲叫回，想必父亲有紧要的事要赵大去办，无奈与赵大洒泪而别。

赵大回到广福，向李善仁叩头问安既毕，李善仁吩咐赵大收拾收拾，即刻启程前往四仙村，再去岸滩寻访铁头。李善仁所托，正合赵大心思。赵大欣然领命，回到吴妈房中，稍作拾掇，翌日启程。

赵大走后，李夫人将二人的生辰八字让媒婆一合，果然十分般配，李善仁夫妇这才放心，只等赵大回来就替他与沈姑娘说合。安排定当，李善仁告诉沈老板，说赵大已回广福，但有一件事非他去办不可，十天半月即可回来，等他回来，先收他为义子，然后他携义子登门提亲。沈老板听了心下欢喜，称正好趁这十天半月备下嫁妆。

这边，李夫人告诉吴妈，老爷要替赵大提亲，对象是沈老板的千金。

吴妈听了不敢相信，惊得舌头吐出来都缩不回去了。再三问明白后，这才磕头跪谢，感激不尽，老爷太太恩重如山，此生做牛做马无以报答。夫人连忙将她扶起，说是沈姑娘自己看中的，就在她家吃蹄髈那会儿。吴妈笑得合不拢嘴，直呼各人头上一片天，各人自有各人福，吃蹄髈吃出一门亲事来，也是奇事一桩，满心欢喜，单等赵大回转，告知他这一天大的喜讯。

十来天后，赵大回来了。谁知他一脸沮丧，将此去详情回复李善仁：四仙村老宅已经推倒做了扬谷场，后院先祖堂几间屋尚存，做了马厩、养猪棚。岸滩天降灾祸，吊脚楼全部烧毁，人踪全无，唯有坟冢高耸。据镇上马木匠说，岸滩曾经建起客栈，生意兴隆。后来来了一位来路不明的秦姓汉子，和铁头老大合伙经营客栈，铁头委他做管事。秦管事打理客栈有一套，客栈生意兴隆，一时间岸滩樯桅林立，百舸争流。不想招来飞贼洗劫，铁头及一众客人，除了秦管事的儿子在师傅马木匠家做工，没有遇害，其他人统统死于非命，无一幸免。秦管事死后，马木匠见他儿子孤苦伶仃，便收留他做了义子，改名叫马辰龙。马辰龙聪明机灵，深得马师母的喜爱，不慎招来口舌之灾。那是夏日的一天，师母正在屋里洗澡，马辰龙在窗外探头探脑，闹出一桩人人皆知的糗事，被马木匠扫地出门，日后成了人们口中风传的艳事。赵大借着对这事的好奇，去找马木匠打探马辰龙的下落。马木匠吞吞吐吐，只说马辰龙做下那件丑事后，当夜就离开岸滩，从此不知去向。至于岸滩的事，一问三不知。赵大不甘心，得知马木匠好酒，和铁头喝过酒，和秦管事也喝过酒，第二天便提了酒再去找马木匠。果然酒逢知己千杯少，马木匠三杯热酒下肚，话就多了起来，说他当初冤枉了马辰龙，马辰龙并没有偷看师母洗澡。马辰龙来到马家后，跟着马木匠学手艺，三年满师，渐渐成了马家的顶梁柱。马家媳妇忌惮马辰龙要瓜分家里财产，成心诬陷马辰龙，要赶他出门。因此处处为难马辰龙，无中生有地捏造“家丑”，闹得沸沸扬扬，其实并无此事。如今马辰龙下落全无，他心中十分内疚。至于铁头媳妇，据说被贼匪掳上山去做了压寨夫人。后来官军荡平清风寨，救出铁头媳妇，将她遣送回家，铁头媳妇却无脸做人而自杀了。赵大听了目瞪口呆。马木匠又说了秦管事的身世，还说秦管事一定与清风寨强盗有过节，因此岸滩才遭遇飞来横祸。至于什么过节，马木匠也说不出个所以然。赵大追问马辰龙的下落，马木匠说他真的不知道马辰龙去了哪儿，只知他遵照铁头的遗言去上海了，又听说他弃艺从工，帮日本人做事，总之不知所终。赵大眼看问不出什么来，已离家多日要急着回广福，临走和马木匠一起来到岸滩，在铁头的坟冢下设起祭坛，戚戚然拜了铁头大哥。眼望昔日风景如画的岸滩如今只剩满目焦土，心中无限悲伤，只能与马木匠挥泪而别。

岸滩遭此巨大变故，大大出乎李善仁的意料。他想倘若不是夫人怀孕，他和夫人一定会留恋岸滩，如果他没有离开岸滩，很有可能也一同死于非命。

“罢，罢，罢！”他长叹一声道，“真乃好人命不长！可怜铁头夫妇，遭此飞来横祸，叫我如何对得起他？”赵大说道：“老爷何出此言？此乃国衰民哀，天灾人祸，防不胜防，非老爷之过。”李善仁道：“话虽如此，但他若不肯助我，不听我言造楼屋、做客栈，必不遭此厄运，故我自觉对不起他！俗话说恶有恶报，善有善报，为何叫他们遭受如此报应？如今知道来龙去脉的只有马辰龙，我离开岸滩时，去往上海的地脚与铁头说得很清楚，如果马辰龙果真是听了铁头之言来上海寻找自己，那一定可以找得到。可是这么多年过去，未见他来，是死是活，我心里放不下。”赵大说：“老爷既然放不下他，待我再去寻访他下落。”李善仁说：“现今都等着你回来办大事，不可能再叫你去做事了，岸滩也回不去了。此事或可后议。”说着摆了摆手，吩咐赵大先去看望吴妈，然后夫人有话对他说。

赵大不知李善仁要他办什么大事，竟然会比岸滩的事还重要？也不多问，先去叩见姨娘。吴妈见到赵大回来，对着他左看右瞧，喜得眼睛眯成一条缝。赵大不知姨娘哪来的喜事，开口问道：“什么事让姨娘如此开心？是姨父来了还是我妈又嫁人了？”

吴妈依旧喜不自禁，道：“你真是哪壶不开提哪壶！提你姨父干吗？他来与不来与我有何相干！也别再提起你娘，随她嫁几个男人都不要再提起！提起她我就要骂她祖宗八代。”

赵大从小在吴妈身边长大，对他来说，吴妈比亲妈还亲。但是他却不许吴妈说他亲娘坏话：“姨娘还是不要骂我娘了，我娘也苦得很！”顿了顿又说：“我娘的祖宗不就是姨娘的祖宗嘛！姨父难道不是姨娘最亲的亲人吗？”

吴妈似乎说起他们两个就气不打一处来，仍然骂道：“虽然我与你娘是一个祖宗，我也是要骂的！自己亲生儿子都不要，猪狗不如的贱人，不骂她骂谁！我嫁与你姨父，是你外公外婆做的主，他们害了我一生！就不要再提他了！”

赵大吐了吐舌头说：“在李家大院时，我看见姨娘是一得空就往家里跑的。”

“那不是离家近，拿季节替换衣服，总要回家嘛！不说那些个了！来，过来——”吴妈把赵大拉到身边说：“你去了十来天，姨娘一直翘首盼望你回来，现在你回来了，太太房里去过没？”

赵大答：“没有，老爷叫我先见过姨娘。”心里奇怪，姨娘不问见过老爷否，却问是否见过太太，难不成是太太有要紧事要自己办？便问吴妈：“刚才老爷也说太太有话对我说，姨娘可知太太有什么话对我说吗？”

吴妈嘴快，迫不及待将老爷太太要替他提亲一事告诉赵大。赵大听了根本不信，以为吴妈见了风就是雨，尽说些没来由的话，正要阻止吴妈再说这些不着边际的话时，李夫人让牛老四来叫他过去。赵大跟随牛老四来到上房，李夫人将赵大拉到身边，如此这般一说，赵大才知事非虚妄。上次见过沈姑娘一面，疑是天上仙女下凡。此时听了李夫人的话，不敢相信自己的耳朵。不禁问李夫人道：“太太，这事当真？”

李夫人说：“当然当真，你去了一趟岸滩，连我的话都不信了？”

“太太莫怪，孩儿确实不敢当真。”

“你就当真吧！一切都安排好了，只等你回来成亲哩！”李夫人说，“这件事对你来说确实有些不可信，但是事实是沈姑娘看中了你。”

赵大道：“沈姑娘是豪门千金，读过私塾上过学堂，好比天上飞的仙女，我是地上爬的癞蛤蟆，再怎么蹦也蹦不到天上去，如不是太太如是说，孩儿万不敢有此奢望。”

李夫人笑着告诉赵大：“沈姑娘自己替自己做的媒，哪里会有错。再说你也是读过书的，还是李家义子，也没什么比不上沈姑娘的。”

“什么？”赵大以为自己听错了，问李夫人道：“老爷太太要收我做义子？”

李夫人道：“是的。”随即将沈老板亲口提亲、李善仁的安排一五一十告诉赵大。赵大本以为是老爷太太一厢情愿、殷勤撮合，现在听说是沈姑娘自己做的媒，沈老板亲口提的亲，老爷为此要收他做义子，始信沈李两家早已商议停当。如此，想必真的是一切都安排好了，只等自己回来成亲。自思沈姑娘知书达理，乃大家闺秀，容貌姣好，怎的看上了自己。真是天鹅撞到癞蛤蟆嘴里，好运来了，挡也挡不住，推也推不脱，内心无比欣喜。

· 第八篇 ·

赵沈奇缘

却说沈姑娘在廿岁生日宴上见到赵大，见赵大天庭饱满，嘴阔唇厚，话虽不多，但待人诚实，心下欢喜；又常听福生在家里提起赵大，说赵大心地善良，是个有担当的汉子，心中已十分中意。也是缘分到了，便留了心思在父亲面前打听赵大底细，见说赵大练过武也读过书，忠心侍主毫无二心，李家主人颇多褒奖，心下更是十二分欢喜了，言语之中颇多流露爱慕之意。沈老板察知女儿心思后，甚觉意外。女儿心气极高，及笄之年，上门提亲的几乎踏破门槛，说得上名的有张家医师、李家老板、王教谕、范主簿等等，说不上名的俊才、大户，十个指头都数不过来，然她毫不心动，只喜吟诗作画，萦怀揽月。但俗话说如花美眷，敌不过似水流年，随着年岁渐渐增长，再无提亲的上门，以致门可罗雀。女儿心静如水，父母内心焦躁，却也万般无奈。今见女儿竟然中意李家赵大，问她为何踏破门槛的提亲者一个都看不上，偏偏看中李家下人？女儿答道：“弱水三千，只取一瓢饮足矣。”沈老板已知女儿心属赵大，无可更改，思来想去，那赵大虽为李家下人，却也是读过书见过世面的，又兼为人正派，身强力壮并无不良嗜好，除了有点木讷，其他都好。沈李两家又是世交，且女儿自己相中，遂随了女儿的意。李家也是大户人家，又是沈家恩人，新近翻建了三进大院，何其气派，镇上谁人不知何人不晓。但是赵大毕竟只是李家的下人，一没地位二没钱财。女婿没钱沈府可以厚嫁，门不当户不对却不可以。沈老板旁敲侧击与李善仁说知。李家果然明事达理，顺了沈老板的意，先收赵大为义子再提亲，沈老板这才舒宽了心。真的是“男追女隔座山，女追男隔层纱”，这门亲事因此而成。不一日，李家请来乡长，在祠堂举行仪式，收赵大做义子。请乡邻吃过认子酒，然后以自家儿子礼遇，托大媒上门说亲，“三书”“六礼”一样不少。沈老板大喜，转告女儿，女儿欣喜，便交换生辰八字，按部就班，样样礼仪都不落。李家那边，收拾上院东厢房三间屋子，一间做新房，一间待客，一间叫吴妈住，只待良辰吉日，便可迎娶新娘。

一个月后，良辰吉日来到，沈府迎来一顶八抬大轿，吹吹打打直抵沈姑娘闺房前，半新式半老式，上轿哭嫁什么的免了，自家兄弟福生将阿姐抱上轿，唢呐匠吹起欢喜调，鼓乐手敲锣打鼓送起花轿，好不热闹。沈府奉送十六车嫁妆，花轿送到十字桥上。却不过桥，而是去镇上东西南北的水桥旱路兜一大圈，田间陌路也去走一遭，将老式排场演绎一遍，热热闹闹回到十字桥。福生早早从上海回到广福，做阿姐的伴郎，兢兢业业跟在花轿后面走了一大圈。鼓乐手在桥上再次吹起欢喜调，热闹一番，过了桥来到厚德府外，迎新唢呐欢叫，丝竹声响锣鼓震天，李家迎新进门。吴妈肚子上兜一只大簸箕，盛满黄澄澄的麦麸，在门口见人就撒，说是撒福，讨取口彩。李夫人在人群中发赏钱，来者皆有喜。沈姑娘在轿中脱去娘家穿的翘头布鞋，穿上大红软底喜鞋，款款下轿。这是新娘出闺房到夫家，脚第一次着地，至此迈向公婆走向新生。洞房里，一张雕花木床上铺着崭新发亮的大红龙凤绸被和鸳鸯枕头，墙上和两扇门上都贴了红色的喜纸，窗户上也挂着红布窗帘。

一对新人在洞房门前，被主婚人挡道，主婚人是乡长，只见乡长喜气洋洋地念叨："择此良辰吉日，赵大与沈姑娘喜结秦晋之好，请新郎献上定情信物。"这又是新式婚礼。赵大从福生手中接过宝石戒指，居然木头木脑朝自己手指上戴去，惊得福生目瞪口呆。沈姑娘从红盖头里瞧见，连忙示意："阿大，阿大，给我戴上。"大家都哄笑起来，讥笑新郎是个老戆鹅。赵大这才反应过来，慌张至极，抖抖索索脱下戒指给沈姑娘戴上。接着一拜天地二拜父母，夫妻对拜，送入洞房。

外面，十字桥上早已支起帐篷，摆开酒席，像节日一般热闹。贺喜宾客络绎不绝，都说是李家义子高攀了沈家千金大小姐。夜晚，酒席散去，虽只半里地之遥，李善仁仍要亲自安排马车将亲家送回沈府，沈老板一再相让，婉言谢绝继续前行，及至走出厚德府外十来步，送亲家的马车紧随身后不肯回，这才上了车。李善仁翘首相望，待马车过了桥，这才往回走，回到院子里，一桩大事终于完毕，在连廊下太师椅上坐了一会儿，见星移斗转，这才进房安歇。

夜深人静，闹新房的人散去了，院子里格外宁静。忽而，天空纷纷扬扬飘起了鹅毛大雪。雪将门外一对石狮子遮掩得只留五个脚趾头搁在石球上，院门也被雪封得严严实实密不见缝。临近半夜，吴妈不顾寒气逼人，裹了头巾来到院子里，将门闩悄悄拉开，那门上的积雪便如雪崩似的颓然滑下。寒风吹来，吴妈将头巾遮了头脸，向十字桥那边翘首张望。门外是一片洁白的世界。忽然，桥的那边犬吠声突起，几条黑影朝厚德府走来，在他们身后留下一串长长的黑湫湫的脚印。这几条黑影并不是四条腿的野狗，而是三个专门听新婚壁角的两脚汉子，他们有的是被新婚夫妻家人特意安排的，有的则是以偷偷获取到的夫妻新婚之夜的各种各样糗事，来当作笑料到处宣扬，并以此为条件要挟赚取钱财的。三条黑影窜至厚德府外，吴妈等的就是这一刻，早就将自家看门狗安抚好了，不让它发出声音，以免惊动房中新人。吴妈将汉子们引到新房窗下，汉子悄悄将窗纸戳破一个洞，吴妈心情激动地眼看着这一切，和汉子们一起期待令人激动的好戏开演。可是，一个时辰过去了，房中静悄悄的，没有丝毫动静。雪还在撕棉扯絮般地下个不停，屋檐下的汉子们已成了雪人，冻得瑟瑟发抖。吴妈无奈拿来糖果、旱烟，贿赂黑暗中的听房者，央求他们再待一个时辰。又一个时辰过去了，天将拂晓，房中仍旧死一般寂静，而汉子们则上下牙齿控制不住地磕得连声响。吴妈无奈，赶紧奉上上等烟酒，作为封口费，打发他们离去。听房的汉子们乘兴而来，悻悻而去，吴妈也是十分扫兴。

婚后一年有余，沈李两家翘首以盼，却不见沈姑娘肚子大起来。吴妈起先隐忍不发，只在暗地里烧香祷告。又过了半年，沈姑娘仍不见有起色。吴妈终于忍不住问赵大：“有没有与媳妇大娘同房？”

赵大丈二和尚摸不着头脑，回答说：“每天和媳妇在一个房里，怎么不同房？”

吴妈说：“既是如此，怎么不见有动静？”

赵大问：“什么动静？”

“媳妇大娘的肚子怎么未见大起来？”

“我也纳闷，为何别人家媳妇一结婚就有孩子，沈姑娘却没有？自成婚以来老爷不再安排我任何事，想必也是等待孩子出世再做安排，可是媳妇毫无动静，我也焦急。我还要替老爷去鄂州寻找水鬼兄弟，给铁头大哥报仇哩！如今这样，衣来伸手饭来张口，何时是个头？

吴妈想，只有不开花的树，哪有不生蛋的鸡。沈姑娘腰细臀肥，既是同房了，两个都是头婚，干柴遇见烈火，理应洞房花烛夜就有喜，怎么可能一年半载都不见动静，是菩萨不灵还是媳妇肚子不争气？又去问沈姑娘。谁知沈姑娘期期艾艾告知吴妈，阿大从新婚至今未和她同过房。

吴妈一听此言，顿时如五雷轰顶，惊得目瞪口呆，两边太阳穴暴胀，一时半会儿都消退不了，抱怨沈姑娘为何不早说。回头将赵大叫到自己房里，手拿烧火棍朝地上一顿乱戳，将赵大劈头盖脸一顿臭骂：“好你个小子，诓骗起你姨娘来了，教师先生就是这样教你的？今天你给我说清楚，为何如此作怪，一年半以来，计有五百七十七天，一夜都不抱你媳妇大娘？是她不贤还是无德？知不知不孝有三无后为大？你这不孝之子，是想着法子要让赵家断嗣绝后啊！”

赵大被骂得一佛出世二佛升天，却不明白吴妈为何大动肝火，答道：“孩儿不懂姨娘在说什么。”

吴妈更加愤怒，怒目圆睁道:“你竟还狡辩，不懂我在说什么?你怠慢了媳妇大娘，知不知道?”

赵大说自己晚睡早起，尽心服侍沈姑娘开心，不知哪里怠慢了沈姑娘。吴妈缓过一口气来，问：“说你是呆头戆鹅，果真是呆头戆鹅！你是如何服侍沈姑娘的？为何沈姑娘有怨言，说你一夜都没有和她同房？”赵大听说沈姑娘不开心，也急了，对吴妈说：“孩儿已经说过，当然同房，你可曾见甥儿哪一晚不在房中？”

吴妈听了又好气又好笑，说：“不是问你在不在一间房中，是问你是不是同床。再说白一点吧，是问你是否跟沈姑娘一床睡？”

赵大说：“每天都在一张床上睡。”

吴妈怀疑地问：“果真做一床睡？”

赵大答：“房里可有第二张床？”

吴妈顿时气得翻白眼，说：“做一床睡有什么用，做没做一头睡？”

“没有。”

吴妈这才明白，外甥虽然读过书，可学堂大概不会教男女之事，外甥于男女之事是真的不明白。事已至此，亡羊补牢，为时未晚，她要把话说得明白才好。于是静了静心问道：“那你是没抱过沈姑娘了？”

赵大说：“也是没有。”

吴妈气得三魂冒火七窍生烟，揪起赵大耳朵骂道：“畜生！亏你还有脸说得出口，为何夫妻做了一年半载都不抱，那怎么叫同房？”

赵大十分疑惑，说道:“难道做了夫妻就要搂搂抱抱一头睡？”

吴妈斩钉截铁道:“不但要一头睡、要搂搂抱抱，还要圆房……圆房你懂吗？”吴妈揪住赵大的耳朵不放，“不做搂搂抱抱如何圆房？难道是将你的臭脚冲着媳妇的脸？”

赵大说：“正是……”

“你知不知在天愿作比翼鸟，在地愿为连理枝？为何不并头卧却要将臭脚丫冲着媳妇大娘？”

“沈姑娘冰清玉洁，孩儿不敢碰她，怕沈姑娘嫌我弄脏她身子，所以对头而卧。”

“我的天啊！”吴妈惊呼一声，一阵天旋地转，“你怕弄脏沈姑娘，却将一对臭脚丫冲着她，这是哪门子事啊……”吴妈感觉和赵大再也说不清了，赶快从床底下拖出一只褪了色的红皮樟木箱，吴妈说：“这箱子是娘家砍掉门前一棵樟树做成的，是姨娘出嫁时唯一一件嫁妆。”说着，气呼呼地从箱子底下翻出一个铜制的宝贝来，“哐”地砸在桌上:“本来不用我教你，现在你凑近来看！”赵大想，女人的东西有什么好看的。便期期艾艾凑近一看，原来是一尊印度传来的男女双人佛像：男人盘膝而坐，女人向男人张开双腿，丰润的臀部坐在男人大腿上，双臂相拥，两乳相贴，赤身裸体作交合状。赵大见了瞬间脸红。

吴妈说：“这是我出嫁时母亲给的压箱底，你没爹没娘，还要我教你怎么做男人！真是羞煞老身了！你拿去仔细瞧瞧，悟出些道道来，晚上再与媳妇学样同房！”

赵大捧起佛像，观之爱不释手。

当晚，吴妈还不放心，也顾不得什么避讳不避讳，兀自在新房里坐了。见沈姑娘洗漱了往床帐里面壁而卧，赵大仍呆坐桌前，独自把玩那尊佛像。吴妈无奈摇头:阿大呀，阿大，你既爱不释手，却让媳妇大娘独卧绣帐，怎有如此呆头鹅一个！上前一把拎过他衣领，拖到床头:“把你身上牢衣脱了！”

白天，赵大把佛像把玩半天，已领悟其中奥妙。他原以为拜了天地就是做了夫妻，就会有孩子，却不知造人是要有仪式的，要有佛像那样的仪式才可，因此越看越喜欢，越看越不放手。可一见沈姑娘就自惭形秽，更羞于行动，偶尔碰触到沈姑娘那富有弹性的身子，便会手脚颤抖，口称罪过又心生热烈的渴望。眼前就生出沈姑娘赤条条环抱自己，将她丰满温馨的臀部坐到他身上的景象。他热切地想要将她拥抱，甚至已经感受到了自己的身体在膨胀、在蠢蠢欲动。但他还是硬生生坐着，突然厌恶自己，将自己畜生般卑鄙可耻的念头强压下去。幸好姨娘逼他脱衣上床，他才脱了衣裳顺势钻进绣帐，第一次与沈姑娘同枕而眠。吴妈见状，微笑着吹了灯，也不离开，在房中坐等天亮。她十分懊恼，未在洞房花烛夜让媳妇闺女变成媳妇大娘，如今铸成大错，心中一百个对不起老爷太太，对不起沈亲家。如今要快快让沈姑娘肚子大起来，才好略微弥补这天大的过失。

床帐中，沈姑娘等候已久，黑暗中低着头，慢慢靠近赵大，赵大伸手搂抱，沈姑娘就势投入他怀中。成亲一年半，赵大第一次与沈姑娘肌肤相亲，心中狂喜，黑暗中发出一声轻笑，将沈姑娘紧紧搂住。吴妈听到帐中悉索，床幔震摇，立刻闭目微喜。一见帐幔平静，就用棍杖击床，如此循环往复，不让帐中一刻安宁。天放亮时，沈姑娘早早起床，衣衫不整懒于梳妆，先服侍吴妈用水。吴妈迫不及待拨开帐幔，见赵大兀自酣睡，就扯住沈姑娘衣袖问:

“姑娘，昨夜可有事？”沈姑娘抿嘴而笑，吴妈这才放心离去。

一连三宿，夜夜如此。沈姑娘果然不负期望，不久肚中就有喜，沈李两家尽皆欢欣。

但凡读书识字有知识女子，又是大户人家千金，闲空时多，不比一般村妇俗女忙于生计，于性事上十分不耐烦。沈姑娘正值虎狼之年，初于性事上十分拘谨，一旦遇上心上人，更兼好丈夫，其性顿释，其情愈浓。出嫁时母亲给的压箱底物件也是有的，早已耳熟能详。如今不顾有孕在身，尤喜于明窗之下，学欢喜佛抱坐于腿上，任赵大且抚且摸，渐入癫狂，竟一日不可或缺。每一次，沈姑娘都会发疟疾似的颤抖摇荡，赵大倒是有些无从下手的意味，以为她有羊癫疯。谁知沈姑娘情到浓处不可自制，每次完事后皆如大病一场。赵大顿生怜惜，感其新婚之夜忍辱负重，不觉千百遍爱之抚之，发誓此生一定要善待她、疼爱她、呵护她，让她成为最幸福的女人。

从此夫妻恩爱，如胶似漆，床上那些事，常常通宵达旦不知疲倦，这下又急坏了吴妈。眼看外甥每日黑眼圈深重，心中怜悯。外甥已三十有二，不是少林习武的年纪了，夜夜操练，即使铁打的身子也要垮掉，便忍不住心疼起来。心想当初是自己坐镇新房教唆，沈姑娘才怀上孩子。谁知两人却像顽童，乐此不疲，自己这一味“药”下得太猛，如今想要阻止也是一桩难事。为了不让赵大过度消耗自己，吴妈逮着机会，扯住沈姑娘衣肘说：“姑娘有孕在身，要好好将养身体才对，不能夜夜没遍数。我给你说，十天半月玩一回，不可夜夜如此，你一定要记下！”

沈姑娘顿时羞得面如桃花红，嘤嘤然低头应允。吴妈还不放心，每晚要在新房窗下来回踩踏几十遍，当听到屋里有动静，她就高声喊道：“阿大，夜已不早，早点睡吧，明日还要早起习武！”赵大早已不再早起练武，奇怪吴妈怎么突然提及此事。沈姑娘却心知肚明，因是答应过吴妈的，急忙将赵大推开，将吴妈的话对赵大说一遍，赵大才知是吴妈作梗。他不以为然，但又听不得吴妈在窗下徘徊喊叫，犹如老鸦在耳边聒噪，只得半途而废早早歇下。又睡不着，将自己早些年参与革命党刺杀皇太后的事，添醋加油地说给沈姑娘听，哄沈姑娘开心。沈姑娘听得目瞪口呆，说道：“原以为你是木讷愚夫一个，想不到会有如此惊心动魄之阅历，真是条汉子。”心里生出无限敬佩，愈加欢喜，身子便朝赵大贴过来。

赵大在她耳边低声戏谑道：“想不到娘子如此冰清玉洁清纯可爱之女子，却夜夜欲求周公之礼，真乃奇女子也，做你的丈夫真是上天的恩赐。怪不得有句话说牡丹花下死，做鬼也风流。”

沈姑娘听了，将头埋在赵大怀中娇嗔道：“何时学会了油嘴滑舌！我与你身心愉悦，爱你爱到骨子里，卑微到了尘埃里，因此无所顾忌，你会小觑我吗？”

赵大笑道：“哪里会小觑你，我与娘子有三生三世的情，亦有三生三世的爱！”

沈姑娘伸手将赵大嘴巴捂住，示意他小声，不要让窗外吴妈听见：“姨娘说你以前叫赵大牙，果不其然，牙大嘴大话大，你我只有一生一世，哪里来的三生三世！但是妾身听得！姨娘要我少说话，勿乱动，做女子的须矜持，说每十日才可一回，现在我开始要矜持了。”

赵大又笑：“姨娘拿佛像给我时，可不是这样说的。”

沈姑娘也哧哧笑道："可不是嘛！"又嘤嘤说道，"我娘在我出嫁时，也有'嫁妆画'给我，如果不看，真不会知道夫妻之欢如此有趣。"

赵大说："姑娘有什么好物件？快拿来我看，难道比那欢喜佛还好？"

沈姑娘抿嘴一笑，翻身下床，去床脚柜子上一只做工精湛的红木镂花箱里取出一轴黄褐褐的古画，点起蜡烛，将画轴一头交给赵大，一头自己拿着展开来看，果然非同寻常，是赵光义与小周后的故事图。画首一幅画的是纤弱的小周后无力地倚在床榻边，绫罗衣裳的底襟从中间撩起，两只极小的小脚穿着小鞋，一只踏地一只跷起。赵光义面黔色而体肥，伏在小周后身上。他身旁有一扇无遮无掩的隔窗，隔窗后面有两个大臣探过头来张望，露出淫邪的笑容。赵大看了，这分明是一幅春宵欢娱图，画中并无落款，却有娟秀小楷数行，是沈姑娘亲笔题录的《虞美人》：春花秋月何时了？往事知多少。小楼昨夜又东风，故国不堪回首月明中。雕栏玉砌应犹在，只是朱颜改。问君能有几多愁？恰似一江春水向东流。再看另一幅，这一幅更是香艳。也有小楷题曰：心若相知无言也默契，情若相眷不语也怜惜。这样的画共一十二幅。赵大一幅幅看过去，沈姑娘在一旁秉烛共赏。烛光下的沈姑娘素颜袅娜，云鬓散乱，两肩瘦削酥胸半掩，腮帮红润诱人，小巧的嘴唇不用抿什么胭脂花片也是温润鲜红的，像成熟的樱桃，微微上翘的嘴角和一对聪慧明亮的眸子，透出炽热的光芒，轻薄而洁白的蚕丝寝衣覆盖着她怀孕六个月微凸的肚子。柔美和艳美，两种光彩流满她的全身，芬芳满溢，比那画中人更美更香艳百倍。吴妈在窗下走过一遍，喊过一回，睡觉去了，赵大便将沈姑娘悄悄扶到桌几上按图索骥，挑灯夜战，这真是一件世上最美的事。

然乐极则悲，万事皆然。某夜，两人刚上床，沈姑娘就诉说腹中疼痛难忍。赵大连忙起来唤吴妈。吴妈来到新房，见沈姑娘疼过一回已平复，恹恹然闭目沉睡，也就放下心来，见她额头冒冷汗，便端来热水给她擦脸。擦了脸，又要叫她擦身，却唤她不醒推她不动。便慌了神，掀开被子来一看，只见她身下濡湿一片，吃了一惊，心想离临产尚早，何以有脏水流出？自知不好，忙覆了被子，支开赵大，要检视沈姑娘身子。

赵大暗笑，自家的婆娘，身上哪一处不曾看过亲过爱过吃过？然而男尊女卑是自孔圣人以来就有的至理，只好出门避走。吴妈再次掀开被子，见沈姑娘身下湿漉漉的，还有一片殷红，心中一沉。毕竟是经产老妇，知道大事不好，赶快来到门外，悄声吩咐赵大通知李夫人，说沈姑娘怕是要小产。自己拔腿就往镇上收生婆家跑去，恨不得将两条腿扛在肩上飞去。李夫人听说沈姑娘要小产，心中嘀咕，哪有六个月就生的，莫不是撞了邪要流产？一边念经一边走进新房，见沈姑娘面色惨白毫无生气。李夫人心中一惊，将沈姑娘一条同样毫无生气的手臂拿来摸捏，沈姑娘毫无反应，情知不对，连忙退出屋来，回到上房告诉李善仁。李善仁闻听此言，只在房中跺脚，吩咐夫人赶快去请桥北张家医堂的张重楼张先生来。张家世代为医，传至张重楼已二十三代，是广福名医世家。李夫人走出屋来，见赵大在屋外团团乱转，便吩咐赵大赶快去张家医堂请张先生，却见收生婆先一步来到。吴妈将收生婆请进屋，将所有人都挡在屋外，不让靠近。东方天际处泛起了鱼肚白，院子里背阴处的阴影却变得更深更暗了，天空在此一刻突然变得虚无缥缈。牛老四走出屋来，见众人都静候廊下，不敢发出一点声响，心中好生奇怪。只见吴妈念着拿摩观世音菩萨，老天保佑沈姑娘平安无事，跌跌撞撞，忙进忙出，不停地从房里往外倒泼脏水，吩咐牛老四灶头烧水不要停歇。牛老四不明所以，连忙去给灶膛里添柴。

赵大走了一会儿，吴妈又从沈姑娘房里出来。李夫人连忙上前问道:“姑娘怎样了？”吴妈只是叹息摇头,李夫人便不敢走开，只在新房外徘徊着急。不一会儿，收生婆从房里出来，李夫人接着，又问:“怎样了？”收生婆摇了摇头说:“没救了。”李夫人急忙问:“谁没救了？大人还是小孩？”收生婆说:“都没救了，准备后事吧！”

“啊……”李夫人闻言大吃一惊，说道:“昨日来我房里还好好的，怎么没救了？”

收生婆摇了摇头说:“姑娘头胎不懂养，夜夜欢娱挤压到胎儿，搅动胎气，胎死腹中无法取出，致使毒气上袭侵害母体，已是没救。”说完，头也不回地走了。

李夫人听了目瞪口呆。不一会儿，赵大将张先生请来。李善仁走出屋子迎接张先生。张先生年纪四十有二，比李善仁小五岁，但其医术高明圣医仁心，镇上人不称其名，都尊称为张先生。张先生听说沈姑娘怀孕六月便流产，情知有异，便顾不得男女有别的忌讳，快步走进新房，李夫人惶惶然紧跟其后。张先生进了屋，满屋子血腥气扑面而来。张先生走近床榻一看，沈姑娘崩漏了一床，此刻面如死色，奄奄一息。张先生也不嫌污秽，连忙近床边拿过沈姑娘手臂来搭脉，摸来搭去，不见脉象，又翻开沈姑娘眼睑来看，雪片一样白了。张先生无奈撒手，对李夫人说："姑娘病体至弱，随时都有可能撒手西去。依我看，并非流产致祸，实是隐病在身，病在情痴，油尽灯枯非药石可救。"李夫人一把拖住张先生衣袖道："姑娘平日里走路铿锵有力，眼眉含笑，怎会一夜之间油尽灯枯？"张先生说："走路铿锵有力，这就对了，姑娘火旺，属于火相之体，一味随心所欲，犹如火上浇油……烧光了精神气血，则形衰体败无可救药。早些时或可有救，如今已无回天之力……叫她男人来吧，我给姑娘一碗汤药，或许回光返照，还可以说上些话，但人是无可救了。"李夫人见张先生话已说到这个份上,知是没救,连忙奔出房来告诉李善仁。李善仁急得捶胸顿足，哀叹不已，不敢踏进新房，只在门外张望。赵大只去了一趟张家医堂，场面就变得如此不堪、令人绝望，便不顾一切冲进房去，"扑通"一声跪倒在床前，抓住沈姑娘的手不停地搓揉，大声呼喊："娘子醒醒……"张先生摆了摆手，阻止赵大徒劳的悲伤，从药箱里取出一味药包，叫拿温水来，冲化于碗中，撬开沈姑娘口齿，将一碗汤药尽皆灌入。吩咐等姑娘醒来时，赶快说些话，晚了恐将永远说不上话了。沈姑娘"哦"了一声，吃一半吐一半，兀自双目紧闭，丝毫不见起色。张先生起身离去，对众人说："准备后事吧！"李夫人急召吴妈进屋，吴妈情知不妙，迈步不动，一屁股跌坐在台阶上。从头到尾，外甥夫妻的事吴妈最清楚，不由得心惊肉跳，从地上爬起来扑进房中，见沈姑娘双目紧闭，头颅耷拉着斜在一边。吴妈瞬间崩溃，大呼："姑娘，姑娘，睁开眼看看，姨娘在这里！"心里后悔莫及。床上的事本可以无师自通，倘若不是自己迫不及待拔苗助长，让夫妻自己慢慢娴熟，哪里会有饮鸩止渴之结局，不禁号啕大哭起来。沈姑娘亦是毫无反应。赵大见了，不觉将脸凑到沈姑娘眼前，握住她手轻声呼唤："娘子，娘子，睁开眼看看，我来了，我来陪你了！"煞是奇怪，任吴妈百般呼号，沈姑娘始终没有丝毫动静，这时听见赵大一声"娘子"，紧闭的双眼转了一转忽地睁开，见赵大满面愁容跪伏在床头，沈姑娘嚅动嘴唇微微一笑，算是临终前的最后一瞥，随后又闭上了，长长的睫毛下滚出一颗晶亮的泪珠，头就朝一边歪去。赵大紧握沈姑娘的手，凄声呼喊："娘子，娘子，你醒来……"可是任凭赵大再怎么呼喊，沈姑娘不再醒来，渐渐地手已冰凉。可怜沈姑娘廿九韶华美如玉，一朝癫乐香消殒，才做女人即做了女鬼，腹中孩子也先一步而去。正应了一句老古话：恩爱夫妻不到头，到头也得老天妒。

却说沈姑娘觉得自己轻飘飘浮了起来，突然在房梁上碰了鼻。身体出奇地轻盈，犹如一团口中呼出的雾气在眼前飘来飘去。这才发现她现在只有意识没有了躯壳，变成了一团无形的灵魂，依依不舍地悬空在房梁下，看到了她死后的最初的情形，看到了人们为她的离去而哭泣，看到属于她的躯壳还平静地躺在那张红木雕花大床上。她想要回去，回到她激情洋溢的肉体的躯壳中去。然而，她再怎么努力都回不去了。时辰到了，任你再留恋黎明，黑暗总会不偏不倚地来到，将黎明覆盖。所有的哭泣、所有的惋惜和挽留都不能给她增添哪怕是片刻的停留了。她只朝一个方向飘去——前方升起一团微光，像是一个微弱的光点，仅仅照亮她脚下的路，周围黑洞洞的什么都看不清，微光指引她孤独地向黑暗中走去，越接近那个光点越冷。她极度怕冷，极度不情愿离开人世，她太留恋尘世的温暖和欢爱了。她还怀着夫君的孩子，至少要允许她将孩子留下给夫君，可那个可恶的光点不允许她再做任何事情。或许她在世时做得太多，做了别的女子都做不到的事情，老天爷要提前将她叫回去，许诺给她另一个世界。那个光点仿佛具有强大的引力，将她轻易地、慢慢地吸过去，她像一缕青烟，消失在黑暗中。

她走了，那个光点带走了她生前的所有事情，除了她的夫君，所有活着的人，包括她至亲至爱的父母，完全无从了解、无法想象她的世界、她的过往、她的快乐和悲哀了。

赵大呼天抢地也无济于事，沈姑娘已手脚冰凉一命归天。想到不久前还是难舍难分恩爱缠绵，叙说白头偕老永不分离，现在却阴阳两隔，他抱住沈姑娘尸体失声痛哭。这种哭已不再是哭，而是撕心裂肺地号叫，其声凄惨无以复加，哀怨之情无不为之动容。吴妈不得不上前拉开他，强忍悲痛说道:“现在不是哭的时候，让泪水惊扰到死者的亡灵就不好了。死者为大,就让姑娘安息吧。”赵大这才止了哭，替死者擦身、换衣。一时间哪里去寻寿衣，吴妈去箱匮里找出沈姑娘身前最喜欢穿的衣服，见赵大一边替沈姑娘净身，一边控制不住眼泪又往下掉，心想这样不行，赶快换自己来做，前面七次，后面八次，然后穿上新衣。赵大坚持要让沈姑娘穿上新婚嫁衣，让沈姑娘漂漂亮亮体体面面离去，吴妈又去箱匮里翻出嫁衣，给沈姑娘穿上，这才叫牛老四火速前往沈府报丧。沈府闻听姑娘暴死，犹如晴天遭遇霹雳，整个沈府都惊动了，全家涌进厚德府，见可怜的姑娘宛如新嫁娘沉睡，可惜再也不会醒来。个个掉泪。

“事死如事生”，李善仁正准备要在祠堂设灵堂，将沈姑娘的死事大大地办一下。乡长派师爷送丧礼来说：“虽已民国了，丧葬陋习规矩已经革除，但按旧规，非正常去世的人不可入祠堂，不可办丧事，办了于丧家不利。虽然沈李两家都是镇上有名望的大户人家，都对镇上做出过卓越的贡献，他可以来主持葬礼，也可以由他来埋葬沈姑娘，但他无法改变几百年来的规矩，不能改变葬礼的形式，沈姑娘只配有这样的葬礼。”民国以来，乡长虽然不是什么很大的头衔，但乡长是个严于律己的人物，在广福颇有声望。曾经他家儿子娶了媳妇后早夭，媳妇寡居在家居然怀孕了。他派人审问媳妇，他媳妇一口咬定是整夜整夜地望着家门外一座贞节牌坊翘檐上的两只神蟾才致怀孕的。村里人竟然信了。可乡长就是不信，说分明是暗中偷汉所致，哪里有什么神蟾致孕之说。媳妇无脸见人，一根绳索了结残生。乡长无暇顾及家丑外扬辱没门风，坚决秉公办事，绝不准媳妇亡灵进祠堂，而是抬去野地里埋了。乡长的侄儿舍身杀了村霸恶少，村里人无不拍手称快，一致同意在祠堂给他立碑祭祀。乡长却不同意，坚决按规矩办事。这两件事以后，乡长在镇上的名望无人能及，他的话没人不听。李善仁无奈之下，将沈姑娘灵柩停在自家客堂。

镇上立时传言纷纷扬扬，说沈姑娘上轿没有掉泪，新郎戒指戴到自己手上，统统不吉利。说赵大八字克妻，连福生也说赵大颧骨突出，天篷沉重，是克妻的命相。福生和阿姐关系极好，他小时候沈母体弱多病，沈姑娘比福生大七岁，就担当起母亲的职责，照看福生。即使福生上了洋学堂，回家也是在阿姐房里的居多。

沈姑娘不愿过早出嫁，很大的原因就是她要是出嫁了，福生弟弟会没人照顾。沈姑娘出嫁后，福生好长时间都忧郁寡欢，谁想阿姐新婚才两年就死于非命，他悲痛欲绝，迁怒于姐夫赵大，诅咒赵大人面兽心，行为不端，必遭天谴，与赵大反目成仇。吴妈是有苦说不出，一味地诉说是命里注定的，好运来时消受不起也是白搭。赵大因此恶名远扬。然而，沈家父母却是大彻大悟的明白人，反而劝慰赵大，流言蜚语不足为信，不要太过自责，人死不能复生，丧事简办，入土为安。李善仁却不肯，既然不能进祠堂，那就在家中给沈姑娘停柩送终，依礼设帏，赵大伴灵相守。家中男女，哭泣尽哀。三日后才兜上红绸巾盛装入殓，棺头上贴金纸太阳、银纸月亮，抬去偏僻荒地埋了。

赵大倒在床上彻夜难眠。新房里到处都是沈姑娘的气息，沈姑娘的音容笑貌挥之不去，赵大睹物思人，寂寞不甘，已经好几夜没有入睡了。不曾拥有过失去了是身外之痛，一旦拥有过再失去，那是刻骨铭心的痛。才过三七，赵大便离开伤心之地去往上海，想要自寻生计。

十月的天气，上海大马路上的梧桐树褪去了些许绿色，多了一份或黄或红间有绿的斑斓。一阵风吹过，树叶就唰唰地飘落下来，给这条红木铺就的马路又铺上一层金黄色的地毯。赵大兴冲冲走在大马路上，前面来了一辆敞篷马车，马蹄"的的笃笃"地敲打在红木地板上，马尾左右摆动，时不时拉出一坨石头似的马屎。赵大不禁心疼起马路来。赵大心想，老爷说得不错，上海真的奢华，连马路都是红木做的，轱辘和铁蹄在红木上压过，践踏的都是钱。行色匆匆赶时间和无所事事兜风看景的，见马走过来，都避得远远的，给马让路，大马路便成了一条真正的马路——马走的路。马路两边店铺一家挨着一家，那些粮油铺、南北货栈、米行、酒行，大红灯笼高挂，各种各样的幌子系着铃铛，风一来，或在人眼前或在人头顶“叮叮当当”地响起，引人入胜。赵大转到人行道上，一不小心就被红灯笼的挂穗拂了头皮、突兀地伸出的店招、叠得厚厚一摞的排门板绊了脚。他走得累了，在街边伫立良久，向过往的黄包车招手。过往的黄包车都载有人，没有一辆是空车。终于等到一辆空着的黑色人力车过来，他连忙朝车夫挥手招呼，车夫左顾右望，刚要停下，路边的红头阿三就迅速跑过来制止：“NO！不准停车，不准拦车，黑色的，不可以！”红头阿三“咿哩哇啦”英汉夹杂地说了半天，赵大只听懂一句“黑车不可以”，为什么黑车不可以？赵大不懂，无奈之下，只好边向行人打听边凭记忆朝摩登酒行走去。

摩登酒行开在宁波路上，“大世界”在这头，“百乐门”在那头。晚上在“百乐门”跳完舞、“大世界”游玩没尽兴的洋人、买办或者老板、小开，稍微走走，就走到了摩登酒行。因此，酒行生意很好，在赵大走后又变了样，长橱靠墙，橱前是长长的吧台，吧台外侧四把单柱高脚圆凳一字排开，完全换成了英国乡村酒吧风格。现时宵禁已经放开，但是客人还多是高鼻梁蓝眼睛的洋人。洋人喜欢站在吧台前喝酒，和女士调情。另一侧墙边置有老虎机、击球机，供年轻顾客游戏博弈。吧台内长长的酒橱里摆满了来自原产国的白兰地、威士忌、杜松子酒和来自西班牙酒庄地窖里的葡萄酒。那些洋人水兵喜欢喝酒，以在中国喝到自己国家产的好酒为乐，常常在深夜与中国女孩左拥右抱来到店里，请女孩喝洋酒，和女孩调笑，向她们献殷勤。女孩们半坐在高脚凳上，身穿旗袍露出大腿，一腿半搭在另一条腿上，乐于接受这种虚假的带有明显目的的殷勤。有喝多了的、轻浮的女孩更会跟随洋人去酒店过夜。白天则是中国顾客居多，有外卖的、有堂食的，熟面孔的常客居多，他们最喜欢喝祥海前店后工场产出的自己酿的米酒。秋冬天喝米酒比喝啤酒舒服得多，一杯下肚荡气回肠，这种店老板新鲜酿制的白色的、还带着气泡的米酒成了摩登酒行的招牌酒。许多客人自带坛坛罐罐，从杨树浦坐黄包车、坐“叮当”车来，将米酒当作啤酒喝，喝完了再装满一坛或一罐带走。隔夜出的酒，一上午就卖得精光。

赵大来到酒行时，伙计正在收摊。他一走进店堂，伙计立马招呼他道:“这位老板,要买米酒明日请早。”赵大穿一件灰布长衫，腰间束一条布带，肩上横跨一只布褡，脚穿黑面布鞋，虽是一身乡下农民打扮，但都是崭新的，衣服上还留有折叠的痕迹。他捏着长衫袖口，低头将自己左看右看，心想自己像是买酒的人吗？

祥海坐在店堂的角落里和人说话。赵大看见一个身着名牌西装，油头粉面的背影，第一眼没敢认他，定睛看了看，才指着他的背影对伙计说：“我不买酒，找你们老板。”

伙计吐了吐舌头，惊讶地望了望他，连忙说：“请……里面坐……”

祥海乍听有人找自己，扭头一看是赵大，不禁喜出望外，连忙起身扑过来，和他紧紧相拥。

“说到曹操，曹操就到！”

“你不会在说我吧？”赵大像小时候一样,使劲搓摸祥海的头，把祥海梳得精光溜滑的“三七开”小分头搓成了麻花头，“好小子，认不出来了。”

“正在说起你呢！”

“真的？我以为你把我忘了！”

“哪里，忘谁也不会忘了你赵大哥。”

刚才和祥海说话的是一位洋人，这时竖起大拇指赞道：“Good，good！李老板的头不是谁都可以摸的，原来是哥俩好啊！”

赵大认得他是祥海的洋人老师史密斯，自觉失礼，心想祥海已是大老板，可不能这样彼此不分，尴尬地收回手说：“李老板，恭喜生意兴隆。”

祥海擂了他一拳说：“没那么多规矩，你再摸一下。”像是特意要在史密斯面前表示自己和赵大的关系非同寻常，低下头拉过赵大的手放在自己后脑勺：“摸到了什么？是不是和你不一样？”

赵大像摸母鸡产门那样摸了又摸说：“果真有蛋。听老爷说，你们家都有这样的蛋。”

祥海说：“这是骨头，不是蛋，这块骨头叫朝天骨。你摸摸自己有没有。”

赵大缩回手摸了摸自己：“我没有。”

祥海笑道：“不是每个人都有的。”

史密斯在一旁饶有兴趣地也摸了摸祥海的脑后，再摸摸自己：“遗传？”

祥海说：“对啊，这是遗传标记。”

史密斯耸耸肩说：“这不稀奇，我和你一样，也有标记。”说着，像滑稽演员那样扬起一条眉毛：“看，你们都做不到。”

祥海和赵大都被史密斯幽默的举动感染而笑了起来。

“事实上，世界上只有十分之一的人能扬起一条眉毛。”史密斯一本正经地说罢，又对赵大说：“My friend，李的朋友也是我的朋友，我记得你，我们见过面，第一天开学，是你送李到学校的。”

赵大说史先生记性真好，祥海这才想起给史密斯介绍赵大，说是自己大哥，最要好的朋友。

“Yes，一直听李说起你，说你了不得，中国功夫，久仰久仰。”史密斯说着，展开手脚摆了个鹰拳招式，“我很喜欢。”然后自我介绍：“我是史密斯，李的老师，半个父亲，你们中国人说，一朝为师终身为父嘛。”说完哈哈笑着，和赵大握手，再给他一个拥抱，转身对祥海抱拳道别：“李，你有朋友来，我告辞了，你们好好叙叙。”说着学中国人的样拱了拱手，干脆利落，转身出门而去。

祥海好不高兴，拉起赵大上楼，吩咐跑堂沏茶。不一会儿，跑堂小二端上一壶龙井茶，两人把茶言欢。赵大把他和沈姑娘之间的喜怒哀乐，原原本本向祥海诉说。祥海说他已知原委，沈姑娘去世时，他正在股市里缠斗，脱不开身，所以没有回广福奔丧。原来祥海在赵大走后，又陷进股市里，亏了不少钱。这时叹了一口气说：“女人如花，没想花落何其快，多好的女子，真是红颜命薄。”不知祥海是叹息股市沉浮还是感慨女人命运多舛。

赵大向祥海诉苦，自沈姑娘死后，他就背上了禽兽的骂名，连福生都在这样骂他。祥海劝慰他说：“这也难怪，福生和他阿姐感情太好，好好地嫁出门去，突然没了，一时接受不了，也是人之常情。不单是你，李家也连累了。”然后安抚赵大，“我十分理解你的心情！语言不是箭，却能穿透心！你离开广福来上海是正确的选择。”

赵大说：“我真是枉费了老爷太太对我的一片心！他们老了，我却要离开他们！老爷劝我解开心结，留在广福。我说去上海给祥海兄弟做伴，老爷才肯放我走。其实我是睹物思人，想早点离开那个伤心之地，也顾不得老爷、太太心中难受了。临走，老爷还给了我一千元银票，此生真是愧对老爷，愧对李家的大恩大德。”说着从怀里摸出银票，交给祥海，说：“兄弟我不会用这个东西，还是放你这吧。”祥海收下说：“我正需要这笔钱，可以借我一用。”赵大立马说：“尽管拿去，兄弟之间，还说什么借不借的，是不是在股市里输了？”

祥海说：“股市里倒是没输多少，只是不能再在股市里折腾了，在股市里早晚会输得精光。”

赵大听祥海如此说，心里高兴，祥海到底是个明白人，并不是个利令智昏之徒，懂得适时收手保持胜利果实，不然必然将老本都输光。他告诉祥海，在南京路，黄包车都叫不到，他是走来的。祥海听了面露喜色，说：“今天还不是礼拜天，车就叫不到，这可是好事。”

赵大问：“好事？什么好事？”

祥海说：“上海人口越来越多，交通是个大问题。在上海，越是繁华地段，越是窄巷小道，汽车根本开不快。而黄包车车夫熟悉城镇各条马路，在人流中穿梭来往，一边跑，一边铃铛响。车夫不用吆喝，行人听见铃铛响，不用回头看也不停脚步就侧身让开，因此跑起来比汽车还快，黄包车随时可停靠，办事方便。有钱人不喜欢开车，司机难找花费又大，因此那些公司经理、洋行买办，要赶时间办公事，都喜欢坐黄包车。一到礼拜天，那些美国大兵还喜欢把黄包车当作游览车，愿意付双倍的价钱叫车夫拉着他们满城转。来上海观光或者百无聊赖、有的是时间的阔太太，她们本来就是花时间看街景到街上打发时间的，也都喜欢坐黄包车。我正琢磨着要开一家黄包车行，这不是好事吗？”

赵大说：“你酒行开得好好的，突然要转行做车行生意？”

祥海说：“不转行。酒行生意好，离不开黄包车，没有黄包车就没有人员流动，人们出门、办事都不方便，更不会有人从杨树浦跑来吃我家酿的米白酒。现时已没有宵禁，华洋禁令也已取消，时局稳定，正是赚钱好时机。如果开一家车行，不怕没钱赚。”

祥海脑瓜子灵光，赵大从祥海幼时发现苦海可以煮盐那会儿就认定了，他的眼光独到，他的主意一定没错。但是现在房价贵得离谱，原本他想自己租一间房，可是刚才一路走来，打听到前些年在虹口租住过的那间亭子间，现时租金竟要一根“小黄鱼”，他租不起。

祥海说：“不用另外租房，隔壁有现成的门面，待我收回来开车行，像酒行一样搭起阁楼，可住可经营，守着电话就可以赚钱，来酒行的客人再晚有车送走，既方便了酒行客人又有利于酒行生意。先添置十辆车，五辆黑车，五辆黄车，提供电话叫车、租车包月服务……”

赵大打断祥海的话问道：“黄包车还有黄车黑车之分？刚才路上拦了一辆黑车，红头阿三不让坐。”

祥海解释说：“黑车是私家包车，不可以路上接客，黄色的是公车，才可以在街边随时停车拉客，否则红头阿三见一个捉一个。”

两人说了一宿话，就将开车行的事决定了。不一日，祥海倒赔银子将隔壁出租屋收回，然后去警察所申请照会。不出一个月，租客搬走，门面装修好。祥海拉来十辆崭新的本地人自己造的人力车，在车行门前一字排开。祥海敲了敲车轱辘，又拍了拍座椅，对赵大说：“这车轮子上镶着实心橡皮，跑起来又快又省力，坐着舒服，价钱还便宜。”祥海让赵大坐上去试试。赵大坐上去，靠在椅背上颠了颠屁股，坐垫厚实又柔软，果然十分舒坦。赵大跳下车，叫祥海坐上去，不由分说，拉起祥海就走，在宁波路上走了一圈，说：“果然不费力。”不一日，请齐车夫，选定黄道吉日，一通鞭炮过后，车行正式开张。车行名叫赵大祥，听起来就像宝大祥、协大祥、信大祥那般颇有年头。

赵大终于走出丧妻之痛的阴影，看着崭新的黄包车打心里高兴，开张第一天，一定要亲自拉祥海去街上走一圈。祥海推辞不过，叫人每辆车都插上赵大祥车行的牌子，牌子上写上车行名、电话、地址。赵大打头，各车夫拉车紧跟其后，浩浩荡荡往工部局去，在工部局钉了搪瓷牌照，又沿黄浦滩，走过外白渡桥才折返。路人见了一字长蛇阵新车，颇觉新奇，围拢来观看，都知赵大祥车行新开张，等于给车行做了一次活动广告。赵大慢悠悠拉着祥海兜圈，直到下午才回车行。看店的车夫老蔡说，店里已接到好几个要车的电话，都记在电话记录本上了。

赵大抓起电话机，一个个回拨过去，是预约的活，一件件活派给车夫，即时要车的，也一一解释，车行今天才开张，还没车上路，明天就可以电话叫车。这一天，梦境般一晃而过，第二天早上醒来，赵大才发现自己是和衣而卧，他实在是太累了。现在他不再是下人，自己做了老板，正迈进三十四岁的门槛，一个崭新的生计展现在他面前。他没有薪水，还要给车夫发薪，但他有红利、有银票，有一份不一样的心境。当车夫还在家里睡大觉，睡在店里的老蔡都还没起来时，他就起来了，不仅自己卸排门板，还做伙计的活，将店堂里里外外打扫干净。等到差不多各大公司开门时间到了，他就给人家打电话。他第一次摸到电话听筒时，都不知道怎么使用，将话筒那一头贴在自己耳边，却对着听筒拼命叫，弄得客户不耐烦，搁了电话。现在他已经很利落了，拿着祥海给的德律风公司的黄页本，一家一家地打电话过去，告知人家："赵大祥车行敬候光顾。"不久，他就约到了一家毛巾厂陈老板的包车活，每日接送他六岁的女儿上幼稚园。

他正要下楼给车夫老蔡派活，店堂里来了一位不速之客。赵大在阁楼上伸出头去看，见是史密斯，连忙下楼来。史密斯捧着一块大匾来贺喜，赵大开心收下，吩咐老蔡拉上史密斯去老城厢兜一圈。每有熟人、朋友来，就要请他们坐黄包车去老城厢观光，这是祥海定下的规矩。可史密斯谢绝说，他早已对上海了如指掌，今日找祥海有事。他还要说些什么时，电话铃响了起来。赵大边招呼史密斯到里屋坐，边接听电话。史密斯见赵大正忙着，借机告辞，踅过酒行来找祥海。在赵大来上海之前，史密斯多次劝说祥海跟他一起做房地产生意，祥海没听他的，而是和赵大合伙开了车行。史密斯心有不甘，今天再次来找祥海商谈，见车行生意兴隆，见了祥海也就闭口不谈房产公司的事，说一会儿话，喝上一杯小酒，随即离去。

史密斯的父亲老史密斯，曾是英国领事的翻译，当年随英国皇家海军的兵舰来到上海，帮助领事在上海建立租界，开始在租界里经商。等到史密斯出生，老史密斯已是上海滩的房地产富商，名下囤积了大量土地资源。但史密斯家族有一种家族病，男人都活不过五十岁。老史密斯上大学的时候，有位了解他家族病的巫师忠告他，想要改变家族病命运，就要走得越远越好，五十岁之前不要回英国，因此老史密斯大学毕业后就跑到大西洋彼岸的上海来了。然而在四十九岁那年，他忘了巫师的忠告，回英国继承遗产，因家族病突发而猝死，再也没能回到上海。史密斯继承父亲遗产，但是不想像老史密斯那样做实业，他更看重经纪业务，专做掮客生意。他利用老史密斯的人脉，凭着一口流利的中英双语和善于交际的口才就可以轻易赚取利益。因此劝说祥海入股他的地产公司，但是祥海却不愿意经营房地产。史密斯不死心，赵大来到上海那天，史密斯已是第三次来找祥海了，劝说祥海入股屯地，必有大钱可赚。祥海碍于面子不好拒绝，赵大一来，祥海和赵大合伙开车行，就等于回绝了史密斯。史密斯见赵大和祥海亲如兄弟，车行的生意又如此兴隆，只好作罢。

可是，车行的生意兴隆了一段时间后，突然沉寂了。车夫常常在外面跑了一整天却交不出钱。赵大一问，才知事关重大，必须和祥海商量对策。原来车夫们常常会被一些地痞流氓坐“霸王车”，市面不太平，经常发生罢工堵路。祥海听罢说道：“不宜和地痞们计较，吃亏就是便宜。但是碰到耍无赖成心敲竹杠的也不要怕，可以立刻报警，红头阿三管这事。”赵大说：“其中还有些是有急事要办又付不起车钱的穷苦百姓。”祥海说：“这部分损失记在车行账上。还有，倘若因罢工堵路而误工的，要减免租金。”

赵大表示赞同，问起近来为何不见史密斯来了？祥海这才告诉赵大，史密斯劝他合伙屯地造房，他不肯。他告诉史密斯，车行的钱一半还是赵大哥的，哪里还有钱造房子？史密斯这才死心，这段时间就没见他再来。赵大说："你说没钱我不信，史密斯也不会相信。我知道你是有意扶持我，挑我做老板，我心里十分感激。可是史密斯老师有恩于你，也不像诱你入彀之人，你为何不听从史密斯的建议做房地产？你不是说有了钱就要造房子吗？说不定造房子可以赚大钱。"祥海见瞒不过赵大，就对赵大明说，史密斯在中国做了几年洋文老师，人脉很广，但做房地产生意并不是他的强项，他只是继承了老史密斯名下的房产，自己并不造房子。据他所知，史密斯正在悄悄将房地产变卖，转做资金生意，想在五十岁以后去西班牙、葡萄牙，他如果盲目闯进去，势必为他接盘，有可能输得精光。史密斯买通巡捕房头目，连哄骗带威吓，从中国政府手中低价租下地皮，然后坐地起价，分割成小块，转手高价租给中国人造房子，从中赚了中国人不少血汗钱，他不可能和他合伙。再说北方在打仗，会不会打到上海来，谁都不知道。倘若再来一个小刀会、太平天国什么的，土地搬不走卖不掉，到时候将一文不值。买土地、造房子是可以赚大钱，他做梦都想造房子，只是时机未到。史密斯规定在他的地皮上只能造外国人的花园洋房给外国人住，而他要造的是中国人自己的房子，给中国人住，所以谈不拢。

赵大一直担忧祥海读了洋书，跟洋人做生意，虽头脑精明，毕竟涉世尚浅，会不会唯洋人是从，成为洋奴才。然而今天，祥海的一番话，使他完全打消了对祥海原有的顾虑。祥海办事有理有节，做事风格和他父亲一样不急不躁，他可以放着稳赚不赔的房产生意不做，却尊自己为大哥，和自己一起脚踏实地辛苦创业，只做中国人自己的事，是个重情重义、志向高远的人，不禁对祥海刮目相看。

祥海却说这是李善仁的意思。赵大感激涕零，紧紧扳住祥海肩膀说："老爷是我再生父母，你视我手足同胞，此生何以为报！"

祥海虽精明，总归眼光太浅。上海十里洋场，是冒险家的天堂，他过于谨慎，以致错失良机。军阀混战只造成京城频繁换总理，却一点也阻挡不了上海日渐成为远东第一大都市的步伐。仅仅两年，上海的房价日长夜大，翻了何止千万倍，简直比贩卖鸦片、军火还赚钱，祥海十分后悔。

农历己未年新年伊始，死水一潭的股市突起波澜，一夜之间各家公司的股票涨上了天，又突然跌得惨不忍睹，交易所毫无征兆地突然闭门谢客，许多人因破产而跳黄浦。受到损害的股东联合起来起诉交易所操控股市，惊动租界当局，公廨所立刻立案调查。不久查明系交易员侵入客户账户，瞒天过海私下买卖股票，套利后转移资金，意图他谋所致，案发后交易员吞服鸦片自杀。受此案连累，众多股东无法按约偿还贷款，被迫平仓，纷纷抛售名下财产，又引发房地产价格跳楼。

祥海一看，这是个千载难逢的好时机。他找赵大租一个月的包车，指定要老蔡，只要他在上午接陈家女儿去幼稚园到下午接送回家之前这段空档时间里帮他出车。说好租金减半，他要去房产市场领市面。赵大说："兄弟要用车，还谈什么租金，太见外了！"

祥海说："亲兄弟，明算账，公是公私是私，租金记在账上，年底分红一起算！”

祥海租下包车，老蔡天天拉着他在马路上跑，看有没有地产商抛售地产。然而，看得上眼的都是黄金地段的“则地”，地价昂贵，要么就是看不上眼的“荡地”，一半在水中的烂泥地。祥海不死心，这一天，叫老蔡拉着他沿黄浦滩朝十六铺慢慢走去，一辆洋车跟了他半天，大概嫌他走得慢，揿响喇叭要超车。那球状的喇叭裸露在车外，“啪啪”地一声声，很短，很响，像一只狗跟在他身后叫。祥海不耐烦，蹬了蹬踏脚板，示意老蔡靠边，让洋车先过。洋车不客气地超上来，是一辆豪华的厢式车，车里坐着一位百无聊赖的贵妇人，她摇下车窗，将振翅颤动的金蝴蝶头衩和镶金戴玉的手臂伸出车窗外，手指上夹着一支长长细细的洋烟，呼一口，从车窗里飘出一缕青烟。洋车开得也不快，大概是成心来兜风的。洋车过去后，祥海突然闻到一阵阵羊膻味，回头一看，原来来了一群羊，连忙叫老蔡靠边停车，让羊先走。于是羊群跟到洋车屁股后面去了。贵妇人将手臂缩回去，摇上车窗。祥海原以为洋车会加快开走，但是它却和黄包车一前一后停在马路边不走了。难不成它要停在这里等人？果然，羊群过去后，洋车司机下车拉开车后门，车门里伸出一只穿红色高跟鞋的脚，随后是光溜溜的丝光发亮的大腿，一位穿戴光鲜时髦的年轻女子从车内钻出来，她拉了拉高开衩描花旗袍下摆，手扶汽车，低头踩起高跟鞋小心翼翼摇摇晃晃站立着。马路对面走来一位油头粉面梳着小分头的男子，祥海在他手里办过借款，认得他是上海滩赫赫有名的银行买办陆襄理。陆襄理走到摩登女子身边将她扶住。女子高傲地抬起头来，祥海才看清，女子的模样十分俊俏，一张瓜子脸上嵌着一对令人过目不忘的狭长的眼睛，樱桃嘴，尖下巴，嘴角上翘，唇边有一颗醒目的美人痣，看上去好像任何时候都在微笑。待要再细细打量时，女子被陆襄理搀走了。女子背部瘦削，旗袍合身地贴在她没有一点赘肉的身上，旗袍紧窄的下摆限制了她的脚步不能太大，只能踩碎步，因此走起路来婀娜多姿，屁股一扭一扭的煞是好看。女子依偎着男子，大概是眼睛朝上看的，根本没有注意到地上有一坨羊屎。祥海坐在黄包车上看得清清楚楚，正要张口提醒，女子已一脚踩到，高跟鞋的铁钉踩在羊屎上一滑，扭到脚踝，摩登女子忽地尖叫起来，手臂吊在陆襄理脖子上不肯再迈步。陆襄理只好紧紧搂着女子细腰把她一半扶一半抱地拽过马路。这样一来，女子身上的紧身旗袍将她的身材包裹得更紧致了更凹凸了。祥海看得两眼发直，痴痴地望着女子在陆襄理怀抱里扭扭搭搭走过马路。洋车开走了，老蔡又开始拉车，车轮一动，祥海出窍的灵魂就又回来了，等他背靠座椅坐稳了抬头再看时，女子已消失在银行大楼的旋转玻璃门里。

第二天，祥海要老蔡再拉去江边走一遭，路过昨天摩登女踩到羊屎的地方，祥海左顾右盼，期盼可以再次遇见摩登女。然而今天是礼拜天，马路上出奇的清静，没有行人，没有洋车，也没有羊群。祥海无奈按下不安分的心，叫老蔡离开黄浦滩，转去横马路。

黄包车从大马路到四马路依次拉过去。大马路从东到西，酒店百货鳞次栉比，根本没有闲地。过了红木马路，那里有一大片“准地”，农夫在田野里务农。一打听，地价却不便宜，也要七八万银元，祥海根本看不上。二马路上银号鳞次栉比、酒肆茶楼成市，有“东方华尔街”之称，土地金贵。三马路报馆独多，虽有少许空地，祥海却看不中。最后来到四马路。

四马路在光绪年间还是一条河浜，现在填河筑路，高楼平地而起，弄堂星罗棋布。以工部局为界，这一头窑堂聚集，那一头书馆扎堆，是一条灵魂与肉体神奇结合的马路，被人津津乐道。风月街的风花雪月全藏在弄堂里，一到晚上，这里明里站街的娼妓和暗中招手的楼凤，一个个都搔首弄姿忸怩作态，用大胆淫荡又含蓄妩媚的眼神望着过往的每一个男人。在这些站街的女人眼里，来这里的男人就是来寻花问柳的，上至政府官员，下到书生百姓，没有一个男人不喜欢女人，所以，她们的眼神一律都是赤裸裸的，暧昧而色情。那些文人骚客偏偏都喜欢这里，即使无心风月，看一下风情也是好的。祥海叫老蔡去工部局门口歇息，他要落地走走。老蔡应声走开，祥海往前向会乐里踱去。

这条街因会乐里而声名鹊起，因那一年提督大人来到上海，指定要到会乐里拜见“花国总理”。记者闻风而至，报馆马上就出“号外”，会乐里因此盛极一时。此刻因为白天的缘故，会乐里弄堂口只孤零零站着一位女子。女子见祥海探头探脑走过来，就把他叫住：“先生！进来！”祥海斜眼朝女子望去，女子旗袍裹身，脚穿一双红色高跟鞋，从开到腰部的叉处迈步，袅袅娜娜地靠过来，唇边一颗美人痣十分醒目，声音轻得像蚊子飞过，嘤嘤说道：“先生！来歇歇呀！”说着抬了抬旗袍下高高隆起的胸脯，一颠一颠地摇晃着整个身子，拍了拍祥海的肩膀。

“先生，来歇歇吧……”她微微一笑，本来就特别狭长的眼睛，眼角几乎伸到了鬓发处。

祥海心头一热，眼睛一亮，眼前的女子不就是昨天在黄浦滩上遇见的摩登女吗？真是踏破铁鞋无觅处，得来全不费工夫。“莫非这女子也认出了自己，要不怎会招呼自己？”祥海自作多情地想着，身不由己随女子从弄口的拱券式牌楼下走进去。

这是一条清水红墙石库门弄堂，弄堂里除了仅有的几家药房、木器店以外，家家户户的石头门楣上挂满了大大小小、内里点着蜡烛的花灯，有圆形的、方形的、菱形的，上面写着女子的芳名，有土里土气的惠然老九，也有香艳扑鼻的红玫瑰、夜来香，还有侠义豪情的梁红玉、花木兰，洋里洋气的茶花女、姝曼丽，半洋半土的克雷斯阿六，一间门洞至少挂有六七只这样的灯。祥海随女子走过三四条横弄堂，朝左手一条夹弄里拐进去，来到夹弄尽头一扇黑漆斑驳裸露着木色的门前。女子推开吱呀作响的木门，门后闪出一名十五六岁模样的女孩。

女子对女孩说：“把阿哥带上去，好好招待。”女孩身材娇小，体态充盈，身穿一袭红牡丹花布衫，怯生生应了一声去爬楼梯。祥海跟在女孩身后，女孩那柔软纤细的后腰和一颠一颠的坚挺浑圆的后臀，溢出一股青春活力的气息。在第一节楼梯拐弯的地方有一扇房门，房门虚掩着，门内就是石库门里最尴尬的部位——亭子间，它处在客堂与前楼两节楼梯的中间，像一只吊空的石头笼子。女孩走到亭子间门口，推开门，从门内射出一道阳光，照亮了楼道。祥海惊讶地发现，在虚幻朦胧浮尘袅娜的光线里，女孩的脚是一双小脚。这样的脚在鞋里面是踮着的，居然能够麻利地爬楼梯，令祥海不可思议。缠小脚是旧时代的陋习，只有大家族的女孩才缠小脚。而眼前这个女孩的身份似乎与大家族不搭边，祥海怎么也不能把她同“三寸金莲”结合起来。正思索着，女孩招呼祥海进屋。通往前楼的楼梯陡直地伸到亭子间的门口，可以立脚的地方仅一块楼板那么大，门后好像有什么东西搁着，门只能开一半。女孩侧身让过，祥海和女孩面贴着面进了屋。就在这一刹那，祥海有一种说不出的感觉游遍全身，青春的欲念蓬勃而起。此时摩登女跟在祥海身后进了门，吩咐女孩拿凳、沏茶、摇扇，自己拿毛巾来给祥海擦汗。祥海靠墙坐下，窗外折射进耀眼的阳光。

“亭子间难得看见有阳光，可是天热却有阳光！”摩登女笑着拉上窗帘，屋子里顿时暗了下来。

祥海擦了把脸，环顾四周，发现这间亭子间比先前自己租住的那间小得多，像鸽笼一般，仅容下一张床、一张桌，却有两扇窗，一扇在对门靠桌子的墙上，另一扇在床头的墙上。房间里吃喝拉撒全在一起，但是收拾得十分干净，还有一种兰花香味。祥海正饶有兴趣地打量着这间屋子时，摩登女子从床底下拉出一只水盆，“噔噔噔”地下楼去了。一会儿，只见她撸起了袖管，手臂肌肤皙白，一手勾住水盆，将水盆靠在腰间，一手贴着细腰用两根手指捏着水盆边缘，轻巧地端着水盆进房来。在房间中央放下水盆，又从热水瓶里倒出热水，两只手捏住旗袍的两边，屁股一扭一扭，将旗袍下摆便拉到腰间，脱下里面轻薄柔软镶有蕾丝边的亵裤，团了一团塞到胸前衣襟里，蹲下身，就着水盆用水。将水撩了几撩，发出清亮动听又暧昧的响声，略擦一擦，对祥海笑道：“看你不像个闲人，是做生意的？”未等祥海答话又说，“今天是赶路吧？要不就在凳子上做，只收一半的钱。”祥海听了，愣在一边，不知如何答话。

祥海虽身高七尺，清秀文雅，女子却嫌他胡子拉碴，一身臭汗。女子看他不像个有钱人，像是贩货的小生意人。这种西装革履跑单帮的人经常是急吼吼来，打一炮就走。且这个男人鼻尖坚挺、两扇鼻翼饱满，显然憋了很久，会很快完事，用不着很多排场，她只想做个快食。

女子的声音很好听，她那粗俗的话语，在祥海听来却犹如莎乐美的召唤，使人着魔。祥海竟然木头木脑地开始脱衣服，没想女子却说：“不要脱了，就这样做吧！”

祥海瞬时愣住了，将解开的纽扣重新扣上，用异样的目光望着女子说：“我见过你。”

“你什么时候见过我？”女子惊讶地说道，“我对每一个客人都记得很清楚，不记得曾见过你。”女子说着来到祥海面前，从衣襟里抽出蕾丝亵裤，随手丢在床上，然后松了衣襟一个纽扣，将身子凑近祥海道：“先生以前来过吗？”

“不……”祥海对女子说：“今天我是路过这里。我昨天在黄浦滩看到你，你和一个小分头搂着过马路。”

女子听了哈哈大笑道：“啊哟喂，对的！昨天我确实出客去了黄浦滩，那个男人很有钱，经常叫我去他办公室，在办公桌上做……他说那样他会觉得很刺激。怎会碰见你！真是有缘分呢……”

祥海听了，莫名地兴奋起来，用目光细细打量女子。女子笑嘻嘻地解开斜襟所有的纽扣，露出一边乳房。乳房浑圆坚挺，她托在手里颠了颠说：“你喜欢看，下次来了我脱光给你看。今天就在凳子上做吧……”说着就一屁股坐到祥海的身上，动作熟练得像给客人奉上一壶浓郁的香茶。

祥海长这么大从没这么近距离接触过女子，第一次被女子这么一摆弄，竟然有点无所适从。在今天之前，这位摩登女郎在祥海的心目中是女神一样的存在，只在梦中出现，祥海不觉红了脸说：“你有事可以先去办，我在这里歇一歇，等你回来。”

女子兀自坐着摩挲了一会儿，哧哧笑道：“先生没有接触过女人吧？想不到你还是个童子男，正经男人，我倒是怠慢了，心里过意不去。”说着，起身扣上纽扣，坐到门后床角落，掀起一块木板，原来门后藏着马桶，所以门开不直，门打开又将马桶挡住了，别人就看不见。木板上面可以放吃食和杂物，可见女子为了房间的整洁花了好多心思。女子坐到马桶上，点燃一支细细长长的烟，告诉祥海：“我的名字叫子良，像不像男人的名字？今天我有事要办，先生可以歇一歇再走，让牡丹姑娘服侍你。”原来，那小脚女孩名叫牡丹，此时牡丹姑娘站在门边，目不转睛地望着他俩，不说话。叫子良的女子又说：“牡丹姑娘也是处女，你们两个金童玉女，天生一对！”说着招呼牡丹过来，说：“这位先生是个好人，你陪他说说话。阿姐要去办事了。”说着将女孩拉到身边，捏了捏她的手，又使了个眼色，很快将一支烟抽完，起身放下旗袍，柳腰花态，出门而去。

祥海坐黄包车上颠簸了一上午，想着歇一会也好，捧起茶来呷了一口，招呼牡丹姑娘过来，询问牡丹姑娘是哪里人，为何年纪轻轻就做这个？牡丹说她是苏北城里人，原本也是有钱人家小姐，十三岁那年，家乡发生一场兵变，商铺民宅无不被劫，连官衙库银都被抢。官府绿林军见乱兵袭来，闻风而逃，她父亲是官衙师爷，掌管着库门钥匙。兵匪抓获他，他却誓死不开库门，结果一家人都被杀光，只剩下她一个人逃出生天。兵乱过后，她被吃鸦片的叔叔收留。有一天，她偷听到叔叔和婶婶说，要将她卖进窑子，她就逃到子良表姐处，期望随表姐来上海做工赚钱养活自己，没想到子良姐也是做这个的。子良说她从小娇生惯养，吃不起苦，只能做这个。可她从来没接触过男人，不知怎样才能让男人开心。她在上海举目无亲，又什么都不会做，只能委曲求全，寄宿在子良这里,在子良身边招呼客人。但是她很清楚,或许明天,或许就在今天，她就要像子良姐那样生活。

祥海听了，心里顿生怜悯，拍了拍长凳，让牡丹坐下说话。牡丹没有坐下，想起刚才他和子良的那一幕，禁不住掩鼻而笑，怯生生站在祥海面前说："先生，子良姐说你是个好人，我也看你是个好人，要不你就做我的第一个客人吧。"祥海拉过牡丹的手，将她细细打量一番。牡丹和子良不同，牡丹上身瘦削，腰部以下丰盈饱满。再看她脸上，细长的眉毛下镶着一对黑葡萄似的大眼睛，一张樱桃般的小嘴，就像涂了口红，红彤彤的。头上扎着两只羊角辫，就像年画里画的村童。羊角辫上结了一对漂亮的蝴蝶结，像两只蝴蝶在飞舞。嘴唇微微上翘，似乎什么都不懂又什么都懂。祥海说,他是来看地皮的,走得吃力了,见弄堂口有人招呼,也是鬼使神差，想着有什么开心事，就跟了来，不是诚心来做这事的。牡丹扑哧一笑，问道："那先生想有什么开心事呢？"祥海一时语塞，不禁有些尴尬。牡丹却一脸天真无邪的样子，祥海不知怎么说才好，将她拉到面前说道："我抱抱你吧！"牡丹站着没动，忽闪着大眼睛说道："先生做什么都可以。"祥海将她拉到怀里问道："你多大了？"牡丹答道："十四岁，过了年就十五了。"

祥海笑道:"姑娘，你莫不是急于要长大？过年不是还早嘛！"又问："你念过书吗？"牡丹摇了摇头说："在我家里，女孩子是不允许出门的，哪里有机会读书？可我喜欢读书，老缠着哥哥教我识字。父亲见了，破例请了一位私塾先生到家里来教我。""你有哥哥？"祥海问道。"嗯。"牡丹点了点头说，"可他死了……"牡丹和她哥哥曾经亲密无间，但是她哥哥和她所有的家人都在那场兵乱中丧生了。此刻她不愿提起不堪的往事，像是下了很大的决心似的，认认真真地对祥海说："先生，我的第一次要给你。"

祥海说："不行，你还小，你要去读书。"

牡丹根本听不出祥海的话是充满诚意的，她把它当作他的托词，很不开心地叹了一口气说："先生，你不要我吗？我没有阿姐好看是吧？我寄人篱下，需要生存，哪里有钱读书？"

祥海真诚地说道："你比你阿姐漂亮十倍百倍。"又喃喃说道，"我要送你去读书。"

牡丹根本不信，她提高了声调说道："先生是寻我开心吗？为什么第一次见我就要帮我读书？如果是骗我，实在是没有必要，我和你做是收钱的。"说完，盯着祥海看了一会，又说："子良姐说你胡子拉碴的，我这么近看你，留着胡子还挺英俊的。"祥海不由得被她逗乐了，又将她抱了一抱。这一抱，他的体内突然燃起一股不可遏制的可怕的欲火，他马上又痉挛似地放开了。牡丹却贴了过来，伏在他身上不肯离开。

祥海早就到了该成家的年纪，但是他忙于事业，无心婚姻。父母斥责他不务正业，老大不小了还不思娶妻生子传宗接代的大事，他也无动于衷。老宅修葺一新后，父母就迫不及待自作主张与张家姑娘定了亲，吓得祥海不敢回家。张家姑娘虽然沉静贤淑，大家闺秀，但不是他心中的女人。今天见到牡丹姑娘，令他心旌摇曳，突然如雷电闪过情窦初开。这时他才明白，他中意的是既沉心静气又柳娇花媚、既娴雅端庄又惊世骇俗的女子，而非张家姑娘。牡丹姑娘体态丰盈，犹如一只挂在枝头上熟透了令人垂涎欲滴的苹果，与她的年龄极不相符，却一脸稚气。他开始怀疑起她的真实年龄来，说道：“你不会才十四岁吧？”

牡丹说：“怎么不是？年龄有什么好骗人的！”说着话，伸手摆弄他领口上的铁制的、印有文字的纽扣，似是要解开又像是欣赏地摆弄着。祥海一把抓住她的手，放在嘴上亲了亲说：“你还小，是读书的年龄，不该做这个。”

牡丹喃喃而语：“我很想读书，可是我现在连吃饭的钱都没有，哪里有钱读书。如果不做这个，在阿姐这里吃干饭，会被阿姐骂死的。说不定哪天将我赶出门去，我就是街头的一具饿殍。”

祥海叹了一口气道：“唉！阿姐就不该让你做这事！”

牡丹斜斜地靠在祥海身上，望着窗外对面人家的屋脊上两只叽叽喳喳欢快跳跃的小鸟。小鸟似乎在寻找它的窝，斜着灵巧的小小的头颅，朝亭子间望过来，和她对视了一会儿。牡丹饶有兴趣地将下巴搁在祥海的肩上，望着它们可爱的样子，一动不动地对祥海说：“我是自愿的，不怪阿姐。阿姐说我一个女孩子，虽然有些蛮力气，在上海能做什么，难不成去码头上扛大包、去财主家做娘姨？再说女孩子早晚都要嫁人，嫁谁都一样破身。家没有了，无依无靠，不如趁年轻，放下架子跟着姐学生意，才能挣钱养活自己，以后从良嫁个好老公正经过日子。”这些话，显然都是子良开导她说的，分明不是她心里的想法。她说话的时候，眼睛却始终没有离开窗外的小鸟，一只小鸟用它尖尖的黄色的喙，在另一只鸟金色的羽毛里忙乱地啄着。

祥海见她凝视着窗外的小鸟发呆，心想这位姑娘真是童心未泯，似乎也勾起了他对童年的回忆。他把自己小时候在广福海边踩潮拾贝壳、捉螃蟹，将自己在沙滩上“活埋”，只露出两只黑洞洞的眼睛把别的孩子吓一跳的童年往事，不厌其烦地说给她听，逗她笑乐。牡丹听了果然开心，这才将目光从小鸟身上收回来，望着祥海笑得一脸灿烂，道：“想不到你像我哥哥一样，也那么顽皮。”

在那场兵乱中，她的哥哥将她掩藏在柴垛里，她才幸免于难，她目睹了哥哥被兵匪残杀。只要一想起哥哥，牡丹就会控制不住地悲哀。此刻，祥海感觉到她的身子在剧烈地颤抖。他将她抱在怀里，不断安抚。牡丹的身子软绵绵地向祥海的怀里倒下去，一对黑眼珠深情地望着祥海，她将祥海当作了她的哥哥。祥海不由自主地在她苍白的嘴唇上亲了下去。在那双唇相接的一刹那，犹如一股电流涌进他的身体。想到她还是一位天真无邪的少女，他将成为她的第一个男人时，他发现自己是受了淫欲的支配，他不配触碰她冰清玉洁的、青春的身体。他就这样将她抱在怀里一动不动。牡丹却往他身上贴了又贴，嘤嘤说道：“我们到床上去吧。”

祥海的心七上八下一阵乱跳，说道：“子良马上会回来。”

牡丹钻进薄被里，一边脱衣服一边说：“阿姐没看到窗台上有花盆不会上来。”

祥海扭头看到桌子上放着一盆合欢花，是从窗台上拿下来的。

这才明白，子良是有意避开，并且是和牡丹约定的，要让她和他单独相处。

祥海蹑手蹑脚地掀开薄被，牡丹姑娘赤裸裸地蜷缩着。这个不到十五岁的女孩，看上去有十七八岁的年纪，那遮掩在赤裸的臂弯里的眉清目秀的脸庞、圆圆的肩膀、从臂弯里露出来的富有弹性的半个胸脯、丰满又匀称的大腿、羞怯而神秘地弯曲着的慌乱的身体，样子像一只受到惊吓的小鹿。他就在被子上躺下，她伸出柔荑一般的手来将他触摸，低声说道：“先生，你为什么不碰我？今天你不要我，明天我也会被别的男人要去。”祥海顿时感受到她的身体向他发射过来一份火一样的热量，他情不自禁地把颤抖的手慢慢放在她丰盈满溢的酥胸上，这引起牡丹一阵轻微的痉挛。此刻，他的身体似乎不属于他了，而是属于他身体里的一头野兽了。他的理智在最后一刻终于崩溃了，他脱去衣物，两个年轻而激情的身体赤裸地相拥了在一起。他的口唇像雨点般落到她的脖子上、胸脯上、躯干上，他那胡子拉碴的脸将她戳得奇痒难忍，她一边笑一边躲避他的脸，战战兢兢地接受了刚才还那么陌生现在变得那么熟悉的结实的胸膛在她胸脯上有节奏地动弹。他在无比高亢的激情中完成了他生命的第一次律动，他每动一下，她就抖一下。她凝视着身上的他，感觉到一种从未有过的被充实的、令人陶醉的快感，从脚底爬上来，轻轻撩过她光滑漂亮的大腿、灼热的小腹，像澎湃的潮水一般向她青春的双乳涌上来，马上充满了全身。她的胸脯因为心脏怦怦直跳而起伏不停，眼前的一切变得黄金似的辉煌。她不由自主地环抱他的头颈，将火热的双唇紧贴在他的唇上，深深地吻着。

窗外传来一串叫卖声，那是卖梨膏糖的老妪用一种从肺部叫出来的空洞的声音，在夏日里穿巷过街，慢慢地从远处走过来，在夹弄里碰壁回荡，变得抑扬顿挫，再从屋子某个角落传上来。两次叫卖间隙的呼吸声都听得清清楚楚，仿佛从他们的亭子间穿行过去似的。激情过后，祥海爱抚着身旁令他激情澎湃的青春胴体，静静地听着这流动的、奇怪的、富有节奏的声音，这声音踩在一只窨井盖上，“咯噔”了一下。他的心也“咯噔”了一下，突然想起老蔡还在工部局等着他，连忙起身穿衣，从口袋里掏出所有的钱递给牡丹。牡丹乌云散乱望着他，眼神中充满了悲伤，有对自己的怜悯，有对日后生活的恐惧，又有一份柔情。这柔情好像不是出自她理智和内心，而是出自她年轻的身体的最深处。她突然抽泣起来，忽然明白了眼前自己的处境，她十分委屈地低声说道：“不要这么多，多余的钱不能收。”

他俯下身去亲她，他还不想马上离开。当他又亲吻她时，她不知不觉微闭双目，很快沉浸到对她来说是那么奇怪又神秘诱人的新的欢乐中去。她好像什么也看不到了，什么也听不见了，什么也感觉不到了，但是却异常敏锐地感觉到他对她身体的每个动作，心中充满了等待被爱抚被亲吻被充实的急切又紧张不安的好奇之感。可是祥海却没有再对她做什么，只是将大把的钱放到牡丹手上说：“这些钱没有别的意思，只是我的一份心意，表示对你的感激。”他看出了她眼中的慌乱，想要再安抚她几句，但他已耽搁了很久，立刻要走。临走他不忘嘱咐牡丹说：“我还会再来看你的！记住我的话，不要接客，我要你去读书。”

牡丹顿觉一股热流涌上心头，把被子拉过来咬在嘴里，“嘤嘤”

地哭了起来，哭得那么娇小可怜，她的眼泪又是那么孤独而辛酸，使得她圆溜溜的肩膀随之颤抖。祥海生出一种难忍的怜悯，很想把她抱在怀里再安抚一番，但是他现在不得不离开了。

他下楼走到夹弄里，牡丹从窗口探出头去，似乎忘了祥海刚刚对她说过，他还会再来的话，急切地问：“先生，你还来吗？”

祥海抬头见窗台上已摆出一盆盛开的合欢花，朝她微笑地点了点头，然后快步离去。姑娘的音容笑貌，柔美的身体，在他心里挥之不去，犹如在阴霾的天气里见到了久未露面的太阳，他不由自主地陶醉了。

老蔡早已在弄堂口等着，见到祥海面带笑容从弄堂里出来，用怪异的神情看了看他，也不说话，拿手中汗巾掸了掸座位。祥海上车，老蔡抬起车杠，掉头往东，这才开口说：“这里的女人都是狐狸精、浪荡女，没一个好东西，老板可要少来这种地方。”祥海见老蔡憋了这么久才憋出这么一句话来，就摇了摇头说：“话不能这么说，自古青楼女子也不乏多情多才又仗义的，比如传奇才女董小宛、智勇双全的梁红玉，还有仗义行侠的赛金花。”老蔡说：“这个我不懂，我只知道以前家主婆从这种地方出来，是个无情无义的婊子。”

祥海曾听赵大说过，老蔡在女人身上栽了跟头，就要老蔡说说是怎么回事。老蔡边拉车边告诉祥海，他家主婆红莲女原是秦淮河上的船女，民国以后废除娼妓，红莲女来上海投奔她大哥，她大哥原是兵工厂的守卫。到了上海她才知道，大哥早在革命军攻打兵工厂那年就死了，走投无路的她流落街头无处可去，正好被老蔡碰上。老蔡说自己昏了头，见她可怜，又有几分姿色，就拉她回来做了家主婆。想不到她好吃懒做，花光他一生积蓄不说，还凭借不错的姿色以老蔡的名义四处借钱，跟债主七搭八搭。两人有了孩子后，日子过得更加艰难，她竟然丢下孩子跟着债主跑了，不知去向。老蔡叹了一口气，说："我一个男人，带着一个未满周岁的孩子，日子怎么过？狠狠心，要把孩子送进育婴堂，却被赵老板拦下。赵老板请佣人来帮我照看孩子，叫我依旧出来做生活。要不是赵老板，车子拉不成，我爷俩就只有饿死的份。"

祥海说："她本来就不属于你，她不跑，你也养不起她。"

老蔡说："我有一碗粥就给她半碗，有一只馒头就给她半只，再苦再累，一家子在一起，总归是个家。谁想她无情无义，连孩子都不要就跟人家跑了。"

"唉！这都是缘分！"祥海说道。

第二天、第三天……祥海连着一个礼拜，天天都去会乐里。很多时候只是和牡丹见一面，喝杯茶就走，连床沿都不沾，即使在那里和牡丹说说话，吃一餐饭，他都会将身上所有的钱都拿给牡丹。因此子良天天盼望祥海上门。祥海想说服子良让牡丹去读书，子良却说："你们读书人真是奇模怪样，脑袋也稀奇古怪。女人无才便是德，姑娘家读什么书。只要你常来，牡丹开心，这比让她去读书好得多，你说是不是？要不先生拿钱供她读书？"祥海一口答应说："你既是牡丹表姐，牡丹把你当亲姐姐看待，你就不应该让她过这样的生活。我和你约好，牡丹读书的花费由我出，白天她外出读书，晚上回来睡觉。我只有一个要求，你晚上就不要再接客了，不要让她学你样，她还小。她是好人家出身的，不应该过这样的生活。"子良愣住了，没想到祥海不是说说而已，而是真的要供养牡丹读书。她把牡丹拉到身边说："阿妹，你碰上大好人了,你想不想去读书？"牡丹点了点头。子良说:"你有一个好人家的出身，我是坏人家戳出来的！你去读书，我在家里接客，你当然是好！"祥海说："她是小脚女子，不读书能做什么？"子良见祥海一心只在牡丹身上，不禁连珠炮地说道："你们两个早就商量好了是不是？我也没读过书，也很想读书，每次路过学校，都眼红人家有书读。不要看我现在风风光光，女人青春靓丽的时光会很快过去。不久我做不成这个了，要我去纺织厂做工，身体肯定吃不消，也肯定做不来佣人；去唱戏又没有才艺，去捡垃圾还不如饿死算了。要不先生好事做到底，让我和牡丹一起去读书如何？"祥海说："你这个年纪进不了学校的门啦！早一二年也许还行，不然的话一起去读书也很好。"其实，子良只是说说而已，发泄一下内心的不满，她要赚钱，哪有心思去读书？没想到祥海拿它当真。她自觉察人有误，这位客人不是什么跑单帮的,而是一位财神大老爷。她抽了一口烟,坐到祥海面前的地上，心有不甘地甩脱拖鞋，跷起一只光脚丫，伸到祥海鼻子底下说:"好人家出身就是好，玲珑小脚。我是苦人家出身，大脚婆。想不到喝洋墨水的也喜欢小脚女人！看来像我这样的大脚婆是没人喜欢了！"子良的脚保养得很好，白嫩圆润，五根脚趾有三根一样长，像修剪过一样，十分好看。她扇动着十根脚趾头，自言自语说道："我也裹过小脚，但是只裹了三天。"子良自嘲地笑了笑，"天天杀猪样叫，受不了疼，后来就不裹了。我真佩服牡丹的毅力！"说着用脚尖在祥海胸前抵了一抵，又把另一只脚也伸过来，在祥海鼻子底下扇动脚趾，一边扇一边说："我的脚不好看吗？难道没有小脚好看？”牡丹在一旁看着，沉着脸不说话。祥海将子良两只脚轻轻拿开，问她是怎么来上海的。子良放下脚丫，随手把一只空烟盒捏扁了甩到桌底下，又从随手甩在地板上的一只小包里摸出一盒新烟，撕开纸盒，抽出一支，放到嘴唇上，没有点燃又取下，夹在两根手指中间。告诉祥海道：“小时候不懂事，常去东邻书生家玩，被书生骗上了床。家里靠母亲一个人在地里劳作养活。没人管我。”子良把嘴上的烟点燃，继续说道：“书生说等他长大了要娶我，可是不久后我肚皮里有了孩子，书生却跑了，跑得不知去向。那个时候我才十三岁，什么都不懂。生下孩子后，家里多了一口吃饭的，真是雪上加霜，母亲总是唉声叹气，怪我好吃懒做，不会赚钱养家，还要拖累家里，一直想把我赶出门去。但是，母亲没来得及把我赶走，她自己就死了，我只好来上海赚钱养活自己，否则就会饿死。”子良吸一口烟，吐出一个烟圈，再吸一口，又吐出一个烟圈，用手指在烟圈里穿进穿出，一双狭长的眼睛左顾右盼，脸上露出迷人的笑靥，似乎是在说着别人的事，而不是她的事。“牡丹命好，不像我单枪匹马，全靠自己打拼。你是个大好人，有情又有义，不像好多客人来过一次就不来了。他们当中有走路不稳的老头也有乳臭未干的毛头小子，有军人、学生也有医生、律师，有包打听，也有逃犯，他们每天换不同的窑姐，寻觅不同的销魂片刻。他们有钱，乐得过神仙帝王般的日子，花同样的价钱尝不同味的果子，绝不肯在一棵树上摘果子。因此来我这的男人也就每天都不同，男人都图新鲜，他们都不会嫌鄙我的亭子间那么逼仄，不嫌鄙漏风的地板、漏风的窗门，对他们来说，我的身体是新奇的。其实，昨天、今天和明天，我都是一样的。”子良笑了笑，她很直率，并不在意她的祥海听了她的话会有什么不舒服的想法，也不在乎牡丹听了会有什么感受。接着又说：“很可笑，女人越是邪恶越是赢得有钱人的青睐，大方地奉献他们的金钱。”然后自嘲地说，“像我这样真诚待人又不会耍手段的女人，总是循规蹈矩，恰恰是男人最看不上的，也就不会有回头客，而你却不一样。牡丹真是交上好运了！”然后把牡丹拉到自己面前搂着，像是牡丹就是她拥有的一件物品，对祥海说:“先生何时拿钱来？”祥海望着子良，听她滔滔不绝地说话，想起了黄埔滩上初见她的那一幕。子良并不是像她所说的那样是真诚的、不耍手段的。陆襄理不是一般人物，如果她不用些手段，陆襄理怎么会对她迷得神魂颠倒,把她叫到办公室里做那事？“先生,何时拿钱来？”子良见祥海正在出神,就问道。祥海回过神来，说：“下次再来时。那个时候我会把牡丹入学的事都办好了。”

谁知祥海和许多客人一样，说好下次再来，却一去不复返。眼看祥海给的钱花得差不多了，子良又时常冷言冷语，牡丹整天魂不守舍，更有说不出的心焦。

其实，子良要是不睡懒觉勤快早起的话，每天都可以在四马路上遇见祥海。祥海每天在离会乐里不远的工部局和经纪公司两边跑动，打探哪里有土地出手、再到经纪公司了解行情，这样他不用盲目地坐黄包车满大街跑。地产行情和股票一个样，需要他每天亲自跑一次，然后再坐老蔡的黄包车去实地勘察。前前后后一个月，黄包车租期到了，祥海还没有看中的地产。老蔡提议说：“何不到沪东去看看，沪东虽偏僻，但价钱比市区便宜许多。”祥海想想也是，叫老蔡拉去沪东。车从黄浦滩过外白渡桥，沿着华德路一直来到高郎桥，再往东去，全是农田和村庄了。沪东独多荒地，祥海都看不中，非常失望，吩咐老蔡往回拉，再要去沪西看看。老蔡拉起祥海过高郎桥回到华德路，已临近中午，肚中嘀咕起来，越拉越慢。祥海便叫他停车歇息，从怀里摸出一个纸包，一层一层打开，里面是两张大饼，自己一张，老蔡一张，蹲在车边啃吃。祥海一面吃，一面环顾四周。突然，他发现前面有一片光秃秃的坡地，坡前有一条小河，河边没有树木，也没有店家，只有一条小路通往高处。高处孤零零地矗立着一幢小洋房，那小洋房饱满的圆顶、灰色的百叶窗和转角的青砖石砌都令人惊叹。它墙上爬满绿植，在风雨吹打下已经长出了青苔，只要经过一次，就会过目不忘。祥海眼前突然一亮，就像久旷的鳏男遇上风流俏妇，一眼就看中了小洋房前这块坡地，问老蔡那是什么地方？老蔡虽然走街串巷惯了，练就一副好身板，但一个月来每天拉完陈小姐再来拉李老板，走的又大多都是烂泥路弹格路和没有路的路，简直丢了半条命，此时见终于有入李老板慧眼的地了，心中大喜，说那是一块被公廨罚没的抵押地产，别看它光秃秃寸草不长，居高临下倒是块好地。祥海相信置业如娶妻讲究眼缘，一眼看中便是好，说："就是它了！回头跟赵老板说，这车我续租了。"老蔡叫苦不迭，倘若再拉上一个月还不把自己给拉死？

股灾过后，交易所重新开张，但是股市从此一蹶不振，祥海因此决意要趁地价下跌这个千载难逢的大好时机，买地造房。今天他终于看中眼前这块向阳的坡地，一打听，却是史密斯所有。

这块地原本是死于交易舞弊案那位交易员名下的地产，公廨清算他私财时，史密斯趁机出手，以经纪公司的名义将其名下的地产统统低价打包收入囊中。因这块地并非好地，毫无囤积价值，史密斯便欲将它剔除回笼资金，挂出每亩八千八百银元待售，这是同类地块的最低价。真是“情人眼里出西施”，这块在史密斯眼里一无是处的破地却被祥海一眼看中。祥海将上海开埠以来的历史、洋人老师以及上海滩诸多大亨的发家史回广福给父亲叙述一遍，说通父亲在上海滩置地造房子。父亲要祥海再杀杀价，每亩七千银元可以拿下。祥海说：“孩儿试试，其实现价已是同等地块历年成交的最低价了，即使现价拿下也是合算的。”祥海想不到自己兜兜转转还是要买史密斯的地，十分尴尬，自己不出面，委托赵大去和史密斯讨价还价。史密斯见是赵大来买地，知道背后老板是祥海，倒是十分爽快，主动降价二成。祥海看到价格还有可谈的余地，吩咐赵大天天往经纪公司跑，表现出极大的诚意，又穷叹苦经，诉说资金都在车行里，咬定每亩六千五百银元不松口。你来我往半个月还未敲定。史密斯这边有些着急，这块地无人看得中，只有祥海有意入手，就以免收手续费的形式，变相让价。祥海终于以六千八百银元的价钱拿下这块地。史密斯将土地在自己的经纪公司里转手，挂到祥海名头上。工部局见是史密斯委托的，很快批下照会，土地一到手，祥海就紧锣密鼓为造房做起了准备。

祥海在坡地上搭起毛竹棚，将每一寸土地都勘踏一遍。把它当作自己的女人一样，哪一处皮滑肤润，哪一处肌软肉绵，都摸得清清楚楚，然后为“她”“量身定做”，亲手画出蓝图，欲打造一条中国人自己造的石库门弄堂。

那一日，天空下起大雨。雨水裹着尘埃倾泻而下，天像是被戳了窟窿，暴雨狂泻不止。祥海身穿蓑衣，冒着倾盆大雨在工地上转，他惊喜地发现，虽然雨势浩大，周围水漫成河，工地上却一点积水都没有，再多的雨水都会很快流走。他为自己的“慧眼独具”而自鸣得意。雨下了一个月才止，祥海亲自制作的八仙桌大小的沙盘实样也已完工，开始张罗黄沙、石子、五金、木料等等材料。沙石由沈老板供应，沈家自运自卖，要沙石时可以直接从船上卸货，沈老板可以省去堆场花费，祥海也可以低价拿到上等沙石。他又亲自跑了几个码头，在垃圾桥下找到一户厚道的船家，船家答应可以随叫随到供应所需木料。其余五金、玻璃，在后大马路随要随买。又在码头上找了造房工人，只待黄道吉日奠基开工。

祥海吃睡都在工地上，早晚在工地上看那日落日出，想象着房子造好以后，买房租房的有钱人在天井外等着交钱，交钱的队伍围着石库门绕了三圈，钱票堆在八仙桌上，数都数不过来。他觉得梦想即将实现，人生的辉煌即在于此了。

一来一去，已到了夏末初秋。工地上万事俱备，只欠东风，动土吉日在三天后。祥海这才想起答应过牡丹的事，连忙怀揣银票前去会乐里。

久违的四马路正在营造新会乐里，已是傍晚，工地还未收工，脚手架上传来造房工人的吆喝声。

老会乐里依旧彩灯高挂。祥海熟门熟路踅进夹弄，推开木门，爬上亭子间。亭子间门半开半掩，祥海推门进去，牡丹不在，只有子良一个人坐在桌后，她身穿薄薄的睡衣，一只脚踩着一只拖鞋，一只脚从睡衣下伸出来搁在桌子上，正在聚精会神地修着脚指甲。她脸上从不施朱粉，脚却是每天都要精心修理的，修理完了还要傅之滑石粉。桌上摆着四菜一汤，有酒有肉，像是有客人要来。她那只脚就搁在酒肉一边，满不在乎，一心在她的脚上。此时，她听见楼梯上响起慢悠悠的脚步声，在亭子间门口停下，扭头一看是祥海，喜出望外。连忙抽回脚丫，欣喜地说："今天真是个好日子，我刚刚做好饭菜，正愁一个人吃饭过于寂寞，你就来了！"

祥海进了门说道："今天是什么好日子，莫不是有客人要来？"

子良道："没有客人来，今天是我生日，不接客，要好好歇一天。要说客人，你就是贵客。一早去红庙烧香，供了一整只蹄髈，还问菩萨，你怎么一去不来了呢！"子良虽然是个暗娼，但她的客人很多，甚至需要预约才能一近芳泽。今天是个例外，今天她要去红庙烧香，因此回绝了所有的邀约，想不到她期盼的祥海不请自来，因此大喜过望，不禁溢于言表。

祥海问："什么样的庙，菩萨吃荤？"

子良道："南京路上的红庙，有五百年了，观世音灵验得很，先生不知？"

"哦，是石潭弄那座女人庙，知道，知道。"祥海漫不经心答道，又问："牡丹去哪了？"

子良拿过桌上一只高脚酒杯，酒杯里红色的液体晶莹剔透，她一饮而尽，轻轻放下，答道："走了，回苏北乡下了。"

祥海说道："你不是骗我吧？说好让牡丹在上海读书的，牡丹怎么会突然离开？她在苏北无亲无眷，回乡下干吗？她的衣服还在呢！"祥海看见门后那件红牡丹花布衫还挂着。

子良说："我干吗要骗你？她要走，我让她脱下再走。那件布衫是她刚来时我给她买的，我是不想她走的，有意为难她。想不到她脾气倔，第二天，天还没亮，她真的脱下布衫走了。"

祥海不信。他初会牡丹之后，一瞬间产生一个念头，他要搬开无辜地落到她身上的可怕而无法摆脱的重负。她的年轻美貌奉献给了他，给了他欢乐与幸福，他许诺要给她帮助。他对她说："一切都会好起来，你的生活会是另一种样子。"在牡丹看来，在此之前，她的生活是阴暗的、撕裂的、羞辱的，自从祥海给了她承诺之后，仿佛寒冬天太阳高升，过冬的小鸟开始啼鸣，初春的小草簌簌作响，在太阳底下复活了。她对祥海的思念，犹如发源于狭窄小溪的流水突然变成滔滔大河，并一下子溢出堤岸而无法控制。他最后一次去看牡丹时，子良不在，牡丹非常高兴，抱住他倒在门后地板上，用脚尖在那扇开不直的房门上踢了一脚，房门"砰"地关上了，他们就在人走过就会朝楼下过道里漏灰的地板上激烈做爱。一场酣畅淋漓的缠绵之后，她用那双被长长的睫毛遮暗的少女的大眼睛望着他说，她会在这里一直等着他，她的身子绝不会再交给其他任何男人。祥海坚信牡丹是真诚的，她说过会等他，就一定会等他，怎么会突然离他而去呢？子良的话不可信，牡丹的衣服还挂在门后，大概是有事外出了，马上就会回来，他要在这里等她回来。他要当面告诉她，他已经给她办妥了读书的事，要看到她听到这个好消息后惊喜的表情。

他在子良对面坐下，说："你不要骗我，牡丹要去读书，不会离开这里。我已给牡丹联系好了女子学校读插班生，她马上就可以去上学了！"

子良说:“牡丹真的跑了，我不骗你。你瘦得像鬼，黑得像炭，去了哪里，怎么半年多没来？说好了拿钱来供牡丹上学，又突然消失，可知牡丹是咋想的？她恨死你了！”她指了指祥海的鼻子道，“她是个坠入爱河的天真的姑娘，说你是个骗子，骗走了她的身子还骗走了她的心！貌似正人君子，其实还不如来了放泡尿就走的粗人，粗人至少不会骗人。”祥海一怔，抱歉地说：“半年以来，为买地造房的事忙得不可开交，三天后就要开工，以后会更忙，所以今天特地来落实这件事。”

子良说：“你说的谁会信？”

祥海说：“我以我的名誉担保，我说的都是实话。”

“呵呵，”子良慢慢直起腰来，像一条将要冬眠的蛇懒懒地舒展了一下身子。“名誉？名誉是什么鬼东西？很要紧吗？你今天来我这，你的名誉不会有损失，明天你不来了，你的名誉也不会有丝毫影响，你的品行不会有任何污点。你仍旧是有钱大老板，而我还是我，一个身材姣好出身卑微的姑娘。名誉是可以用钱买到的，就像姑娘的身子，有钱跟谁都可以上床。因此对我来说，名誉一文不值，谎话也是一分不值的。你拿钱来了没有？拿出来看看，看看你的名誉值几个钱。”

祥海被子良一激，头脑发热，拿出一张数目可观的银票给子良，说这里面一半钱给她，另一半给牡丹读书派用场，要子良把牡丹找回来。

子良没想到祥海当真拿来了钱，接过银票来看。银票上的数字，是她累死累活干一年都挣不来的，不觉笑逐颜开，竟触动心境，鼻子一酸，掉下眼泪。然后又破涕为笑，一半为自己一半为牡丹，一边流泪一边笑道：“想不到先生真是个大好人，可惜牡丹走了。牡丹自从你来过以后，宁可饿死也不肯接客，整天神神叨叨的，什么事都不做，我可养不起她，她要走，我只好让她走。”

祥海听了，一半高兴一半愤怒，为牡丹信守诺言而高兴，为子良赶走牡丹而愤怒。他愤愤不平地问子良：“因为她不肯接客，你把她赶走了？”

子良说：“你把我看成什么人了，好歹我是她阿姐，怎么可能赶走她？我是刀子嘴豆腐心，只是嘴上说说而已。她是自己走的，去了哪里我真不知道，她恨我呢，连我给买的衣服都不肯穿就走了。说不定去找你了，我还问你要人呢！”

祥海心想以牡丹的性格，很可能如子良所说的那样出走。但是她在上海人生地不熟，一定走不远。于是说：“你不要凭空乱说，她去哪里找我？你是她阿姐，肯定知道她去了哪里，不管她去了哪里，你一定要把它找回来。”

子良说：“我没乱说，真的听她说过，要去找你，她说你住在离海边不远的广福。”

祥海又是一怔，他没和牡丹说过，他是广福人。只和她说过小时候海边踏浪的事。牡丹因此猜到他是广福人？真是个聪明绝顶的女子！

见祥海眼怔怔地不说话，子良说：“你真是贵客，来得及时。今天老娘生日，备了一桌子菜，好像是特地为你准备的。我正为自己孤苦伶仃，二十五岁生日一个人过而苦闷，你就来了，陪我喝杯酒吧！要不然，我一个人喝闷酒多没意思。来，喝酒！”子良用她机敏露骨的眼神打量着祥海，在酒杯里斟满酒，推到祥海面前。子良在祥海来之前已经喝了酒，这时兴致勃勃，也给自己斟了满满一杯，和祥海碰了杯一口喝下，放下酒杯说道："牡丹去嫁人了，还读什么书，要不你把钱拿回去？"子良显示出并不在乎钱的样子，将祥海给的银票夹在两根修长的手指间扬了扬。祥海将一杯酒闷头喝下，果真一把拿回银票，笼入袖中。祥海会酿酒却不会喝酒，一杯酒下肚就头晕目眩，他追问子良道："你刚才说牡丹去广福找我了，现在又说她嫁人了，是不是酒喝多了胡言乱语？"

几杯酒下肚，子良两眼发亮腮帮粉红，满腔苦楚涌上心来，一把眼泪一把鼻涕哭诉自己如何不幸，如何艰难，就像地上一棵随人践踏任人摧残的野草、没人疼没人爱的小白菜。祥海为牡丹而来，牡丹不在，他心里焦急，没想子良又说牡丹去广福找自己了。他不信，牡丹一定是回苏北乡下了，想必子良一定知道牡丹苏北家乡的地址，他要问子良地址，要自己去找她。没想几杯闷酒下肚，早已稀里糊涂，忘了该问的话，又将银票拿出来，豪气地甩给子良，要子良也去读书。子良被祥海收回银票正一愣一愣的，见他又将银票甩给自己，立马笑逐颜开，拿过银票小心翼翼折叠起来塞进内衣，这回不会再让人拿走。她兴奋地拿起筷子，忘乎所以地敲打起桌上的碗盘、菜碟子，碗碟发出一阵清脆悦耳的叮咚声。敲打了一会，她站起来在祥海面前转了一个圈，慢慢地把双臂举到头顶上，弯到后面，将扎在头顶的发髻松开，妩媚地伸了个懒腰，看着自己柔软的细腰与两条丰满的大腿和脚的各种动作，然后赤脚跳起欢快的爵士舞。她身上只穿一件薄薄的棉纱睡衣，随着她轻快地舞动，她那线条优美的曲线在薄纱睡衣里透露无遗，像从一层薄薄的亮着灯的布幕后面透出的有趣的皮影戏，时而朦胧时而清晰。她嘴里轻轻地吟唱着不太着调的爵士乐，踩着狐步凑近祥海，像灵蛇一样舞动身子。然后转了一个圆圈又面对祥海。眼前的男人有一张英俊的棱角分明的、喝了酒后变成玫瑰色的脸，这张脸是她在无数隐藏着兽欲嘴脸的卑鄙的假面具当中看到的人脸。她一手撑在桌上，一手抬起祥海下巴，狐媚地盯着祥海，一对细长的眼睛更细长了："想不想做？我想了……"

祥海将背靠在墙上，眼望天花板，嘟囔了一句："不……"

"来——"子良突然像一匹发情的母马，拉起祥海，一转身就将祥海推到床边。"我会教你的——"她大概觉得祥海仍是她第一次见到时的那样，对女人一窍不通。祥海晕晕乎乎向床上倒下，他万万没有想到，一个如此标致优雅的女子竟然有这般粗鲁的举动，想到同样在这个亭子间，第一次他只能坐在板凳上，连上床的资格都没有，现在她却主动委身于他，他有一种征服者的骄傲滋生出来。他屏息静气看着她，她很聪慧，在向他大献殷勤的时候能够傲慢地将自己的优越部位完全地显示出来，向他展示圆圆的乳房、平滑的腹部、长长的大腿，脸上露出诡异的笑容，嘴边的黑痣随着她的微笑而蠕动，流露出一种野性的欲望。此时，窗外突然狂风大作，暴雨倾盆。子良款款走到桌子边，拉上窗帘笑吟吟说道："记得我说过，你下次再来时，要让你看个够吗？"

她转过身去，只抖了抖肩膀，身上的睡衣就没了，一头长发也散开了，披在肩上。昏暗的光线下，她的裸体洁白如玉，面色苍白，却丰颧桃腮，如涂了胭脂。清冷的风带着雨点的湿气，奋力地要从两扇不密缝的窗户间挤进来，让人看她一眼就觉得冷。

但她不怕冷，她的身体出奇的温热，这使她总是热情高涨。她转过身踩着睡衣走过来，款款地将内衣也除了，藏在内衣里的银票雪片一样飘飘忽忽掉落在地。她一丝不挂地走过来，俯身去捡，长长的黑发从她瘦弱的背脊上滑落，铺洒在地上。她捡起银票咬在嘴里，甩开长发，跪到床上，将两条白晃晃的大腿跨在祥海胯部两边，俯下身子，将两只饱满而苍白的乳房在祥海鼻子上晃来晃去。两只乳头犹如两颗晶莹剔透的红宝石，在祥海嘴唇上拂过，撩过他的鼻尖，又在他眼皮上抹来擦去。他的脸紧张又无所适从。子良“哧哧”笑着，抬手将床头的窗帘也拉上，屋内光线瞬间变得模糊了，这样她就看不清他的脸了。

窗外，风雨交加，豆大的雨点“噼噼啪啪”打在窗户上，像奏响了一首交响曲。祥海喝下他这半辈子都没喝过的那么多酒，这时热血上涌，眼睛半开半合之间，模模糊糊地看到子良已变作妖艳的莎乐美，在他身上鬼魅地轻盈地狂乱地舞动起伏，忽如随风袅娜的轻烟，一甩手一摆头就又生出许多和她一模一样美丽苍白而妖艳鬼魅的小精灵，每一个精灵的眼睛都是细细长长的，眼角翘到了太阳穴上，和她一样翩翩舞动。她那长长的指甲不经意划到他的胸口，扒开他的衣衫，用她尖尖的手指爱抚他。她的手势、她的眼神，都在祈求他的施予。他的唇口被她长时间地亲着，犹如一具僵尸紧攫着生人吸吮血液。她精于此道，像是从别人手上抢回一件本应该属于她的宝物，十分愉悦。当一个人的命运不平等时，她的心也永远不会平等。此时此刻她并不认为自己在出卖身体，而是她身下的男人在出卖他的灵魂。她使出浑身解数，要摄走他的灵魂取走他的头颅。

祥海大醉一场，直到第二天清晨，窗外已泛起白光，他才醒来。他半睁着蒙眬的眼睛向四周张望。关闭的门窗给人以寂静之感，狭隘的屋子里充满了一种暧昧的味道。他望了望身边的子良，子良正蜷曲着一条白皙的长腿，将被子凌乱地夹在两腿间，压在另一条腿上。侧着身，露出一半赤裸的屁股，兀自沉睡。昨夜有过什么事？祥海一无所知，好似昨夜发生的一切从他的记忆中消失了。他动了动身体，身体像是被蛆虫吞食过似的，酸疼难忍。一股寒冷之气掠过他胸前，一种厚厚的白色小虫子满床乱爬的幻象使他惊恐地浑身一抖，他似乎想起了什么，迅速从床上起来，一脚踩到子良乱扔在地的丝绸睡衣上，险些绊倒。他踉踉跄跄手忙脚乱地寻找衣服穿上，摇摇晃晃地下楼。

在清晨的风中，祥海摇摇晃晃地走出会乐里。暴风雨已经停了，马路两旁的行道树东倒西歪，有些连根拔起倒伏在地上，商铺的店招店幡被大风吹得七零八落。狂风的余威还在，一阵风卷过来，祥海不由得后退了几步。风雨过后的天空，清纯如洗，远处黄浦江上响起一连串此起彼伏的轮船汽笛声。沙石车“轰隆隆”地开上街头，打破了清晨的宁静。隔夜的宿醉使祥海脸色苍白，步履不稳。一辆黄包车拉过来，他招了招手，黄包车在他面前停下，他爬上车，一靠上椅背就晕乎乎地想睡。

“宁波路。”他说了一声路名就开始闭目养神。

车夫将车拉得飞快，他屁股还没坐热，黄包车就已来到了宁波路。宁波路是一条不长的马路，他指了指前方，要车夫在马路那一头的摩登酒行门口停下。酒行还没有开门。他下了车走进弄堂踅入夹弄，推开酒行后门走进店堂。突然，从腰门后面闪出一个人来，他本就两腿发软，走起路来轻飘飘的，受此一吓，差点倒下。

祥海定睛一看，原来是年迈的父亲，不知父亲何时来到酒行，此刻拄着拐杖，怒气冲冲站在低矮的阁楼下拦在他面前。他定了定神，上前扶住李善仁说："阿爹！你是什么时候来的？"李善仁并不搭话，一手拄拐杖，一手扯住祥海耳朵就往阁楼上拖。祥海"哎哟哟"乱叫，煞是心虚，腿骨先自软了，被李善仁扯着耳朵，跌跌撞撞地爬上阁楼，一边说："阿爹息怒，有话好说。"李善仁径直把他拖到桌边，才放手就一拐杖敲在他膝弯处，祥海"扑通"一下跪到地板上。隔夜，他被掏空了身子，此刻软绵绵有气无力，要是李善仁下手再重一点，他就会扑地倒伏。

"畜生！逆子！还知道叫我一声阿爹，我没有你这个逆子！你说说，昨夜去哪里了！"自打祥海揣了银票到上海勘察地皮，李善仁日夜担忧，三番五次叫人带口信给祥海，询问事情进展，叮嘱祥海做事不可大手大脚，每分钱都要花在刀口上，不可拿祖宗的钱不当钱。生怕他拿了钱，像逃鹞的风筝，广阔天地任意飞去。又担忧他拿了钱花天酒地去挥霍。带口信的宋巧儿是广福人，在沪东友邦里金家做佣人，友邦里就在祥海的工地对面。好巧不巧，金家老爷就是拐走老蔡家主婆的债主。宋巧儿在金家做佣人，经常要回广福照看她的两个女儿，她又是个热心人，因此成了李善仁与儿子的传话人。宋巧儿带回的口信总是将祥海百般夸赞。

"阿海凡事亲力亲为，毫不懈怠。他日夜在工地上，亲自踏勘、看护地皮，像爱护自己的婆娘一般。他亲手制作的沙盘真是机巧精致，引得洋人都来参观。沙子、木料、五金都已备齐，造房起楼万事俱备，老爷放一百廿个心吧！”

李善仁好不得意，心想儿子果然比自己能干，有出息。可是，近来宋巧儿却语焉不详，还有风言风语传来，说祥海出入青楼，一掷千金，包养了一个妖娆私娼，沉湎于风月场所不可自拔。李善仁大为意外，带着狐疑的心，亲自进城来一察究竟。李夫人竭力劝阻他，宋巧儿是什么人？是个没脸面的低贱下人，她的话怎能相信？却劝阻不了李善仁，李善仁执意要进城看一看，倘若祥海真的不自检点，拿祖宗的钱挥霍了，他要好好教训他一番，教他迷途知返。张家姑娘是多好的闺女，他不要，却去窑子里偷鸡摸狗。这窑子怎么去得？那些女子嘴上涂蜜吸人骨髓，腰间仗剑专斩愚夫，任凭有再多的钱，窑子也是填不满的无底洞，难道祥海连这点都不明白？李善仁心急火燎，昨天一大早就搭乘沈家的沙船进城。来到酒行，见祥海不在店里，就去隔壁车行找赵大。赵大见老爷来到，十分意外，连忙搀扶他上楼，拿最好的香茗来招待。李善仁心气郁结，只喝了一口，就放下不再喝。赵大以为茶水烫了，拿一把蒲扇来扇，李善仁摆了摆手，询问赵大是否过得惯城里生活，又借问些无关紧要的事，旁敲侧击打听祥海是否真的穿花蛱蝶，出入风月场所。赵大浑然不知，说祥海克勤克俭，为造房日夜操劳，人瘦了一圈皮黑了一层，哪有闲工夫。李善仁脸色铁青，摆了摆手，问赵大是否知晓祥海今日去了哪里？赵大只说祥海早出晚归外出办事，待他回来便知。看看天色将晚，车行上起了排门板，祥海还没回来。李善仁坐不住，气呼呼起身要回酒行。赵大竭力挽留，说：“你看我只顾说话，忘了请老爷吃饭，今天请老爷吃全聚德烤鸭，吃完饭爷俩再好好叙叙。”李善仁指了指门外说："免了，这狂风暴雨，如何出得去！你和阿海穿一条裤子，我和你也没什么好说的！"这时，天空炸响一声惊雷，赵大这才发现外面在下大雨，心里奇怪，大风大雨的天气，祥海这么晚不回，能去哪里？李善仁恶声恶气的，弄得他有点摸不着头脑，想必李善仁专程前来城里未见着儿子心中有气，连忙安抚道："老爷息怒，待我叫老蔡来问话。"

白天时，天空卷起乌云，陈老板打电话来叫老蔡不用去接他女儿了，他自己开车去接。老蔡无所事事，一整天在隔壁药店里和药店老板娘说话，此时刚刚回到车行，只几步路就被雨淋得湿透，正在脱下湿衣擦身，听见赵大叫唤，衣服也顾不得穿，跟随赵大上楼。

赵大问他："李老板平时都去哪里？"

老蔡说："工部局。"

"工部局下午四点就关门，不见得夜晚也营业。还去哪里？"

"经纪公司。"

"经纪公司也一样要关门。不要瞒我，现在他阿爹就在楼上，李老板除了工部局和经纪公司，到底还会去哪里？"

老蔡本来就是个喜欢拉呱的山东大汉，什么事到了他这里都别想再瞒过，而祥海出没会乐里的事他瞒着赵大不说，是因为他们两个亲如兄弟，祥海也是车行的老板，他不敢乱说，却对女人无话不说，早将此事对宋巧儿说过。宋巧儿经常在城里和广福乡下往来，老蔡只拉过她一回就和她搭了许多话。谁想宋巧儿是个喜嚼舌头的主，早将绯闻传到了李善仁的耳朵里。

老蔡见瞒不过，只好如实相告："还有会乐里。会乐里就在经纪公司旁边。”

赵大一听傻了眼，会乐里不就是窑子巷吗？祥海怎么会去那种地方？

老蔡说：“去过多次了。”

李善仁在一旁听了问：“会乐里是什么地方？”赵大不便答话，李善仁已知一二，顿时气鼓鼓黑了脸，不再说话。赵大对老蔡说：“你既知李老板去了会乐里，麻烦你去走一趟，把他找回来。”

老蔡摇摇头说：“平时李老板只让我在工部局等他，那一次我等久了，见他是朝会乐里去的，就跑去会乐里，李老板正好从弄堂里出来，因此我猜想李老板是去了会乐里。我不曾进过弄堂，并不知李老板去了哪家人家，叫我如何找得？”

李善仁听了，心中已然明白，气得翘胡子瞪眼，刚才黑沉的脸瞬间又白了，再也坐不住，暂且将心头怒火强压一压，说道：“我还是回酒行等他吧！”赵大连忙劝阻，叫老蔡打伞去福鼎记买小笼包，要在阁楼里陪李善仁当晚饭吃，说祥海天黑一定回来。老蔡说：“不用打伞，我刚才从隔壁药房过来，已淋湿了。”说着下楼，也不穿衣服，戴起蓑笠奔去福鼎记。不一会儿就捧了一竹篓小笼包上楼。赵大接过，解开竹篓系绳，揭开上面的红纸，小笼包还热乎乎的。李善仁推辞不过，搛过一只吃了，就放下筷子不再吃。赵大一再劝吃，说福鼎记的小笼包天下第一。李善仁勉强又吃了一只，再也不肯吃。赵大见他心中有事，不便多劝，陪着他茶喝了一盅又一盅，天已全黑，风雨更盛，祥海还是没回来。李善仁执意要走。赵大心里犯嘀咕，嘴上却说：“老爷不必费心等他回来，祥海兄弟是有分寸的人，他一定在外面有事。你看这么大的雨，他怎么回得来。老爷一个人有诸多不便，先在我这歇下，明日再说？”李善仁说：“我不是七老八十的人，不要你管了，我回酒行去。”此时的他内心又恨又恼，简直想捉到儿子杀了，面子上仍如平常一样。说罢下楼，不顾赵大劝阻，从后门踅过酒行来，此时风雨小了些，李善仁回到酒行，坐立不安耐着性子坐等祥海回来，谁想祥海彻夜未归，他也不上楼去，在后厢房气呼呼坐了一夜。

祥海见父亲突然出现，早已七魂丢了三魂，又遭父亲一棍，此刻吓得心惊胆战，转眼一想，父亲不一定知道他去了会乐里，于是索性跪地不起，口称：“孩儿做了什么错事，惹父亲生气。”

李善仁将手中拐杖用力顿了顿说：“听闻你包养了一个青楼女子，可真有此事？”

祥海见父亲原是听信传闻而来，连忙辩解说：“并无此事！”

“休得狡辩！宋巧儿说得有鼻子有眼，我还不信，今日老夫亲身撞见你彻夜不归，你作何解释？”

祥海心头一惊，原来是宋巧儿传的话，父亲定然是有的放矢而来。但他不敢承认，谎称昨夜宵禁才不得归家。李善仁乍一听气得手抖脚颤，怒气冲冲说道:“你这不孝子，如若上海还有宵禁，你如何能造房子？民国五年已放开夜市，怎的昨夜会有宵禁？都说你聪明伶俐才智过人，你却拿宵禁来糊弄你爹？”

祥海临时编出一则故事说：“近日布衣将军在北京发动政变，孙文将取道上海北上，与布衣将军共商大业。淞沪护军使与洋人达成协议，要在租界捉拿孙文。有过宋院长前车之鉴，孙文不敢公开抛头露面，于是趁昨夜风雨之机潜入上海，却被巡捕房侦知，故此临时宵禁。”这是三个月前的事，祥海拿来糊弄李善仁。李善仁见祥海说得有鼻子有眼，果真信了，早把自己那盛怒之气，丢到爪哇国去了。缓下气来说："姑且信你一回，要是真有不二不三之事，休怪我大义灭亲！"说着，突然从布褡里掏出一把金灿灿的手枪，撂到桌子上。

祥海这一惊非同小可，心想父亲怎么会有手枪，正惶惶不安间，李善仁又从布褡里抽出一个长轴，哗啦啦抖落开来："逆子看好了！这是李家训言，拿好给我仔细读来！"祥海唯唯诺诺拿在手里，瞄一眼桌上手枪，读一句训言，看一眼阿爹，再念一句：

"……孽海茫茫，首恶色欲；世间扰扰，易犯淫邪。走马风化之区，以为偶尔涉足，无伤大雅，但不知花香流毒致神昏质朽，必至半途而废，一事无成，尔辈戒之。一粥一饭，当思来之不易，任性挥霍，此为败家；半丝半缕，恒念物力维艰，方可持家。父母在堂，不可夜不归宿，否则不忠不孝……"

祥海边念边琢磨，父亲的金手枪从何而来。

李善仁见祥海心神恍惚，就把拐杖在地板上顿了又顿，呵斥祥海读了洋书就没了规矩，将祖传家训忘得干干净净。要他认认真真念，不要像小和尚念经有口无心，行必以规矩，动辄知方圆，坐得正立得直，才不枉为李家子孙。祥海对着枪口指天发誓，谨记父亲教诲，不敢须臾有忘。接着将枪口拨向一边，把地皮勘查、交易过户、基建筹备、银两去向，详详细细叙说一遍，却把最后压去史密斯两百元一亩地的事瞒了，又把坐黄包车勘地、啃硬冷大饼、风里来雨里去的辛苦诉说备细。李善仁见祥海将账目报得一清二楚，核算一遍，并未挪用他处，才稍宽心，又见祥海面色苍白，精神疲倦，更是心生痛惜，将拐杖在地板上又顿了顿，语重心长地告诫他:“为父经历的辛苦比你多得多，当年一架独轮车，推起生计银，从冀鲁来到上海，个中的苦你可吃得？若像你那般三日打渔，四日晒网，哪里会有今日的李家、今日的你。创业之路虽艰辛,亦不可降低为人之品格。你是读书人,是李家唯一男儿，将来李家要靠你光祖耀宗，万不可做那让人不齿的登徒子，辱没家风玷污家规。世道千变万化，祖宗的规矩是一脉相承永远不变的，你如此沉湎女色，叫我脸面往哪里搁？”

祥海信誓旦旦绝无寻花问柳，坚称绝不做有损家族祖宗颜面之事,请父亲不要听信风言闲语。李善仁这才释然,叹了一口气说:“说你包养青楼女子，为父是断然不信的，如今听你一番解释，果然一清二白,是传言的无事生非,为父甚觉宽慰。但为父仍有担忧。男儿大了，不思生儿育女，也绝非正常，恐被外人耻笑，稍有不慎便陷于不齿异闻，清白名声毁于一旦，因此成家与立业同等重要。”李善仁缓了缓气，布褡里摸出烟杆，祥海连忙拿来洋火替他点上。李善仁吸了几口烟，又说道：“张家世代为医，祖上还曾给乾隆皇帝诊过病，论家世，广福镇上没有可以比得上的。张家姑娘知书达理，秀外慧中，论品行，广福也难有第二个。从今往后不可由着你颠倒做了，先成家后立业是至理名言，事业重要，婚姻同样是重要的。李家是已与张家定了亲的，现今我不催你，一旦上海房子造好，你即刻回广福与张姑娘成亲，为父才可放心无虞。”祥海听了如五雷轰顶，仍争辩道：“定亲一事，非孩儿自己看中，此事不可作数。”李善仁大怒，“啪”地拿起枪拍在桌上训斥道：“子女婚姻，父母之命媒妁之言，你想造反？”没想到祥海在这事上毫不退缩，且刚才成功打消了父亲对他的怀疑，此刻斩钉截铁答道：“现在是什么年代了，都民国了！辛亥以来，提倡婚姻自主。孩儿不孝，断不至于放弃自己的权利、牺牲自己的自由来成全旧道德。”李善仁听了气急败坏，骂道：“反了你！这就是我上过洋学堂的儿子吗！”立刻脸色惨白，倒在椅子上，大口喘着气说：“你气死我算了！”祥海一看父亲又动了怒，闭了口不再言语，使出殷勤来，替父亲捶胸捶背。

这个时候，一阵醇厚清冽的酒香从阁楼下飘起来，酿酒师傅正在开坛准备卖酒，学徒在门外卸排门板，酒行已开门。祥海怕伙计听见笑话，不敢再高声说话，转而委婉说道：“此事容孩儿想想。”

李善仁缓一口气，抽了几口烟说：“今天来还有一事。”祥海心里又咯噔一下，忙问：“什么事？”李善仁望了祥海一眼，故作不经意地说道：“替我把辫子剪了吧！”祥海诧异地望着父亲说：“这么多年了，乡下还管得那么严？不是随留随剪吗？”李善仁解释说，其实他早已将辫子剪短不少，头顶也蓄了发，辫子盘在头上戴了帽子，别人看不出他有辫子。昨天出门急，忘了戴帽子，别人把他当怪胎看，所以要把辫子剪了。祥海听了暗笑道：“想留就留着吧！现时没有必要再剪了！”李善仁怒目圆睁，又拍了一下桌子说：“剪！现在哪有男人留辫子的，不把辫子剪了，顶个锅盔似的，叫我怎么回去？你想人家把我当妖怪看？我可不想做辫子怪。”祥海心里暗笑，说：“父亲息怒，孩儿怕你剪了不习惯。”李善仁说：“少啰唆，拿剪刀来，好好剪，不要剪得跟死了爹一样难看。”祥海慌忙拿来剪刀，将他顶在头上的辫子放下，一把捏死，问道：“剪短还是留长？”

“留长。”

祥海二话不说，一刀下去未剪下，又剪一刀，发辫随剪而落，摊于桌上，发辫随即散开。祥海说：“你看，里面还有虫子呢！”

李善仁却不屑一顾，扬眉吐气说：“唉！这样轻松多了！”

祥海问：“要不，再剪短一些？像我这样。”

李善仁：“先这样吧！让我习惯以后再剪短。”

祥海说：“你这个样子回去，我母亲可不认得你了！”

李善仁用烟杆敲了敲桌子道：“你这小子，消遣你老子来了，呵呵，也让她看看，我可不是顽冥不化的老封建老顽固。”

祥海见父亲已无初来时的怒气，小心问道：“父亲哪里来的手枪？”祥海生怕李善仁持枪而来，还有什么不可告人的目的。

李善仁抚摸着桌上的金手枪，说：“此是李家传家之宝，它见证了李家三代的兴旺发达。说来话长，容后细说。日后传到你的手上，你也要将它好好收藏。”说着将枪收起，仍旧布褡里藏了，祥海便不再追问。

摩登酒行的自制米酒远近闻名，店堂才开门，买酒的已排起长队。酒香味袅袅地传到李善仁的鼻子里，李善仁扇了扇两边鼻翼，面露喜色道：“你真是学到了李家的酿酒真谛，这一锅最是醇酿，有桂花香气。”

“父亲的鼻子真灵，孩儿确实加了桂花，米也改用了应城的籼糯。”

“难怪有些不一样，原来你学会了推陈出新精益求精。”李善仁端坐在阁楼上，饶有兴致地看着店堂里客来客往，又装了一袋烟，自己点了。祥海趁机要父亲在楼上歇息，在店里住几天再回去，他要去照看店面。李善仁挥了挥手说：“去吧，去吧！”祥海才如释重负下了楼，正好撞上急吼吼进门的赵大，赵大拉起他问：“兄弟昨晚去哪里了？”祥海把赵大拉到一边，将自己和牡丹的事如实告知。赵大听后说：“老爷说得对，兄弟是该成个家了。”

祥海说：“阿大说得极是，兄弟只是想自己的婚姻自己做主，不要父母越俎代庖。”

赵大一语双关说道：“牡丹虽好空入目，枣花须少结实成，兄弟应当找一个门当户对的姑娘早日成家，免得老爷太太操心。”

祥海点头称是。

黄道吉日来到，工地动土开工。祥海亲手点燃鞭炮红烛，祭土地拜财神，祈望土地爷爷保他一方平安。此后整日在工地上忙乎，每日都要到半夜才回酒行。

李善仁在酒行阁楼里和儿子住了半个月，却和儿子说不上几句话，见他一面为造房子呕心沥血，一面为酒行事必亲躬，不觉大为感动，便放下心回广福。父亲一走，祥海又情不自禁念起会乐里。毕竟春秋鼎盛之年，又无妻无妾，尝过温软乡之味，犹如混沌婴孩尝过人间甜食，如何再能忘却，便将父亲的谆谆告诫抛诸脑后，鬼使神差又往会乐里来。

傍晚的会乐里，各家的门头灯都争先恐后地亮了起来，挂出了许多新灯。前楼的双林、后楼的文秀、客堂间莺红，唯独不见了亭子间子良。祥海熟门熟路，推开木门爬上楼梯，来到熟悉的亭子间门外。见门关着，他轻轻敲了三下，里面传出一声老鸭般粗哑的声音：“妈勒个 ×！哪个啊？老娘正忙着呢！”祥海像被凶狠的老蟹螯到了，急忙缩回手，返身逃也似的奔下楼，亭子间又传出一阵粗鄙不堪的骂声。祥海奔下楼，尚不死心，踅到前门，见底楼妇人正在自家门口收拾鞋底布，便上前打听亭子间牡丹姑娘哪里去了？妇人听到问话，抬起头来说："牡丹？没听说亭子间有叫牡丹的，只有一位叫子良的。先生找错地方了吧？要认准了门前花灯才好。"

"没错，就是这家。子良呢？子良去哪了？"

"就是嘴边有颗痣的女人吗？死了！"妇人轻飘飘地说，好像不是死了一个人，而是死了一只猫或狗或别的什么毫不起眼的小动物。

祥海大吃一惊："死了？怎么死的？"

"可怜啊，日夜不停歇，铁打的汉子也吃不消，赚的钱全部寄到乡下。听说她乡下有个生痨病的父亲和瞎了一只眼的后娘，还有个女儿和三个穷得穿不上裤子的弟妹，大家都指望她寄钱养家。她肯跟我说实话，我也拿她当闺女。有一次我劝她说，不能啊，闺女！不能没日没夜，肉做的身子还不累死？她说这都是为了她父亲。父亲有痨病，什么也干不了。我说，那你的那些弟弟妹妹呢？他们不也是好手好脚吗，怎么不帮你一把呢？她说她宠坏了他们，她在家就养活不了全家，十六岁就出来干活了。有时她向我诉苦，说她真想撒手不管，但是她要是甩手，他们就会饿死。我就劝她说，闺女，这样太不公平了，他们想做也能做的，你管了他们那么多年吃喝，现在不管了也是合情合理的。她说她不能，至少不能在父亲还活着的时候甩手不管，即使操皮肉生意也得干下去，总不能看着他们饿死，况且他们还帮她照看她的女儿。而她的后娘得了她的好处还要骂她婊子。唉！可怜呀。"

妇人是个心直口快的热心人，絮絮叨叨说了好多，但是她说的，和子良说的完全不一样。祥海听了目瞪口呆，像突发了中风半身不遂似的伫立于地，抬不起腿，迈不开步。子良没说过她乡下还有弟妹，还有一个生痨病的爹和好吃懒做的后妈。想不到子良是个那么要强的女人，拼命赚钱是为了养活乡下一家子。祥海半晌才回过神，妇人没见过牡丹，说明牡丹真的没在这里待多久就走了。正待要再问妇人，子良老家在苏北哪里，心想找到子良家人就能找到牡丹，妇人已进了黑漆大门。

这条弄堂有二十八个门洞，是南浔富商所建，这位富商的初衷或许和自己一样，是要打造中国人自己的房子给中国人住，没想到秦淮船女来到这里落脚，在这里另起炉灶。现在家家都挂起花灯，书寓楼凤明星花魁各显神通，恐怕仅此底楼妇人是良民。姑娘们表面光鲜亮丽，背后却承受着常人难以想象的痛苦和艰辛，过着岌岌可危的苦难生活。很多时候，她们和常人并无两样，抑或比常人更刻苦、更吃苦耐劳，然而她们的命运如此悲哀，风华正茂的她们，今天好好的，明天就消失了，如花似玉的鲜活生命一夜之间消香玉损，且这个结局似乎早已注定而无法改变。如今牡丹不知去向，不知会遭遇什么境遇，恐怕也难以逃脱这个悲惨的命运。

祥海蹒跚地拐出小弄堂。天空夜色依旧，凌厉的穿堂风，像一把剪刀，追着他吹过来，在灯下将他剪成一个陆离的皮影，长长地拖在他身后。

工地开工了，地基挖去三尺泥土后，下面却出现了坚石，挖了三天挖不下去。钢钎铁锤打下去只激起一点火星沫子，工地歇工了。祥海觉得奇怪，上海滩积沙成陆，五百年前还是冈身，怎么会坚硬到下不了铁锤？

祥海亲自去工地现场查看。一个个大坑底朝天，露出光滑的坚石。祥海拿来铁钎用力朝坑底砸去，只见石头上冒出火星，铁钎就反弹上来，震得他铁钎脱手，手臂发麻，坚石却纹丝不动，不要说将石头挖去，即使要打洞埋炸药也不可能。祥海傻了眼，正一筹莫展时，管工的说："虹口义王庙有位瞎子算命先生，姓郭名三，善断风水，看阴阳宅更是一绝。因他说话从不超过三句，人又称他郭阴阳不过三。当年他曾给孙某人看马浪路上的宅邸，那时他眼睛还没瞎，直言孙宅风水有缺陷，对孙宅进行了调整。日后孙某人果然当了五省联军总司令。要不请这位郭三郭阴阳先生来看看？"祥海本不信什么阴阳风水，这时也是万般无奈，只能临时抱佛脚，由管工的领了去虹口义王庙。义王庙原是一处比丘尼的道场，供奉着一众地方神灵，因其特别灵验，香客烧香也只烧偏门。但凡有婚丧嫁娶，测字摊上算了命，就到庙里求菩萨，什么出海求平安，商海盼多财，人海求姻缘，别的庙里求不来的，义王庙里烧一炷香，十有八九有应验。因此庙宇虽小，但初一月半前来烧香求签的，还缘的，络绎不绝。管工的和祥海一早来到庙外，测字摊前已人头攒动。祥海拨开人群，见摊主果然是个亮眼瞎。因已得管工的举荐备细，祥海当即恳请郭阴阳到工地上看风水。

郭阴阳来到工地上，让祥海取些地下土来。祥海连忙叫管工的去现场取来地下土，捧到郭阴阳面前。郭阴阳抓过一把捏了捏、搓了搓，泥土干结，很容易就搓成粉尘，放在鼻子底下嗅了嗅，撒手漏在地上，两手拍了拍，惊道：“石脉浮土……”

祥海等着听他下文，郭阴阳却吞吞吐吐不说了，正待要问他，郭阴阳突然又开口说：“此乃龟背地，故此……”说着只动嘴唇不发声。祥海急问：“故此什么？”谁想祥海越是着急，郭阴阳越是不说话。这个郭阴阳原来是个结巴子，说话不连贯。过了一会儿，郭阴阳摸出一只竹筒在胸前摆弄，摸了前面又转过去摸后面。想必是个看风水的行家，请得人多了，竹筒是已摸得精光油亮。只见他摇头晃脑闭目，两张嘴唇颤动翕合了好一会儿，终于憋出一句话来：“故此，地基打不下去。”祥海心里那个急，连忙稽首说道：“正是地基打不下才请法师来的，万请法师赐教。”郭阴阳一字一顿说道：“先生必定，以为居高……临下……处于有利地位，殊不知……”说着，将竹筒摸摸捏捏又没了下文。祥海忙问：“不知什么？”郭阴阳吐了一口气说：“不知四处低下，一处独高，不能够……”说着又停了，祥海不再催问，只在旁边干着急，静待他的后话。郭阴阳睁开眼皮露了一下白眼，一只眼睛白一只眼睛黑，恐怕是一只瞎了连累了另一只。只见他喉结上下蠕动却说不出话，颇使人怜悯。郭阴阳摇了摇竹筒说：“吸纳了更多的气场……反而使地气随地形像水一样流去……”祥海心想，为何此地发大水都不会有水滞留，原来有此一说，慌忙请求他指明生路：“法师既能参透人间阴阳、地下秘事，必有化解法术，请法师指点一二。”郭阴阳说：“若要行法，请动神明让出打桩之地……”说着摸捏着竹筒，将竹筒伸到祥海眼前。竹筒的一面刻有“四柱八字，算人间祸福事，五行八卦，断天下吉凶兆”，另一面刻着“测字算命 郭三最准”八个字。在前后的中间位置，竖刻着大大的“招财纳福”

四个字。祥海瞬间明白，郭阴阳是在卖关子，是需要打点才行呢！幸好是准备好的，连忙从口袋里取一根“小黄鱼”放进竹筒：“法师笑纳。”郭阴阳摇了摇竹筒，竹筒里沉甸甸的，倒出来在手里摸了摸，捏在手里知是黄金，笑眯眯揣进口袋，口称“施主恩典”，仍然慢条斯理地说道：“因龟背体量太大，挪动一下还得千年。”祥海听后倒吸了一口冷气，立刻傻了眼，忙问怎么办，他是一天都等不及的，如何等得千年。谁知郭阴阳又说：“其实——也是好事，可以省了地基。”“省了地基？”祥海怀疑是自己听错了，或者是郭阴阳信口胡诌，不禁问道：“造房可以不打地基？”郭阴阳说：“地下有磐石，在它上面盖房，不用再打地基，保你无事。”祥海说：“屋无基如树无根，盖房可实？即使地底下是花岗岩、水门汀，总得打一些木桩、竹桩下去。”郭阴阳连忙摇头说：“万万动不得，地下有千年龟背，竹木之桩穿体而过惹怒神明必有灾难。君不闻坚如磐石不可动摇？石上建屋，自古有之，自不必虑，但须施法化解。”说着又摇了摇胸前的竹筒。祥海半信半疑，要听他怎么说，郭阴阳却又不开口了。祥海连忙又摸出一根“小黄鱼”，直接塞进他口袋，请教如何施法化解。郭阴阳笑眯眯，掐指一算说：“四周皆低中独高，水流四散杀人刀，犯了孤阳煞，要用煞气抵消法才能化。”祥海听得明白，原以为这片地居高临下雨水不侵是一块风水宝地，自己捡了个大便宜，谁知是寸草不长的穷土恶壤。史密斯有国外先进仪器，可以测得地下隐情，应该早知道地下有龟背，所以急于出手，自己是落了史密斯的圈套，急问如何做才可以煞气抵消。郭阴阳摇头晃脑说：“万煞不离五行宗，五行平衡方能衍生万物。可在周围再造一栋和这幢一样高的房子，来抵消它的孤煞。”祥海见他纳了福，说话就利索起来了，简直是一气呵成，便摇摇头说：“这做不到，一是无地可买，二是无钱再买。除此还有什么办法可以变通？”郭阴阳口称天机不可泄露，却从褡裢里取出一只布袋，摸摸索索解开系绳，将一袋子竹签倒进竹筒，摇着竹筒缄口不语，一对白眼珠滴溜乱转。祥海连忙又取出一根“小黄鱼”塞进他手中，郭阴阳才又开口说：“一块地上造两条弄堂，造成龙回首之势，龟为龙子，以龙镇之，亦可化解。”祥海一听大喜，觉得这个办法不但可行，还很有好处，只是房子要造小了。郭阴阳说：“房子是小了，可房子多了，何乐不为？”祥海经郭阴阳这么一说，喜上心头，连称法师说得极是。郭阴阳抖了抖竹筒说道：“我再给你求个签吧！”说话间竹筒里蹦出一支签来。祥海连忙捡起，见是一支上上签，签语“合二为一”。祥海将竹签交给郭阴阳求解，郭阴阳接过竹签摸了摸，很熟练地摸出上面的字样，说道：“恭喜施主抽了上上签。即便如此，施主还得注意屋居龟背，孤高气散，其后两条弄堂会合二为一。”祥海满腹狐疑，弄堂不是面团，如何会合而为一？倘若今后必定合二为一，何必现时要造两条弄堂？再问如何化解。郭阴阳说：“去壹可解。宁可造阁不要多楼。”祥海问如何去壹，郭阴阳笑嘻嘻说：“此事简单，凡事成双即可。”

祥海听从阴阳先生的计议，连忙修改图纸，不再挖地基，而是在花岗石上垒三尺宽的砖墩充当基础，变通着造两条弄堂，外观两层，实则三层。弄堂底部再造一幢平房连接，既造成龙回首之势，又可起到牵制、加固作用，将来还可以用来开厂。命名前坊为祥庆坊，后坊为祥安坊。再将工地外小河浜填没，辟作马路。从此这里就有了个名头，叫作“一街两坊”。

西斜的太阳闪烁着耀眼的光芒。工棚外驶来一辆洋车，车停下，走出一位高大的洋人。祥海一看，原来是自己的老师、这块地的前主人史密斯来了。只见史密斯身着黑色西服，领口系一撮黑色领结，手拄一根金色司的克，嘴上留着一撇小胡子，阳光下一头卷曲的银发闪闪发亮，像极了大号的卓别林，顶着骄阳一脚高一脚低来到工棚前，见了祥海像往常一样热情地打招呼，祥海正懊恼买了他的地，心中不快但还是礼貌地起身待客："Mr. Smith, don't you feel all right?What wind is blowing today?"（史先生，你也好啊，今天什么风把你刮来？）史密斯热情拥抱祥海，把一张刚刮过、还残留刮胡膏香味的脸，朝祥海脸上贴来："Boss Li personally supervises the work, which is admirable!"（李老板亲自监工，令人钦佩！）然后告诉祥海，史密斯家族除了房产外，棉纱、布匹、五金，什么生意都做，摊子铺得太开。现在码头上有一船客户多余的沙石，要送给祥海。祥海心想哪有这等好事，经过一番交谈，得知史密斯以赠送一船沙石为条件要祥海买他的五金建材。史密斯说，中西结合的石库门是他父亲的专利，他可以免费提供给祥海建设图纸，想必李大老板不会只造一幢房就歇手，以后还会造房。他希望今后成为祥海的供应商，将来祥海要造高楼大厦，从沙石、水泥、木料到砖瓦、五金、玻璃，统统到史密斯集团去买，史密斯集团可以包揽他一切所需、提供他一切所缺。并说今后要造房，不用买地，可以租他的地搞成片开发。

祥海心中颇有不快，于是微微一笑说："你这是黄鼠狼给鸡拜年呐！中国有句老古话，叫作骑人家的马，不如赶自己的驴。老师的好意学生心领了！”

中国语言博大精深，说你的好意，其实是在说你不怀好意；说你的情心领了，其实是不领你这个情。

史密斯愣了愣，扬起一边的眉毛说：“不，不，我不是狼，按照你们中国人的十二生肖来算，我是属鸡的。用你们中国的话来说，就是你要靠我，我要靠你。”

祥海吃一亏长一智，婉言谢绝说：“谢谢你的好意，还是你建你的高楼大厦，我造我的矮平房吧！”

史密斯碰了一鼻子灰，见祥海不吃他这一套，耸了耸肩，灰溜溜走了。

师生、朋友一旦做起生意，便只有利害关系，情谊全无。祥海虽也感恩于史密斯曾经的帮助，但因造房不顺，怪罪于史密斯。如今将史密斯数落一番，心中稍觉快意。塞翁失马，焉知非福？一想到本来只可造一条弄堂，现在可以造两条，他又倍觉合算，望着史密斯离去的背影，心中笑出声来。很快，龟背地上垒起地基，“一街两坊”初见雏形，祥海做起了发财梦。没想到世事难料，李祥海造起房子，还没来得及高兴，父亲突然死了。此是后事，且按下不表。

却说林阿毛被一贫如洗的张五义收养，有句话说“穷人的孩子早当家”，阿毛五岁便懂得捡柴，六岁就学会烧火、下地劳作了。有一天，张五义上山砍柴，叫阿毛去割些野草来。张五义不知道，离村庄近的高粱地、玉米地和豆地里的野草，早都被割光了，只有村外冈后种着大片高粱和玉米，由于离村子较远，又隔着一座冈，去的人少，还有些没割完的野草。阿毛初生牛犊不怕虎，怀揣一只馒头背起箩筐爬过冈去割草，割完满满一筐背回家，堆在屋后再去割。第二次过冈时，因为一次背得太多，实在背不动了，肚子也饿得发慌，就将手中树棍撑住背着的背箩，腾出手从兜里掏馒头吃。谁想手脚不利索，馒头掏出兜却被树枝挂到，掉到地上。他不能卸下背箩去捡，卸下了就背不上，就用脚尖去勾，没想到因负重而失去平衡，连人带一箩筐野草一起滚落山冈。情急之中，阿毛去抓石缝中的荆棘，荆棘被连根拔起，阿毛随着馒头滚到沟底，不省人事。

日头西斜，张五义砍柴回家，见阿毛还没回来，问媳妇张王氏，张王氏说阿毛回来过一次，卸下干草又出门去，至今未归。张五义忙问去了哪里？张王氏答曰：冈后高粱地。张五义一听，连说“不好”，那不得翻过冈吗？山冈险恶，阿毛这么晚还没有回来，恐有意外，张五义连忙去冈上找人。爬到冈顶，朝沟底一看，树丛中有一团黑影，认得是阿毛身上穿的衣服。张五义心头一紧，心想果真出事了，连忙下到沟底，找到阿毛，惊喜地发现阿毛还活着，只是手指被荆棘划破一个口子。张五义连忙将阿毛驮在背上，沿着沟底走了大半夜，才将他背回家中。上上大吉，阿毛身体并无大碍，几天后就又下地干活了，没想就此埋下病根。

几日后，阿毛的手指上长出一个小包，坚硬如钉，不久溃烂流脓。俗话说千枝连根，十指连心，阿毛痛得在炕上打滚，杀猪般号叫。眼看手指一天天地溃烂，长出蛆虫来，张五义束手无策。他没钱给阿毛看病，照此溃烂下去，恐怕整只手都不保。于是和张王氏商量，要将阿毛烂手指剪了，不然的话，阿毛若有三长两短，张家愧对林容先烈，张王氏点头称是。入夜，张五义趁阿毛入睡，狠狠心，咬咬牙，拿一把剪刀去剪阿毛手指。忙乱之中，没剪到关节，而是剪到了骨头上，皮肉剪开，指头却没剪断。阿毛“唆”地诈尸一般从床板上挺起，黑洞洞的双眼紧紧盯着养父怒目而视，欲呼无声。他以为养父见他生不如死，趁半夜要结束他的痛苦。

张五义见阿毛蓬头垢面从床上挺起，形容枯槁，不成人样，反倒吓得胆寒心惊，“妈呀”一声喊，扔下剪刀就往屋外跑。张王氏惊叫:“他爹，可不能半途而废，今日不剪掉，孩子的手就废了，到时候性命也保不住。”张五义回过神来，又转身进屋，安抚阿毛说：“孩子，忍忍，再剪一刀就好了。”不由分说扑到床上，去抓阿毛的手。阿毛听得养母一声喊，方知养父是要剪掉他的烂手指，并不是要他性命。虽然如此，他还是惊恐地大声呼号，拼命挣扎。张五义连忙呼唤张王氏来帮忙，张王氏扑到阿毛身上将他一只烂手搁在炕沿上，一屁股坐上去死死压住。阿毛已饿了几天，哪里有力气反抗，任由张王氏压着。张王氏不敢稍有懈怠，紧紧抓住他手呼叫张五义：“他爹，快剪！从关节软骨处剪！”张五义背过身去，将阿毛手臂紧紧夹在自己两腿之间，不使他动弹，一手拿剪子，一手抖抖忽忽摸到阿毛血肉模糊的关节处，张开剪子咬咬牙便剪。平时用来剪绳索、枝条的剪子已缺口，刀口太钝，形如锯齿，一剪刀下去肉断皮连，痛得阿毛惨叫一声，却又动弹不得，顿时大汗淋漓昏死过去。张五义再剪一刀，才将皮筋剪断，阿毛昏死中无声地抖了一抖，手指头“扑落”掉在地上，断手指顿时冒出一股黑水，煞是吓人。

张五义手忙脚乱地捏住，对张王氏喊道:“快，快取灶头灰来。”

张王氏这才放开阿毛，去灶下炉膛里抓了一把柴灰，胡乱撒在阿毛断手指上，再扯开身上棉袄下摆扯出一团烂棉絮，裹住阿毛缺了一截的指头，再用布条扎紧。阿毛的手指不再飙血，张五义夫妇这才松了一口气，瘫软在地上。阿毛经此折腾，又在炕上挺了三天三夜，竟然奇迹般从鬼门关回来，不多久又下地干活了。父子合力，在村外荒郊野岭开垦出一片沙地，种上红薯、花生、高粱米，一家三口过上了自给自足的生活。

谁知民国十一年，阿毛十三岁，一场突如其来的蝗灾，四千里凤阳大地瞬间变成不毛之地。阿毛父子赤膊上阵，与蝗虫拼死搏杀，却根本斗不过蝗虫。蝗虫铺天盖地而来，一夜之间将地里的庄稼啃噬得精光，颗粒无收。

家里的存粮吃光了，一家人已饿了三日。夜晚睡不着，油灯也省了，摸黑枯坐冷坑说话。黑暗中，张五义说："树皮都剥光了，明日我去挖一些观音土来吃吧！"张王氏说："这观音土如何吃得？还不一样是死吗？"张五义说："胀死总比饿死好！"又嘀咕道："蝗灾又遇兵乱，老天真是不叫人活了！听说乱军杀进邻村，挨家挨户抢粮食，说是要征军粮，将村里粮食统统抢走，村里人饿死不少，逼得汉子将家里妇人杀了吃食！"阿毛饿着肚子没睡着觉，听了惊出一身冷汗。

张王氏听了也是毛骨悚然，望了一眼炕上辗转反侧的阿毛，有气无力地对张五义说："孩子快要饿死了，不能这样坐着等死。明日我去冈东娘家看看，拉下面子去求些吃的来，救孩子性命要紧。"

张王氏的娘家是冈东小康人家，有道是：有财，姑娘是亲戚，无财，姑娘是仇人。她娘家嫌女婿穷酸，平时不与女儿家往来。

张五义知道媳妇实在是挨不下去了，才会想要向娘家求救。他将家里所有的铜钱合在一起，交予张王氏，希望她明日能在娘家换得一些吃食。他情知即使拿铜钱去换，她娘家也不一定会接济女儿，但灾情一天两天不会过去，只能死马当作活马医，说不定她娘老子见女儿可怜，善心大发也说不定。第二天天一亮，张王氏就怀揣铜钱出门了，她已三四天粒米未进，妇人家身板本来就薄，紧走慢跑，寒风一吹，还未过冈，即倒毙于土地庙前，死时还将兜里铜钱紧紧攥在手里。

残阳挂在树梢，天边染成了血色，乌鸦出动了，扑腾着翅膀发出尖亮的聒噪声朝张王氏尸体俯冲下来。张五义满怀希望等待张王氏回转带来吃的，见张王氏去了一天未回，却听闻冈下鸹声聒聒，恐有意外，叫阿毛在家看门，他出门去察看。山里天黑得早，日头才落山，天空就已黑沉沉了。寒风萧瑟，张五义顶着风沙走到土地庙前，见庙门前倒伏着一个人，心想不好了，奔到跟前一看，正是自家媳妇。张五义连忙伸出手指在她鼻孔底下试了试，哪里还有气息，再摸身上，也已冰凉。张五义扑倒在张王氏身上，呼天抢地哭喊了一会儿，悲悲戚戚背去乱葬岗埋了。情知凤阳不可再留，倘若留下，必定死路一条。趁着还有些力气，回家收拾起包袱，领着阿毛汇入乞讨大军，往江南而去。

父子两人靠着兜里的三百铜板，风餐露宿，一路向南。逃难的路上灾民成群结队，从北往南见不到尾，树木几无树皮，都被灾民啃光了。遇上救济施粥的，喝上一碗稀粥抵得三日饿。偶尔有大户人家施舍，吃上一顿白饭，才得以苟延残喘。

不知走了多少日，来到淮河边。淮河边虽无蝗灾，却遭受战火、水灾，一样的饥荒。过了淮河才渐有起色。又不知走了多少时日，及至长江以南，几无灾年景象。他们来到江南广福，拿出兜里仅剩的一块铜板在十字桥东头买下一间猪棚茅屋，这才结束了颠沛流离的行乞生活。

冥冥之中，张五义来到厚德府讨短工。李善仁见他忠厚老实，是干活的一把好手，便留下他给牛老四打下手，张五义得以喘息养家。阿毛拜镇上一位老裁缝学手艺，吃了几年萝卜干饭。好几年过去，阿毛的手艺比他师傅还精良，便自立山门，一把尺子一把剪刀，替人做衣裳谋生。起先全靠走街串巷给别人缝缝补补讨生活，后来十里八乡都知道广福镇上有个小裁缝阿毛，手艺精良，长衫短褂，旗袍洋装，无所不会，做成的衣裳合身得体，且价格公道，因此上门来找他做衣裳的人渐渐多了起来。广福乃天泽福地，日子相对好过，做衣裳的人也多，阿毛不用走街串巷了，只要坐在家里便可以有生活做，父子俩生活渐趋安稳。

这一天，阿毛早起开了茅屋门，街上走来两位不速之客，一看，是厚德府的李夫人和仆人吴妈，阿毛连忙请进屋。家中仅有一张凳子一张床，阿毛搓着双手为难，请李夫人坐自己的板凳，吴妈却没凳子可坐，伫立一旁。李夫人没有坐下，站着说："阿毛师傅名声在外，妇人不请自来，因我家儿子捎来两匹上海宝大祥上好的面料，妇人看着喜欢，但须劳烦阿毛师傅抬脚，上门量身定做衣服。"

原来，"一街两坊"开工，李善仁即和夫人商议，这是李家一件大事。待竣工以后，广福要举宴庆贺，李夫人说："如此甚好，届时一定要请张先生他女儿出席，海儿也要回来，两个孩儿自己看对眼了，事情就好办。”李善仁说：“如此便好。张李两家已经定了亲，海儿却常在城里不回家，夜长梦多，只好我常去张家走动，免得张家不快。”夫人点头称是。

祥海得知自己造房工程才开工，家人就要庆贺落成，心想望子成龙之心人皆有之，自己的父母尤其如此，毕竟自己多年没回乡下，父母趁此机会光耀一番，也是常理。便不去管它，任由父母操办，哪里想到父母是急着要为他操办婚事。他早把父亲说过的待到他房子完工那天，就要他回乡娶妻的话忘得干干净净。那天，祥海至花衣街码头接了一船沙石，归途路过宝大祥，见新上市的布匹甚是好看，便给母亲扯下四五匹艳色绸缎棉麻，托沈家船工带往广福，要给母亲做几件新款衣裳，又给父亲觅到一柄英伦司的克。李善仁大为开心，自此扔了龙头拐，拄起司的克，成了广福镇上的“老克勒”。李夫人收获布匹，喜出望外，感慨祥海长大懂事了，心里高兴。早知西街裁缝阿毛手艺精良，比镇上老裁缝更胜一筹，便欲约请阿毛做衣裳。顾虑到自己一个妇人家，到阿毛家量身有诸多不便，阿毛家茅草店铺条件也差，因此叫上吴妈先来打个招呼排个号，请他上门做活。本来她可以叫张五义回家对阿毛说一声，或者吴妈过来关照一声即可，然阿毛师傅不是闲人，又是自家府上帮工的养子，如果这样子叫人做生活就像是衙门来传人，不够礼貌，亦不够尊重。李夫人平时大门不出二门不迈，可妇人家在添置衣裳梳妆打扮一事上，是最郑重其事不肯有些许差池的，因此亲自走来阿毛家。阿毛见李夫人亲临茅屋，心中惶惶不安，连称不劳夫人迈腿，只消关照养父一声，他便自可上门。李夫人道：“阿毛师傅手艺精良，闻名遐迩，妇人闲来无事，街上走动，顺便前来扰叨，望勿见怪。”

阿毛口称：“蒙夫人恩惠，肯下顾茅屋，蓬荜生辉，何扰叨之有！”便与李夫人约了三日后，待他手头生活结束，即去府上做工。李夫人大喜，即刻告辞。张五义回家听说此事，万分高兴，叮嘱阿毛，厚德府是广福大户人家，夫人不与自己说，而是亲自来请，那是天大的面子，凡事须尽心尽力，不可有些许差池。阿毛点头应允。

三日过后，阿毛收拾起针线家什，一早就由张五义领着来到厚德府。牛老四将阿毛领进厅堂，见过李夫人。李夫人叫牛老四捧出布匹，何止两匹，丝绸、锦缎、棉麻和香云纱各式布料四五匹，都是上好的面料，要尽面料做几套合身旗袍。阿毛不免啧啧夸赞，给李夫人量了尺寸，夸赞李夫人削肩细腰，高挑身材，穿起旗袍来一定好看。李夫人听了心花怒放，询问阿毛贵庚多少、家中除了养父还有什么人在。阿毛答道，他辛亥年生，今年虚岁十六，生母怀有身孕时遭清廷鹰爪追杀，在土地庙生下他后去世，幸好遇上养父母收养才得以苟延至今。原本在凤阳生活得好好的，却遭天灾人祸，养母饿死，他和养父逃难来到广福，和养父相依为命。夫人得知阿毛身世后，叹其生活不易，吩咐吴妈在后厢房辟一间干净小屋，给阿毛安心做生活，又留了一个心，记下他生辰八字，待他做完衣裳，要替他说亲。不出十天，阿毛做好一套香云纱旗袍，李夫人叫来吴妈和吴妈女儿看她试衣。

吴妈早先未进李家做佣人时，已有两个女儿。第二个女儿刚刚生下不久的某个夜晚，屋后传来婴儿啼哭声，吴妈跑到屋后一看，见墙脚下有一只红巾包袱，婴儿哭声就是从包袱中传出来的。屋后林子里站着一位村妇模样的女子，是个俊俏小妇人。小妇人见吴妈出屋，马上拱了拱手说："后会有期！"吴妈正要叫住她，小妇人却转身就走，健步如飞，像是走惯山路的，不一会儿就消失在夜色中。吴妈心中埋怨小妇人，孩子送人眼睛也不睁睁开，送到一贫如洗的她家来，怕孩子没苦吃不成？送婴儿的妇人大概是听见了她屋里有婴孩啼哭声才将孩子送到她屋檐下，以为有现成奶水给孩子添一张嘴不至于饿死，却不知吴妈已有二女，如今新生女儿刚刚出月，再要收留这个弃婴，她就要同时抚养三个嗷嗷待哺的孩子。家中一贫如洗，她如何养得起！吴妈尽管百般埋怨，却还是遵从天意，收留弃婴做了小女儿，惹得丈夫大发雷霆，称自己家里两个女儿都没法养活，怎么还能再养一个？一甩手，丢下母女三人走了。吴妈听闻李家大院的李老爷新娶一房小妾，马上要生育，便来到李家大院请做奶妈。老天眷顾，给了她一对硕大的奶子，奶水充足。自家两个女儿中，一个稍大一岁，吴妈就早早给断了奶，欲一心一意哺乳李老爷的孩子。谁知李家小娘子产后奶水充足，根本用不到她的奶水，因此她有足够的奶水给自家才出生的女儿和捡来的小女儿喂奶。李夫人见她手脚勤快，不用她做奶妈而是留下她在灶房帮厨。吴妈把女儿托给姐姐，只有夜晚到家才可以给女儿喂一次奶，孩子倒也茁壮成长。不想李家遭遇家变，她来不及回家看一眼，就随李家摇橹木船，离开冀鲁来到江南广福。其间为招录外甥回家，见三个女儿过得好好的，也不再担忧，专致在李家掌厨。后来，两个女儿都早早嫁了人，这个捡来的小女儿年前也嫁了丈夫，丈夫上山打柴时不慎跌落悬崖摔死了，她走投无路，来到上海投奔养母吴妈。李夫人问起这个女儿的来历，吴妈无法解释家里怎么会有同年出生的两个女儿，因夜拾婴儿和清兵追杀义和团林黑儿发生在同一天，外界都说这个小女儿就是林黑儿之女，吴妈也就默认了。林黑儿可是个巾帼英雄，李夫人见是林黑儿的女儿，便将她留下和吴妈做伴，多一个人吃饭多一双筷而已。此时，李夫人请吴妈母女来看她试穿新衣，吴女见李夫人穿上新做的旗袍，柔软的布料恰到好处地包裹着她细长的身躯，把徐娘半老的李夫人衬托得凹凸有致，高贵气派，心中羡慕至极。口称李夫人是天生穿旗袍的身架，身段本来就好，穿上旗袍腰身细腿儿长，气派高贵，无人能比。李夫人见吴女如此会说话，心下欢喜，便有意将她说配给阿毛。

阿毛在厚德府一住三个月有余，给李夫人做了五套旗袍。虽然手脚慢了些，但是件件做工精致，李夫人穿上十分合身。尤其是阿毛打葡萄纽的手艺，纽头结实纽脚硬直不见针脚。李夫人着实欢喜，便存了心要给阿毛和吴女配亲。她哪里知道，吴女和阿毛私下里已经好上。吴女丈夫死于非命而早早守了寡，在阿毛进出厚德府之间，见阿毛忠厚老实，便心生欢喜，平日里无事便往后厢小屋与阿毛说话，向阿毛暗送秋波。阿毛年纪轻轻，怎禁吴女挤眉弄眼，一来二去，两人便在阿毛做工的小屋里做成好事。阿毛做工的小屋，原是个背静的库房，平日除了牛老四端水送饭来，李夫人视察做工进程偶有进出外，平时一概无人来到，吴妈也从来不来。吴女一得空就去小屋与阿毛欢会，将所有人都蒙在鼓里。吴女胆大，又兼新寡情炽，一日三回，些些离不开阿毛，半夜也要偷偷溜去和阿毛幽会。不一日，阿毛做完旗袍，李夫人又将家里的新旧料子统统收罗来，要阿毛将春夏秋冬四季衣衫都做一遍。阿毛和吴女大喜过望，日日厮守在一起，只将李府上下瞒得铁桶似的。这样的日子过了半年，李夫人的料子都做完了，阿毛无法再在厚德府待下去，吴女徒生烦恼。那一晚，吴女和阿毛仿佛生死离别一般。吴妈半夜醒来，一摸床上无人，便心生疑虑，也不作声，也不起身寻找，两眼睁到天明，见女儿鬓发散乱地回屋。吴妈追问女儿半夜三更轻衫薄衣做什么去了？吴女见吴妈并未睡死，而是看着她离去等着她回来，以为吴妈早已将她的行踪摸得一清二楚，只好将实情相告。谁知吴妈根本没有想到她是去跟阿毛幽会的，只是随口一问而已。吴妈听了如五雷轰顶，早知这个女儿不省事，没想到会在主人家做出如此伤风败俗的事来，毁了自己声誉事小，辱没了李家家风事大。但是吴女心气高傲，平日里不甚把吴妈放在眼里，吴妈不知如何开口相劝，心里一急，便卧病在床。

一日，李夫人来到吴妈房里探望吴妈，顺便把要给吴女和阿毛配亲的想法告诉吴妈。谁知吴妈举双手赞成，毛病也好了，替女儿做主，一口应允。李夫人见吴妈赞同，就将意思说与张五义，张五义感激不尽，磕头跪谢，回家与阿毛说知，称阿毛鸿运高照，时来运转了。阿毛做完衣裳离开厚德府，心里正一百个丢不下吴女，为了以何种借口再去厚德府而日思夜愁，此时听养父如此一说，不禁大喜过望。真是崆峒访道至湘湖，得来全不费工夫。吴妈这边听李夫人说要给女儿提亲，犹如急惊风吃下定心丸，与吴女说知，女儿心想事成，不禁心花怒放。隔了一日，张五义便领了阿毛登门来提亲，奉上礼金寿糕、绸缎布匹。好事一定，两下里就开始张罗。这厢张五义倾其所有翻修了茅屋，那厢吴妈替女儿备下微薄嫁妆。吉日一到，吹吹打打送过十字桥，磕头拜堂成就一段姻缘。

阿毛成婚后，张五义便不再在厚德府帮工，也不在家住，将茅草屋让给阿毛做新房，自己远走他乡去帮人家做长工。张五义正值壮年，长工收入比短工多，阿毛又勤快，一家人小日子过得有滋有味。

谁知江南连日大雨引发大水，张五义担心家里两间茅草屋经受不住狂风暴雨肆虐，家中还有刚过门的新媳妇，不知他们如何应对，因此归家心切。自恃广福哪一条河浜里没洗过澡，大海里也是游过几回的，仗着水性不错，不顾一切冒险渡河回家。哪知他一下河，上游来水暴涨，他在水中打转，前进不能，回转更不能。路人在岸上大喊大叫，已是于事无补，也是命该如此，一个波浪翻过来，张五义立即被卷入水中，一会儿踪影全无。三日后，大水退去，有人告知有死尸浮于溪流，阿毛闻讯前往检视，正是养父。李善仁听闻阿毛养父不幸葬身水灾，立刻吩咐牛老四帮扶阿毛收尸，驮回村里安葬，阿毛夫妇感激不尽。可怜张五义一生穷苦，到头来死于非命，真是乐极生悲，天道无伦，好恶不报。

·第九篇·

革命未成

一来一去，到了民国十四年。冬天刚刚过去，春天就来了。才二月的天气，望春玉兰花就已开过了。一场春雨过去，地上全是污黑的花瓣和茶褐的萼荚。

一早，赵大卸下排门板，黄包车陆陆续续都出车去了。公司上班的时间还早，这个当口不会有要车的电话进来。赵大拿了一把竹扫帚，将店门外隔夜落满一地的腐叶烂果清扫干净。一位剃小平头身着长衫的跷脚男子，从马路对面一瘸一拐地奔过来，要一辆黄包车去沪西小沙渡。可黄包车全都出车了，黑车也只有老蔡一辆，是陈小姐的包车。陈小姐从上幼稚园开始一直到如今读大学，十几年来一直由老蔡接送，从未爽约，但现时可能还在无忧无虑的睡梦里未醒来，去接她为时尚早，老蔡将车拉出车行，拿了抹布在擦车。来人见车行没车了，在老蔡面前转来转去，十分焦急。赵大见客人腿脚不便，似有急事，叫过老蔡，吩咐他违规拉一趟，速去速回，不至于耽误陈小姐用车。客人十分感激，千恩万谢，坐上车就催促快走。老蔡路熟，拉上客人专拣没有“红头阿三”的小巷走，坐车的男子见老蔡专走小巷狭路，以为老蔡是生手不认路，心里着急，言语里露出不满，一迭声催促老蔡拉得快些、再快些。

老蔡恼火地说："这位客人，看清楚了，这是辆黑车，是客人的包车。平时除了拉红木马路上的洋小姐上下学，是不拉客的，临时拉客是要被'红头阿三'捉去坐班房的。今天不是我要拉你，是老板见你腿脚不便，好心帮你，你却不领情，一味催促，催得我心头火起。我若是走大路，保不定你我都要去坐班房，你有再急的事都做不成了。日头尚早，你急吼吼赶着去纱厂做啥？去杀头呀！没听说纱厂那边经常闹罢工嘛！"男子连忙道歉说："兄弟！不瞒你说，我正是去罢工的！"老蔡问："啥？去罢工？做啥要罢工？"男子说："前两天，日本人在纱厂车间里打死一名女童，才十二岁。只因孩子支持不住休息一会儿，被日本人活活打死。工人们咽不下这口气，今天要罢工抗议，因此我才急着赶去。刚才多有不敬，请你原谅。"

老蔡听了男子的话，腰间发力，脚下生风，将车拉得飞快。其实老蔡始终拉得不慢，男子都没在椅背靠实过。很快，老蔡将男子拉到纱厂大门外。男子忘了自己是跛脚，刚要跳车，被老蔡阻止："这位客人，不差这几秒钟，你坐好，我直接把你拉进厂吧！"男子却没有坐下，掏出红袖章，一边往手臂上套，一边向聚集在厂门口的工人们招手。老蔡赶上几步，将男子拉进人群。男子下车，拿出一块银元放到老蔡手上，说："兄弟，辛苦你了！"说着，与老蔡拱手作别："后会有期，希望有朝一日看到你们交通同胞也为争取自己的权利起来同帝国主义反动军阀作斗争！"说着举起戴红袖章的手臂高呼一声："纱厂工人大罢工开始啦！"工人们早就等不及，手举旗帜、标语，高呼口号，“呼啦”一声，涌上马路，瞬间把马路堵得水泄不通。老蔡未及离去，就被人群簇拥着，不由自主地随人流朝前走。

那位男子看见老蔡还在游行队伍里，一瘸一拐地走来说：“兄弟，怎么没回去？”

老蔡说：“没等我走开，你就招呼游行了，我还来得及跑吗？早知你是工人头头，都是工人兄弟，车钱我是不收的！”

男子说：“那可使不得，使劳动者增加工资、改善条件是这次罢工的目的，我坐车不付车费如何使得？”

“你们闹罢工不开工了，日本人还会给你们增加工资？”反正被围困在队伍里脱不了身，老蔡就和男子拉呱起来。

男子说:“兄弟，以后我去车行找你说话，现在我要指挥队伍，没有时间和你说话了。”说着要走，又被老蔡一把拉住说：“你腿脚不灵便，就坐我的车吧！你站好了，我拉着你慢慢走，站得高些好让队伍听见你的声音。”

男子觉得有道理，爬上黄包车，站在车上高呼：“要温饱，不要饥饿，要增加工资！”“大家一条心，反对东洋人！”游行队伍群起响应，口号声此起彼伏。老蔡受此感染，竟然忘了回车行。直到游行队伍停下来不走了，围起一幢洋房抗议工头杀人，要求惩办凶手、增加工人工资时，他才想起早上是要拉陈小姐去上学的，连忙与男子告别，返回车行。

赵大见老蔡去了半天不回来，正在担心他是不是被“红头阿三”抓了去，见老蔡回转，又听他说参加了罢工游行，马上拉下脸来说：“再三关照你们，见到罢工要绕开！你倒好，还拉着人家参加游行，大概忘了陈小姐要上学吧？”

老蔡一脸尴尬，喃喃辩解说自己是被游行队伍困住了回不来。赵大松了一口气说：“唉！幸好陈小姐打电话来说今日学校也罢学了，不用去学校，否则误了人家上学还砸了车行的牌子！陈小姐可是车行十几年的老主顾了，可不能一个疏忽得罪老主顾！”老蔡连忙赔不是。这个时候，一早出车的车夫大都回来了，说到处在罢工，堵了路。赵大对他们说：“你们回来就好！都记住了，以后遇到像这种市面混乱时，要绕道避开，不要参与。未出车的都守在店里，已出车的要尽快回来，损失些车资是小事，惹出事端就不好了。”

可是罢工一直闹到月底，车行将近一个月没出车。赵大和祥海没有想到时局会变得如此混乱，当初定下的规矩，出不了车，车行要承担车夫的损失，长此以往，车行承担不起。幸好到了月底，罢工潮渐渐平息了，车行也正常出车了。“一街两坊”倒是未受到影响，到了五月底的时候，房子造好，工程接近尾声。

这一天，天空灰蒙蒙地翻滚着乌云，像要下雨的样子，街头难得安静。祥海去垃圾桥将一船多余的木料折价退了。刚走到大马路上，突见成千上万的工人群众呼着口号从各条小马路里涌出来，路边商店纷纷上起门板，电车在马路中央停开，又开始罢工了。

大马路上宪警三步一岗五步一哨，将罢工的队伍堵在支路上，不让他们进入大马路。祥海继续向前走去，走近一个路口，一拨工人突破宪警防线，高呼着口号来到大马路上。大概学校也停课了，另一条支路上又冲出来一群学生，两拨人在大马路上会合在一起，浩浩荡荡从东往西来到翠芳居前。翠芳居是一家南货店，门口堆放着许多货箱。一位西装革履的壮年男子站在用货箱搭起来的高处，手举铁壳喇叭嘶哑着嗓子告诉游行群众，就在刚刚，日本人开枪打死十多名罢工工人，还打死了工人代表。消息在人群中传开，刹那间如炸开了锅，群情激愤，纷纷调转头与挥舞棍棒前来驱赶的军警展开搏斗。宪警不管三七二十一，抡起警棍见人就砸。一场混战，手无寸铁的工人学生哪里是全副武装的宪警的对手，被打得头破血流，躺在马路上呻吟。然而，更多的群众前赴后继涌向大马路。祥海避开人群，从风雨廊下快速朝不远处的裕昌祥走去。裕昌祥是一家做西装的老店，曾替孙文打造独一无二的中山装，还给蔡将军做过西装。祥海要去裕昌祥给父亲做一套西装，来到裕昌祥门前，却见裕昌祥已关门。裕昌祥位于大马路的中段，宪警在此蹲守，要将罢工工人和游行群众割裂开来。不一会，游行群众来势汹涌从西往东涌来。祥海亟待抽身离去，瞬间被人群裹住，无法脱身，随着人群来到几十步开外的翠芳居。

西装男子还在演讲。突然，骑警骑着高头大马冲进人群，挥舞警棍一顿乱砸。顿时，大马路上哀号声不断，但是工人群众没有后退，反而越聚越多，将骑警包围在人群中，拥挤着推向一边。演讲者照常在演讲，骑警徒劳地挥舞棍棒吹响警笛。就在这时，马路上又出现了许多荷枪实弹的士兵，将示威人群团团围住。看他们的装束，是老闸房来的士兵。祥海正担心士兵是否会向手无寸铁的工人学生开枪时，枪声就响了。刹那间，硝烟四起流弹横飞，工人学生尖叫着四处奔散。一颗流弹飞来，射在祥海身后的墙上，将墙壁砸出一个窟窿，祥海慌忙缩了头，踅回风雨廊，躲在廊柱后面，不安地探头朝马路上张望。只见示威群众纷纷中枪倒地，一瞬间大马路上血流成河。这时，“轰隆隆……”一声惊雷在天空炸响，随即下起了倾盆大雨，“沙沙”的雨声打在玉兰树叶上，仿佛朝翻滚的油锅里扔进一只青蛙，“滋啦啦”爆裂开来，使人胆战心惊。一阵冷风袭来，祥海不知是受了惊吓还是着了凉，浑身直哆嗦。不一会儿,枪声停了,马路上横七竖八躺了许多尸体。那位演讲的男子，大概是脸部吃了一枪，从高台上跌落下来，血流一地。他挣扎着站起来，手捂着脸颊朝风雨廊奔来。鲜血从他头脸流到身上，将他的西装染成了红色马甲，又滴到脚下的马路上。这红木马路果然高级，即使下这么大的雨，雨水也瞬间流走，将血迹冲刷得干干净净。男子是个瘸子，他一瘸一拐地艰难地走了几步，又一个踉跄跌倒在地。祥海赶紧冒雨奔过去，将他扶起。男子朝祥海望了一眼，立刻失去知觉，一头朝地上栽去。祥海急忙使尽全力将他一条臂膀拽起来，架在脖子上，将他拖回风雨廊。此时，马路上人群已散去，警笛声仍在狂飙。祥海架起负伤的男子沿着廊下往摩登酒行走去，摩登酒行距此地不远。

赵大听说大马路上军警开枪杀人，连忙将车行关门打烊，关照酒行也要上起排门板。心想祥海去裕昌祥给老爷做衣裳，正好就在大马路上，正为他担忧时，祥海驮了一个浑身是血的男子回来了。他大吃一惊，连忙合力将男子扶进酒行后厢房，与其说扶，不如说是拖进去的，因为这个时候男子已昏死过去，死尸一般沉重。祥海打发所有员工回家，找来一块平整的门板，小心翼翼将男子抬到门板上，叫来老蔡做帮手。老蔡见到门板上躺了一个满身血污的“死人”，吓了一跳。祥海连忙叫他不要声张，告诉他是大马路上游行的工人，被军警开枪误伤。老蔡连忙端来一盆清水，用干净葛草布轻手轻脚替男子擦洗创口，一盆清水瞬间化成血水。洗去男子脸部的血污后才看清，子弹将男子的下巴打穿，从脖子后面钻出来，鲜血不停地冒出来，三人都吃了一惊。祥海立马端来一面盆酒头，酒头是尚未勾兑的高度原酒，还热乎乎的，叫赵大抬起男子头部、老蔡另拿一只空面盆盛在男子下颚，舀起酒头朝他创口泼去，让污血顺势流掉。男子打了一个激灵，却仍未醒来。不一会儿，血水和着酒水盛满了一面盆，老蔡拿去倒掉，接着洗脖子。洗完了，血还在流。祥海急忙叫老蔡再去拿葛草布来给男子裹上。老蔡给男子没头没脑裹了葛草布，血仍止不住地渗出来。祥海见高度酒头都没有疼醒男子，裹了葛草布也没止住血，慌得不知所措。赵大说："此人伤势太重，酒只起消毒作用止不了血，我去隔壁药房弄点白药来。"

药房已打烊。赵大从酒行后门踅过药房去，用力拍门。药房老板听见有人敲后门，开门一看是车行的赵老板。赵大说要白药急用，药房老板二话不说，返身取来一盒，递给赵大。赵大接过，连声说谢谢，稍后付钱，药房老板将赵大一把推出门去说："说这话就见外了，药房用车，你何时收过车钱？快拿去吧！"赵大取了药回来，重新拆开葛草布，拿出两瓶白药，先拿出百宝丹，撬开男子嘴巴，捏住他鼻子用水将两粒百宝丹灌下去。又将药粉倾在掌心，撒在男子前后两个创口上，再用葛草布裹扎压紧。一番操作之后，男子的创口血渗得慢了，祥海这才松了一口气，吩咐老蔡剥下他西装，将他全身清洗干净，再拿来干净长衫给男子换上。又将自己身上衣服也换下，叫赵大拿去和男子的血衣一起烧了。

赵大拿过男子的血衣，各个口袋都摸了摸，没见任何要紧物件，正要拿去柴火灶烧了，却听老蔡说道："此人眼熟，一时又想不起是谁。"

赵大问："是不是曾经拉过的客人？"

老蔡的眼光落在男子的脚上，见男子右脚大脚趾缺了一截，这才想起来说，他就是三个月前拉去纱厂的跷脚客人。

赵大也想起来了，说："正是他，原先是小平头，现在头发长了。那天他来得急，去得也急，因此一下子认不出他来。"祥海问赵大是怎么回事？赵大将当时之事说了一遍。老蔡也说："二月里，就是这位男子领头罢的工。"祥海说："那他是共产党了！"老蔡说："是不是共产党不知道，但他四方额头，和你有些相像，所以我记得十分清楚。"赵大说："如此说来，这衣服还不能就这么烧了。"说着，将男子的血衣重又抖开来，忽然"咣当"一声，从血衣里掉落一件硬物。赵大捡起来一看，是半枚光绪元宝金币，上面穿了一根红绳，刻有"天省造卯　银一两"字样，顿时变了脸色，悄悄塞进口袋。待老蔡忙完，打发他回车行后，赵大对祥海说："老蔡说他和你相像，我看他像老爷。"祥海见两人一个说像自己，一个说像父亲，嗤之以鼻道："都什么时候了，拿八竿子打不到一起的事寻我开心。你看他下巴都没有，我的下巴这么长。母亲说我像朱元璋，一滴口水落到下巴要一年，我看他落地也只要一秒。"赵大笑了笑说："他下巴不是打没了嘛。"说着从口袋里摸出那半枚金币来："不是寻你开心。二十五年前，你母亲还没有怀你的时候，李家遭遇重大变故，来到黄河岸滩避难。我虽不知李家为何遭此劫难，但我比你年长十五岁，李家在你出生之前的事我也亲历过，因此比你知道得多。不知老爷对你说起过岸滩的事吗？”祥海说：“家父只跟我说过，母亲在岸滩避难怀了我，没告诉过我岸滩的其他事。既然你知道，不妨说来听听，和这半枚金币有何关系？”赵大说：“岸滩是个美丽的地方，犹如人间天堂一般。夫人在岸滩怀了你，因此老爷对岸滩怀有深厚的感情。岸滩还有老爷的结拜五兄弟，老大叫铁头。老爷请他们在岸滩上造吊脚楼。吊脚楼造得真漂亮，是老爷亲自设计的，黄河边上找不到第二处这么漂亮的吊脚楼。因此老爷对岸滩怀有深厚的感情。老爷原本想要在岸滩长住，因夫人怀了你，又兼北方时局不太平，老爷才依依不舍离开岸滩南下。临走时，老爷拿出一块光绪元宝金币，掰成两半，一半自己留着，一半给铁头老大，相约日后再聚时以此为凭。我亲眼所见，老爷给铁头老大的就是这半枚金币，只是多了一根红绳，大概是怕遗失才加上去的。那时我不识字，但记得字的模样。这半枚金币是不是老爷手中金币的另一半，你拿回去问过老爷便知。如果是的，那真是有缘，教两半块金币团圆。六年前，老爷委托我回岸滩看看。我回到岸滩，岸滩的吊脚楼已被烧成焦炭。我打听到，老爷走后，铁头老大遵照老爷的嘱咐，在岸滩经营客栈。后来来了个阔面书生，叫秦无争。铁头不知他的底细，见他是个落难公子，便和他合伙打理客栈。不想那秦无争是被贼匪追杀逃来岸滩避难的落难之人。贼匪追踪到岸滩，一夜之间杀光岸滩上所有人，只有秦无争的儿子在马木匠家里学徒，才幸免于难。这个秦无争为何会与贼匪结下冤仇，没人知道。但我十分怀疑躺在这里的这个人和岸滩有关系，要不这半块金币怎么会在他身上？”祥海听了赵大一番话，若有所思地说：“即使他与岸滩有关，但岸滩的人都死了，他又是怎么得到这半枚金币的呢？”赵大说 :“这个正是需要弄清楚的，弄清楚金币的来历也就弄清了这人的身份。我听马木匠说，一次秦无争和他喝酒喝多了漏出话来，说他祖上是八旗子弟，原本姓爱新觉罗。因皇族五代近亲联姻，后代大多早夭，活不过三十岁，要么隔代遗传羊癫疯。后来，皇帝给爱新觉罗赐姓金。然而改了姓氏改不了家族命运，逃不过爱新觉罗家族的魔咒。他虽然在三十岁之前没有死，还娶了娘子。却因近亲联姻而丧失生育能力，因此这个孩子不可能是他的。但他不介意，与其生一个早夭的羊癫疯孩子，不如将他人孩子抚养成人。没想到娘子早夭，他改名换姓携孩子来到岸滩避难，没想屋漏偏遇连夜雨，惨遭贼手而死无完尸，也是可怜。秦无争死后，马木匠将孩子收养，将孩子改姓马，叫马辰龙。这些乱七八糟的事，都是马木匠酒后告诉我的。我以为与李家无关，都没向老爷说起，现在想来，是大大地有关系。岸滩劫难之后，马木匠说马辰龙来上海寻找老爷了，为何这么多年过去了没来寻找？现在这个人……”赵大指了指躺在门板上昏迷不醒的男子说，“他却怀揣铁头老大的半枚金币，他是谁？会不会就是马辰龙，来上海找老爷了？”赵大将心中的疑惑一股脑告诉祥海，祥海听了，心里一怔，面色立刻严峻起来。赵大是在李家遭遇辛丑变故之后才上的李家的船，并不知此前李家遭了什么难。吴妈虽然此前在李家做佣人，但对主人家的事并不关心，只知平白无故，李家二奶奶跟随管家跑了。这些家事，李善仁在他去上海读书时告诉过他。而赵大刚才所说的事,他却一无所知,现在前前后后联系起来，对于李家举家南迁的来龙去脉，已明白了十之八九，这时见男子仍然昏迷不醒，他问赵大 :“这么说来，马辰龙虽然原本姓秦，但并不是秦无争的儿子，而且秦无争原本也不姓秦而是姓金，还是爱新觉罗的后裔？”赵大说:“我想是这样的。”祥海心中疑窦顿起。男子人高马大，有着和自己一样的宽阔前额，莫非受伤男子真的与李家有渊源？便装作去他颈后观察创口，伸手去男子后脑摸了一摸，心里顿起波澜，却装作没事地说道：“想不到家父曾经遭受如此磨难，竟然还会设计吊脚楼，真是匪夷所思。”“是啊，老爷真是个了不起的人。”赵大并没有发现祥海的内心变化，又说了当年老爷委派他去京师给李大人送信，结识革命党，参与刺杀太后的经历。

“事发失败，幸好林容通风报信，我提前跑了，不然像这位兄弟一样，生死难料。”

祥海惊问赵大：“你参与过刺杀太后，还和林容大将军有过过往？”赵大说:“是的，此事容日后细说，眼前这个人怎么处置？”祥海已有主意，说：“明日悄悄送到花衣街，坐沈老板家的船去广福，找张先生救治。城里的医院是去不了的，倘若巡捕房搜捕伤者，他必定性命不保。”赵大说：“这法子好是好，可怎么将他送到花衣街是个难题。”正说着话，男子嘴唇嚅动，发出痛苦的呻吟。祥海连忙吩咐赵大拿水。

男子喝了水，慢慢睁开眼，见自己躺在一张门板上，眼前不是酒坛就是酒瓶、酒器，闻到的也是酒味，懵里懵懂不知身在何处，挣扎着要起身，却头重脚轻，抬了抬头又躺下了。祥海赶快将他扶起，又喂了些水，告诉他说：“你在大马路演讲，与军警冲突，军警开枪将你打伤，被我看见，将你救起。这是我的店铺，是一家酒行。你已安全了，明天我会将你转移到安全的地方去医治，你不用担心。你看看我，还记得是我把你救走的吗？”男子微微点了点头，再次欲起身，祥海连忙将他上身抬高靠在自己曲起的腿上，告诉男子："幸好雨水冲走了血迹，不然的话巡捕房肯定可以跟踪寻迹找到这里。"男子艰难地伸出手来，祥海将他的手握了，吐出微弱的声音："谢谢救命之恩……"然后又说："有要紧事……"赵大见他有话要说，知道有事嘱托，又无法把话说完整，赶快拿来纸和笔让他写下来。男子颤颤巍巍用尽全力，在纸上歪歪斜斜写下一行字：去潭子湾三德里三十七号找王委员告知他我还活着有内奸须小心必要时推迟起义。赵大握了握男子的手，表示看懂了，问他姓甚名谁，怎么接头。谁知男子手一松，又昏迷过去。裹紧的葛草布又渗出大量鲜血，赵大连忙用手按住。好一会儿，血才止住。

祥海赶紧给花衣街沈府打电话，接电话的恰巧是福生。他告诉福生，明天一早要搭他家船送一位病人去广福看病。福生好生奇怪，有病人不在城里医治，却要到乡下去看病，又半夜打电话来嘱托，莫非有急难之事难以言说？也不多问，说不用坐船，明天他自己开车来接病人，用车送去。祥海大喜，说："兄弟，太感谢了，如此甚好！"放下电话，吩咐赵大："我俩分工一下，天明即将店里的事交代给老蔡，我护送男子去广福，你去潭子湾送信，看那边有什么话传过来。如果伤者醒来，他也可以安心。你太后都杀得，处理这些事比我有经验。"赵大点头应允，天亮分头行动。

不一会儿，弄堂里传来第一声公鸡叫，天还是黑的，一辆小汽车"吱呀"一声停在酒行门前。祥海和赵大通宵不睡守护着受伤男子，心里十分焦急。此时，听见门外刹车声，祥海连忙跑去在排门板上的一个小洞朝外张望，一辆小车停在昏暗的路灯下，车内出来一个人，正是同学福生，连忙从后门出去将他迎进店里。福生见后厢房地上直挺挺躺着一个脸部包裹着绷带，绷带已被鲜血染红昏迷不醒的半死人，虽然心中有所预料，此时还是吃了一惊，脸上露出惊诧的神色。祥海将昨天大马路上军警开枪杀人一事告诉福生，福生说：“让我猜了个准。”并说昨天他要去工部局办事，刚出门就听见街上人声鼎沸，有人惊呼奔走，说大马路上死人了，一打听，居然是巡捕房军警在大马路朝游行群众开枪。

福生愤愤说道：“这洋人实在是太凶恶了，这上海还是中国人的上海吗？”

祥海点了点头说：“世上哪有朝手无寸铁的学生开枪的事，简直不把中国人当人。”

福生指了指地上的男子问：“人现在怎样了？”

祥海说：“很危急。子弹贯穿下巴，吃了两粒八宝丹，创口撒了白药，血还没有完全止住，不赶快救治恐怕命将不保。”福生一听，连忙说：“快搬上车！”。

“从前门走！”祥海说。赵大连忙去卸排门板。

福生因阿姐的事对赵大心怀怨愤，见到赵大十分厌恶。赵大卸了排门板来搬男子，抱了男子的头部，福生离赵大远远的，去抱男子的脚，祥海抬腰，三人合力，将男子抬到车上。祥海也不多说话，坐上汽车随福生离去。赵大重新上起排门板，包裹起血衣，出门朝苏州河走去。

赵大来到苏州河边，沿河走到垃圾桥，过了垃圾桥就离潭子湾不远了。垃圾桥和外白渡桥一样也是一座铁架子桥，十分优美。但是垃圾桥下两岸住着不少船民，供人行走的道路上搭着杂乱无章的棚户房、铁皮屋，使人无从下脚。河边还有不少粪码头、沙石码头和垃圾码头，因此叫作垃圾桥。运粪的、捡垃圾的、吃鸦片的、跑码头的、地痞无赖等等三教九流在此聚居，老闸房宪警从不打这里过。赵大穿过一条曲蟮一样的小弄堂，走过一片荒地菜园，来到潭子湾，再拐了几个弯，来到一条石库门弄堂口，它就是三德里。天空挂着晓星残月，弄堂里黑黢黢的，只有一间屋透出些许烛光，赵大朝亮处摸过去。这户人家的屋外搭着木棚，木棚用铁皮盖顶，风稍微吹过，铁皮就发出"噼里啪啦"的敲打声。这里原是一片宰鸡杀鸭的地方，乱七八糟的东西堆得不少。邪恶的老鼠瞪着乌黑贼亮的小眼珠在铁皮底下以惊人的速度窜来窜去，令人生厌的蟑螂在木档子上慢悠悠地颇有绅士风度地爬来爬去。连虫子和动物都这么放肆，是个很少有人来的地方。赵大抬头一看，门牌正是三十七号。

赵大敲了敲门，屋内突然没了亮光。再敲，无人应答。赵大又敲了敲，小声道："开开门，我是来送信的。"屋里还是没有动静，过了好一会儿，才有一老妪开门探出头来，问赵大找谁。赵大答："找王委员。"老妪用她那混浊而警惕的目光将赵大打量一番，又伸头朝巷子里张望。巷子里静悄悄的空无一人，再朝田野扫视一遍，田野也是一片寂静，才又问道："你是什么人？为什么找王委员？"

赵大答道："我是陌生人，是来送信的。"

老妪一听是陌生人，疑惑地盯着赵大看了又看，说道："这里没有你要找的人。"说着就要关门。

赵大急忙伸出一脚嵌进门缝不让她关，说道："我是来给王委员送信的。”

这时，屋里有人说：“让他进来。”

老妪这才侧身让赵大进屋，随后拿一只矮凳放在门口，拿弯刀从门前田地里拔来几棵青菜，坐在门口矮凳上拍打，菜根上的泥土便哗啦啦掉在地上，老妪一边拿着弯刀，一边用警惕的目光四处张望。

赵大进屋，见一屋子人都拿警惕的目光盯着他看，仿佛随时准备一拥而上把他吃了。

一位自称王委员的人接过赵大手中纸条一看，脸上露出严峻的神色，说：“同志，这个信息非常重要，谢谢你及时送来！”

“同志？”赵大听到那人称他同志，知道他们就是共产党了。六年前的革命党也这样称呼过他，他顿时有一种莫名其妙的亲切感。

“我不是同志，”他说，“我是路人。你们有位兄弟昨天在大马路上吃了枪子，受了伤，我老板救了他。目前他还没有脱离危险，但他一醒来就让我来此地转告重要信息。”说着，又从蓝布包里拿出男子的血衣交给王委员。王委员见了血衣，问过赵大姓名，又问：“同志，你知道他叫什么名字吗？”

赵大答道：“他伤势太重，一直在昏迷之中，只醒来一次，未来得及问他名字，就又昏过去了。”

“他现在在哪里？”旁边有人问道。

“在一个安全的地方。”

“安全的地方在哪里？”

“老板他家。”

“老板他家又在哪里呢？”

“不要问了，这位兄弟警惕性很高。”王委员操着一口浓重的川西口音自我介绍说，“我叫王本华，是这里的总负责。”王本华查验过血衣，确认是马辰龙的。“你家老板所救之人叫马辰龙，这里都是我们的同志，有话你尽管说。”

赵大一听，男子果真就是马辰龙，立刻兴奋地问道：“真叫马辰龙？他从哪里来？”

“他是我大学同学，我们在一起工作多年。怎么？你认识他？”

“我不认识他，”赵大说，“但是我想知道他是哪里人，家里可有其他人，怎么来的上海？”

“这位兄弟，你是来送信的还是来打探的，怎么反问起我们话来了？”屋子里有人质问他。一个獐头鼠目留着一撇小胡子的男人，叉开一对罗圈腿，拿刀子指着他说：“说吧，他现在在哪里？他既然叫你来送信，一定信得过你，你既然把信送到了，也应该信任我们，他伤势严重，我们要赶快救他！”

“不用担心，”赵大说，“我是豁出命来送信的，你们还有什么可不放心？我家老板已送他去安全的地方救治。你们做大事的，现在不方便去找他，如果去了，说不定要连累我们。我多问了一句，是因为这位马兄弟可能正是我家老爷要找的人，也有可能马兄弟起初来上海是来找我家老爷的。”

“这位兄弟说得对，马辰龙跟我说起过，他小时候父亲和大叔被贼匪残杀，他大叔临死前，要他来上海投奔一个于他有恩之人。”王委员说。

“原来如此，这么说来，马兄弟要找的就是我家老爷。”赵大说着，从口袋里摸出半枚金币：“这就是凭据。”王委员一见此半枚金币，立马就说：“我认得它，它是马辰龙的，上面的红线还是我给他穿的。”

赵大说：“这下你们可以放一百二十个心了，让我们好好照顾他吧。”

众人见赵大不肯说出马辰龙所在何处，又见他说的事，王委员都知道，都不再作声。“罗圈腿”男人放下刀子，和赵大热情地拥抱说：“这位兄弟真是胆识过人，欢迎你加入我们的革命队伍！”

赵大早年的经历，使他不会轻易相信任何人，在接受了男子的拥抱后说道：“我是受人之托来送信的，不懂什么革命不革命！现在信送完了，我要回去了！”

“这样也好，现在辰龙同志已安全，我们也就放心了！各位，行动委员会既已成立，即应展开行动，但是辰龙同志提醒委员会，我们身边有敌人的奸细！事关重大，举义一事暂缓，待我向总指挥汇报，取得指示后再做决定。目前我们的首要任务是要吸取教训，让懂军事的人来训练我们的队伍，把纠察队武装起来。倘若现在把辰龙同志接回来，送任何地方救治都不安全，还是让他在这位兄弟那边接受治疗吧！”

赵大收回金币，转身就要离开。

“慢着！”王本华招了招手说，“我给你写一个条回去！”说着，在桌子上写下一张纸条，折叠起来交给赵大，要赵大带给马辰龙。赵大将纸条小心翼翼揣进怀里，离开三德里回车行。“罗圈腿”把他送到门口，询问他道：“同志，你住在哪里？可要注意安全！”赵大把他挡在屋内道：“你说啥？我不懂。”说罢掉头离开。

再说福生开车来到广福，将车悄悄停在十字桥上。祥海下车，匆匆来到厚德府外，轻轻拍门，牛老四来开门：“谁呀，这么早……”

祥海答道:“是我……”牛老四一听是少爷回来了，连忙打开院门。祥海进了门，关照牛老四不要声张，悄悄找一副门板扁担来，说着直奔父亲房中。李善仁见儿子突然这么早回到广福，一定有事。连忙问道：“海儿怎么回来了，什么事这么慌里慌张的？”

祥海告诉父亲，他的一位同学昨日受了枪伤，生命垂危。城里不安全，送到乡下来请张先生救治。

“枪伤？”李善仁吃了一惊，祥海简单地将昨天大马路上的事说了一遍，李善仁连忙唤李夫人去叫牛老四和吴妈来帮忙。牛老四已将门板搬来，吴妈一手拿扁担一手拎草绳也来了。祥海招呼他们随自己去十字桥。众人合力将马辰龙抬下车，放到门板上，用草绳捆扎好，一根扁担挑去厚德府。李善仁虽然已知事情原委，但此时见四个人抬进一个蒙头盖脸的“死人”来，还是十分诧异，立刻吩咐四人将马辰龙抬进祥海房里。福生有生意上的事，家都不回，告辞一声，就急着回城了。

福生走后，祥海急急忙忙要去张家医堂，李善仁拉住他说:“遇事不要慌张，你在家，我去请张先生！”

祥海点了点头说：“烦劳父亲！”他不知李善仁近来和张家走得近，无事也要往张家医堂跑，是因为和张家定了亲，存了心要套近乎。今天一早，李善仁已去过一次，和张先生喝了一壶早茶才回来，现在有事自然更要前去，就拄着司的克来到张家医堂。

张先生见李善仁刚刚来过,现在又来,不觉有些奇怪,便问:“今日你来了两次，有何事相求，尽管开口。”李善仁忙说：“兄弟确实有事相求，家中有一病人因伤昏迷在床，挪步不得，想烦劳先生移步，在下万谢。”

张先生问："早上你来，未见你说起，可见病人刚刚才来，不知是什么伤？"

李善仁说："不瞒你说，是枪伤。"

张先生听了大吃一惊，问道："枪伤？不会是令郎有难？"

"非也！是犬子同学昨天在城里被误伤。"

张先生心想，在城里受伤，不在城里医治，反倒不辞辛苦送来乡下，其中必有蹊跷。既然已是未来的亲家，理应信得过，也不多问，救人要紧，收拾起药箱，随李善仁来到厚德府。

李善仁将张先生请进祥海房里。张先生见伤者用葛草布当绷带裹头，身上热得烫手，处于昏迷中。连忙替他号脉，脉象尚且有力，似是失血过多又有炎症。张先生让祥海解开葛草布，查看创口。一看男子的下巴缺了一块，血肉模糊。张先生着实吃了一惊，连忙用淡盐水洗了手，又点燃艾草将两只手熏过一遍，然后将指头伸进创口里探了探。昏迷中的马辰龙不禁一个哆嗦，祥海赶快抓住他手,不让他动弹。张先生脸色严峻,探了马辰龙的下巴，又瞧了他后颈脖的伤口，发现是个贯穿伤，子弹从前面进去已从脖子后穿了出去，不禁目瞪口呆。一番诊视之后，张先生对李善仁说："此人没死，真是命大！实是不幸中之大幸，子弹穿颊，没有伤及神经，也没有留在里面，比预想的情形好许多。"而马辰龙的创口经张先生手指一番捣鼓后，再次血流不止。

祥海见了，又紧张起来。张先生说："不过创口得到及时清理，血止即有救。"

祥海素知张家医堂有秘传神药，于止血有奇效，十里百乡凡有内外失血之症，莫不寻他求医，张先生药到病除，堪比神医华佗。

听张先生说有救，心想那一定有救，一颗七上八下的心稍觉安稳。没想张先生又说："现时止血消炎要紧，如果子弹伤到后颈骨不能自愈，则需要外科手术。我不是外科医生，动不得刀子，做不得削骨剔肉之事，那就只能另请高明了。"祥海的一颗心又吊了起来。

张先生回家取来秘药，取一把粉色药末撒在马辰龙创口上，又给马辰龙服下一颗药丸，血马上止住了。祥海心想张家医堂果然名不虚传，马辰龙性命可保。

张家医堂祖传秘药，传至张先生已为数不多，非危重病症，张先生都不予施用。此次为救马辰龙性命，张先生给马辰龙外敷内服，果然神奇，药到血止。张先生开了药方，对祥海说："照方抓药，性命可保，但下巴不可重生。"祥海说："救命要紧，听凭张先生救治便是。"便按方抓药，给马辰龙一日两次灌服。

翌日，赵大拿了王本华给的纸条，搭乘沈老板家沙船赶来广福。此时见马辰龙尚未苏醒，便将王本华的纸条交给祥海，并告诉祥海，男子就是马辰龙，是从岸滩来上海寻找老爷的。祥海与赵大到李善仁房里，拿出半枚金币交到李善仁手上，问他认不认得。李善仁捧在手心里看了看，捏起红绳晃了晃，迷惑不解地问道："认得，怎么不认得？它不就是我离开岸滩时交给铁头兄弟的合伙凭证吗？怎么会在你手上？"

祥海说："是马辰龙身上的。"

说罢将赵大了解到的情况细细说与父亲。

李善仁吩咐祥海去上房关照母亲，病人现在只可喂流食，要多备些米面肉汤之类，将祥海支开，又问赵大："这个马辰龙到底是谁？"

赵大说道："孩儿只知他从岸滩来，到底是谁，待他醒来，一切便会真相大白。孩儿不敢胡乱猜测。”李善仁听了略有所思地又问：“他怎么会是瘸子？”

赵大答:“孩儿曾给他换衣服，见过他的脚，他脚趾缺了两个。”

李善仁皱起眉头又问：“是天生的还是后来缺失的？”

赵大答：“像是被利器剁去。”

李善仁听了，眉头锁得更紧了，不再多问，打发赵大回上海。

马辰龙服下张先生的方药，不出一日，人即苏醒。祥海立即拿出赵大捎来的纸条交给马辰龙。马辰龙展开，纸条上写着:组织已知，起义暂停，今后仅与我单线联系。向你致敬，请安心养伤。马辰龙将纸条交给祥海，付之一炬，脸上露出笑容：“这下我放心了。”

马辰龙安心养伤，李家上下精心护理，一个月后，下巴骨肉自行闭合，再数日，竟可以下床走动。祥海将酒行交给赵大打理，在家里陪护马辰龙。这一日，祥海问起马辰龙的身世。真如赵大所说，马辰龙原本确实姓金，只模糊记得年幼时家乡遭灾，逃难来到岸滩。说起他父亲和铁头大叔冤死岸滩的事就激动起来，头脑胀疼，手捧脸颊痛苦流泪。在救助马辰龙的那一晚，祥海已想到马辰龙是谁。本想听他诉说身世，此时见他说话不利索，不想触动他伤心处，连忙打住。心里藏了许多话，又不忍触动父亲的痛处，也不向父亲说知，将此事暂且瞒了。

不久之后，工部局来人检视工地，祥海不得已，嘱咐马辰龙要像在自己家里一样，安心养伤，便依依不舍与马辰龙告别回上海。李善仁见儿子上海和广福两头忙，好几次想提起他的婚事，话到嘴边又咽了下去，嘱咐祥海早日完工，为父静候佳音。祥海也是欲言又止，临走时托付父母，一定要像对待家人一样善待马辰龙。李善仁将马辰龙的半枚光绪金币，和自己藏于箱匮中另一半金币对照，两相拼拢，严丝合缝，心中明白马辰龙一定和铁头有关。又不想现时让祥海知道庚子家难及至岸滩之前的事，祥海离开后，他便可亲自向马辰龙求证一些事。此时说道："不用多说，为父自会看顾。"祥海与父亲辞别。父子俩各怀心事，各有打算，日后祥海懊悔不已。

天气渐渐转热，李善仁因痰火郁积，遇热生风不得发散，引发气喘咳嗽，鼻塞多痰，马辰龙卧床一个月，李善仁心事重重，也卧床一个月。这几天吃了张先生的方药，稍有好转，便将两半金币揣在袖里，来到祥海房中。马辰龙因伤未痊愈，脸部还裹着纱布，正躺在床上看报。李善仁虽和他同在一个屋檐下，此时也是头一次进他房里。

马辰龙见李善仁进屋，连忙起身道谢："学生给先生添了许多麻烦，先生一家待我如家人，令学生感激万分，先生的大恩大德，学生不知何以为报。"

李善仁和颜悦色，咳了两声道："救人于危难，助人于急需，仁者之心人皆有之，不必挂齿。请问孩子今年贵庚，何方人氏，家中父母安好？"

马辰龙道："回先生，学生随师傅姓马名辰龙，家中父母早逝，学生实乃孤儿一个，今年虚岁二十有七。"

李善仁心里琢磨着说："比我家海儿大两岁。"又问："可有小名？"马辰龙答："学生四岁丧母，九岁丧父，记得生父曾昵称自己小名龢儿，马辰龙的名字是投靠师傅学手艺时才改的。"李善仁一听，马辰龙小名也叫龢儿，内心仿佛地动山摇一般。定了定神，又问马辰龙未改名前姓甚名谁、父母姓氏。马辰龙答道："记得父亲姓金，后来改姓秦，因此学生原本姓金。"李善仁有意探问，说道："姓氏者，统其祖考之所出，怎可无故改来改去？莫非家有难言之隐？"

马辰龙答道："学生四岁时，母亲即去世了，父亲从未说起为何改姓秦。父亲死后，学生被师傅收养，随师傅姓马。"

李善仁沉思片刻，喃喃而语："改名换姓，一定有难言之隐。你成了没爹没娘的孤儿，一定吃了不少苦头。"又问："你的脚莫非生来就是瘸的？"

马辰龙答："不是。说来话长，是在纱厂做工时不小心被斧头斩的。"

李善仁皱起眉头，询问半枚金币的来历。马辰龙说母亲早死，又遇洪灾，父子逃难，幸得岸滩铁头大叔收留，后来父亲被贼匪杀戮身亡。金币是铁头大叔临死前交给他的，并嘱咐他前往上海寻找李姓善人，因此他怀藏金币，不敢有忘。李善仁喃喃自语："李姓善人？那你找到他了没有？"马辰龙答："没有。上海太大了,仅凭一个姓氏哪里去找？"李善仁又问:"可知母亲姓甚名谁？是如何死的？"马辰龙答："母亲张金氏……"马辰龙话未说完，李善仁"哎呀"一声跌坐在地。马辰龙吓得不轻，忙要下床搀扶，却因卧床太久，头重脚轻，一时下不得床。李善仁的一声惊叫，惊动了上房的李夫人。李夫人闻讯走来，见李善仁跌倒在地起不来，马辰龙在一旁干着急。李夫人养尊处优，手无缚鸡之力，是一根长凳也搬不动的，拉着丈夫的手呼喊吴妈。吴妈在柴房忙碌，耳背听不见，李夫人急得直跺脚。正在庭院扫地的牛老四听见了，连忙跑来将李善仁扶起。李夫人急叫牛老四拿茶来，牛老四奔去下房叫吴妈沏茶。李夫人给李善仁敲肩捶背，问："老爷怎么好端端地跌一跤？"李善仁只喘气不说话，歇了一会儿要水喝。这时牛老四已将茶端来，李善仁接过，就着壶嘴就喝，一口喝到底朝天才停。

李善仁喝了凉茶才缓过气来，想到马辰龙小名叫龢儿，父亲原本姓金，母亲姓张，不由得倒吸一口冷气。难道马辰龙就是金相玉和李小娘子的孽种不成？李善仁定了定神，从袖里摸出两半枚金币，招呼马辰龙说："孩子，你过来看。"马辰龙见众人乱作一团，勉力下了床。这时见李善仁招呼自己，连忙上前，见李善仁手中拿着两半枚金币，认得其中半枚有红绳的是自己的，说道："先生，你就是？"

李善仁激动地说道："这是光绪三十三年奉天省造大清库银，是我交给铁头兄弟存此为凭的，我就是铁头老大要你找的李善仁啊！铁头说的一定是李善仁，仁义的仁，而你误解为李姓善人了，所以找不到我。"

马辰龙不觉"哎呀！"一声，立刻下跪谢恩："学生无知，有眼不识泰山，大恩人就在眼前，容学生拜谢。"李善仁一把拖住，道："万万不可，现时民国了，新时代不兴跪拜，快快请起！"

马辰龙不肯，坚持要跪："我这一跪是替铁头大叔跪的。"继而又跪，"再跪是为感谢救命之恩。"

李善仁连忙扶起他，说他曾经差赵大回岸滩打探，得知岸滩遭劫，铁头遇难，以为从此不会再见这半枚金币了，如今踏破铁鞋无觅处，得来全不费工夫。询问马辰龙为何这么多年没来寻访自己？马辰龙将他在马木匠家学艺，却被马木匠媳妇诬陷，无奈离开马木匠家的遭遇细细说来：

那年，马辰龙被马家媳妇诬陷后，连夜离开马家，从此开启了风餐露宿的流浪生活，靠给人家做棺材过活，一路漂泊来到黄河边，遇上大户人家造房子办喜事，需要打家什，在大户人家茅草屋里住了三五个月，吃上荤腥饱饭。离开大户人家后，又遇农忙季节，他木匠生活不做了，帮人家打杂，割稻打谷插秧喂牲口，什么活都做。两年后，终于来到上海。到了周家桥下，忽然抬不起腿，身上冷得瑟瑟发抖，一会儿又热得一阵紧似一阵，再也无法迈步过桥，一头栽倒在河边茅草丛里。太阳升起又坠落，他在茅草丛里躺了三天三夜。这天早上，一个菜农下菜园收菜，发现河边躺着一团人样的东西，走近一看吓了一跳，是个衣衫褴褛的年轻人。菜农摸了摸他身上尚有一丝热量，鼻孔下气若游丝，就把他拖过桥，拖到河边他的毛竹棚里，喂下几口热水，马辰龙又活了过来。菜农是个孤身老人，一个人在四面漏风的毛竹棚里栖身，平时在荒地里种菜，每天一早下菜园子收菜拿到市集去卖，因此发现并救了垂死的马辰龙。马辰龙视老人为救命恩人，身体康复后，将老人的毛竹棚糊了墙，盖了瓦，屋子不再透风漏雨。老人心存感激，询问他从哪里来要到哪里去。马辰龙告诉老人，他从黄河边来，要去东海边寻找一位李姓善人。老人说上海这么大，仅凭半块金币想要找一个无名人氏，赛过大海里捞针。劝他打消这个念头。马辰龙只好作罢，毕竟生计要紧，寻人之事日后再做打算。老人见他会手艺，就留下他做伴，老人种菜，他从河里捞木材给人家搭房子，换口饭吃。

周家桥临江滨水，兼有陆路交通，多年以后百工麇集，日本人要在此开纱厂。此时老人已经过世，马辰龙毛遂自荐会泥水木工、会造房上梁，被纱厂招工录用，给工厂修建厂房。白天黑夜，除了睡觉的时候不在工作，其他时间都在木匠间操斧弄锯。某天一个恍惚，手中的斧子掉落，他脚上只穿一双脚趾头露在外面的草鞋，此时“啊呀”一声已来不及，斧子失手坠落，锋利而沉重的斧刃齐根剁断了他的大脚趾，顿时血流如注。他痛得龇牙咧嘴，却不敢出声，生怕被日本工头瞧见开除丢了饭碗，随手抓一把木屑灰撒在脚趾上，用刨花裹上，没事一样又干开了活，从此他便成了瘸子。后来马辰龙结识了大他一岁的工友王本华，两人以兄弟相称。王本华原本是一个穷苦的种地人，民国成立那年，还在四川乡下种地的他率先剪去发辫，立志要做真正的国民。没想到军阀混战，多年以后还是你打我我打你，天府之国沦为匪薮。他来到上海，和马辰龙同一年进入日本纱厂做工。后来两人一同考入中华书局学习印刷，又一起进入业余学校学习，一起加入共产党，一起受组织委派考取上海大学半工半读，又一起组织领导了二月罢工，直到大马路惨案发生。

李善仁听罢叹道：“孩子，这么多年来，你我同在上海，却无缘相见，要不是你吃了枪子，还不知何时才能相遇。所有巧合，都是老天安排好了的，真非虚妄。”李善仁心中生出无限感慨，想起赵大所说，当年他们离开岸滩以后，岸滩来了个方头大耳的阔面书生，原来这个书生就是金相玉。金相玉不会知道他并没有报官捉拿他，兵荒马乱之年，他要找个安全地方躲避，不是一件容易的事，真是无巧不成书，兜兜转转也来到岸滩“避难”。如此说来马辰龙就是仇人之子。然他又不愿真是这样，又问他母亲张氏是何方人氏。马辰龙不记得四岁之前的事，提到母亲更是百般摇头。李善仁见问不出什么来，只好作罢，自思这对奸夫淫妇作下的恶，知道来龙去脉的只有吴妈。如今看来，吴妈并未将家丑告诉赵大，心中稍觉安心。

李善仁满腹心事回到上房，将马辰龙的来龙去脉以及自己的猜测说给夫人听。夫人听了泪流满面说："倘若果真如此，也是金相玉命不该绝后。无论金相玉和二夫人做下了什么勾当，他们已遭灭顶之灾。孩子是无辜的，你看他吃了那么多苦头，遭受那么多磨难，若论天道轮回，因果不爽，现今业已报了。"李夫人真是如来悲心菩萨心肠，对什么人都可以原谅，又说："佛说因缘而来，孩子投胎到李家，绝非偶然，他生在李家就是李家的人。妾好几次见老爷白日里出神，知道老爷是在思念二夫人和龢儿，如今和龢儿不期而遇，真是天大的幸事。"

李善仁道："夫人所说真是无稽之谈！老夫怎会想她这个贱人！可如夫人所说，孩子是无辜的。他从小失去爹娘，遭了莫大的罪。如今千辛万苦回到李家，也是有缘。老夫想，也是老天报应。金相玉怎么会与强盗结下恩怨，引来杀身之祸？"

夫人道："这个事，恐怕只有马辰龙知道。可老爷是否想过，当初二夫人是肚中有喜出走的，恐怕他是老爷的孩子也不一定……"

李善仁被夫人这么一说，犹如醍醐灌顶，想起祥海临走时留下的话，转思其中必有蹊跷，说道："仔细想来，夫人所说也不是没有可能。如果他后脑也有后山骨……"

李夫人心领神会，点了点头说：“倘若果真如此，李家自辛丑以来所有的苦难都是值得的。”

“但是，想要证实他有否后山骨，也是件难事。”

“那还不简单，摸一摸便知。”

“他不是小孩了，要怎么才能摸到？早些日子趁他昏迷时，随你怎么摸，现在你一个妇人家怎么摸得到他后脑？难不成下迷药？”

“老爷真是说笑，妾身自有安排。”

“夫人切不可贸然行事，免得弄巧成拙，还是待海儿回家，叫他弄明白才好。”

可是李夫人心急，不待祥海回家，就迫不及待展开了行动。

翌日一早，李夫人来到马辰龙房里。马辰龙正靠在床上看报，见李夫人进屋，连忙欠起身问安。李夫人道：“孩子，自你来我家，没有一件像样的衣衫给你穿，随手拿海儿的，都是海儿未去上海时穿过的旧衣裳。你人高马大，比海儿还高，穿他的衣服不合身。如今你身体恢复得差不多了，将来还要干大事，穿成这样太不像话，今天特地请来裁缝师傅上门量尺寸，要给你做两套合身西服。”马辰龙天天看报，得知北伐军已占领杭州，先头部队白崇禧部也已推进至嘉兴，离上海近在咫尺，心想王本华一定会趁此大好时机再次策动起义。而自己却在李家躺着，王本华也无消息传来，他心急如焚，不甘心就这样躺着等待革命大潮来临。见李夫人这么说，正合他心思，他要主动出去寻找组织，和同志们并肩作战。他脱离组织数月，也应该以新面貌面对战友才对，便再三致谢，欣然应允。

李夫人先去约了阿毛,如此这般关照一番。太阳刚刚照进庭院，阿毛就来了，先去见过丈母娘吴妈，客套了一番，再来到马辰龙房中。马辰龙已拆了脸和脖子上的纱布，阿毛乍一见马辰龙病恹恹人模鬼样，心中着实吃了一惊。李夫人介绍说是祥海的同学，干活时磕破下巴，所以面目变形，如今缺件合身衣服。阿毛受惊于马辰龙的外貌，早将李夫人事先关照的事忘得一干二净，只记得给客人量身。马辰龙举起手臂，阿毛拿出竹尺在他身上比比划划，用粉笔在纸上记下只有他自己看得懂的数字和符号。阿毛量了胸围腰围、裤长袖长,最后来量他领口。马辰龙身高,阿毛人矮，阿毛绕到马辰龙背后，叫他稍微蹲下，拿一根细绳围住他的脖子，在细绳和颈脖之间插进两根指头试了松紧。刚要放手，李夫人见时机已到，在一旁不断以眉目示意，又比划一番，阿毛才反应过来，扯拉着细绳，不让马辰龙动弹，另一手朝他后脑摸去。马辰龙想要避让，却被细绳圈住颈脖子扯得几乎喘不过气来，感觉这位裁缝师傅不是来量尺寸而是来要他命的。阿毛兀自摸了一会儿，放了细绳，在竹尺上比量记下尺寸，收起纸笔说：“这几日倒是闲着，十日就可完工。”夫人说：“不急，出客衣裳要做得仔细些才好。”便取出衣料交到阿毛手上。阿毛接在手里抖开，检视一遍后叠起说：“好料子，做西装正合适，挺括。”

马辰龙一再拱手相谢：“烦劳师傅早日做成。”阿毛口称一定，随即告辞。李夫人送至门外问：“如何？”原来李夫人私下嘱咐阿毛，做衣服是幌子，主要是叫阿毛替她摸一摸客人的脑后有没有后山骨。刚才见阿毛在马辰龙后脑勺摸了又摸，猜想一定了如指掌了。没想到阿毛根本不知什么叫后山骨，这时说道：“客人发长且厚，摸不真切，不知夫人要的是哪一根骨？”

李夫人听了，差点晕过去，说道：“我看你摸了好久，怎么不真切？”

阿毛说：“初时确有摸到一根突如股后的尾骨，后来客人抬了头，再摸却是没了。”

李夫人叹了一口气说：“哎呀，你说摸到了，又说不真切，这可叫我犯难了，到底有还是没有，一定要弄确切才好。”

阿毛不明白，为何客人脑后有骨没骨如此重要，回家对娘子说知，娘子也是一脸茫然。

李夫人沮丧之余，心想叫别人摸，总归不确定，不如自己亲手摸一摸，方才踏实。回到上房，将此事告诉李善仁。李善仁自从得了风寒患上咳嗽，前日又跌了一跤，身体大不如前，旱烟都抽不下，这时还未起床，躺在床上喝茶，听了夫人的话，也是哭笑不得。说道：“机会难得，稍纵即逝，要亲手摸到恐怕难了，还是等祥海回来再说吧！”

李夫人不依，非要亲手摸一摸才肯罢休。次日一早，又来到马辰龙房里。马辰龙依旧在床上看报，李夫人凑上前去假模假样要察看他伤口。马辰龙说刚才牛老四替他换纱布时看过，两处都已收口结痂，不劳夫人，免得看到他没有下巴的鬼模样受惊吓晚上做噩梦。李夫人说，不看下巴，只看后脖子。说着，丢开矜持，张开双手就来抱他头颅。

马辰龙吃了一惊，连忙阻止道：“夫人请住手，让孩儿自己解开。”

李夫人反常的举止使马辰龙很是疑惑，不得不赶紧扯开脖子上的纱布下床来，转过身让李夫人察看，又担心李夫人近身扑来，扭头监视李夫人的一举一动。李夫人果然鬼鬼祟祟，举手摸他后脑。马辰龙连忙侧身避开说："不可！夫人是我长辈，长幼有序，学生岂可不遵礼法。夫人如此，学生将无地自容。夫人赶快请回，让人看见了耻笑。"李夫人自觉惭愧，悻悻然回到椅子上，坐了一会儿，又闲聊了几句，告辞回房。

李善仁得知如此这般，劝夫人罢手，待祥海回来，便可一探究竟，不然吓着人家可不好。李夫人不死心，到第三天晚上，趁马辰龙萎靡早睡，学那鼓上蚤时迁，悄悄溜进他房中，摸黑凑近床榻。听闻马辰龙鼾声起伏，心想此时正是绝好的机会，举纤纤玉手小心翼翼去解他脖子上的纱布。没想到马辰龙非常警惕，黑暗中突然醒来，见一条人影站立眼前，立马坐起，大喝一声："谁……"

李夫人心虚，被马辰龙猛然一喝，竟站立不稳，一屁股坐在地上，连声说"是我……"

马辰龙听见是女人的声音，睁眼见李夫人跌坐在地，思忖李夫人几次三番要接近自己，今天又摸黑进房，觉得十分蹊跷。李夫人秀外慧中德才兼备，是个虔诚的佛教徒，不至于不顾纲常伦理轻佻如此，李家其他人都十分友好，只有这李夫人行为怪异，李夫人到底对自己动了什么心思？百思不得其解。口中问道："夫人夜晚不睡，来晚辈房中做什么？"只见李夫人坐在地上"哼哼呀呀"起不来。马辰龙怕她跌痛了，便要下床搀扶，又怕李夫人趁机近身。正在两难之际，只听见李夫人"哎呀呀"叫道："为母从小就有夜游毛病，不知何以会身不由己来到孩儿房中，刚才听见一声叫喊，睁眼就在此了……"

马辰龙听李夫人如此说，便放心下床搀扶。马辰龙经过一番折腾，颈脖上的纱布已经松开滑落，李夫人见了，黑暗中两眼发亮，犹如夜猫子闻到鱼腥味，趁机靠上去伸手又要摸。这一下可把马辰龙吓得不轻，连忙推开她，正色道："夫人须要小心才好。我见夫人三番五次来晚辈房里，每次都是奇奇怪怪的，晚辈惊恐不已，以后夫人不要再来了，有事可以叫他人传话。恐怕有人看见徒生口舌。"说着就要点灯。

李夫人被马辰龙一顿抢白，惹得一身臊，心下懊恼不迭，脸红耳赤羞于见人，慌忙说道："不要点灯，我熟门熟路，自己走去。"灰溜溜踅回上房，没想黑暗中猛然撞上一个人，睁眼看时，原来是吴妈。吴妈最怕起夜，每一回都是一泡隔夜尿憋得不能再憋才咬咬牙起来上茅坑。昨夜喝了一大碗薄粥，半夜憋不住，没奈何，急吼吼抢出门来在廊下就将裤腰解了，没想迎面撞上一个人，吓得魂飞魄散，差一点放手将裤衩滑落。一见是李夫人，来不及系裤腰带，将裤腰折起向里掖了，来扶李夫人，却耐不住憋得慌，又受了惊吓，两腿间一松，裤衩就热了，憋了半夜的一泡陈年黄汤早淋了两腿。李夫人拍了拍胸口，喘了一口粗气，推说没事，自己走回上房。吴妈一愣一愣的，心想深更半夜，夫人从哪里去来？莫不是去了阿海房里？那房里现时睡的不是阿海而是客人马辰龙。她丈二和尚摸不着头脑，也不上茅坑了，天空黑黝黝的像罩了一口锅，伸手不见五指，就在廊下脱了裤衩，裤衩里是什么也不穿的，光屁股蹲在水沟上撒尽余尿，将裤衩拿在手里抖去汤水，待天明拿去灶头上烘燥。谁知那牛老四半夜听见廊下窸窸窣窣，这会儿起来查看。刚刚还被厚厚的乌云遮在后面的月亮现在爬了起来，像偷汉女人被捉奸在床的脸，一片惨白。它的回光照出整个厚德府的轮廓，刚刚能分辨出屋顶、屋檐和回廊。在这宁静而平淡的蜡光似的亮光下站着一个人，贴身的棉袄下一对奶子高耸，下身赤裸，手里拎一条玄黑的“招魂幡”对着月影抖动，披头散发的模样像是在念什么咒语，两条棒槌似的大腿白得刺眼。牛老四不禁打了个寒战，惊叫一声：“见鬼了！”倒退几步，转身就跑。没想身后的黑影也一声叫，“踢踢踏踏”地循声追来，吓得牛老四头也不敢回奔回房中，蒙头而睡。

李夫人回到房里，一桩心事没有达成，又气又恼和衣而睡。翌日，在李善仁面前也不提起，装作没事一样。

吴妈一早偷偷生火烧水，将湿裤衩拿去灶房拿热水煎过一煎，煎去臊味，再拿去灶膛烘干，一边要给老爷太太预备早膳，忙得不可开交，期盼牛老四起早来帮厨。可直至日上三竿，牛老四还窝在房里不起来。吴妈便走来牛老四屋外，将门敲得砰砰响，嘴里骂道：“贼你个老四，中了风半身不遂还是见鬼了，怎的太阳顶头照还不起来！”说着闯进屋来,见牛老四面朝下合扑在床,骂道：“要死的合扑困，要赶着去地狱咋地？”牛老四见吴妈骂骂咧咧进屋来，仍心有余悸道：“真的见鬼了！昨夜廊下遇着一个吊死鬼！”

“见你个大头鬼！那个是我！”

“啊？是你？昨夜廊下的是你？”

“是的，是我……”

“你咋半夜不睡呢……”

吴妈也不害臊，将昨夜遇见的怪事原原本本说给牛老四听，牛老四方才明白，原来是吴妈起夜。牛老四早就对吴妈心存邪念，这时用不可遏制的淫邪的目光在吴妈身上睃来睃去，吴妈浑然不知，和牛老四暗戳戳议论起主人来。一个说："看不出夫人如此一个虔诚信徒，想不到也是个风流骚妇。"一个说："不要瞎说，可能起夜。"一个又说："起夜难道要跑到儿子房里去？"一个说："可能是夜行，夫人是有夜行症的。"一个又说："乌云遮了月亮，可看不清了。"牛老四说着话，一对色眼不离吴妈左右，只见她棉袄下一对奶子宕到腰间，那是曾同时奶活三个婴孩的举世无双的奶子，仿佛一口永远喝不完的生命之泉。牛老四生出一种扑上去吃一口的荒唐的想法来，一边胡思乱想，一边拿眼乜她下身，见她两只裤脚管晃晃荡荡的，立时十分后悔，昨夜怎地不将这光屁股骚婆娘瞧个够，老天给的大好机会就这么错过了。转眼一想，她大冬天里面什么都不穿，跑到他房里来，难不成对自己也有意思？牛老四鳏了半世，此时贼火乍起，壮胆去吴妈裆里一摸，果然只穿单裤，里面没有棉裤，也没有亵裤。便使出吃奶的力气将她放倒在床铺上，伸手到她裆里一顿乱摸。又扒开她棉袄，埋头在她大如布袋软绵绵胀鼓鼓的白胖奶子上，下口就啃。吴妈吼了一声"好你个老色鬼……"挣扎了一会儿便瘫在床上不动了。忽听见院子里有人走动，是马辰龙在阳光下活动手脚。吴妈惊起欲抽身逃离，被牛老四抓回来摁在身下亲嘴，吴妈不敢喊叫，将头一顿乱摇。牛老四三下五除二脱了她裤衩，卯足了劲却进不去，只在外面磨蹭，弄得吴妈瘙痒难耐。忽听见院子里李夫人的声音叫唤牛老四，牛老四顿时泄了气，放开吴妈。吴妈抬起一脚踢在牛老四裆下，"腾"地从床上蹦起，骂道："没用的东西！弄得我麻痒麻痒的！"套上裤子，像鸭子似的摆着两只粗短的圆胖的手臂，摇摆着肥胖的身躯和硕大的后臀，出门朝灶房跑去。

牛老四喘着气，狂乱地追去。恰巧李夫人朝灶房来，要关照吴妈今日应该杀个鸡给马辰龙补身子。却见吴妈披头散发神情怪异地从牛老四房里奔出来，见了自己也不问早，一头钻进灶房。牛老四随后追来，见了李夫人，“扑通”跪倒在李夫人脚下，磕了一个响头说：“夫人，我要吴妈，我要和吴妈睡觉！”

李夫人吃了一惊，昨夜的事惊魂未定，现时又被牛老四突如其来一跪，没头没脑胡言乱语，吓得六神无主，呆立片刻说道：“你说啥？”

牛老四又磕了一个响头说：“夫人开恩，我要和吴妈结好，就是那个……睡觉！”

“怎么回事？你要和吴妈……”

“是的，我要和吴妈……结……结好……”

李夫人一时不知说什么才好。叫牛老四快快起来，免得被人看见笑话。心想吴妈丈夫弃家多年，前不久死于霍乱，家中女儿都已出嫁，她孤身一人在李家帮工，忠心耿耿从未有差池，要是再嫁未尝不可。只是这牛老四实在太唐突，不善言语倒也罢了，这么一跪更是鲁莽。便呵斥他道：“老四不得无礼，快快起来！”牛老四这才快快地爬起来。李夫人赶快撇了牛老四来到灶房，见吴妈大冬天的只穿单裤，脱了棉裤就着火口向火。心里就嘀咕起来，难不成刚才吴妈在牛老四房里……不好多想，也不问，只面面相觑。一个被吴妈撞见从马辰龙房里出来，心中有苦；一个被李夫人撞破好事，心里有鬼；一个羞于启齿，只顾低头向火；一个不便多问，寻话头告知吴妈杀个老母鸡炖汤。吴妈心中忐忑，面露愧色，唯唯诺诺应允着。

李夫人便回房将刚才一幕说与李善仁听，谁知李善仁戏谑而笑："这个牛老四……有种！老四为人忠厚老实，吴妈吃苦耐劳，两个都是多做少说的主，倒是般配。天要下雨娘要嫁，再正常不过了，不必笑话！老四的事是我疏忽了，现在他自己看中吴妈倒是件好事，是该合计合计了。"

"我看不用合计，他们两个都在一起了！"

"这个不可！明儿我去和老四说说，再怎么着，也该明媒正娶嘛！"

未等李善仁夫妇计议牛老四和吴妈的婚事，马辰龙却突然消失了。

马辰龙被李夫人几次三番侵扰，疑窦丛生，起初受不了李夫人看自己的眼神，后来觉得不但李夫人，李善仁看自己的眼光也开始怪异起来，不知李家有什么鬼心思，因此担惊受怕，不知哪天睡到半夜又会有一条鬼鬼祟祟的黑影扑上来。虽然祥海兄弟对自己有救命之恩，可不知他财主老爷太太安的什么心。害人之心不可有，防人之心不可无，还是小心为妙。从此睡觉不敢睡得太死，更怕见到李夫人，只等阿毛将衣服做好，即要离去。

李夫人黔驴技穷，李善仁也是无计可施。却不知祥海早已确认马辰龙是李家的人，自思马辰龙游子归宗，又躺在自己家里，重伤在身跑不到哪里去。待他伤愈，父亲病好以后再寻机告知，到那个时候阖家欢喜，举家同庆，实是幸事一桩。没想到十天后，马辰龙拿到阿毛做的新西装，立刻乔装打扮潜出广福，从此不知去向。

·第十篇·

父子相认

马辰龙走后，厚德府乱成一锅粥。李善仁责怪夫人做事太鲁莽，感慨无缘人终成陌路，由此卧床不起。李夫人自觉惭愧，将此事一五一十告诉祥海。祥海懊恼不已，因自己一时之念，致父亲错失爱子。事已至此，无法挽回，倘若现时再与父母说知，一定会加重父亲病情，考虑再三，还是将此事暂且瞒过，只说了一句："这样也好！"便不再言语。赵大得知马辰龙不辞而别，且马辰龙就是李祥龢，不禁愠怒地对祥海道："你早就知道马辰龙就是你大哥，却不早告诉老爷太太，安的什么心！如今老爷太太一定将他当仇人的儿子赶跑了！原以为你量大福大，原来是小肚鸡肠，竟容不下一个半残之人！"

赵大从吴妈处打听到李家辛丑年以来的遭遇，知道李家二奶奶怀抱婴儿时被管家拐走，从此不知下落。如今祥海确认马辰龙就是老爷的亲生儿子李祥龢，却欺三瞒四，以致流落在外的亲兄弟回归后又出走，害得老爷一病不起。因此愤愤不平，向祥海发泄心中的不满。

祥海等他说完了才说："马辰龙是我一父所生的大哥，我怎么会容不得他？你有所不知，即使二奶奶和管家私奔，父亲私下还是很留恋她。现在他突然知道马辰龙并非金相玉之子，而是他和二奶奶所生，如今儿子回归，二奶奶却死于非命，父亲哪里受得了？再说，父亲常以救人之难、容人之过为座右铭，即使马辰龙是仇人金相玉的儿子，父亲也不会为难他，况且仇人已不在了。马辰龙突然出走，肯定并非父亲待人不厚。”因此将李夫人三试马辰龙一事告诉赵大。

赵大听了，倍感郁闷，一时不能释怀，说道：“唉！要是我，早就告诉老爷太太了，让老爷太太高兴高兴，多好啊！”

“好是好，可父亲这么大年纪了，且有病在身，恐经受不起大喜大悲的刺激。父亲要是见到亲生儿子沦落天涯吃尽苦头，受尽磨难，至今落下终身残疾，他会痛不欲生。我怕他接受不了事实真相，徒生意外，才要缓一缓告诉他。”赵大这才明白祥海的良苦用心，前嫌尽释。

“一街两坊”竣工，法国人来钉门牌。一个小跟班刚要钉一号门牌，被祥海拦住，暗地里在他口袋里塞进一沓钱票，央求他不要钉一号门牌。小跟班说：“没有这样的事，不钉一号，难道从二号开始？这个忙恐怕帮不了，法国人那里糊弄不过去。”祥海说：“只要兄弟不作声，法国人那边我自有办法。”小跟班拿了好处便不作声，祥海会洋文，“叽里呱啦”跟法国人说了一通，法国人居然同意了，指着过街楼对小跟班说：“那个过街楼是一号，你可不可以爬上去钉门牌？”小跟班好生奇怪，不知祥海跟法国人说了什么，法国人居然要他从过街楼开始钉一号门牌。小跟班听话听音，立刻说：“不行，那要叫一辆消防车，升起云梯爬上去才钉得了。”法国人说:“那就从二号开始钉，这个过街楼不钉也是一号。”

“一街两坊”就此开张。这一天，祥海去印刷作坊印一些传单，出门却发现街头冷冷清清的和往常不一样，店家开门的少关门的多。心想，莫不是又要罢工？这时，赵大过来说：“要打仗了！”

祥海说：“怎么打起仗来了？”

赵大说：“传闻北伐军进军上海，要与洋人开战，洋人的兵舰也已开到黄浦江上，日本人还在虹口修建了兵营，要对付北伐军。现时外面的路恐怕都封了。”祥海听了甚觉意外。这时，一个报童口里呼着“号外”，一路奔跑，祥海急忙买报纸来看。报纸所刊却非赵大所说，而是共产党领导的总工会发表檄文，誓要收回租界。洋人增调大批士兵上街巡察，战事一触即发。祥海便吩咐赵大，今日车行不要出车了，酒行也只开一半门。到了午时，黄浦江上的汽笛声响了起来，自鸣钟也敲起了乱钟，一些工厂同时拉响汽笛，各种不同寻常的笛声混在一起，街上瞬间涌出无数工人，他们有的手里拿着武器，有的手拿棍棒。祥海吩咐赵大赶快将排门板上起，叫雇工不要外出：“看来又罢工了，这是第三次了，这一次不比前二次，你看工人手里有武器。”到了傍晚，电灯熄了，水也断了，南市方向不断传来枪炮声。祥海马上给花衣街福生打去电话询问情况。福生说：“听说工人占了电话局和兵营。”祥海听闻工人攻占了兵营，觉得这一次罢工非同小可，说不定要变天，连忙叫来老蔡，去隔壁饭铺备下饮食，以防打起仗来饿肚子。哪知饭铺不卖饭了，做好的饭统统装入饭笼送往南市。

这是一场奇怪的战事，南市那边巷子里战斗激烈，街头却热闹非凡，市民们纷纷上街看热闹。福生挂了电话，也要去城隍庙看热闹，刚出门，就有一队身穿电车公司工服的工人队伍冲过来，他们手举斧头、大刀，打头的举着长枪，率领队伍朝鄂王庙涌去。倏地，福生在队伍中发现了一个熟悉的身影，那人用围巾围起脖子连同下巴，举着手枪高声喊道：“同志们，我们的人已经攻下电话局、电报局，我们要尽快拿下警察局，跟我冲！”

福生仔细一看，那人不是马辰龙吗？只见马辰龙一马当先，带领工人朝鄂王庙冲去。很快，马辰龙就被工人们甩在后面，却仍然一瘸一拐地向前猛跑。福生赶快奔过去，想要和他说几句话，却被后续赶来的工人队伍冲撞得合扑倒地，等到他爬起来时，马辰龙早不见了人影。福生不甘心，站在街头翘首以望，巷子里传来激烈的枪声。没多久，警察局大楼一扇百叶窗打开，伸出一面白旗来，工人们呼叫着一拥而上。不一会儿，一个个手里都多了一件武器，有的手握短枪，有的肩挎长枪，从警察局里涌出来，掉头向江边进发。福生又见到了马辰龙，只见马辰龙领头高唱“打倒列强，打倒列强，除军阀，除军阀！国民革命成功，国民革命成功，齐欢唱，齐欢唱！”率领队伍浩浩荡荡往三山会馆方向走去。福生朝他使劲挥手，街上人山人海，都挥舞着手中旗帜，没有旗帜的拿矮凳、竹椅当旗帜挥舞，马辰龙哪里看得见他。再说他救助马辰龙时，马辰龙自始至终处于昏迷之中，并不认识福生，即使见到他冲着他大喊大叫也认为是市民中的一员而已。

福生连忙奔回花衣街，拨通摩登酒行的电话，激动地告诉祥海：“我看见辰龙兄弟了，他是工人领袖！”

祥海听了，激动地问道：“马辰龙在哪儿？在哪儿？”

福生把刚才街上所见告诉祥海，说马辰龙领着工人朝三山会馆去了。祥海一激动，放下电话，立马又抓起来，给广福厚德府打电话，没多想就告诉父亲说："福生看见我大哥辰龙了！"他忘了李善仁还不知道马辰龙就是他儿子。

李善仁在电话那边问："什么？谁是你大哥？"

祥海说："马辰龙，马辰龙是我大哥！"

李善仁："马辰龙是你大哥，他就是李祥龢？"

"是的，"祥海激动得语无伦次，"父亲，我早就知道马辰龙就是李祥龢，怕你一时接受不了。再说他还在家里养伤，跑不了，容日后慢慢跟你说知，谁知母亲心急，将他吓跑了！"

这无疑是平地一声惊雷，将李善仁惊得半天说不出话来，他呆立在原地，过了好一会儿才说："原来是这样！马辰龙不是金相玉的儿子？"就在电话里咳嗽起来，哆哆嗦嗦说道："你母亲也有怀疑，但不敢确定，所以想出这么个馊主意，偷鸡不着蚀把米。你怎么能够确定？"

"那一晚，阿大发现了他身上的半枚金币，又说起岸滩的事。岸滩发生的事，我听父亲说过，我想此人会不会与李家有关？我当时就摸了他的后脑，他脑后有后山骨！"

"当真？"

"当真！"

"你亲手摸过？"

"摸过！那时候他昏迷不醒，随我摸，果然和我一样。"

"你们都瞒着我……"李善仁猛烈地咳嗽起来，一边咳一边说道："马辰龙就是我的儿子……马辰龙就是李祥龢……他现在在哪？"

祥海听到父亲悲哀的言语，心中十分不安，平复一下愧疚的心情后，告诉他说："福生看见他在街上指挥打仗！"

李善仁"哦"了一声，没等他说话，李夫人在一旁说："快把他找回来，他的伤还没养好！"

祥海说："他在打仗，哪里拦得住。"

李善仁长叹一声："完了，这孩子革起命来不要命！"

"父亲不要着急。"祥海宽慰电话那头的父亲，"待孩儿去将他找回来。"

李善仁又咳嗽起来。祥海后悔自己太冲动，父亲病得很重，这个时候告诉他事情真相会雪上加霜，现在唯有找到马辰龙才能让父亲宽心。便叫来赵大，要他立刻去南市找福生，务必去三山会馆将马辰龙找回来。

赵大和福生有隙，这时无暇顾及，坐上老蔡的车就走。当老蔡飞快地将他拉到花衣街时，赵大却犹豫起来。他心里有阴影，怕遭到福生奚落，丢面子是小事，耽误了祥海所托事大，打听到三山会馆就在不远，立刻叫老蔡掉头朝三山会馆奔去，他要自己去找马辰龙。只一会儿，老蔡又把赵大拉到三山会馆门前。

三山会馆是一座闽南建筑，高大的门楼正中镌刻着"三山会馆"四个黑漆大字，两个戴袖章的卫兵把着大门。赵大让老蔡先回，他要去见一个人，老蔡应声离去。

赵大径直朝门楼里走去，被守门的工人卫兵挥手拦下。

卫兵大喝一声："站住！"

赵大说："我要找你们马指挥！"

卫兵问："你是谁？找马指挥何事？"

赵大答：“马指挥的父亲要找马指挥。”

守门的一听马指挥家人来访，连忙进去传达。此时马辰龙正在客堂里召集手下工人商议下一步战事。

“报告马指挥，门外有人来找，说是你的父亲找你……”

马辰龙好生奇怪。父亲在他九岁时就死于贼匪之手，怎么会在这紧要关头突然冒出个父亲来？

“将人带进来吧！”马辰龙说。

卫兵将赵大带进客堂。赵大在马辰龙养伤期间曾回广福看望过马辰龙，马辰龙知道赵大就是替他往三德里传纸条的那个人，此时见了，立刻展开双臂和他拥抱，说道：“好兄弟，你如何寻来此地？”

赵大拥抱着马辰龙，别有一番滋味在心头。彼时相助，马辰龙是路人，此时相见，马辰龙是李家亲人。在赵大心里，早就把自己当作李家的人了，此时真心替老爷高兴，论辈分，他还是马辰龙的大哥呢！不禁两眼噙着激动的泪花说道：“可找到你了，兄弟，你怎么不辞而别？”马辰龙说：“大哥，你知道我是组织的人，有任务在身，我是怕老人家不让我走，故而出此下策。”马辰龙说的一半是实话，一半是假话。他的伤未彻底痊愈，李家确实有可能不让他离开，但是真正的原因却是李夫人的“作祟”令他担惊受怕。这个缘由此刻在赵大面前难以说明白，因此他避而不说。

赵大却信以为真，感慨说道：“你这一走，可让李家鸡犬不宁了。你可知老爷是你亲生父亲吗？”

“什么？李家老爷是我亲生父亲？”马辰龙乍一听，不敢相信自己的耳朵，不由得吃惊地问道。

赵大长话短说：“千真万确，老爷就是你的亲生父亲，你摸一下自己后脑，有没有一块凸骨？”

马辰龙说：“有啊，不用摸，我从小就知道，睡觉要侧着睡，仰面睡硌着难受。”

马辰龙还未明白赵大说的话，就有人来报告，说队伍已集合，等待指令出发。马辰龙便将赵大送出客堂，来到藻井，在戏台前站停了说：“队伍马上就要出发，有些事等我回来再说。”说罢要走。赵大知道这时来找马辰龙实在不是好时机，连忙拣要紧的说：“等等……你记住了，老爷是你亲爹，祥海是你亲弟弟，你不姓马不姓秦，也不姓金，你姓李叫李祥龢，你要活着回来。你走后，老爷一病不起，老爷……不，父亲等着你回家！”

马辰龙听赵大说财主老爷是自己亲爹，救命恩人祥海是自己亲弟弟，不觉一脸的疑惑。赵大是信得过的人，不会瞎说，但他依然十分困惑，胡乱应了赵大，将围巾甩到脖子上，向工人们高呼一声：“出发！”四五十人手拿武器涌出大门，跳上一辆卡车。卡车满载着武装工人绝尘而去。

赵大目送着卡车消失在夜色中，正要离去，前面又来了一队人马。领头的是一位身穿军装的魁梧汉子，赵大见了十分面熟，待和他擦肩而过时，他突然想起来，他是岸滩水鬼老幺万中秀！连忙扯了他一把，惊呼道：“万老弟，是你吗？”旁边的卫兵立刻用枪杆子挡开，拉动枪栓大喝一声：“住手！退后！”被称为万老弟的军人惊异地站住脚，从上到下将赵大打量一番，突然高声叫了起来：“哎呀！原来是你，赵大牙啊！”赵大兴奋地在他肩上擂了一拳，道：“好小子，看你精神头十足，是发达了吧？”万中秀未及答话，卫兵把枪抵在赵大胸口上，厉声喝道："退后……你要干什么……"万中秀忙压下卫兵手中的枪说："这位是我老哥。妈的，你怎么会在这里！"说着也捣了赵大一拳，赵大又回敬他一掌："你还认得我？真是太高兴了！我是路过这里，进来看看福建朋友还在不在。"赵大见万中秀一身戎装，和马辰龙不是一路人，三山会馆是福建人建的，因此胡乱搪塞他一下。

万中秀道："妈的，你这张大嘴，烧成灰老子也认得！"

兄弟俩相见，你一拳我一拳地互擂，打够了，骂累了，这才走进客堂坐下说话。

原来，万中秀参加鄂州起义后和陈英文一同归入孙文麾下，随蒋介石北伐，因战功升任北伐军团长。北伐军进军河南时，部队哗变，反戈讨伐蒋介石。蒋介石被叛军围困，眼看将要落入叛军之手，留下万中秀对付叛军，自己逃之夭夭。万中秀退入嵩山少林寺拼死阻敌，叛军死伤无数。然叛军有三五万人马，万中秀只有区区万余人，最后兵败逃走。叛军一怒之下，放火烧了少林寺，大火烧了七七四十九天，将这座建于北魏的千年古刹烧得只剩下几根石柱。万中秀逃出生天后，收拢残部追上北伐军。蒋介石念他护主有功，给他补足兵员，编入二十六军，前不久进驻龙华执行秘密任务。

"这么说来，北伐军真的已经开到龙华了？"赵大问道。

万中秀得意地说："是的！二十六军一向神出鬼没，进军神速。"

赵大心想北伐军离上海近在咫尺，为何不一举拿下上海，却要任凭工人兄弟单打独斗，大为不解，大大咧咧问道："什么秘密任务？"

万中秀哈哈笑道："此话不该你问，然老哥并非道中人，告诉你也无妨。"然后神秘兮兮地告诉赵大："不瞒你说，只要工人起义成功，二十六军就接管上海，必要时解除工人武装。"

赵大大吃一惊，问道："同在一条战线上，为何工人兄弟胜利了，北伐军反而要对付工人兄弟？"

万中秀拍了拍赵大肩膀说："老哥，不该你问的事不要问，说实话我也不清楚。"转而问赵大："兄弟现今在哪里高就？"赵大答："我嘛，还是跟随主人做事。"万中秀道："老哥真是个讲义气的汉子，这么多年还是没变。"说完邀请赵大去他驻地做客。赵大以时间已晚推脱，搪塞一番后立刻离开三山会馆，急着要把这个不同寻常的消息告诉马辰龙，只好涎着脸皮回到花衣街来找福生，福生有汽车。福生听说北伐军要对工人动手，立刻开车带着赵大去找马辰龙，往马辰龙他们去的方向走了三五里路，不见有打仗的迹象，又返回三山会馆。天将拂晓，马辰龙率领工人兄弟凯旋而归。原来马辰龙他们是攻打高昌庙兵工厂去了。高昌庙是北洋军在上海的最后堡垒，马辰龙将这块硬骨头一举啃下，好不得意。只见他手臂扎着纱布，挂在脖子上，显然又负伤了，见赵大还在会馆等他，顾不得理会，一瘸一拐走到会议桌前，抓起电话汇报战果：华界内的敌人已全部肃清，北洋军阀在上海的统治宣告结束！众人欢呼。赵大乘隙上前，扯了一把马辰龙说："借一步说话。"马辰龙说："你怎的还没走？"赵大将马辰龙拉到一边，悄悄把北伐军要对工人兄弟动手的消息告诉他，马辰龙听了，大吃一惊，问："你是怎么知道的？"

"昨夜你带领队伍离开后，我在门口遇上万团长，是万团长亲口告诉我的。”

马辰龙疑惑地问：“万团长？哪个万团长？”

“北伐军万团长。”

“北伐军什么时候到了上海？你和他什么关系？”

赵大说：“万团长就是岸滩‘水鬼’老幺万中秀。”马辰龙听后，更加疑惑，问道：“听说水鬼兄弟参加了新军，都是一条战壕里的战士，想不到同室操戈来得这么快。这个万团恐怕来者不善。反动军阀刚刚赶走，民众政府还未成立就要变脸。事情紧迫，我得赶紧通知组织。”

赵大点了点头说：“叫福生开车送你。”

马辰龙问：“福生是谁？”

赵大说：“就是他开车送你去的广福。”马辰龙立刻高兴地说道：“原来是他，赶快领我去找他！”

赵大将马辰龙带到花衣街，找到福生。马辰龙见了福生，作揖相谢：“救命之恩没齿不忘。”福生说：“马兄弟不必多礼。今日突然造访，不会只是为了说一声谢恩吧？”赵大连忙将马辰龙需要用车的事说了。福生说：“车在外面停着，上车说话。”马辰龙跟随福生坐上汽车，无暇说别的，说了一声：“去永安里。”

天蒙蒙亮时，车来到永安里，在弄堂口停下，福生和赵大在车上坐等，马辰龙吊着一只臂膀，在晨雾中独自走进永安里。半个时辰之后，马辰龙回到车上，懊丧地对福生和赵大说：“消息来得太迟了！我们的汪主席已被敌人杀害，总指挥也被二十六军请去谈事，情况十分危急！”此时晨雾散去，天已大亮。马辰龙要福生开车去三德里，阻止王本华今天去参加抗议集会。三人赶到三德里，那里已人去楼空，王本华半夜就离开了。

王本华得知汪主席被敌人杀害，当夜集合起十多万工人群众，天一亮就前往闸北一所体育场集会。接到密令的万中秀，早已领兵提前埋伏在体育场的周围。当王本华率十多万工人群众走出体育场，从小马路拐到大马路上时，万中秀已等候多时。

他在斑斑驳驳长满青苔的墙上猛力拍了一下，朝弄堂外一劈："全体行动！"埋伏在小巷矮屋里的士兵蜂拥而出，端起机关枪向抗议群众疯狂扫射。集会群众纷纷中弹倒下，队伍顿时大乱。但撤退为时已晚，王本华死于这场血腥的大屠杀。

轰轰烈烈的大革命失败了。

三个月后的一个早晨，空气中没有一丝风吹过，天气闷热难耐。十六浦沿江码头,停满了木质的渔船和货运铁壳船,桅杆林立。放艞板的和收艞板的，"乒乒乓乓"震天响，似杂乱无章又有条不紊，渔民们忙碌着将渔船上的水产品搬运到码头上，过秤、售卖，码头上弥漫着鱼腥味，铁壳货船鸣响汽笛准备进港或离港。汽笛长鸣，一艘来自汉口的长江客轮经过两天两夜的航行缓缓靠上供客船专用的钢质浮桥码头。金属铁链在移动，铁门互相撞击，发出"丁零当啷"的刺耳声响，船靠岸了。船上的乘客如同等到放风的囚徒一般，涌出船舱，走上浮桥。一位头戴礼帽、身穿西装手拎皮箱的中年男子，警惕地打量四周，随人流走上浮桥，他是接替王本华委员长职务的方宗明。

出了码头，他左右望了望，一手提皮箱、一手拿一份报纸，将报纸名称卷在外面，举起报纸挡在额头上，朝路边高高矗立的那座身上有三段红砖镶嵌、远远望去非常醒目的气象塔走去。一辆黄包车停在塔下，一位头戴白色礼帽、鼻梁上架墨镜的男子斜靠着黄包车，手拿一柄时髦的黑折扇遮在下巴上，在刺眼的阳光下不时漫不经心地朝码头瞄一眼，用目光巡睃着从浮桥上走来的人。他不是别人，正是祥海要寻找的马辰龙。

闸北惨案发生之后，马辰龙在花衣街沈宅躲了几日，后来转移到周家桥滚地龙藏身，等待组织指示。今天他得到组织指令，要在这里和上级派来的新委员长方宗明接头。

上海的热比汉口毫不逊色，和密不透风的船舱差不了多少，方宗明一下船就如掉入蒸笼，出了码头已汗流浃背，挡在额头上的报纸已被汗水沾湿，他又不敢放下，这是他们约定的接头标志。马辰龙在远处，一眼就看见了他报纸上《民国日报》四个字，便走过来搭讪道："汉口来的李先生吗？"

方宗明答道："是张先生。"

马辰龙说："哦，是我搞错了。我是国旅马办，来接张先生去旅馆的。"

方宗明向马辰龙左边胸口上的一枚国旅徽章扫过去，暗号丝毫不差，便一声不响地跟随马辰龙坐上黄包车来到六国饭店。

进了房间,方宗明把《民国日报》的"民"字朝外放在桌子上，这样才算真正接上了头。

"同志，欢迎你的到来！"马辰龙说。

"马辰龙同志，我是来传达汉口会议精神的，需要一个安全的地方开会。"

方宗明简略介绍了一下自四一二之后，全国形势风云突变，武汉和上海一样，街上到处捕人、杀人，现在各自为政，工作很难开展，想要找一个安全的地方开会很不容易，能和马辰龙接上头，真是幸运。

马辰龙想了想，说有一个地方很安全。

“是哪里？”方宗明问。

“城里，一个大资本家的府邸，我曾在那里躲过敌人的搜捕。”

方宗明说：“他是革命的同路人吗？”马辰龙说：“是的，他救过我的命。”“很好，大资产阶级府邸是很好的掩护，请你马上落实一下，情况很紧急。”

马辰龙来到总台给花衣街沈宅打电话。接电话的正是福生，因马辰龙下巴缺失，说话不利索，福生一听就知道是马辰龙的声音。马辰龙话不多说，询问福生是否方便，半个时辰后，他要去沈宅找他。福生在电话那一头高兴得跳了起来，忙说：“没事，今天雇工在家的不多，等会儿都打发他们出去办事。”

马辰龙说：“不要惊动他们，我和你碰了面再说。”

半个时辰后，马辰龙身穿短衫、短裤，戴礼帽、墨镜，活脱脱像一个流氓大亨手下的打手，手中举一把折扇，遮在下巴上，一瘸一拐地从花衣街走来。这一带是靠贩卖烟土起家的黑帮老大的地盘，他如此打扮就不会引起麻烦。

“马兄！”福生佯装收拾停在家门口的别克小汽车，在车上坐等马辰龙的到来，这时见了，连忙钻出汽车招呼。

马辰龙四处张望了一下走向前来，握住他手臂低声嘱咐道：“不要张扬，不进屋了，就在车上说话。”福生和马辰龙，一个坐进驾驶室，一个钻进后座。马辰龙说：“我们要在你家里开会，是否安全？”

福生不假思索地答道："我这里地处闹市，人多眼杂，不安全。最安全的地方莫过于广福乡下，要不然怎么不送你去城里大医院，要送你去乡下治病？"

马辰龙一拍大腿说道："我怎么没想到！"他原本可以想到，但是他怕回到广福，这时经福生一说，想起赵大说的话，又极想回去了。问福生道："你可知李老爷是我的亲生父亲？"

福生听了大吃一惊，问马辰龙此话从何而来？马辰龙就将赵大说的话告诉福生，福生惊喜地说："赵大不会瞎说，恐怕真有此事！"马辰龙点了点头说："那就去广福。"

"走水路还是陆路？"

"哪路安全走哪路。但是走陆路要再叫一辆车，我们人多，一辆车坐不下。"

福生问，有几个人？

马辰龙说，五六个。

"那就走水路，船就停在我家后院。水路安全，没有关卡，但是路途时间长一些。"

"决定走水路。"马辰龙说，"明日午时，人员五六位，你要亲自撑船。"

福生说："我不会撑船，赵大会。"

马辰龙立刻说："行，叫上赵大，我还要问他话呢！"

福生又说："还有祥海。自从你走了以后，祥海天天念叨你，原来你们是亲兄弟。你来无踪去无影，在外漂泊，这一次天赐良机，你们可以再次相聚。"

马辰龙说："去广福，没有祥海兄弟不行，当然要叫上他！"

福生说："他们两个经常坐我家的船来往于广福，不会引起怀疑。等他来了，你所有的疑问可以当面问个明白。"

马辰龙点了点头，叮嘱福生："就这么定了！此事须绝对保密，不能告诉任何人。"

第二天午时，马辰龙准时出现在沈宅后院，福生和祥海、赵大已在船上等候。祥海见了马辰龙，上前和他紧紧相拥，热泪盈眶道："我的大哥，我以为再也见不到你了，你这家伙太拼命。"

马辰龙再见到祥海十分激动，拍着祥海的肩膀说："兄弟，见到你可真好，你舍命救我，我还没报答你，不能这么快就死。"然后又和赵大拥抱，趁机问赵大："那天你对我说，李家老爷是我的亲生父亲，现在祥海兄弟也在，这是怎么回事？"

赵大说："老爷就是你亲生父亲！那天你正忙着革命，本不应该说这事，但是我想万一你突然死了，连自己是谁的儿子都不知道，那就太对不起你了，所以不合时宜也要告诉你。谁知你一心革命，不放在心上。现在祥海兄弟在，让他跟你说！"

马辰龙对两人拱了拱手说："虽投身革命绝不敢背宗忘祖，多有怠慢，还请谅解！"

"你的小名叫祥龢，是我同父异母的大哥！"祥海说，"你养父眉梢有一块疤痕是不是？他叫金相玉，是爱新觉罗的后裔，他不能生育，你不可能是他的儿子。你生母原是李家二奶奶，你是我父亲和二奶奶所生。"祥海重新见到马辰龙，似乎想要弥补自己以前遮遮掩掩带来的过失，因此将复杂的往事如竹筒倒豆子般一股脑儿倒了出来。

马辰龙听了半信半疑道："我父亲，不，我养父是爱新觉罗后代？”

赵大在一旁说：“千真万确！那是你师傅马木匠告诉我的。金相玉和你师傅有过往，他酒后吐真言，亲口对马木匠说的。”

马辰龙道：“我不敢相信，这都是真的？！”

福生静静听罢，打心眼里为祥海兄弟相认高兴，说道：“世界上还真有这么巧的事，果然不是一家人不上一条船，无缘相见不相识，有缘千里来相会，你们原来都是一家人，这是包笑天写话本都不敢这么写的事，太好了！”

祥海见马辰龙将信将疑，就又对马辰龙说：“李家有个独一无二的遗传标志，后脑勺都有一根后山骨。父亲的祖辈有，我有，父亲有，你也有，你若不信，摸一下看看。我是已经摸过你的，要是没有这根骨头，亲兄弟相见还不定能相识。”

马辰龙奇怪地问：“你什么时候摸过我？”

祥海笑道：“你忘了你死人一样昏了三天？”

马辰龙恍然大悟道：“怪不得夫人几次三番要摸我后脑勺，原来是这样！”说完去摸自己后脑说：“我知道我有，在纱厂时就被管工骂过：脑后的反骨跟你爹一样！此话就是说这根骨头是遗传的，那时候我就想我爹脑后可没有这根骨头。不过还是要摸一下，要是被子弹打没了可就认不了宗了！”说着摸了摸自己后脑，说：“还好，还在！”一旁的福生忍不住笑了起来，说：“别动，让我也摸一下。”说着也去他脑后摸了摸，惊呼道：“真有呀！”

赵大说：“其实不用摸，看你们俩的四方额头，简直是一只模子里刻出来的。你昏死在酒行的那晚我就发现了！”

马辰龙对着祥海望了望说：“可是他有下巴，我没有。”马辰龙乐观的话语，把祥海他们都逗笑了，祥海说："大哥，你从岸滩走了后，这么多年又去了哪里？"

"我早就到了上海，说起来冥冥之中是来找父亲的。说来话长，以后慢慢细说。今天我回家第一件事就是要向爹请罪，我的不辞而别害他担忧，还要请母亲原谅，我错怪她了，我还要回家报恩呢。"

"说得好听！爹说得对，你连命都不要，还想着回家？你不告而别使父亲一病不起，今天你回家，父亲的病必然就会好了。但不可让父亲过于激动，我怕他衰弱的心脏经受不起。"

马辰龙问祥海："那么，我的亲生母亲是谁？"

祥海道："你的亲生母亲就是李家二奶奶，我母亲是大奶奶。父亲和母亲一直念叨着二奶奶。"

马辰龙点了点头说："明白了。"

祥海问马辰龙："如今二奶奶在哪里？"

马辰龙摇了摇头道："过世了……"

祥海"啊"了一声，再要问什么，马辰龙痛苦地说了一句，"母亲死于非命……"说着，强忍眼泪再次和祥海、福生、赵大一一拥抱。"过去的事就别提了……"赵大说："对，过去的事就让它过去吧……你这不要命的小子，也不看看街上，到处张贴着你这人模鬼样的通缉令，你还敢大摇大摆在街上走。从家里逃走以后又去了哪里？"马辰龙微笑着说："先不说这个。"然后朝马路对面招了招手。在小贩前买香烟的、坐在凳子上擦皮鞋的、背着墙角点烟的、蹲下身系鞋带的、站在街边喝汽水的五个男子，立马围拢朝小码头走来。

一伙人上了船，赵大捡起搁在船板上晾晒的竹竿，立刻撑竿行船。一起上船的都是幸存的特委会成员，和赵大在三德里照过面，因此认识赵大，都要来和赵大握手。赵大撑一篙握一下，一个个握过，最后轮到方宗明。方宗明说："赵同志，辛苦了！"赵大打趣道："我的同志何其多！"方宗明问："此话怎讲？"赵大说："革命党称我为同志，国民党、共产党也都叫我同志，是不是同志很多？"方宗明笑了："你很会说笑，不过隐含的道理很深。我们今天就要做个了断，分清谁是同志，谁是敌人。"赵大一边摇橹，一边上下打量方宗明，觉得十分面熟，似有所悟问方宗明："兄弟哪里人？以前是做什么的？"方宗明说："本人祖籍河南，以前的职业是黄河边的'水鬼'。"

赵大听了后说："这就对了！"

方宗明奇怪地问："什么对了？"

赵大兴奋地说："你是岸滩五兄弟的老二！"方宗明诧异地望着赵大，似乎也有些眼熟，于是问道："请问你是？"赵大说："你先说，你是不是方宗明兄弟？"这时，马辰龙插话说："他就是方宗明，难道赵大哥认识他？"赵大听了，停止撑篙，擂了方宗明一拳说："兄弟，果真是你！"方宗明见赵大直呼出他的姓名，望着赵大翕翕而动的大嘴，此刻也想了起来，说："好一个赵大牙，原来是你！你这一口大牙独一无二，我怎么刚才没认出你！"赵大一边撑篙一边答道："正是我赵大牙。"又问方宗明："你不是去鄂州从军了嘛，怎么也来了上海？"方宗明说："说来话长，总之是革命的路将我们连在了一起。"赵大点头称是，赶快叫过马辰龙："辰龙，他就是'水鬼'老二。"马辰龙站在船头插不上嘴，但已在一旁听得明白，上前一把揪住方宗明说："我听铁头大叔说起过你们兄弟，可你没跟同志们坦白过你是'水鬼'，该当何罪！"

昔日岸滩旧友，有一半都在这条船上，彼此相认，说有多高兴就有多高兴，不觉说话声高了起来。方宗明将连忙手指放在嘴唇上说道："嘘，小声。"大伙这才安静。

船七绕八弯转出弯弯曲曲的小河，进入肇嘉浜，赵大才开始摇橹，想起铁头的惨死，他悄悄告诉方宗明："你们走了后不久，铁头老大就被贼匪劫杀了。"没想到方宗明说："我知道。"赵大吃惊地问他："你是怎么知道的？"方宗明告诉他，他们参军以后也回过岸滩探访铁头老大，得知铁头已死于贼手，兄弟们一合计就将铁头老大的仇给报了。赵大惊得合不拢嘴，问："你们怎么报的仇？莫非是你们端了清风寨贼窝？"方宗明点了点头，将他们去清风寨复仇一事和盘托出。祥海惊呼道："报上说官军出手荡平了清风寨，原来是你们干的！"赵大道："你们救了铁头媳妇没有？"方宗明道："救了，铁头媳妇在清风寨做了压寨夫人。我们将铁头媳妇解救出来后，她要寻死。我们要回军营销假，不得已将她送回娘家。不知现时是死是活。"赵大说："我回过岸滩，马木匠告诉我，铁头媳妇娘家容不下她曾入过贼窝做过贼夫人，她还是自杀了。"方宗明听了，一声叹息道："可怜的铁头媳妇！你回去过岸滩，可知清风寨强盗为何和岸滩有仇？"赵大摇了摇头，马辰龙说道："我知道。""对了，"赵大突然想起什么来，说："这个事情马兄弟应该知道，马兄弟是后来才来的岸滩。"

马辰龙说，清风寨强盗是冲着他养父金相玉来的。他生母，也就是李家二奶奶，死在清风寨强盗手上。祥海连忙问他，二奶奶怎么会死在清风寨强盗手上？可怕的童年往事，偏僻山村悲惨的血案，一幕幕浮现在马辰龙的眼前。他说："我们一家四口，养父、我、母亲和姥姥，都曾被清风寨强盗掳上山，养父还做过清风寨二大王，养父为了母亲才与清风寨强盗结下冤仇，引来贼匪仇杀。我目睹了母亲和姥姥的死，太惨了。"说罢叹了一口气对方宗明说："谢谢你替我报了家仇，岸滩遭劫难与我养父金相玉有关，以至于连累了铁头大叔和大婶。以前的事，养父从未对我说起过。总之他的一生也是坎坷的，无论他做了什么，过去的事就让它过去吧！"祥海在一旁听得明白，原来金相玉和二奶奶都曾被掳上清风寨。而马辰龙闭口不说生母是怎么死的，想必生母的死是他心头之痛，也就不再问。这时候赵大说："听老爷说，金相玉可能是惹恼了贼匪，贼匪恼怒他一把火将李家大院烧得太干净，因此穷追不舍。现在看来，并不是这样。"

"来！"祥海打断赵大的话，把马辰龙拉到赵大面前，"阿大是父亲的义子，也就是你大哥！"马辰龙叫了一声大哥，"谢谢你救了我的命！"

此时，船驶入娄水河，河面变得开阔，两岸的垂柳随着晚风轻轻飘荡。太阳还没有下山，月亮已经升起，银色的月光洒向暗绿色的河面。淡淡的月色倒映在流动的水面上，随着水流波动，在晚霞下变成一条波光粼粼的银色绸带。赵大轻轻摇橹，船顺风顺水，在河中稳稳地行进，在船尾形成一条平稳狭长的水流，慢慢地、缓慢地扩散开去。

方宗明站在船头，一缕微风拂过脸面，带着一丝暖意。他仰望天空，天空纯净湛蓝，透着一丝光亮。他颇有感慨地对赵大说：

“也是这么一个夜晚，在岸滩听你讲述京城的事，那个时候我的内心一片躁动，你的故事使我看到了水鬼兄弟的希望，使我领悟到，穷苦人民只有起来革命才能彻底改变命运这个道理。”

赵大说：“其实我都是照搬林兄说过的话，想不到却说动了你们，真是有心栽花花不发，无心栽柳柳成荫啊！”

方宗明说：“是啊！我从一个斗大的字不识一个的睁眼瞎，到现在成为一个大学生，从受到林前辈感召遵奉孙主义到现在信仰马主义，一路走来，只有现在才真正是为劳苦大众而奋斗。逝者如斯夫，除非战胜黑暗，否则没有光明。我们前赴后继，就像大象脚下的蚂蚁，并非我们英勇，而是别无选择。”说着，拍了拍赵大的肩膀，“我们的民众还太弱，犹如一盘散沙，但更多的民众正在觉悟，正在团结，正在奋起。”说着返身进入船舱，对马辰龙说：“我们开会吧！船上甚好，不要等到广福了。”马辰龙点头说好，便把大家召集在一起，分两边在船舱内坐下。方宗明说：“现时河面开阔，河水已经一片漆黑，是极好的掩护，现在就开会。”大家一致同意。方宗明清了清嗓子说：“诸位，此次上级委派我来传达汉口会议精神。”他顿了顿，看了众人一眼，“轰轰烈烈的大革命失败了，罪魁祸首是以蒋介石为首的国民党反动派！这次汉口会议解决了两个问题……”

薄暮时分，天空呈现出一片蓝色，白昼和黄昏正在交替，看起来很美。祥海和福生坐在舱板上，眼望远处一朵随时都会被风吹散的孤零零的彩云窃窃私语。船舱里一会儿传来掌声，一会儿传出争吵声。最后，会议在全体举手表决后结束。此时已月上柳梢。大家都知道方宗明参加过民国元年鄂州首义，要他谈谈接下来的武装起义和鄂州首义的异同。方宗明说，不可同日而语，水鬼兄弟在大革命中一个个牺牲，起义，失败，再起义再失败，都是因为没有自己的军队。这一次是党独立组织的武装起义，计划周全，不像鄂州那会儿，来自不同的力量，目标各不相同，以至于各种意外，导致仓促应战、仓促失败。

接着是马辰龙在说话，用他那含混不清的声音说："这是要向国民党反动派打响武装反抗的第一枪……"

生存之路

下册

程介平 著

天津出版传媒集团
百花文艺出版社

图书在版编目（CIP）数据

生存之路．下册 / 程介平著．-- 天津 : 百花文艺出版社，2024.6

ISBN 978-7-5306-8729-1

Ⅰ．①生… Ⅱ．①程… Ⅲ．①长篇小说－中国－当代 Ⅳ．①I247.5

中国国家版本馆 CIP 数据核字（2024）第 088880 号

生存之路 下册

SHENGCUN ZHI LU XIACE

程介平 著

出 版 人：薛印胜　　**责任编辑**：张　雪

装帧设计：任　彤　刘昌凤　**特约编辑**：韩玉龙

出版发行：百花文艺出版社

地址：天津市和平区西康路 35 号　**邮编**：300051

电话传真：+86-22-23332651（发行部）

+86-22-23332656（总编室）

+86-22-23332478（邮购部）

网址：http://www.baihuawenyi.com

印刷：三河市元兴印务有限公司

开本：880 毫米 ×1230 毫米　1/32

字数：210 千字

印张：9.25

版次：2024 年 6 月第 1 版

印次：2024 年 6 月第 1 次印刷

定价：128.00 元（全二册）

如有印装质量问题，请与三河市元兴印务有限公司联系调换

地址：河北省廊坊市三河市黄土庄镇尚庄子村

电话：0316-3180002

邮编：072750

·第一篇·

战争爆发

群星的倒影在昏暗的流水中晃晃悠悠，月亮在天空中若隐若现，船在月光下抵达广福。一行人在十字桥下了船，趁着月色悄悄潜入厚德府。祥海领路，将众人引进客堂，在廊下撞上家丁牛老四。牛老四见黑咕隆咚地来了这么多人，刚要掌灯，被祥海阻止，叫去灶房打一锅饭来。牛老四从未见少爷这么晚回家，回家就要饭吃，有点丈二和尚摸不着头脑。他从来不管厨房里的事，便到吴妈房里唤吴妈。吴妈已歇下，他刚踏进门就被吴妈呵斥道："贼老四，刚刚去，一瞬儿又来，还没吃饱？死开！老娘困了，不要再来纠缠老娘！"

牛老四缩了头道："少爷回来了，要吃饭哩！"

吴妈一听祥海回来了，连忙穿衣起来。

"贼你个老四！咋不一进来就告诉我呢！"

牛老四说："我还没来得及开口说话，你就叫我滚开！我还能说什么？我就这么讨你嫌嘛！"

吴妈给了他一个白愣眼，道："甭废话！少爷还没吃饭？"

"没吃饭，叫打一锅子饭。"

“一锅子饭？来了几个人？你怎的凭般不利索，说一句藏一句的？你说我要不要嫌鄙你！点灯……”吴妈急急说道，披衣朝灶房走去。

牛老四跟在吴妈屁股后面说：“不让掌灯，只见堂前黑湫湫一溜人，恐怕来了不少！”

吴妈听说来了不少人，还不让掌灯，心想少爷连夜回家，一定有要紧的事。赶快摸黑来到灶房，就要生火热饭。牛老四说：“灯都不让点，还让半夜冒烟？”吴妈嘟囔着道：“难不成让少爷吃冷饭头？”牛老四说：“不管了，少爷急着要饭吃！”“你才要饭哩，会不会说话！”吴妈说着，叫牛老四连锅端去，自己端了剩菜和碗筷，跟随牛老四一脚高一脚低来到客堂。月光下见客堂里黑戳戳站满了人，连忙将碗筷剩菜放于八仙桌上，招呼大家吃饭。牛老四将饭锅置于地上，大家就地盛饭，站着吃饭。

吴妈看着皱眉头，这冷饭冷菜怎么吃得？埋怨祥海道：“回家也不告诉一声，家里又不是没有电话。还好今日烧多了，吃剩的饭菜天明要掺和秸秆给猪吃。”

祥海望了望吴妈，停下筷子说：“即便是这样，你可以不说吗？”

吴妈自己掌嘴说：“看我这多舌婆，不说了，不说了。”说着走回灶房。牛老四暗笑吴妈：“你不也是不会说话嘛！”众人都笑，胡乱吃了。方宗明吩咐大家就在客堂里席地歇下，天亮回城。

祥海放下饭碗，来到方宗明跟前说：“是否见一见家父？”方宗明说：“我正是这个意思，李先生于我兄弟恩重如山，不然兄弟我早就浮尸黄河了。更重要的是要让马兄弟认下亲生父亲，这也是要紧的事。”说罢和马辰龙一起去上房见李善仁。

李善仁吃罢晚饭，因咳嗽不止，睡不踏实，这会儿半躺在太师椅上，一会儿睡着一会儿醒来。这会儿醒来，见夜色已深，待要起身回房，听见前面人声嘈杂，正要叫人去查看，却见祥海打着灯笼引人来到，黑暗中听见一个从鼻腔里发出来的声音叫了一声："阿爹！"李善仁听着耳熟，却不是祥海的声音，连忙起身抢过祥海手中灯笼，朝声音处一照，看得分明，是少了半个下巴的马辰龙。李善仁呆立许久，喃喃自语："你叫我什么？"马辰龙跪地磕头："阿爹，我是你的龢儿，请受我一拜！"李善仁瞬间老泪纵横："祥龢我儿，你，你终于来了，听说你去打仗了，你还没死真是奇迹……快起来，快起来！"

马辰龙起身拉过李善仁的手，放在自己脸上："阿爹，来摸摸，我死不了，等到革命成功，孩儿还要给你尽孝呢！"

"龢儿，你什么都知道了？"

"阿爹，孩儿都知道了。"

"知道了就好……来，让我摸摸。"李善仁捧起马辰龙的脸，颤颤巍巍地一通乱摸，说道："这么多年你是怎么过来的，让为父仔细瞧瞧……"说着，嫌灯火太暗。马辰龙从方宗明手中拿过灯笼，照着自己说："阿爹你看，我好着呢！"李善仁边抚摸他的肩膀、身子、脸蛋，边说："我没有老眼昏花吧？你怎么如此打扮，像个地痞。"

马辰龙说："人不可貌相，你看我们这些人，个个都是'表里不一'，倘若内外一致，性命就没了。"李善仁点了点头，见他身后黑戳戳还跟着好些人，便拿灯笼照去，见来人个个都打扮得像道上的人。原来同志们并未歇息，都跟来了。

李善仁脸上终于有了笑容，道："说得是，说得是，快进屋，让你母亲瞧瞧。"随后吩咐祥海道："吴妈呢？快叫吴妈招待客人！"吴妈从人堆里钻出来说："老爷吩咐，我在这儿呢！"这时，李夫人从屋里出来，猛一见马辰龙，惊得如一截木头般直愣愣戳在地上，两眼直勾勾望着马辰龙，一时间说不出话来。李善仁举手在她眼前晃了晃说："孩子他娘，龢儿回来了。"李夫人这才回过神来，自言自语道："我以为再也见不着我龢儿了！"说着走到马辰龙面前，又问："真是龢儿？"马辰龙答道："真是孩儿，孩儿不孝，多有不敬，请受孩儿一拜。"说着就要下跪，被李善仁拖住："不兴跪，不兴跪。"李夫人赶忙扶起马辰龙，上上下下打量一番，像是少看一眼他就要飞走似的，叹了一口气摇了摇头道："龢儿，你受苦了！"千愁万绪涌上心头，再也忍不住，摇着头，两行热泪滚滚而下。

马辰龙也不禁热泪盈眶，说："母亲，我错怪你了，孩儿不辞而别，害父母伤心！"母子俩抱头痛哭，这一幕催人泪下，众人无不心酸。一边的方宗明想要拜见李善仁夫妇，又不忍心打断他们母子相认，只能垂手站立。祥海他们更是插不上嘴。李夫人一边呜咽一边说："你走的时候才满月，热水瓶那么大一个，如今人高马大，也有二十七岁了吧？看你流浪在外，无有归宿，吃了多少苦头，真乃父母心头之痛……孩儿，不要再玩命了，回家吧！"

马辰龙忍住眼泪，道："母亲，孩儿正是二十七岁。母亲放心，孩儿虽然离家革命，但生是李家的人死是李家的鬼。母亲不用担心，我不会死，革命一定会成功，到时候孩儿荣光回家，再来孝敬父母。如今孩儿不得不舍小家为大家，请母亲原谅！”

李善仁插话说：“你一心干革命，为父阻止不了你，但是无论你成功不成功，为父都要你活着回家。”

马辰龙点点头说：“孩儿谨记教诲。”

时间已近半夜，方宗明提过灯笼，上前向李善仁夫妇问好：“义父、义母，还记得我否？”说着，拿灯笼在自己面前照了照。李夫人一眼认出，不觉惊叫：“这不是老二吗？你怎么也来了？”

李善仁听夫人口称“老二”，夫人只有称岸滩方宗明为“老二”，眼前的汉子难道是水鬼兄弟方宗明？连忙将方宗明拉到自己跟前，几乎脸贴了脸看了又看：“啊，真是老二，真是老二！你们不是参军去了吗？”方宗明说：“恩人，真是我方宗明，是参军去了。说来话长！”

李善仁连忙呼喊吴妈：“吴妈，赶快招呼客人。”吴妈踅近来一看，认得是岸滩老二，立刻兴奋地叫唤牛老四：“老四，老四，快来看谁来了……”赵大连忙拖住她说：“姨娘小声，去端茶来，我们慢慢说话。”

夜已深沉，白日的燥热一扫而光。吴妈端来茶水，众人济济一堂，坐了一圈。方宗明请其他各位同志都来见过李善仁夫妇，然后将自己带领水鬼兄弟离开岸滩，去鄂州从军后的经历娓娓道来。

“今天，为了一个共同的目标，我和马兄弟走到了一起，想不到都是从岸滩来的。”然后和马辰龙恭恭敬敬来到李善仁夫妇面前，说道：“感谢义父、义母，为革命生养了一个优秀战士，也请两老原谅马兄弟不能在你们身边尽孝，难以报答养育之恩。自古忠孝不能两全，还请两老原谅。”

“不不，老二言过了，老夫惭愧，龢儿从小就不在我身边，老夫没有尽到为父的责任，为此痛心疾首，愧疚难当。孩儿回归，为父不知有多高兴。好男儿志在四方，我也不拦他，但是我又怎忍心看着他赴汤蹈火出生入死。”李善仁咳嗽也不见了，心中积郁一吐为快。说罢，泪如雨下，颤颤巍巍拉住马辰龙的手又说：“儿啊，为父无时无刻不在牵挂你，你走什么样的路你自己选择，为父拦不住。但是要记得这里是你的家，千万记得要回家看看！”马辰龙不住地点头，口称：“父亲放心，孩儿一定记得回家。”李善仁这才松了手，吩咐夫人快去房里将银匣拿来。李夫人唤牛老四同去，从官皮箱里捧出一只沉甸甸的银匣，交给牛老四捧着。牛老四将银匣捧到客堂，李善仁打开，内有黄金一百两，以及两半枚光绪金币。李善仁将银匣交给马辰龙道：“为父知道革命也是需要经费的。这个你拿去，以备不时之需。”说着又从匣子里取出两半枚金币，一半拿在自己手里，另一半有红绳的交给马辰龙：“这个也还给你。你要将它当作吉祥宝物，定叫它生死相随不离身。”说毕，老泪纵横，两腿发软，差一点就要瘫倒。幸亏马辰龙眼疾手快，一把扶住。李夫人和祥海见状，赶忙过来搀扶。马辰龙接过银盒，沉甸甸捧在怀里，心里久久不能平静。方宗明对李善仁说：“先生如此大礼，实乃及时雨雪中炭，恐无以为报。且作革命支款，容当来日偿还。”说着，取纸笔立下字据，交予李善仁。李善仁将字据和半枚金币包在一起，交予夫人收起，说道：“字据老夫暂且收起，见此物如见我儿，可让为父祈祷孩儿平安。”方宗明点了点头，转而拿过马辰龙手中的半枚金币说：“此物确实吉祥，冥冥之中，落到你手中，叫你们父子不分离，理应好好藏着，见币如见人。”说话间，李善仁突然想起什么，对吴妈道：“快去西街把你女婿叫来，这位方宗明兄弟曾经和他父亲共过事。”方宗明连忙问：“谁？难不成是林前辈的遗腹子？”李善仁答道：“正是。”方宗明说：“哎呀，林前辈牺牲后，我们找他孩子找了好久，可一点音讯都没有，原来也在此地！真是踏破铁鞋无觅处，得来全不费工夫！”李善仁忙叫吴妈赶快去将阿毛请来。吴妈应诺，急着要走时，被祥海拉住，叫赵大陪吴妈一起去，关照他们路上小心。

不一会儿，吴妈和赵大叫来阿毛，阿毛娘子也跟着一起来了。阿毛娘子平时一步也离不开丈夫，今见赵大甥姨半夜来请，甚觉诧异，即便有吴妈在场也是一百个不放心，不管三七二十一，也不声不响跟了来。李善仁拉过阿毛，来到方宗明跟前说：“你看看他是谁，他就是林容的遗腹子，林阿毛。”方宗明对阿毛看了又看，惊呼道：“真像……”李善仁说：“他就是林容的遗腹子，林阿毛。”阿毛疑惑地问道：“这位大哥是……”李善仁忙解释道：“阿毛，他是方宗明兄弟，和你父亲共过事。”阿毛向方宗明欠了欠身说：“前人栽树后人乘凉，请受兄弟一拜！”方宗明连忙拿住他的手握了握道：“使不得，请受兄弟们一拜才对！”说着将大伙都叫到阿毛跟前来，说：“你父亲是革命先驱，还是我的救命恩人、启蒙导师，我们走上革命的道路还是林大哥的功劳。”大伙异口同声说：“对，我们都在为林前辈的未竟事业而奋斗。”方宗明又问阿毛：“你母亲可安好？”阿毛面色戚戚，喃喃而语：“母亲在逃难路上生下我就去世了，我没有见过她。”方宗明将他手又握了握说：“我们找了她好久，原来她早就去世了。”然后神色严峻地叫大伙在阿毛面前一字排开，说：“都来和林将军的后代林阿毛见个面，举起手来，致以革命的敬礼。”众人齐刷刷举起右手敬礼。阿毛愧称承受不起，自己只是个裁缝匠，不要给英雄父亲蒙羞。方宗明拍了拍阿毛的肩膀说：“我是木匠，咱俩是同行！”说得大伙都笑了起来。阿毛娘子看到一众汉子对丈夫尊敬有加，不觉对丈夫肃然起敬。

众人又说了一会儿话，方宗明对祥海说：“这么多人聚在一起，闹了半夜,动静太大。不等天亮了,现在就回城吧！”众人都同意，即刻走出厚德府来到十字桥边。福生怕走漏风声，到了家门口也不回，只在船上等候。这时，狗子吠成一片，黑暗中一行人来到十字桥。

眼见马辰龙才回家又要离去，李善仁万般不舍，一把鼻涕一把泪，再三叮嘱马辰龙要记得回家。

黎明前的黑暗，如同黏稠的墨汁，紧紧地包裹着夜幕下的一切事物。李善仁父子依依惜别。谁知就此一别，竟是永别。

过了几日，李善仁趁着祥海在家，在十字桥上大摆宴席，庆贺儿子城里房子落成。十字桥上从东到西，支起一溜儿毛竹棚。从村民家里借来桌凳，请来十来个会烧菜的乡亲，支起十口大铁锅。整条猪买了十头，宰杀鸡鸭无数，摆开一百桌流水席。

沈老板夫妇、张先生、乡长、师爷都奉大礼来贺，剃头店老板、茶馆店小开、面馆老板娘，众多邻里乡亲不请自来。张姑娘也来了，果然是大家闺秀，文静秀气，举止优雅。李善仁看着祥海和张家姑娘对面而坐，满心欢喜，想到哪一天娶进门来，实乃祖上积德老天恩赐，甚至眼前已看到吹吹打打将张家姑娘迎娶进门、共入洞房，来年抱上大胖孙儿，再来年孙儿绕膝、不亦乐乎的情形，现在只差一句话说穿而已。两家大人心知肚明，两个定了亲的孩子却一无所知，蒙在鼓里。

阿毛给李夫人做下的五套华丽旗袍，李夫人这个时候才舍得拿出来穿，一套旗袍只穿一个时辰。脚下换了新鞋，酒席尚未结束，脚已红肿起来。

盛大的酒宴从早到晚足足吃了四个时辰，李夫人就换了四套旗袍，脚踩精致漂亮的小鞋，雍容华贵，笑盈盈夫唱妇随，穿梭于席间招呼客人，丝毫看不出足下痛苦。可谓小脚夫人爬泰山，毅力可嘉，面子上的事些许不敢懈怠。到了晚上，宴席接近尾声，李夫人才换上最后一套古朴奢华的香云纱旗袍，举手投足之间，旗袍沙沙作响，近看似轻云蔽月，远观如回风流雪，宾客尽皆注目。祥海只恨自己布匹买得太少，再买个十来匹，再做十来套，让母亲一刻不停地换衣装，才可以出足风头。李善仁手拄英格兰“司的克”，得意洋洋，来回敬酒，畅怀痛饮，直到半夜才散。李家修建厚德府也没这么大的排场，一时间风光无限。一连三日，日日如此。

真乃天有不测风云，人有旦夕祸福。李善仁因腊月里受下的风寒一直不愈，又因马辰龙一事情绪起伏太大，白日黑夜喘气咳嗽不止，酒后又着了凉，硬撑着病体到第四日收摊，突然身子像打碎一般，体不安席，食不甘味。到了第七日半夜，一阵咳嗽竟喷了一大口鲜血。祥海顿时慌了神，拔腿往张家医堂跑，没想和张家姑娘撞了个满怀，张家姑娘矜持一笑，祥海慌里慌张无暇顾及，两人的缘分仅此而已。等他把张先生请来，李善仁已然面色惨白，天花板上吊下来的油灯，清楚地照在他已看不见也听不见一动不动的面容上，看起来很可怕，身体也已经僵了。张先生把了脉，直摇头。李夫人在宴请结束后，两脚着不了地，脚上裹了厚厚的纱布，此时顾不得双脚钻心疼，一瘸一拐地走来，乞求张先生：“张家不是有祖传秘药吗？即使再多的花费也要恳请先生千万施救。”张先生无奈摇头说：“即使张家的祖传秘药也救不了心神之病。李老爷是七情内伤以致痰迷心窍，精、气、神三者已竭，无药可救。亲人不要离开，送他最后一程吧！”李夫人听了哀伤不已，捏着丈夫僵硬的手不断搓揉。当夜，李善仁泄了一宿，排出大坨大坨的乌黑黏滞宿便，说了一夜胡话。第二天清醒过来，眼目森森，叮嘱李夫人，李家亏欠龢儿太多，今后当倾全力扶持。二夫人总归是李家的人，先祖堂里要放个牌位，好让龢儿可以归家凭吊。嘱咐祥海，今后兄弟和衷共济，不求有惊天动地的事业，但求早日成家，守住祖业，才可告慰李家列祖列宗。

李夫人见李善仁头脑清醒口齿清楚，心生一丝期许，以为他不会这么快就走，赶快让福生想办法将马辰龙找回来见老爷最后一面。可福生到哪里去找马辰龙？谁都知道李善仁只是回光返照，只有李夫人母子不信，期盼奇迹出现。而李善仁说完话就又昏迷不醒，母子俩这才着急起来，匆忙准备后事。李善仁却又醒来了，要李夫人从床底下翻出一只红布包裹的镶金盒子，盒子里取出一个用红布包裹的沉重物件。李夫人层层剥开，展露在眼前的原来是那把令人胆寒心惊的金手枪，手枪下压着一封信笺和一方湖绿丝绢。祥海认得信笺是前朝李大人亲笔签发的持枪证书。李善仁用尽最后一点力气，伸出枯柴般的手，抖抖索索拿住手枪，李夫人连忙托住，移到祥海手上。祥海发现父亲的手已与手枪一样冰凉，知道父亲的时间不多了，心中涌起无限悲伤，一心聆听父亲的最后教诲。谁知李善仁喉咙里发出“后……后……后……”三声喉音，一口痰卡在喉咙里吐不出，眼睛盯着湖绿丝绢，眼神里充满对尘世的留恋，来不及留下遗言就撒手归了西。祥海以为父亲临终时想说的不外乎“不孝有三，无后为大”之类的训言，情觉愧对父亲，不禁放声大哭。而李夫人明白丈夫除了放不下两个儿子都没有子嗣后代出世,更是提示她要保护好后花园李家的“生计银”。李夫人悲恸不已，一边哭泣一边诉说：“说好了要一起走那黄泉路，过那奈何桥，喝那孟婆汤，如今你撇下妾身先走，留下我独自一个如何过活，妾身百年以后，黄泉路上暗无天日，叫妾身独自一个如何走得……”哭得撕心裂肺，无比凄凉。

祥海触动心旌，似乎在一夜之间明白了许多道理，定要在母亲有生之年，好好陪伴母亲，不再让她遭受孤独之痛。

听闻李善仁过世，乡长亲自前来吊唁，说按照广福的规矩，李善仁身边仅有祥海一子，祥海虽大有出息，但家族不能说兴旺，不能算是全福；年纪也不到八十岁，不算全寿；死于风寒，并不是无病无痛，也不算善终。所以李善仁并非全福全寿，不能算是喜丧，又是外乡人，虽为广福做了许多好事，但是灵柩也不能进入祠堂。祥海怒不可遏，罕见地大发雷霆，拍着桌子指着乡长鼻子骂道：“谁稀罕你那停尸房！都什么年代了，看我不把你那停尸房砸个稀巴烂！”说着拿起门边一把锄头，真要出门去砸祠堂。李夫人连忙一把拖住他道：“快快住手！不得放肆！”祥海才将手中锄头丢在地上，对乡长怒吼：“快快滚出去！”乡长瞠目结舌，灰溜溜走了。祥海还不解气，在他背后啐了一口道：“抱着你家的停尸房睡觉去吧！”赵大在一边大呼：“真解气！”祥海虽出了胸口一团郁闷之气，丧事也只能按规矩简办，在自家厅堂设灵堂吊丧。

一张三尺供桌，摆上香烛祭品，燃起长明油灯。桌后挂起白帘，白帘中间挂着死者画像，画像下贴了硕大的奠字，白帘上方横幅高悬，哀悼长者仙逝。两边挂着记叙死者一生的挽联。右边是沈老板的长联：

等闲暂别犹惊梦平生风义兼师友
此后何缘再晤言来世因缘结弟兄

左边张先生的挽联，也是长长的两行：

慈萱西去三冬铭心隔世相望千行蜡泪
音容莫睹九曲回肠终天思亲总伤悲情

其他乡邻好友送来挽联不计其数，皆赞死者一生行善，千古流芳。

李善仁生前乐善好施，每当播种季节，乡邻乡亲只要上门讨要，他总是来者不拒，无偿提供给村民来自姑苏的高产棉、早熟禾、矮脚菜等种子，村民十之八九得过他的恩惠，闻知善人过世，前来吊丧的络绎不绝，念及死者种种好处，无不悲痛。

白帘后面，一副寿材用白布盖着，周围摆满绿叶鲜花。这副楠木寿材是李善仁五十岁时就为自己做下的。寿材后面又有一道白帘，从天花板垂下来一直落到地上，甚是肃穆。府前搭建灵棚，请来吹鼓手，吹起管乐敲起锣鼓，日夜不停，给亡灵开路，希冀死者很快转世。尽管自古今来从未有过死后复生的奇事，但活人的寄托和期望从未有过减少。

福生从上海赶来奔丧，和赵大一起为逝者守灵。灵堂前，祥海居中，赵大和福生一个在右一个在左，每有吊丧的来，便要不断地随来者跪地磕头烧香，磕头磕到直不起身。到了更深夜静，不再有吊丧的来时，祥海对赵大和福生念及大哥马辰龙，不知他是否已经安全离开了上海？若没有离开，要找到他，来送父亲最后一程。

福生告诉祥海："马辰龙离开上海了。宝山路出事那天，他没有走。后来风声日紧，他走不了了，在我家住了三个晚上，到第四天风头过去了才走的。"

祥海吃惊地问："马辰龙在你家住了三天？那么他有可能还在上海！"

"不！"福生说，"他走了……他当天没来得及离开，是因为城里戒严……"福生说话吞吞吐吐，对在灵堂上嘀嘀咕咕似有顾虑。祥海就说："如今废除丧事陋习，不用恪守非丧事不言之忌，要紧的是心里虔诚，但说不妨。再说，我们这样说话，家父在天有灵一定也会听见也可安心。"福生这才告诉祥海："那几天，宪警到处抓人，我把他藏在阁楼里。我问他要去哪里，他说要去南方搞枪，有了枪杆子，才可以闹革命。"我就劝他说："闹革命重要，家业同样重要。李老爷要你回家打理学校、教书育人，一样可以救国救民。这世界的混沌黑暗一时改变不了，凭你们势单力薄，无异螳臂当车。”他说：“这世界的黑暗一定会改变，一声振奋的呼喊，民众就会觉醒，将来的世界是红色的。长夜终将结束，革命终将成功。”福生顿了顿继续说，“他生来就是一个革命者。他不要我告诉你们，怕老爷太太为他担忧。他感谢老爷在不知道他是亲生儿子的情况下，认下‘仇人’的孩子，真是太伟大了。”祥海听了，不觉红了眼圈，说道：“家父曾要我兄弟合力，再创辉煌家业。如今他刚走，家父就去了黄泉路，临终都没有看上一眼！”

赵大说：“那天半夜马辰龙离开厚德府，老爷拖着病体将他送了又送，一把鼻涕，一把眼泪，一直送到船上，还是不舍，竟然是永别。”

祥海说：“是呀，二十七年了，大哥从襁褓婴孩长成七尺男儿，父亲才第一次见到他，刚见面又要走，叫父亲如何放得下。”说着叹了一口气，心有不甘地说：“说要离开上海，其实还在上海隐藏也说不定。”

福生说：“不会，马辰龙是家父送走的。马辰龙说，他已走得迟了，怕赶不上举事。走得匆匆忙忙，怎么可能还在上海。”

祥海一听，马辰龙是沈老板送走的，颇觉意外，奇怪地问道：“你父亲不是反对你和马辰龙接触吗？”

“马辰龙临走时，家父刚好回花衣街。家父平时对我没少训斥，要我离马辰龙远一点，想不到见到马辰龙处境艰难，竟然亲自驾车将他送出城外，还把收来的客户欠款统统送他做了盘缠。送走马辰龙，家父回来后将我骂得狗血喷头，告诫我时局动荡之际，不许乱说乱动，不许参与各种集会，什么活动都不许参加，说沈家的教训还少吗？为了我的安全，年迈的父亲把我挡在身后，甘愿自己去冒风险，亲慈恩重舐犊情深，真是可怜天下父母心。可我们为父母做了些什么？除了让父母担惊受怕，我们给了他们什么？什么都没给！”

福生的一席话，触动了祥海，想到父亲对自己倾其所有不求回报，而自己从来只有违拗没有顺从。这时望着父亲的寿棺，百感交集，怅然若失。

三天后，巳时一到，棺材盖上毛毯，毛毯上绑了大公鸡，撒上一把米，祥海和赵大在前领香，另请乡里十个青壮小伙在后抬棺。唢呐声响起，一齐发力，小伙抬起棺材，祥海、赵大扶棺，往桥西墓地落葬。墓地是紧急叫人在向阳有树木的坡地上新辟的，又亮堂又宽敞。

周围已然一片秋色，树木像是洒上了金色与红色的油彩，只有草地上有些地方在一层败叶之下露出绿色。小伙合力抬起楠木棺材，徐徐入穴，黑色的土地接受了李老爷。待黑色的泥土严严实实地掩埋住楠木棺材翘起的顶盖，墓穴隔开了死人与活人时，李夫人悲伤地痛哭起来。这座墓穴永远隔断了痛哭流涕的生人和心有不甘的死人、妻子和丈夫之间的联系。李夫人长久地伫立在墓穴边不愿离去，人们不得已才把她搀走了。于是她的哭声变成了平静而绝望的啜泣，消失在远处。一座长方形的坟山在墓穴上堆起来了，挥锹的人迅速地种上了一棵笔直的云杉。

亡父落葬之后，祥海决定居家丁忧，以弥补以前对父母不闻不问缺少关心之过。但城里的房子刚刚造好，不能没人打理，他与母亲商议，想要阿毛娘子去城里帮助打理“一街两坊”。母亲刚刚丧夫，需要儿子陪伴，因此想了想说：“阿毛裁缝是个老实人，娶了娘子仍住在茅草屋里。他娘子心气高傲，好几次听她埋怨跟了阿毛没过上一天舒心日子。如今叫她去城里住，是件好事，只是要害他们夫妻分开。”祥海说:“孩儿已考虑周全,只消一年半载,待时局太平,也要请阿毛去城里。孩儿还要让他在城里开裁缝店。”李夫人十分赞许，于是说:“这样甚好。只是阿毛家向来妇唱夫随，夫妇形影不离，凡事由娘子做主，不知阿毛娘子是否愿意离开阿毛独自去城里住否？”祥海说：“母亲所虑极是，因此此事须烦劳母亲与阿毛娘子说知。”李夫人说：“这个不打紧，阿毛娘子那边，我叫吴妈去说，将来也要请吴妈去城里住，她不会不答应。”

祥海说：“阿毛娘子与她阿妈向来不合，还是要烦请母亲亲自和她说知，省得阿毛娘子先回绝了她阿妈，母亲再去说就尴尬了。”李夫人当即应允道：“如此的话，李家居丧，不便上门，可使吴妈请来阿毛夫妇说知。”

祥海又说：“宁波路那边生意一落千丈，现在既然有了自己的街面房，孩儿欲将酒行和车行都搬去沪东‘一街两坊’，也好省下些房租。”

李夫人说：“这样甚好，老爷在世时总是要我们勤俭持家，开源和节流同样重要。孩儿如此操心，老爷在地下也就安心了。”娘俩商量好了，第二天李夫人便与吴妈说知此事。吴妈一口应允，随即叫来女儿女婿。一番寒暄过后，李夫人询问了阿毛夫妇生活近况，关切地询问阿毛娘子为何成婚许久不见有喜。阿毛娘子也不瞒瞒藏藏，说道：“小女和前夫同房就有喜，谁知阿毛中看不中用，至今未有怀上。”说得阿毛面色戚戚，祥海在一旁听了心中暗笑。李夫人安慰道:“不着急,老身结婚二十年才有身孕,正绝望哩,不也说有就有了嘛。说起来，还是换了个地方住才有的。”阿毛娘子说道：“太太说得是。可是小女跟了阿毛这个死棺材，床都没一张像样的，可能这辈子就只有困广福茅草屋的命了，哪里会有换个地方住的可能？”李夫人说：“今天请你夫妇来，就是想请娘子换一个地方住呢！”“换地方住？”阿毛娘子是个聪明人，一听此话便知李夫人话中有话，说道：“太太如有需要小女帮忙，尽管开口。”李夫人见她如此说，正合心意，便说：“不瞒你说，老身正是有求于你。”阿毛娘子说：“有用得上小女的地方，小女一定尽力相帮。老爷太太对小女恩重如山，小女正无以为报呢！”李夫人便将欲请她到城里打理“一街两坊”的事说了。

“祥海在城里造了房，如今在广福戴孝回不去，要请你去城里相帮照看，代阿海收取租金什么的。给你整幢房屋居住，不收分毫租金且由你租赁，由你照看两条弄堂。实在出于无奈，要将你们夫妻分开。将来酒行和车行都要搬过去，阿毛师傅手艺高超，在乡下地方实在是埋没了，今后也要去城里，你们夫妻便可团聚。你母亲也去城里过活，一家人又可在一起，你看可好？”吴妈在一旁只顾点头。阿毛娘子因李夫人给她做了大媒，正愁无以为报，此时见李夫人相托，既出于信任也是无奈之举，又见安排得妥妥的，不好推脱，当即允诺。阿毛自无话可说，千恩万谢，让娘子先迁城里，自己随后便来。

阿毛知道李夫人所托之事耽搁不得，翌日便将娘子送往上海，在一街两坊小住了几日才回。

很快到了李善仁死后第七天。按俗习，人死后第七天，灵魂会回家，因此这头七就成了比较尴尬的日子。生者想念死者，希望死者回家，又怕它来了回不去，不能投胎转世，所以头七规矩最多。李夫人吩咐吴妈早早做好斋饭，灵堂设坛，关照祥海不要乱说乱动，在父亲灵魂回家之前，先去床上蒙头躺好。祥海便在床上蒙头大睡，让“父亲”吃了饭就走，然后哭灵、烧七。二至六七，尽是如此。

待到末七，李夫人率祥海、赵大、福生三兄弟，及吴妈、牛老四一并众人，挑起四十九副笼格，内盛八十一样糕点，要好乡邻跟随，来到广福寺，给亡灵做道场。寺里的帮工将李夫人一行众人领到大雄殿。李夫人吩咐众人趁和尚还在用早膳，先去案桌上摆开供品，香烛之类堆在角落里。上了供品，在角落里折叠锡箔冥纸，静待和尚出场。不久，“叮咚”一声，佛铃响起，七个开悟和尚走来大殿。所谓开悟和尚，除了诵读佛经外，还能用自己的话语来替死者超度，法力比一般和尚大许多，所以李夫人早在一个月前就在寺里花重金预约了全部开悟和尚给亡夫超度。

一声阿弥陀佛响起，和尚们在法事桌前坐定，又是一声佛铃响，大法师一声长吭，七位开悟和尚齐声诵经，刹那间禅音绕梁，钵盂清脆。待到佛铃再次响起，管事和尚朝边厢抬手示意，祥海知道磕头的时候到了，连忙停下手头的活，自己打头，众男其次，女眷再次，乡邻跟随，排成一长溜，挨个去蒲团上跪下磕头。恭恭敬敬，三拜三叩，磕头磕了七七四十九回，拜佛拜过九九八十一次。诵完一本经已是午间，众人在斋堂吃过素斋，下午继续。

李夫人毕竟是富贵人家出身，哪里禁得起如此折腾，一本经念完，膝头已跪得通红。午间稍事休息，又要燃香磕头。可她因夫君过世悲伤过度，第二本经念起，她已头昏眼花，一个头磕下去，伏在蒲团上起不来。和尚示意可以长跪，不用每次都站起来再跪下，实在不行可以不跪，站着也行，于是李夫人长跪不起。待三本经念完，已近黄昏。和尚领香，读度牒、烧纸钱、唱偈颂，加放焰口度化亡灵。超度完毕，木鱼声停，祥海扶母亲移步偏房稍歇，自己和赵大、福生，走出大殿伸展一下疲倦的身子，收拾收拾便要回家。

西天的夕阳已不那么耀眼，微弱的光芒给庙宇披上了蝉翼般的光辉，将庙宇的轮廓勾画得清清楚楚。赵大触景生情，想起少时在嵩山少林寺早一遍晚一遍跟师父学拳的情景来，便在大雄宝殿下打起少林拳。祥海见了，也在一旁学样，忽见一白衣女子衣袂飘飘，从眼前掠过。定睛看时，见女子虽一身粗布麻衣、缟素白绢，却袅袅婷婷轻盈柔美。祥海连忙追踪前去，女子已走到山门外。女子的背影体态丰盈，走路飞快，一下吸引住了祥海，他追了百十来步，女子径直往寺前小桥而去，一眨眼不见了。祥海无奈回转，悄悄去记事房打听女子从何而来。得知她便是朱家新寡小妇人、前时传言的妖妇弄草儿，在隔壁药师殿为亡夫做道场，一时竟乱了心思。

说起朱家，不可不说朱大爷。早些年，朱家全凭朱大爷一双勤劳的手，在荒芜贫瘠的沙土上开垦出几块好地，拼凑起来也有了百亩田，雇请养牛户耕耘。后来渐次发达，盖起瓦屋，自己也养起两头牛、十只羊、二十头猪，从此不仅自己耕耘，还能兼给人家耕地。广福的地东一块西一块，一块地往往才二三亩，又高高低低坎坷不平，他每天要把牛牵到东拉到西，还要过几趟河赶场，所以每天都要起大早。那一年的一天，天还未放亮，他就赤膊扛起百来斤重的犁耙出门了。他怕牛累着，宁愿自己肩膀扛得红肿也不套牛，更不骑牛，而是跟在耕牛屁股后面，一脚高一脚低沿着河边走，牛到了河边，便一头钻进草丛中啃食青草。朱大爷索性松了牛鼻绳，任它自在走去。牛走到桥下，突然"哞"地叫了一声，一条粗壮的牛尾巴摇得"啪啪"响。朱大爷朝桥下望去，只见草丛里躺着一个人，走近一看，是一位蓬头垢面奄奄一息的红衣女子。朱大爷俯身将女子扶起，见女子裤下露出一双小脚，心想只有大户人家女孩才裹小脚，女子衣衫褴褛，一定是遭遇了难才沦落到此。朱大爷来不及多想，连忙将女子扶到牛背上，朝天打了个响鞭，赶起牲口回家，帮工生活改日再做。到家给女子喝下热水，端来两碗白米饭，女子狼吞虎咽，就着热汤热水将两碗白米饭吃下，原来是饿坏了。朱大爷又端水来给女子洗了脸。女子洗去尘污，露出美丽清秀的容貌。朱大爷询问女子来历，女子吃了白米饭，犹如冻寒的秧苗遇见阳光，回过神来，才有力气说话。自称来自苏北富贵人家，因遇兵乱，父母兄弟尽皆被杀，她只身逃了出来，沦落到上海讨饭。到广福是为寻找一位官人，官人没找到，她已饿得半死。朱大爷听了大喜，原来女子无亲无眷是个天涯沦落人，真是老天爷眷顾，给他送来这么个俊俏女子，便要收留她做童养媳。女子别无选择，点头应允。朱大爷问她还找不找官人，女子说她命将不保，还找什么官人。朱大爷收留了女子，给她起了个贱名叫做朱笼草，意思像猪笼草一样命贱，不需精心培育，也不用费心浇灌，它自己会长大。大概觉得这个名字实在难听，后来又给她起了个雅致的小名叫弄草儿。

朱家原有妇人，生下两个儿子后撒手归了天。不知前世作了什么孽，两个儿子，一个傻一个瘸，都做不了农活。弄草儿来到朱家，学会了放牛、喂猪、砍柴，竟成朱家的顶梁柱，无疑给没落的朱家带来了一线光明。朱大爷算计着未来，如果将弄草儿嫁给自己儿子，连讨媳妇的钱都可以省了，心里喜滋滋的。四年过去了，弄草儿长到十八岁，朱家傻儿十六岁，春暖花开时，朱大爷就迫不及待给他傻儿子完婚。弄草儿做了朱家媳妇，朱傻却五谷不分愚笨痴呆，做不了丈夫。

那年春天，春风拂面，油菜花开，朱大爷下地干活去了，朱傻要弄草儿带他去十字桥上玩，弄草儿不肯。这年的三月比往年寒冷，她怕呆傻丈夫着凉染病。但又禁不住傻丈夫的苦苦哀求，心一软，就让他坐上牛车，到十字桥转了一圈，朱傻却要去桥西玩。桥西荒天野地，坟墩扎堆，广福人无事不过桥，但是朱傻硬是要去。弄草儿没办法，又赶起牛车到桥西转了一圈。桥西田野里，松柏常青，坟墩林立，不知名的野花争芳斗艳，朱傻乐呵呵坐在车上“咿咿呀呀”地叫着，兜了一圈还要再兜一圈，足足兜了十几圈才罢休。弄草儿万万没有料到，这竟然成了她噩梦的开始。

朱傻从桥西回来就开始发热，朱大爷以为是着了风寒，给他服下桂枝、防风之类的汤药，谁料第二天病情非但没有任何起色，反而更加严重：寒热不退、呕吐不止，皮肤还起了黑青的斑点。朱大爷慌了，当他得知弄草儿曾带傻儿子去过桥西时，顿时变了脸色。朱大爷说：“你难道不知道，广福正风传桥西出了‘妖妇’，专摄年轻男孩魂魄？”弄草儿听朱大爷这么一说也是吓呆了，急得跺脚也无济于事。三天之后，朱傻全身溃烂，奄奄一息。朱大爷赶紧去请张先生来诊治，然而为时已晚，张先生还未请进门，朱傻已一命呜呼。朱大爷痛不欲生："天啊，我朱家前世造了什么孽啊，要遭这样的报应……"又气又急，一口气没上来，就没了声息。他的瘸儿子连忙上前抱住他爹的头掐人中，叫弄草儿舀冷水来，弄草儿也哭得像个泪人似的，急忙跑去水缸里舀来一瓢冷水，朝朱大爷没头没脑泼下，这才将朱大爷浇醒。

朱家正在办丧事，来了个王道士。王道士自称受到高人指点，会法术，说朱傻是被"妖妇摄魂"而死。朱大爷不信。接着朱家就发生了几件奇怪的事，猪羊无故死去，鸡鸭莫名缺失。王道士又来卖纸符。朱大爷还是不信，有钱买那些无用的纸符，还不如将家里篱笆扎紧。王道士说，虽然亡羊补牢为时未晚，却是治标不治本。朱家孩子虽然死了，"妖妇"还在，应当请他做法除妖，否则家中恐怕横遭妖祸。朱大爷这才害怕起来，不得不花大价钱从王道士那里买来下过咒的符，放在家里辟邪，家中果然太平无事。过了一段时间，王道士又来了，称朱家媳妇弄草儿已被妖妇附体，须驱除她体内梦魇，方可保朱家永久太平，否则养虎遗患，后患无穷。

朱大爷听出弦外之音，王道士三番五次上门来，原来意在新妇。于是问："如何驱魔？"

王道士神秘兮兮说："必欲与神灵合体双修，方可去除体内妖魔。"

朱大爷问："神灵何在？"

王道士道："无须多问，叫媳妇到我神坛下受法即可。"

朱大爷表面憨厚实则精明，早已洞察王道士居心叵测，从此拒绝王道士上门。

接着，镇上接二连三地有孩子暴死，村民们无心农作，将孩子关在家里不许外出，大人们在街上穿梭，要捉了“妖妇”保闾阎太平，弄得全村人心惶惶。朱大爷关照瘸儿和弄草儿，无故不得出门，垒高了院子围墙，加紧防范。一日起夜，忽见弄草儿房外院墙上有个黑影在蠕动，猛然大喝一声为自己壮胆，那黑影忽地飞去不见了。朱大爷大骇，去王道士家里买来更多的符，在家里到处张贴。其后果然太平无事,几个月过去了,除了王道士以外，其他所有人都没见过妖妇。不料某一天，一位住在朱家隔壁和弄草儿抬头不见低头见的警员，突然也暴死家中，和朱家儿子暴死的症状一般无二。警所展开调查后一无所获。王道士放出话来，说“妖妇”本来只在桥西作孽，如不是弄草儿坐牛车过河将妖魂迎了来，它们根本过不了河。弄草儿是妖妇转世，那位警员就是被弄草儿摄了魂。愚昧的村民们群情激愤，纷纷要求朱大爷交出弄草儿，让王道士施法驱魔。朱大爷闭门不出，怕有意外，也不敢让弄草儿出门下地干活。

一年以后，不再有人员暴死的事发生，对弄草儿的非难也渐渐平息。朱家呆傻儿周年忌日，朱大爷便悄悄领了弄草儿到广福寺做道场，超度傻儿亡灵。真是无巧不成书，朱傻周年祭和祥海亡父断七同一天，祥海跨出大雄殿门槛那一刻，弄草儿也从药师殿走出来，被祥海撞见，一颗心便被摄了去。他不顾朱家小寡妇尚在披麻戴孝，自己也在替父守孝，就央求母亲上门提亲。

李夫人平日里深居简出，虽然不太了解桥西朱家，但对“妖妇摄魂”一事略有耳闻，已知朱家寡妇就是桥西妖妇，她斥责祥海太离经叛道，要娶一个妖妇。规劝祥海打消这个念头，李家无论如何不能娶一个童养媳、丧偶的寡妇,还是个转世“妖妇”进门。又告诉祥海，他父亲在世时便与张家定了亲。祥海颇有怨言，争辩道:“父母私下里给孩儿定的亲，孩儿并不认可。张家姑娘虽好，然孩儿不中意。孩儿只见朱家小妇人一个背影就喜欢上了，可知前世有缘。朱家小妇人清丽可人，端庄贤淑，是干活的一把好手，顶起家里半边天，怎么可能是妖妇转世？一定是被人诬陷的，可有谁真正见过妖妇？”李夫人道：“你仅仅看了妇人背影一眼，就梦魂萦绕，不是被妖妇魅惑了是什么？如果仅仅是寡妇倒也罢了，娶一个妖妇进门是万万不能的。”祥海道：“孩儿冥冥之中与她有缘，只看上她了，非她不娶，这是天数。”李夫人断然拒绝，说这就是妖气,是蛊惑人心的妖术。祥海不再争辩,只对母亲好言相劝，求她与张家解除婚约。李夫人到底心疼儿子，思前想后，还是顺了儿子的心思，与张家退了亲。

过后,祥海将福生请到广福茶馆,要和福生联手将制造“妖妇”谣言的人揪出来，还弄草儿清白。那段时间，福生正在广福沈家船坞上接货，召之即来。一听祥海意属朱家寡妇弄草儿，竟然喜出望外，有心问道：“令尊在世时，不是已与张小姐定了亲吗？怎么突然改弦换辙呢？你是嫌鄙张小姐作为女人品行不端还是才能不够？”

祥海说：“都不是。自民国以来，时代的思潮如潮水般涌入，把所有旧观念都冲刷得一干二净。你我是不是应该摆脱包办婚姻的桎梏，去追求属于自己的恋爱婚姻呢？”

福生听了此话，正中下怀，追问祥海道：“这么说来，你一定要冲破父母包办婚姻之牢笼而寻求自由恋爱了？”

“正是如此，因此要仰仗兄弟支持。”

“君子无戏言，一言既出，驷马难追，可当真？”

“当然当真！家父在世时瞒着我与张家定的亲，如今已退了。”

福生听说祥海已与张家退了亲，更是高兴得手舞足蹈，说道：“那我要先去张家医堂说一声，再回家一趟，兄弟在这里坐一会儿。”

“兄弟，这又是为何？我与兄弟商议追查谣言源头之事，你却与我说了那么多张小姐的事，张家医堂与此事毫无干系。”

福生说：“有很大的干系，想要弄清楚谣言所出，不先弄清楚病源来头，何以服众？”

祥海一听有道理，便委托福生去张家医堂请张先生判断病源来路，自己去桥南寻访传播“妖妇”作祟的王道士。

“有关妖妇的流言，总是可以追溯到王道士，这个王道士到底是什么人？与朱家有什么怨仇过结？只有找到他才能澄清妖妇谣传，才可以洗清弄草儿的冤屈。”

福生听后开怀大笑，说：“兄弟，你可把我害苦了！多少年来，我都走着羊肠小路，如今我要走康庄大道了。”

“兄弟此话何意？”

“说了你不许反悔！”

“说吧！绝不反悔！”

福生这才把他与张家姑娘从小青梅竹马，早就两厢有意，只是都羞于启齿，谁知祥海父母先人一步，捷足先登，给祥海定了亲，他无奈只好作壁上观的事说了。现在见祥海与张家姑娘并无半点意思，一心只在弄草儿身上，喜不自禁说道：“我以为你意属张小姐，兄弟之爱不可夺，因此隐忍不言，如今我扬眉吐气，真是打心眼里高兴。因此要先办了我的头等大事，再来帮你捉妖！”

“原来如此！如此说来，倒是要兄弟你原谅我横刀夺爱许多年。”

“正是！你知张小姐甚少，如果你认为张小姐无德无能配不上你，那就大错特错了。张小姐外表沉静，内心美丽，不愧为秀外慧中的大小姐。你现在拱手相让，以后会后悔的。温柔、端庄，保持平静是女子最好的品行，而女子的品行只有通过她做女儿、姐妹，最终成为妻子和母亲来实现的。张小姐正是这样一位德才兼备的完美女子，你却不爱，非要纡尊降贵，向一位寡妇求婚。你我同在一个洋学堂求学，接受的是一样的教导，恕我直言，我认为你是理智尽失。你所谓的基于恋爱的说辞是假，喜欢放荡女子是真。听说你在上海出没于花街柳巷，和青楼女子纠缠不清。你父亲到上海寻你，被你搪塞过去，你那置自己身份于不顾的荒唐行径，真是匪夷所思。你一直在发烧，却不自知。”福生畅快淋漓，断然不顾祥海的面子，一股脑说出心中积存已久的怨言。祥海听了，反驳道：“此话我绝不认同。我知你和已故的阿姐关系很好，你很爱你阿姐，我倒要问你一句，在你心目中你阿姐是何种女子，是有德还是有才？我知道你会说阿姐德才兼备，但是你知道你阿姐是怎么死的吗？据我所知她不算是你嘴里的安静女子。”

福生说：“非要我说的话，阿姐品味高雅，是一个完美女性。”

祥海说：“我十分认同你的说法，你可能不知道，我也私下认为娶妻当如沈姑娘，但你不能否认她也是个不失妖媚的女子。要是这样的女子就是你所谓的放荡女子，我承认，那就是我喜欢的。”

福生没想到祥海称自己阿姐是个妖媚女子，心中不快，气鼓鼓丢下祥海一人，拂袖而去。他火速回家，请父亲到张家提亲。沈老板见儿子中意张家姑娘，心中大喜。沈家对张家十分了解，张家的名望在广福镇上可谓首屈一指。沈老板即刻奉大礼前往张家医堂下聘礼，亲自为儿子说媒。张先生从来稳如泰山、宠辱不惊，并知女儿早已意属沈公子，只是自己做主与李家定了亲，不敢违拗。此刻他正为李夫人突然退了亲而郁闷不已，为耽误了女儿婚事十分内疚，现时见沈老板亲自登门为儿子说亲，十分高兴。沈张两家是广福镇上为数不多的世代老土地，张先生对沈家也十分了解，沈家是大户人家，与自家女儿门当户对，当即收下聘礼，相约婚娶之事。

福生办了自己的人生大事之后，便去张家医堂拜访未来的岳父张先生，恳请张先生诊察多起孩子暴亡之因。张先生说，妖妇摄魂实在是无稽之谈，他早就密切关注传闻了。他诊察过朱家病亡孩子尸体，十分肯定地说，那些所谓被“妖妇”夺走魂魄的大人小孩，都是患上了一种名为“拉麻疫”的新型疾病。这是一种特殊的流行病，以极快的速度传播，十分凶险，往往三五日之内，就会致人死亡，与“妖妇”无关。但是要想证明事实真相，使谣言断根不再起，只有开棺验尸才可辟谣。

朱大爷因儿子不幸暴亡，媳妇弄草儿又莫名其妙背负妖妇恶名，恰如被一场突如其来的变故砸进一个“冰窟窿”里，痛不欲生。这个时候，读过洋书的福生要会同镇上张家医堂来开棺验尸。

朱大爷考虑再三，觉得只有开棺才能搞清楚儿子的死因，还弄草儿清白，对自己有好处，便同意开棺。翌日即请来邻里乡亲，会集到儿子坟前，掘地开棺，由张先生当场验尸。张先生从棺椁中取出死者骷髅，见骷髅光滑无黑斑，已是心中有数，捧起骷髅放进盛了药水的罐子中浸泡，然后站立一旁静候。围观的村民鸦雀无声，都在等待那具骷髅再次从药罐里取出，拨开笼罩在全镇村民头上迷雾的那一刻。片刻之后，张先生当众从药水中捞起骷髅，见骷髅白花花光滑如脂玉，一点杂色斑点都没有，证实朱傻确实死于拉麻疫症——一种急性流行性脑炎，并非谣传被妖妇摄了魂魄。真相大白之后，重新盖棺覆土。其他死了孩子的家庭也都愿意开棺，证实都属同一种疫病而死，“妖妇摄魂”一说终于偃旗息鼓。福生被村民奉为清明大佬官，声名远扬。

接着，祥海把王道士的底细摸清了，王道士是个专门蒙骗无知村民的假道士。与福生一合计，两人立刻前去找王道士算账。

王道士相貌丑陋，蓬头垢面，邋里邋遢。一袭宽大的道袍松松垮垮不像样地挂在他瘦骨伶仃的肩上，肩胛骨高高耸起，两只大袖子拖到地上，袍子领口敞开。皮肤蜡黄，嘴唇发青，貌似道骨仙风，见祥海和福生进门，以为两人和村民一样是来求道符的，举起两手掂了两掂，将衣袖掂到肘部，伸出一只铁耙一样的手，捻了捻嘴角上一小撮花白胡须，旁边一个妇人，手捧一只海碗。另一妇人斜持一柄拂尘，不离他左右。王道士往海碗里丢了一枚铜钱，问道：“信众有何请求？”祥海想，这个假道士居然还有妇人服侍，凡人作妖，竟然可以丝毫不露破绽，果然有些本事。

祥海开口质疑王道士：“敢问法师奉哪位天尊之命在家设坛，

曾在哪座道观修行，师出哪个门派？”

王道士愣了一愣，见来者不善，立刻信口胡言道：“贫道从三清山来，师从张天师，奉张天师之命在家传道度人。”

祥海又问：“哪位张天师？可有度牒？”

王道士怔了怔，煞有介事地道：“仙界度牒岂是尔辈可调阅的？有请即请，无请便请离开，休要在此张狂。”说着，要拿拐杖来赶他出门。

祥海见他如此嚣张，决定给他一个下马威，厉声喝道：“事到如今还满口胡言！什么三清山来的道长，你是国军一师一旅二团三连的逃兵，一个兵痞油子，怎敢欺世盗名冒充道长玷污仙界！那些孩子暴病而亡，都是因得了流行脑病所致，并非被妖妇摄魂，已经张医师开棺验尸得到证实。妖妇摄魂之说，显然是你无中生有妖言惑众，为的是诈骗钱财。张医师验尸之后，你还不收敛，一味蛊惑村民。倘若受害村民联合起来报官，你一定是死罪。你若将造谣惑众一事从实招来，不义之财退还受惑村民，我等网开一面，不再报官，或可免你死罪，何去何从，你自己掂量。”

王道士一听，来者非草木愚夫，已将他的底细摸得一清二楚，可他也非等闲之辈，是见过世面的。只见他眼珠子一转，煞有介事地编造出一则荒诞不经的故事来：妖妇摄魂一说从南京传来，千真万确，并非造谣。孙大炮在京城长逝，其生前在南京紫金山看中了身后的墓地，现今南京正在营建中山陵。因中山陵是无梁殿，为了防止石顶坍塌，需要收取年幼的魂魄，方能顶住石顶，因此派出有法术的妇人前来摄魂。矢口否认造谣惑众。祥海大喝一声：“你这分明是糊弄百姓骗吓民众，敛取不义之财，还要污蔑中山陵，不怕当局治你死罪？你敢将上面所说，白纸黑字写下来吗？”王道士料想两个书生，赤手空拳，做不出什么大事，也不怕他们，又有两个妇人在侧，王道士在妇人面前可是帝王神灵一般的存在，遭祥海一喝，越发激怒，说道：“有何不可！拿纸笔来！”

谁想福生立马出门买来纸笔，掷于桌上。王道士见他俩来真的，立刻反悔，借口不识字不会写，并信誓旦旦所说句句是实。祥海说：“要的就是你这句话，你不会写，我替你写！”要福生将他方才所说写录一遍，再复述给他听，问他：“所写事实否？”王道士满口答应：“句句属实！”福生要他签字画押。王道士也不愚笨，拒绝落笔。祥海把供词抓在手里，怒不可遏：“这些话都是你亲口所说，我们两个可以互为作证，她们也可以作证。”祥海指了指两位妇人，妇人连忙回绝，一个说：“谁给你们作证！你们两个私闯道家神坛，无端诬陷道长，无事生非，侵扰仙界。道长是五百年未遇之高人、凡界大师，你们一介书生不要来败坏大师的名声，还是快快走吧！”两个妇人，另一个是祥海在广福寺相识的，祥海就是得了她的推荐才找到王道士的。她如今大肚高凸，也在一边嗤之以鼻，帮腔道：“这位官人不要狗咬吕洞宾，不识好人心，我看你是个虔诚信徒才告诉你王道长法力通天，也是可怜你家亡灵，你却倒打一耙，是来砸场子还是咋地？”祥海不屑搭理，指着王道士道：“公堂之上，你再抵赖也是无用！要骗钱便骗钱，为何要祸害良家妇女，陷害朱家媳妇为妖妇附身？”王道士一脸傲慢，不予理睬。祥海说了句：“你死到临头了，还不知悔改！”抓起供词就走，来到警所，呈上供词，如此这般报案。

因谣言涉及政府声誉，政府电令道佛监察使查证，务必捉拿谣言始作俑者。广福警所正不知从何勘查时，接祥海和福生来报，马上派警员将王道士捉拿到案，立即起案审讯。王道士害怕吃刑，将他贪图钱财、行坑蒙拐骗之事，竹筒倒豆子般统统招了出来。

讯员问：“前传你说妖妇摄魂一事，都是捏造出来唬人的？”

王道士答：“是。”

讯员问：“为何无事生非造谣惑众？”

王道士答：“乱世之中，无以为计，只好以此敛些钱财谋生。”

讯员又问：“为何又指证桥西朱家寡妇是妖妇转世？”

王道士坦白道，因垂涎朱家寡妇貌美，曾翻墙欲入她房中图谋不轨，忽遇朱大爷起夜呼叫，他怕被人捉住，跳墙逃跑时跌断了一条腿，这才怀恨在心，伺机陷害。

警所有了案犯的亲口实供，就此结案。困扰广福一年有余的妖妇摄魂案真相大白，判决王道士斩立决，并张贴告示，谓“妖妇摄魂”乃流行性脑炎所致，一时间家喻户晓，朱家寡妇“妖妇附身”之事，也就不攻自破。王道士伏法之日，公堂外聚集了大批村民，皆拍手称快，谓李公子为民除害，不然还要有多少村民被他祸害。而那些失身于王道士的妇女见将王道士斩立决，几乎昏厥，哑巴吃黄连，有苦说不出。

祥海和福生被村民们簇拥着走出公堂。弄草儿自从“妖妇”事件之后，从不出现在人眼前，只因“妖妇”案破，耐不住也来看热闹，此时远远地站在公堂外一棵大树下翘首以望。被祥海一眼瞧见，连忙撇了福生，朝她跑去。妇人侧目而视，快步离去。祥海追了几步，刚要张口搭话，妇人迅速拐过墙角，朝小巷里走去。祥海拔腿要追，警所里奔出一位警员，将祥海又拉回警所，称道佛监察使来电，着令嘉奖破案有功之人。祥海无法脱身，眼睁睁看着弄草儿飘然而去。

不久之后，福生娶了张小姐，夫妻恩爱，沈府上下皆大欢喜。

弄草儿已身还清白，而自家儿子暴亡，朱大爷于心不甘，非得“肥水不流外人田”，洞房是现成的，嫁妆也是现成的，不一日，弄草儿二婚再嫁朱家二瘸。村民们私下里都说朱大爷丧尽天良，生了两个没用的傻残儿子，还要作践自家媳妇，先将一朵鲜花插在牛粪上，现在又要插在狗屎上——可恶。祥海获知这一意外消息，不禁瞠目结舌，却又无可奈何。

中山陵修讫，南北战事再起。东北张少帅摇旗一变，归顺南京国民政府，国家归于蒋介石一统。蒋介石没了后顾之忧，亲自督军，发动三十万大军围剿共产党。但是，一九三一年九月十八日夜，一纸电文打破了他的美梦：日本关东军发起闪电战，东三省几乎所有重要的港口、金融、钢铁、煤炭城市，一夜之间全部沦陷。他万万没有想到，关东一夜失地千里，国人震怒。蒋介石还没回到南京，抗议的民众冒着瓢泼大雨将总统府围了个水泄不通。

上海也是如此，罢工、罢课、抵制日货的浪潮风起云涌。在此形势下，祥海从广福回到上海。

“今日码头工人也罢工了，”赵大对祥海说，“长此以往，车行恐怕要倒闭，要不歇了租，将车行搬去沪东吧！”

祥海说道：“我早有此打算。时局动荡，同样影响到酒行。酒行最赚钱的是日本洋酒，现在抵制日货，不让卖，酒行的前景也堪忧，可能搬去沪东会好一些！”

就在这个时候，沉寂多日的电话铃突然响了起来，包车户陈小姐打来电话，要老蔡去北火车站接她回家。陈小姐是车行的长包户，从上幼稚园起就由老蔡接送。如今陈小姐已上大学，但是已有半个月没有要车。赵大正在奇怪，这会儿突然接到陈小姐的要车电话，觉得一定有要紧事，挂了电话赶快去隔壁药房找老蔡。

药房老板娘曲眉丰颊，是湖州人，好扯白谈，老蔡无事便喜欢往隔壁药店里跑。赵大来到药店，老蔡果然与老板娘扯得起劲。赵大吩咐老蔡赶快去北火车站接陈小姐。

只半个时辰，老蔡就将车拉到北火车站，远远地望见陈小姐在检票处木桩下绕来绕去，一头金色的披肩长发在阳光下十分醒目。老蔡在路边停下，放下车杆，搀扶陈小姐上车，问道："半个月不见你要车，学校都不开课，今日出现在火车站，是不是去了外地？"

老蔡四五十岁模样，头发剃得很短，头上戴的不像别的车夫常戴的又破又脏的小毡帽，而是时髦的鸭舌帽。帽子是新的，身上的衣服整洁，看起来年轻有精神。他皮肤黝黑，一张脱落了门牙的嘴笑起来憨憨的。他不吸烟，不赌钱，百样陋习都无，身上有文人的气质，生活却迫使他当了人力车夫。他腿长步大，拉起车来车把不动腰间发力，非常稳当，跑起来没有多少响声。车辆拾掇如新，金属做的车把永远擦得锃亮，因此陈小姐喜欢坐他的车。

老蔡平时话不多，一出陈小姐的车，话就多了起来，他的嗓音很有磁性，陈小姐也喜欢听他讲话，赵大几次想要换下老蔡来帮忙打理店里的事，陈小姐都不肯。此时陈小姐答道："告诉你，你不会相信，我去了南京。"

“果然是去了外地，我见你衣服是湿的，上海可没有下雨，一个女学生，跑去南京干吗？”

“我可不是一个人去的，我们去了上千人。”

“这么多人跑到南京去干吗？”

“去请愿，要讨国民政府一个说法。”

“请愿？请什么愿？”

“你一点也不关心国家大事，只知道埋头拉车，日本人侵占了东三省知不知道？”

“这个谁不知道？不是到处在罢工吗？连日本人的烟酒都不让卖了。”赵大健步如飞，将车拉得又快又稳，回头问道：“南京在下雨？”

“嗯。”

“下雨你们还去讨说法？你说的那个……请愿？我们赵老板是不让我们参与这种事情的。”

“你们老板不是赵老板，而是酒行的李老板吧？”

“这个你是怎么知道的？”

“不是你说的嘛！”

老蔡心直口快口无遮拦，每次都以引起陈小姐的好奇为乐，有时候信口开河，自己说过的话自己也忘了。陈小姐喜欢刨根问底，老蔡事无巨细侃侃而谈，甚至拿李老板出入会乐里的事当笑话，因此没有陈小姐想要知道而不知道的事。在这样的交谈中，陈小姐的家就到了。

陈小姐父亲是一家纱厂的老板，娶了个法兰西妻子，家就在大马路上。陈小姐是他们的独生女。陈小姐莫名失踪十来天，陈家鸡犬不宁。此时陈老板在窗口望见女儿回家，心里一块石头落地，却并不出来迎接。陈太太身材娇小，虽然近来有些发福，身材走了样，嗓门却一点不小，此刻尖叫一声跑下楼来，大马路上都能听到。陈太太拥着女儿，口中埋怨她太不懂事，害父母担惊受怕。从此，再不许女儿擅自出门。

十月的时候，摩登酒行搬到“一街两坊”，到了年底，赵大祥车行也搬走了，宁波路上两间店面都还给了史密斯。

车行迁到“一街两坊”以后，生意并不见好转。日子在一天一天过去，慢慢地，街上出租汽车多了，黄包车少了。赵大祥车行除了包车户和慢慢拉着观景的，生意少得可怜。尽管店面是自己的，不用花租金，也难以保本。多亏酒行的生意渐渐起死回生，可以以盈补亏，然而赵大心中十分不安，总不能让祥海养着自己。

一日，赵大见陈氏纱厂门前贴着一张招示，招示曰：

本厂近日急需招一名武术教练员，考用后月给薪水，银元七圆半。嗣后得陆续加增至十圆之数，投考者现年须在二十五至三十五岁之间，并以受有高尚教育为合格。

中华民国二〇年五月五日

赵大打听到纱厂陈老板是一位中国人，武术教练这个差事也适合自己，禁不住技痒难耐，便决定将车行交还给祥海，自己去纱厂应聘武术教练。祥海了解赵大的心思，不好开口阻拦，只好随他去。

负责招考的是一位黝黑壮实的中年男子老杜，老杜名义上是护厂队的义务教官，实质是地下党派来团结这支具有革命意识的民间组织的。赵大只一个后空翻就征服了老杜，老杜见赵大还是个肯为工人出头的汉子，当场拍板将他招进厂，让他负责护厂队的列队出操。赵大没想到，这家不大的纱厂居然有近百名护厂队员，他们个个血气方刚，以厂为家，斗志昂扬。赵大有了用武之地，带领工友们每天卯时即起，拿棍棒当枪，操练一个小时再上工，每天雷打不动。

与陈老板的厂子隔河相望有另一家日本人开的纱厂，国人抵制日货，陈老板的产品行销全国，日商一匹布都卖不出去。日商对陈老板恨之入骨，在厂里建起一座高塔，请来日本士兵在塔楼上站岗。这边刚出操，那边日本兵就端起枪，拉动枪栓，黑洞洞的枪口就指了过来。陈老板“针尖对麦芒”，请漫画高手画了一幅巨大的漫画，贴在厂外高墙上。画的是义勇军战士，举枪指向日本兵，日本兵伏地逃窜，画面上还有六个红色大字：收复东北三省。威武的势头大大压过日本人。

日商老板是商社领头的，社员怂恿他找他的靠山武田诉苦。武田现时是一位举足轻重的武官，早年他父亲死于甲午海战，他便由日商收养，视日商为亲生父亲。日商来到芋阳馆对武田大发牢骚：“这样下去，我这位叔公就要完蛋了。你作为一名军人，毫无军人的血气，怎能眼看着大日本帝国的子民败与支那人？”武田不耐烦地说：“你以我的名义叫帝国军人帮你站岗，做得太过分了！我没有说你，你却来指责我。”说着又耐心劝他，“你派了岗哨有什么用？不要争一时之利，要等待时机。现时你应该控制一下自己的脾气，装出一副受到欺侮无处申诉的可怜相才对。”

日商大光其火，说：“忘恩负义的家伙！因为你不肯出手，我没办法才造楼派岗哨的。你说话倒是轻巧！还叫我忍。为了忍，我已经将厂子亏得底朝天了！而你这个帝国武官却一点都不心疼！你忘了是谁把你养大的！今天我是代表商会来告诉你，我忍下的是大日本帝国的奇耻大辱！我们马上就要离开上海，毫无颜面地滚回日本去了！”

商会里的同人也都是武田在日本的老乡，要是叔公真的如此做了，他武田倒是真的会没有脸面见父老乡亲，立刻劝阻他道：“我的叔公大人，你还是要再忍一忍，让中国人再高兴几天吧！甲午以来，大日本帝国所向无敌，要不了多久，你失去的利润，会让你加倍要回来的！”

“此话你已说过多少次了，每次都是只见打雷不见下雨。我忍声吞气等了那么久，等来的还是忍。你还要我等多久？等不得那个时候到来，全支那的日商都要倒闭了！”

武田停了停说：“你们那些厂子有什么了不起，更多的厂更多的人都在忍，该忍还得要忍，小不忍则乱大谋。你回去告诉你的同人，我想是快了！”

“有什么了不起？哼！你翅膀硬了，瞧不起你叔公了，怪不得你不肯相帮父老乡亲。快了，快了，这回最后信你一次！若这一次你又说话不算数，不但是我，你在帝国子民中也毫无信用了！我……”他顿了顿说，“也没有你这个侄儿了！”说罢拂袖而去。

没有人敢这样对武田说话，武田气得差点拍桌子，但是他还是压下不满的怒气，望着叔公离去的身影摇了摇头。他今天到芋阳馆来，其实就是为了这件事。

芋阳馆是一家日本人开的居酒屋，是一所充满了日本原生风俗、酒幌子半遮的风俗店。那些摆阔气的日本商人和军人、武士，甚至间谍、政要，都乐意到这里来交流国事、洽谈商务，同时在这里抵达享乐的天堂。

武田盘腿而坐，面前一张矮桌上摆有一盅日本清酒和几碟小菜，他自斟自酌，要这里见一位特别的人物。

不久，门被移开，进来一位穿和服长相秀丽的女子："少佐，我来了！"

武田示意女子坐下："美智子，你来得正好。"

叫作美智子的女子在武田对面坐下。武田喝下一小盅清酒，眼神像鹰一样，在美智子身上到处游走，仿佛有一股怨气要发泄。

美智子望了望他异样的眼神，很清楚这知道意味着什么。他是她的恩人，也是她最亲密的人，她恭恭敬敬双膝跪地，默默地给他酒盅里斟满酒。武田再次一饮而尽，重重地放下酒杯，说道："等你好久。"

"少佐，今天召我来有什么要紧事吗？"

武田抓过她的手，摸了又摸，像是在爱抚一具润滑而精致的玉雕，说道："美智子小姐真是一枝诱人的花。"

美智子面无表情，很有仪式感地再次斟酒，这一切都在悄无声息中进行，只有酒斟到酒杯里发出清脆悦耳的由高音而低音的水声以及因斟酒牵扯衣衫而产生的沙沙声。美智子将酒杯递给武田，说："冬季来了，花都缩起了头，怎么看也不会诱人啦！"

武田没有接杯，而是将她的手抓在手里道："不！美智子小姐是腊梅花，是严寒的花国中一颗璀璨的明珠。”说着一把将美智子隔着矮桌抓过来，搂在怀里。

美智子夸张地娇嗔起来，就势倒在他怀里，手中的酒杯居然没有倾出一滴酒：“少佐，快说吧，有什么紧要事？”美智子说话的时候，仍然举着满杯的酒，面部像罩了一副面具，看不出任何表情。

武田没有接杯，伸手摸了摸美智子的脸说：“几个月不见，美智子小姐功夫大有长进啊，不知床上功夫如何呀……”说着从她手上拿过酒去，仰头喝下，一手搂抱着她，一手将杯中斟满酒，拿到美智子面前说：“美智子小姐，你也喝一杯吧！”美智子将酒杯接过去，一饮而尽。武田将酒杯再次斟满了，同样杯中酒见底。三杯酒下肚，武田两眼放出淫邪的光芒，他放下酒杯说道：“我给你带来了你想要的……”

美智子顿时兴奋起来，问道：“这么说，少佐联系上军部了？”

“正是如此，美智子小姐！”武田得意地说着，伸出一只手在美智子胸脯上摸捏。美智子的身体就像刚出炉的面包一般散发着诱人的香味，使他垂涎欲滴。

“我带来了军部的秘密指令。”武田在美智子耳边轻声说道，“美智子小姐，你答应我的事……”

美智子莞尔一笑，道：“我答应你要把我作为礼物送给你。但是，你也答应过我的事……”

“美智子小姐，这一次事成之后，你很快就会穿上军装的！美智子小姐穿上军装一定英姿飒爽。”武田说着话，手就伸进了美智子敞开的领口，她的胸前没有任何遮掩物，武田轻易就摸到了她那丰满的椒乳。

“美智子把他的手压在胸前，问：“这次给多少？”

“两万元。”

美智子听了，急欲挣脱武田的怀抱，却被武田牢牢控制住。美智子一脚蹬翻矮桌，酒洒了武田一身。武田毫不在意，将她紧紧抱了抱，直到她安静下来，才放开她，整了整衣襟说道：“美智子的笑使人魂飞魄散！”

美智子再次问道：“这次给多少？”

“两万元。”

武田一边说，一边从身边公文包里抽出一沓日元在美智子面前晃了晃，扔在桌上。谁知美智子看都不看一眼，猛地甩开武田，起身就走。武田伸手一抓，抓住她衣袖。美智子就地一滚，武田早有防备，紧紧抓住不放，美智子的和服就从肩上扯了下来，露出一片雪白的酥胸。武田扑过去，一手掐住她脖子，一手给了她一巴掌。

美智子气极，顾不及遮掩衣不蔽体的身体，便踹了武田一脚，怒道：“滚开……”美智子脚穿厚厚的夹脚趾袜子，踹在武田身上根本没什么力量，反而撩起武田淫邪的欲望，他凭借有力的臂力，扑到美智子身上，像掰动一把汽车发动机的曲柄，用力将她的双手转到她头顶，死死压在地板上，望着她因恼怒而涨红的脸，因挣扎而扑棱棱跳动的乳房，露出猥琐的笑容。他紧紧控制住她，以此消磨她的意志，直到她不再动弹时才说：“你我都宣誓效忠于帝国，赏金只是一种领受命令的方式，希望你不必在意多少……”说着张嘴朝她小巧的红唇凑过去。没料美智子突然腰间发力，腹部向上挺起，举起两腿夹住武田颈脖，使出致命剪刀腿欲将他掀翻。然而武田技高一筹，反手将她两腿死死抱在胸前，一番搏斗，美智子已不着寸缕，她那对富士山一般雪白而高耸的乳房一览无遗地暴露在他眼前。武田淫笑着用力抽打美智子的屁股，将她双腿向左右推开，俯身压下。美智子没了还手之力，只能任其所为。她那由盛怒转安静，乌云散乱梨花带雨的模样，更显美艳动人。武田将她抚摸了一会，挺身直入，像一头公驴自顾自耸动着。美智子哀怨地望着天花板，一动不动。好一会后，武田翻身下来，摸捏着她的乳房说："美智子小姐乃帝国之甲斐姬，中国之穆桂英，有美智子小姐出马必定事半功倍，事成之后必有重赏。"说罢欲抽身离去。美智子突然伸出大腿勾住他颈脖，将他勾到胯下，搂作一团。

翌日深夜，一伙浪人冲进陈老板的纱厂，见人就打，见机器就砸，最后朝厂里扔下十几只燃烧的汽油瓶，撒腿就跑。一瞬间，纱厂火光冲天。工人们从熟睡中醒来，发现厂子起火了，马上打电话到救火会求救，救火车开出门才发现，道路被日本人的铁甲车给堵了，只好又开回去。

陈老板看着眼前的大火，心中满是绝望。他的心血，他的梦想，他的希望，都在这一刻化为灰烬。他的悲痛，在这一刻达到了顶点，看着火焰燃烧，心中的悲痛无法用言语表达。

美智子兴冲冲来到芊阳馆见武田，武田正搂着一名艺伎，高声嬉笑着饮酒作乐。艺伎穿一件前开衩的和服，两条赤裸的大腿从柔滑的和服里伸出来，白得耀眼，里面也是赤裸的。武田的手在她的嫩滑处恣意揉摸，艺伎双臂缠在武田颈脖上，像蛇一样不断扭动身子，嘴里发出淫荡的尖叫。美智子在门外愣了愣，不知该不该进去。武田抬起下颌示意她进去。美智子低着头来到武田面前，武田这才放开艺伎，艺伎动作夸张地、惊慌地夹紧两腿低头弯腰抽身离去。美智子在武田身旁跪下，大声喝道："少佐……"武田立刻示意她小声。美智子便低声将她的杰作叙述一遍，武田十分高兴，斟满一杯酒推到美智子面前，说："美智子真是厉害，一人可抵一个精锐装甲师团。"美智子却一脸鄙视地望着武田带着一股蛤蜊腥味的手，没有接杯，挪了挪屁股，坐到脚踝上，双手合在腿上说道："少佐的手艺不错啊，要不要再用我的清泉水洗一下你那肮脏的手？"

武田虽然喝多了酒，但没有喝醉，听出美智子话中有话，便整了整衣襟说："盼望至极，那是一件极快乐的事。"说着将美智子拉到身边，小声说道："南京方面在这里安了人，"说着朝窗外努了努嘴，"这里已经引起他们的注意，我在这里冒了极大的风险等你来，需要遮人耳目。请美智子小姐不必介意。"说着爆发出猛兽出洞一般的吼声道："美智子小姐，来，喝一杯吧！"

美智子挡开武田的手，不屑地说道："少佐真有雅兴！以大日本之实力，足可以一举夺得支那国土，何必扭扭捏捏像女子相扑？"武田微微摇头说："相扑也讲究看准时机出手，才可致敌无招架之力！中国有句老话，叫作师出有名。上兵伐谋，其次伐交，再次伐兵攻城。"说着将美智子拉到怀里柔声说道："你的功劳大大的，皇军大有文章可做了！"美智子媚笑着在他发达的胸肌上抚摸一遍，妩媚地说道："说好的奖赏在哪里？"武田抬起她下颌说："你再搞点名堂出来，奖赏大大的。"美智子厌恶地望着武田的手，仿佛嗅到了来自艺伎身上隐秘的味道。她冰冷孤傲的眼睛里仿佛没有焦距，深黯的眼底波澜不惊，款款伏在武田毛茸茸的胸口，犹如一头走兽搜求母乳一般拱来拱去，拨开武田的衬衫，突然张口咬住武田傲然硬起的小小的突起物。武田顿时疼得哇哇大叫，紧紧压住美智子的头不让她用力，一边去掰美智子的嘴，美智子哪里肯松口。门外的艺伎闻声推门一看，只见武田将美智子紧紧抱在怀里，朝她摇头晃脑，龇牙咧嘴。艺伎不知所以，踩着碎步来到两人跟前，见美智子的脸紧贴武田裸露的胸口，如一对拥抱在一起的情意绵绵的情人，一股鲜血从她嘴角挂下来，滴到白衬衫上，泛起朵朵红梅，正用诡异的眼神望着艺伎。艺伎吓得一声惊叫，四脚朝天跌在地上。武田猛地推开美智子，胸口顿时汩汩地冒出殷红的鲜血，将他的衬衫裤子都染红了。美智子像一头嗜血的僵尸，伸出舌头舔了舔嘴上的鲜血，脸上露出诡秘的笑容。

武田捂住胸口，狠狠抽了美智子一个嘴巴，美智子被抽得转了个身扑倒在地，不省人事。艺伎见此一幕，吓得惊叫一声，张开嘴合不拢，以与她一张涂脂抹粉的脸极其不配的动作，匍匐在地想要快速离开恐怖的美智子和暴怒的武田。武田的一声怒喝才将她唤醒，连忙取来纱布，给武田包扎伤口。武田手捂伤口，跌跌撞撞跑出芊阳馆，与一个头戴毡帽身穿长袍徘徊在芊阳馆外的中国男子撞了个满怀。武田骂了一声“八格牙路”恶狠狠地一把将他推开。

武田在医院召见美智子，要她放下个人恩怨，再将动静搞大：“你我都是帝国军人，在这个重要时刻须团结一致才对，为何要彼此伤害！”美智子撇开嘴唇，指着门牙的空缺说：“少佐，是你伤害了我，你下手太重，你忘记了你是个军人。”武田说：“不管怎么说，你我都有损失。今天召你来，表明我已原谅了你，我和你有话要说。”说着让护士拉上布帘，未等他再次开口说话，美智子“呸”了一声，吐出一团血肉，她把武田身上之物含了一整天。“谁稀罕你的原谅！我把身心都交给你了，还倒贴金钱为你卖命，你却将我当作工具，召之即来，挥之即去。这是你的，我还给你，我们两清了！”

当年，美智子在酒吧做女招待，武田将美智子招至麾下，并将她培养成一名能够熟练使用中日两国语言的特工，因此武田对美智子有知遇之恩。武田听了美智子的话，抱歉地说道：“奖赏一事，非我所为。今为帝国事业，不必为奖赏多少而耿耿于怀，要有为帝国奉献、为帝国献身的精神。你是帝国最优秀的特工，绝不能辜负帝国的栽培。”美智子不为所动，说道：“现今虹口一带有日侨十余万，其中有不少是我的细作，急招四五十勇士做出些事来并非难事，但这一切都需要金钱。”武田安抚她说：“军部已有允诺，此次事成之后，即任你为特高课特派员。”美智子闻言大喜，这是她梦寐以求的身份。她望着他不可能像螃蟹的眼睛那样断了再长出来的部位，顿生怜悯，将手伸进床单里，一把握住他已悄然挺立的肉棒。现在她能够做的，唯有挑起他的欲望，满足他的欲求。她一边警觉地提防军调处的人突然闯入，一边上下滑弄着他那热乎乎、绸缎一样光滑的玩意，想象着它在她体内时也是这个样子。她笑了起来，仿佛已经看到了军部发来的委任令，她现在就是穿上军服的特派员了。

第二天，民众群情激愤，走上街头声讨日寇暴行。一些身份不明的人吹着口哨，手举棍棒包围了芊阳馆，高喊着日本人滚出去的口号，朝芊阳馆丢石块，砸破芊阳馆几扇玻璃窗。顿时警笛声四起，巡捕房出动了军警，原先徘徊在芊阳馆外的中国人不见了踪影。

武田在芊阳馆临街的窗后，通过半遮的窗帘看到街上一片混乱，得意洋洋地自言自语道："我们的报纸又有文章可写了！"然后转身对他身后的日商叔公说，"你看，现在你的对手没了，你尽可以放手去做你想做的一切了！哈哈！"

"武田君，事情闹大了，惹恼了中国军队怎么办？"日商叔公有点担心，"毕竟中国军队也不是吃素的，在东北他们不抵抗，不代表在上海也不抵抗。他们的'斗笠军'就驻守在桃浦，那可是一支威猛之师！要是打起仗来，市面乱了，商界也要遭殃。"

武田摇了摇头说："不，他们连军饷都发不出，大冷天还穿着短裤、草鞋，更没有头盔，只是一批乌合之众，不堪一击！"

"难道真的要打仗？"日商叔公颇感意外，吃惊地问道。

武田不做回答，只是意味深长地望着窗外露出得意得微笑。他并不关心叔公的厂子，这种混乱的局面才是他想要的。

当天晚上，赵大从纱厂回到车行。祥海大吃一惊，说："你还没走？刚才老杜特地来关照，时局紧张，让你避一避风头，不要回来。"赵大说："厂子都倒了，还避什么风头。机器虽然埋了，起出来还有用，需要有人看护。"话音刚落，门外冲进来一帮警察，问："谁是赵大？"赵大答："我就是。请问，有何贵干？"领头的警察道："你违反禁令，从事非法反日活动，我奉命逮捕你！"

“笑话！我在中国的土地上，反对日本侵略者，触犯了哪家法律？”赵大正义凛然地质问警察。

“你可以反日，但不要惹恼日本人，带走！”

警察一拥而上，将赵大五花大绑推出门外。祥海急忙拉住警察，悄悄说道：“警察兄弟行行好，都是中国人，何必要相信日本人的谣言，做日本人帮凶？”说着朝为首的警察口袋里塞进一沓钱，“通融通融，你回去就说没抓到人。他本来就不该回来，他不回来，你们不就抓不到他嘛？”祥海似乎在埋怨赵大，风头这么紧还回来干吗。警察得了好处，口气稍有所缓和，对祥海说：“老兄，我也不想抓他，但这件事是市长亲自督办的。”

祥海一愣，似乎有些不相信自己的耳朵，又问了一遍：“你说什么？”警察不耐烦地重复了一遍：“我说，这件事是市长亲自督办的，要给日本人一个答复。抓不到人，我这一身老虎皮也得剥了。”

“哪有这样的道理！”祥海心中一紧，知道此事已无挽回余地，只得作罢。他无奈地叹了口气，对警察说：“既然如此，那就麻烦兄弟了，让我跟你们一起去，我要找你们局长交涉，我认识你们局长。”

“好吧！”警察听了，既然祥海认识局长，他乐得买个顺水人情。他挥了挥手说：“不瞒你说，我们局长也不想做这样的事。我看这是日本人的借口，即使抓了人，日本人也不会善罢甘休的。日本人肯定会开战，到时候这位兄弟就成了抗日英雄。如果日本人就此罢休，市长也是做做面子而已，关几天也会放了。”

祥海说：“去了再说，看看可不可以不抓人。”说着，和赵大一同去警局。

项庄舞剑，意在沛公。日军根本没把上海市府的忍让当一回事，他们玩起一年前在东北就玩过的把戏，贼喊捉贼，不但不捉拿肇事者，还对上海市府下了最后通牒，借口保护日本侨民的安全，要进入中国军队的防地，责成中国军队须在午夜前撤出。

芊阳馆一到晚上便红灯高照，乐曲悠扬，香气缭绕，时而有人进出，如是有路人经过，门帘后的艺伎也会掀起布帘一角，殷勤招呼。距午夜还有四个小时。

一位身穿中式棉袍的妇人，用围巾遮住一半脸，只露出两只黑洞洞的眼睛，左顾右盼朝芊阳馆走来。街对面一个头戴礼帽的男子，像是喝醉了酒在他身后店铺的门柱上靠一靠歇一歇，立刻朝她看过来。围脖妇人不是别人，正是美智子，她知道这里已被监视，她佯装路过，走过芊阳馆门前时，芊阳馆的门帘又掀开了，门帘后站着的正是那位她不屑一顾的艺伎。美智子迅速朝她手中塞进一张小纸条，低声说道："立即交给少佐，告诉少佐，我被跟踪了！"说罢,立刻转身离开。艺伎子手握纸条,敲开武田的房门。

"少佐，美智子送来情报！"

"她为何不来？"

"她被跟踪了！少佐，我们也不安全了。"原来艺伎也是一名日本间谍。

"一定是十分紧急的情报……"武田展开纸条，纸条上写着：南京方面一面交涉一面部署，斗笠军已经在宝山、闸北地区严密布防，不会放弃防线。

武田眉头紧锁，说道："马上撤离，你也得离开。"说罢，起身就走。

此时距午夜只剩下短短两个小时。寂静的街道上空无一人，只有寒风在吹拂着枯枝败叶。在暗淡的路灯下，街道显得格外凄凉。

与日军司令部隔街相望的公寓内，一位习惯了半夜写作的左翼作家，下午和妻子去了一趟医院，回来后略睡了一睡，此时醒来，头脑清醒，手头一壶珠茶沏了三五回，坐在临街的书房窗下一张旧藤椅上，点上一支劲头十足的彩凤牌香烟，和往常一样，铺开纸笔准备写作。他妻子为他磨了浓墨。突然，电灯熄灭，街上也一片漆黑。过了一会儿，窗外马路上响起“轰隆隆”铁甲车压过的声音，地面在震动，窗户在颤抖，随之传来铁蹄踢踏交杂着列队行军的声音，吵嗓得像集市开张。作家心头一惊，不由得推开那扇用厚纸糊起来的窗户探头张望。自从对街那幢城堡式建筑里进驻日本兵后，他就将这扇窗封了，再也没有打开过。现在他打开了，看见昔日灯火辉煌的日军司令部灯火尽灭，沉重的夜幕掩盖不住人声嘈杂，一辆辆铁甲车从黑暗中冲出来，开足马力向南而去。一队队荷枪实弹的日本士兵紧随其后。铁甲车上的探照灯像一把把恶魔的利箭射向前方。载有日军军官的摩托车急匆匆开过、马蹄“的的笃笃”敲打在地面上。这是从来没有过的事。

他的妻子坐在一旁，用焦虑的眼神看着他，手中紧紧握着已磨得只剩半块的墨。作家深深地吸了一口烟，沉默了一会儿，然后缓缓地吐出青色的烟雾，对着窗外自言自语道：“这是战争的序幕，是暴风雨的前奏。我们的国家，我们的民族，将面临前所未有的挑战。”他提笔在纸笺上写道：“黑夜里的铁蹄声，是战争的脚步声。刺破长空的探照灯，是希望的破灭。我们的国家在黑夜中颤抖。”

他一直写到深夜，写下了这个国家的痛苦和挣扎，写下了人们的愤怒和无助。他知道，这些文字无法改变战争的走向，但至少可以让世界记住这个国家所遭受的苦难。

时钟的指针指向十一点三十分，三十分钟后才是午夜，日军去往的方向传来了紧密的枪声。作家慌忙关上窗户跑到晒台上，抬头看见一道道红色火光在头顶掠过，他敏锐地意识到战事发生了，马上对妻子说：“快给晶云里打电话，告诉福春，今夜鬼子倾巢，路有铁蹄践踏，北边枪炮声传来，大抵是动手了的。要他们快警惕起来，早做准备。”话音刚落，远处的枪炮声就更密集了。

昨夜，祥海陪赵大来到警察局，欲找局长交涉，局长却遍寻不着。抓人的警察说局长一整天在市政厅忙开会，都没有到过警察局。祥海就在警厅里坐了一夜，不敢离去。第二天又坐了一个白天，局长还是没有露脸。此时倦意袭来，支持不住，倒在一条长凳上睡着了。时近半夜，街上传来“隆隆”枪炮声，警厅天花板下，一盏昏暗的没有灯罩的电灯摇摇欲坠。祥海迷迷糊糊坐在长凳上问看守：“哪来的枪炮声？”

看守急急忙忙拉起警局大门的铁栅栏说：“打仗了！”

祥海一惊，忙问：“真的打仗了？”

看守说：“打仗还有假的吗？你听这炮声……”话音未落，一声巨响，震得天花板索落落掉下石灰来，电灯闪烁了一下突然灭了。

惨淡的月光从栅栏外照进来，看守眼望天花板，束手无策。祥海抱起长凳走过去，朝电灯戳了戳，电灯没亮。他放下凳子踩上去摘下灯泡，拿在手上摇了摇，重新插上去。灯又亮了，还比刚才亮了许多。

看守十分惊讶，说道：“怎么回事？兄弟会变戏法？”

祥海说：“钨丝断了，摇了摇，正好将断了的钨丝接起来了。”趁机问他：“我兄弟可以放了吧？”

“快了……”看守说。

拂晓时，最后通牒时间已过去了四个小时，警局外面乱成一片。这个时候，祥海不能离开赵大，也不知外面仗打得怎样了，心里正焦急，看守晃荡着手中牢房钥匙走来。祥海心头一惊，恐将赵大羁押升级。看守却说：“我说得不错吧，小日本开战，你朋友就没事，快将你朋友领回去吧！”祥海十分惊喜，不一会儿就见赵大走出牢房来到警厅。祥海迎上前去，也不说什么，诚惶诚恐地拉起赵大就要离开警局，身后传来一声沧桑又热切的话音：“等一下，年轻人！”

祥海回首一看，正是自己坐等一天一夜没有见着的警察局长，刚要上前搭话，局长却朝赵大喊话：“年轻人，我知道你是陈氏纱厂的武术教练。可以问你一句话吗？”

未等赵大回话，一旁的看守两脚后跟一靠，挺胸敬礼：“局长大人辛苦了！”

这位局长大人身穿和黑夜一样黑的制服、头发花白面色严峻，他对祥海说：“让你枯坐了！其实我一直都在，也应该赶你出去，但是你们兄弟情谊感动了我，我才没有这么做。今天的结局是我早就料到的，你得感谢我让你这么陪着你兄弟！”又自嘲地对赵大说道：“我一生从来没有做过这么随意抓人、放人的事，让你受惊了……”

赵大站停了，疑惑地问：“请问先生想要问什么……”

局长说：“我想问一句，为何你明知道斗不过日本人，还要做无谓的抗争？人家有枪有大炮，你们只有漫画和木头枪，有什么用呢？”

赵大说：“骨气！骨气就是脊梁。一个人能没有脊梁吗？没有脊梁骨只能是一条摇尾乞怜的癞皮狗。一个民族能没有骨气吗？没有骨气的民族必定任人宰割，必定是可悲的民族！就像你和你们这帮窝囊警察，刽子手将刀架在你们头上了，你们都不敢吭一声，还将吭声的抓起来坐牢。这是什么世道！”

局长点了点头说：“骂得好！但年轻人，有些事你不明白……我们抓住了打人放火的肇事者，只要一审就可以真相大白，可是不得不放了，又不得不抓你进来……我们的当局者真的是一条没有脊梁的癞皮狗……不是我和我的同事！好了，你可以走了……”

祥海惊奇地看着局长，看到他粗糙的面孔和厚厚的嘴唇，突然对他产生了某种怜悯。惊诧在这毫无公正可言的政局里，竟还有保持着操守和意气并能坚守职责的人。尽管他的操守和意气没有一点用处。

祥海偕赵大走出警局，拍了拍赵大的肩膀说：“骂得痛快！”

那个夜晚，阿毛在宝山东家做生活，半夜打起仗来，东家连忙打发阿毛回家。天还没大亮，思妻心切的阿毛就雇了一辆黄包车，带上针线活计和随身物品，离开宝山东家去往城里。

天亮以后，黄包车将阿毛拉到一条通往城里的土路上。这是二十八日早上六点半，距离最后通牒时间已过去了六个半小时。

阿毛很奇怪，平日这条路上很热闹，今天却死一般地沉寂。车夫把腰弯成一张弓，哼哧哼哧费力地跑上一座土桥。突然，天空传来飞机的“嗡嗡”声。

阿毛抬头一看，贴着膏药旗的飞机飞到了他头顶上，黑乎乎的炸弹一个接着一个，像“出污”似的掉下来。阿毛急忙叫车夫停车。车夫恰巧是个耳朵不灵的半聋子，对阿毛的呼喊声充耳不闻。阿毛使劲跺了跺脚，黄包车摇晃起来，车夫回头看了一眼，以为是客人嫌他跑得慢，嗷叫一声，脚下一着力，就到了桥上。阿毛叫苦不迭，抬头看天空，刚才还热水瓶大小的炸弹现在已大如黑汉张飞，发着啸叫落下来，在前方桥面上轰然炸响，顿时浓烟滚滚。车夫在原地打了几个转，猛地一甩手，躬身钻进车子底下，将阿毛掀翻在地。说时迟那时快，阿毛就地一滚，一头扎进路边的稻田里。炸弹接连不断地炸响，世界为之震动。阿毛被震昏过去，就什么都不知道了。

不知过了多久，一只癞蛤蟆从稻田翻起的泥土中钻出来，抖了抖身上的尘土，用力一跳，落到阿毛的脸上，将一泡奇臭无比的尿液撒在阿毛嘴里，冷冰冰的。阿毛咂着嘴唇醒来，癞蛤蟆“扑”地又跳走了。阿毛推开散落在身上的秸秆，湿淋淋像泥塑人一般爬出稻田，回头一看，前方的桥已坍塌，黄包车不见了踪影，车夫的身子老老实实趴在地上，脑袋不知去了哪里，肩上的血窟窿汩汩地往外冒血，阿毛吓得拔腿就跑。这个时候，日军飞机成群结队而来，机枪朝地面的扫射如雨点般落下，身后的爆炸声震耳欲聋。硝烟四起，一间间房屋被炸飞，村庄瞬间被夷为平地。阿毛连滚带爬，一路狂奔，他要进城去救娘子。

日落黄昏，失魂落魄的阿毛遇上一支市民救援队，一打听，离城里尚远。又走了一个时辰，路上的人多了起来，有的扛着担子，有的推着车，扶着老弱妇孺，吵吵嚷嚷，都往城里涌。阿毛估计离城里不远了，遂加紧了脚步。不远处有一排粥棚，难民们在粥棚前排起长队，等待难民所施粥。阿毛饥寒交迫，闻到粥香，便一头扎倒在地不省人事。救护人员舀来粥汤朝他嘴里灌下，他才苏醒，又喝下一碗热粥，身上才有些力气，可是走出粥棚没多远，觉得热烘烘地想睡觉，身子就软了，竟又一头栽进路边的臭水沟里沉睡不醒。行人匆匆而过，没人注意路边沟里躺着一个人，都急吼吼往城里避难。

在阿毛遭遇日本鬼子轰炸的同时，广福也遭到了轰炸。一颗炸弹落到朱家大院，将朱家大院院子炸坍。朱大爷慌忙率领儿子二瘸和媳妇弄草儿逃命，却不知往哪儿跑，结果跑上十字桥，迎面遇上鬼子的铁甲车向桥上开来。此时最后通牒时间已过去八个小时，鬼子的先头部队已到达广福。

广福位于沪苏浙三地要冲，十字桥处于东西南北分界、水陆交会之地，鬼子不论从南向北攻占长江滩涂接应从长江口登陆的部队，还是从东往西取道苏浙进击南京，都必经十字桥。这支从虹口开来的日军先遣队，一路急行军，欲抢占十字桥。一路上如入无人之境，没有遇到任何抵抗。这时突见桥上有人，子弹便像疾风暴雨般横扫过来。朱大爷被射中，一个趔趄卧倒在地。二瘸腿脚不灵，已提前仆地，因被弄草儿牵着，将弄草儿也拖倒，两人才没被子弹打着。鬼子端着长枪“咿咿呀呀”地叫着朝桥上跑来。十字桥是一座石板桥，两边没有护栏，弄草儿见势不妙，连忙扯住二瘸胳膊，就地一滚，从三丈多高的桥面翻落河中。也是命大，两人落水之后抓住水草，才没被淹死，扑腾了几下钻进桥下茅草丛中。这里正是五年前弄草儿讨饭到广福饿晕的地方，如今茅草枯黄，已长得一人多高，两人钻进去就没了踪影。鬼子的铁甲车轰隆隆开上十字桥，从朱大爷尸首上碾过，将朱大爷的尸首碾成了血肉模糊的碎块。鬼子跟在铁甲车后走上十字桥，抬起大头皮靴，将朱大爷尸块踹入河中，正好从二瘸面前落下。二瘸怒不可遏，双眼冒着仇恨的火焰，要冲出去和鬼子拼命，被弄草儿死命按住，劝阻他说："你这样出去，必定死路一条，鬼子巴不得你去送命呢！父亲常说，好死不如赖活，留得青山在不怕没柴烧，活着最要紧，死了有天大的仇也报不了。"二瘸才恢复理智，暂且按捺下仇恨的心。

鬼子朝河中打了一阵乱枪，又扔下几颗手榴弹，将漂浮于河面的朱大爷尸块炸得飞上了天。随后两个鬼子端着枪从桥上下来搜索。就在鬼子在桥上停顿的当口，"斗笠军"的一支别动队也来到了十字桥。

此时，"斗笠军"主力正在闸北、虹口一带与鬼子激战，为防被鬼子包抄后路，派出"黄老虎"旅赶来十字桥布防。此时，旅长"黄老虎"发现十字桥已被鬼子占领，随即一声令下，开战迎敌。两个刚走下桥堍的鬼子兵立刻被击毙，滚落河中，桥上的鬼子立刻大乱。鬼子摸不清国军的底细，放弃应战，向桥北、桥东两个方向撤去。等到发现抢夺十字桥的只有一个旅的兵力后，鬼子立刻展开疯狂反扑。两军在十字桥展开拉锯战，从白天打到黄昏，十字桥一会儿被日军攻占，一会儿又被"斗笠军"夺回，双方都损失惨重，一时尸横遍野，娄水河也被染成了血色。

桥上枪炮声大作，不断有尸体滚落。弄草儿知道日军与国军交上了火，不敢发出丝毫动静。一直到夜晚，枪炮声歇了，弄草儿和二瘸搞不清现在桥上是哪一边的人马，仍然藏身在茅草丛中，冻得瑟瑟发抖也不敢出来。夜深人静时，两个国军士兵打着手电到桥下来收殓尸体，猛然发现草丛中藏着两个人，立刻拉动枪栓喝道："谁，举起手来！"

弄草儿听士兵说的是中国话，又见他们戴斗笠、穿短裤，知道是自己人，连忙举手回话："不要开枪，我们是村民。"士兵吓出一身冷汗，仗打了一天，桥下有人藏身都没有发现，要是藏着日本鬼子，半夜爬出来将旅长一枪撂倒，可就完了。连忙端起枪来吆喝。弄草儿和二瘸乖乖走出草丛爬上桥。士兵将两人押到"黄老虎"面前，"黄老虎"亲自询问。弄草儿将昨天清晨的遭遇细细道来。"黄老虎"见是两个避难农民，冻得半死想要回家。问过地址，叫他们回家收拾收拾，赶快离开，这仗恐怕有得打。

再说赵大出狱后，天刚亮又跑去纱厂。在废墟上见到老杜，老杜将他拉到厂子唯一一幢未被烧毁的矮工棚里，却见陈老板也在。

"欢迎你回来！"老杜说，"鬼子得手以后，鬼子一定会抓捕陈老板，现在我要马上送他离开上海……"说着紧握赵大的手，"这里全靠你了！"然后摘下护厂队袖标交给赵大，"将失业工人也召集起来，护厂队改名失业团，这样可以向市府争取失业工人合法权益。"

赵大点头称是，陈老板也和赵大握手说："照顾好弟兄们，有什么难处，等我回来再说！"赵大紧握陈老板双手，表示一定会照顾好厂子，照顾好工友，老杜和陈老板这才放心离去。谁知陈老板这一去，再也没能回来。

最后通牒已过去了一天一夜，广福正在激战，宝山战事吃紧，国军死伤惨重的消息传来，市民们纷纷走上街头，声援抗战。华德路上走来一支非常奇怪的队伍，那是赵大率领的由失业团组成的抗日救援队，队伍中夹杂着一长溜黄包车，车上有的载人，有的载有支前物资。其他车行见黄包车也可以为抗战出力，纷纷推出自家的黄包车，不管黄车、黑车，或连人带车一起入队，或将黄包车交予救援队。不一会儿，人力货车、垃圾车也加入了队伍，一时竟聚拢起几十辆人力车、上百号人，浩浩荡荡开往前线。

阿毛直到午后才跑进城，他一边跑一边打听“一街两坊”在哪。他只来过一次，不认路，路人指点他一直往南。此时走到马玉山路，这是一条僻静的小马路，路上没有行人。阿毛走过弯弯曲曲的田埂小路，又过了一座桥，来到华德路，人渐渐多了起来。只见前面来了一队人力车队伍，待队伍走到眼前，他惊喜地发现领头的竟是广福厚德府的赵大。虽然赵大留了两撇小胡子，剃了光头，皮肤晒得黝黑，人也瘦了不少，他还是一下子就认了出来，上前截住他问话。阿毛浑身是泥，身上又脏又臭，两只眼圈深黑，像是从地底下爬出来的鬼魂。赵大不敢相认，待阿毛张口叫了一声“阿大”，赵大才认出是裁缝店阿毛，阿毛说要去“一街两坊”寻找娘子。赵大说：“阿毛，你走过头了，前面过高郎桥就是‘一街两坊’。”赵大要阿毛说说宝山现时的情形。阿毛说他昨天天未亮就离开了宝山，宝山那边情况不清楚，倒是进城的路上鬼子飞机大炮一起出动，他差一点被飞机炸死。赵大听说宝山通往城里的路上遭到轰炸，推断宝山战事一定激烈，回头欲招呼队伍加快速度，却见队伍早已过去。连忙和阿毛道别，去追赶队伍。阿毛喊了一声："你这是要往哪里去？"赵大已经走远。

阿毛按照赵大的指点往回走，看见一座尖顶小洋房兀自矗立，果然是刚才没注意错过了。走进祥庆坊，就见娘子挺着大肚子坐在弄堂第一家门口的太师椅上笃定抽烟。人们都上街去了，弄堂里显得出奇的冷清，阿毛娘子蓦地见一衣衫褴褛浑身烂泥蓬头垢面的男子闯进弄堂，一时没认出是阿毛，以为强盗趁乱打劫，吓得连忙起身躲进屋里，却见男子跟过来在门口朝屋里张望，心里又是一惊。在这个战乱年头，要是碰上强盗恶人抢劫，只能自认倒霉。心里慌张，就要呼救，男子却出声叫道"娘子——"。

阿毛娘子定睛一看，原来是自家丈夫，又惊又喜问："你从哪里来，怎么如此狼狈？"

阿毛有气无力，将昨天至今的遭遇说与娘子听。娘子听了眼泪汪汪，直呼阿毛命大。阿毛喝下娘子端来的热茶，忽觉双膝酸软无力，浑身乏力，冷得牙齿打战，叫娘子道："快烧水来，我要泡澡。"阿毛昨天清晨在水稻田中浸泡过，经一天一夜奔波，身上湿了又干，干了又湿，此时疲惫不堪，只想洗个热水澡好睡觉。谁想这一睡，睡了三天三夜。多亏娘子守护在侧，给他请医抓药喝水摩肚子，拉出一肚子黑炭似的秽物，才死里逃生，捡得一命。第四天醒来，只觉身上暖洋洋的，睁眼一看，身上盖了两床棉被，娘子挺着大肚子伫立在床头。阿毛顿时落泪，哽咽道："我以为见不到娘子了！娘子肚子都这么大了，身边没有一个人照顾，真是为难娘子了！"鼻子一酸，说不出话来，本想挣扎下床，哪知刚坐起，只觉眼前一黑，身子又控制不住地倒了下去。

赵大率领救援队接受战地训练后，和另一支大刀队组成编外战团，开赴广福十字桥。一场战斗刚刚结束，硝烟未散。“黄老虎”立刻命令赵大在桥两边阵地上多挖壕沟，提防鬼子白天吃了败仗，夜间偷袭。壕沟刚刚挖好，鬼子就在飞机大炮掩护下，又开始进攻了。十字桥失守，国军不得不退入太仓，第二天依仗压倒性的人数优势发动反攻，又将十字桥夺了回来。赵大琢磨着日军穿着大头皮靴，而十字桥两头都是平整的柏油路，便心生一计，待“黄老虎”亲临火线视察时，他上前“啪”地并拢脚后跟道：“报告旅长，敌军若仍在夜间偷袭我们，我有一个土战法，可以趁暗夜无光，叫鬼子有来无回。”

“黄老虎”问：“什么土战法，这么厉害？”赵大如此这般与“黄老虎”耳语一番，“黄老虎”听了大笑说：“说不定真管用！但是那么多豆子到哪里去弄？”赵大说：“我家里有。”

“黄老虎”问：“你家在广福？”

“对，我家就在桥东厚德府。”赵大指向鬼子退守的方向道：“前面三里路就是。”

“太好了！现在鬼子已退出五里外，你带领手下人马，趁天黑速去速回。午夜之前必须回来，过了午夜，鬼子可能又要进攻，到时候你们就有去无回了。”

赵大领命回到战壕，从救援队里挑选了十几位原护厂队员，一人拉一辆黄包车避开大路，从桥下绕道跑向沈老板家的船坞，船坞后面有一条土路连通厚德府。“黄老虎”站在桥头拿望远镜观察，只见望远镜里一辆辆黄包车闪过，十几条黑影飞速朝黑暗处蹿去，瞬间不见了影。

赵大和战友走这条土路避开鬼子的探照灯，来到厚德府院外樟树下。偌大的宅院，一片漆黑，一片寂静。赵大熟门熟路，吩咐将黄包车停在树下黑暗处，一个个比猴子还灵活，翻墙进院，悄悄来到下房。

赵大轻叩窗户。“谁？”不一会听见吴妈在屋里问话，赵大压低嗓门说：“我，大牙。”

“啊，是我儿？”吴妈听出是赵大的声音，连忙打开房门。赵大闪身进屋，十几名义勇军战士鱼贯而入，吴妈吃了一惊，退后一步问：“这……他们是谁？”

“我战友。”

“战友？你怎么会有战友？”说着就要点灯，被赵大阻止。

“我已是抗日军人了。闲话少说，我家地窖里是不是储有一冬天的黄豆？快拿出来。”

吴妈问：“正在打仗，你要黄豆干吗？是给战士们吃吗？隔年陈豆子已坏得差不多了，你挑当年新豆拿。”

赵大说：“不管新旧，好豆坏豆，统统都要！”

“不行，陈豆要吃坏肚子的，连猪都不吃。”

“没事，是给鬼子吃的！”

“啊，我懂了！”吴妈以为真的给鬼子吃豆子，说：“去年地窖造好就放进去，老爷过世后，你们又都不在家，夫人管不了这些事，隔年陈豆不霉掉也蛀得差不多了。”

赵大带领工友们跟随吴妈进入地窖，吴妈点起蜡烛，指着装在麻袋里堆成小山似的黄豆说：“你们自己去搬，我没力气，帮不了你。”

牛老四披衣从吴妈房里出来，走过来问：“阿大来了？”

吴妈骂道：“贼你个老四，你起来干吗？回屋里去！”

赵大见牛老四半夜从姨娘房里出来，颇觉奇怪，小声说道：“你们都去吧，不要惊动夫人。”

牛老四缩起头笼了袖，蹑手蹑脚回屋，吴妈不肯离去。看着救援队员们一人一袋，来回十几趟，将地窖里的黄豆全部搬上黄包车。赵大嘱咐吴妈道：“姨娘，日本人来了，你们要小心，不要出门，子弹可不长眼。”说完拉起黄包车就走。

吴妈应诺，追出去一看，十几辆黄包车跑得飞快，一会儿就没了影。

十字桥阵地上，“黄老虎”焦急地望着赵大他们的去路，不时抬起手腕看时间。午夜将至，赵大他们还没回来。“黄老虎”正在焦急，桥堍下就出现了一长溜黄包车，快速朝桥上跑来，黄包车上麻袋装着黄豆，一路走一路洒。“黄老虎”骂了一声：“妈的，怎么回事？这赵大胆子也太大了，竟敢从桥上过。”一边朝阵地上大喊一声：“注意掩护！”一眨眼，十几辆黄包车已来到桥上。“黄老虎”拍了拍赵大肩膀说：“好样的！赶快布防！”赵大立刻率领大刀队埋伏在路两侧的民房内。“黄老虎”喃喃自语：“鬼子一来就有好戏可看了！”赵大布防完毕，严阵以待。午夜时分，鬼子果然发起进攻。赵大等到鬼子铁甲车开过后，立刻率大刀队从民房里杀出。鬼子不料有埋伏，仓促应战，皮靴踩到豆子，立刻东倒西歪，纷纷滑倒，不明白哪里来那么多钢丸，还以为是什么新式武器。大刀队初生牛犊不怕虎，扑向鬼子一顿猛砍，月光下寒光闪闪，杀声震天。鬼子兵被斩杀一大批。而鬼子的铁甲车也遭到“黄老虎”的机关枪、榴弹炮迎头痛击。此时天已拂晓，国军进攻的号角响起，山炮轰鸣，展开反攻。鬼子见势不妙，丢下几百具尸体，狼狈退回阵地。

战至三月，日军本土来的援军到达，长江口日军兵舰云集，一齐向宝山城里开炮，宝山要塞失守。国军腹背受敌，被迫撤出阵地，退向太仓。

消息传来，市民悲痛欲绝，彻夜难眠。那一晚，梅大师在天蟾舞台首演他创编的新戏《抗金兵》。市民纷纷涌向天蟾舞台，剧院有史以来第一次演出时不关大门，让没票的观众也可以在门外站着听戏。

祥海也在台下看戏，他是被陈小姐拉来捐款的。

陈小姐自父亲逃离上海后，家里少不了受到日本间谍特务的骚扰，而她也已从学校毕业，虽然不用她赚钱养家，但她要自食其力，在祥海的酒行里做女招待，已经和祥海混得烂熟。陈小姐金发碧眼，身材高挑，皮肤白皙红润，鼻梁高挺，嘴型棱角分明，与大马路橱窗里的美女模特儿一模一样。人们以为摩登酒行来了个法兰西女招待，酒行顾客盈门。今天一早，祥海刚刚卸下排门板，只见陈小姐换回学生装，手捧红色募捐箱走进酒行。单枪直入询问祥海：“你愿意加入爱国组织，为伟大的祖国贡献一份力量吗？”

祥海有意逗她，答道：“你这台词背得不怎么样。能为抗日救国出力，只要你不是日本人的奸细，我的回答是当然愿意。”

陈小姐笑了：“我一路走来，同样的问题问过上百个老板、商人和平民，只有你这样回答我，你看我像日本人的奸细吗？”

祥海说：“知人知面不知心，这可说不准！听说上海有个日本女间谍，和你一样美貌，却是心狠手辣的女魔头。”

陈小姐急了：“有你这样说话的吗？说我背台词，又将我比作日本女间谍，我不要你捐款了！我在你酒行做了那么久义工，为你做了免费广告，你得付我广告费！”

祥海见她当真，连忙安抚她说：“和你开玩笑呢，谁不知你陈小姐忧国忧民，游行罢课少不了你，是位巾帼英雄！”

陈小姐破涕而笑：“这事你听谁说的，是不是老蔡说的？这个老蔡可是个蔡大炮，什么话都藏不住，所以我也知道你的一些事呢。言归正传，这一次你准备捐多少？”

“我想和你一样，你看如何？”

“好吧，不管你捐多少，和上海工人比起来我们都不足挂齿，他们本来就吃不饱穿不暖，也都停工素食，积极出钱出力，真是令人感动！”说着拿出一张戏票说：“那么我请你看戏，看梅大师的义演，义演后有捐款专场。”

梅大师在九一八之后拒绝为日本人演出，从京师迁居上海，在上海的第一场演出竟是在战火之夜。戏演的是宋朝将领韩世忠与妻子梁红玉联手抗金，大获全胜的故事。此时，演出进入高潮。台上演的是抗金，观众看的是抗日，都把剧情与眼前日本鬼子侵占国土、中国军队勇士正在浴血奋战的残酷现实联系起来，期待中国军队能够像戏里面那样战胜日寇。直到午夜一点，观众没有一个离场的，都在等待演出结束后的重头戏——全民募捐。

幕布落下后，梅大师戏装都未卸下，就来到前台谢幕，剧场顿时响起一片掌声和口哨声。梅大师款款举了举双手，待人群静下来说："我对于政治问题向来没有什么心得，一心只想着演戏。但日寇挑起战火，九州流血，百姓一日三惊，国家危在旦夕，我不能袖手旁观。我认捐一架飞机！"来看戏的都是梅迷，都知梅大师一大家子人以及追随他的大批演职员完全靠他养活，刚刚迁居上海，也曾一度陷入困境，却大手笔捐一架飞机，顿时群情激昂，商界大亨、老板、交易所大佬、太太夫人纷纷认捐。

"陈炳谦捐洋一万元。"

"闻兰亭经募交易所联合会助洋二千元。"

"程荣初捐二百元，鲍国栋捐爱邀丁一千针，樟脑五百针，迪及推林五百针，吗啡一千针，爱特老林一打。"

"张升初等棉花纱布约值洋三百元，日新盛白布四十匹，乔宝斋嘘嘘药膏一百包。"

剧场里认捐的呼声此起彼伏。工作人员手捧募捐箱沿走廊走过来，挨个儿询问认捐数目，不一会儿走到祥海和陈小姐面前。

"这位先生太太，可有认捐？"

祥海猛一听先生太太，一脸尴尬，转头问陈小姐："你捐多少？"

陈小姐反问他："你捐多少？"

祥海说："是我先问你的，应该你先说。"

陈小姐："你是男人，你先说。"

祥海："女士优先。"

"那好，以后统统女士优先，我就先说。"

"以后？以后你还来酒行打工？"

"除了打工，就不能有别的事？"

"对的，别的事也是女士优先。"

“那好，我捐一万。”

“那么巧，我也是一万。”祥海拿出银票给陈小姐看，“我这银票是写好的票面，不是附和你的。”

陈小姐大喜，说道：“我心里想着要和你捐一样多，还真是一样多。”

这时梅大师谢幕结束，这一晚当场募捐到六架飞机的钱。

天蟾舞台离闸北前沿不远，但属于租界地面，日本人虽已侵占闸北，却管辖不到，对空前盛大的爱国义演无可奈何，又不甘心。第二天，日本人在日文报纸上提出抗议，说演出是扰乱民心煽动仇日情绪。日军以此为由侵占租界。英美各国眼看战火烧到租界来了，纷纷出来调停。此时，东北那边关东军成功劫持末代皇帝，成立了伪满洲国，并进军热河，窥视关内。日本人见目的已达到，立即同意调停，中日双方恢复到战前态势。

战事结束，义勇军大刀队就地解散。赵大被叫去旅部，“黄老虎”紧紧握住他的手说：“我们要撤了。”

赵大难过地点了点头说：“你们要撤往哪里？”

“黄老虎”：“先撤到南京。”

“南京？”赵大吃惊地问，“南京不是首府吗？怎么往那撤，这不是引狼入室吗？”

“南京哪里还是首府，首府早就迁到洛阳去了！鬼子有坦克、军舰、飞机、大炮，我们没有，兵员、武器打光了，给养没了，都得不到补充，这仗没法打，只好撤。”

“既然兵员不够，为何不让我们参军，还要解散我们？我们不要军饷，只要给我们武器，同意我们打日本鬼子就行。”

“老蒋是不会让你们工人手上有枪杆子的。放下枪，回家去好好陪老婆孩子吧！”

“妈了个 ×！”赵大平生第一次出粗口骂人，“我没有老婆没有孩子，也没有家！我们不要名不要利，不给武器也行，让我们赤手空拳跟鬼子拼。让我们跟着你吧，旅长！”

“军人以服从命令为天职，阿大，走吧，回去吧！”

“哪有这样的事！”赵大愤愤然道，“从来没有这样的事，真是千古奇闻！”

“黄老虎”也是万般无奈，好言相劝赵大，与赵大挥泪而别。

赵大率几十辆人力车浩浩荡荡返回市区，市民们挥舞彩旗涌上街头夹道欢迎。赵大在鲜花和学生的簇拥下来到陈氏纱厂。纱厂的废墟上搭了一座临时舞台，庆祝大会将在这里召开。记者争先恐后将赵大围住，举起相机“咔嚓咔嚓”地拍个不停，要他介绍大刀队的英勇事迹，赵大却木讷起来，说：“先让我把这些车解决了吧，不然车行老板都要喝西北风了。”一边说一边挤出人群，和工友一起，将人力车全部拉到工部局。这些车辆都是有工部局照会的，工部局会很快叫车主来认领。之后，他到摩登酒行来见祥海。

兄弟重逢，格外高兴。当晚，祥海把阿毛夫妇、车夫老蔡都叫在一起，到华德路上的大中国饭店为赵大接风。众人举杯庆贺赵大毫发无损归来，赵大却高兴不起来，叙说了被缴枪遣散的事。祥海听了劝慰赵大：“他们正规军都缺少武器弹药，斗笠军都还使大刀上战场。如今撤了，用不上你们了，当然要收回。”阿毛娘子论辈分，是赵大的表妹，这时也劝说赵大：“没了武器不用上战场不是好事嘛！你虽然做了英雄，但已是四十出头的人了，这次是捡了一条命，以后恐怕要悠着点才好。”赵大哈哈笑道：“我是一人吃饱全家不饿，死了无牵无挂，只要有你们记得我，此生足矣！”阿毛娘子道：“亏你说得出，若我告诉阿妈，阿妈还不把你骂死！你也该找一门亲事了，免得赵家断了香火。”赵大说：“曾经沧海难为水，除却巫山不是云，我是不想了。”阿毛娘子没有领会，以为赵大没看中的女子，自恃比所有人都早来一街两坊，街坊邻居都熟悉了，便说李家姑娘貌美无双、王家女儿温良贤惠，谁娶了谁福气。赵大不客气地打断她说：“不要说了，我的事我知道。”阿毛娘子才撇了嘴不再说话。祥海想赵大何时吟过诗词，这句诗想必一定是沈姑娘教过多遍，且暗中吟诵过无数次，他才可以出口成章。这么多年赵大还没放下沈姑娘，可见再没有一个女子能替代沈姑娘在赵大心中的地位。本来祥海有意趁此机会劝说赵大续弦，此时便打消了这个念头，不再提及，以免触动赵大心思引起他的伤感。转而问赵大怎会突发奇想，拿黄豆来打仗。赵大笑着说：“说起来还有故事呢！”原来他儿时有一次曾偷财主家的豆子，被地主家发现，他兜起豆子就逃。可是身上衣衫捉襟见肘，逃跑时兜不住豆子，豆子撒了一地，自己踩上滑倒，被财主抓获毒打了一顿。不想竟成‘黄豆战’在抗日战场派上用场。鬼子一开始摸不着头脑，一踩一跤，还以为是什么滚地新武器。踩上的统统倒地，举着三八大盖只能朝天开枪，大刀队趁机冲杀，因此取胜。祥海说，报纸总结出了个“黄豆战法”，称是土法战胜洋枪的典范，要效法推广。赵大摇了摇头说：“日本人又不是傻子，再来一次‘黄豆战’，恐怕大刀队都得死光。”一旁的老蔡直夸赵大艺高胆大，要没有一些功夫，断然不敢上战场。赵大说：“上了战场根本不怕死，见一个杀一个，大刀都砍卷了，后面钝刀杀人，靠的是力气和勇气，一刀下去，鬼子不是被砍死的而是被敲死的。”众人听得目瞪口呆。阿毛娘子连连惊叹，口称赵大威武：“要是阿毛上去，不被鬼子打死自己就吓死了。”阿毛反驳道：“不要看我长得矮小，蛮力气还是有的。你看‘一年不打仗’，车夫死了，我还活着，要是没有些体力，哪里逃得了日本人的炸弹。”阿毛十三岁跟随义父来到广福，已是一口广福本地话，广福本地话一•二八打仗，听起来就像“一年不打仗”。阿毛娘子讥笑道：“到底是打仗还是不打仗？话都说不清楚！不要跟我争，你做衣裳是顶顶高手，打仗肯定不行。”众人都笑。

阿毛是两条弄堂出了名的怕娘子的，个头比娘子矮不说，娘子叫他朝东，他不敢朝西，做衣裳赚的一分一钿都要上交。祥海觉得阿毛娘子敢说敢做，是个有担当的女子，就想将酒行交给她打理，趁机对阿毛说:“阿毛老弟，现时你在广福的两间茅屋倒了，就不要回广福了。你在这里做你的裁缝师傅，顺便帮我看顾两条弄堂，娘子帮我打理酒行，你们夫妻又可以团聚了，我也可以有个帮手，你看行不行？”阿毛听祥海说要他别回广福了，正中下怀。但叫娘子帮忙打理酒行，却是不行的。他喝一口酒说：“多谢李老板看顾，只怕娘子担当不起。”祥海说：“我看娘子是个有担当的女子，你为何说她担当不起？”阿毛娘子嗔怪阿毛：“我如何担当不起？你在广福凭地没用，想不到一到上海你就这般厉害，来一次让我怀一次。生下大姑娘你没来过几次，里里外外都是我一个人操劳。怀二姑娘也是，你死人不管，不叫你来，你就不会来城里看我。生大姑娘头胎难产，生不出来，我呼天天不应，叫地地不灵，以为一定是死定了。多亏隔壁阿庆婆帮忙，顶牢我屁股硬生生将婴孩拔出来，我才死里逃生。那时候你在哪里？需要你的时候，你都不在。弄堂里的人都说只看见我肚子大起来，没见过我有老公！我的苦你来受，看你担当得起担当不起！你以为女人生孩子像母鸡生蛋一样轻巧？现在我一个人既要照看两个女儿，还要照顾肚子里的孩子，怎说我担当不起？”阿毛娘子一通粗俗不堪的话，说得大家哑口无言，阿毛娘子仍不罢休，又说：“你逃难来城里得了伤寒不是我一个人照顾你，你才死里逃生的？都说你是老好人，说话却呒轻头！李老板肯看顾我，说明李老板有眼光，我怎么担当不起！”阿毛娘子全然不顾今天是给赵大接风，自顾自说话，说得阿毛一声不响。赵大也是愣了，他和表妹从小不在一起，以前只知道这个表妹心比天高，不知她嘴不饶人这么厉害。阿毛娘子尚觉不尽兴，见祥海不发声，又开始数落阿毛：“你说你除了做两件衣裳，还能派什么用场？天塌下来都轮不到你来顶。”说得大家又笑。阿毛一言不发，虎着脸，别人不知，他心里明白，娘子虽然精明干练，却是个瘾君子，她一个人到城里以后就吃上了鸦片烟，只要一有钱就偷偷到烟馆里去吃鸦片，瘾头上来什么都不顾。他因不能在娘子身边照顾娘子而十分内疚。虽然如此，如果祥海将酒行托付给自己娘子，他替祥海担心，这个千斤重担娘子挑不起。他也顾不得许多了，酒后壮胆道：“娘子一日离不开鸦片，有鸦片像人，没有鸦片时像鬼，恐怕真的担当不起。”阿毛娘子听了火冒三丈，顾及面子不好当场发作，说道：“现在哪里去吃鸦片，早就只吃旱烟了。”阿毛仗着客人在场，毫不让步：“马玉山路上开了爿烟馆，一有钱你就去，别以为我不知道。”祥海等人暗笑，没见过这样的夫妻，彼此都这么不给面子。做妻子的好像只有把丈夫贬得一文不值，才显得自己在家是摆话的人。而阿毛平时对娘子百依百顺，只因祥海说了要娘子打理酒行，心里着急，赛过吃了豹子胆，也顾不上许多了，与娘子顶撞。祥海和赵大都觉得很意外。

阿毛娘子气得一愣一愣，咽不下这口气，一定要将面子挣回来，“啪”地将手中筷子拍在桌上说：“我说没有去过就是没有去过！”祥海见阿毛娘子气得掼筷子，就说：“阿毛娘子息怒，我们都知道娘子是能干女人，阿毛是老实头，不会说话。就这么定了，酒行就叫娘子管了。不过鸦片要慢慢戒了。”其实祥海也知道阿毛娘子在吃鸦片，在桌上这么一说，等于坐实了阿毛娘子是吃鸦片的。阿毛娘子见李老板这么说，也不好再争辩。赵大对表妹抽鸦片早就看不顺眼，这时跟着祥海说了句：“鸦片戒了再说吧！一个女人吃鸦片，总不像样子。”阿毛娘子天不怕地不怕，唯独怕赵大，见赵大这么说，只好应了。老蔡坐着自顾自喝酒，像是看了一出戏，此时举杯说：“来来来，为赵大兄弟安全归来干杯！”

过了几天，祥海去找阿毛，把这个事敲定。阿毛正在埋头缝制衣服。阿毛娘子坐在八仙桌旁抽烟。平常，阿毛娘子除了到灶披间去做饭，从来不离开她的座椅，一根接着一根地抽烟、日夜不间断地咳嗽，以至于阿毛家的客堂间，始终弥漫着烟气，连空气也是蓝色的。这时，阿毛娘子见祥海进屋，连忙招呼阿毛：“阿毛，李老板来了！”阿毛抬头见祥海进门，连忙起身给祥海让座，沏茶，在桌边坐下。

祥海问阿毛：“娘子何时生产？”

阿毛答：“明年四月。”

祥海说：“趁娘子身子还算轻快，可即去酒行帮忙，只消坐着收账，其他一切都有伙计打理，不消你娘子多操劳。”

阿毛无法回绝，转头望向娘子。娘子一口答应说：“行，弄堂口就是酒行，只几步路就到，很轻松的事！李老板你有事尽管忙去，店里的事放心交给我，包你月月账目煞清。”

“娘子这么说，我就放心了。”

祥海走后，阿毛敲了敲桌面对娘子说：“娘子，你目不识丁，怎会记账？我不识字，记账只有自己看得懂，教不了你，你怎么记？这不是闹着玩的，到时候账目一团糟，要对不起阿海的！”

阿毛娘子道：“不就是收钱点数嘛，一点点数目，不会搞错的。即使是瞎子，什么都看不见，钱照样点得清。我不是瞎子，只要钞票在我眼前飘过，就记得一清二楚，一分不会搞错，每晚记个数，一点不难！”

因祥海已经定了的事，阿毛不能推翻，只好点点头说：“账目一定要清，这是做人的道理！”

阿毛娘子难得听从阿毛的话，不耐烦地说：“晓得，晓得！”阿毛马上给女儿请了奶妈，让娘子一心照看酒行。

然而，战后的上海，昔日的繁华荡然无存，酒行也难有起色。

不久，阿毛娘子十月怀胎，将要生产，祥海请赵大帮着照看酒行，让阿毛娘子回家待产。

阿毛娘子在广福乡下一直没有怀上孕，真给李夫人说准了，来到“一街两坊”的当月，马上就有身孕，第二年生下大女儿来娜。

隔年又生下一个女儿。阿毛不悦，给二女儿起名叫来弟，期盼二女儿给林家带一个“带把的”弟弟来。娘子怀上第三胎，阿毛盼子心切，每个月初一月半雷打不动要去义王庙上香，祈求菩萨送个带把的儿子。

腊月十五清晨，整幢房屋一片寂静，只有床帐中娘子的呼噜声抑扬顿挫、此起彼伏地响着。一阵冷风吹来，阿毛醒了，他一早要去义王庙烧香。此时床帐里还是黑乎乎的，娘子的呼噜越来越大，估计再过几天就会生产，今天应该是他在娘子临产前最后一次去烧香了。他轻手轻脚把床帐推到一边下了床。娘子这一胎的情形与前两胎大不同，前两胎极其畏寒怕冷，如今第三胎，却如火人一般不怕冷，寒冬腊月睡觉也不穿衣服。阿毛满怀希望，娘子一定转胎了。

这是个朦胧的、天色微红的黎明，腊月的寒风从窗户一块碎了玻璃的洞口吹进来，鼻尖感受到风的寒冷，悄悄淌下清水鼻涕来。他用两个指头揩去甩到地上，下楼来到客堂，走到桌台板前，将做衣裳的糨糊用隔夜开水泡开，再次调稠，刮到一张硬纸四边，轻手轻脚回到楼上，糊到那个洞上，用手在硬纸上按住，直到硬纸不掉落了才放下手。他喃喃自语道：“腊月天，从洞里进来的风会特别冷，娘子受冻了可不好。”临走又去看一眼娘子。娘子嫌热，脱得一丝不挂，睡得四仰八叉。两只乳房如羊奶子，宕到腋下，随着呼噜声左右波动。阿毛端详着娘子大肚子，圆滚滚的，高高隆起，像覆了个箩箕，肚脐高高地凸起。又察看它的颜色，暗红色的，上面爬满微细小青筋，像一座极具生命力的火山马上就要喷发。他喜滋滋的，似乎已经看到了小家伙的出生，圆圆的脸，两只眼闭得紧紧的，像两条线，哭声嘹亮。他伸手要去娘子肚子上爱抚，却怕弄醒娘子，刚刚伸出手去又缩了回来。想给她盖上被子，又怕她热了反而醒来。于是什么都不做，任娘子酣睡。窗外的天空已经放亮，他刚才为了观察娘子的大肚子已耽误了不少时间，这时匆匆下楼，来到灶披间。一群大小十几只被圈在灶台角落里的鸡，见了他一只只都伸长脖子等着喂食，有几只扑棱着翅膀兴奋地打了个哈欠。阿毛在鸡食盆里撒了一把谷糠，鸡便争先恐后来抢食。当公鸡发出像狼一样的嚎声，阿毛才穿戴整齐出了门。

马路两旁法国梧桐粗壮的枝干上，枯叶已经凋零得差不多了，路上落叶纷飞，在凛冽的寒风中，阿毛穿过四条马路，转过一个弯来到义王庙。清冷的曙光从树枝缝隙中洒落，照在庙宇外墙上，庙宇外墙呈现辉煌的金色，照在阿毛身上，让他感觉到了丝丝暖意。义王庙在一·二八时被日本人炸毁，香客们自发捐款，又将它重新修建。新建的义王庙大了许多，菩萨也多了。他在庙门口请了五炷高香，跨进庙门，从正殿转到偏殿，给每位菩萨都上香。在菩萨面前许下心愿，如果娘子这次生一个“带把的”，他就再来还愿。他对每一个菩萨都这样虔诚地念叨，足足半个时辰才完事。当他从寺庙里出来的时候，顿时觉得神清气爽，一身轻松，此时，庙门口郭阴阳还未出摊，如今郭阴阳成了算命大师，如果郭阴阳在的话，阿毛倒是想让他给自己算一卦，娘子肚子里的孩子是不是真的是男孩。

阿毛卷起袖管撩起长衫兴冲冲踏进家门，只听得屋里一阵喧闹，娘姨在叫，婴儿在哭，原来是娘子生了。阿毛急忙奔上楼，来到床前解开蜡烛包左看右瞧，娘子还是生了个“讨债的”，顿时像泄了气的皮球，瘪了，深深地叹息一声，撞上房门下楼，去茶馆喝茶了。

娘子见阿毛垂头丧气摔门而去，脸色变得灰白，不知是产后脱力，还是自己生了女儿气的。阿毛娘子在家里是个事事做主的女人，阿毛对她百依百顺，只有生孩子这事，阿毛要隔着肚皮做主。

阿毛在茶馆坐了一天，晚上回家仍然唉声叹气，也不说话，倒头便睡。阿毛娘子听到阿毛发出的呼噜声，每一声都是对自己的冷落和鄙夷，又气又愧，咬一咬牙，掀开床边马桶盖，狠狠心，将婴儿连同蜡烛包一起丢进马桶。她痛恨自己的肚皮不争气，只会生“讨债鬼”，不如趁早溺死接着生。她若不尽快生一个男孩，在家里的地位马上就会倾覆。

阿毛半夜醒来，觉得屋子里静得出奇，连娘子的鼾声也没有。连忙起床察看，床上不见了蜡烛包，床底下也没有。

他问娘子：“孩子呢？孩子哪里去了？”

娘子没有回答。阿毛思忖，难道娘子将孩子送人了？不会啊！半夜有人进出房间他不会不知。他追问娘子道：“你把孩子弄到哪里去了？”

娘子还是不说话，只是心虚地看了一眼床边的马桶。阿毛大吃一惊，急忙掀开马桶盖，一股隔夜的腐酸难闻的气味扑鼻而来，半马桶的尿汤里泡着蓝印花布的蜡烛包。

“啊哟妈呀！”阿毛尖叫一声，想不到娘子下得了如此狠心，连忙大叫：“娘姨！娘姨！快来！赶快下来！”顾不得尿水污秽，撸起袖子伸手从马桶里捞出孩子。娘姨在三层阁听见阿毛呼喊，

“咚咚咚”下楼来，见到阿毛抱着臭烘烘了无声息的婴孩，惊得目瞪口呆：“阿也，作内个老孽！啥人下得了这样的狠心？！勿归是男是女，总归是一条性命，总归是娘身上肉啊！”一面叫着“勿好哉，勿好哉……”一面接过孩子，扯开蜡烛包，倒拎婴儿一双稚嫩小脚，在孩子屁股上、背脊有肉处“噼噼啪啪”一阵拍打。

娘姨是苏州人，阿毛听着她像唱歌一样的埋怨声，在一旁束手无策，不断地询问娘姨：“孩子阿有救？阿有救？”

娘姨没工夫理会他，顾不得孩子一身尿水，将孩子掮在肩膀上一味拍打。半个时辰后，才听见婴儿爆发出一声嘹亮的恐怖的尖叫声。

“好哉好哉！有救了！”娘姨抓过床板上的粗布汗巾，也无暇顾及会糙着孩子皮肤，将婴儿周身擦干，又让孩子伏在自己肩膀上，轻轻拍打一阵，孩子吐出一口脏水，脸上才有红晕。娘姨松了一口气，对阿毛叫道：“乃快点烧热水来！”阿毛飞快下楼去灶头点火烧水。不一会儿，阿毛烧好热水，端上楼，让娘姨给孩子擦洗。弄到天明，才将孩子清理干净，拿干净蜡烛包重新包裹了送到阿毛娘子怀里。孩子止不住地啼哭，那是饿了。娘子突然抽泣起来，连忙掀开棉被一侧，露出胀得布满了蚯蚓一样青筋的奶子，手指在奶子上按了一按，让奶头翘起，塞进孩子嘴里。孩子的小脸紧贴母亲的胸脯，几乎不露一点空隙，吮得“吧唧吧唧”直响。一只奶吮空了，又哭。阿毛娘子侧过身换另一边奶，两只奶都吃完了，孩子才紧闭双眼进入梦乡。

娘姨还在絮絮叨叨埋怨阿毛娘子：“孩子是娘身心头肉啊，阿也……新娘子乃是真真下得了迭个狠心奈！”说苏州话必须嘴角上翘，因此发怒的音调是说不出来的，说出来似乎很言不达意。即使家里天火烧急得跳脚，说出来也像是说书一般糯软好听，和苏州人吵架是吵不起来的，所以她分明是在责骂阿毛娘子狼心狗肺，阿毛娘子听着也像听说书。

“阿也，真真是作孽得来……新娘子乃个心阿是肉做个！”这算是以仆犯主的极端愤懑的话了。

“一街两坊”的人，对阿毛娘子的称呼仍然停留在她以新娘子的身份来到这里的当夜，尽管她现在已经是三个女儿的母亲了，所有人还是叫她新娘子，娘姨也这样叫她，新娘子便成了阿毛娘子的代名字。阿毛娘子任娘姨数落，看着孩子低头抽泣。

“孩子她娘，这次生不上，下次再生！”阿毛坚定地说。在生孩子这件事上似乎是他说了算，娘子丝毫违抗不了。

阿毛给三女儿起名叫来男。来男满周岁，祥海将酒行早早关了门，请来赵大、老蔡，在酒行店堂里给来男办满岁酒。一张八仙桌，小寿星由阿毛娘子抱着坐上座，旁边是阿毛。祥海背靠排门板坐在阿毛对面，右首赵大，左首老蔡。奶妈带着大姑娘来娜坐在角落里。每人面前的碗里都斟满了祥海自制的米白酒，这米白酒是坐月子的舍姆娘也可以喝的，因此奶妈面前的一碗酒，是烧热了滚入两个鸡蛋加了红糖的。阿毛说，让奶妈吃了发奶。

大家端起碗，未及开吃，忽然听见有人将排门板敲得“砰砰”响，众人都一惊。

祥海靠门坐，扭头从门板上的小洞往外张望，见月光下拍门的是陈老板的女儿陈小姐。陈小姐一边拍门一边有气无力地叫着“李老板……”。

店铺的排门板，用一根碗口大的方木锁住，只要上了排门板就封闭住了店门，里外隔绝。贵到金银珠宝店，贱如酱油店鞋子铺，都是如此，所以会在排门板上打一个洞，方便观察门外动静。祥海从这个小洞往外看，看见陈小姐在外面叫自己，便应了一声，从后门出去来到前门。陈小姐一见祥海，立即扑进祥海怀里说："你们大鱼大肉，胡吃海喝，我一天没吃没喝，可谓饥寒交迫，快请我进屋吃饭。"

这时已是隆冬，陈小姐身上穿得少，倒在祥海怀里直打哆嗦。月光温柔如画，将两人的身影投在灰白色的地面上，就像扭扭歪歪的皮影戏。祥海有点不自在，连忙将陈小姐搀扶进店里。陈小姐紧挨着祥海在一条板凳上坐下，一桌人都看着金发碧眼的陈小姐，尤其是阿毛娘子，两只眼睛只在陈小姐身上转，看得陈小姐都不好意思起来。祥海吩咐老蔡再去拿一副碗筷来。老蔡每天接送陈小姐，和陈小姐最熟，但是陈小姐近来很少用车，他已多日不见陈小姐。老蔡拿来碗筷放在陈小姐面前，打趣道："陈大小姐，怎么不要车了？"陈小姐有气无力地说："先吃饭，再说话好不好？"

老蔡给陈小姐盛上饭，赵大对陈小姐说："如果都像你这样付了钱，每月只用一两次车，车行要发财了！"

陈小姐说："赵大哥，我家搬到这里来了，因此车用得少了。"

"你家搬到这里来了？搬到一街两坊来了？这是什么时候的事？我怎么一点也不知道？"

"我不说，你当然不知道！"

对于陈小姐的话，赵大和祥海都感到很意外。陈小姐见一桌子人都拿新奇的眼光望着她，桌上菜看一筷未动，就又放下筷子招呼众人道：“吃呀……你们酒都没喝呀……都喝酒吃菜，别看着我，看得我怪不好意思的，我吃了……”说着扒了一口饭，拣了一块肉塞进嘴里。

众人这才端起碗喝酒。陈小姐扒了几口饭，说：“你们喝什么酒？我也喝一点……”说着拿过祥海的酒碗“嘟嘟嘟”地将碗中酒喝了一大半，说：“哎呀，香香的真好喝！”

祥海说：“不可以先吃饭后喝酒的。”

陈小姐说：“喝了会怎样？”

祥海说：“喝了要变五孽精。”

陈小姐问：“啥叫五孽精？”

祥海答不上来。陈小姐说：“你看，你只会瞎说。”说着话已喝下一大碗米酒。“好喝，现在我不冷了。”

阿毛娘子看着她，心想：这大大咧咧的，还是姑娘家吗？

祥海忍不住问陈小姐：“既然搬过来了，这么晚了怎么不回家吃饭？”

陈小姐很快扒拉完一碗饭，说：“回过家又逃出来了。”

祥海问：“干吗逃出来？不会是逃婚吧？”

“这下你说对了……”

“真的是逃婚？”

“真的。”

赵大见两人一来一去一问一答，并不信，又问：“你家不是在大马路上吗？什么时候搬过来的？”

祥海也问：“搬在哪里？一街两坊可没有空房子。”

“喏……”陈小姐指了指酒行后门，“那边小洋房。”

赵大不信，陈小姐说：“真搬过来了，不骗你。”陈小姐一边说话一边狼吞虎咽，“真好吃，我好久没吃到这么好吃的菜了。”

“怪不得陈小姐不常用车了。”祥海说。心想如果陈小姐的话是真的，这一街两坊也只有小洋房近来空关着。祥海了解陈小姐，陈小姐金枝玉叶，是个任性的女子，不开心从家里逃出来是有可能的。

陈小姐说：“用车少了不是因为搬家，是我毕业了，不用接送了。再说，你们又不送我去车站码头，当然用车少了！”

祥海听了，显出一脸懵懂，赵大十分尴尬，岔开话题问她：“你什么时候搬过来的？”

“战后就搬来了。”

原来陈老板在乡下避过风头，战后秘密返回上海，在史密斯急于出手小洋房时，果断买下，悄然隐居起来。

陈老板早年就读于私塾，后来留学俄罗斯，娶了个同在俄罗斯留学的法兰西女子为妻，庚子年间学成回国。当时城里人家照明不再用油灯，开始用洋蜡烛。洋蜡烛的灯芯是用洋棉纱做的，点起来又亮又耐用。这种洋纱灯芯起先由日商纱厂独家制造。陈老板留学回国后，先在烟纸店做帮工卖洋烛，摸到门道后，开了陈氏纺织厂，专门生产灯芯，产品好卖到脱销。日商灯芯的销路一落千丈。日商转行生产毛巾，陈老板也生产毛巾，还用进口机器生产，因此与日商结下冤家。

与祥庆坊一墙之隔的小洋房，高高矗立在坡地上，在祥海建造“一街两坊”前就已存在。它的前面有一大片菜园果地，果树繁密，树下有一口八仙桌大的水井，水井周围有井台和栏杆。井台、果园果树和尖顶洋房，组成一幅绝妙的图画，是陈老板梦寐以求的居所。战前，陈老板嫌大马路上的房子靠街面，吵闹又不安全，早就看中了这幢小洋房。小洋房原本也是史密斯吞吃的罚没私产，因“一街两坊”还没有建起来时，地段过于冷僻，连累了小洋房的身价。在“一街两坊”建成之后，这里渐渐繁荣，史密斯因此待价而沽，没想到发生了战事，史密斯不得不以更低的价格脱手。

陈老板迁居小洋房，没敢告诉任何人，赵大他们都蒙在鼓里。陈小姐每天在摩登酒行打工，祥海以为她每天从大马路的家里过来，做梦都没有想到，她就住在隔壁小洋房里。

对于陈老板所做的一切，陈太太十分不满。许多跟陈老板一同留学归国的，都在官场上站稳了脚跟，在政府部门谋了职，她的同学们都风风光光做起了官太太。但陈老板对官场不感兴趣，一心想要“实业救国”，到如今工厂破产，还跟日本人结下冤家，终日躲在家里。陈太太自叹这辈子都不可能有机会做一名风光的官太太了。

陈太太出生在法兰西，跟随父母在俄罗斯乡村长大。她性格单纯善良，年轻时身材窈窕，玲珑有致。乍一看并不夺目，脸微长，嘴巴略大，但是配上她蓝宝石一般的眼睛和一头金色长发，自有一种风情，深得陈老板的喜爱。陈老板不喜欢城里小姐那种缺少阳光雨露发育不良忧郁多虑的体质、娇生惯养的懒散性格，所以他选择了她——一个来自俄罗斯农村的阳光的法兰西女孩、一位年轻的革命女性做太太。谁知这位法兰西太太到了上海以后就跟国内那些名门淑媛、庸俗的花瓶太太没什么两样了，为了虚荣、排场、面子，常常邀请她的同学、姐妹到家里开洋派对，还经常要陈老板出面应酬，令陈老板深恶痛绝。近来，陈太太身体发福得像柏油桶，唠唠叨叨地为女儿的婚姻发愁，好像她一生中最重要的事情就是开派对和嫁女儿，她追求的生活就是访友拜客、打听并且传播八卦新闻。陈老板后悔当初为什么要娶这么一个跟他格格不入的女人做太太。但是女儿冰雪聪明阳光灵秀，弥补了陈老板多年来不顺心的夫妻生活。虽然女大当嫁，但他不舍得将女儿太早嫁出去。中国有一句老话，嫁出去的女儿泼出去的水，女儿出嫁后，就不会再回家，他想让女儿多陪伴自己一些时日。但陈太太不这么想，她希望女儿趁年轻嫁入名门望族，渴望跟着女儿享清福，攀上女婿高枝，开一家大饭店或者时装公司，满足她日渐膨胀的虚荣心。

今天一大早，家里来了个相亲的公子哥，是陈太太邀请来的，陈小姐就躲进房里不出来。陈太太跟进房对她说："孩子，过一年大一岁，转眼你二十岁了。有句话说，男大当婚女大当嫁。你看，和你一般大的女孩子，是不是个个都已嫁人生子了？陆公子那么优秀，趁着中秋来临，把你和陆公子的亲事定了吧！"

陆公子是一位高官的儿子，不久前，在一次同学聚会上，陆公子一眼看上了陈小姐，登门来求婚，陈太太一口应诺。哪知陈小姐根本看不上陆公子，认为他只是个趋炎附势的纨绔子弟，不值得交往，而母亲却替她做主私自答应了这门亲事，于是她只能选择逃避。谁想今天陆公子一天上门三次，第三次上门时，陈小姐借故出逃。直到傍晚回家，陆公子还在，看见陈小姐回家，脸上露出希望的神色。陈小姐头也不回又匆匆逃离，踅过"一街两坊"

的围墙来到祥庆坊酒行门前，才有了刚才“拍门”的一幕。

陈小姐走后，陆公子无奈，也只好灰溜溜地走了。陈太太把陈老板当作了出气筒，责怪陈老板道：“我的好老爷，你难道不知道陆公子的父亲在行政院长里当差吗？这么好的婚姻你为何不起劲，为何不拦阻女儿出门？”

陈老板回答道：“这门婚事你问过女儿的意见吗？她的婚事她做主，父母不能代替她做决定。”

“陆公子他父亲马上就要迁升到部里去了。一个开宝马车、有钱有势家庭的公子，每年有四五万大洋的收入，要是女儿嫁了这样的人家，真是女儿的福气！你怎么能让女儿自己做主呢？难道你不应该去回访一下吗？”

陈老板正坐在三楼百叶窗下看书，被陈太太再三打扰，不耐烦地说：“说实话，这不关我的事。”

“你什么都不管，只为你那倒闭的工厂发愁有什么用！女儿倘若嫁了当官的，你的工厂就不用愁了。看在女儿的份上，你应该去回访陆司长！”陈太太伸出她胖乎乎的手，拿走了丈夫手上的书籍。

“你实在过分费心思了，现在女儿连家都不敢回，你是要逼着她离家出走吗？”陈老板愠怒地说道。

“你真是错怪了我，我的好老爷，安娜是我的亲生女儿，我怎么会逼她离家出走？我不是为了她、为这个家好嘛！”陈太太面部表情丰富起来。

“夫人，陆司长是大官，你要我去见他，恐怕不合适。那是为了你的面子、你的虚荣心吧！女儿是我的心头宝贝，我不会急着让她嫁人的。你整天喋喋不休，女儿要是嫁了人，你我两人怎样平和过活？我真的怀念俄罗斯乡下那位单纯美丽又恬静的姑娘，看看你现在变成什么样了！”

“啊！你现在不爱我了吗？你以前甜言蜜语追求我，现在嫌我老了、身材走样了，不再漂亮了！这就是你一直对我爱理不理的真正原因吧？！我还没有老你就这样嫌弃我，要是真的老了，你还不定怎么瞧不起我呢！”陈太太有意歪曲丈夫的意思，夸张地呼叫起来。

“夫人，你把女儿烦得不敢回家，现在又来烦我，都是要我们做不愿意做的事。烦得女儿有家不敢回，你说你这个做母亲、做妻子的有多失败？”

“你一个大老爷，不是应该帮助我想办法将女儿留在家里吗？你不管事，靠我一个女人有什么用？”

“倘若女儿回来，我巴不得她不再离开呢！两只脚长在她身上，你不让她走，难道要把她锁起来不成？”

“不瞒老爷，我正是这个意思呢！陆公子马上就要跟他司长父亲一起去南京，陆公子对女儿有意，希望在走之前见女儿一面。你一定要把女儿找回来！”

“我才不会帮你胁迫女儿呢！再说了，我要去哪里找她？我怎么知道她去哪儿了？你知不知道女儿不回来，我心里比你还着急呢！”

“你就是个言行不一的男人，上次她跟一班不知轻重的学生跑去南京闹事，你是明明知道的，只在家里着急，为何不去找她回来？”

陈老板无话可说。那一次他确实知道女儿去了南京，尽管他十分担心女儿的安危，但他怎么能追去南京？这不是授人以柄要害死女儿吗？他不再说话，从妻子手里抢过书籍，重新埋头看书，不再理她。

陈老板和陈太太，几乎每天都会为女儿吵架，这个从小在俄罗斯生活的法兰西女人，却像大多数俄罗斯女人一样，婚后的身体发福得难以想象，性格也变得古怪起来。

陈老板夫妇不知道，陈小姐此刻离他们很近，甚至只要从他们家里三楼百叶窗望出去，就可以看到在树木后面一墙之隔的祥庆坊。他们的宝贝女儿正在摩登酒行大快朵颐。

陈小姐吃相有点难看。祥海从来没有见过一个女孩如此狼狈，于是放下筷，饶有兴致地看她吃。众人见祥海不动筷，也都放下筷子。没想到陈小姐吃饱了起身，说出一句让所有人惊得合不拢嘴的话来："今晚我就在这住下，不回家了。"

祥海愣了愣说："这怎么可以？"

"怎么了？我睡一晚，又不干啥，你急啥？是嫌弃我还是怎么的？要是嫌弃我，我这就走！"

"不，不，哪里会嫌弃你！只怕你住在这，让你父母知道了，告我拐骗他们的女儿！"

"我是个有文化的大学生，不是三岁孩子，怎么可能被人拐走？再说，让你拐，你也不敢拐，让你骗你也不敢骗，是不是？今晚我就住在这儿，哪里都不去！"

众人都不明白，陈家既然已搬来小洋房，为何陈小姐家近在咫尺，却不回家。如果是为了逃婚才不回家的，那么上门求婚的一定已经走了，不会赖在她家。都知道老蔡是个藏不住话的“大嘴巴”，一个黄花闺女留宿单身汉店里，明天传出去，她还怎么做人？

“好，好，你就在这住，但是阁楼上只有一张床，条件简陋，大小姐将就着睡，我跟阿大睡去！”

“不许走！我来了你就要走？啥意思？留下我一个给你看酒行？我一个小女子，帮你看这么大一爿店，还没这么大胆子。要是钻出一只老鼠一只蟑螂什么的，我会被吓坏的。万一我有个三长两短，你吃不了兜着走？赵大哥，这个事你管不管？”

“哈哈，”一旁的赵大抿嘴偷笑，他早已看出苗头来了。这时笑道：“这个我不管，你要干啥就干啥，也管不了。”又转身对祥海说，“祥海兄弟，你就不要推辞了！哪有男子汉对女子的求助推三阻四的。陈小姐说得对，你哪儿都不准去，今天就在这陪着陈小姐，倘若你不陪，我们大家都听见了，出了事你要负责的！机会难得，以后你请都请不来，必定后悔一辈子。”赵大是过来人，听了陈小姐一番言语，早就知道陈小姐喜欢上了祥海。难道祥海不喜欢陈小姐？陈小姐是陈老板的女儿，是个受过高等教育的知识分子，要是真与祥海有意，那是绝对般配的。

祥海见赵大不但不帮他说话，反而一味调侃他，认真说道：“阿大，你不是不知道，阁楼只有一张床。”

“我的阁楼也只有一张床，两个男人更睡不下。你睡哪里不关我们的事，我们趁早走吧！烦劳陈姑娘收拾一下。”赵大当然知道酒行阁楼只有一张三尺小床。但是，当祥海说阁楼里只有一张小床时，陈小姐也毫无顾忌，几乎是义无反顾，这不是明摆着陈小姐喜欢上了祥海嘛？众人听赵大这么说，胡乱扒拉完饭，一哄而散。

阿毛娘子走在最后，心中无限感慨，无限羡慕地对陈小姐说道：“真眼热你可以率性而为，可惜我早生了十多年……”还要再说什么时，被赵大返身一把拖走。

所有人都离开后，店内就剩祥海和陈小姐两人。陈小姐挽起衣袖，翘起兰花指，捏起一只饭碗说：“祥海哥，我可从来没洗过碗，我真想把它们统统洗掉，可又怕被我统统摔坏。”祥海连忙说：“放着吧，明天让阿大来洗，谁让他为老不尊！”

陈小姐轻笑一声，道：“可不许背后说人坏话，当心我明天告诉他。现在我累了困了，在外面跑了一天，要去休息了！”说着自顾自往阁楼上去。

祥海的心怦怦直跳，追到楼上说：“哎呀，你实在不能在此留宿。你要是执意不走，我要到后面去找陈老板了！”

“你去，你去呀！你刚才当着众人面说我睡阁楼，现在就要反悔？男子汉一语既出，驷马难追，我看你真是白读书了！”陈小姐一屁股坐到祥海床上，祥海连忙将散落在床上的衣物收拾在床脚边。

“别忙，我的话还没说完，”陈小姐凑到祥海鼻子底下，两眼望着他哼了一声说：“我还要和你做夫妻呢！”

·第二篇·

反战会议

祥海猛然一听，大感意外，怔怔望着陈小姐，不知如何是好。陈小姐有一张法国女子精致的鹅蛋脸，高挺的鼻梁、雪白的肌肤和一对中国女子的丹凤眼，眼角微微上翘，线条优美，却镶嵌着法国女子才有的蓝色眼瞳，平添一种异国女子的魅惑。乍一看像是外国人，但是语言、神态、外表与柔弱的中国女子无异。

“这，这……你一个黄花大闺女，我一个糟老头，方底圆盖，配不上。”

“去你的方底圆盖，我愿意！”见祥海手足无措，陈小姐有意再难他一难，说：“谁和你开玩笑了，是真的要和你做夫妻……”

祥海蒙晕了头，假装心平气和说道：“陈小姐，我很赞成蒋夫人说的，我们的生活要军事化、艺术化。确实，我们很需要革除陋习、提高国民素质，但是唯独这夫妻一事不可军事化，也是不可艺术化的，怎么能随随便便就做夫妻？”

陈小姐说：“不要扯得太远，亏你还是洋学堂毕业的。你我不是刚刚才认识，也不是萍水相逢。我就问你，愿不愿意和我做夫妻？”

“陈小姐……”

祥海完全没有心理准备，面对热情如火的陈小姐竟不知说什么才好。他万万没有想到陈小姐突然要和自己做夫妻，连请媒婆看八字、订婚待嫁、设宴贺喜的过程都不要了，一切来得那么唐突，那么不可思议。他抓耳挠腮，不知所措。坐也不是站也不是，下楼不是不下楼也不是。

陈小姐面露笑意道：“和你说正经的，真的是要和你做夫妻，但是做假夫妻，你愿意吗？”

“假夫妻也不能随便做呀，”祥海松了一口气说，“凡是沾上夫妻两字，便不能随便。”

“只要两个人彼此愿意，有什么不可以呢？我喜欢你，你不能责备我，你不能左右我的思想，这是我的自由。不过今天不和你讨论这些。事情是这样的：日本人通过在上海制造事端转移世界的视线，加紧向关内进攻。目前长城战事吃紧，共产国际决定在上海召开一次远东反战会议。本来国民政府应该支持这件事才对，但蒋介石一心‘攘外必先安内’，忙于‘围剿’红军，将民族危机置于不顾，压制一切反日活动，竭力阻挠会议召开。日本人更是公开提出抗议，会议只好改为秘密举行。实不相瞒，我是奉了组织的命令，要在租界找一处可以举行会议的房子，和你以夫妻的名义住进去，作为秘密会场。刚才我是故意这样说的，你我做了夫妻，明天就会传遍一街两坊。现在开始，你我就是夫妻，直到会议结束。这是一件比生命还重要的事情，你愿意吗？”

陈小姐说着拿出一张纸条，纸条是孙夫人亲自签发的委任书：根据筹备委员会会议通过之决议，陈安娜被委任为本会会员，鉴于世界反战大会代表现已陆续来沪，我们应该一致努力筹备，以冀会议如期召开。

“你的名字叫陈安娜？”

“是的，安娜是我的俄罗斯名字。”

祥海这才明白，陈小姐在做着一件十分危险的事情，顿时敬佩之情油然而生。

陈小姐接着说：“我不能回家，一回家就会被母亲关起来，不再让我出门。为了逼迫我相亲，她什么都做得出来，所以我必须住在你这。我们是未婚夫妻，正在为结婚找房子成家。懂了吗？”

“原来如此！你为何不早说！”

“早说你还不露出破绽！”

祥海激动地说：“那好！明天我就和你去找房子。”

陈小姐说：“对，房子必须尽快落实，事情你都知道了。所以，这段时间就要委屈你和我挤在一起了。”

“明白了。可……你看，我这阁楼实在太小，你睡床，我睡地板……要不我到店堂里长凳上去睡。”

“不可，哪有夫妻不同床睡的。”

“可，可我们是假夫妻呀！”

“李祥海同志，”陈小姐正色说道，“现在开始我们就是夫妻，你这么快就忘了？不要再把假字挂在嘴上。这酒行面朝马路，排门板上面还有一排透明的窗户，又没有窗帘，你在里面做什么，有心人在外面都可以看见。阁楼顶着上面人家的地板，有心的人可以将你的阁楼动静听得一清二楚。左邻右舍也都只隔一层板壁而已，你心里要是有一个假字，举止言语怎么做到真切？新婚夫妻不同床，一个睡楼上，一个睡楼下，被别人察觉是要坏大事的！”

“这张床太小，我睡相不好，怕碰到你。”

“人家夫妻还嫌这床大呢！夫妻睡一张床，哪能不碰？”

“怕压到你。”

“我愿意，我高兴！”

“怕你睡不踏实。”

“你怕这怕那的，就是不怕我不高兴。你睡在我身边，我会很踏实的。你真是榆木脑袋。你要真心待我，要像夫妻那样待我，不然我会不高兴，我会很失落的。”

祥海真的是个榆木脑袋。一个黄花大闺女什么都不顾，和一个单身汉同床共枕，难道仅仅是为了所谓的秘密任务吗？但他没多想，只想到陈小姐为了革命，为了信仰，放下个人的一切为之献身，那是一种多么伟大的精神。

夜深了，外面街上偶尔有人走过，在酒行门口咳嗽了一声，还有一个醉汉在“砰砰砰”敲打排门板，敲了一会儿，骂骂咧咧地走开了。阁楼下刚刚封缸的米酒逸出一丝丝酒香，沁人心脾。阁楼护栏上的挂钟“嘀嘀嗒嗒”地响着。两个人都没有睡意，讨论着彼此的人生、信仰和对未来的憧憬。陈小姐问了一些有关阿毛和阿毛娘子的事，祥海说阿毛和阿毛娘子都是革命者的后代，陈小姐便对阿毛夫妇肃然起敬。

“想不到林大将军有个遗腹子，这个遗腹子在你这藏着！”陈小姐说，“娶了个娘子，也是个能干的人。”

祥海说：“阿毛娘子确实是个能干的女人，只是没读过书、没有文化使她施展不开。现在她打理酒行，酒行生意便有起色。”

陈小姐说：“看得出，阿毛娘子生不逢时呢！”

远处传来一声嘹亮的鸡鸣，陈小姐才迷迷糊糊地睡去。祥海坐在床边一动不敢动，听着背后陈小姐细细的、均匀而平和的呼吸声，不知道该如何是好，觉得这一夜如此漫长、如此煎熬。

天亮了，他坐在床边，认真地思索着到哪里去找房子。

陈小姐醒来了，祥海宽大挺拔的背影像一座山挡在她面前，淡淡的晨曦光晕使她产生一种幻觉，那背影似乎是一把椅子，一把让人放心依靠的椅子。她情不自禁将脸庞靠向那背影，感觉依偎的是一座大山，一座坚实可靠的大山。

陈小姐轻声问道：“你怎么起这么早？是不是我睡姿不佳，打扰到你了？”她的话语中带着一丝俏皮和调侃，似乎想要缓解这清晨的静谧。祥海并未回答，只是静静地站在那里，宛如一个守护者，默默地守护着陈小姐。

祥海只觉得后背有一种被火苗灼烧的感觉。他转过头来说：“我细细想了一遍，摩西会堂后面，我盖房子的时候，那里也在盖房子，现在应该已经盖好。那里远离市中心，出行方便，也比较安全，是开会的好地方。”

陈小姐坐起身来，半跪在床上靠在他背上，说：“好，就去那里，但是必须租一套一家人可以住的大房子，要给好几十人开会的。”

祥海说：“只有那里才有这种大房子，正合适。”

“好。”祥海回过头说话时，陈小姐望着他略显倦意的脸问，“你一夜没睡？”

祥海点了点头。陈小姐望着祥海的背影突然有一种说不出来的感觉袭上心头，轻柔地说道：“离大会召开还有一段时间，你怎么可能每天都这样不睡？”说着，将祥海拦腰抱住，一张火辣辣的脸靠在她背后，轻柔的鼻息呼在他后颈上。

陈小姐只穿一件薄薄的衬衫，一对青春炽热的乳房隔着一层薄薄的织物，紧贴在祥海后背上。祥海感到一股热血涌到头顶，瞬间心跳加速。为了掩饰自己的失态，他抓过桌上的电话，给赵大打电话：“阿大，今天陈小姐要用车。”借以提醒陈小姐该起床了。电话里赵大问：“昨夜睡得可好？”祥海不知该如何回答。陈小姐说：“你看你，又要露馅了，还好赵大是自己人。你就不能说睡得很好吗？”祥海心想，陈小姐才说了要自己装成夫妻，怎么一转眼就忘了呢？他怕一不经意露出破绽，就问陈小姐：“能不能告诉赵大哥？赵大哥可是绝对信得过的人。”祥海把赵大的经历告诉给陈小姐，还把一年前，赵大在警察局对警察局长说的那番话，说给陈小姐听。陈小姐沉默了片刻说：“先不要告诉。”

过了一会儿，老蔡拉车来到酒行门外，酒行已经开门营业。雇员难得见老板睡过头，没有亲自卸门板，再一看，楼上多了一位金发碧眼的洋小姐，认得是前段日子在店里帮工的“外国女人”陈小姐，都心知肚明，面露诧异的喜色。陈小姐不慌不忙坐在祥海的办公桌前画了眉毛描上口红，精心梳妆一番，才和祥海一起下楼，大大方方地和员工打过招呼，来到酒行门外，老蔡已等候多时。老蔡“嘿嘿”傻笑着搀扶陈小姐和祥海上车。陈小姐上了车，很自然地挽起祥海手臂，将她柔软的身子靠向祥海。老蔡见陈小姐昨夜果真睡在酒行，说结婚就结婚，知道陈小姐是个新式女性，丝毫没多想，拉起祥海和陈小姐，来到沪东一条僻静的马路上。

当年祥海进城时，这条马路还是一片空旷荒地，如今已建起一排漂亮的四层红砖洋房。祥海和陈小姐走进附近一家掮客公司，打听有没有空置的整幢楼房出租。掮客说："小房子没有，大房子有。有一幢楼好几年都没有租出去，看着房东可怜，我也不要你佣金了，免费帮他介绍。需要看房的话可以去找它隔壁那户人家问问。先要他答应了才行。"

祥海问："隔壁是什么人家？"

掮客说："去了就知道。房东要租房需要隔壁人家同意，你说是什么人家？"

祥海见他神秘兮兮地不肯说，和陈小姐离开掮客公司，按门牌找上门去。

两人俨然一对新婚燕尔的夫妻，携手来到掮客所说的隔壁人家，踏上石阶，按下门铃。开门的竟是一位身穿黑色警服、头戴有白条饰带的大盖帽，留着一撮小胡子的巡捕房的捕头。祥海吃了一惊，站在他家门口竟一时不知所措。捕头面无表情地问："有什么事？"

祥海心慌得别别跳，连忙解释说是来借隔壁房子住的，不知可以去哪里找房东？小胡子捕头不语，望了望陈小姐。陈小姐忽闪着一双清纯无邪的蓝眼睛望着他，捕头支起一对三角眼打量了她半天，弄得两人浑身发毛，进退两难。好一会儿，捕头才斜眼问陈小姐："你是混血儿？"

陈小姐说："是的，我妈妈是法国人，爸爸是上海人。"

捕头又问祥海："听你的口音是本地人？"

祥海回答说是的。大概陈小姐的混血身份和祥海本地人的口音，使捕头打消了顾虑。这时他正整装欲出门上班去，他的职业警觉性很高，又问："两位有证件吗？"

祥海和陈小姐拿出身份折页递给捕头，捕头接过去打开看了看，显出一丝不易觉察的疑问，继续问道："两位都住在沪东，离此地不远，为什么要在外租房子？"

陈小姐答："我们新结婚，家里人多，所以要租房子住。"

捕头将证件还给两人，抬头问："有伉俪书吗？"

祥海愣了愣，陈小姐连忙接话道："昨天礼拜天，民政处不办公，今天去办，这会儿民政处还没开门呢！先来看房。"

捕头听着在理，又问祥海："长借还是短租？"

祥海答："长借。"

捕头又问："有多少人住进来？为何要租整幢房子？"

捕头的问题超出了陈小姐交代给祥海要谨记的细节，祥海一时不知如何回答。陈小姐马上说："我们一大家子。"

"一大家子是几个人？"

"多了，还有佣人，加起来约莫有十几个。"

"很好。"捕头动了动小胡子，依然面无表情地说："房子是英国人造的，墙体很厚、很宽敞，冬暖夏凉，房间又多，人多正合适。"说罢顿了顿，怪模怪样地对祥海说："恭喜你，娶了个如花似玉的法国姑娘，以后我们就是邻居了，记得请我吃喜糖。"说完，将房东的信息详详细细告诉祥海，拿出纸笔要祥海记下："说是我介绍的，一切会很顺利。"说着推起门口一辆脚踏车出门上班了。

祥海目送小胡子巡捕走后，才长长地吐了一口气，明白在捕头这里的"资格审查"已经通过，一颗悬着的心终于放下。陈小姐愤愤然说："什么人！像是他的房子，怪不得房东卖也卖不掉租也租不出去。我们的证明文件都没问题。放松，别那么紧张，太紧张会露馅的。"

祥海平复了一下心情，拉过陈小姐的手挽在手臂上："走，我们去找房东！"

在马路边等候的老蔡又拉起两人，按捕头给的地址找到房东。房东见是捕头介绍来的，什么也不问，就拿房门钥匙给了祥海。两人又回到原地，开了门现场看房。

房屋共有四层，一楼有厕所、厨房、库房，二楼有两套带厕所的卧房加一个小间，三层是个大平层，堆着些装修过后剩余的材料，容纳五六十人开会不成问题。四层是斜顶阁楼。房间果然很多，每个房间都很大，但是除了二楼朝阳的房间粉饰好了，其他房间都是空荡荡的毛坯房，什么家具都没有，大概没来得及完工就打仗了。陈小姐很是满意，说道："这样最好，我们把新买的家具一件一件地搬进去，像新婚夫妻构筑爱的小窝。但是，隔壁情况不容乐观，据我的观察，他还会经常来串门的。"

"看他乐意帮忙，他那里已过关，事已成了一半。"祥海说。

"此事还需要向组织汇报，要不要租这房子，要由组织决定，还需要组织派人配合。把自己送到捕头眼皮底下，可不是闹着玩的。"

祥海点头称是，迅即拿出纸和笔，将房屋方位、内部结构、周边道路等等详情画在纸上，交给陈小姐说："你拿这个去汇报才说得明白。"陈小姐惊异地接过去看了看说："哇！画得真详尽，一目了然，你还会画图纸？"

祥海道：“读书时学过。”

陈小姐说：“你造的房子不会也是你画的图纸吧？”

“怎么不会，就是我自己画的。”

陈小姐说：“啊！我要对你刮目相看了！对了，你是圣依纳爵公学的高材生。”

“你调查过我？”

陈小姐笑而不语，祥海追问道：“组织调查过我？”

陈小姐眨了眨眼，狡黠地说道：“组织认为你可以做我的丈夫。”说着用暗语在图纸背面写下简要的报告，又说：“有时候你比女人还细心。”说着把纸片折叠起来藏进随身小包。

两人下了楼，吩咐老蔡拉去民政处。祥海愣了愣，和陈小姐耳语道：“真的要开证书？”

陈小姐悄悄答道：“当然，明天小胡子还会来，你拿不出伉俪书就惨了。”

祥海随陈小姐去民政处开了伉俪书，现在他们是正式夫妻了，他忽然陈小姐产生了一种异样的感觉。陈小姐吩咐老蔡拉祥海先行回转，她自己另叫一辆黄包车去虹口晶云里。

晶云里，坐北朝南三排三层小楼，是一幢很普通的石库门弄堂。陈小姐来到一幢红灰相间的砖墙房前，将叠成小方块的图纸放进门外牛奶箱，拍了拍门环，随即离开。

祥海回到酒行不一会儿，陈小姐也夹了一大包衣服、毛巾什么的回来了。她放下东西，和祥海一起去车行，告诉赵大，他们刚刚结了婚。赵大见祥海和陈小姐神速结婚，万分高兴，拖起两人去大中国饭店吃饭。吃饭的时候，赵大叮嘱祥海，要么在“一街两坊”安排住房，要么另租一间更好的住所，风风光光将陈小姐娶进门，才不至于亏待了读过洋书的陈小姐。祥海不能告诉他实情，避重就轻地说：“读过洋书怎么了？我不也读过洋书嘛！”

“人家比你高级，人家读的是大学，你读的是高中，比不过人家。不过也算是门当户对。你万不可辜负陈小姐一片真情，赶快给我们吃喜酒，到时候夫人不知要怎么开心呢！”

陈小姐笑而不语。祥海告诉赵大，已在汇山路找了房子，马上就要搬过去。

赵大说：“兄弟，这件事你做得太好了，我真替你高兴！”

吃罢饭回到酒行，酒行已打烊。两人上楼，陈小姐拿出新买的旗袍，一件件试着穿起来，又一件件脱下。没有穿衣镜，陈小姐将身子转过来转过去，就把祥海当作穿衣镜，问祥海合不合身、漂不漂亮。开始时，换衣服还背对祥海或者叫祥海转过身去，后来就当着祥海的面换，弄得祥海脸红耳赤，坐立不安，含糊搪塞道：“漂亮，合身，你就是衣架子，穿什么都漂亮。”陈小姐明知祥海在敷衍她，依然乐在其中，不厌其烦地一件一件穿了脱，脱了穿，说这件显窈窕适合逛街穿，那件庄重适合开会那天穿。陈小姐是个仔细的人，宁愿光着身子也要将脱下的衣服仔仔细细叠好后，再穿另一件。弄得祥海的目光没处安放，只好转身背对陈小姐。陈小姐将四五套旗袍都试过了，突然问祥海：“阿海，你说阿毛家晒台上可以看到我家？”

祥海见陈小姐对他的称呼也改了，改口叫他小名，内心感到十分亲切。答道：“是的，阿毛家晒台没有树木遮挡，可以看到你家小洋房。”

陈小姐说：“你转过身来，背对着我怎么和我说话呢。”

“你穿好了没有？”

“早就穿好了。”

祥海这才转过身来，陈小姐说：“我不告诉你了吗，我家已经搬到小洋房，是因为日本人还在追捕我父亲。父亲住进小洋房后不敢出门，没人知道他回来了。”

“你是不是想家了？要不我领你回去看看。”

陈小姐点点头，祥海领了陈小姐去阿毛家。

两人走出酒行后门，走进夹弄。沿着夹弄拐过一个弯，尽头是阿毛家，与小洋房的果园只一墙之隔。墙外高大的果树探过树冠来，将隔墙遮得严严实实。阿毛家后门虚掩着，屋里没有灯火。祥海上前推门，“咯噔”一下踩到一只窨井盖。

阿毛还没睡下，问：“是谁？”

祥海答：“我，阿海。”

“李老板啊？娘子，娘子，快起来，李老板来家了。”阿毛叫道。

祥海和陈小姐一前一后爬上楼梯。陈小姐此生第一次爬这么陡峭狭窄的楼梯，不得不用手小心翼翼攀缘上楼。转过亭子间，刚踏上前楼的楼梯，前楼房门开了。阿毛举着一盏灯从房里出来，和祥海打了个照面，连忙将灯盏举到头顶，照见祥海身后还跟着陈小姐，将灯盏伸过来说：“姑娘当心，慢走。”

阿毛娘子在房里说：“李老板，黑咕隆冬的，上楼小心，待我穿衣起来。”她以为祥海是来找她的。

祥海答道：“不用，不用，我不找你，你睡吧！”

陈小姐也说：“阿毛哥，你回屋吧，我眼力好看得见，可以走。”

说着，脚下就绊了一个趔趄。她使劲将祥海掐了一把，意思是祥海怎么不搀扶她。

阿毛问："你们要去三层阁？"

祥海说："不，我们去晒台看看。"说着搀扶陈小姐走上晒台楼梯，一转身踢到了楼梯板。当初祥海造房，受到郭阴阳的"点拨"，将一块地皮造了两条弄堂，每一幢房都缩了尺寸。阿毛住的十八号在弄堂底部，更是狭了不少。从客堂到亭子间，亭子间到前楼，前楼到晒台，晒台到三层阁，要转好多个弯，每一道弯只有一尺宽的楼板，几乎没有可让人从容转身的空间。楼道里除了亭子间门口有扇靠华德路开的窗，有些许月光进来，各处都没有窗，黑戳戳的看不清楼梯。

"工部局马上就会来装灯，'一街两坊'就会亮了。"祥海说。

阿毛说："说了好几次了，这次真的要来？你们等等，我去把晒台门打开，晒台有月光照进来，楼梯里就看得见了。"陈小姐和祥海连忙侧身，阿毛举着灯盏三步并作两步蹿上楼梯，推开晒台门。顿时，皎洁的月光洒进楼道，洒下一片清凉的亮霜。祥海和陈小姐踩着月色爬上楼梯，低头走进晒台的门。

晒台下，隔着夹弄便是小洋房的果园，阿毛家的隔墙外没有种果树，在晒台上可以将百米外的小洋房看得清清楚楚。

静谧的夜空繁星点点，月亮被小洋房的圆顶遮去半个弯，像半只金色的羊角，使得小洋房黑黝黝的墙体和长满荆棘的花园增添了几分伤感。洋房只有顶楼的书房亮着灯，窗帘上映着一个人在窗下看书的身影。陈小姐轻轻叫了一声"爸！"，两眼便噙了泪水。

“真好啊，我从来没有这样望过我阿爸。”陈小姐静静地眺望小洋房，好一会儿才说：“见到我爸可以静心看书，我就放心了。我从小到大总是让他不放心，心里很内疚。不过，我离家好几天，他居然可以安心看书，证明他没有像他嘴上说的那么想我，还不如我想他呢！”

“你三天两头跑出去，然后又莫名其妙地回家，他早就习惯了，就当女儿是一只野猫。”祥海说。

“你懂个屁！”陈小姐说，“我是他的全部，是他的掌中宝。”

陈小姐似乎不忍多看父亲一眼，就要下楼。阿毛赶快在前面领路，下到前楼门口，阿毛问：“陈小姐家没什么人吧？我看大门一直关着，只有到了晚上顶楼才有灯光，才知道里面住了人。”祥海连忙关照阿毛，陈小姐搬来小洋房的事千万不要告诉任何人。阿毛娘子趿着拖鞋从房里出来，说：“李老板，今天的铜钿放在抽屉里了，你去收一下。”祥海正要关照陈小姐下楼小心，转头说：“没事，你管着就行！真过意不去，打扰你们夫妻睡觉了！”陈小姐脚穿高跟鞋，平地走路都很艰难，现时走在楼梯上，两腿颤抖不已。颤颤巍巍下到最后几级时，已挪不动步。祥海哭笑不得，不得不将她抱下楼。黑暗中，陈小姐拍了拍他胸口说：“这房子干吗要造得这么狭，这么陡？走一趟楼梯像走一趟鬼门关。”祥海说：“回去再和你说。”

回到酒行，陈小姐仍然心有余悸，说：“吓出我一身汗，哪里可以洗澡？”

祥海说：“用水在厨房里，比不得你家有浴室，我这只有大木桶，将就洗吧！”

祥海说着，去厨房角落里拖出木桶来。陈小姐一边说：“我嫌里面憋闷，又热，怕洗完了还要出汗，就在店堂里洗了。”一边将木桶仔仔细细擦过一遍，“这只木桶是用来洗什么的？都糙毛了，坐进去不会糙到我屁股吧？”祥海说：“是洗糯米用的。”

“酿酒的糯米？”

“是呀！”

“怪不得有股米香味，真好闻。”陈小姐说，“给我洗过澡不会再洗糯米吧？”

“怎么不会？天明就要用来洗糯米了。”

“我的天！你一定也用木桶洗过澡，用洗过澡的木桶再洗糯米，酿出来的酒给客人吃……妈呀，那天我喝了不少米酒……我呕……”陈小姐说着做呕吐状。

“这有什么，法兰西老牌葡萄酒不也都是用脚踩出来的嘛！”

“啊……”陈小姐惊叫道，“你不会在骗我吧？”

“没骗你！这就是人工酿造，风味独特，还卖高价呢！”

“还风味独特，我呕……我可喝过不少红酒的，再也不喝了……你给我烧水吧。”

“水不用烧，我给你去老虎灶打。冷水从水缸里面舀。”祥海指了指门后一只硕大的水缸，一手提两只热水瓶就出了门。不一会儿打来四瓶热水。木桶里已有冷水，祥海将热水倒进木桶，店堂里立刻热气蒸腾。陈小姐一边脱衣一边又问：“你的楼梯为何造得那么陡？”

祥海将郭阴阳看风水、他遵言改图纸的事说一遍：“本来只造一条弄堂，现在造了两条，因此只能螺蛳壳里做道场，将楼道挤占了。”

“你这个洋学堂毕业的，居然会相信算命的鬼话，将房子造得不伦不类，我真服了你！大概没想过自己会来爬楼梯吧？”祥海心中懊丧，嘴上说着：“地皮小，这也是没办法的办法。”就上楼整理床铺。陈小姐脱了衣服坐进木桶，热气散去不见了祥海，猛然叫一声：“阿海，你在哪？我要洗澡了。”

“你洗吧，我在楼上不下来。”

“但是我看不见你，不放心。”

“有什么不放心的。”祥海从阁楼护栏上探出头来说，“你看，我在这，现在我转过身去，你要是不放心，可以把灯关了，拉线开关就在墙上。”祥海转过身，背对护栏坐下。

陈小姐说：“不要关灯，我怕黑。”一边往身上泼水一边又说：“房子到手要赶紧简单装修一下，马莱勋爵已在路上，不几天就可抵达上海。大会预定在月底召开，现在已经二十号了，时间很紧。”

“来得及，这些都交给我来办，我两条弄堂都造起来了，这一点小事不成问题。”

“我的天呀！”突然，陈小姐大声尖叫起来。

祥海连忙转头朝店堂里望去，只见陈小姐“哗”地从木桶里站起，水顺着她那大理石一般脂滑的身体，从浑圆的臀部、雪白的大腿滑落，她赤着脚跳出木桶，披头散发朝阁楼跑来。祥海连忙下楼，陈小姐扑进祥海怀里叫道：“蟑螂……”

祥海这才松了一口气，尴尬地拍了拍她光溜溜的肩膀说：“看一只蟑螂把你吓的。”

“我最怕蟑螂了，乌光锃亮，贼头贼脑的，我不敢洗了。”陈小姐吓得瑟瑟发抖，语带哭腔，竟忘了自己赤身裸体，使劲往祥海怀里钻。

祥海举起双手，将两只手肘环住她纤薄的背部，安抚她道：“别怕，蟑螂掉进水就淹死了！你不洗了，我抱你上楼。”说着将陈小姐抱上阁楼，放到床上。陈小姐确实受到了惊吓，钻进被单里身子还在发抖：“你不要走开，店里怎么会有蟑螂。阁楼里会有吗？要是床上再爬出蟑螂来，我要死给你看了！”

祥海只好在床边坐下，陈小姐心有余悸地说：“我真的很怕蟑螂。明天洗澡不敢让你离开，你要看着我洗澡。”

“我一个大叔，可不敢看黄花闺女洗澡，不然我准定会长兔子眼。”

陈小姐“扑哧”一声笑道：“你已经看了，还装模作样！”

祥海不觉脸红，下楼倒水，将木桶靠墙放好，忽见木桶里粘着一片枯叶。祥海捡起枯叶上楼，见陈小姐靠在床头在看书，便拿出枯叶在她眼前晃了晃：“哪里是蟑螂，是一片枯叶，颜色倒是和蟑螂蛮像的。”

陈小姐打开他的手说：“拿开，不要再来吓我。”见真是一片枯叶，一颗紧张的心这才放下。她合上书本，拍了拍书说：“你在看莎士比亚？”

祥海说：“是的，我很喜欢莎士比亚。”

“我也喜欢，甚至能背。”陈小姐用中英文背了一段莎士比亚的名句：“Love, and the same charcoal, burning, need to find ways to ask cooling. Allow an arbitrary, it is necessary to heart charred。爱情像炭一样烧起来，要想办法使它冷却。如果让它任意燃烧，它就会把一颗心烧焦。”

“我说得没错的话,那是《哈姆雷特》里面的经典台词。”祥海说，“不过我最喜欢的是这句，In delay there lies no plenty,then come kiss me, sweet and twenty, youth's a stuff that will not endure 。”

“你翻译给我听！”陈小姐说。

祥海 :“真要说吗？”

陈小姐 :“说！”

“那我就说了 : 光阴荏苒，岁月蹉跎，过来吧，甜美的二十岁姑娘，快给我二十个甜吻。再迟恐怕来不及，青春逝去不会再来。”

陈小姐将书本“啪”地拍在祥海胸口上,嗔怒道:“厚颜无耻！”

第二天，晶云里传来消息，同意租下红砖房。隔壁的捕头狡诈多疑，要增派人员组建“大家庭”来迷惑敌人。祥海火速和房东签下合约，晶云里给祥海配了“弟弟”“弟媳妇”还有佣人等十几人，唯独还少一个“父亲”。陈小姐对祥海说 :“是时候跟赵大说了，要请他来扮父亲。”祥海立刻来到车行，将他和陈小姐“假结婚”的事告诉赵大，赵大这时才知祥海和陈小姐是假扮夫妻，心中十分遗憾。

一个神奇的“大家庭”组成了。陈小姐足足花了一天时间，把他们关在房间里，熟悉彼此身份、各人的来历，又凑起曾经在同一屋檐下的“过往经历”，各种故事都编排好了，这才开始按部就班装修房子。

赵大对陈小姐刮目相看，原以为她是个娇生惯养的富家大小姐，读过洋书有些新思想，哪知是为地下党做事。假兄妹、假父女、假邻居，什么假的都可以做，唯独假夫妻难做。陈小姐宁愿离开温暖的家庭，牺牲名誉、抛弃一切，冒着杀头的危险追寻光明，恐怕这就是林容说的信仰吧？林容说过，有信仰的人，浑身都散发着光芒，陈小姐就是浑身散发着光芒的人。但是即使陈小姐为信仰而战，若不是对祥海有意，也绝不可能在一个小阁楼里和祥海同床共枕，她可以有许多其他办法。“百年修得同船渡，千年修得共枕眠”，他为祥海着急，不知祥海会不会把握住这天赐良缘。

陈小姐嘱咐赵大备下三只大箱子，一只用来装粮食、水果、汽水等食品，一只装罐头以及锅、盆、碗碟、茶杯、刀叉、汽炉等生活用品，另一只暗藏铁棍和石灰，遇到危险时，可以用石灰撒向敌人眼睛掩护自己逃跑，实在不得脱身就要用上铁棍和敌人搏斗。为了安全起见，箱子先存放在车行，然后分批搬进红砖房。

红砖房二楼的朝南大房间，添置了租来的家具摆设，尚缺窗帘。挂上窗帘就是的的呱呱的新房了。三楼大平层是“弟弟”“弟媳”的居室，平时居家不出，开会时负责会务，会议结束掩护撤退。“父亲”赵大住一楼，负责看门、报警，“佣人”平时上街买菜，开会时负责周边警戒。一切安排妥当，这个“反战会所”万事俱备，只待会议主角马莱勋爵的到来。

当马莱率领各国反战代表远渡重洋抵达上海时，孙夫人不顾国民党的禁令，亲自登上游轮迎接，大批工人、学生和各界人士在码头上举行盛大的欢迎仪式，孙夫人发表热情的欢迎演讲。马莱勋爵紧握孙夫人的手说：“中国工人在白色恐怖的环境里英勇斗争，真是了不起。我要把这个消息，传到欧洲，传遍整个世界！”人群中响起雷鸣般的欢呼声。国民党特务只好眼睁睁看着工人们燃放鞭炮、高举旗帜，大张旗鼓地将各国代表送入华懋大酒店。

孙夫人不顾自身安危，是要争取会议公开召开，这无疑是对国民党反动派的公然宣示，这只有德高望重的孙夫人才做得到。陈小姐想到不久就可以见到孙夫人，她在床上辗转反侧，难以入眠，最后在祥海怀里进入梦乡。此时，她渴望就这样一直被祥海抱着，不再分离。

红砖洋房前的小马路，平日十分安静，从马路的这一头走到那一头不用花太长的时间。然而，拐过一个弯，另一条街上的情形完全不同。每天一大早，就会有许多小商贩出现，在地上摆开摊位，叫卖着各式各样的杂货和包了浆的古玩，或者自家种的还带露水的蔬菜、河塘里刚捉来的活蹦乱跳的鱼。到了星期天更是热闹，街上赛过庙会，行人都不太容易通过。小胡子捕头就十分不耐烦，将他挂有巡捕房铁牌的脚踏车推出来，横在台阶下，不让闲杂人靠近。

这个星期天，天气晴好，陈小姐身着一件白底蓝瓷花式旗袍，脚穿宝蓝色高跟鞋，一手挽着祥海，一手勾着贴身小皮包，来到这条热闹的街上。祥海西装革履，白衬衫黑领结，看上去活脱脱一位阔少爷。金发碧眼一身中式旗袍的陈小姐，一走出红砖房，小胡子捕头就注意到了，他的目光紧紧跟随她窈窕的身影，须臾不肯离开。那一边，“一家子”人悄悄地将一只大木箱搬上了楼。陈小姐和祥海在人挤人的街上走了一个来回，最后在一家卖百货的摊位前停下，买下一幅粉红轻纱和一款厚重的黑色遮阳窗帘，又买了挂钩等必备小五金、两双描龙画凤棉拖鞋、男女睡衣。回转时，陈小姐特地在一家南北货店买了两条功德林雪片糕，朝捕头家走去。捕头看见陈小姐朝自己走来，装着侍弄自家门前那些半死不活的花草，和她打招呼：“新娘子早！”

“早！”陈小姐挽着祥海手臂，绕过横在门口的脚踏车，走上台阶，捕头搭讪道：“一早上街买了不少呀！”

陈小姐笑道：“是呀，这条路上什么都有，这不，一早出来要买的都买齐了。”说着奉上雪片糕。再过二十来天就是中秋节，上海人几乎家家户户都有将雪片糕做供品来拜月的习惯，因此雪片糕是中秋节最好的礼品。捕头推辞不过，笑嘻嘻收下，一双贼眼在陈小姐身上睃来睃去。陈小姐浑身都起了鸡皮疙瘩，不由得收紧了手臂，挽着祥海来到自家门前。

赵大正在门口拾掇花草，时刻监视捕头的动向。见两人回转，高声对他俩说了些家常话，待两人进门，他仍旧在门口收拾花草。两人上楼，“弟弟”“弟媳”已经把房间收拾得差不多了，陈小姐拿出刚买的窗帘给“弟弟”，“弟弟”接过窗帘，低声对陈小姐说：“你们不在时，隔壁捕头上来了几次。”陈小姐说：“在开会之前外松内紧，让他随便来，随便看。开会当天，他若再来那就不客气了。”“弟弟”点点头，又说：“晶云里也来过人，上上下下都勘查了一遍，说这房子十分适合开会，有后门，还有老虎窗，后门出去就是七转八弯的弄堂，有意外情况可以快速撤离。开会当天必须在屋顶上放哨，有意外情况，后门走不了可以从老虎窗出去。”陈小姐对祥海说：“这个倒是好主意！屋顶上放哨站得高看得远，太好了。”祥海一边帮“弟弟”挂窗帘，一边说道：“晶云里来人说得不错，这楼房屋顶和别人家连在一起，爬上屋顶可以鸟瞰整片洋房，转弯那条小马路上的动静也可以看到。”正说着话，捕头

“噔噔噔”又上楼来了。尽管房门开着，他还是在门外礼貌地敲了一下房门，再推开，将房内扫视一遍，直勾勾盯着陈小姐看了又看，道：“新郎新娘自己动手筑新家，真是夫唱妇随珠联璧合呀！”尽管陈小姐刚刚和他打过招呼，对于他的突然到来也有心理准备，心里还是“咯噔”了一下，心想新郎新娘亲自挂窗帘符不符合规矩？会不会露出马脚？这些事，她一个姑娘家当然不知道，所以心虚。这时，祥海放下手中活，迎上去说：“哎呀，巡捕大人驾到，欢迎欢迎！小家尚未布置完备，凳子也没一张，无处落座，请见谅！”

“不必客气，我来过几次，没见着你们，刚刚忘记问一声，是否需要帮助？有需要的尽管开口！”

祥海连忙谢过，敷衍道：“捕头大人百忙中肯惠顾小舍，已是喜出望外，小家事再大都是小事，公家事再小也是大事，怎敢烦劳大人耽误公事？”

捕头嘴上说：“没关系，远亲不如近邻嘛！既然小两口能力超群，都是亲力亲为，我看也用不着我瞎操心了！”一对贼眼却滴溜溜乱转，说着话，在房间各处转了一圈，一眼看见储藏室里有只大箱子，走过去一屁股坐在上面，颠了颠屁股问：“这么大的箱子，是用来干吗的？”

祥海的心瞬时吊在嗓子眼上，箱子里装有铁棍木棒。

陈小姐却不慌不忙道：“放女孩子嫁妆的嘛！大人没听说过女孩出嫁需要压箱底吗？”

“哦，压箱底都是好东西，我打开看看。”说着，没等祥海和陈小姐反应过来，捕头已经将箱子打开。祥海脸色大变，立刻把窗台上的老虎钳握在手里。却见箱子里原先装下的铁棍木棒不见了，只有几件陈小姐的旗袍、内衣内裤，都叠得整整齐齐，码放在箱底。

“陈小姐的压箱底只是几件替换衣服呀？听说压箱底要有八件套嘛！”

“哎呀，女孩的亵衣都让大人看见了，真不好意思！这不是还没过门吗？我家老爷从来不过问这些婆婆妈妈的事，想不到巡捕大人这么有心，还关心女孩压箱底的事，真是个上等好男人。压箱底是要过门那天才给的。”

“是这样啊，哈哈，不好意思，鄙人孤陋寡闻。”捕头顿了一顿，又说:“既然在装饰新房了，伉俪书一定是打好了吧？”祥海心想，果真被陈小姐料到，这个捕头狡诈多疑，一个细节都不肯放过，连忙叫陈小姐将伉俪书拿来给巡捕大人过目。陈小姐从随身小包里拿出崭新的明黄色的伉俪书递给捕头。捕头展开来看，上面写着：两姓联姻，一堂缔约，良缘永结，匹配同称。公证人的署名他认得，日期也没差池，确实是民政处开出的。捕头看罢，合上婚帖，笑嘻嘻还给陈小姐，又问了一些闲话，这才离去。

祥海望着捕头离去的背影，又望了望地上的木箱，怎么也弄不明白，箱中的铁棒去了哪里。陈小姐关了门，手摸自己胸口小声说道：“吓死我了，吓死我了！幸好我叫赵大将里面的东西都藏到阁楼里去了，要不然可坏事了。”

祥海这才反应过来，箱子里的东西是陈小姐及时转移了，他一屁股坐在箱子上道：“你也不告诉我一声，我要被你吓出病来的！”

陈小姐挨着他坐在木箱上，神态优雅而镇定：“你刚才说什么来着？什么小家事再大都是小事，公家事再小也是大事？够谄媚的！是不是想要他多来几趟？你没看见他贼眉鼠眼的，让我浑身不舒服吗？”

祥海说 ：“越是邀请他来，他越是不会来。你不也恭维他是个好男人嘛！”

“我是消遣他呢！说点甜言蜜语会让他放松警惕，是不是？”

“还须小心为妙。”一旁的“弟弟”说，“他今天来过三次，前两次没见着你们，原来是专门来检查伉俪书的。”

陈小姐说 ：“这家伙果然奸诈。非家用物件这几天都不要搬进来，最后一天再搬，以免节外生枝。”

“弟弟”说 ：“我也是这个意思。”

陈小姐又对祥海说 ：“刚才我可是比你还紧张的，因为我什么都不懂，不知道结婚的箱子该不该是空的，所以我随手将自己几件衣物放在里面。他开箱时，我的心都要跳出来了，突然担心这么大的箱子只有几件衣物不合常理。你摸摸我胸口，还在怦怦乱跳。”说着，将祥海一只手拉到自己胸口，一颗心“扑通扑通”像要跳出胸膛。

“你一个姑娘家，当然是什么都不懂的，做这些真是为难你了。”祥海尴尬地将手抽回说道。

“弟媳”突然说 ：“你们发现规律没有，捕头每次来都是在早上这个时间。”

陈小姐说 ：“对呀，他都是在上班前来一下，其他时间都不来，这对我们来说太有利了！我们的会议不会在白天开，一定是在晚上开。”

话音未落，只见赵大手拿报纸急匆匆跑上来说：“你们看，报纸上说反战大会不在上海开了，马莱也打道回府了！”

陈小姐拿过报纸来一看，报纸头条刊登着马莱离沪的新闻和他发表的公告。

“这不可能，一定是假新闻。国民党当局惯于造谣。马莱公开来到上海后，市府和巡捕房秘密逮捕了不少进步人士。法国领事馆发布告租界禁止任何集会，日本人还向市府提抗议，说是无视友好邻邦，真是笑话！现在它们又放出谣言，这是中外反动派想要联手扼杀大会召开呢！”

“弟弟”说：“看来孙夫人想要会议公开召开的期望要落空了，会议必定转入地下。在这样的形势下，我们要更加谨慎，不能有任何疏忽大意。”问赵大刚才去了哪里？怎么见有人来也不发信号？刚才捕头上楼来，还好事先有准备，不然可能就要坏大事。赵大说他去街上买报纸了。陈小姐说：“你看，只一会儿工夫就差点捅下大娄子。我们要在这里住好多天，即使只有一夜，也不能疏忽，稍有不慎，脑袋就有可能搬家，以后坚决不能离开岗位，万万马虎不得。”赵大听说刚才的一幕后，自觉十分惭愧。

这一天清晨，晶云里又来人检查会场，要求会场地址对任何人保密，与会者不得询问路名和门牌号，黄昏后由“一家子”分头接人，路上要绕几个圈再进场。进场后不准到沿街窗口眺望。最后关照陈小姐：“会议在今晚召开，有重要代表到场。”

晶云里来人刚走，隔壁捕头手捧着鲜花和蛋糕来拜访，刚进门，赵大就大声招呼道：“长官早！”然后就咳嗽起来。这几天捕头像消失了一般，“一家人”从从容容将房子都装饰好了，没想到在今天会议即将召开的紧要关头，捕头又出现了。他打量了赵大一番，问道：“你是新郎的父亲吧？”赵大点点头说：“是的，承蒙先生多多关照。”

“这么说，新郎是上门女婿？”

“是呀，年轻人喜欢大房子，就叫一家人统统住过来了。”

“还是住在一起热闹，一家子和和睦睦在一起多开心！”

捕头自从见了陈小姐，便心怀鬼胎，千方百计想要取悦陈小姐，大大降低了他的警惕，这是一个职业警探最不该犯的错误。此时他一手拎蛋糕一手捧鲜花走上二楼。“一家人”都在三楼布置会场，听见赵大发出的暗号，祥海和陈小姐赶紧悄无声息地下楼，钻进被子躺在床上。刚缓了一口气，就听见捕头敲门道：“打扰两位新人，冒昧一早来访，给新人送蛋糕来了。”祥海在房里懒洋洋应了一声，穿着睡衣趿着软底拖鞋来开门。刚才晶云里来人时，他俩也是这般操作。捕头进屋，陈小姐从床上惊起：“呀，巡捕大人早！”捕头见陈小姐斜靠床头，衣衫不整，两眼都直了。陈小姐连忙用手掩在胸前。捕头有些尴尬，嘿嘿一笑道：“真个是春眠不觉晓，恭贺新禧，一点小心意，敬请收下！”捕头将礼物放于门口花架上，道：“你们继续，不打扰了，我上去看看，三楼房间布置得可好！”

祥海说：“楼上内弟一家恐怕也在睡懒觉未起呢！”

捕头说：“没关系，好久没来看看，想必旧貌换新颜了。”祥海见捕头执意要上楼，就赶紧趿着拖鞋跟随他一起上楼。

“你们一家子其乐融融，真是幸福！”捕头一边和祥海搭讪一边走上三楼，“内弟”也是身穿睡衣，已在房门口恭候。

“长官早上好！”

“早上好。房间装修好了，怎么没听见大的动静？”捕头边说边径直走进房间。见三楼更是简单，仍旧是毛坯房，只有一张大床，一个橱柜而已，大床上的女人也是酣睡未起。捕头疑窦顿起，自言自语道：“签了一年租契，这模样不像长住嘛！”也不说话，走进浴室、厕所察看，见厕所也是毛坯的，马上问道：“你们准备住几天？”“弟弟”说：“要一直和大哥大嫂住呢！只是大哥的婚期在即，婚宴也已订好，乡下亲戚都在路上了，所以只能先办了婚事再装修了！”

“这倒也说得过去，不过委屈你们两位了，婚宴定在哪里？”

“弟弟”说：“大中国饭店，路不远，很方便，到时候请长官吃喜酒。”

“要的要的，一定要来的。”捕头在各个房间里转了转，又走上晒台看了看，这才下楼。下到二楼时，祥海在房里说：“巡捕大人，到房里来坐坐？”陈小姐心里一惊，心想这个祥海是怎么了，表面上热络一下就可以了，人家要走还请他到房里坐坐？难道不知道床下藏着两只大箱子吗？这两只大箱子装着各种吃食，是昨天祥海搬来的。陈小姐匆忙之中，未将箱子全部塞进床底，箱子露了一只角在外面。捕头两只贼只眼朝床上看，见陈小姐仍赖床不起，嘿嘿笑道：“不用了，新娘子面若桃花，肤如凝脂，实在是个大美人！”说着，又朝陈小姐看了几眼，忽视了床底的箱子。和陈小姐搭讪了几句话，这才告辞。

祥海站在房门口一迭声表示谢意：“谢谢巡捕大人，这么客气，还送鲜花蛋糕来，一定请你吃喜糖。”

“再会，再会！”捕头下得楼来，总觉得这一家人对他太客气，对他多次贸然闯入丝毫没有怨言，而上次租房的人家，对他就没那么客气了，他才来过两次，女主人就不耐烦，结果一个月未住满就又搬走了。而这一家人没表示出任何嫌弃之意，似乎还特别欢迎他去。新娘子落落大方，新郎官持重老成，毫无破绽。但是他总觉得有哪个地方不对劲，想了半天，想不出有什么不对的地方。想起刚才新娘子弟弟说，在大中国饭店订了婚宴，他应该去饭店查证一下。

捕头走后，陈小姐松了一口气，说："我的天呀，这个家伙真难缠。晚上就要来重要客人，我估计就是孙夫人。从现在开始每个人都必须每时每刻绷紧脑海里每一根弦，不可有丝毫大意。"说着起床，从床底下拖出箱子说："昨天箱子塞不进去，一只角还露在外面。捕头的贼眼扫过来，我真是担心死了，还好他只看床上不看床下！现在可以分发食物了。"众人将装食物的箱子搬至三楼。三楼的大床已搬走，整个房间空荡荡的。陈小姐在地板上每隔一人的间隙放上面包、饮水和其他食物，一个间隙就是一个座位，摆了五六十份。这些食物是"弟媳"以开同学会名义分别从几家食品店凑齐的。

暮色降临，"一家子"分头展开行动，将"客人"们从分散隐蔽的各处一个一个接来。"佣人"们装作捡垃圾的在四周的街道上徘徊，观察着周围的动静。赵大将大门紧闭，后门虚掩，让参加婚礼的"客人"从后门进来。"弟弟"在晒台上，居高临下观察后弄堂的情形，一旦发现"客人"有"尾巴"，就要立刻采取"清除"行动。屋顶上也设了岗哨，一切在夜幕下悄然有序地进行着。在等待开会的间隙里，每个人都在心中念叨千百遍，此时此刻，捕头千万不可再来。捕头仿佛很听话，这一天余下来的时间里，再没有出现。

半夜时分，“客人”陆陆续续到齐了。他们当中有上海工人、各地义勇军、铁路工人、国军士兵、苏区来的红军代表和国民党军士兵代表。每个人都悄无声息地走进房间，在食物边坐下。

这时有人低声道：“孙夫人来了，孙夫人来了！”陈小姐马上下楼去迎接。

孙夫人衣着朴素，面容温婉，迈着坚定的脚步走进会场。大家肃然起敬，无声地拍着手，注视着她走到主席台。“一家子”迅速分散，担负起会场警戒任务。

会议随即开始。马莱简短地介绍了国际反战同盟的概况，中外代表挨个儿发言，孙夫人用多国语言流利地现场翻译。随后，孙夫人宣读了苏区发来的贺电，并阐述了国内外形势。她说：“一・二八事变之后，日本帝国主义又侵占热河，越过山海关，东北、华北与江南民众都已处在战争的威胁之中。在日本帝国主义肆无忌惮侵占中华国土时，国民党反动派却在围剿红军。中华苏维埃政府与革命军事委员会再一次提醒全国民众，日本帝国主义正在把华北地区变成第二个满洲国，号召全国民众共同进行反对日本的武装斗争。而蒋介石却躲进崇仁指挥部，不御外侮，只要剿共。把日本人侵略中国说成是共产党造成的，这连幼稚园小孩都不会相信。就在昨天天亮前，蒋介石集结了一百万军队、两百架飞机，向各红色根据地发动第四次军事‘围剿’，这是要将国家引向何方？”马莱听了，惊得合不拢嘴，说道：“My God, the Japanese have entered the pass. According to the Chinese, invading the pass means occupying half of China. This Chiang Kai Shek is simply a mad man. Instead of fighting the Japanese, he wants to wage a large-scale war against his compatriots. I must make this fascism known to the world!"孙夫人用她略带上海口音的英语替马莱做翻译:"我的上帝，日本人已经打进关内，按中国人的说法，侵入关内就是侵占了半个中国。这个蒋介石简直是个疯子，他不跟日本人开战，却要对自己的同胞进行大规模的战争，我一定要将这种法西斯主义公诸于世！"与会代表无不表示愤慨，在低声耳语之中进行讨论。

会议开到次日清晨才结束，代表们随即被"一家子"人悄无声息地从后门转移出去。

翌日，上海的《大美晚报》刊出新闻，称"马莱公爵、孙夫人参与的反战会假某住宅秘密成功召开"。接着国内外报章铺天盖地发表了会议所作的报告、宣言和决议，发表一系列声明、贺电，社会各界为之轰动。特别是这"秘密"两字,引起民众极大的愤慨。反战会议是于国于民的大好事，为何只能秘密召开?

"娘希匹！"蒋介石获知这一消息，对孙夫人恨得咬牙切齿。他找来军调处特务头子，质问他道:"你不是向我信誓旦旦保证过，上海的共党电台已经统统消灭了吗？这些电文是从哪里发出来?你的人号称无处不在,他们是如何在你鼻子底下按部就班开的会?五六十人一夜之间进出一幢民宅，你居然毫无察觉，任其电波在天上飞，无所作为。这些电文你不能说是共党杜撰出来的吧！"蒋介石把一沓报纸重重地甩在戴处长脸上。

军调处立刻派出大批特务，务必要查出是哪幢民宅开了会议，好歹逮个替死鬼也好消消老蒋的气，搜寻多日却一无所获。他们哪里料到，汇山路上的红砖洋房，早已被捕头清理干净，消除了一切与会议有关的痕迹。

那天一早，捕头正在大中国饭店查证隔壁新郎新娘的婚宴，反战会议已在上海秘密开过的号外就铺天盖地而来，他手拿饭店记事簿，立即猜到恐怕就是隔壁一家人做下的事。他连忙回转，来到隔壁，按了好久门铃，里面毫无动静，心想不好，连忙破门而入，楼房里没有声响、没有人影，死一般寂静。他急忙奔上楼去，发现已人去楼空。三楼满地垃圾，抽水马桶堵塞，浴缸里积有大量粪便，眼前的景象证实了他的猜测是准确的，原来隔壁“一家子”都是共党分子。闹得沸沸扬扬的反战大会竟然在自家隔壁开过了。他十分懊恼因自己疏忽大意造成重大失误，亲手放走了一条大鱼，也断送了升官发财飞黄腾达的大好前程。现在他若要展开追查，顺藤摸瓜将“一家子”抓获，绝非难事，但会议已经开过，那样做于事无补，反而会引火上身。因此他不敢上报，独自蹲守了半天，未见有人返回。他细思极恐，与其留下痕迹被别人侦查到，牵涉自己不尽职守，不如将“一家子”曾在此租房开会的蛛丝马迹统统消除，将与自己有关的证据统统抹掉，也就是说他们根本没有来过，方可保自己无虞。于是他去房东那里销毁租房契约，威吓他不可泄露有人租过房子，并亲自将那些令人恶心的粪便收拾干净，也不敢追查这“一家子”的来历，在惶恐中竭力将这件事掩盖。

任凭军调处费尽心思，兴师动众，全城搜查，除了天空中曾有电波飘过，一无所获。他们甚至怀疑会议是否真正在上海召开过，不然不会一点线索都没有。

反战会议结束后，陈小姐突然消失得无影无踪。祥海百思不得其解，陈小姐不应该不辞而别。他暗暗去过几次汇山路，那里有过他和陈小姐的足印，有过曾经的呢喃。他踌躇在汇山路上，街市仍然热闹非凡，捕头的脚踏车仍然横在家门口；他仰望红砖房的二楼窗户，那粉红色窗纱不见了，在马路上就可以望见屋里的天花板，而天花板下面有他们曾同床共衾的“婚床”。他不知道此时他出现在这里，是极其危险的。他和陈小姐在民政处登记结婚，又在“大中国”预约了喜宴，他竟然还敢在捕头家门口徘徊。如果被捕头出门撞上，无疑是自寻死路。

在太阳初起的早晨，他爬上阿毛家的晒台，遥望小洋房那扇百叶窗。小洋房那高高耸起的穹隆顶像姑娘的乳房一样美丽，依然那么熟悉，让人遐想联翩。而它的主人像空气中的一滴水蒸发了，什么都没留下，像一只气球突然炸开，什么都不见了。曾经的往事，忽然变得那么遥远、那么缥缈，成了挥之不去的回忆。祥海怅然若失，隔三岔五地要到阿毛家的晒台上来看看。阿毛见祥海无事便在自家晒台上看风景，感到十分不解。

更深人静，祥海抚摸着仍留有陈小姐气息的枕头、皱巴巴的床单、看过的书籍，回想起她依偎在他的臂弯中谈论人生、谈论莎士比亚、谈论反战大会，他就无法入睡。他不能触碰陈小姐睡的那一边，仿佛陈小姐还安静地睡在自己身边，怕惊醒她的美梦。他也不去收拾陈小姐的衣物，甚至一点都不挪动它的位置，让它保持原来的模样，让她的气味四处散发。他在等待陈小姐回来，然而却是徒劳的，他不可能知道陈小姐已经紧急撤离白区，去了苏区。

他想的是大概自己做错了什么，使陈小姐不愿意再理他而躲着他。他决定到小洋房去打探一下。他转过围墙，来到小洋房的院子外，铁制的院门开着。果园树木依旧，绿草茵茵，草地上有因无人采摘而掉落在地的烂掉的果子，有因缺少浇水而枯萎的花朵、过早掉落的绿叶。树下的水井因许久不打水，用一块木板盖着，还挂了一把大铁锁。他径直走上台阶，怀着忐忑不安的心情去敲她家门。开门的是一位金发碧眼的法国大妈，她身材发福，罩着一袭粉色碎花连身裙，将门只开一条缝，探出头来问："你找谁？"祥海猜想她一定就是陈小姐的母亲陈太太。可是除了金发碧眼，陈小姐没有一处像她母亲。陈小姐说话始终细声细气不紧不慢，这位法国大妈说话声音嘹亮。

"你找谁？"陈太太又问。

"安娜在吗？"

陈太太打量了祥海一眼，见这位不速之客相貌堂堂，谦谦如玉，胜过那陆公子十倍，又称呼女儿小名，想必是女儿的熟人，连忙延请入内，问道："你怎知我女儿小名？"

祥海一时不知如何回答，就答道："我们同事过，同事们都这样称呼她。"

"同事？"陈太太十分惊讶，"她毕业以后不务正业，一直不着家，原来是和你们在一起做着见不得人的勾当？"

"请问，安娜在家吗？"祥海很难回答陈太太的问题，只好极不礼貌地再问一遍。

"既然你和她是同事，我正要问你要人呢！自从她毕业以后，对父母不闻不问，连家也不回了，这就是你们提倡的'德先生'

和‘赛先生’？一个二十多岁的大姑娘可以不讲礼义廉耻整天不回家，最后连人都被拐走。什么同事，我看你分明是她同党！”陈太太说着就哽咽起来，“我只有她一个女儿，我很想她。”

祥海正在尴尬时，楼上下来一位男士，四平八稳走过来，对祥海介绍道：“鄙人是安娜的父亲，您请坐。”

“久仰大名，如雷贯耳。原来你就是大名鼎鼎的陈老板。”

“言过其实，厂子已经没了，还做什么老板。你找安娜有什么事？”

祥海指了指门外树木后的围墙如实告知：“我是那边的房东，姓李名祥海，安娜离家以后一直住在我家。”

陈老板着实吃了一惊，问：“安娜在你家？”

“安娜住在你家，你怎么倒问起我来了？”陈太太激动起来，插话问道。

“但是……她不见了……”

“不见了，她走了吗？”陈老板问，“你就是李祥海，酒行老板，那边两条弄堂都是你的产业，从宁波路搬来此地。”陈老板早已将他的邻居情况摸得一清二楚，不紧不慢地说：“真是难以置信，安娜近在咫尺，我们竟然都蒙在鼓里。要是知道安娜在你那边，我和她母亲都不会担心了。”

“既然安娜住在你家，那你告诉我，安娜现在去了哪里？”未及祥海回话，陈太太又问。

“夫人，你最好控制住自己的情绪，我正在和客人说话呢！”陈老板劝阻陈太太。

“陈小姐是在我这住过，但又突然消失了，我猜想她应该是回家了，所以来这里看看。”

“她没回来。”陈老板失落地说道。

祥海说：“那边十八号晒台可以看到你家。她说她不能回家，一回家就会被母亲锁起来不让再出门。她很想念你，担心你，我们曾经在晒台上遥望过你，那天你在看书，看到你安心看书，陈小姐就放心了。”

“你看看，”陈老板对夫人说，“女儿被你吓得不敢回家，是不是被你赶跑的？”然后又对祥海说，“这么说来，我夫人说得没错，你和安娜真是同党。”

“是同志……”祥海说。

陈太太说：“我的老爷，好像是我逼着女儿离家出走似的，难道你还看不出吗？其实女儿早已芳心有主……”

祥海说：“我觉得她不应该就这么莫名其妙地走了，会不会在家里藏着，不愿意见我。”

陈老板说：“既然安娜信任你，请你也信任我们，安娜确实没有回来。我看你很憔悴，回去好好睡一觉，等你头脑清醒了，我去找你。”

第二天，祥海在浑浑噩噩中度过。到了晚上，酒行刚打烊，陈老板趁黑来找祥海。陈老板将阁楼打量一番，阁楼里的一切都保持着陈小姐在时的模样，知道祥海所说是实。陈老板抱歉说道：“我知道赵老板也在这，本应该去拜访一下赵老板，感谢他为厂子的付出。但是日本人对我恨之入骨，因此我隐姓埋名藏身于此，请见谅。你我虽然第一次见面，但是彼此应该不陌生，女儿在你这里做过侍应生，你和她一起看过戏，这些女儿都告诉过我，你还和她捐了款。”祥海点了点头，指了指眼前一张三尺小床说：“陈小姐就睡在这，她的衣物都还在，所以我以为她大概是回家了。”陈老板见床上散乱着安娜的贴身衣物，瞬间明白了一切，对祥海说：“以我对安娜的了解，安娜绝不会无缘无故地在你这住，逃婚只是借口，唯一的解释就是，她爱上了你。安娜很任性，也很有主见，但断然不会无缘无故突然离开你，你们中间发生了什么事？”

祥海将那个晚上以后以及反战大会的事，原原本本告诉陈老板。陈老板听了后沉默不语，走到床头拿起那本莎士比亚的书来，抚摸良久，说：“她一来就问你愿不愿意和她做夫妻，你被吓到了，所以她才说和你做假夫妻。既然是组织安排的，组织一定同意了她和你结婚，可她没说。她就是这个脾性，如果她喜欢上一个人，会直言不讳，但又很传统，不会强人所难。”

祥海恍然大悟，拿过陈小姐睡过的枕头，抱在怀里，低头不语。陈老板说：“一个坠入爱河的女孩是什么都不会介意的，我可以想象安娜是怎样在你这里度过每一个夜晚的。所谓的任务，是让原本矜持稳重的她变得热情奔放的借口，却让你误解了她的用意。”

“我要好好静一静。”陈老板的一席话使祥海陷入了沉思。

“那么我告辞了！”陈老板说，“一有安娜的消息，我马上就通知你，你是个实在的好人，这是她母亲见到你第一眼就这么跟我说的，她说如果女儿爱上了你，她就放心了。你使她母亲突然之间放弃要安娜嫁一个官僚公子哥的念头，这很不容易，这是你的功劳。再见，孩子！请恕我这么冒昧地称呼你，我比你大不了多少，我这么称呼你，是以安娜父亲的身份跟你说话。我了解安娜，安娜会回来的，只要你在。”

陈老板走了以后，祥海想了很多，不只是陈小姐，还有父亲过世后母亲的孤寂、酒行的未来和车行的出路。第二天，他对坐在账台后的阿毛娘子说：“楼上的房间我锁了，所有人不要上去，让它空关着。我不再住这里，我去和赵大住。”阿毛娘子见祥海终日不下楼，心中忐忑不安，此时见他下楼来，这才心中一块石头落地，说：“李老板，你去忙，这里就交给我，你放心好了。”

“我不在，排门板叫阿毛来弄，你不要搭手。”

阿毛娘子道：“有数，有数，你去吧！”

· 第三篇 ·

实业救国

祥海来到车行，车行冷冷清清的。老蔡坐在门口抽烟，告诉祥海，赵老板已多日未来车行了，说着起身跑上阁楼拿来一份通告交给祥海，说是工部局刚刚送来的。祥海接过一看，是工部局人力车改革的告示。祥海将告示仔细研读一遍，掉头往高郎桥去，过了桥就是陈氏纱厂。

一·二八打仗时，日寇将陈氏纱厂炸成了废墟。昔日巨大的厂房如今只剩下骨架，砖砌的烟囱倒了一半，铁制的横梁，有的突兀地横着，有的孤零零地竖着。厂房的屋顶被掀了“天灵盖”，有的墙体已经坍塌，墙柱子还在，突兀地向天耸着。有的墙柱子倒了墙体还在，像一扇巨大的门孤零零地矗立着，似乎一阵风吹来就有倒塌的可能。堆成小山似的砖块和腐朽的木梁间，杂草丛生，青苔斑驳。所有的机器、设备还掩埋在倒塌的厂房中。冬去春来，废墟里竟然长出好些太阳花、青蔓藤和带着锯齿齐人高的艾草，令人生畏。在一个角落里，一座破木砖瓦房幸免于难，被四处攀爬的藤蔓掩着，几个无家可归的工友住在里面，守护着废墟。几处没有瓦砾堆积的洼地积水成潭，水中萍草漂浮，浮萍下黑黢黢的蝌蚪在游动。这家花费陈老板毕生心血的有大机器生产的纱厂，只剩下一幢幢壮观的框架，倒伏在瓦砾之上。即使是在白天迎着阳光，其景象甚至比半夜的墓地还要凄凉可怕。

瓦砾下的机器，有的散了架，有的坚挺地扛着巨大的水门汀架子而未遭损坏，工友们在瓦砾中拣一些可以卖钱的废铁卖掉换钱，将厂子用篱笆墙围了起来。赵大像幽灵似的在瓦砾上扒拉着，一颗光头在阳光下亮如钢盔。他直起腰，见祥海沿着篱笆墙走来，连忙拔腿从瓦砾上下来。他一脸焦黑，一撮小胡子盖住了嘴唇都没工夫剪。

祥海说：“去了车行，你不在，我估计你在这。”

赵大抹了一把汗，说：“埋在地下的机器有些是完好的，不知哪天才能把它们起出来，再过个一年半载，日晒雨淋恐怕都成废铁了。工友们看着心疼。机器在，厂子就在，机器不在了，厂子就没了，工友的寄托也没了。”

“我看着也心疼。但是陈老板现在有难，日本人还在追缉他，管不了厂子，只能让它荒着。”祥海叹了一口气说，“一起去吃饭吧，我饿了一天了。看你灰头土脸的，吃过饭和我去裕德池汏浴。”

赵大说：“你终于醒了。一天没吃饭，想必饿昏了。我十来天没洗澡，身上黏得像蛤蟆，正好，我陪你吃饭，你陪我汏浴。”遂随祥海到附近饭馆吃过饭，再一起来到裕德池。在裕德池常聚的，都是黄沙石子帮或者棉布商人，祥海和他们都熟识，一一打过招呼，未及脱衣，浴工师傅已将一块热毛巾甩了过来：“李老板，最近来得少了，在哪里发财？”祥海答道：“一直有来，只是师傅三班倒，和师傅错开了而已。”说着擦了脸，脱下衣裤，浴工师傅拿一根长长的“丫叉头”叉过头顶，稳稳当当挂在靠天花板的墙上。祥海和赵大走进浴池，混堂里热气腾腾，三尺以外看不清人影，池子里挤挤挨挨坐着一排人。祥海嘘着气，将毛巾盖在脑袋上蹚进滚烫的池子，沉入水中，只剩一颗脑袋浮在热气腾腾的水面上。赵大是光头，又不盖毛巾，看上去像一位入定的老僧。池水已浑得像西餐馆的奶汤，这样的池水更容易去除人体脏污。

两人在池水里泡得身子软了，又擦了背，冲洗干净走出浴间，顿时神清气爽。浴工师傅又飞来热毛巾。祥海擦干身体，裹着浴巾靠在睡榻上，蒙蒙眬眬小睡一会儿，喝了一会儿茶，叫师傅叉下衣服。师傅又飞来两块滚烫的毛巾，不正不偏扑在祥海胸口。祥海胡乱擦了身，从衣服口袋摸出工部局通告交给赵大。赵大看了一遍说：“这一次换发照会，看样子要核减不少。”祥海说：“核减二千五百张，恐怕赵大祥会在核减之列。车租由十四角降到八角，说是救济车夫。这样一来连车子折旧都不够付，车行老板都要吃西北风了。这明摆着是以整饬市政为名打击车业。”

“救济车夫哪里需要工部局插一手，我们有自己的救济会。靠人力车吃饭的人，不仅仅是车夫，还有车行。这个道理难道工部局不懂？”

“工部局就是要打压人力车，发展电车、出租车，因此人力车生意以后会越来越难做。今天找你来商议，如果一切照旧，车行就多开一段时间，如果真被核销了，也没关系，干脆改行。”

“改行做什么呢？”

两人说着话，师傅又扔来热毛巾，祥海擦了脸，说：“办厂。车行酒行都需仰人鼻息，以后恐怕都不行。往后办厂搞生产。”

赵大说："你只有两条小弄堂，哪能开厂呢？"

"阿毛家后面有个菜园，可以把地翻了，建成三层厂房。一•二八打仗时，日本人炸毁了商务印书馆，也有很多机器被埋，像陈氏纱厂一样，面临报废的命运，还有好几家印刷作坊也倒闭了，我想趁此机会把它们的印刷机器以便宜价格买下，开一家印刷厂。"

"弄堂里开印刷厂？行吗？印刷厂可不是酒坊，酒好不怕巷子深，总会有人来，印刷厂可是要有业务才可以赚钱。"

"鼎鼎大名的商务印书馆也是开在弄堂里的，也是在末号里，不也照样搞成远东第一吗？"

"听起来挺不错，还是一句老话，都听你的。但是要我合伙出资，我现在是身无分文，你也是知道的，所有的钱都投在车行里了。若要转行，只有黄包车还可以卖些钱。"这些年来，赵大无论是自己开车行还是帮陈老板打工，都不敢有丝毫的大意，结果却都是以惨败收场。眼见陈老板偌大的厂子说倒就倒了，他对祥海办厂也不抱有信心。

"这个我知道，是兄弟我害了你。倘若办厂，不要你拿一分钱，还是老规矩，你给我管厂，利润你我各半。"

"这样的话，我可过意不去。再说，办厂的投资比车行大得多，酒行也没赚什么大钱，你哪里再有钱办厂？"

"资金方面你就别管了，家里还有些底子，办厂缺了你不行。若你应允，待我回广福向母亲禀告，即可动工建厂。"

赵大说："如此，兄弟唯有鼎力相助而已。"祥海听赵大这样说，便有了信心，说："那就这样办。"赵大问起陈小姐，祥海说毫无音讯。赵大说：“可也怪，陈小姐不似薄情寡义之人，如何一去如黄鹤。”

祥海告诉赵大：“我去她家里了……在她家里见到了陈老板，陈老板一直在躲避日本人，所以不方便来看你。陈老板告诉我，陈小姐离家以后就没回去过，不知道她去哪里了。”

“这真是一件奇怪的事。我问你一句话，你们可是同居一室的，一日夫妻百日恩，不知你是如何对待陈小姐的，才使陈小姐狠心离去。陈小姐虽干练利落，毕竟是女儿家，其实羞于表达。组织的任务其实是一种借口，外人都看得明明白白，就你不明白。倘若一个女儿家对你没有一点心思，哪里肯与你同床共枕？你会乐里都去过，不会和我当初一样笨吧？”

“当初？此话怎讲？”

于是赵大将他和沈姑娘新婚之夜的懵懂及姨娘击床传话的事，原原本本告诉祥海。然后说：“因此我对沈姑娘情深意长，不可能有续弦的念头，我的心里只能装下一个沈姑娘，再不能装下其他人了！”

“那么倒是福生错怪你了，你却从来不争辩，原来大爱若愚。”祥海说，“不过说到底还是没有缘分。”

“怎么说没有缘分？佛说五百年修得同床眠，既然同床了，就是缘分到了。就拿你和陈小姐来说，真是旁观者清当事者迷，我想你是辜负了陈小姐的一片痴心。”

祥海沉默不语。赵大又问了一些陈老板的事，两人才分手。

祥海主意既定，回广福禀告李夫人，想要动用祖传生计银办厂。

李夫人见祥海好不容易回家一趟，却要动用祖传生计银，便断然拒绝："现在你首先要考虑的是你的婚姻大事，办厂次之，要不然你父亲九泉之下是不会瞑目的。"

"母亲，好姻缘可遇而不可求，不能操之过急，而办厂之事却拖延不得，现今印刷机器大甩卖，机会稍纵即逝。"

"办厂不是一件容易的事。你看广福镇上，有哪一家办厂的？张家医堂因祖传秘方发了财没办厂，沈老板家大业大，靠做生意发家，也没办厂。你为什么一定要办厂？"

"母亲有所不知，张家医堂祖传悬壶济世，与开厂无些许因缘，沈家是跑码头的，也与办厂无关。而李家一直以来都注重实业。父亲曾经说过，只有实业才能救中国。但他那时没有这个机会，如今时代不同了，百废待兴正是实业报国的好时机。"

李夫人想，儿子要动用生计银，一定是迫于无奈，李家也不是没有动用生计银的先例，现在战事平息，趁早将生计银传给祥海也是还归本宗的好事。心下已经同意，嘴上埋怨道："我知道你认准的理，十头骡子也拉不回来，我也不拦你。李家的生计银，早晚要交给你，你父亲已不在，现在就交给你未尝不可，只是想不到李家会没落到需要动用生计银的一天。唉！"李夫人唉声叹气道："你老大不小了，办厂的事固然重要，婚姻大事同样迫切，你再不可蹉跎了。"

"孩儿谨记教诲！"

李夫人终于点头同意，想了想，再三叮嘱对祥海道："你父亲咽气时最放不下的就是李家没有后代子嗣，不孝有三无后为大，你切记，厂房造好之时，即为完婚之日。"李夫人几乎是对祥海下了死口，只差立下文书了。祥海别无选择，只好先答应了再说。

祥海办厂的念头，早在郭阴阳看风水时，就已经萌生。郭阴阳得了他三根“小黄鱼”，暗中指点他，要在建好的两条弄堂尽头，建一座碉楼。因碉楼的位置处于“龟背”正中，只有再造一幢高于两坊的碉楼才可以压住。一可以抵挡来自西北方向的穿堂风，穿堂风直来直往，进来的都又出去了，财气难聚，因此要加以修正。二是两条弄堂都需要有一座相对较高的靠山，才可藏风聚气。

“起了碉楼，通往华德路的出口堵了，不像其他石库门那样四处都有出路，它不成了只有一个进出口的死弄堂了吗？”祥海疑惑地问。

郭阴阳道：“貔貅没有屁眼，才是聚财的神。这样可以造就龙回首之势，不至于肥水穿堂而过。”

因此，祥海谨记于心。造楼办厂，他早有图谋。

祥海的碉楼紧锣密鼓地开工了。砖石沙子木料五金供应商都是曾经的老客户，都乐意给祥海赊账。谁知到了年底，碉楼刚刚造起一层，工头就来找祥海要钱，说家里死了老娘，急需拿钱回去办丧事，不给工钱就停工。祥海回到广福，半夜在后院桂树下，从石灰坑里中起出三坛生计银，那是三个用黄泥密封齐腰高的大肚瓦坛。

李夫人见了大吃一惊，责问祥海为何将生计银全部起出。祥海说，自一·二八以来，广福乡下已不安全，欲将生计银迁到城里去，在新造厂房的地下用水门汀封住，可保万无一失。李夫人听了坚决不答应，祥海劝说道：“一·二八日本人已打到家门口，差一点就占了厚德府，如果日本人再来，厚德府就不会那么幸运了！城里的租界，日本人不能进来，不但生计银要迁去，母亲也要去城里住。”

李夫人还是不答应，道："祖上的东西，怎么能随便迁徙，待到你房子造好结婚生子，生计银也完璧归赵以后，那时候再迁不晚。厂房造好，你住你的新楼房，我还是住广福乡下更适合，是不会离开厚德府的。"李夫人这么说，其实是要祥海知晓她的内心是万万不舍得他动用生计银的，到了现在这个时候，她只要祥海早日生儿育女，保全祖宗家业，事业已不重要。

祥海见劝不动母亲，只好作罢。留下一坛，将另两坛仍旧埋回地下。他打开瓦坛封印，第一次见到祖传生计银的模样，原来全是各个朝代白花花的银子，那是祖祖辈辈的心血凝结。祥海诚惶诚恐烧香礼拜，立下誓言，日后一定偿还，这才恭恭敬敬取出银子，另行装箱。回到"一街两坊"，将银两支付工程欠款。工头还要预支款，说家里又死了婆娘。祥海又给了一大笔预支款。谁知工头是个骗子，得了钱财便跑路，再也找不到。祥海房子刚刚造起一层，就被骗走大笔钱财，无处申诉，只好打落牙往肚子里咽，怪自己太轻信别人。过了正月十五，另行找人继续开工。

阿毛娘子生下第三个女儿后，又到酒行帮工。不知是老天的惩罚还是烟膏烧得太多，好多年过去，她没再怀上孩子。阿毛去义王庙找郭阴阳算了一卦。郭阴阳说他娘子一肚皮烂棉絮，意思只有生女孩的命，没男孩，再生也是"讨债鬼"。阿毛终日郁郁寡欢，他不甘心，一定要个男孩。一日，他将自己的心事说予隔壁教书的秦先生，秦先生说实在想要一个男孩，娘子又生不出来，可以去育婴堂看看，那里有许多无主婴幼儿，或许会有男孩可领养。

"你去找一个秦姓嬷嬷，是我本家。问她有否男孩可领养。女孩不用问是一定有的，还可以挑挑拣拣，男孩的话就要看运道了。”

阿毛听说有这样的好事，备了铜钿来到育婴堂，找到秦嬷嬷，说是秦先生介绍的。嬷嬷说：“有数了！”就把阿毛领到记事房做登记。阿毛是目不识丁的睁眼瞎，只能央求嬷嬷帮他在登记簿上写下姓名、地址，只要男孩，交上一块大洋，闭着眼睛画了押，又悄悄塞给嬷嬷两块大洋。

嬷嬷对他说：“回转去等着吧！”

阿毛回去如此这般告诉秦先生，秦先生说：“那就耐心等待好消息喽！”

后弄堂祥安坊十二号里住着一位张大姐，听说阿毛要去育婴堂领养孩子，好心关照阿毛，育婴堂经常与地痞流氓串通一气，做过不少拐卖孩子的勾当。谁都把男孩当宝贝，哪个家庭会抛弃男孩？就算有，也是断脚残疾有缺陷的。听别人说，洋鬼子挖孩子眼睛做药、敲骨取髓，提醒阿毛注意秦先生是不是联通育婴堂买卖儿童，不要领养到瞎眼断腿或有暗毛病的孩子。张大姐的话让阿毛打起了退堂鼓，明毛病易见，暗疾难防，万一领养一个有暗毛病的孩子如何是好？

张大姐的话，传到秦先生耳朵里，秦先生对阿毛说：“不要去听信她胡说八道，拿陈年百古的传说当新闻，那是同治九年发生在天津的谣传。”秦先生的话，又传到张大姐的耳里，秦张两家从此结下冤家。

尽管见多识广的秦先生如此说，阿毛还是半信半疑。毕竟收养孩子不是一件小事。如果真如张大姐说的那样，领养到一个有暗毛病的孩子，不但他三块大洋打水漂，还有可能后半世人生不得安稳。正在阿毛进退两难时，育婴堂传来口信说，有个五岁好手好脚的男孩在等人领养，阿毛一清早就赶往育婴堂。

清晨的弹格路，因昨晚下了一场大雨，还湿漉漉的，除了收粪大妈推着粪车在坚硬的石头上“吱吱嘎嘎”碾过，几乎看不到一个行人。阿毛是来过一次的，抄近路穿行在转弯抹角又四通八达的巷子里，向育婴堂走去。出了巷子，一个转弯角上，有一扇黑漆大门，那就是始建于清同治六年的圣母院育婴堂。左右两扇门上各有一只凸出的老虎头，嘴里含着一副铁制的门环，门的下方有一个专收孩子的抽屉。那些养不起孩子的人家，把孩子放进这个抽屉里，推上抽屉，育婴堂就会从门里面收去，从此父母孩子再不相见。阿毛拍了拍门环，没人应答，见石头门柱上有一只电铃，又揿了揿电铃。过了一会才传来脚步声，门从里面打开，穿黑衣戴白头巾、白围兜的秦嬷嬷把阿毛接了进去。阿毛进了育婴堂，穿过后院时，不禁又想起张大姐的话，说育婴堂死去的孩子，就地掩埋在后院小圣地。此时，阿毛见地上果然布满了一个个小小的十字架，心里就作起怪来，觉得汗毛凛凛，阴气逼人，不觉两脚瑟瑟发抖。要不是已经花了大洋，他真的不想再踏进育婴堂了。这时，秦嬷嬷牵着一个小男孩过来，交与阿毛手上说：“阿毛你真是好运气！这个孩子因为突然患上疾病，他母亲送他到教会医院看病，洋大夫要孩子住院治疗。孩子母亲无钱缴费，撇下孩子跑了。医院才把孩子送进育婴堂来。”

阿毛见小男孩健康活泼，早已喜欢，根本没在意秦嬷嬷在说什么。终于等到秦嬷嬷说可以领走了，阿毛拉起男孩就走。走出育婴堂，才想起没问嬷嬷孩子到底得了什么病，现在是否已经治好？看到孩子活蹦乱跳，心想一定没有大碍，欢欢喜喜领回家，给孩子起名叫做来福。想到既然老天吝啬，不肯赏他一位男儿，那就赐他一段父子情也是福气，以后招个女婿进门，也就儿女双全了，便欢天喜地，谁知日后也是个“讨债鬼”。

祥海造楼极不顺利，开工、停工，又开工。造造停停，直到五年以后才完工，这一天，祥海背上褡肩出了门，褡肩里装满了银洋。

八月的上海，太阳在白灰色的云层里时隐时现，这是个难得的凉爽天气。祥海穿一袭灰布长衫，佯装收破烂的，走在虹口一条小马路上。他要去买一部机器。自从张少帅逼蒋联共抗日，国家才开始走上正道，现时正是办实业的大好时机。祥海这样想着，朝一家印刷小作坊走去。他早已打听到这家作坊有一台废墟里挖出来的半新旧印刷机急于出手，正是他需要的。他的碉楼已造好，只待机器进场，厂子就办起来了。

祥海走进院子，一架庞大的机器占据了客堂的大部分空间，祥海装模作样将机器打量一番，伸手摸了摸，摸了一手白灰，问老板：“这铁家伙闲了好几年了吧？”

老板是个五十多岁的中年人，穿一件蓝色的丝绸长袍，戴一副大大的圆框眼镜，一边抽烟，一边说：“做啥子？”

祥海听他不是本地口音，也是勉强操了四川话答道：“我说这铁疙瘩卖不卖？”

老板从前做的是印刷作坊的生意，一·二八打仗将他的作坊炸塌，他将这宝贝疙瘩从废墟里挖出来，放在自家客堂已经多年，门口挂上卖机器的牌牌，从未有人问津。今天终于有人问卖不卖，心中大喜，立刻答道：“卖！你要吗？”

祥海摇摇头说："我是收废铜烂铁的，我看这是好机器，当作废铜烂铁卖给我可惜了。"店老板打量了祥海一眼,见他两手空空，肩上背一只布袋，布袋装满了沉重的硬物，确实像走街串巷收破烂的，可他今日是下定决心要卖机器的，就说："昨天你来我是不卖的，今天定要卖了回老家。"

"我天天从这里过，看你闲了四五年都没有卖出去，你既然诚心要卖，就出个价吧！"祥海哪里天天从这里过，哪里真知道他闲置了五六年，只是猜想应该是受一·二八打仗连累倒闭的，那么至今就有五六年了。铁器木具不在乎新旧，虽是旧的，整修过后完全可以派用场。而且这老板一开始想要卖个好价钱，所以将机器当作宝贝似的养护，后来看没有一个客人上门问价，连收废品的都不上门，愁得头发也白了，才让机器蒙了灰。这些都是祥海事先打听好的，见他今天急于出手，思忖来得正是时候，便再要杀杀价。

店老板见终于有人来问价钱，脸上堆起笑容，可见祥海是个收废品的，立刻又发了愁。要他将机器当作废品卖，他心中老大不高兴，出价高了，又怕吓跑五年零七个月唯一上门问价的客人。这时还摆架子，慢慢点头道："这是上好的机器，德国货，恐怕我出的价钱你一个收废品的不会要。可是房租到期，我急着要回老家，客人要不是开玩笑的话，你出个适中的价钱，我咬咬牙卖给你吧！"

"也不要你亏太多，我出废铁市价的八成买下。毕竟还要花大工夫才能运走。你知道现在工钱贵得离谱，即使叫工人拆开了拿走，也是要好多工。"

老板一听祥海出的价钱比废品还低，心头火起："你开的是杀猪价，杀价太低，我宁愿让它烂掉也不卖了！"

"老板，我是诚心要的，价钱谈好，下午就可叫人来拖走，你看还有得谈吗……"

不等祥海说完，老板似下了决心，提高了声调说："你要知道，按铸铁废品市价卖给你，我的心头已经在滴血了！因此少一分钱都不会卖！"

祥海盘算着废品价买来已十分合算，决定不再还价，伸手捏了一捏老板的手，就按他的要价拍板。就在这时，门外马路上一阵吆喝声石破天惊般传来，"号外，号外！日本军队进攻上海，军舰开进黄浦江！"祥海先是一惊，还没反应过来，马路上已人声喧哗。等到报童喊过两遍，祥海再也忍不住，撇下店老板，转身就向大门外跑去。只见马路上行人纷纷抢夺报童手中报纸，祥海也抢上前买了一份，报纸上杯口大的题目醒目刺眼："一·二八事变重演！"接着看下去，"日前日本两名军人驾车强行冲击虹桥军用机场，被机场守军击毙。日军以此为借口攻击横浜路我军防地，黄浦江上日本兵舰开炮轰击，中日战争再次打响！"祥海将这张号外一口气读完，只觉周身血管贲张，额头上沁出汗来，心头那种愤懑惆怅，非体健魄强者能够忍受。

自一·二八以来，眼看太平了几年，刚刚造好厂房期待东山再起时，却等来再一次战争。祥海来到街上，身子立刻如灌了铅，不能平平稳稳地走路，必须靠在电线杆上歇一歇。见街上商店正常营业，马路上电车照常开动，并没有战事迹象，怕这张号外读得太快了，有什么错误，两手捧了从头至尾，又看了一遍："日军方面，投入的兵力有海空军、特种兵部队几十万。中国方面，由蒋委员长担任第三战区司令长官，以压倒性数量开赴上海用兵布阵，且增援部队源源不断涌来。双方在宝山、大场、江湾、广福一带展开激烈对战。”正待再要看下去时，忽然街上警笛声焦急响起，“戒严了，戒严了！”刚刚还开得好好的店家纷纷上起门板打烊了。

“先生慢走……”祥海听到身后有人喊他，回头看时，见那位店老板追出门来，隔着老远就举起一只手向他招了几招。祥海站停脚步，那人奔来，脸上堆满笑容向他点头道：“我看你老哥是个规矩人，极愿意和你交个朋友，若你老哥诚心要我机器，我愿减少一些价钱，简直就半卖半送给你了，我好拿了钱即刻回老家去。”祥海看他手上也拿着一份同样的号外，就说：“实在抱歉，本不该说好价钱又不要的，你看看这号外，我老母亲在广福，广福在打仗。你的机器是好机器，无奈我不要了，救老母要紧！”老板听祥海这么一说，懊丧地道：“这号外是宣传品，连枪炮声都没有听见，哪里有打仗嘛！”祥海顾不了许多，说声再会，径自离开。走了不到十分钟，又看到几个报童，背包里塞满了印刷品，一直坠到胯下，手里挥舞着两张，腋下夹着一沓，嘴里大喊着“第二次号外，第二次号外”满街飞奔。随着叫唤声，路人都纷纷抢着买。祥海挤上前，抢到一份，这第二次号外，两行大标题刊得明明白白：“大批日本派遣军在上海吴淞登陆，中国军民奋勇抵抗，淞沪会战打响。”从报纸上看，吴淞口战事激烈，日军尚未突破国军的防线，但是吴淞口一旦失守，广福岌岌可危。祥海急忙转向，朝南市方向奔去。

·第四篇·

战事再起

往日最繁华的江边路上现在空无一人，人们逃难的逃难，躲藏的躲藏去了。路上拉起了铁丝网，只有零星士兵在走来走去，根本不理会祥海为什么会出现在这里。黄浦滩是个不能沉静的地方，一旦沉静下来，就是一片空旷，呈现一片萧瑟景象，像已沉寂了千年。江上，货轮、舢舨和客船都靠岸停泊，随着江水起伏而沉浮，只有日军兵舰正在起锚、将炮口转向，指向市区。天空阴云密布，预示着即将变天。

祥海一路小跑，从江边路拐进花衣街。这里离黄浦江很近，离日本军舰也很近，却是互不侵犯的中立区。忽然，日军兵舰上发出一阵巨响，一颗颗炮弹呼啸而过，飞越黄浦滩落在远处，传来阵阵爆炸声。祥海双手掩耳撞进沈府，福生正在账房里发呆，见到祥海撞进门来，大吃一惊，急忙问道：“你是怎么来的？”

祥海答：“走来的。有水吗？”福生连忙从青花瓷茶壶里倒出一碗茶水，让祥海喝了，祥海道：“从江边过来。”

“江边不是封锁了吗？怎么能让你过来？”

“马路上是有铁丝网，但是没人，我一路跑过来，畅通无阻。”

“你怎么不走里面的路，一定要走江边？”

“我在虹口，从江边过来路最近。江边是租界，日本人的炮弹不敢打过来，想不到黄浦江军舰隔江开炮打市区。”

“是啊！你听外面炮声隆隆,听声音像是大世界那边。”福生说，“你不顾打仗跑过来一定有要紧事吧？”

祥海将他去虹口买机器、突遇号外的事告诉福生，说：“日本人敢在黄浦江上开炮，一定是在吴淞得手了，不知我娘她们在广福可好，我要去把她们接出来。”祥海将手中号外送到福生面前，福生说：“不用看，你不用着急，我刚刚打过电话，广福那边没有战事，暂时比较平静，你家没有挖防空洞吗？”

祥海说：“上次打仗，家里挖了地窖，也就没有挖防空洞。吴淞离广福近，不赶快接我娘她们出来，恐怕要遭殃。我要亲自去一趟。”

“现在打仗了，你怎么去广福？”

“沈家还有船吗？”

“船都征用了，后门小码头停有一只，可是有军令下来，不准动。”

“你的车呢？”祥海实在迫于无奈，向福生开口提了这个自己都觉得勉为其难的要求。

福生说：“有车不用你说，我早就主动跟你说了，现在汽车、司机最紧缺，连车带我都一起被征用了，我不得离家半步。我一个生意人随时要随军行动。唉！这世道乱的！家父也在广福，我也急。”

祥海十分失望，说：“那只好拉黄包车去了。”

福生说："路上一定有管制，你怎么过得去。再说你黄包车拉到广福，还不要了你的老命！"

"不行，"祥海坚定地说，"我回去和赵大再叫几个人，一起拉黄包车去，你替我打个电话告诉我娘，我来接她们了。"

"等等，"福生见祥海执意要去广福，拉住他道："说不定没等你赶到广福，广福就已经被日本人占去了，你想过怎么回来吗？"

"沈家船坞码头也一条船都没有吗？如果有船，那就乘船回来，如果没有船，那就只好黄包车再拉回来。"

"你真是异想天开！上次阿毛从广福逃到上海，走了一天一夜，你以为你是精壮小伙子？即使是精壮小伙子也吃不消广福来回跑。那肯定不行，让我想想！"福生顿了顿，猛拍一下桌子说，"有了！你家原来的摇橹木船一直停在船坞里，从来不开，是用来做观赏的。军队以为是一艘舫船，也就没征用。而沈府也确实是将它当作一艘舫船来用的。但是它从来没有丧失航行的功能，只是不用而已，只要去掉铁链条就可以行驶。我立刻打电话叫家中船工把你母亲她们接到船上送出来，你不用再去！"

祥海听了大喜道："你真是我的患难好兄弟，沈家的恩情，我没齿难忘！"

福生道："别说这些没用的话了，我这就打电话。你先回去，等我好消息。"

"不行，我得打个电话亲自告诉我娘，万一她不肯来的话，那就糟了！"

"说得也是，赶快打！"

祥海拿起福生桌上电话筒，拨通家中号码。电话那头响了好久，才有人接起，听声音是吴妈。吴妈说要不要夫人来听电话？却已听见李夫人的声音："谁的电话？海儿吗？"祥海让吴妈将听筒给李夫人。李夫人接了电话，祥海要她赶快收拾包袱，领吴妈一并众人，到城里来避难。李夫人在电话里哭哭啼啼不肯："乱世年头，叫我一个小脚妇人怎么出远门？"祥海用不容置疑的口气说道："母亲，沈家的船已在十字桥等候，我也在这里等你来。你要是不走，恐怕一家人都要完蛋！"

"不，他们走，我留下。我一个小脚女人，日本人不会为难我。"

"母亲，报上都登了，日本人在东北抓劳工，没用的老幼妇孺直接杀死，火烧、针刺、刀捅、割妇女奶子，剖开孕妇肚子，骇人听闻禽兽不如，母亲听儿一句话，快快离开广福！"祥海近乎哀号，"再不走时间来不及了！"就在这时，吴妈的声音从电话那头传来："夫人，听远处有炮声了！"祥海立刻叫李夫人拿电话给吴妈，在电话里关照吴妈，马上带母亲去十字桥坐船进城，万一母亲不肯，拖也要将她拖上船，家中所有人也一起撤离。说完再让李夫人听电话，千劝万劝，李夫人才不情不愿答应了。这边福生马上给自己家里打电话，叫家丁将摇橹木船开到十字桥，恳求父亲也同船过来。沈老板坚决不肯，一大家子都在广福，他要是走了，家里怎么办。福生急得跺脚，奈何鞭长莫及。

炮声响了一会儿就歇了。不久，沈老板来电说广福那边已开船，祥海心稍安，在花衣街迎候母亲。等到半夜却不见船来，一夜没睡。待到天亮，祥海走出后院站在小码头上遥望，河巷死潭一般静谧，哪里有船的影子。这一等就是三日，摇橹木船一点消息都没有。福生往家里打过无数遍电话，询问船是否开出来，李家人是否上了船？沈老板说，船早就开走了，是家丁护送她们一起走的。不可能走了三天还没到，恐怕是路遇不测了。又过了几天，祥海见船还是没到，猜想一定凶多吉少，内心十分焦躁。福生安慰祥海，说不定船只出了毛病，正在修理，过几天就会到。可沈老板的来电彻底打破了福生和祥海的幻想，沈老板说，李夫人她们上船那天，蕰藻浜发生激烈战事，李家人一定出事了。因家丁走惯蕰藻浜，一定是从蕰藻浜走。祥海听了顿时天旋地转，吐出一口鲜血倒地不起。福生忙将他扶到椅子上，灌他喝下一碗凉水方才救醒。

忽然，门外传来喧哗声，一群胳膊上戴着白色袖章的救亡队员涌了进来。福生一看，人群中一个是厚德府的吴妈，十分惊讶，连忙招呼她进屋问道："你怎么来了这里？你没和夫人一起上船？"祥海一见吴妈，顿时心中惊喜，以为母亲一定和吴妈在一起，拉着吴妈问道："你是怎么来的，怎么来的？母亲在哪里？"吴妈一见祥海，立刻跪地哭诉道："阿海，太太没了，老四也没了，全没了……""啊！"祥海大叫一声，只觉天旋地转就要昏厥过去。福生连忙将他扶到椅子上坐下。祥海缓过气，听吴妈将她们一行坐船以后的遭遇说来。那天，船驶出广福，一切太平无事，船摇得飞快，预计当晚就能到达花衣街。可没多久，船进入蕰藻浜，情形就不对了，天上飞机呼啸，地上流弹横飞，牛老四他们不敢再摇船了，丢下木橹纷乱地往船舱里钻。日本人的飞机在船的上空投下一连串炸弹，顷刻之间，人仰船翻。牛老四和沈家家丁当场殒命。吴妈人胖，掉落河中后抓住一块木板浮出水面，目睹李夫人从船上滚落河中，又被一颗炮弹击中，眨眼间就在水中消失得无影无踪。祥海听了吴妈的叙述，刚刚缓过气来的他，顿时口中又喷出鲜血，从椅子上滑落在地昏死过去。吴妈大叫一声“不好了”，赶快掐人中、灌凉水，好一会儿才又将祥海救醒。祥海坐地不起，万般恼恨自己害死了母亲。吴妈百般劝慰也是无济于事，祥海只顾悲泣。稍后止住了哭，起身问福生讨要香烛，就在红木桌上燃起清香，茶杯里灌了米，将香插在米里，权当母亲灵位磕头跪拜。

这时，门外又有许多救亡队的人进来，福生劝慰了祥海几句，连忙去找救亡队交涉，却不见领头的。吴妈也是伤心欲绝，李老爷去世之后，李夫人不忘丈夫曾经有过的允诺，将吴妈和牛老四撮合成一对。吴妈和牛老四新收拾了一间库房，日前才同房。想到牛老四鳏居了半世，与自己同甘共苦，如今才做新郎就身亡蕰藻浜，伤心得跪地不起，再三向夫人灵位跪拜。祥海回过神来，问吴妈是如何逃来此地的？吴妈说她落水后抓到一块船木，在河里漂了许久才爬上岸，随着难民奔来突去，在硝烟中走了一天一夜，才远离了蕰藻浜。后来不管三七二十一，爬上一辆军车，见车上全是伤病员，知是往后方去的。军车将伤员拉到三山会馆，三山会馆已辟作临时救护站，满地躺着伤员。吴妈不知是什么地方，乡下妇人头一次进城，两眼一抹黑，便留下来帮助支锅做饭，洗涤绷带、照顾伤员，却不知花衣街就在前面。前线送来的伤员越来越多，经过简单救治的伤员来不及转移，只能跟新来的伤员挤在一起。今天，吴妈随救亡队跨界来到中立区，不知怎么就进了沈宅。吴妈前前后后说罢，救亡队又抬进更多的伤员。福生吩咐家里雇工帮助救亡队安顿伤员。这时救亡队领头的来了，福生一把拖住他，告诉他这里是租界中立区，军人伤员不可在此地久留，不然马上就会有麻烦。果然不久，巡捕房的警车就来捕人了，伤员抬到马路那一边，死活不管，因隔一条马路就是华界。三山会馆那边连忙派人来接过去，也只能任由他们露天躺着。而日本人已经打过蕰藻浜，战火正在朝市区蔓延。

蕰藻浜水深浪急，横贯宝山吴淞地区，是一条可以走大船的河道，也是一道军事屏障。那天，李夫人她们的船从娄水河进入蕰藻浜时，前一夜中日双方刚刚在蕰藻浜两岸有过一场激战。鬼子攻占了蕰藻浜沿河重地，国军反击，与鬼子鏖战一天一夜，在河面上架起一座浮桥，天亮之前全部过了蕴藻浜。鬼子恼羞成怒，调来飞机，对蕴藻浜狂轰滥炸。李夫人她们刚好行船经过，遇上日军炮火轰击，除了吴妈一人生还，其余均死于非命。

日军的进攻在广福一带受阻，战斗呈现白热化。朱家媳妇弄草儿，携二瘸丈夫弃家逃难，逃到邻镇时，镇里来了共产党，组织救援团支援前线。当年二瘸目睹父亲惨死在日寇枪炮下，如今见有人领头，顾不上自己是瘸子，也不知哪里来的勇气，竟撇下弄草儿跟着救援队给前方将士运送子弹去了。

这一天，二瘸去了就再没有回来，弄草儿只身前往战场寻夫。一队军人从前线退下来，弄草儿迎上去打听，都说没有见到。她不死心，所有人都在往后撤，她却发疯似的踩着一双小脚往前方跑。跑着跑着，竟跑到蕴藻浜阵地上。四周突然安静了，她陡然发现河边全是鬼子。鬼子有的在打扫战场，有的在埋头修筑工事，幸好弄草儿身材娇小，又在草丛中行走，鬼子没有发现她。弄草儿慌忙后退，不小心跌进河里。好在河边芦苇丛生，将她遮住，鬼子毫无察觉。

芦苇开了花，远远望去一片白色。弄草儿身上穿的是件大红棉袄，在雪花般的芦苇丛里十分显眼，只要风稍微将芦苇吹开，鬼子立马就会发现她。她顾不得水中寒冷，脱下红棉袄塞进淤泥下盖住。现在她身上只穿一件本白色的粗布衣衫，与芦花的颜色差不多，她藏身于芦苇荡，鬼子发现不了她，她欲等夜幕降临悄悄逃走。

西边的太阳已落下，天空却还亮着。河边的鬼子“叽里咕噜”的说话声清晰可闻，弄草儿在水中不敢动弹。过了好久，天终于黑了，万籁无声的黑夜完全降临了，乌鸦开始出动，在她头顶上盘旋呜咽，引起弄草儿阵阵无法抑制的恐惧。她一点也不敢挪动，害怕黑暗中只要发出一点极微的声响，就会被鬼子发现。寒冷和惊吓之下，身上的热量渐失，弄草儿不由自主地打起了寒战，弄得身边芦苇窸窸窣窣发出声响，她徒劳地伸手按住芦苇，身子却颤抖得更加厉害。鬼子的探照灯突然从她头顶上扫过来，她只好将身子沉入水中，只留一双眼睛在水面上。等探照灯过去后，再浮出水面呼吸。这样一来，她全身湿透了，也就更冷了。一种临死的绝望袭来，随之而来是生存的欲望，她醒了醒神，打算趁灯光扫过之后立刻上岸逃跑。但是怎么跑呢？往哪个方向跑呢？只要她一爬上岸，发出的声响就会引来鬼子，即使运气好没被鬼子发现，但是如果半路碰上鬼子哨兵或者巡逻的鬼子，也是死路一条。无奈之下，她又在水中泡了一个时辰，意识到已经毫无出路，决定不能死在水中做个落水鬼，于是慢慢移动身子，可是她发现身子已动不了了，也感觉不到冷了，反而觉得燥热难耐。她将衣衫解开，将芦苇拨开，让寒风灌进衣衫，还是觉得热。索性除去衣衫，在寒风中挺起赤裸的胸膛，让冷冷的月光洒在身上，始觉有些凉快。河中的死尸随波逐流，你推我，我挤你，堆积成一座座尸山，河水泛起血色，起伏荡漾。弄草儿靠着尸体才能站立，现在她终于支撑不住了，放开两手，向后倒去。身后的尸首如软绵绵的床榻，恍惚中，她仿佛看到了渐渐亮起来的天，于是她感到说不出的愉悦，放松了，心里也平静了，眼睛一闭，任自己倒下。皎洁的月光透过窗户，洒在铺着大红锦缎的床榻上，身下的床榻软绵绵的，二瘸丈夫用他一双厚实的大手带着一丝清凉的微风拂过她的身体。那是她第二次做新娘，她一动不动地躺着，战战兢兢地准备为朱家延续香火。可二瘸却侧身抱住她，喃喃自语道："妹子，哥对不住你……"一连说了好几遍，将锦缎棉被拉过来给她盖上，熄了烛火，转身面壁。弄草儿顿时明白二瘸没有延续香火的能力，她心里五味杂陈，犹如寒冬坠入冰窟，透心凉了。

突然，"啪"的一声枪响，刺破长夜的沉寂。弄草儿猛地回过神来，意识到自己在梦境中，睁眼一看，两朵璀璨的烟花冲天而起，照得芦苇荡光亮如白昼，接着传来密集的枪声。弄草儿被身后的尸体救了一命，在她失去意识的时候托住她，使她不至于在睡梦中一头栽入水中。这时，一股刺鼻的硝烟随风吹来，仅存些许意识的她被呛到了，她剧烈地咳嗽起来，这几下咳嗽再次救了她的性命。也是命不该绝，当她身子一沉，再一次要栽进水里时猛然清醒，此时弄草儿只有脑袋还清醒，双手还可以动弹，下半身已麻木了。硝烟随风吹来，弥漫在她的四周，她咳了一下，使出全身力气扑向岸边，伸手抓住一丛芦苇，奋力将自己的上身挪上岸，又用手肘撑地转过身，将下半身也拖上了岸。刚一上岸就有一枚炮弹飞来，落在她身后的芦苇荡里，要是再晚一些上岸，她就会被炸得粉身碎骨。水柱冲天而起，弄草儿被震得昏死在岸边。

刚才的两道烟火是国军发出的信号弹，国军在天亮前进行了反击。鬼子有着世界一流的武器装备，但不善夜战，在漆黑的夜里，他们的飞机大炮也派不上用场。国军一阵猛攻，再次夺回了阵地，芦苇荡又恢复了平静。

不知过了多久，晨光洒在芦苇上，薄薄的晨曦在弄草儿身上轻拂，弄草儿醒了。她转动身子，发觉腰部以下动弹不得。她拼尽全力朝岸边滚了几滚，滚到一块石头旁，用双手支撑石块颤颤巍巍站起来时，一位正在指挥士兵挖壕沟的国军长官发现了她。这位长官发现阵地上突然出现一位上身赤裸的女子，顿时呆若木鸡。弄草儿却看清了他钢盔上的青天白日徽记，知道是中国军队，想要迈腿朝他走去，两腿却不听指挥，一个倒栽葱掉进壕沟里。长官一惊，正要上前查看，却见放哨的士兵沿着壕沟奔来，一边跑一边急切喊道："营长，鬼子上来了！"

杨营长顾不上查看跌进壕沟里的女子是什么情况，操着一口天津话吼道："哪一边？"

哨兵喘着粗气报告道："东边——北边——都有——"

营长举起望远镜，往东往北扫视一遍，见三里开外有一面膏药旗在摇曳，接着土堆后面闪出一道道阳光照到钢盔上的反射光，形成一道闪动的光带，鬼子大部队正在朝河边开来。营长立刻高喊一声："莫要慌！准备战斗！"

这时，一支民众救援队来到阵地，向士兵们分发救援物资和宣传资料。营长怒吼一声："谁让你们上来的！赶快下去！"救援队长是一位血气方刚的学生，马上立正报告：“营长，学生救亡协会留日回国学生会抗日救国联合会向你报到！我们给你送来了罐头、药品，扛来了弹药！”他扬了扬手中花花绿绿的宣传品，指了指身后的救援队。营长摆摆手说：“东西放下，马上滚蛋！鬼子上来了！”学生队长听到鬼子上来了，并无惧色，反而摩拳擦掌道：“长官，让我们参战吧！我们不怕死，就怕不救国！”营长一声怒吼：“滚！把那个女人带下去，去救她！”说着指向面前的壕沟。学生们纵身跳下壕沟，合力把弄草儿抬了上来。弄草儿赤裸着上身，如一具从海底捞上来的玉石雕像，在阳光下泛着苍白的光。学生们见了面红耳赤，立马脱下衣服给弄草儿盖上，用担架将昏迷的弄草抬到张家医堂。

张家医堂躺满了负伤的国军士兵，药库被鬼子的炸弹炸塌，张先生眼看祖传秘药压在瓦砾下无法取出，而士兵们瘸腿少胳膊躺在地上痛苦地号叫，束手无策。这时见门外又抬来一个，不知受了什么伤，身上盖了七八件衣服，抬担架的学生一进门便大声嚷嚷：“先生快救人！”说着将弄草儿抬到张先生脚下。张先生看了一眼担架上的女子，认得是朱家小媳妇，连忙翻开她眼睑来看，眼瞳微有转动。抓过她冰冷的手，搭过脉，摸了摸她的胸口、膝盖，说道：“这女子受了寒湿侵入，五脏六腑都冻僵了，身上没有一丝阳气，赶快去找干姜来，灌下姜汤方能回阳。”

学生很快讨来干姜，迅速烧了一大壶姜汤端来。张先生撬开弄草儿嘴巴，端起滚热的姜汤朝弄草儿嘴里灌进去。一碗姜汤下肚，弄草儿喉咙里就有了声音，灌下第二碗后，口中立刻喷出一口寒气，像一簇白色的蘑菇云在口鼻间缭绕着散去，果然苏醒，脸上也有了一丝血色。张先生说："没事了，没事了！"学生们松了一口气。张先生又给弄草儿喝下第三碗姜汤，弄草儿马上就可以站立起来，张先生拿来自己的长衫给弄草儿披上。弄草儿谢了救命恩人，就要回家。学生们连忙拦住，硬把她按在担架上抬回家。学生们刚走，门外又有一具担架抬进门来。

蕰澡浜拉锯战打了七天七夜，两岸尸首堆积如山，河水皆赤。到第八天，战事稍歇。国军士兵清理战场时，发现一只弹药箱下压着一具尸体，连忙抬起一看，是送弹药的二瘸，已死亡多日，身上没有枪伤，胸口却沾满鲜血，疑是吐血而亡。有人认得他就是朱家大院那个死里逃生的女人的丈夫。医护兵将二瘸尸体抬至朱家大院，弄草儿见了死去的丈夫，大哭一场，将尸首入殓，便又成了寡妇。

鬼子见宝山一时攻不下，后续部队转道杭州湾登陆，国军腹背受敌，怕重蹈一・二八覆辙，被迫撤出上海。

营长接到撤退命令，极不情愿，他在这阵地上已坚守了两个月，手下兄弟死伤过半。师长把他叫去，给了他一道密令，要他随团部坚守苏州河北一座银行仓库七天。他再次激昂起来，立下豪言壮语："一营在，仓库在，仓库在，阵地就在！"

当天深夜，他们全副武装，逆行军来到苏州河北岸，悄悄潜入位于垃圾桥北端的一座坚固的四层楼仓库。此时，国军已全部撤离，这场不可思议的坚守战，仅仅坚持了四天。国军号称八百壮士，其实补员后才四百一十四人，这个不幸的数字从一开始就预示着这场坚守战必然失败。

清明节来临，祥海欲借用福生家的船，去蕰藻浜祭母。福生觉得这是一件棘手的事，因李夫人落水地点不确切，落水后顺流而下，蕰藻浜绵长八十里，到哪里去祭奠？祥海说，整条蕰澡浜都有母亲的灵魂，溯流而上，一路祭奠。福生觉得不可行。祥海不待福生决断，便拉上福生，请来吴妈和赵大做帮手，坐上福生家的船从蕰澡浜逆流而上。在船头设起祭台，举起招魂幡，点起河灯，呼唤着先人，燃烛、焚香、点灯、洒酒，磕头跪拜。鬼子在蕰藻浜上设了关卡，见是丧船驶来，都是草草检查了一遍就放行。船行至蕰藻浜转向娄水河时，吴妈突然想起，那一天她们就是从前面小河拐向大河时遭遇日本鬼子飞机轰炸的。祥海连忙吩咐船只靠岸，将祭桌搬上岸。吴妈挖了一捧黄土放于海碗中，又舀了一碗河水与黄土合在一起，置于祭桌上，在岸边祭奠亡灵。天空突然下起了雨，将刚刚燃着的香烛淋湿熄灭了。真的是清明时节雨纷纷，路上行人欲断魂。众人强忍悲伤，放一通鞭炮，轮流跪地祭拜，然后至广福。这纷纷的雨很随性，说来就来，给叶尖挂一串水珠，地上留一抹湿意，就又走了。祥海将蕰澡浜取来的黄土洒于先父坟头上，再植下一枝松柏寄托哀思。日后要在先父的墓碑上刻上妣名。

“人有悲欢离合，月有阴晴圆缺”，此乃世间常事，可面对眼前一枝孤树、一捧黄土、一吊纸钱，谁能体会祥海心中“子欲养而亲不在”的悲凉与辛酸，在这响彻天堂的清明的鞭炮声中，祥海的泪水渗透了泥土。

三天后，祥海到广福寺书刻考妣牌位。说来也巧，那天弄草儿也在广福寺烧香，合当有缘，祥海又在大殿外遇上弄草儿，仍然是见了个背影。祥海一打听，方知弄草儿第二个丈夫也死了，立刻按捺不住内心那一份执着和骚动，亡母忌日才过，祥海就要请媒婆上门提亲。吴妈急了，李夫人在世时有话在先，不让祥海娶朱家小寡妇。她苦口婆心劝说祥海要顺从泉下先母之命，朱家寡妇命硬，克死了两任丈夫，切不可娶进门。赵大和福生也好言相劝，祥海不听，亲自去东街请媒婆前去打听朱家小寡妇近况。

没几天，媒婆带来了消息。说朱家二瘸是个抗日英雄，新寡妇是抗日巾帼，敌阵寻夫，九死一生。政府送来了“义薄云天”匾额，朱家是抗日荣光之家。祥海听了啧啧称赞。吴妈、赵大、福生听了，也都改变了对弄草儿的看法，感叹朱家寡妇刚中柔外，百折不屈，实属不可多得。媒婆又说：“老身打听得备细，朱家寡妇虽然嫁过两个男人，却非她所愿，都是朱家大爷不顾纲常伦理一手包办的，她身为童养媳只能逆来顺受，忍辱负重。朱家大儿子患脑疾，虽做了夫妻却不懂圆房。二瘸有太监毛病，因此女子和两任丈夫都未圆过房，还是处子呢！”

吴妈问：“朱家寡妇还是处子？你敢确定？”

“没错。老妇要在广福立脚，此事绝不敢有半点隐瞒，否则必遭天打雷劈。”

众人皆喜，想不到天底下有这样的奇女子。福生说道：“如此说来，女子和阿海兄弟实在是有缘。”转头对赵大说：“明日你我就去会一会女子，给阿海兄弟去探一探路如何？”赵大拍手称好。吴妈踊跃说道：“李家妇人死光了还是怎么的？女人家的事，有我吴妈在，不劳汉子出马，不然让人笑话。”赵大说：“好，就烦劳姨娘出马了。”

媒婆又说了一大堆两情相悦才是长久夫妻，朱家寡妇是十里八乡再难找得到的好女子之类的话，似乎天底下妇人只有朱家寡妇最好。祥海也不嫌她唠叨，重金赏了媒婆。媒婆临走时却又吞吞吐吐地说：“还有一件事，老身不敢相瞒。”

祥海说：“还有什么事？”

媒婆说：“去年打仗时，妇人掉落河中，虽然死里逃生，但得了宫寒症，再也没有来月事。”

“啥？不来月事？所以朱家寡妇不会生孩子？”众人一听，都呆了。

“都说媒婆的嘴，骗人的鬼。你啰里啰唆说了一大堆，转弯抹角尽拣好的说，最要紧的不说，叫人听了前言不知后语。娶媳妇是要传宗接代的，要个不会生蛋的鸡做什么？你安的什么心？”吴妈听了，指着媒婆鼻子大骂。

媒婆一迭声说道：“老身从来有一说一有二说二，绝无半点夸大隐瞒，非别人家欺三瞒四的哄人骗财。大妈你是大人家人，见多识广，可见过我这样的媒婆？三位公子哥都是明理的读书人，好坏我都说了，成不成由你们。”

祥海甚觉意外，愣在一边不说话。吴妈厉声谩骂媒婆：“真是没见过你这样没脸皮的！还在这里胡言乱语瞎喳喳。她就是‘绝代美人’，快给你自家孩子娶回去吧！”媒婆还要絮叨，吴妈大吼道：“你家遭火烧、田园被水淹了，还不滚回去！”媒婆吓了一跳，赶紧兜了赏金溜之大吉。

众人从未见过吴妈发这么大的火，都呆若木鸡。赵大也憋了一肚子气，恨不得去抽媒婆两个嘴巴子才解恨，不过还是忍了。吴妈骂完媒婆，后悔刚才答应去见弄草儿，立马改口道：“明日哪个再去，要去大老爷们自己去。”福生、赵大想吴妈说得不错，任女子好到天边，不能为李家传宗接代，再好也没用。便任她发火，都不做声。

祥海一言不发，来到先祖堂，点燃三炷香，拱手祭拜先祖。然后从兜里掏出一枚“袁大头”，心中默念三遍：“列祖列宗在上，原谅不孝之子有违祖训，孩儿走投无路，在列祖列宗面前燃香，明日要亲自去朱家给自己说亲。倘若允许孩儿娶朱家寡妇，大头向上。”念罢向上投掷三次，皆是大头向上。然后再燃香三支，口中念道:若是不要孩儿娶朱家女子,大头向下。说罢，将“袁大头”在手心里摇了摇再抛起，接在手里，“袁大头”还是向上，祥海大喜。吴妈见状，心里凉了半截，还是相劝道：“你父母都不在了，没人管得了你，可我还是要说一句，你兄弟祥龢不在身边，李家只靠你传承。天意不可违,另娶健康女子传承李家血脉方为正道!你若一味中意此女子，可以尽管娶来做妾。”

福生知道劝阻不了祥海，便顺着吴妈的话说道：“若如媒婆所说，朱家女子确实是个好女子，但是吴妈说得没错，女子不能生育实实在在是一道迈不过的坎。你想一想，如果老爷太太在世，会允许你娶一个不能传宗接代的女子进门吗？身为李家后代，须给李家延续香火，这是天经地义的事。”

祥海听了不出声。吴妈频频点头，说：“福生说话在理，列祖列宗在上，阿海你说一句话，不娶朱家女子为妻！”

祥海说：“刚才掷银元，祖宗分明是允了！”

福生说：“你不说倒也罢了，既然说起，我倒要说你！你太儿戏了！老爷太太在上，怎能容你在先祖堂掷钱糊弄先父先母在天之灵！”

吴妈立刻附和福生，见赵大不说话，就去拉他衣袖，赵大还是不出声。急得吴妈一口痰堵在胸口，当场晕倒在蒲团上。祥海瞬间没了主意，一迭声喊道:“吴妈，吴妈，孩儿不孝，且依你吧……”

赵大急忙解开吴妈衣扣，按压她胸口又掐她人中，吴妈仍然不醒。祥海连忙奔去厨房，从水缸里舀来一大碗冷水，朝吴妈劈头盖脸泼下。吴妈这才睁开眼，喘过气来，无奈叹了口气说：“孩子啊，你是李家的顶梁柱，理应娶个门当户对好生养的黄花闺女，日后子孙满堂李家才可兴旺，万不能恣意妄为，自断李家血脉。你小时候抓阄抓了女人的玉镯，老爷曾叹气摇头，说你今后色字头上有一劫，如今果然应验。自从广福盛传那女子是妖妇开始，你真的如受了蛊似的，这么多年过去了，还是没放下她。”

见吴妈苏醒，众人才放下心来。福生劝慰祥海道：“正如吴妈所说，兄弟既然喜欢，大可娶她为妾，以后正娶大娘子。你是读书人，难道这个道理不明白？”

祥海似有所动，赵大突然提起陈小姐，道:“道理是明摆着的，先娶小吧！若如娶了大，陈小姐回来了怎么办？”

福生已听闻陈小姐的事，说道：“这么多年过去了，陈小姐杳无音讯，总不能她不回，阿海一生不娶？先娶个小，理在路上。”

赵大点了点头说：“这样才是正道。”

福生又说：“那女子到底啥等样人，你我都未见过，只听他人传说，此事不合常理。再说阿海兄弟有意，未必女子也有心于他，如此冒冒失失找上门去，有失身份，会让女子看不起！阿海兄弟若应允了，我和阿大明日便替兄弟前去见一见那女子。如何？”

福生在智斗王道士之前，听了祥海在茶馆与他说过的话，与赵大早已尽释前嫌。赵大点了点头，露出欣喜的神色。

祥海点头应允，心想管她是妻是妾，娶进门就是他的女人。然而他不知道，弄草儿早已坚定了终身不嫁的念头。

翌日，福生和赵大前去朱家寻访弄草儿，朱家大院已在战火中坍了一半，家里只剩弄草儿一人，无力修缮，任它坍着。福生推开院门，院里没人。高声喊了几声，也没人应答。转身寻去田间，远远地望见一位女子在田间劳作。福生猜想她就是弄草儿。他走向田头，隔着好几条田垄向女子招呼一声："这位妹子……"女子正是弄草儿，她早就看到两个男人鬼鬼祟祟进出自家院门，这会儿朝自己走来，便直起身来望向来人。见来人招呼自己，抹了一把汗水，应了一声。福生一见，女子果然温雅秀美。

福生上前问道："请问妹子便是朱家媳妇吧？"弄草儿不搭理，抬起手臂用袖子抹了一把脸，弯下腰，左手抓住一把稻秆，右手镰刀轻轻一带，一把稻秆已经稳稳地抓在手里。接着左手再抓，右手再挥，连割了五六把，才腾出握镰刀的右手，手指轻轻一拈稻秆里垂下的稻草，再一绕，就把手中一大把稻禾捆扎好了，往地上放好。这才抬起头来答道："是的，请问先生？"福生走近了再看，女子瓜子脸，柳叶眉，眉梢弯到额头，身材娇小，却浑身是劲，既娴静温柔又敏捷有力。

福生道："我是桥东厚德府李家的朋友，李家主人托我来问一件事。"

弄草儿见说，从田垄走出来，摘去头上蓝花布头巾，将两鬓散乱的碎发拢在耳后。福生这才看清她的全貌：她上身着一件朴素的粉底红花小褂，下身穿一条蓝布裤子，腰间系蓝花布兜，是一位淳朴的农家妇女，又自带三分英气。一双眼睛藏娇含羞，勾魂摄魄，令人不敢直视，果然有些妖气。

只见她擦去汗，手叉在腰上，抬头说道："早些年李家老爷太太已仙去，不知现在李家主人是谁。"

福生道："李家现由儿子掌门，姓李名祥海。"

不料弄草儿听后，猛地愣住了，不禁追问道："李祥海？哪个李祥海？"

福生好生奇怪，答道："厚德府的李祥海。妹子何出此言，难道妹子认识他？"

弄草儿说："是不是在城里造了房子的李祥海？"

福生："妹子怎么知道？莫非妹子和李家有瓜葛？"

弄草儿："果真是他。"

福生问："此话怎说？"

弄草儿答道："你回去告诉他，一个叫作牡丹的姑娘，曾经一路要饭来到广福找了他许多年……"便哽咽了，不再说话。

福生一听，原来祥海和女子早就认识，便拉起赵大匆匆回转告诉祥海。祥海听说弄草儿就是牡丹，顿时目瞪口呆，差一点晕倒，追问福生道："她叫牡丹，你没听错？"福生道："没听错，你可以问阿大。不会搞错。"赵大连忙说："是的，那女子一听李祥海这个名字就两眼发直，还说找了你好多年，她是为了你才来广福的，你们肯定相识。"祥海说："这真是天意，我也曾找她，想不到如今在广福和她相遇。"又问福生："她是不是小脚？"

福生说："兄弟差矣，第一次见女子，哪能往女子脚上看？"

“牡丹是小脚。”祥海说着就要出门去朱家。福生连忙拉住他说：“兄弟不要着急，不管你找她多年，还是她找了你多年，现今她跑不了。你且把过往细细说来。”

于是祥海将他和牡丹姑娘的往事原原本本道来。福生和赵大这才知道，祥海和牡丹有约，牡丹为了寻找祥海不惜一路要饭来到广福，虽嫁过二任丈夫仍守身如玉，真乃奇女子。祥海非常自责地说，牡丹历经艰难坎坷，他有责任，如今如何再能放得下她？福生和赵大听了面面相觑，联想到祥海千方百计揭露王道长害人的把戏，攻破妖妇摄魂之说，“妖妇”竟然就是他的红颜知己，真是冥冥之中自有定数，心中也颇为感动。连忙拉起祥海再次来到朱家田头，却不见了弄草儿。三人转去朱家，见弄草儿在自家堂前扫地，抬头看见祥海进门，只淡淡地说了一句：“真的是你，真是无缘相逢不相识，物是人非事事休啊！”就再也说不出话来。祥海当着福生和赵大的面，上前一把抱住弄草儿。弄草儿连忙挣脱，泪眼婆娑说道：“我找了你五年，渺无希望，放弃了再找的念头，甘做人家童养媳，你我却近在咫尺。如今十几年过去了，心如死灰，你又来找我，真是命运弄人！请你放尊重些，你是李家大少爷，我却不是以前的牡丹姑娘，是嫁了两个丈夫的寡妇了。”

祥海说：“如今重逢真是有缘，怎说无缘？”说那年没有赴约是因造房之故。后来再去找她时，她已不在，他将她读书的钱交给了她表姐子良，放心离去，以为她一定读上了书。后来再去，子良也不在了，底楼客堂间大妈说她死了。他觉得再也找不到她了，想不到今生可以再见。弄草儿听罢，眼泪汪汪，说道：“你我都让阿姐给骗了，她说的都是编出来骗人的！但是她死了，我也不怪她了。我苦等你一个月，你一去不复返，我一无所有，只剩下绝望和悲哀。我恨自己是个下贱女人！我哭过、悔过，好想用鞭子抽我自己。可我的脑海里全部被你充塞，我坚信你是个好人，此生既然给了你，再不会给别人。可是一想到我将要接客，还不如让我去死，我只能从阿姐那里出走。可是我能去哪里呢？我记得你说过你家在海边，那里有座广福寺。广福寺不就在广福吗？广福寺我认得，就在江苏边上，我以为找到广福就能找到你，便一路打听一路乞讨来到广福，就是死也要见你一面。来到广福我才知道，人海茫茫何处寻你？想不到远在天边近在眼前，这不就是无缘嘛！”说完，再也控制不住，眼泪簌落落掉下来。

福生和赵大想不到祥海和弄草儿有这么一段刻骨铭心的往事，连忙悄悄溜走，留下他们两人互诉衷肠。

祥海似乎看清了自己的命，他命里缺土，只要他一动土就打仗。现在厂房刚刚造好又开始打仗了，他就将办厂一事搁下。“一街两坊”交给赵大和阿毛打理，叫吴妈也在城里帮忙，自己在广福乡下住下，一心陪伴弄草儿，待往后日子太平了，他再偕弄草儿进城。可是弄草儿却总是与他若即若离，此是后话。

赵大告诉阿毛祥海要他打理“一街两坊”，谁知阿毛将赵大拉到一边说道：“酒行已经蚀本，恐怕难以维持了。”

赵大惊问：“原本好好的，怎么就蚀本了？”

这时，阿毛娘子正坐在客堂里抽烟，眼睛紧紧盯着阿毛，赵大奇怪阿毛娘子为何不去酒行了。阿毛便悄悄将赵大拉去茶馆。茶馆旁新开了一家日本人的居酒屋，与摩登酒行斜对。阿毛对赵大说：“日本人开了酒馆，酒行的生意就一落千丈。你看日本人的酒馆门庭若市，酒行门可罗雀。现在娘子都不去酒行了，酒行大概早就蚀本了。”

赵大说：“酒馆的主顾主要是日本人，酒行有自己的酒客，再说酒行的盈利仅次于煮盐，有十倍的利润，多赚少赚，都不应该蚀本呀。”

阿毛见瞒不过，这才说出原委：“当初我是不赞成阿海叫我娘子经管酒行的，她鸦片烟瘾头十足，虽然怀小女儿不吃了一段时间，但生下小女儿后，瘾头又上来了，不管多少价钱，买人家偷偷窝藏的鸦片烟。只要有鸦片烟吃，啥事都不管，根本无心打理酒行。”

“原来如此！”赵大这才明白，当初阿毛为何要不顾脸面竭力反对他娘子经手酒行，原来自己表妹确实是个瘾婆子。祥海不识人头，叫谁不行，非要叫她打理酒行，也是害了她。瘾婆子拿什么来过瘾头？叫她掌柜收钱，不是老鼠跌进米缸里嘛！赵大心里一急，就要去教训瘾婆子表妹，被阿毛拦住。

“使不得，使不得！娘子最怕的就是你。你若是找她算账，她的脸面往哪里放？且宽容几个月，我想办法将老本拿来还上。”阿毛愧疚不已，再三叮嘱赵大，不要为难他娘子。之前阿毛顾虑到赵大的脾性，怕他知道了生事，所以才没告诉他，以至于娘子我行我素。她不喜吃不喜穿，就好鸦片烟这一口，花多少钱也肯，没钱时就偷拿酒行的钱。阿毛嘴上说拿老本来还上，他哪里来的老本？他要养活三个女儿一个儿子，还要请娘姨、奶妈，钱都要从他的手指头上戳出来。现在穿西装的多，穿中装的少了，他的裁缝生意也每况愈下，根本没钱给娘子还上。到了这个时候他竭力维护娘子，怕她一时面子下不来转去跳黄浦。因此又瞒着祥海，酒行的窟窿越弄越大。

赵大没有去责问表妹，但是觉得任其行事也不行。因此将此事告诉了吴妈，要她管一管女儿。倘若现在改过，尽力打理酒行，酒行还有起死回生的可能，上对得起老爷太太，下对得起祥海兄弟，中间对得起自己良心。他以为只要是李家的事，姨娘就会上心，谁知吴妈却说："她虽是我的女儿，我是一点也不要看她的。当初是太太菩萨心肠收留了她，还给她配了亲，以为她是个能干女人，谁知是个白眼狼、送上门的烂货！"

赵大问："你说啥？谁是送上门的烂货？"

吴妈自知说漏了嘴，赶紧打住，说："唉，不说了！真替九泉之下老爷太太难过，如此不孝不顺不义之女，就是轰出门去，还要祸害他人，倒不如她自己寻死去算了，就当我没养她！"

赵大本寄希望吴妈可以管教一下她女儿，但吴妈这么一说，反倒没有了话。只好又来劝阿毛，年底总要结账盘底，不如早点告知祥海，早点收场少点亏损。他想，倘若祥海得知酒行行将倒闭，回来亲自打理，说不定是一件好事。谁知阿毛一拖再拖，拖到年底，实在瞒不过去，又无能力填平亏损的窟窿，也不亲口说，也不电话里说，叫宋巧儿带口信给祥海，说酒行不行了，要他赶快回来看看。

这宋巧儿本是杭州人，颇有些姿色。早年和广福的丈夫生有两个女儿，丈夫得病去世，她无依无靠，无法生活，只好抛下一双女儿到城里金家做佣人。金家原是大户人家，金大爷是个前清秀才，因得罪朝廷被流放南蛮之地。金少爷便偷了家财逃往上海，住进友邦里，拿他老子的钱出入烟馆、青楼、跑狗场。那时候老蔡的女人红莲女也拿老蔡辛苦赚来的钱在烟馆、跑狗场流连忘返，风流倜傥的金少爷遇上风姿绰约的红莲女，心生爱慕。红莲女本是个秦淮船女，贪财喜淫，见金少爷有钱、有闲，又英俊威武，不比老蔡为了生活奔波，哪里有心伺候她开心，便不顾家里一岁婴儿嗷嗷待哺，跟着金少爷跑了。金少爷拐了她不务正业到处游荡，最后去关外豪赌，在关外赌场发了一大笔横财。女人家胆子小，红莲女劝金少爷见好就收，就此歇手。金少爷听了红莲女的话，金盆洗手回到上海，仍旧住进友邦里，过起衣食无忧的公子哥儿的生活。伙同金少爷一起去关外的都输得精光回来，还欠了一屁股赌债，被债主追到上海，有的被打断腿有的被斩了手。金少爷庆幸自己听了红莲女善言才全身而退，爱慕她有头脑又有胆识，大婚将她娶进门。老蔡和红莲女本来就没拿证，虽然红莲女为老蔡生下一个儿子，也只是一对野鸳鸯。红莲女在老蔡眼皮子底下先和金少爷勾搭成奸，中间双宿双飞，现今又公然成婚，老蔡亦是无可奈何。

红莲女成了金太太，金少爷诸事顺当，更是对她言听计从。红莲女却没能为他生下一儿半女。金少爷本是个好色之徒，暗地里将女佣宋巧儿睡了。宋巧儿马上有孕，红莲女大惊失色，欲趁宋巧儿尚未生下孩子时，将她扫地出门。宋巧儿苦苦哀求，答应让孩子只认红莲女为亲娘，她自己只求留在金家讨一口饭吃。红莲女心里明白，如果留下宋巧儿，今后她肚里孩子出生，自己年老色衰，金少爷迟早会弃她如敝屣。即使不弃，金少爷早死，家中财产便要瓜分。但若不留下宋巧儿，金少爷恐怕不会答应，便心生一计，将与老蔡所生儿子接到金家，与金少爷约法三章，若要留下宋巧儿，不管她今后生下男孩还是女孩，都不能有名分。公证处写下证帖：小蔡为金少爷嫡出长子，无有其他子嗣。金家一切财产归红莲女，宋巧儿无有半点份额。金太太只有她红莲女一个，宋巧儿可以在金家吃、在金家住，但不允许将广福两个女儿接来。如此，便全家太平，要不然定叫他金家翻天覆地。金少爷知道红莲女的脾性，她是说得到做得到的烈女子，自是惧她三分，一切照办。宋巧儿自然无言语的份，依旧是金家的佣人。金少爷早将宋巧儿玩腻了，见红莲女肯做恶人，便乐得如此。想不到宋巧儿生下了双胞胎儿子，因与红莲女有约在先，金少爷也是无奈。可怜宋巧儿为老爷生下一对双胞胎儿子，却没有名分，就这样不清不白和金太太共事一夫。宋巧儿无事时会回广福照顾女儿一阵子，因此阿毛托她给祥海带去口信，谁知祥海却不在乎，也不亲口说，也不打电话，让宋巧儿给阿毛回话，叫阿毛将酒行关了。阿毛立刻将酒行关门大吉，赵大无奈摇头。

· 第五篇 ·

智取军火

日军攻陷上海之后，又屠城南京、剑指武汉、觊觎重庆，像推土机一样碾过中华大地。但它低估了中国军民抵御外侮的决心，又被英美各国钳制，以为只要三四个月就能结束的侵华战争，直到四年以后太平洋战争爆发，美日宣战，还在继续。

这一天，鬼子的坦克车冲进租界，建起集中营，将英美各国守军、家眷统统送进集中营关了起来。友邦里弄堂口的茶馆拆除了，建起一幢钢筋水泥军火库。军火库四周坚壁清野，街上弹格路也全部翻起，浇筑高强度水泥路，常驻铁甲车守护。之后日军又强占小洋房辟作宪兵司令部，地下室辟作牢房。小洋房是“一街两坊”的制高点，也是“一街两坊”最坚固的建筑，里面有现成的电话、煤气和车库、马厩、卫浴设施，鬼子限令住户三日内搬走。而后得知小洋房的主人原来是陈氏纱厂的陈老板，立刻请他出任维持会长，帮助日本人维持“一街两坊”秩序。陈老板连夜携太太逃得不知去向。鬼子追踪无果，将洋房院子里的果园菜地统统铲除，树木锯掉，水井填了，园子里铺上水泥，开进装甲车。还修建了小火车铁路，这条铁路往东通往江边码头，往北和虹口司令部接通。铁路建成后，从长江上坐船来的部队，可以直接在江边码头换乘小火车，直达虹口日军司令部和沪东军火库。然后又侵占了祥海刚落成的碉楼，在三层楼顶上加了一层，变成四层。墙体加固、窗户封闭，改建成碉堡，和小洋房互为犄角。夜间探照灯扫来扫去，将方圆两里最高不过三层的民房统统置于观察哨视线之内。各个路口设置岗哨，监视铁路沿线和“一街两坊”所有居民的出入动静。铁路上，一辆辆装甲车夜以继日地从本土运来军火和兵员，再将掠夺的战略物资运走。

这天傍晚，岗哨外走来一对男女，手持良民证，自称是浦东来的两兄妹，请求进入“一街两坊”暂住。鬼子兵将两人上上下下搜查一遍，除了随身包袱里的剪刀尺子、两块大洋、半块吃剩的大饼外，别无他物，知道是两个穷裁缝，搜去两块大洋后便挥手放行。兄妹俩走进祥安坊，佯装打听有没有房子可租，踅入赵大祥车行。赵大见来人不是别人，是地下党老杜，大吃一惊，问老杜道：“你怎么这个时候回来？”老杜伸出手指放在嘴上：“嘘！”赵大将老杜引进后厢房，老杜悄声说道：“我和‘阿妹’来这里讨生活，要在这住下。你看哪里还有空房可租？”赵大明白，老杜本是裁缝出身，加入地下党后才担任纱厂的护厂队军事指导。他是家中老末，没有阿妹。现在以兄妹身份冒险来到“一街两坊”，一定是为紧急事而来。

“跟我来，现在一街两坊只有阿毛家有空房，其余每幢房子都住满了房客。我这车行虽然空着，但是临街面对日本兵岗哨，多有不便。”老杜“兄妹”俩跟随赵大来到阿毛家。阿毛刚从秦先生家里收取房租回来，赵大介绍说：“这两位是浦东来的兄妹，也是裁缝师傅，要在这里借住，阿毛兄弟可否给予方便？”阿毛与老杜素昧平生，看他们两人也是裁缝，他们是做西装的，自己是做中装的，互不影响。且是赵大带来的，就让他们在亭子间住下。亭子间原本由奶妈住着，奶妈辞了，亭子间便空关着。酒行关了门，烟馆也管得紧了，阿毛娘子无处可去。无锡娘姨也辞了，孩子有吴妈照看，不用阿毛娘子操心了，她整天坐在家里抽闷烟，这时一双犀利的眼睛对老杜“兄妹”看了又看，突然说道：“阿毛不会看人，我看你们不是兄妹，不是兄妹又同进同出，那是什么关系？这个就不管了，租金按月计算，每个月月头交到我手上，不要忘了。亭子间是小了点，但放一张床你们两人睡绰绰有余。”

老杜心头一惊，和赵大面面相觑。赵大呵斥表妹胡言乱语，她便不再说话。老杜说他们随身大洋刚刚在岗哨里被鬼子搜去，现在身无分文，租金需宽限些时日，待自己打工赚来钱交付房租，这个月的租金和下个月一起支付。可以的话他就住下，不可以的话他就另寻地方。

“也是可怜。”阿毛娘子嘟囔了一句，亭子间空着也是空着，没有理由不应允。赵大要替老杜付租金，被老杜悄悄阻止。老杜告诉赵大，自己刚来就被阿毛娘子识破假兄妹身份，日本宪兵又经常在弄堂里进进出出，万事要做得更符合穷裁缝身份才对。

老杜在阿毛家住下后，并不做裁缝生活，而是去一家日本商行扛起大包来。

老杜在一·二八之后即遭巡捕房通缉，在租界里待不下去了，撤到上海郊区组织起一支抗日游击队。前不久游击队袭击了横沙岛警察所，缴获两挺日军机关枪，却没有子弹。眼看崭新的机关枪派不上用场，老杜心中十分着急。他在陈氏纱厂多年，对沪东地区非常熟悉，日军在“一街两坊”建起军火库后，老杜决定要来搞一批子弹。

一个月过去了，老杜虽在日本商行扛大包，虽沾到铁路的边，但接近不了军火库，便将他这次潜回沪东的真正目的告诉赵大，请赵大想办法让自己或“阿妹”混进日本军营里去。赵大没想到老杜要搞军火，摇了摇头说：“日本人四处抓捕你，你却要进军营，不是自投罗网嘛！如今日本人正在一街两坊搞犒劳所，看见年轻漂亮女子就抓去，阿妹要是进了军营还不是羊入虎口？到时候偷鸡不着蚀把米。日本人将军火库看得牢笼似的，在这里搞军火那是异想天开，即使搞到也无法运出去。”

谁知老杜志在必得，说：“原本只想搞一点子弹，现在看来，这里的军火库对抗战影响太大了，更是游击队的心腹大患，不但要搞军火，还要伺机将它端了。”

“让我想想。”赵大说。

“对，你想想。无论如何得帮我混进军营去，将它的防卫情况摸清楚了，日后才可以将它一锅端。”

赵大一拍脑袋说：“如果维持会里有个内应，伺机行事，事或可成。”

老杜说：“鬼子要陈老板做维持会会长，陈老板跑了，要是陈老板在，那就好了。”

赵大说：“有个人选更适合。”

老杜问：“谁？”

赵大说：“车夫老蔡。”

老杜说："就是家主婆跟人家跑了那个老蔡吗？"

赵大说："是的。他是个东北汉子，挺仗义的一个人。"

老杜说："日本人推行联保制，老蔡是个单身汉，恐怕不行。再说他主动加入维持会，鬼子一定会怀疑，这搞不好倒真有可能偷鸡不着蚀把米。"

赵大说："不会。车行也关门后，车夫全都遣散，黄包车给工部局折价收去。没有了车，现时老蔡是无业游民。他儿子虽然不用他供养读书，但他孤身一人，日子过得很艰难。如果老蔡为混一口饭吃而主动要求帮日本人做事，加入维持会，应该不会引起日本人的怀疑。至于保人，也有个合适人选……"

老杜问："谁？"

赵大说出一个人来，老杜立即说道："好主意，非他莫属……"但是老杜对老蔡不甚了解，担心这么重要的事交给老蔡是否牢靠。赵大把老蔡营救过地下党的事告诉了老杜，老杜这才应允。

可是赵大对老蔡一说，老蔡死活不肯。

赵大说："并非要你真心帮日本人做事，而是让你打进鬼子军营做内应。现在车行关了，大家都生活艰难，鬼子的铁路就在眼皮子底下，弟兄们何不靠山吃山靠水吃水？军火值大钱，何不扒一些军火来卖钱？你加入维持会，鬼子那边有个自己人，有什么情报可以事先得知，搞起军火来就不难。即使不搞军火，你'身在曹营心在汉'，对街坊邻居有帮助，也是好事。"

老蔡大吃一惊，心想赵大胆子真是够大的，竟然打起鬼子军火的主意。赵大肯为兄弟们出头，他很乐意加入，要他给日本鬼子做事，他绝对做不到。但是赵大的一番话，他又觉得在理，似乎只有他加入维持会才有可能搞到军火，便应允了。随后赵大要他找金少爷作保时，他立刻变了脸说：“阿大，其他的事我都听你的，唯有这件事我是万万不肯的！”

赵大说：“你不是不知道，日本人在一街两坊搞了个互联互保，若无保人，你是进不去维持会的。”可是老蔡怎肯低下头来去求金少爷作保？赵大说：“要做大事，必须得忍。金少爷投靠了日本人，成了皇协军头目。他若肯作保举荐，你加入维持会就不会引起鬼子的怀疑。”

老蔡不断摇头，一口拒绝。他道：“阿大兄弟，你叫我做什么都可以，这个汉奸、走狗、抢走我家主婆的杀千刀，我今生今世恨不得将他千刀万剐，要我去求他作保，打死我也不会去的！”

赵大耐心劝他道：“这事只有你才能做到。唯有这样才能取得鬼子的信任，才有可能搞到军火，大家才有饭吃。金少爷是你儿子小蔡的养父、红莲女的后夫，只要红莲女不反对，金少爷一定肯作保。我看，红莲女看在小蔡的份上不会反对，这不会损失她一根毫毛。”

老蔡不信赵大的话，金少爷怎么可能会给他作保？赵大说：“不信，你去试试。”

老蔡果真涎下脸面去央求金少爷，没想到金少爷一口应允，他也想壮大自己的势力，连自己老婆的相好也肯跟自己做事，在日本人面前就很有面子。红莲女虽一脸嫌弃，也没反对。有了金少爷作保，鬼子丝毫不怀疑，老蔡没有话说，硬着头皮加入维持会。鬼子将他安排在军营里，负责巡视街坊、铁路，这真是天赐良机。

老蔡没几日就把铁路情况都摸熟了，和铁路宪警也混熟了。

这一天，老蔡正走在街上，金少爷跑来，摘下身上的“匣子炮”往他脖子上一挂，拍了拍他肩膀，让他帮忙巡视，他去去就来。金少爷投靠了日本人以后，一味做鬼子的帮凶，做下不少坏事，因此升做铁路巡视员，看守铁路岗亭。这官不大不小，管着整条铁路的安全。可金少爷色心不改，华德路上一家茶馆来了一班唱戏的女子，明里卖唱暗中卖笑，金少爷流连忘返。老蔡知道金少爷是到茶馆玩女人去了，心里恨之入骨，替红莲女抱不平，嘴上却说：“巡长去吧，我多走走没事！”

老蔡神气活现地手摸匣子炮“洋洋得意”在街上走了几个来回，生怕别人不知道，他现在是“皇协军”了。街坊邻居见老蔡一个穷苦人，长得人高马大看上去是个汉子，却毫无骨气和底线，竟然和自己的情敌死对头沆瀣一气做了汉奸，又挎起“匣子炮”耀武扬威，个个视他为日本人的巴儿狗，不屑一顾。老蔡因此惹了一身“狗屎”臭，“一街两坊”无人不知，老蔡做了二狗子。老蔡忍辱负重，只知道为朋友两肋插刀，不知其实是在为地下党办事。

赵大招拢起十几个纱厂失业工友，其中不乏过去的护厂队员，听说要在“两条线”（指铁路）上吃饭，工友们个个摩拳擦掌，跃跃欲试。

一个月后的一天，金少爷告诉老蔡，午夜过后有一批军火运来，当夜是他值班，叫老蔡来岗亭陪他说话。老蔡看到运营单上记录的正是机枪子弹，立刻应允了，转身就通知了赵大。赵大火速告知老杜，老杜决定当夜就动手。

午夜时分，老蔡佯装巡视铁路，走到高朗桥时，悄悄在篱笆墙下挖开一个洞，再用篱笆伪装好，然后朝岗亭走去。金少爷在岗亭里昏昏欲睡，老蔡走进岗亭和他套近乎，无意中流露出华德茶馆新来了个极媚的白俄姑娘有奇功，人称“大洋马”，无数客人为之倾倒。金少爷是极好这一口的，听老蔡这么一说，立刻来了精神。按捺不住淫欲熏心，拍了拍老蔡肩膀说：“老兄，看不出你比我还消息灵通！”不出老蔡所料，金少爷要老蔡给他照看着点，说着“去去就来”，立马脱岗跑去华德茶馆。

老蔡等他一离开，就悄悄来到伪装的篱笆墙下，搬开篱笆。老杜飞快从河边跑来，钻过篱笆墙。老蔡领着老杜跑上路基，一路小跑来到离江边不远的地方埋伏。

铁轨上射来一簇亮光，满载军火的闷罐子车在凌晨一点鸣响汽笛，“轰隆隆”从江边车站开出，冒着烟“哼哧哼哧”地开来。等到探照灯扫过，周围漆黑一片，火车喷出一股白汽，将路基全部遮掩时，趴在路基下多时的老蔡一跃而起，跟着火车紧跑几步，瞅准闷罐子车厢把手，纵身扑了上去。

这条小铁路总共才十五里，火车速度不快，车厢与车厢猛烈撞击，发出“吱吱嘎嘎”的巨响行进在铁轨上，慢吞吞地驶来。老蔡稳稳当当贴住闷罐子铁门，从屁股兜里掏出早已备下的铁钳，将铁丝扣钳断，刚打开车门，就有一个人影飞身爬上火车，进入车厢，他是老杜。车厢内整齐地码放着印有日文的绿色木箱，老杜拿铁棒撬开一看，里面果然是金灿灿排放整齐的机枪子弹，立即搬起箱子推下路基，箱子向路基下滚去。黑暗中窜出几条人影，“阿妹”、赵大和十几个纱厂工友沿途接应，火速扛起弹药箱钻出篱笆墙。篱笆墙外停着一辆奇臭无比的粪车，一位工友的老婆是“一街两坊”的运粪工，早已推起粪车等候在篱笆墙外。老杜和老蔡一连推下四五个箱子，赵大指挥工友火速将滚落的子弹箱全部搬至篱笆墙外藏进粪车。

火车慢了下来，发出金属的撞击声，向路基两边排出多余的蒸汽，驶过黑暗中的高朗桥，火车就要到站了。老杜叫了一声“跳”，转身跳下，在路基上一个翻滚，跑回篱笆墙，和赵大会合，兴奋地在赵大肩膀上击了一拳，回头一看，老蔡没有跳车。“糟了！老蔡没下来……”老杜惊呼一声，随后说：“快，我们快离开……”这时，火车已驶进车站。原来，老蔡意外发现一箱枪械，兴奋不已，等到他将枪械推下车，火车已进了站，“轰隆”一声停下了。车站里发着昏昏沉沉的黄光的汽油灯戛然停在老蔡面前，鬼子宪兵“叽里咕噜”的日语在他耳边响起，老蔡已来不及下车，被宪兵堵在闷罐子里，逮了个正着。

老杜情知不妙，决定立即将子弹连夜运出城。

公鸡才叫过头遍，运粪大妈就推起内里装了子弹箱的粪车，和往常一样，大摇大摆进入日哨岗亭。来到祥庆坊，敞开喉咙喊了一声：“马桶拎出来啊——”

居民从睡梦中醒来，都惊讶今天粪车来得特别早。运粪车每天只来一次，错过了就要在家里臭一天，无奈启明星还在夜空闪烁，就纷纷起床拎马桶出粪。不一会儿，弄堂里的马桶就排起了队，像一字排开的红皮锣鼓。大妈镇定自如，一只只拎起来倒入粪车，不一会儿粪车就满溢了。大妈身材矮小，却力大无穷，看上去一脸愚笨，推动粪车就像屎壳郎推粪球，缓慢而不停顿，却异常机敏。此时，她和往常一样不慌不忙，推着粪车朝岗哨走来。此时岗哨里的鬼子比平常多了一倍，端着枪如临大敌。大妈事先将粪车周身都泼了粪水，使粪车臭气熏天，接近岗哨时，鬼子就远远地捂紧鼻子挥手让大妈赶快离开。这辆内藏军火的运粪车就这样堂而皇之地出了岗哨，但是大妈没有将粪车推到垃圾桥粪行卸粪，而是往相反方向过高郎桥推到江边，将粪车倾在田野。老杜“兄妹”率游击队已等候多时，一拥而上，从粪堆里搬出子弹箱，江边有游击队的舢舨船接应，载了弹药箱火速离去。大妈无事一般推起粪车回粪行交差。

老蔡被关进小洋房地下室。鬼子对他严刑拷打，逼他供出军火下落和同党。老蔡咬紧牙关死不开口，鬼子将保人金少爷一家统统抓来劝供。老蔡禁得起肉身受刑，却禁不起前女人披头散发、拖儿带女在他面前凄声哭泣，央求他看在儿子的份上，快快供出同党，保全金少爷、保全这一家人。否则金少爷死了，儿子也没人供养了。老蔡外表三大五粗铮铮铁骨，内里却是侠骨柔肠，见了儿子，心中已是崩溃，挨到天亮，无奈供出老杜“兄妹”是同党。但他不知他们的来路，只知道他们是在“两条线”上“吃饭”的，是为换钱才扒的火车。鬼子马上扑到阿毛家抓捕老杜“兄妹”，老杜“兄妹”早已撤离。鬼子恼羞成怒，将阿毛抓起来审讯。阿毛一问三不知，鬼子将他绑起来上刑，吃“老虎凳”，压断他一条腿，阿毛坚不吐露实情，只说是客人自己上门寻求租房的。阿毛娘子见阿毛被日本人抓去，便奋不顾身前往宪兵司令部要人，在鬼子面前毫无惧色：“房客来路不明，我一个平头百姓如何知晓？要问就去问岗哨宪兵怎么会放他进来的。再说老杜在日本商行帮日本人做事，现在出了事，商行跑不了干系。”阿毛娘子面无惧色，言辞伶俐，说得鬼子哑口无言。日商掌柜怕事情牵连到自己，早已给宪兵送去贿金，宪兵也怕事情闹大于己不利，受了贿赂便放了阿毛。

阿毛一瘸一拐回到家里，阿毛娘子抱住他痛哭。吴妈连忙给阿毛伤腿敷上药，询问他赵大是否也被抓了。阿毛说，看情形老蔡没有咬出阿大来，但此时不知赵大人在何处。吴妈的一颗心七上八下。

鬼子觉得仅凭老杜“兄妹”两个要在戒备森严的铁路上，在宪兵鼻子底下运走军火绝无可能，军火一定藏于街坊某处。于是展开疯狂搜捕，凡是怀疑对象，特别是曾经的护厂队员，统统抓起来严加拷问。凡说不出当夜行踪或者无人证明和担保的，立刻拉出去枪毙。鬼子见护厂队中，唯独不见领头的赵大，派人到处搜捕。

老杜临走之前，曾嘱咐赵大不要回家，外出避一避风头。赵大挂心阿毛，不愿意离开，寻思先去华德茶馆坐一宿，那里鱼龙混杂便于隐藏，等天明视情形再做打算。刚走进华德茶馆，就和金少爷碰了个照面。金少爷脱岗来到华德茶馆，指名要白俄女，那白俄女可真是高头大马，妖冶多姿，还会作胡旋舞。金少爷不知道那不叫胡旋舞，那叫踢踏舞，总之金少爷被迷得神魂颠倒，在她房里逗留整夜。这时刚从她房里出来，就撞上赵大，被赵大一把拉住。金少爷见赵大出现在这里，颇觉奇怪，不及问话，就被赵大拖回白俄女房里，要请他吃宵夜。金少爷见赵大请客，索性请出白俄女吃花酒。吃到天明，金少爷坚持要回去，赵大不好硬拖住他不让走，说自己还要睡一觉，让他先走。金少爷以为赵大对白俄女也有意思，不怀好意地讪笑一声，起身离去。赵大又在白俄女房中待了一个时辰，鬼子挨家挨户搜了过来，在白俄女房中将赵大抓获。鬼子立刻提审赵大，赵大说他一整夜都在华德茶馆，有皇协军可以作证。金少爷已然明白赵大和老蔡是一路的，为了自己脱岗的事不被泄露，泄露了肯定脑袋搬家，便心照不宣，作证他一宿都和赵大在一起，还有白俄女也可以证明赵大在华德茶馆过的夜，赵大这才逃过一劫。但赵大曾是护厂队教练，鬼子不肯放过他，将他关进囚牢。吴妈不知从哪里得到这个消息，病急乱投医，跑去友邦里央求金少爷救人。金少爷泥菩萨过河自身难保，哪里帮得了吴妈？吴妈拖住红莲女跪地相求。谁知红莲女怪叫一声："哎哟喂，了里个妈妈，你不要跪我，跪我有什么用，要跪，跪到小洋房去！"吴妈当真跑到小洋房，在宪兵司令部外"扑通"一声，双膝跪下，呼天抢地请求鬼子放人。鬼子不耐烦，拉动枪栓骂道："八格牙路！快快滚蛋，不然开枪打死你！"吴妈也是个聪明人，鬼子杀人不眨眼，连忙起身走人。回到家里，替赵大担惊受怕，惶惶不可终日。那些在当夜说不清去向，也没有证人的街坊邻居，鬼子就在小洋房园子里把他们枪杀了。

运粪大妈见鬼子疯狂报复杀人，不但自己的护厂队老公危在旦夕，还要连累到更多的无辜邻居，便向鬼子自首，军火是藏在她的粪车里运出关卡的，已运到江边交给老杜了。事情是她一个人所为，与自己丈夫无关，与街坊邻居更无干系。一口咬定偷军火是为了卖钱糊口，老杜答应会送钱过来。鬼子将大妈五花大绑推上铁甲车来到江边，让大妈指认交货地点。果然田埂上车辙清晰，田地里粪便堆积，臭气熏天。而老杜他们毫无影踪，早已过了江上了岛。鬼子连忙与岛上宪警联系，要宪警阻击偷窃军火的游击队。岛上宪警早先吃了游击队的亏，被夺走了机关枪，现今游击队又有了子弹，哪里还敢阻击游击队？围在江边打了一阵乱枪便撤了，游击队安然无恙。鬼子在江边设下埋伏，等待老杜送钱来自投罗网，又在铁路和军火库增派兵力守卫，提防游击队来袭。

鬼子根本不信这是运粪大妈一个人做的事，将她夫妇就地枪决。也不放过赵大等人，将他们罗织罪名投入牢房。

形容枯槁的老蔡被放了出来，从此背负一辈子的耻辱和污名，再也抬不起头来。

· 第六篇 ·

日寇投降

上海外滩，外白渡桥桥堍下，矗立着一幢高楼，一间面江向河的写字间大窗前，武田靠窗伫立，注视着窗外。窗外沿外滩的一排大厦一览无遗。靠近大厦有一条小河蜿蜒而过，无数小船汇聚停泊在岸边，一些衣衫褴褛的男女在甲板上劳作。他们的孩子，用一根绳索拴在桅杆上，以免他们跌落河中。洗净的衣物在竹竿上飘扬，宛如旗帜在微风中摇曳。

那一边，领事馆的花圃里，不时有高鼻子蓝眼睛的外国人拎着公文包，匆匆走在花径小道上。邻近有一座高耸入云的尖顶教堂，做完弥撒的信众正从拱形大门里走出来。头戴圆盖白帽的海军士兵快步走向一家俱乐部，他们脑后两根海蓝色的飘带随着人的走动高高扬起。

江畔咖啡馆的遮阳伞下，外国客人悠闲地品味着午间咖啡。偶尔，一辆马车从路边驶过，那清脆的马蹄声在大厦顶层也能听到，让人仿佛置身于繁华的街道之中。

武田转身，目光落在屋中央的一张长桌上，长桌四周坐满了特高课的宪兵，一个个都正襟危坐。他望了望他们，说道："上海面江临海，我们的军舰可以直接开进黄浦江，他们的一举一动都在大日本帝国的掌控下。”说着，转身指了指窗外，窗外远处黄浦江上停泊着海船、江轮和帆船、拖驳，还有舢板，最显眼的是悬挂膏药旗的日本军舰，在黄浦江上耀武扬威，横冲直撞。

他又指着墙上的地图说：“而重庆则深藏在崇山峻岭之中，我们的军队沿长江西进，从川陕迂回，都无建树。他们的高山河川，险峻道路把我们阻挡在平原，使我们完全暴露在中国人的眼皮底下,这种状况必须迅速得到改变！”武田走到桌子前,敲了敲桌子，“现在，重庆会集了许多中国政府的要员，他们把它称为‘陪都’。我们必须从内部攻破它……”他顿了顿，掩上桌上的文件，“南京方面愿意和帝国合作，军部给特派员安排好了学生身份。”武田转向坐在桌边首位的一位英武军人，“美智子小姐又可以大大地施展你的魅力,去获取他们的机密情报了。至于那个学生,他已经死了，你不用担心会露馅。”

美智子已穿上了军服。此刻她手握军刀，端坐在桌边，面部一如既往毫无表情。她那高高隆起的胸脯显示出她的女性特征。

“在下决不辜负大佐的栽培，我这就飞往他们所谓的‘陪都’，大佐不久就可以收到来自重庆的电波了！”

“不，特派员小姐，此次你不能飞去，你得坐车去，火车或者马车，必要时还需走去，用你的双脚翻过歌乐山。你是一个贫穷家庭的穷学生，坐不起车，懂吗？”

美智子将手中军刀往胸口一靠，说道：“在下懂了，我的一言一行要完全像个穷学生！”

“不，还是个够格的舞女！”

昔日闭塞的山城重庆，随着全面抗战的号角响起、政府要员和美军的纷纷涌入而成了‘陪都’，娱乐生活也丰富起来。每当夜幕降临，霓虹灯闪烁着耀眼的光芒，将红墙绿瓦的夜总会映照得如梦似幻。靡靡之音弥漫在空气中，为这座充满神秘色彩的山城增添了几分醉人的韵味。某一日，夜总会来了一位自称晴瑶的落魄大学生舞女，她身着高领开衩旗袍，露出两条雪白的大腿，以陪客人跳舞赚取小费为生，非常令人瞩目。

那一晚，夜总会举办舞女选拔赛。舞池中，新来的舞女晴瑶，像一只轻盈的蝴蝶翩翩起舞，每一个动作都那么流畅自然，仿佛与音乐融为一体。她就是化名为晴瑶的美智子。美智子年轻漂亮，又会唱又会画，不仅吸引了现场观众的目光，也打动了那些达官贵人和军政要员的心。

随着选拔赛的进行，美智子的名声越来越响亮，她的美貌和舞姿让那些政要和美国大兵为之倾倒，纷纷向她献殷勤，争相邀请她共舞一曲。就这样，美智子成了夜总会的头牌舞女。在接下来的日子里，美智子得心应手地在政界和军界游走。

当夜总会的霓虹灯亮起，美智子总会在门口迎宾。那一晚，一辆高级轿车“吱呀”一声在夜总会门口停下，车里前呼后拥地走出一位斯文潇洒小分头梳得油光锃亮的胖男子。美智子敏感地意识到，此人身份不同寻常，立即靠过去，千娇百媚地将他迎入舞厅。胖男子酷爱华尔兹。美智子便只跳华尔兹，她那极具韧性的身段，时而轻盈摇摆，时而剧烈转身，时而倾斜时而挺拔，在优美的音乐伴奏下翩翩起舞，很快就使胖男子为之倾倒。在一个大摆胯转身时，美智子几乎贴到了胖男子身上，她那对丰满的乳房时不时蹭到胖男子的手臂，胖男子早已心猿意马。舞会结束后，胖男子意犹未尽，私下对美智子说：“明天我还来捧你的场。”美智子十分欣喜，款款将胖男子送上车，目送他的车消失在光怪陆离的夜幕中才回到舞厅。一位服务生悄悄告诉美智子道：“晴瑶小姐，你知道刚才那位官员是谁吗？他是上海来的银行大亨，刚刚到部里上任的陆监察！”得知胖男子的身份后，美智子更是喜出望外，一条大鱼上钩了。

第二天，美智子将自己刻意打扮一番，明艳妖媚又不失端庄，陆监察也如约来到夜总会。舞池里，陆监察搂着美智子的细腰正跳得高兴，忽然美智子脚一崴，身体一软，跌倒在陆监察脚下。陆监察以为是自己不小心踩了她的脚，连忙将她抱起来。美智子趁机依偎在他怀里，显出羞怯的样子，在他脸颊上轻轻一吻，表示谢意。陆监察心旌摇曳，询问她愿不愿意离开舞厅？美智子装出楚楚可怜样，告诉陆监察，她原是个大学生，只因家里母病父瘫，一个弟弟还在上学，都需要她挣钱供养，她是迫于生计才到夜总会做舞女的。他若肯给她依靠，她当然愿意跟随他离开舞厅，陪伴他左右。陆监察惊讶地发现，这位身世凄凉的舞女大学生，还懂好几国语言，马上陡增爱意，给了她大笔钱款，请她做他的贴身秘书。他对她说，他的工作正缺少一个像她那样高学历懂外语的秘书：“你当我的舞伴，只能陪我跳舞，假如你能做我的私人秘书，那么我们就可以天天在一起了。”美智子当然知道私人秘书意味着什么，那是她千载难逢的机会。她本以为来到人生地不熟的重庆，将会很艰难，谁知好事来得这么快。当夜便和陆监察同床共衾，曲意奉承。陆监察一头栽进温柔乡里不能自拔。真是：软香玉门显神奇，行风施雨摧折地，最是令人销魂处，原是娇娘美人计。

年过半百的陆监察本是个好色男人，遇见美智子以后更是像喝了迷魂汤，对她顶礼膜拜，觉得她是世界上最完美的女性，一刻也离不开她，若是她不在身边，他便若有所失。后来索性金屋藏娇，将她安顿在一所公馆里，置家里妻子儿女于不顾，与美智子双宿双飞。他对她完全丧失警惕，常常开完机密会议，带着机密文件就来和美智子幽会。他整天监察这、监察那，根本没料到，枕边美人就是个日本间谍。美智子趁他洗澡如厕的间隙，用微型相机拍下他随身携带的绝密文件，通过秘密电台将情报传给特高课。国军发现刚刚制定下的决策，就被日本人获悉，连美国军事基地里有几门大炮，日本人都清清楚楚。国军高层震惊不已，他们意识到一定是内部出了奸细。军调处接到命令，开始对泄密事件展开秘密调查。他们发现，泄密的文件都曾经过陆监察之手，陆监察和她新来的女秘书便落入军调处的视线。

此时，陆监察与美智子打得火热，常常以事务繁忙为由夜不归宿。陆夫人察觉到丈夫的异样，心生疑虑，决定一探究竟。她暗中跟踪陆监察，终于找到了位于市区的这座公馆。公馆并无门卫，只有一个略显稚嫩的男仆。当陆夫人敲门时，仆人未加盘问便让她进入。陆夫人环视四周，并未发现丈夫的身影，却听到二楼传来丈夫阅读公文的朗朗之声。

她心中不禁疑惑，为何丈夫不在部里办公，而在外面租用公馆？这一刻，陆夫人宁愿自己的猜疑是错误的，也不愿相信丈夫在外面包养了情人。她决意上楼查看究竟。然而，仆人突然想起什么似地出言阻止：“夫人，你不能上楼！”陆夫人毫不理会，一把推开仆人：“滚开！我是你们长官的妻子，你们长官的家就是我的家，我怎么不能上楼？”说罢，“噔噔噔”地跑上楼梯，一把推开房门。这是一间豪华套房，大白天窗帘紧闭，内室的房门也紧闭着。沙发上随意扔着丈夫出门时所穿戴的灰白色西装、白色礼帽和蓝白条纹领带。陆夫人心中一沉。这个时候，幽闭的内室传来陆监察一字一顿、慷慨激昂的声音：“我们的神圣使命，是要完成抗战建国任务，扑灭人类的共同敌人日本寇国、消灭日本天皇……”陆夫人不顾一切推开门，却被眼前的一幕惊得目瞪口呆。站在门口，进也不是，退也不是。

床上有一男一女，男人头枕在一位描画得十分妖冶的女子的大腿上。女子圆脸蛾眉，裸身披一件长毛裘皮大衣，面对房门将两腿向男人张开。一条白皙修长的光腿毫无羞耻地高高搁在床板上，另一只脚在男人身上摩挲。陆夫人定睛一看，床上的男人不是别人，正是自己的丈夫，他一边口述公文一边在女子裘皮大衣下摸索。女子则怡然自得，手拿纸笔在做记录，偶尔发出一声娇喘。床头柜上一支抽到一半的烟，炫耀似地升起一缕细细的青烟。陆夫人发出一声歇斯底里的大叫，扑向男人。陆监察“腾”地从美智子两腿间坐起，看见夫人闯进房来，呆了一呆，立刻裸身从床上跳将起来，叫了一声：“夫人，你怎么来了……”慌乱间抓来床单遮在腰间。美智子见到陆监察的狼狈模样，已知来人是谁，怔了一怔，立刻泰然自若地收起腿，放下手中纸笔，拿过床边柜抽了一半的细烟放在嘴唇间，她在考虑怎么对付这个女人。她深深吸了一口烟，缓缓吐出，不紧不慢地说：“怎么门都不敲就闯进闺房来？难道夫人有窥私的癖好？你喜欢看，我让你看好了！”说着，将一条白晃晃的大腿高高撩起，朝陆夫人颔首而笑。其实，美智子的内心极度惊慌，但是她很快就镇定下来，唯有以一个落魄女大学生真心爱上政府官员，宁愿做他的外室的面目出现，才不至于使人疑心她来路不明。

陆夫人大怒，扑到床前挥舞手臂张开五指拍向美智子面容："你这不要脸的扫把星，勾引我男人，还恬不知耻，妖女，十足的妖女！”美智子不言，伸出脚在陆夫人胸口只一抵，就将弱不禁风的陆夫人抵在墙上，道："连自己的男人都管不住，有什么好闹的！”美智子两腿间如一道白光闪过，陆夫人看得明明白白，不禁大骇。美智子深知国人讲究避晦，女人最隐晦最酥软的地方就是最强大最有力的杀器。陆夫人恰巧是个虔诚的佛教徒，此时犹如见到通往九狱的门打开了，刹那间惊叫着闭了眼，浑身颤抖，仿佛是自己做了什么不该做的事、见了不该见的物。惊慌之中念着“我佛慈悲清净我眼助我辟邪……”便落荒而逃。

陆监察坐在床上，脸上满是惊慌失措的神情。美智子只能先稳住他再说，她轻轻地安抚他，柔声道："陆监察，你不必为此担忧。你是政府官员，名誉上的事，不能有任何闪失。请相信我，我是真心爱你的，我并不在乎什么名分。我绝不会以此来要挟你，也不会向你提出任何要求。只要能和你在一起，对我来说就足够了。”陆监察听到这些话，心中不禁涌起一股暖流，感动不已。

陆夫人遭此奇耻大辱，心中愤懑难平，将自家糗事告到监察部，监察部却以家事难以处置为由，将此事搁置不理。此后陆监察便毫无顾忌，与美智子来往得更加密切。

他不知道，军调处已经向他布下欲擒故纵的圈套。军调处已经证实美智子真实身份是一名日本特高课的间谍，而她自称所谓的“落难大学生”身份完全是个谎言。军调处不动声色地将陆监察监视起来，利用陆监察给美智子传递一些不甚重要或者过时的情报，以此探得日军的真实意图。特高课在得到美智子这些假情报后，发现美智子已经暴露，通知她火速撤离。

美智子接获指令，迅速离开重庆回上海。军调处跟踪而来，他们深知，这个女间谍的背后还有更大的阴谋等待揭露。但是，狡猾的美智子一到上海便消失得无影无踪了。

在中国战场上，日本军队开始显现颓势，同时在太平洋战场上也遭遇了挫败。为了扭转战局，日军近乎疯狂地突袭了美军在珍珠港的军事基地，给美军带来了重大损失。美军在日本本土投下两颗新研制的炸弹，一颗名为“小男孩”，另一颗名为“胖子”。

遮天蔽日的巨大的蘑菇云，使白天变成黑夜，近二十万人瞬间消失。与此同时，苏联红军也迅速越过边境，对日本关东军发动了迅猛的进攻。日本关东军迅速崩溃，七十万大军瞬间陷入绝境，日本宣布无条件投降。

· 第七篇 ·

庆祝胜利

纱厂工友们冲进小洋房，将赵大和被鬼子关押的护厂队员从地牢里接了出来，工友们不顾虚弱的身体，走上街头挥舞旗帜高呼口号庆祝胜利。“一街两坊”的居民们受到感染，也跟随游行队伍扭起了秧歌舞。

过了些日子，街上的铁轨拆了，鬼子的军火库改做了菜场，还开了一家肉庄，日子如往常一样平静了。阿毛娘子拿了一双鞋面布和鞋底，先去烟纸店买烟，再去鞋摊绱鞋。烟纸店老板被日本兵抓去修铁轨时被枕木压到脑袋死了，现在换了他儿子做老板。小老板事事躬亲，正在卸排门板。

“嗷哟，新娘子哪里去来？每次总是阿毛来买香烟，阿毛又不抽烟，从来不曾见你自己来买。”确实，八年来，阿毛娘子除了去菜场买菜，第一次走出弄堂。

阿毛娘子说 :“阿毛被日本鬼子打断了腿，腿脚不便了，在家里享清福。”

“真是罪过，阿毛替房东阿海吃了不少苦头。阿毛有今天，多亏有你。”

“我家阿毛跟阿海比，不及人家一根脚趾头。当年要不是我，阿毛早就被日本人打死了。”

“一街两坊都知道,新娘子是巾帼英雄,竟敢跟日本鬼子较劲。”小老板说着，翘起大拇指夸赞阿毛娘子。

阿毛娘子沾沾自喜，买了烟，问小老板：“洋火有吗？”然后从烟包里抽出一支烟来，叼在嘴上。小老板从柜台下拿出一盒洋火，擦燃了给阿毛娘子点上。阿毛娘子叼了烟，朝友邦里的皮匠摊走去。

初升的太阳暖暖的挂在天空，肉庄门前坐了一排妇人，有的拢了袖低了头在晒太阳，有的一边晒太阳一边纳鞋底。阿毛娘子是纳鞋底的高手，会在鞋底上纳出好看的花样。她拿有花的一面朝外，慢悠悠踱着小脚来到肉庄门前。阿庆婆也在晒太阳，阿庆婆是无锡女人，长得又矮又胖像只柏油桶。阿毛娘子和阿庆婆是极要好的邻居，见阿毛娘子走来，阿庆婆便和她打招呼：“新娘子真是稀客啊！住在你隔壁听见你日夜咳嗽，从来不见你真人。身体可好？”

阿毛娘子答道：“谢谢你的惦记，我身体蛮好，只是腿脚不便，出来少了。”她在阿庆婆身边坐了一会儿，起身朝弄堂口的皮匠摊走去。摊头上已经坐了一位一头黑卷发的丰满妇人，脱了鞋叫小皮匠敲鞋钉。妇人翘起一条腿，赤脚坐在一张矮凳上，旗袍下摆就缩到了大腿之上，露出两条白白的大腿，叫人一看就联想到细绳扎紧的素鸡。

阿毛娘子进前立停了看。小皮匠将鞋钉钉好，一手捧了高跟鞋递过来，妇人却不接，一只脚几乎翘到小皮匠鼻尖下，让小皮匠给她穿上。那只玲珑小脚丰满圆润，纤细的五趾错落有致。从拇趾到小趾，每根脚趾都涂了血红的指甲油，像是十只灵动的探头探脑的红色甲虫。脚踝上绕着一条金色的细珠脚链，上面有一个个小小的椭圆形水晶吊坠挂着，在阳光的照耀下，闪着艳丽的光芒。这时，一个胖厨子从弄堂里出来，在卖烤红薯的煤炉车上买红薯，不觉将她那双魅惑的脚多看了几眼。

阿毛娘子心中诧异,她仔细一看,原来是染了黑发的法国女人，小洋房里的陈太太。

鬼子投降后，在乡下避难的陈老板携陈太太回转上海，想不到小洋房贴了封条，被国军接收委员当作伪产没收了。陈老板有家难归，寄宿在纱厂废弃的工棚里，将官司打到国防部，申明日本人强占他家的房产做司令部时，他们一家人早就逃走了，跟日本人没有丝毫瓜葛。国防部审理明白，责令接收委员发还房产。接收委员压着不办，陈老板气得吐血而亡。不久，房产发还，陈太太回到家里，孤零零一个人住在偌大的洋房里，这才明白中国有句俗语说，“有本事的男人会把老婆养成母老虎”，看起来受到妻子的管制而怯懦，其实背后是满满的温情和自信。如今丈夫给她留下这幢英伦小洋房和丰厚的遗产，她却没有了可以颐指气使的对象和任着性子行事的机会，总是觉得洋房里太过安静，闷得发慌。女儿音讯全无，陈太太对自己曾经的愚蠢行为懊悔不已，但无济于事；昔日的姐妹们都不再上门，陈太太也不再有兴趣开什么派对，百无聊赖的他，整天摆弄她整箱整箱的高跟鞋。今天她穿上结婚时穿的红色高跟鞋，来让小皮匠敲鞋钉。这些年来，她发福不少，但脚依旧小巧，结婚时的鞋子都可以穿上，高出鞋口许多的脚背像胖乎乎的白面馒头，煞是好看。她原本有一头金发，现在染成了黑色；本来有一双高贵迷幻的蓝眼睛，现在画了淡淡的粉色眼圈，想要做一个真正的中国人。

在阿毛娘子看来，这完全是狐狸精的做派，她拿手里的鞋底鞋面“啪”地拍在小皮匠的工具柜上：“小皮匠，绱鞋！”小皮匠一看是老主顾来了，连忙接过阿毛娘子手里的鞋底鞋面说：“新娘子要上蚌壳棉鞋呀！是要准备起来了，天气说冷就冷，棉鞋做起来也来不及。”

陈太太正沉浸在对自己那一双“美脚”的顾怜之中，见半途杀出个“程咬金”，来者不是别人，是名震“一街两坊”的“新娘子”。“新娘子”名声在外，是个连自己孩子都敢溺死的辣手妇人，“一街两坊”没人敢惹。陈太太不作声，也不示弱，仍旧坐着，等待小皮匠给她另一只鞋敲鞋钉。阿毛娘子虽然极其崇拜陈小姐，但是看不惯陈太太的做派，见陈太太不吱声，便阴阳怪气地说道：“哎哟，一个寡妇人家光脚露腿的，还在人家面前晃来晃去，也不怕是非多！”阿毛娘子说话一刮二响，她有家有老公，她有可以炫耀的底气。

小皮匠钉好鞋钉，将鞋子递给陈太太。陈太太在中国多年，不但能听懂中国话，也说得很好，此时穿上鞋起身说：“都是街坊邻居，抬头不见低头见，怎的像吃了生米饭。”一个是天还没冷就要穿棉鞋的，一个是大冬天都光着腿不穿裤子的，话不投机半句多，陈太太转身就走。

此时，弄堂里走出一位妇人，是金家的宋巧儿，见了阿毛娘子，道：“正要到你家里去。广福带来口信说，正月十五乡下要划龙船，叫你们回去看看。”

话说宋巧儿被逐出金家后，回到广福乡下独立抚养四个孩子。真是麻绳专挑细处断，厄运总是无情地降临在那些命途多舛的人身上。那一天，大风突然而来，无情地将她家的草屋卷走，她带着四个孩子流离失所，无家可归。无奈之下，只好拖儿带女来到厚德府，请求祥海收留。祥海见她可怜，留她在厚德府打杂。日本鬼子投降后，祥海替她出面，向政府申请要一间原本属于金家的房屋供她们母子居住。他的理由充分且有力：宋巧儿的儿子出生在金家，如今母子二人无家可归，理应得到应有的庇护。恰逢当时政府正在清算金家的伪产，金家的房子便全部归宋巧儿所有，只给了红莲女一间亭子间住。

阿毛娘子说：“我是走不动的，阿毛要去，让他去吧！”

宋巧儿说：“还是一起回去看看吧！一定是很热闹的。”

阿毛娘子恰恰不喜欢热闹，猛吸几口烟，香烟烧到手指了，才把烟屁股甩在地上，对宋巧儿说：“我不去了，让阿毛去。你忙，我回转去了。”

正月十五，阿毛带上女儿来娜和赵大一起来到广福，先到厚德府，没见祥海在家，心想一定在朱家寡妇那儿。他们转身来到朱家大院，见祥海在院子里和弄草儿并排坐在矮凳上剥玉米。赵大进门就说：“这女人的作用可是比天还大呀，李老板什么时候会做农活了！”赵大知道祥海在公学读的是工科，是学校的尖子，会画十分精准的图纸，但不会修指甲，不会打领带，是个十足的“笨人”。可在弄草儿身边，这个“笨人”居然学会了剥玉米棒。弄草儿低头专心手下的活，没见赵大进门，此时听见有人说话，抬头见是赵大，一下羞得脸红到耳根，扔下玉米棒，奔回房里不出来了。此时，阿毛手拄拐杖，一瘸一拐地领着女儿进门来，祥海颇觉惊讶，没等他开口问，阿毛就要来娜叫祥海“大伯伯”。来娜羞怯怯叫了一声“大伯伯”，祥海忙从兜里掏出一块大洋，放到来娜手上说：“原来是来姑娘！大姑娘十八变，来姑娘出落得亭亭玉立了，有没有如意郎君呀！”

阿毛说：“姑娘还小呢，才虚岁十五，不忙相亲的事。不过，他娘是急得不得了，整天唠叨，好像姑娘嫁不出去似的！”来娜见祥海面生，拿了大洋就朝阿毛身后躲。祥海夸了来娜几句，抓起阿毛的手问：“你的腿脚怎么了？”

未待阿毛开口，赵大说：“老杜搞军火那会儿就住在他家亭子间，我们窃了军火，鬼子宪兵拿他是问，把他抓进宪兵队拷问，因此被打断了腿。”

“说起来，阿毛还是代我受过，要是我在的话，打断腿的就是我了！”祥海抓住阿毛的手，表示深深的歉意。

阿毛说：“老杜他们没事就好。我这手没断就不影响针线活儿，不碍事。”

赵大将他和老蔡跟随老杜扒火车偷军火的事与祥海一一细说。祥海说：“老蔡是个好人，为了帮我找地皮，一条腿得了曲鳝病，还不声不响拉着我整整跑了两个月，一声没有怨言。这次加入维持会，为的是刺探情报，冒着生命危险帮助老杜偷鬼子军火，实在是个行侠仗义的汉子。谁能抗得过日本鬼子的老虎凳？如果鬼子将他一枪毙了，他就是英雄。虽然他叛变出卖了老杜，但是老杜事先已经跑了。”

赵大说："没有老蔡的相助，要在戒备森严的铁路上盗取军火，几无可能。其实老蔡也明白，即使他当时及时跳车没被鬼子当场抓获，事后也逃不了，他是用付出生命的代价帮助我们的。出了那样的事，是谁都不愿看到的。他寻死过几次，都没死成。"

祥海沉默了一会儿，说道："如今日本鬼子投降了，不再有战争，碉楼也要回来了，我还是要回去办厂的。"赵大说："碉楼曾被日本人占去做了碉堡，并掘地三尺建成地牢，关过人，需要改造一下才行。"

祥海闻言大吃一惊，心想自己曾想将生计银转移到碉楼地下，幸好被母亲阻拦没做成，要不然鬼子掘地三尺，李家祖传生计银就统统毁在自己手上了。

吃饭时间，弄草儿在灶头上张罗午饭。青菜、芥菜、辣椒、卷心菜都是自家地里种的，腊肉、咸鸡风鹅是家里存的，弄草儿又去河边野地里拔来茭白，很快拾掇下一桌子菜。大伙在朱家吃过饭，朝镇上走来。走到剃头店门前，来娜突然欢快地呼喊着跑到河边，河里三条打扮得弹眼落睛的龙船吸引了她。广福的龙船与众不同，鱼嘴、虾眼、麒麟角，口衔明珠龙头高昂十分威风。船中一边四人坐在船底，手举船桨整装待发。艄公在船尾手拿鼓槌喊着号子。来娜机灵地向一位穿蓝布衣衫的大婶打听，龙船在哪里表演，大婶指了指前面塘口说："塘口那边——"

来娜便拉着她爹阿毛朝塘口跑去。赛龙船已开始，塘口人山人海，家家户户都出门来看赛龙船。来娜甚是灵活，拉着阿毛直往塘口边挤，阿毛挤不上，只好任来娜一个人往人群里钻去。来娜钻进人群，挤到塘口边，龙船正好从塘口鱼贯经过。船体修长，船帮上绘有艳丽的红色纹路，两侧插着蜈蚣旗、长方旗、三角旗等等五彩旗帜，威风凛凛。艄公用脚踏板发出不同的信号，龙船时而缓行，时而疾驶，引得河边观赏的人们欢声雷动。有钱人家索性雇小船尾随龙船而行，一时大小船只挤满了河面，鼓乐震天。桥头、两岸的呐喊声也是一阵盖过一阵，有的还把家中的锅碗瓢盆都拿出来敲打助威。

艄公做了个手势，龙船就倾斜起来，在河面开阔处不断打转。船工斜着身体，几乎贴到水面上起桨划船，四支桨翻上翻下划得飞快，然后起身将船倾向另一边，换另一边的船工划桨。船就在这左右摇摆之时，像箭一般射出去，观众尖叫欢呼掌声雷动。更有人将事先准备好的“连环响”鞭炮挂到树上点燃。一时间，呐喊声、锣鼓声、鞭炮声交会在一起，震耳欲聋。人群中不断有人往船上扔赏钱，一位英武的戎装军人“哗啦啦”向龙船扔了一把铜钱。来娜盯着他看了又看。

军人穿一身白色海军制服,身材高大挺拔,眉宇之间透着英气，他是张家医堂张先生之子张厚朴，现任国军海军巴渝号巡洋舰少校舰长。巴渝号运送一船国民党接收大员来到上海，停泊在吴淞口海面上，张厚朴告假回家探望老父亲。闲来无事，也是合当有缘，来到塘口观龙船，一眼看到人群中的来娜出类拔萃亭亭玉立，不由得动了心。

来娜见张厚朴双眸似剑，直勾勾地盯着自己看，心里有些发毛，龙船也不看了，扭头从人群中挤了出来。阿毛起先见来娜钻进人群没了影，怕她返回时找不到自己，就在原地等候不敢挪步。听到人群中呐喊声一阵高过一阵，情知龙船赛正进入高潮，却见来娜从人群中挤了出来，觉得非常奇怪，一把拉住她问："来姑娘，怎么不看了？投五投六做啥？"来娜不作声，期期艾艾来到阿毛跟前，不时朝身后张望。

张厚朴也从人群中挤出来。刚才在人群中，张厚朴没有发觉他身后跟着一个鬼鬼祟祟农夫模样的络腮胡男子。他朝来娜走去时，才发觉身后有"尾巴"。张厚朴明白，自己已被跟踪，他并不惊慌，神色自若地朝阿毛走来。来娜拉了阿毛衣襟惊惶失措地躲到阿毛身后，探头望向张厚朴，不知他要做什么。张厚朴来到阿毛面前，摘下军帽拿在手里，"啪"的一声脚跟靠脚跟，立正行礼道："大伯好！失礼了，这位小女子是……"

阿毛突然被一名军人如此恭敬地致敬行礼，有些不知所措，见来人开口便要搭讪自己女儿，连忙将来娜挡在身后紧张兮兮答道："是我女儿，请问长官有何公干？"

张厚朴笑道："恕我冒昧打扰，鄙人姓张，名厚朴，国军海军少校。家父张重楼，广福张家医堂堂主。今番观龙船巧遇你家小女，也是一种缘分。"说着，转身朝身后望了望，农夫模样的男子已从人群中挤出来，看到张厚朴转过身，立刻又钻进人群。张厚朴脸上露出一丝不易觉察的笑容，又回过身，对阿毛说："在下不为公干，私下请问，令千金可婚配否？"

阿毛一听来人是张家医堂张先生的儿子，他虽也替张先生做过衣裳，他儿子却是不曾认识的。听说张家有四个儿子，不知眼前是哪一位？便问道："张先生共四位公子，敢问你是？"

此时张厚朴道："在下是张家第四个儿子张厚朴，小名阿朴。"

张先生共有四个儿子一个女儿，四个儿子都离家从戎去了，女儿嫁给福生为妻。四个儿子中，老大厚宽，官至北伐军师长，已为国捐躯。老二厚淳，是黄埔六期生，现时是军调处一名特务处长。老三张厚敦，是八路军团长，牺牲在反“围剿”战场上。老四便是眼前的张厚朴。

阿毛道：“原来是张家四公子，幸会幸会。”语气立刻轻松和蔼起来：“小女虚岁十五，父母视为掌上明珠，未有婚配。”

张厚朴听罢面露喜色，挺了挺胸膛说：“鄙人今年三十有七，尚无家室。如不嫌鄙，愿娶令千金为妻！”

阿毛闻言大吃一惊，当街求婚这种事情，前所未有，以至于他有些反应不过来，木讷地道：“令尊大人悬壶济世，在广福镇上也是赫赫有名的人物。你既是他公子，又是堂堂军人，大庭广众之下，切不可轻浮调笑。”此刻，塘口的锣鼓声响得更紧了，鞭炮声“噼噼啪啪”震耳欲聋。

张厚朴高声道：“大伯，军人一言既出驷马难追。”

阿毛怔了怔问：“此话当真？”

张厚朴：“当真！”

阿毛：“此事当真？”

张厚朴：“当然当真！”

阿毛转身拉过来娜，来娜两腮泛红，羞答答怯生生低头捻衣角。张厚朴走过去问她小名，来娜低头答道：“来姑娘……”张厚朴欣喜地问道：“来姑娘，好听的名字！我要娶你为妻，你愿意否？”来娜羞得耳根子都红了，一转身撒丫子似地跑开，却被迎面而来的祥海和赵大拦住：“来姑娘，来姑娘，为何如此慌张，小心跌倒！”

张厚朴望着来娜飞奔而去的身影，有些失望，询问阿毛：“大伯，令千金这是……”

阿毛答非所问：“我曾与你父亲张先生有过一面之交，明早我去拜见张先生，方可商议此事。”他想，兹事体大，非张先生知晓方为妥当。

见来娜跑开，张厚朴想要去追赶，又觉不妥，听阿毛这么一说，心想有戏，马上说道：“不用，不用！哪能烦劳伯父登门，明天一早，我与家父到府上拜访。冒昧请问伯父贵姓？”

阿毛答：“免贵姓林，名阿毛，本帮裁缝。”

赵大见一位戎装军人在和阿毛交谈，便上前问道：“这位兄弟是……”阿毛道：“这位是张先生的四公子。”张厚朴便自我介绍：“在下张家老四张厚朴。这位兄长是？”赵大说是阿毛的内兄，又把祥海介绍给张厚朴：“这位是阿毛兄弟的朋友。”张厚朴说：“原来都是伯父身边的人，伯父的内兄我得称呼大伯父了！”赵大听了有些糊涂，祥海也反应不过来，怔怔望着阿毛。阿毛忙说：“这位兄弟有意和来娜姑娘提亲……”张厚朴接话说：“伯父，在下军务在身，恐怕不会在此长留，明早我就请老父到府上登门拜访，你看……”阿毛连忙说道：“不急，不急！容我回城与娘子商量定当不迟！”心想自己家里仅两间茅草屋，怎能接待贵客？

“原来伯父是城里人，不在广福住？”张厚朴问。

阿毛答道：“原来住广福，后来一·二八打仗，逃难去了城里，帮这位兄长看顾房产，去了就没再回来。”阿毛指了指祥海。

祥海这时才有机会说话：“这位长官在哪里服役？”

张厚朴答：“在下在吴淞口巴渝号巡洋舰供职，鄙职少校舰长。”

祥海说："原来是海军长官，令人高山仰止。鄙人在城里有一些产业，在广福也有家业，因在广福有些要紧事，故而分身无术，请阿毛夫妇在城里帮我打理，所以目前阿毛兄弟住在城里。"阿毛点头称是。来娜见阿爹他们和军人攀谈起来，也不再害羞，阿毛人矮，来娜身体长得快，已与阿毛齐高，就在阿毛身后拿眼往张厚朴身上瞟。祥海已看出端倪，对张厚朴说："兄弟你明早可到敝舍少叙。"

阿毛听了道："如此甚好。"

张厚朴问祥海："请问府上？"

祥海说："桥东厚德府便是。"

张厚朴早年离家，对厚德府一无所知，打算回家问过父亲，就说："一言为定，兄弟我就告辞了！"回头看了来娜一眼，高高兴兴离去。

阿毛目送张厚朴走后，将张厚朴当街提亲的事，向祥海和赵大一一道来。祥海说："我说来娜姑娘一定会早结婚，你看这缘分马上就来了。张家医堂可是好人家，他家公子个个有出息，这位四公子相貌堂堂正气凛然，他自己看中令媛，是件大好事，明日可将张先生请来一叙。"赵大也说："看他是个正派的军人，又在军舰上供职，头衔也不小，是一门好姻缘。"祥海说："只是岁数大了点，恐怕是一心扑在事业上，耽误了婚姻大事。张李两家结亲，我也看好。"

当晚，众人在厚德府歇宿，阿毛在油灯下悄悄询问女儿对白日里的军官是否中意。来娜羞答答点头应诺，阿毛便不再多问，来到客堂。祥海问阿毛："来姑娘心思如何？"阿毛答："看上去颇为中意。”祥海就说：“既然如此，那就成了。张先生德高望重，过去有恩于李家，理应由我上门邀请才是。”

第二天一早，祥海备了礼包，和赵大一起来到张家医堂。张厚朴没想到李家的人会主动上门，连忙延请入室，说道：“家父听说此事十分高兴，说李家是十分相熟的街坊邻居，还是一方财主。说起林家，家父也是熟识的，是手艺人家。家父还请林亲家做过衣裳，盛赞林亲家手艺精湛，现在正要出门去府上呢！”彼此寒暄一番，祥海进屋拜见张先生。张先生正在镜前穿衣，连忙回礼：“应是老夫登门拜访林亲家，怎可烦劳李公子上门，真不好意思。小儿看上林亲家姑娘，老夫高兴，正待出门，你们却上门来了。”

祥海说：“先生德高望重，阿毛是我要好邻居，喜事临门，我等帮衬不及，理应由我拜访才对。”

张先生说：“哪里，哪里！老夫这里是有毛病的人才来拜访，没毛病可不好随便登门的！”说得大家都哈哈大笑，然后又说：“李家乃广福大户，为邻里乡间做了不少好事，德隆望尊，老夫不及一根毫毛。”

祥海道：“先生快快不要再说，言过其实，在下承受不起！”然后递上礼包，张先生不接，祥海拉过赵大对张先生说：“当年沈家姑娘大病，有劳先生半夜出诊，甚是过意不去。朱家寡妇也是经老先生施救才捡回一命，在下区区薄礼不足以谢恩，万望笑纳。”张先生见推辞不过，只得收了。又问：“适才听闻兄台提及我曾救治过朱家妇人，不知兄台与朱家妇人有何渊源？”祥海答道：“当年朱家妇人寻夫落水，幸得先生救治，才得以捡回性命，救命之恩未报。”祥海未正面回答，张先生心中疑惑。赵大插话打趣道：“朱家妇人如今是李老板的心上人。”张先生听后开怀大笑：“原来如此！都是自家人了！”祥海也随之讪笑。

张厚朴见都是父亲老熟人，自己插不上话，走去沏来茶水端到客人手上,各人谢过。张先生说:“老夫老伴早逝,留下四个儿子，两个死在了战场上，尸骨无存。另一子则远走他乡，未曾归家探望老父。老夫孤身一人居住陋室，幸有小儿子记挂我，回家探望。若他在广福成家立业，来年添丁加口，含饴弄孙，老夫百年之后也无甚牵挂了。”

张先生话音未落，门外来了个穿中山装的男子，男子不紧不慢步入店堂，见众人围坐，便上前一步，朝张先生跪下，道：“父亲，孩儿回来了！”

张先生屏息凝视了一会儿才道：“我老眼昏花，莫不是弃家逃夭的淳儿回来了？”未等男子回话，张厚朴已扑向男子，和男子相拥，惊喜万分地道：“淳哥，真是你！你怎么神不知鬼不觉地回来了？”转头对张先生说：“父亲，是淳哥，厚淳哥回来了！”

张先生立刻从椅子上起身说道：“今天是什么好日子，鸿雁南飞，游子归家了！”

原来此人正是张先生那位离家后从未回过家的老二张厚淳。

张厚淳再次磕头行礼，张先生道：“孩子你可回来了！为父太高兴了！说曹操曹操就到，真是老天厚恩，叫父子团聚、兄弟再见！”张先生走过来，拉过张厚淳，“你来见见这两位表亲。”将祥海和赵大介绍给张厚淳认识。

张厚淳道：“难道厚朴老弟有喜事？”

张厚朴说：“今天你来得正巧，兄弟我正要出门提亲。”

张厚淳道:“正是巧事,恭喜兄弟。不知未来的岳父大人是谁?”

“女婿尚未上门，哪有岳父上门的道理？”张厚朴指着赵大和祥海介绍说,这位是岳父家大哥,那一位是岳父的恩人。然后说道:“岳父家在上海，暂住这位恩人家。这不，家父正要去恩人家提亲呢，哥哥可与我一同前往。”张厚淳与赵大和祥海两人见过，祥海说：亲家阿毛多年前移居上海，他腿有疾，需请张先生移步在下家里，阿毛在家静候，请谅。”张先生连称婚嫁喜事马虎不得，礼数规矩必须齐全，理应老夫亲自上门拜访。连忙备下厚礼，拉起兄弟俩一起来到厚德府。张厚朴隆重见过未来的丈人，奉上大礼，行过求婚仪式。阿毛接了礼，和祥海、赵大一同回城。

张先生一桩心事终于达成，拉过张厚淳的手说：“淳儿，你回来了，老夫真是高兴。是不是不打仗了，你可以回家了？”谁知张厚淳却说：“父亲，孩儿不孝，不能侍奉在你身边。孩儿公务在身，见一见父亲和厚朴弟弟，明日就要离去。忠孝不能两全，万望父亲不要怪罪。”

张厚朴怪道：“哥哥，你是怎么知道我回来了？既回家来，父亲高兴，怎不陪父亲过几天，明天就走？”

张先生确实高兴，张厚淳离家十年第一次回来，可是听说他明天就要离去，心中不免失落。

“淳儿，你十年回家一次，难得兄弟相聚，明天又要离去。你们兄弟俩应该好好说说话。”张厚淳点头称是说：“孩儿非常想家，想念父亲。只是在军界供职，虽然一直在上海做事，但做的是保密工作，不能擅自回家。这次是抓日本女间谍有功，捞到放假回家的机会，才可以回家看看。”

“抓了谁？哪个间谍？”张厚朴问道。

张厚淳说：“晚上我们哥俩好好说说话吧！”

晚上，张厚淳把被头铺盖搬到张厚朴房里来，一屁股坐到张厚朴的床上。

“兄弟，今晚你我好好聊聊。”

“哥，说实话，你是不是为我而来？”

“不说这个，这个我不说你也应当知道。”

“好，不说。白天你说抓了个日本女间谍，是谁？”

“特高课的美智子！”

“原来是你们干的，这下功劳可真不小。”

张厚淳说起这事来了劲：“一个星期前，我们得到情报，美智子住在东四九条，我们派出一支小分队去抓她。”

“你们是在北京抓住她的？”

“是啊，东四九条原来是王府，她这次回去就住在王府里。”

“她竟然胆敢跑到北京去！”

“说来也是偶然之中的必然！”张厚淳道，“其实她一直在我们的掌控之中，然而她异常狡猾，几次被她从我们的眼皮底下溜走。日本投降后，她一直隐姓埋名，不敢现身。我们在她可能藏身的地方进行了多次搜寻，却始终未能发现她的任何踪迹。有一次，我们的人在上海街头拍照时，发现她穿着宽大的棉袍出现在永安公司。我们的人上前与她打了个照面，试图确认是否是她本人。然而，由于她现在完全变成了一个骨瘦如柴的黄脸婆，我们的人未能立即认出她来。在她意识到情况不对劲后，她立刻像一条泥鳅般滑走。然而，我们坚信，她就是那个特高课特派员，她一定还藏在上海的某个地方。于是，我们缩小布控范围，加紧在上海进行搜捕。然而，她可是出了名的易容高手，又会说上海话，混在人群中简直就是一个地道的上海大妈，我们根本无法发现她的踪迹。她发现上海躲不过去了就跑到北京，想不到她那一口浓重的上海口音使她露出了狐狸尾巴。真是成也萧何败也萧何啊！”

张厚朴道：“保密局果真名不虚传，这位善易容化妆的高手在保密局的追踪下，也成了丧家之犬！”

“她东躲西藏，借住在偏僻的城乡交界处一户农户家里，我们趁黑夜悄悄摸进去，低矮的卧房内有一张架子床，挂着床帐，帐内点着昏暗的灯烛。烛影憧憧下，一个瘦弱的女人横躺在床上，一丝不挂，仅用一条薄被掩盖着胸前，眼窝深陷，披头散发，活像个女鬼。”

“不是说她美貌无双吗？怎么会成了如此模样？会不会你们抓错了人？”张厚朴问。

张厚淳道：“我当时也是十分疑惑，简直不敢相信自己的眼睛，就是这样一位瘦骨伶仃的老太婆，会是给国军造成重创的东瀛女特工？正要上前审询，她竟然一个鹞子翻身就从床上跳了起来朝我扑来，被我躲过，然后将她扑倒在床上。我们的人一拥而上，才将她制服。看到她刚才一跃而起，我这才相信，她千真万确就是受过训练的特派员。”

“现在她在哪里？”

“关进监狱了。”

“这个女人的能力不可轻视。在太平洋战争爆发前，她不是也曾被你们逮捕，判处无期徒刑关进监狱的吗？不是在你们戒备森严的监狱里神秘失踪的吗？”

张厚淳深以为然地表示：“正如你所说，她利用美色引诱了一名狱卒，并承诺给予各种好处。这个狱卒贪图金钱又迷恋美色，在获得巨额财富后，与之里应外合，协助她成功逃狱。”

“这一次，可不能让她施展同样的伎俩再次逃脱了。”

张厚淳表示：“这一次，关押她的是陆军监狱，有一个班的看守严密看守她，我深信她已插翅难飞。”

张厚朴感慨道：“保密局的能耐真是比军调处还大，居然连监狱也有你们的人。”回想起昨天在塘口遭人跟踪的经历，他断定此事必定与保密局脱不了干系。他哥哥作为保密局的主任，十年未曾归家，如今突然现身，显然表明保密局已经对巴渝号及他本人实施了严密监控。

他试探地问道：“兄长你多年漂泊在外，现在突然回来，绝非只是为了探亲这么简单，难道还有别的原因吗？不只是为了和我分享那些故事吧？”

张厚淳说：“你也应该猜到我这次回家的目的了！”

“我早就猜到了！”张厚朴说：“保密局居然监视起海军来！”

张厚淳说：“兄弟，我天亮就要离开，有一句话告诉你，保密局不是吃素的，你要好自为之。”

听到这话，张厚朴的心猛地一颤。他明白张厚淳的言下之意，无论是军调处还是保密局，他们的势力范围无所不至。前不久，北平地下党遭到“五连灭”，若自己稍有不慎，很可能会招致行动的失败。

“多谢大哥的提醒。你也应该知晓，父亲盼望你归家。”张厚朴说罢，心里想着，如何确保离舰官兵能安全归队，同时又不让保密局起疑。

阿毛回城，将张公子求婚一事告诉娘子。阿毛娘子道：“李家真是林家大恩人，来娜爹，你活了半辈子，恐怕只有这件事做得对。没想到一场龙船赛成就了女儿的婚姻大事，来娜嫁给这样的人家，吃穿不用愁，最好不过了。”

阿毛起先还因自作主张而忐忑不安，如今得到娘子赞许，心中一块石头落了地，说道：“张公子说要速战速决，尽快完婚。”

阿毛娘子说：“不急！嫁女儿要讲究排场，先叫他求个媒婆来提亲，合批生辰八字，拿彩礼来再谈婚礼。彩礼要看得上眼。然后广福寺里卜个卦，顺当的话，男方下聘礼定下婚约，我们就请祥海大老板做见证人，挑个好日子定婚娶，请隔壁秦先生写下帖子，方可成亲。迎亲的排场一定不能小，要展现张家的气派，林家的颜面。先到高郎桥、引翔港绕一圈，再一路风风光光到广福林家兜一圈，然后抬进张家，林家也就门楣生辉挣足面子了！”阿毛听了娘子一番言语，头都大了，担心张家吃不起折腾。觉得娘子自从酒行倒了后自觉愧对祥海，一反常态，样样事情都不出头了，平日唠唠叨叨替女儿婚事着急。如今临嫁女儿，却弄出那么多道道坎坎，阿毛心里不快，嘴上还是说：“一切悉听娘子安排。不过，林家那两间破茅屋就不要丢人现眼了，迎亲不必再去茅草屋兜一圈。张公子军务在身，说不准哪天就会开拔，所以婚礼要尽快办。”娘子听阿毛如此一说，倒也有些着急，答应从速，顺利的话，年底之前就可以嫁女儿，但是定亲彩礼必不可少，也不能被人说卖女儿。阿毛吞吞吐吐说：“张家说了，这个月就办事。”

阿毛娘子没想到张家这么急，忙问："是张亲家说的还是女婿说的？"阿毛答道："是张亲家说的。"阿毛娘子道："如此，须遂了张家。你合计一下，自家要做些什么事，要请什么人，花销多少，都有个安排，做到心中有数。不要到时候临时抱佛脚，乱得无头苍蝇一样，被人笑话。"阿毛便传话给张家，十月廿五日填仓日是宜嫁娶又适移徙的黄道吉日。

张厚朴原本学医，当年要随兄长一同参军，张先生竭力阻止，诫训他学医一样可以救国，祖传医术需要有人传承，不让他弃医从戎。不想第二年，张厚朴还是瞒着父亲，悄悄远赴广州，考取黄埔海军，成为一名海军军官，留洋英国。归来后任巴渝号巡洋舰大副。当年响应政府"一寸山河一寸血，十万青年十万军"号召投笔从戎的一批军校生，也来到舰艇立志报效国家。抗战胜利后，接收大员们忙于搜刮民脂民膏大发国难财，而海军的军饷发的是不值钱的金圆券，只能吃上一碗阳春面。如今百废待兴，内战又开，当年的军校生不禁大失所望，纷纷自谋出路。张厚朴"临危受命"出任舰长，奉命在吴淞口休整，要把擅离军舰的官兵找回来。这批海军官兵都是受过英国皇家海军训练的特殊人才。张厚朴趁军舰在吴淞口驻扎的机会，悄悄与离舰的进步官兵联系，暗地里成立士兵解放委员会，秘密准备举舰"改弦换辙"。然而，官兵们有的回了老家，有的出国去了，想要全部收拢回来需要时日。张厚朴趁此机会回家探亲，想不到在龙舟赛巧遇来娜，触动心中情弦，于是向军部打报告，告假婚娶。

张先生盼儿子早日成婚，对阿毛娘子提出的所有要求一概满足。广福镇上请来媒婆，合八字、卜婚卦，张厚朴带了一班军人，开着军车，大张旗鼓来到“一街两坊”下聘礼订婚期。

婚礼当天,阿毛在“一街两坊”摆下一百多桌婚宴,主桌十桌，由巴渝号大厨亲自掌勺，其他各桌请了一个班的伙夫掌灶，又请了一个排的帮工汰菜洗碗。

秦先生、阿庆婆、张大姐以及小洋房陈太太坐主桌，由祥海照应。阿毛让日本人走后新来的店老板各人管领十桌，既做客人又做主人，帮忙照应来客。

巳时一到，筵席开席，海军乐手奏起军乐，煞是威风。随着阿毛娘子的一声“请！”，筵席上人声鼎沸。阿毛迈开瘸腿偕娘子穿梭在席间，随礼的不计其数，阿毛娘子笑逐颜开。军乐一停，宾客们开始敬酒，杯觥交错，欢笑声此起彼伏。酒筵从巳时吃到未时，一个个吃得东倒西歪，满嘴冒油方才酒终筵散。然后军车、小汽车、黄包车、人赶的马车、手推的板车，披红挂绿，载了新郎新娘伴郎伴娘和街坊邻居，组成长长一溜迎亲的队伍，在“一街两坊”兜一圈、到高郎桥引翔港绕一程，风光过后，军车开道，浩浩荡荡往广福进发。

婚后才三日，张厚朴就接到海军部电令，要他立即归队，率舰北上阻击解放军南下，东北正在大战。张厚朴急召离舰的进步官兵，将他们连夜送上巴渝号。决定第二天启程，开到扬子江上举行战场起义。一切准备就绪，张厚朴深夜回家和慈父、娇妻辞别。才睡下，突然间，一声刺耳的刹车声在门外响起，一辆吉普车在张家医堂外停下，车上跳下两名海军士兵，急匆匆奔进店堂。张厚朴闻声惊起，抓起手枪，披衣奔出房门，一看是自己手下两名士兵。士兵见到张厚朴，立正报告道：“报告舰长，码头上来了一辆军方的吉普车，要上舰检查！”张厚朴心头一惊，特务的嗅觉真是灵敏，这么快就得到了消息？连忙与新婚妻子吻别，坐上吉普车急急奔赴码头。

天空漆黑一片，吉普车一路疾驶，半个时辰后来到军用码头。一辆美式吉普车停在船坞上，兵舰上的探照灯射向船坞，灯光将军车及周围照得雪亮。吉普车副驾驶坐着一名军官，后座两名全副武装身穿土布军装的宪兵，头戴钢盔横挎卡宾枪，端坐在军车里一动不动。海军士兵将他们团团围住，见张厚朴到来，士兵们连忙散开，张厚朴来到车前一看，立刻傻了眼，车上的军官不是别人，正是自己哥哥张厚淳。

张厚朴厉声喝道：“本舰奉命启航，你为何阻拦？”

张厚淳下车，举起手指抬了抬头上的钢盔，说道：“厚朴老弟，鄙人奉命登舰检查！”

“你要检查什么？保密局何时有权检查军队了？让开！”张厚朴走到张厚淳面前，指着军车说道。

张厚淳道：“此事与保密局无关！今天是奉警备司令部令，搜查巴渝号共党分子！叫你的部下让开，我要上船！”

“你是不打自招！你们的手伸得真是长啊，居然买通了警备司令部！国军第一舰奉命北上，你居然说舰上有共党分子！海军的军事行动难道要受警备司令部制约吗？这真是天大的笑话！”

张厚朴推开张厚淳，朝海军士兵挥了挥手道：“上船，起锚！”

海军士兵们将枪械收起，张厚淳身后的宪兵突然朝天空开了一枪，用凶狠的眼神盯着张厚朴说：“停下！如果你一定要开船，我们要随船行动！”张厚朴定睛一看，发现此人正是之前跟踪过自己的络腮胡，他立刻拔出手枪与之对峙，质问道："你想干什么！"

张厚淳愣了一愣，拔出身上佩枪指着张厚朴道："不瞒你说，你船上有共党分子，我已忠告过你，好自为之。你一意孤行，不要怪我不念手足之情！"说罢，挥了挥手说："上船！"张厚朴正要阻止，张厚淳用手枪抵住他胸口说道："怎么，老弟不能请我到船上喝一杯咖啡？"

海军士兵立刻散开，举枪对峙。张厚朴一看情势不妙，张厚淳身后两位竟敢没有命令就开枪，一定来头不小，说不定是政训处的人。如此僵持下去，舰船开不了，起义计划就要落空。他们连同司机只有四个人，而起义委员会有上百人，且已控制了各个主要机舱。如果不放他们上船，恐怕警备司令部大部队随后就到，或许现在就埋伏在附近暗处。不如放他们上船，将船开出吴淞口，开到长江再收拾他们。主意已定，他镇定自若地说道："既然如此，请！你指给我看看哪个是共党，上船！"

张厚淳和张厚朴两人打头，宪兵紧随，海军士兵殿后，登上舰艇。水手收起铁锚，舰艇拉响汽笛，发动机轰鸣起来，卷起巨大的浪花。舰艇在夜幕中离开码头，朝江心驶去。

张厚淳他们上了船，持枪宪兵一个跑到报务室，一个跑到轮机舱，张厚淳和络腮胡守在张厚朴的指挥室，寸步不离。张厚朴原本想趁他们下舱检查的当口一个个解决他们，现在他们不下船舱，而是把守在控制室，等于拿捏住了舰船的七寸，这事十分棘手。船很快驶出吴淞口，进入了长江航道。此时不动手，更待何时？张厚朴调侃张厚淳道："怎的不检查了？要不要我召集全体人员到甲板上列队，你们不必下舱，就在甲板上给我指出来哪个是共党立马枪毙，如何？”说着握住传令筒就要喊话。张厚淳马上推开他道：“你给我老实坐着，小心子弹不长眼！”张厚朴道：“长官，我是舰长，你不能不让我指挥舰艇吧？现在船已进入长江，此段航道礁石丛生，船要是触礁，叫你吃不了兜着走！”张厚淳和络腮胡你看我我看你，络腮胡的手指始终放在卡宾枪扳机上对张厚淳道：“让他喊话。”张厚淳用枪指了指张厚朴：“喊话……”张厚朴立刻拿起望远镜装模作样在海面上睃视一遍，顿了顿，在传令筒里喊话，将预先约定的暗语传给起义委员会的同仁：“左满舵，左满舵，方位 090 有暗礁！”传话筒里立刻传来一声“明白！”。张厚朴放开话筒，露出微笑，看了张厚淳一眼，满意地回到椅子上坐下。方位 090 是暗语控制室，暗礁指敌人他通过暗语将“立即行动清除控制室敌人”的指令发给了起义官兵，起义官兵立即分头占领各个重要舱位，张厚淳和宪兵尚蒙在鼓里。

“啪……”甲板上传来一声清脆的枪声，起义士兵从控制室门外冲进来。张厚淳见状，立即先下手为强，把张厚朴按在椅子上，朝天开了一枪，吼道：“都别开枪，你们的指挥官在我手里！”枪声一响，报务室和轮机舱的起义士兵立即将宪兵打翻在地，捆绑起来，冲出船舱，来到控制室。数十个起义士兵举枪和舱内的宪兵对峙，见舰长被挟持，一时不敢开枪。

张厚淳忽然将张厚朴从椅子上拎起来，将他紧紧挟持在身边，仍旧朝天举着枪大喊道：“你们要干什么！要造反吗？”

宪兵人少，起义士兵人多，宪兵不敢先开枪。络腮胡转而用枪指向张厚朴：“叫你手下立即放下武器！不然我开枪了！”

张厚朴吼道：“倘若我不从呢！”

络腮胡立刻举起卡宾枪朝天一个点射，子弹打在钢制的天花板上，发出一声清脆的撞击声。所有人都一惊，侧身避开反弹的子弹。络腮胡用枪指向张厚朴道："当场处决！"张厚朴虽然被张厚淳挟持住，但张厚淳并没有拿枪指着张厚朴，在这危机时刻，张厚朴猛地将他推开，迅捷拉开抽屉拿枪。说时迟，那时快，络腮胡抢先扣动了扳机。"哒哒哒……"一梭子弹射来，张厚淳猛地将张厚朴推到一边，子弹从张厚朴耳边擦过，张厚淳却反手一枪，向络腮胡射击。络腮胡中弹，倒地前又一梭子射向张厚淳。张厚淳一个趔趄，扑倒在地，胸口立刻被鲜血染红了。络腮胡倒地后举枪再要射击，被张厚淳抬手一枪射中心脏。起义士兵一时蒙了，不知该向谁开枪。此时，机舱里的起义士兵听见枪响，立刻来到控制室，举枪指向倒地的张厚淳。张厚朴怕有误伤，扑倒在张厚淳身上，大喊一声："不要开枪！他是我哥……他救了我！淳哥，淳哥……"张厚朴大声喊着哥哥。张厚淳的脸像纸一样白了，在张厚朴的呼喊下，他睁开了眼，用尽最后的力气说道："全速离开，天亮有轰炸机……"起义士兵这才明白，中弹倒地的军官是舰长的哥哥，刚才他舍身救了他们长官一命，一齐涌上来要救张厚淳性命。张厚朴挥手让他们赶快控制船上局势，不用管他。起义士兵无奈离开控制室。张厚朴用力按住张厚淳胸前伤口，企图止住不断涌出的鲜血，一边喊道："淳哥，你要坚持住，舰艇正开向解放区……"张厚淳用尽全力握紧张厚朴的手，翕动着毫无血色的双唇说："张家四兄弟只剩我俩了……我一直担心说不定哪天我会被兄弟打死，或者我会将兄弟打死。现在好了，我要走了，不会再有误伤了……"说着，握着的手松开了，无力地垂下了眼睑。

“哥哥！”张厚朴大叫一声，扑到张厚淳身上。张厚淳忽地又睁开眼，嚅动嘴唇，张厚朴将耳朵贴在他嘴边才听清楚他说道：“兄弟阋于墙，本该御外侮……”说毕，永远闭上了双眼。张厚朴将张厚淳抱在怀中，悲愤欲绝。这时，甲板上传来剧烈的枪声，舰艇上的顽固分子不愿起义，向起义士兵发起反击。张厚朴立刻放下张厚淳，捡起地上枪支，冲出控制室，指挥起义士兵迅速抢占报务室，切断与海军部的通讯联络，控制轮机舱，抢夺油水舱、弹药舱，以迅雷不及掩耳之势将顽固分子控制起来，关进底舱。舰艇开足马力朝扬子江驶去。

第二天一早，天还蒙蒙亮，巴渝号行驶在扬子江上，天空出现好几架贴着青天白日旗的轰炸机，它们飞到巴渝号上空，丢下一长溜重磅炸弹，巴渝号中弹起火。原来老蒋得知巴渝号投共的消息，立即命令空军出动，要不惜一切代价将巴渝号炸沉，不让它落到共军手中。

张厚朴凭借高超的舰艇驾驶技术，左躲右闪，终于将中弹的兵舰开到解放区。

·第八篇·

终成眷属

腊月的一个夜晚，月华高悬，冷风遥逐，广福处于一片寂静之中。乡村的夜漆黑而静谧，祥海打着灯笼，将厚德府后院桂花树下剩余的两坛祖传生计银悄悄起出，雇了一辆车，神不知鬼不觉运到祥庆坊。碉楼地下室已事先挖好了深洞，他小心翼翼将生计银埋下，用高强度水泥封闭。几日后水泥干透，祥海雇人将碉楼的窗户重新挖开，室内装饰一新。新年来临时，碉楼修葺改装完成，祥海将弄草儿接来同住。酒行也辟作了大众食堂，老蔡、吴妈都在食堂做工，只待机器进场，印刷厂便可开起来。

这一天，食堂来了个单身女帮工，姓石名凉茶，在厨房里帮吴妈打下手。老蔡做运输工，每天踩板车外出采购，凉茶在店里洗菜洗碗打扫店堂。老蔡性情大变，空闲时也帮凉茶收拾店堂，却总是默默地干这干那，从不多说一句话。赵大看在眼里，有意将凉茶说配给老蔡，对祥海说知。祥海问起女子来历，赵大说，凉茶早些年死了丈夫，跟随乡下阿舅到上海谋生。现在一人打两份工，白天在厨房里帮工，晚上去大中国饭店洗碗。凉茶今年三十有七，属狗，老蔡六十岁，正月里出生的也是一只狗，狗狗煞是相配。祥海说:“一个独居,一个单身,孤男寡女也算门当户对。老蔡虽腿脚不灵，但身强力壮，凉茶妹子若能嫁给他，居有定所，会安心在食堂做活。”

“我心里也是这么想的，不过，老蔡的钱财都被他那水性杨花的红莲女流水花完了，可能无钱娶妻。”

“这个不要紧，老蔡没有彩礼，凉茶也不备嫁妆，两厢情愿就好。”

“只是……”赵大有些顾虑，说：“老蔡的糗事，‘一街两坊’尽人皆知，都不屑看他，不知凉茶知道了会否介意？”

“她要是从别人口中得知老蔡当过叛徒，肯定会嫌鄙老蔡。不如你先把实情告诉她，或许可以说服她。容人之过也是一桩功德，凉茶不会听信别人流言蜚语而不听你的。”祥海说。

赵大点了点头，最后说：“你说凉茶妹子结了婚居有定所，我看这恰恰一桩难事。老蔡无有房屋，现时住在食堂里，哪里来的定所？”

祥海说：“这弄堂里十八号还有一间后厢房，因搭了二层阁，实在低矮逼仄,进屋要低头,一直没人租,就给老蔡将就着住吧！”

“那真是太好了！我先替老蔡给你磕个头。凉茶那边我去说，老蔡那边你去说。早定吉日，撮合他们成双。”

隔一日，祥海叫来老蔡，问起他儿子的情况。老蔡说：“日本人走后，金家倒了霉，金少爷被枪毙了。宋巧儿知道家主婆的厉害,容不下她母子,因此在友邦里待不下去,带着双胞胎离开金家。家主婆得了金家全部家财，日子反而好过了，她一心一意在儿子身上，这倒是儿子的福气，如果跟着我这个叛徒一定吃苦头。”虽然红莲女背叛了他，老蔡对她的称呼还是家主婆，改不了口。

祥海说:“儿子过得好,你也就放心了。兄弟,你也要放下过去,不要再和自己过不去。人活着就得经历磨难,自己做的事自己当,想法子活下去，千万不要再想不开。如今要给你说一门亲事，你意下如何？”老蔡以为祥海和自己开玩笑，说他一无钱财二无房屋，生来就是劳碌命、孤寒种，如今年已花甲，谁肯嫁给他？祥海说：“后弄堂十八号有一间库房，你打扫干净搬进去住，不用你付租金。”老蔡心中疑惑，说道：“话这么说，肯不嫌弃我的娘子在哪里呢？如果有，就算断手断脚的，我也要。”祥海说：“说什么断手断脚的，食堂里不是来了个单身妇人嘛！好手好脚的，是个干净利落、手脚勤快的妇人。你若肯好好待人家，我就和阿大给你做媒。”

老蔡听了十分惊喜，道：“原来是她……”老蔡和凉茶彼此早已熟悉。“她可是个打着灯笼无处找的好女人，怎肯嫁给我……”

“这个你不用担心……我和赵大自会对她好言相告，你安生听我的好消息即可。如果事情成了，你要好好做人，从今往后不要再自卑，以往的过错就让它过去吧。最要紧的是对人家要真心。若是真心，虽吃苦受累，女人也会死心塌地跟着你。女人并不需要男人有很多钱，只要男人的一颗心。早日将她娶进门，两人勤勉过日子，日子一定会好起来。”凉茶长得小巧玲珑，虽年近四十却风韵犹存。老蔡虽与她日日相处，却从没有想过可以娶她做老婆，甚至从没想过此生还会有老婆、有家庭。此时大喜过望，连声称谢。祥海说：“八字还只有一撇，不要先说报恩，凉茶妹子答应不答应，要看你的造化了。”

凉茶见自己初来乍到，李老板就要撮合她和老蔡，颇为意外。老蔡的为人，凉茶早就看在眼里，他虽话语不多，但是个耿直汉子。虽然老蔡年纪大些，还有过不光彩的往事，因是李老板做媒，就不嫌弃，羞羞答答地答应了。老蔡心花怒放，打扫新房入住，挑了个良辰吉日，祥海作为男方“家人”，赵大为女方“长辈”，也不请客吃饭，把凉茶从大众食堂简简单单接了去。炮仗高升送入洞房，街坊邻居都来看热闹。凉茶头上扎一根红头绳，老蔡胸前别一只大红花，堂前一对新烛，帐中两位旧人，揭了盖头，共枕同衾。一个是花甲鳏夫聊发少年狂，一个是徐娘半老风韵犹存，真乃执烛新郎喜不禁，鸳鸯终结两同心，老夫少妻的恩爱些许不输年轻人。

这一晚，祥海辗转反侧难以入睡。弄草儿虽然和他同在一个屋檐下，却一个在客堂睡，一个在前楼睡，祥海却一心只在弄草儿身上。在这个花好月圆的夜晚，祥海悄悄下楼，“笃笃”地来敲客堂腰门：“草儿，放我进去，你知道我的心思，我是一定要娶你的！”

但是弄草儿有自己的想法。她不会生育，不能耽误祥海，她劝祥海赶快找个太太，等他有了太太，有了孩子，她心甘情愿给他当小妾。而祥海却非她不娶，两人就这么僵持着。

这时，弄草儿被敲门声惊醒，隔着门说：“老爷，不可以！你是李家单传，我不能为李家生育后代，是死也不会做你太太的。你在众人面前、在祖宗牌位前发过誓，不娶我为妻，我怎么可以坏了李家祖训，得罪李家祖宗。即使你不顾这些娶了我，我的心里也不会好过。你是有文化的读书人，年纪已四十有六，难道不知不孝有三无后为大？我若为一己私欲，怂恿你不遵祖训，做出有悖于人伦纲常忘祖背宗之事，那是伤天害理要遭天打雷劈的。”祥海无可奈何，拂袖而去。弄草儿横下心来，锁了司必灵，又端一条长凳横在门后，让祥海死了这份心。她知道一旦她和他同床共枕，他如何还会娶太太？那时候她就是李家的千古罪人。

不久后的一天早上，弄草儿听见腰门外“踢踢踏踏”又有声响，有人从后门进来，听声音是穿高跟鞋的女人。弄草儿悄悄地从锁眼里望出去，见是个胖乎乎的女人。女人摸进门，一脚高一脚低往楼上爬去，高跟鞋在楼板上撞出毫无章法的沉重的敲击声。弄草儿暗暗高兴，心想终于有好事发生了。谁知过了一会，却听见高跟鞋女子叫了一声“妈呀”，实扑扑滚下楼来，像一只沉重的沙袋砸在空洞的木板上，发出一下又一下沉闷的声音，和坚硬的高跟鞋敲到楼板上的声音混在一起，竟然撞出铿锵有力的节奏来。弄草儿听了头皮发麻，不禁替门外的人抱不平，心想这楼梯也实在太陡峭了，看着就发怵。她不好意思开门，要是高跟鞋女子是来赴约的，被她开门撞见，祥海会以为她有意撞破他的好事，那就十分尴尬。哪知楼梯上滚下来的是陈太太。

这座碉楼挤在两条弄堂之间，日本人又从里面将墙壁加厚了，因此，楼道比阿毛家的还窄还陡。虽然山墙重新安了窗，只有些许光线进来，楼道里黑漆漆的。

再说祥海早起下楼，听见楼道里有声响，便从前楼走出来，走到亭子间门口，见一个妇女手脚并用从楼梯上爬上来。他只看到来人头顶盘着高高的发髻，看不到她的脸。直到她慢吞吞爬上一半楼梯，小心翼翼伸手搭上亭子间门口的地板时，祥海才看清原来是陈太太。陈太太身穿紧身旗袍、脚踩高跟鞋，身材圆滚滚的，爬这云梯似的楼梯真是勉为其难。祥海正要弯腰搀扶，陈太太却一脚踏空，叫唤了一声就骨碌碌滚下楼去了。她那肥硕的身躯，在楼道里艰难地转了几个向，一直滚到地面。陈太太“哎哟哎哟”直叫唤。脚上的高跟鞋不知甩到哪里去了。

弄草儿听到“咚”地一声门响,门外的女人发出痛苦的呻吟声。又听到祥海下楼来关切的问话：“哎呀，陈太太，摔坏了没有，有事可以叫人来告诉一声，我去你家，不用你亲自上门，这楼梯难走。”

弄草儿听了，才知道门外是陈太太，心想原来祥海是看上了金发碧眼的陈太太。论身份两人倒是十分门当户对，但是陈太太年龄比祥海大了不少，原来祥海还好这一口。刚才祥海的话，是要去陈太太家避开自己的意思，忍不住搬开长凳，拉开腰门，只见陈太太躺在门外水门汀上起不来，祥海在一边束手无策。弄草儿伸手搀扶道：“陈太太，这楼梯我都不敢走，我从来不上楼，你怎么不叫阿海下楼来扶你上去？”此话一语双关，是有意说给祥海听也是说给陈太太听的：你约了人来家里却连下楼接一下都不肯，这楼梯多害人？这不，情人上门跌得四脚朝天，让我看见了多难堪。也是有意和祥海撇清关系，她从不上楼去，让陈太太打消顾虑,不要误解了他俩的关系,误了她的好事。弄草儿心里想着，手上不尽力，装模作样来扶陈太太。陈太太穿惯了高跟鞋，赤了脚就不习惯，刚起身，脚一崴又朝地上坐去，倒地之前拉了弄草儿一下，弄草儿脚下一磕，先她着地。

眼看陈太太身子歪歪扭扭又要跌倒,祥海叫了一声“陈太太”,

此刻顾不得避嫌了，一把将陈太太拦腰抱起，两人就抱在一起撞到墙上。祥海扶她不住，陈太太又靠着墙朝地上滑去。祥海一边说："陈太太，你来找我有什么要紧事？"一边将陈太太又抱了一抱，却未抱起。话是说给弄草儿听的，陈太太不是他约来的。弄草儿已然明白，既然陈太太不是祥海约的，自己好心搀扶陈太太，两人都倒在地上，为何不先来扶她，先去扶陈太太？心中不快，嘴里说道："陈太太当然是有事找你，还用得着问。陈太太，你跌疼了没有？快扶陈太太起来，不用扶我，我自己起来。"嘴上说着话，却不起身。两个女人都坐在地上，一个起不来，一个不起来，祥海不知应该先扶谁。陈太太缓过气来，顾不及还坐在地上，用一对蓝眼睛亲切地望着祥海，拉住他的手说："你儿子回来了……"

"什么？"祥海困惑不解地问。

"你儿子，就是我外孙回来了！"陈太太说着，在地上摸索，先是摸到两只高跟鞋，也不穿，仍趴在地上乱摸，终于在第一节楼梯上摸到一张纸条，捡起来交给祥海。祥海捏在手里，将陈太太手臂架在自己肩上助力，才将她扶起，急问："我儿子，我怎么有儿子？"

这时，弄草儿坐不住了，不待祥海来扶就自己起身，把陈太太让进客堂里，道："陈太太，你坐下，不急，慢慢说。"

陈太太一急之下，中文就说不好了，吐出一串法语来，祥海更不知所以。

弄草儿提醒祥海说："快看看纸条写了什么。"祥海这才展开纸条来看，纸条上写着："请李祥海同志速至同仁医院，你儿子病危。"这下祥海更是丈二和尚摸不着头脑了，急忙问："陈太太，这纸条是谁给的？”陈太太急得哭了起来："今天，今天有人来我家……再不去就晚了……”说着拉起祥海要往门外走。

祥海顺着她的话问："我儿子是谁……在哪里？”说着又看纸条，喃喃自语："同仁医院？”

这时，弄草儿端来一碗茶递给陈太太说："陈太太，你喝一口茶歇口气，你一急我们更急了……”其实弄草儿已经听明白，陈太太说她的外孙、祥海的儿子回来了，不就是说祥海和陈太太女儿有个儿子嘛！现在私生子回来了，在医院里，祥海却碍于脸面不好承认，顾左右而言他，心里替祥海着急。而陈太太却哭得更凶了："你儿子在医院……”

“陈太太，我儿子是谁？”祥海似乎一点也不急，决计要问个明白。

“陈太太说了，你的儿子就是她的外孙，不就是你和她女儿的孩子嘛！现在你儿子病危在医院，你倒是一点不着急呀！”

弄草儿一句话提醒了祥海，祥海如梦方醒，连忙问陈太太："陈小姐回来了？”

“不，你儿子回来了……”

“陈小姐呢？陈小姐在哪儿？”

“听说去了苏区。”

祥海闻言，恍然大悟，原来陈小姐不辞而别，是去了苏区。苏区已沦陷，不知陈小姐是否安好？刚要开口问，弄草儿就把他朝门外推，说道："快去医院，去晚了孩子就没命了。”祥海这才着急起来，二话不说，搀扶陈太太来到弄堂口，就有一辆黄包车跑来。

“先生，去哪里？”

“极司菲尔路同仁医院。”祥海一边说，一边将陈太太扶上车，自己也上了车。黄包车拉起两人就走。

弄草儿尾随追出弄堂，黄包车已远去。弄草儿一脸茫然：祥海真和陈太太女儿有个私生子？想到这里，也不回家了，踅进食堂找赵大打听。谁知赵大听了更是一头雾水。

“阿海有个私生子？从没有听说过。”

弄草儿耐着性子把刚才陈太太找上门来一事告诉赵大：“陈太太都找上门来了，还能是假的？”

赵大突然一拍大腿说：“阿海一定和陈小姐做了真夫妻！”

“什么？夫妻还有真假？”

“我也是笨，夫妻睡一张床上，哪有假的？”赵大肯定地说，“他们一定是做了真夫妻，还有了孩子。祥海什么事都和我说，不会瞒我，只有这件事瞒着我，没有对我说实话。现在人家找上门来认亲了，这是好事，天大的好事。他们现在去了哪里？”

“陈太太暗地里进门，我以为是跟阿海约会，我还替他高兴呢！想不到是来认亲的。两人刚刚坐上一辆黄包车去医院了。”

“祥海怎么可能和陈太太约会！”于是赵大把祥海和陈小姐的故事一五一十说给弄草儿听，弄草儿听了一愣一愣的，不觉为自己刚才想歪了而感到羞愧，却又掩饰不住高兴地说：“如果你说的是真的，那就太好啦！”

“我们一起共同战斗过，哪里有假？他们去了哪家医院？我们找去！”

“我没听清去哪家医院。”

“那……不知孩子怎样了……不知哪家医院，只能等他们回来，听他好消息了。”赵大急得团团转。

再说祥海和陈太太坐上黄包车，祥海侧身问陈太太：“陈太太，我的儿子到底是谁？”

“李瑞申……”陈太太缓过气来向祥海叙述道：“今天家里来了一位陌生人要找陈老板，我告诉他陈老板已不在世上，我是他太太，有什么事可以对我说。那人交给我一张纸条，说安娜去了瑞金，她的孩子李瑞申现在在同仁医院。他要我找到他阿爸李祥海，去医院把儿子领回来。我的天哪！安娜有个儿子，他爸就是你，李瑞申是你和我女儿的儿子！我是多么开心啊，从来没有这么开心过！伟大的上帝终于眷顾了我，我的灵魂都要融化了！”

“安娜没有回来，孩子怎么在上海，送纸条来的是什么样的人？”

“这个我不知。只知道是个姓董的牧师，高大的男人，他说在医院等你。”

陈小姐没有回来，孩子却出现在医院。祥海心急如焚，急于想要知道真相，催促车夫跑快一些。车夫脚下生风，很快就将黄包车拉到了医院。祥海给了车钱，三步并作两步奔上医院台阶，急得陈太太在他身后大喊：“祥海女婿，等等我……我走不快！”祥海已奔上台阶，也只好返身来搀扶陈太太。进了医院，在护士台打听李瑞申在哪个病房。这个时候，值班护士走来，悄悄将两人引到一间病房外。祥海朝病房里望去，里面只有一张病床，一位身材魁梧的男子坐在病床前，看护着床上的孩子。护士将祥海和陈太太引进病房，转身离去。男子起身和祥海握手：“你就是李祥海吧？终于找到你了，现在孩子没事了，已脱离危险。”男子果然高大，比祥海还高出半个头，浓眉大眼，眼神坚定如炬。一个男孩躺在病床上，正在沉睡，药水瓶里平稳地滴着透明的药水。

祥海道："我是李祥海，你是？"男子用上海本地话说："我姓董，我是牧师，叫我董牧师好了。你走近看看孩子，陈安娜说你是孩子的父亲。"

"你就是今早给陈太太送纸条的董牧师？"

"对的。"董牧师说。

躺在床上的孩子听到说话声，睁开眼，无辜的眸子转动着，嚅动嘴唇，似乎有话要说。祥海走到床边摸了摸他手说："孩子，好好躺着，等下就带你回家。"说着伸手到孩子脑后摸了一摸，顿时两眼放光，一时竟说不出话来。

"他确实是我的孩子！"祥海兴奋地说。

董牧师听了，大喜过望，握住祥海的手说："那就省了好多事。很奇怪为什么你看一眼就可以肯定是你的孩子？"

"对，我很肯定。"

董牧师困惑不解，刚要再问，陈太太就哭了起来，她走到病床边，不住地打量孩子，喜极而泣，对祥海道："宽唇大嘴，长得跟你一模一样。头发卷曲像安娜。我的上帝！太好了，太好了！"

祥海问董牧师："孩子多大了？"

董牧师说："今年十四岁。"

祥海说："这就对了，孩子是反战会议后第二年出生的。为什么孩子在这里，安娜没来？"

董牧师说："李祥海同志，我这样称呼你，是因为组织已调查过你的过去，你曾和陈安娜并肩战斗，为革命事业做过贡献。陈安娜同志已经牺牲，她生前曾委托组织将孩子送交给你，你是孩子的亲生父亲。由于种种原因，组织没能及时把孩子找到。现在孩子找到了，组织尊重陈安娜同志的遗愿，把孩子交给你，望你将孩子抚养成人。”

对于陈小姐的牺牲，祥海虽有心理准备，但是亲耳从董牧师嘴里听到这样的噩耗还是接受不了，他缓缓问道：“安娜牺牲了？”

“她牺牲了，”董牧师心情沉重，“她在瑞金生下孩子后不久就牺牲了。”

祥海发出一声长长的叹息，强抑着无限的悲伤和失落，眼角滚下晶亮的热泪。

“啊……我女儿死了……”陈太太一声惊叫。

“陈女士，现在不是哭的时候，让我把事情说完。”董牧师劝阻陈太太，陈太太这才抽泣着止住了哭声。

董牧师说道：“一九三三年，反战会议即将召开，组织同意你和陈安娜结成假夫妻做掩护。反战会议后，组织通知陈安娜撤往苏区。纪律不允许她告诉你，连她家人都不能告诉，因为当时她的处境不妙，整个组织的处境都十分危险，需要立即转移。安娜什么人都没告诉，就离开上海前往苏区，在瑞金生下孩子。她希望孩子以后能够回上海，回到你的身边，所以孩子名叫李瑞申。”董牧师话未说完，陈太太再也控制不住，打断董牧师的话，哭诉道：“安娜狠心抛下我们不管，她父亲为此急白了头，现在她死了，她爹也死了，抛下我一个人，叫我怎么活……”董牧师劝慰她说：“我十分理解你此时此刻的心情。为了抵抗日本帝国主义的侵略，打倒国民党反动派，有多多少少革命者抛头颅洒热血为革命牺牲了一切。你女儿是千千万万革命者当中一员，请你原谅她，不要怪她狠心抛下你们。安娜死得很壮烈，我们永远都会记得她，她是永垂不朽的革命烈士。”接着，董牧师把陈小姐到达瑞金直至牺牲的情况告诉祥海和陈太太：“安娜因这个孩子受到组织处分，组织安排她在后方机关工作，安娜想方设法要将孩子送到上海来。但当时做不到，苏区保育院也不收她的孩子，安娜就一边工作一边自己带孩子。第二年，国民党军队又开始对苏区进行‘围剿’。苏区不得不战略转移，陈安娜和部分伤员留下来，在苏区继续战斗。敌人逼近瑞金时，安娜把孩子托付给了当地的农民。不久，敌军得到叛徒的密报，追踪而来，将陈安娜她们包围在一个山洞里。在敌军已进入洞口，情况万分危急之际，安娜将来不及销毁的密电码撕烂揉成团塞进嘴里，吞进最后一页时，敌人已冲到她面前。敌人一拥而上，把她摁在地上，用刺刀撬她嘴，强迫她吐出来。陈安娜不肯就范，敌人将她的牙齿全部敲落了，她还是将纸团咽了下去。凶恶的敌人当即刨开她腹部，从她胃里掏出被吞下的纸条，纸条已成一团血糊，敌人一无所获。安娜壮烈牺牲，牺牲时年仅二十二岁。”董牧师说着，拿出一封信交给祥海：“这是安娜生前写给你的信，当时组织不允许她寄给你，因此这封写在十四年前的信，直到今天才交到你手上，很遗憾，写信的人已经牺牲。”

祥海接过信捧在怀里，默默流泪。董牧师继续说：“陈安娜牺牲后，她的孩子和许多革命同志的孩子一样，在紧急转移后都失散了，有些孩子失散了就再也找不到了。但你的孩子很幸运，十年以后也就是两年前鬼子投降后，我们找到了他。但是国民党反动派对苏区发起了大规模的攻击，中央下令所有非作战部队全部撤出苏区，有条件的儿童则被秘密送往上海。组织尊重安娜烈士的遗愿，要将孩子送来上海交给你。可是运送队途中遭遇敌军的阻击和敌机轰炸，载着小孩的驴子受惊跌入刚刚化冻的黄河。孩子被救起后，其他几个孩子都去世了，李瑞申还活着，但是高烧不退。组织上利用地下交通线将孩子送往上海救治。孩子是我去接的，接到时已经奄奄一息。我赶紧把孩子送进医院，现在孩子已脱离危险。我代表组织将孩子交给你，你同情革命，曾是革命的同路人，组织信任你。孩子是革命的后代，你是孩子的亲生父亲，我想您不会让安娜失望，一定会把孩子抚养成人的。拜托了！”

董牧师说完，陈太太已哭得稀里哗啦，董牧师拍了拍祥海的肩膀说："你和我曾在同一个学校就读，你是高材生，是往届学生的榜样。我提前离开学校做了牧师，为党工作，你走上实业救国的道路，安娜为我们而牺牲。实际上，我们都在为自己的祖国奋斗。我知道你很悲伤，请你化解悲痛为不懈动力，为即将到来的新中国而奋斗吧！”

祥海心潮澎湃，久久不能平静。没想到看似柔弱文静的陈小姐不但是地下革命工作者，还是红军游击队员，为了革命已英勇牺牲。更没想到地下党董牧师竟然是自己的校友。董牧师紧紧握住祥海的手说："有句话虽然来迟了，但必须要告诉你，安娜非常爱你！”

这太多的意外，每一桩每一件都是莫大的打击，祥海一时间竟一句话都说不出来，往日的回忆瞬间万花筒一般呈现在眼前。

“父亲！”这个时候，床上的孩子的一声喊，才把他从思念中唤回。他连忙俯身到孩子耳边，轻声唤道："我儿，你醒来了？"孩子那一对忽闪着长长的睫毛的圆圆的眼瞳像极了陈安娜，祥海顿时控制不住热泪盈眶。孩子再次用虚弱的声音唤了一声"父亲"。原来，瑞申在床上闭着眼，将他们的谈话都听在耳里，因此对于自己的身世全都明了，知道眼前的男人是他亲生父亲，眼前的女人就是他的亲外婆。十四岁的孩子，在革命军营里长大，早就已经懂事。从记事起，他从未见过母亲，但无数次听说过母亲的英雄事迹，父亲的影子只是在梦中出现过。如今见到真实的父亲，叫了一声"父亲"，鼻子一酸，禁不住抽泣起来。

祥海紧握孩子的手说："瑞儿，你吃了不少苦，现在好了，父亲不会再让你受苦了。不要伤心，你母亲是个女中豪杰，我以她为荣。"

这时，陈太太也唤了一声："外孙子！你受委屈了！"瑞申轻唤一声"外婆"，陈太太突然如拦河坝开闸，号啕大哭着把这些年来的苦楚一泻而出，伏在孩子床上不断抽泣："孩子，有了你，陈家又有希望了！要是你外公在世，不知道该有多高兴！"

"一家团聚，应当高兴才对！"董牧师见惯了悲欢离合的场景，劝慰陈太太说："要奋斗就会有牺牲，陈安娜是为革命光荣牺牲的。"接着又对祥海说："现在我的任务完成了。李祥海同志，以后有困难可以找组织，组织一直在你身边。孩子我已办好出院手续，为防不测，抓紧出院吧。"说罢，匆匆离去。

祥海扶起瑞申，对陈太太说："我们回家吧！"

当他们走出医院时，天空艳阳高照，白云悠游在一片湛蓝的天空上，似在为这一家子不同寻常的相聚，送上一幅蓝天白云的罗幛，祝贺他们的喜事。

弄草儿在赵大那里等了半天也没等到祥海回来，只好先自回去。没料前脚进门，后脚祥海就回来了。祥海一进门就喊道：“草儿，草儿，我回来了，看我给你带来了谁。”弄草儿连忙打开房门，祥海拉着瑞申的手奔进来说：“我儿子真的回来了。”弄草儿来不及反应过来，陈太太和瑞申也进了门。陈太太说：“我外孙，我外孙回来了。”祥海把瑞申拉到弄草儿面前说：“看，他就是我儿子，他叫瑞申，是在瑞金出生的。”弄草儿仍是一脸困惑。这个时候，赵大不请自来，一眼看见瑞申宽阔的额头卷曲的头发，浓眉大眼，就知道是祥海和陈小姐所生。未及他问，祥海就将自己和陈小姐的故事详详细细说了。弄草儿没有见过陈小姐，刚才听赵大说了陈小姐和祥海的事，现在又得到祥海亲口证实，打心眼里替祥海高兴，也替自己高兴，因为她和祥海之间的鸿沟消除了。

“一夜之间有了这么大的儿子……”她说，“儿子温文尔雅，聪明伶俐，你做了现成阿爹，该多高兴。”

祥海说：“我真的是高兴！快把吴妈叫来，也让她高兴高兴。”赵大赶快到阿毛家去叫姨娘。吴妈进城后，住在阿毛家三层阁，阿毛将原先的娘姨辞了，请吴妈做帮手。吴妈平时除了在食堂里帮工，还要照看阿毛家的三个孩子。阿毛娘子却整天坐在客堂里抽烟，百事不管。小外孙女来萍十三岁了，早起还要吴妈帮她穿衣；领来的外孙来福已经在铁厂做工，最省心，不讨人手脚，自己扒拉完早饭出门。来弟也会自己穿衣吃饭。吴妈一早打发几个孩子出门，就要去食堂做工。一早听见隔壁硐楼里人声嘈杂，她也不在意。赵大上楼，说祥海有了儿子，吴妈急匆匆趸过碉楼来。见众人都在客堂，围着一个十多岁孩子说话。进门一看，孩子瘦长的个子，额头方阔、眼睛明亮有神，活脱脱一个小祥海。连忙拉过来摸了摸头，激动地说："阿海，你什么时候有儿子了，媳妇都没有怎么会有儿子？"祥海又简单说了一遍陈小姐的事，吴妈比任何人都激动，双眼噙了泪花说道："要是老爷、太太知道你有了儿子，在天之灵也会笑出声来！"祥海又将陈太太介绍给吴妈认识，说陈太太就是自己丈母娘。吴妈立刻惊呼起来："祥海啊祥海，你本事比老爷大多了，给老爷弄了个蓝眼睛的洋亲家！"说得大家都笑了起来。陈太太说："人不可貌相，我还以为女儿被哪个小白脸拐了去，原来是这个贼女婿金屋藏娇。"说得大家又笑。俗话说丈母娘看女婿越看越喜欢，陈太太对祥海横看竖看都满意，又说："要是知道女儿就在他房里，我就不会整天唠唠叨叨害得她爹都嫌我烦。要是女儿还活着该多好！"说着不免有些唏嘘。大家都恭维陈太太是法国美女，雍容华贵富态相。陈太太这才开心起来，说自己年轻时就是校花，否则陈老板怎么会看上自己。

三个女人一台戏，围在一起只顾说话，祥海将赵大招呼过来，要瑞申叫赵叔叔。瑞申叫了一声"赵叔叔"，赵大拉过瑞申说："让我来摸一摸，有没有后山骨。"说着来摸瑞申的后脑勺。祥海说："我已经摸过了。"瑞申觉得奇怪，为什么赵叔叔和父亲一样，都要摸自己后脑勺，就问："爸，我后脑勺有什么？不会有尾巴吧？"祥海笑道："还真有！不过那不叫尾巴，叫后山骨。是我们李家的标志，与常人不一样。古有一说：头有山骨，万中无一。先父有，大哥有，我有，现在你也有，以此相认万无一失。”瑞申问：“父亲还有大哥？”祥海说：“是啊，大哥叫马辰龙，和你妈妈一样是共产党，干革命去了。”瑞申说：“叔叔为何姓马？在哪里干革命，不会也在瑞金吧？”祥海说：“这个倒真说不准，确实有可能也在瑞金。至于他为什么姓马不姓李，以后阿爹给你细说。”这时，赵大擂了祥海一拳说：“跟我说什么假夫妻，而我居然还信了你！”然后又当着大家的面要求祥海坦白是不是和陈小姐早就暗通款曲，要不然陈小姐怎会平白无故跑到酒行来打工，来留宿？祥海这才说以前和陈小姐看过一次戏。赵大说：“看看，我说吧！你们早就相好了，只把我们蒙在鼓里。”祥海解释说：“不是这样的，和陈小姐是因募捐才去看戏的。”弄草儿突然问道：“陈小姐是怎么死的？”赵大也说：“快说说，孩子他妈是怎么死？”祥海立刻悲哀起来，说：“她为革命光荣牺牲了。”将陈小姐被敌人残害的经过说了一遍，大家一下都沉默了。过了好一会儿，弄草儿问：“她没有留下什么话吗？”祥海这才想起董牧师给的信，连忙从怀里拿出来，看了开头，不知不觉念了出来。

信用蝇头小楷写在米黄色的“中华苏维埃共和国”专用信笺上：

……请原谅我的不辞而别，反战大会之后，我得到组织指示，我们这一批人要尽快撤离上海，转移到苏区去。在此我要告诉你的是，我瞒了你，我不是什么外围成员，而是一个真正的共产党员，望你谅解。我这么做其实也是为了保护你。在严重的白色恐怖统治下，发生意外被捕是常有的事，对你来说既然不是共产党员，越少了解组织就越安全。对我来说，组织的命令必须毫无条件地服从，因此不得不抛下一切来到苏区。本来至少应该和你打个招呼才走，我们曾并肩战斗，还做过“夫妻”，是最亲密的人。可是纪律不允许我告诉任何人，即使自己父母也不例外，因此不单单是你，谁都不知道我去了哪儿。在此代我向赵大、老蔡他们致以革命的敬礼，他们都是好人，中国革命有了他们的支持，何患不成功？

组织突然撤离，是因为白区党组织高层出了叛徒，不得不全部停止活动。反战会议以后，其实所有参与会议的人员都已经暴露，敌人会展开疯狂的报复，你们的处境会很困难。

我是刚刚从你那温暖的怀抱里脱离，就踏上前往苏区的漫长征途的，我的记忆从此停留在和你在一起的美好的夜晚。我是多么想念你，想念你那张破床，我希望以后回来时它还在，我还要在这张床上重温旧梦。在那个富有诗意的晚上，我不知道你是如何把我从那么陡峭的楼梯抱到阁楼上去的，幸亏黑夜替我罩上了一层面纱，否则你一定可以看见我脸上羞愧的红晕。

我很明白，这些感情绝不应该来自一个革命者。可我又确实是这样想的，这是一个真实的我，难道这样一个真实的我不配是一个革命者吗？

我们坐半夜的船离开上海，从上海到香港用了三天三夜，再坐海船到广东汕头，换乘火车到潮安，再换韩江船到大埔，历经三十多天，还算顺利。但从大埔到瑞金有六百里路，不通火车，汽车也极少，这就意味着，这六百里路全要靠双脚走去。我开始呕吐，发现怀了你的孩子，我本应该高兴，可是现实让我高兴不起来。一路呕吐一路走，吃什么吐什么，甚至不吃也要吐。到达瑞金时，我掉了三十斤肉。

我们一共有十来个人，她们中有大学教师、工程师、作家、演员和记者。其中一个大学同学我认识，她是作家，她的作品我拜读过多篇，没想到她也是地下党员，比我入党还早。她的感情经历充满了浪漫主义色彩，敢爱敢恨，我们俩有很多共同的话题。有关她的许多有趣的故事，以后有机会我说给你听，其他的人我一个都不认识。

我们在崇山峻岭沟壑纵横的山地中走了二十多天，路途崎岖坎坷，高跟鞋早就扔了，穿上布鞋，布鞋穿坏了，换穿草鞋。布鞋是从老百姓手上买的，草鞋是自己打的。每天天刚亮就启程，一直走到天黑。刚开始每天走几十里路就能找到旅馆，后来要走一百多里路才能住下，有时候只能在野地里露营，天作被地作床。路上密布敌人的关卡和封锁线，我们穿过重重封锁线，从粤北一直走到赣南，脚上布满了血泡，第二天还得走。超负荷的行走，使我们都累得直不起腰，毕竟都是女孩，脚磨出了血泡，血泡变成老茧，刻在脚底，使我们走起路来磕磕绊绊，何况我还是负重行走。当我看到八角红军帽模样的中央政府大礼堂时，激动得泪流满面。啊，瑞金，我来了！

在瑞金，我生下了我们的孩子。虽然我有报告过，我愿意和你做真夫妻，但是有孩子在先，报告在后，这是不被允许的。我不但违反了纪律，还和你有了孩子，特别不为周围的人所理解。为此我受到组织的批评和相应处分，被派去开垦荒地，抡镢头挖土窑，穿的是带补丁的粗布衣，吃的是黑豆小米。但我认为这不是对我的惩罚，而是不同的革命工作。因为所有人都是这样，法院工作人员与囚犯吃一锅煮的饭菜，我们的领袖和我们同样住在简陋的土墙垒的农舍里，穿的也是补丁打补丁的衣服，为着一个共同的理想信念而并肩战斗。

可是我的混血儿身份总是招来不信任，保育员也不接受我的孩子，我只好一边工作一边带孩子。这些我都不在乎，反而为有你的孩子而骄傲，我乐在其中。由于我的黄头发蓝眼睛，是人群中耀眼的存在，我不得不将头发剪短，三日两头用锅底灰染黑，这样可以和周围的人打成一片，看起来不那么显眼。

在这里，生活的艰苦不言而喻，厕所尤其原始，蹲下去就有无数只苍蝇飞起来围着我嗡嗡叫，老鼠就在地上窜来窜去。到达瑞金的首夜就大战跳蚤，落荒逃出房间，抱被睡在场院几根原木上。后来我们睡当地人的旧屋子。旧屋子里臭虫多得可怕，一排排一串串地从各种缝隙中爬出来，结队进攻，令人毛骨悚然。起初我用手指抹杀，而后用手掌，弄得满手臭黄水，还是杀不完。好在我随身带了针线，赶快把带来的床单缝成一个口袋，把身体装在里面，才能抵挡臭虫的进攻。早晨照镜子得排队，轮到的人左顾右盼不愿离去，镜子女主人终于摔镜“共产”，一镜成多镜才解决问题。每人腰间挂一个用罐头盒做的大茶缸，用它吃饭喝水、刷牙洗脸、舀水洗身，男女都一样。

我们的津贴标准为：士兵和班长一样都是一元、排长两元、连长三元，以此类推，团长以上一律五元。发的是苏区“边币”，一元边币可买两块肥皂或一条半牙膏或两斤肉包子或十几个鸡蛋。身上有钱时就到镇上一家饭馆大吃一顿。苏区的饭铺只有四五家，使用木头挖出来的碟子,弯曲的树枝做成的弯曲的筷子。走在苏区街上，见了小摊上雪花银似的白面馒头,真眼晕。二两大的馒头，北方男生一顿起码能吃十三四个，我竟也能吃八九个。

这里的艰苦你根本想象不到，但是这里会聚了一大批中华民族最优秀的儿女，他们衣服破烂不堪，装备缺枪少弹，但他们有为民族和国家的希望不惜流尽最后一滴血的决心和勇气。这是一支自古以来都没有过的真正的革命军队，而我是其中一员，我为此骄傲。

我脱去旗袍穿上列宁装，每天晨跑锻炼，经常参加临时安排的拉练、运粮背柴等体力劳动。在这种军事化、集体化、战斗化的生活中，我强壮了体魄，锤炼了意志，磨炼出了革命女性的别样风貌，为此，我十分骄傲。但我仍然向往花前月下卿卿我我，想着与你的种种，始信人间为什么会有良辰美景的惆怅。过去在上海，一边带着小资产阶级的情调一边干革命，一边是“大小姐”一边是“革命者”，倒是没觉得有什么冲突和别扭，在苏区就不同了。这里到处都是革命的氛围，所以每次开会我都要做自我批评，努力去改掉自己身上这种与苏区格格不入的小资产阶级的思想情调，但是我无论如何做不到改变对你的思念。我认为爱是终生的约定，然而我只能将这种感情深藏于回忆里，不能在别人面前表现出来。这些内心想法，没有人可以诉说，只能对一个人说，就是那位作家。她十分理解我、支持我，她说她要把我写进她的小说中去。呵呵！不知道她会将我写成哪一种人。但是不管别人怎么看我，我始终愿意做一个真实的我。

我的母亲虽然出生于法兰西，一个具有革命传统的国度，但是似乎比封建的中国人还封建。她不顾我的反对，为我找了一个自以为门当户对的官僚人家，几次三番催促我出嫁。我不怨恨她，按照她的思维模式来这样确实是平凡女子最好的出路，但我是一个接受过新式教育的革命女性，自然难以从命。可怜的父亲虽然同情革命，想着国富才有民强；虽然坚决抵抗日本帝国主义，但是他没有彻底的反帝反封建的决心。他不懂单打独斗是斗不过日本帝国主义的，也斗不过国民党反动派，所以他的厂子败了。但他是个好丈夫、好父亲，待母亲如女王，待我如公主。我们家里，有泾渭分明的三大派，父亲是个民主革命派，母亲是封建专制的代表，“三座大山”的制造者，专制、势利、小市民。民主派没有能力推翻母亲这个象征“三座大山”的专制势力；我是坚定的革命派，我要和封建专制作斗争。你接到此信后，千万记得去我家里告诉我父亲说我爱他，说我爱你，说我们有个孩子！孩子聪明可爱，既像你又像我。

去年九月，蒋介石抽调所有的机动力量，从东西南北对苏区进行“围剿”，红军屡战失利，苏区日益缩小。今年，广昌、万年亭、驿前相继失守，形势日趋严峻。10月14日，国民党军占领兴国，26日占领宁都，前天，占领长汀，石城也陷落敌手。石城距离瑞金不到百里路，红色心脏瑞金危在旦夕。此刻，天空黑沉沉的，人们尚在梦乡中，天亮部队就要转移，而我不能跟随行动，我将留下来打游击。所以我不得不将我们的孩子寄养在一户可靠的农户家里。我们将很快打回来，让你我一起祈祷我们的孩子安然无恙。万一我牺牲了，你一定要找到我们的孩子。如果我活着，就一定会把他送交给你，让你知道我深深爱着你。

这世界的颜色，现在都归聚成红与黑两色。红色是人们愤怒的鲜血，黑色是往昔岁月的阴暗；红色是即将破晓的世界，黑色是终将结束的长夜。我期待黎明冲破长夜，革命胜利和你重逢。

别后思量，才愈觉聚首之幸福，请你伸出双手迎接胜利之日尽早到来吧！

此致，革命的敬礼！

爱你的安娜

一九三四年十一月八日

祥海念完，早已泪如泉涌。弄草儿也泪流满面。赵大沉默不语，吴妈不断地摇头叹气。陈太太见女儿将她比作老封建，这时也不介意，抽泣着说："我一直以为女儿肯定不懂儿女情长，没想到也是敢做敢爱，骨子里比我这个做娘的还浪漫。想当年我和她父亲在大学校园就是这么认识的，谁能说我是老封建。唉！我的好女儿！"瑞申第一次听到母亲的话，是这样写在纸上的，不觉双眼饱含泪水，抿紧了嘴唇不说话。祥海安慰他说："你妈妈是个大无畏的革命者，你是革命的后代，是无上光荣的。过去你没条件上个好学校，现在我要你去洋学堂接受正规教育，好不好？"瑞申点头说好。

"先从速成初小读起，以后要上公学、大学。"祥海摸摸瑞申的脑袋说，"现在擦去眼泪，我们去外婆家。"陈太太赶紧拉起瑞申的手说："外孙子，外婆家就在后面，外婆的家很大。"又对祥海说："女婿，安娜走后，她的房间一直原样未动，如不嫌弃的话，你和瑞申搬过来住吧。上上下下四层楼，偌大的房子我一个人住着害怕。"祥海点头允诺。一众人边说话，边走出弄堂，朝小洋房走去。

小洋房镂空的黑漆铁门内，一位高大的胖男人在院子里扫地。陈太太老远就指着他介绍说："这位是赵先生，大中国饭店的厨师，我的爱人。"原来陈太太有了伴侣。众人上前见过。赵先生甩了扫把将众人招呼进门。瑞申多了一个外公，祥海有了丈人，都敲赵先生的竹杠，要去"大中国"吃饭。赵先生乐呵呵领了众人涌去"大中国"。

祥海带弄草儿住进小洋房，想要找个合适的时机向陈太太提出娶弄草儿为妻，因顾虑陈太太的感受，所以话到嘴边又咽了下去。不想陈太太已从赵大那里得知祥海对弄草儿有意。一日，瑞申上学去了，她拉着祥海的手说，要是早知女儿的意中人是你，当初就不会硬要女儿嫁陆公子，如今后悔莫及。并主动劝说祥海，不要顾虑她的感受，该怎么就怎么。说弄草儿是个好女人，配做瑞申继母，自己也会因有这样一个好媳妇而高兴。祥海想不到陈太太如此通情达理，大喜过望，说了句"谢丈母娘大恩大德"，就"噔噔噔"跑上顶楼，要给弄草儿一个惊喜。顶楼的套房，以前是陈小姐所住，他推门进入，听见浴室里传出水声，知道弄草儿在洗澡。他冲进浴室，全然不顾弄草儿湿淋淋的，一把将她抱起。弄草儿惊道："你干吗，发疯了你！"通常在这个时刻，她总是百依百顺地任他所为。那是在乡下朱家大院和厚德府，只有他们两个，没有别人。而现在住在陈太太家里，要是被陈太太撞见，这脸面就不知往哪放了。她不敢出声，挣扎着要脱离他的怀抱。祥海全然不顾，将她抱到卧室，朝床上一丢。弄草儿赶忙拿床单遮住身子。

"不行……"

祥海却只顾低头在床上摸来摸去，似乎在寻找着什么，一边自言自语道："红肚兜呢……"摸到床上弄草儿的一件大红肚兜，掀开被单，将肚兜盖在她身上，肚兜只遮了弄草儿的腹部，弄草儿紧张地扭过身去。只有两个人的时候，祥海常常做一些出格的事，常常弄得弄草儿羞愧难当。后来渐渐习惯了，竟沉溺于他那毫无征兆突如其来的暧昧举动。现在她不知他想要干什么，惊惶地一手护胸，一手放在红肚兜上，两腿交叉在一起，紧张地问道：

"你，你要干吗……"

祥海不怀好意地笑着，走到另一间房。另一间房里有一架梵蒂莎留声机。不一会儿，留声机放出一曲熟悉的歌声，歌声悠然地飘出来，萦绕在小洋房的顶楼。那是弄草儿最喜欢听的《花好月圆》：浮云散，明月照人来，团圆美满，今朝醉轻一曲……祥海手舞足蹈地旋进卧房，变戏法似的拿出一枚钻石戒指，捧在手里，在床前单膝下跪道："你愿意嫁给我吗？"弄草儿猛然明白，祥海是在向她求婚，可是哪有这样子求婚的。她立刻羞红了脸，将手捂了胸口坐起身来，颤抖着手接过钻戒，激动得语无伦次地道："你不知道我是多么幸运，因为你正在做的是我一生的期盼。"

"这一生我错过了很多，我将不会再错过你。我将牵起你的手走进婚姻的殿堂，此生不离不弃……"

未待祥海说完，弄草儿已经泪流满面。

"我真的很幸运……"弄草儿双手护胸，伸出一只脚，将一只拖鞋抵到祥海膝下说："快快起来，让婆婆看见了如何做人！"祥海却一把抓住她的脚就亲。弄草儿"哎哟"一声,晕倒在床上……

祥海择了吉日，带弄草儿来到陈太太房中，给陈太太行过跪拜礼，请求母亲大人祝福他们合卺成婚。陈太太凭空多了个乖巧女儿，乐得合不拢嘴，称如此的话，她要先与赵先生结婚，然后才能名正言顺地给女儿女婿办个盛大的婚礼。祥海说，不如一起办。婚礼不需铺张，现时时兴文明婚礼，到政府公证处举办仪式，既隆重又新潮。陈太太和祥海的年纪差不多，也是新式人，听祥海如此说，便一口答应。

不一日，陈太太和赵先生、祥海和弄草儿两对新人，到政府公证处举办文明婚礼。一通鞭炮过后，公务人员将新人迎入礼堂。

一张长条桌铺上了洁白的桌布，一位花白胡须的老者当场书下两对新人生辰八字文明婚帖，两对新人各自拿过婚帖互换，在长条桌前向老者致谢。祥海和弄草儿向父母大人磕头谢恩，夫妻相互鞠躬致敬。然后作为长辈的陈太太和赵先生向祥海和弄草儿贺喜，最后挨个给各位亲友点喜烟、端糖茶，亲友们见证新郎新娘的文明婚礼，再至“大中国”吃喜酒。祥海见识过阿毛嫁女儿的奢侈，内心是竭力反对的，自己的婚宴只摆了简餐五桌。喜宴后回到小洋房，照相师早已在花园里等候，给两对新人拍下文明结婚照以及和宾客的合影照。花园洋房已不再有花园，树木、花圃，都已被日本人砍挖了，赵先生植下的花草还没成样，井台拆了，水井也填了。但照相师技术高超，在水泥地上拍出西洋婚照，留下两对新人的美好纪念。

·第九篇·

喜迎解放

婚后，祥海在广福寺给陈小姐立牌位。陈太太不懂为什么人死后要立牌位，祥海说，是为了让瑞申记住他的母亲，也是给死者灵魂一个归宿。陈太太盛赞祥海有情有义，女儿有了归宿，外孙也有了寄托。

“那么，”她说，“我嫁到中国孤苦伶仃，百年之后恐怕也回不了法兰西，也给我在这里占个位置吧！免得死后成了孤魂野鬼，无处可去！”

祥海大笑，称活人给自己做棺材可以，给自己立牌位是不可以的，丈母娘如花似玉一定长命百岁，大可不必考虑这种事情。一席话说得陈太太心花怒放。谁知西洋人全然不忌死亡，再三叮嘱祥海，一定要给她占好牌位，和女儿同住她才放心。祥海解释活人不能享受祠堂祭祀，可是任凭祥海怎么解释，陈太太就是要立牌位，哭哭啼啼说，她不想再和女儿分开。赵先生见了说，佛教有一种延生牌位，为生者祈福、消灾免难而立，是可以放在寺庙里的。祥海去向和尚打听，果真有。祥海就给陈太太在陈小姐牌位旁边立了一块延生位，陈太太这才转忧为喜。

祥海又将广福厚德府扩建成三堂五厦的四合院。上院给陈太太和瑞申住，中院自己和弄草儿居住，下院辟作藏书院。又扩建了庭院，新修了廊房。廊房下，摆放红木太师摇椅、茶几、搁凳。庭院四周摆放盆栽花卉，把庭院点缀得五彩缤纷。祥海极喜欢这个庭院，坐在太师椅上抽烟喝茶看书，看弄草儿洒水扫地，侍弄花草。如果弄草儿下地劳作了，他就打开院门，院门外是一望无际纵横交错的沟渠和田埂，他坐在庭院里就可以看到弄草儿。又请原班工匠将弄草儿家修葺一新，坍了的院子重新做了石砌围墙。一到周末和学校放假，祥海就将陈太太和瑞申接到乡下来小住，一家人过着恬静祥和的田园生活。唯独赵先生告不出假，不能陪伴陈太太，陈太太很是遗憾。

几年以后，瑞申读完速成初小，祥海又将他送进自己就读过的圣依纳爵公学继续深造。瑞申捧了书本回家，祥海拿来看了又看，一脸惆怅。瑞申见父亲手捧书本陷入沉思，就问道："阿爹是不是觉得书本印得不好？"

祥海拍了拍手中书说："是啊！阿爹读书时的课本印刷得可精致了。你看这课本，纸张粗糙制作拙劣，内容错误百出，还能拍出灰来。这样的教科书不是误人子弟嘛？要是商务印书馆还在，何至于让港人来印书，又何止如此粗制滥造误人子弟！"

瑞申说："说实话，苏区都比它印得好。我们现在都不用它，都靠老师的讲义上课。"

祥海说："儿子，你不知道，我们的商务印书馆，曾是远东最大的印刷公司，还有远东最大的图书馆，都被日本人给炸了。要是它还在，区区教科书怎么会要到香港去印？"

瑞申道："我知道。日本侵略者杀我同胞、占我土地，炸毁了商务印书馆。现在日本人走了，为什么不重建？"

祥海说："阿爸早有这个想法，厂房造好，正要买机器，可是日本鬼子来了。阿爹的厂房被日本人占去，厂房成了碉堡。阿爹办厂的事一搁就是好几年。现在日本人走了，阿爹又要办厂了。"

瑞申瞪大了眼睛，惊喜道："阿爹要开印刷厂？那太好了！阿爹印刷的书，一定是最好的！"

祥海说："你看，阿爹的食堂已经办起来了，那是工人食堂，是为了开印刷厂办的。你祖父曾经说过，要以昌明教育开启民智，传承中华文化为己任，让国人都可以免费看书。国人的教育搞好了，国家就可以强大起来。所以，阿爹下定决心要办印刷厂。将来还要将广福的小学舍改建成图书馆，将阿爹书房里的书统统搬去，让乡下的孩子都能免费读到好书。现在我带你去看看阿爹的厂房吧！"

祥海领瑞申来到碉楼，上上下下看了一遍，回到小洋房。瑞申三步并作两步奔上门前台阶冲进大门，对后妈弄草儿说："阿妈，阿爹要开厂了，阿爹要开印刷厂了！"

弄草儿对祥海要办厂的事一点都不意外，对瑞申说："你阿爹要开印刷厂是老早的事了！"又对随后进门的祥海说："为何现在一大把年纪了，又要折腾起来？"

祥海乐呵呵说道："谁说我一大把年纪了？你嫌我老了吗？我们的好日子才刚刚开始！你忍心看我像蛀虫一样拿祖上家财啃光吃光吗？过去日本人侵占我碉楼，我是有力气使不出。如今日本人走了，趁我还年轻，还要干一番事业！"

“日本人走了，不是还在打仗吗？”弄草儿说。

“和谈了……”祥海打断她的话，“正在商谈和平建国呢！”

“虽然如此，你看广福镇上，有钱人哪一家办厂了？张家医堂那么有钱都置了地，沈老板算是广福首富，也不办厂，就你很奇怪，只知道办厂搞实业。同样是老板，为何读了洋书想法就和别人不一样？民以食为天，置地多好，使耕者有其地，同样可以造福乡下。你看沈老板，广福一大半的地都是沈家的，再打多少次仗都没关系，日本人一走，地还是自己的。要是办了厂，被炮弹炸了就什么都没有了。你说的远东第一，现在不也没有了吗？”

“你真是妇人之见，又说那些陈词滥调。”

这时，陈太太听到说话声下楼来，见夫妻俩在说开厂的事，就附和弄草儿说：“媳妇说得没错。你看养育我的俄罗斯，现在成了苏联，土地广袤，都用上了机械种地，连荒芜原始的西伯利亚也发达了，就是因为有土地嘛！”祥海说：“不管外国怎样，中国人做中国的事，置地做地主救不了国，只有实业才能救中国。国家强大了，日本鬼子、美国鬼子、英国鬼子都不敢再看不起中国。这不可能一蹴而就，可能我们这辈子都看不到，然而我死了有瑞申，瑞申死后有瑞申的儿子，他们终究会看到，终是要把中国人的事办成功的。”

弄草儿叹了一口气说：“我不懂你说的大道理，你想要做的事，谁也拦不住，真是一头牛。你做你的事业，我们妇人不参与。有一件事我想告诉你，我的性命是广福张先生拾回来的，这么多年过去了，我都没谢过他。来娜妹子带口信来说，张家没有男劳力，他家的地都给人家租去，现今她要回来几亩地自己种，要我去帮她拾掇。朱家院子和厚德府没人住也不行，所以我要回广福待一段时间。”

祥海说：“我哪里放心让你一个人回乡下，可我又走不开。这事不着急，等我把厂子办起来再回去也不迟。”

弄草儿说：“田里的事怎可以拖延，季节过了就要等一年。办厂的事，有吴妈和赵大、老蔡他们帮着，我帮不上忙。你忙着办厂，大家都吃食堂，也不需要我帮衬，一直闲空得慌。”

祥海说：“此话听起来有点不顺耳，娘子是在怪我闲空了你是吗？”

陈太太接话说：“我看你忙得都不跟媳妇说话，媳妇睡下你才回家。媳妇贤惠呢，你也不能亏待她，她要找一点事做，你不能阻拦她。你若不放心，我就陪她去，我在家里也闲得慌。”

弄草儿说：“空闲了我可不敢当，我们做自己的事。倘若婆婆大人肯与我同行，正合我心思。”

祥海见婆媳两人都要去乡下，媳妇又是来娜妹子叫去的，不好再反对，就说：“也好，你们婆媳一起去，有个照应，我也放心。等我忙过了，你们再回来吧。”

于是婆媳俩收拾收拾，第二天就回了广福。其实弄草儿根本不是为了张家的地才回去的，但个中原因她羞于启齿，决定先瞒着祥海。

送走婆媳俩，祥海得以全身心筹备厂子。他亲自跑码头采购机器设备、各种纸张、辅料，雇下十几个工人，只待取得第一笔业务，即可开张。

战后的上海，各种报纸如雨后春笋般冒出来。祥海打听到会乐里那边有一家报馆，因战时印刷日本人的报纸，战后报馆被没收，交由政府经营。祥海找上门去洽谈，费了九牛二虎之力，用了三个多月，方才取得这份报纸的印刷业务。只待下个月一号，厂子就要开机。

弄草儿婆媳去了广福还没回来，说事未做完，回不来。祥海询问什么事三四个月还没做完？弄草儿不肯说。陈太太只说娘子逃不了，印刷厂开张之前她们一定回来。祥海见婆媳两人神秘兮兮的，也不多问。可直到厂子开张那一天，她们还没有回来。

厂门口搭起了戏台子，各方朋友都来庆贺，瑞申特地请了假从学校回家帮忙。赵大将自己写的一副对联：满面春风开业喜，应时生意在人为，贴到大门两边石柱上。老蔡也请人写了一副对子：看今日祥庆开业，待明朝大富启源。没地方贴了，就挂到戏台子横杆上，谁知风一来，对联随风飘去。老蔡捉落帽风般将半截对子追回，用饭粒黏起来，背面撑起细竹竿再挂到横杆上。肉庄、米店、酱油店、箍桶店、蜡烛店、烟纸店都送来贺联，祥海吩咐老蔡都用竹竿撑好了挂起来。风一来，竹竿你敲我我打你，成了竹铃铛，又增添了一份热闹。凉茶和老蔡成婚，谁想老蔡老当益壮，洞房花烛夜便坐上喜，如今十月怀胎，刚刚生下儿子，也来帮忙端水倒茶。秦先生爬上戏台，展开他手书的一首藏头诗，在戏台上诵读道："上联：开四方财气，张八方乐事；下联：迎四海朋友，喜八方来财；横批：生意兴隆！祝印刷厂开张迎喜，鸿运高照财源广进！"祥海西装革履，伸手接过，喜滋滋道："开张迎喜！好！好！一副好对联就意味着一开始就有好兆头。"巳时一到，祥海大喊一声："机器开起来！"瑞申合上电闸，碉楼里立刻传出"轰隆隆"

机器转动的巨大声响。邻居们涌进厂里，犹如看西洋镜一般看一张张油墨飘香的报纸从机器里连续不断地飞出来，不禁欢呼雀跃。

有顺口溜曰：稀有稀有真稀有，钢铁机器专吃油，有电一日转稀奇，印成报纸满街走。

这个时候，弄堂口走来两个人。弄草儿和陈太太一人一边，吃力地抬着一样笨重的贺礼走进弄堂来，瑞申连忙跳下戏台奔去迎接。众人让开，瑞申帮扶抬到台前，原来是一块铜胎银盾，银盾坐在一张红木底座上，盾上錾刻吉祥图案和贺词，这是一件中西合璧的高档贺礼。祥海大喜，叫人搬上戏台，叫瑞申将两人搀扶登台，又放了一通炮仗。陈太太许久没见到外孙，见了瑞申亲了又亲，邻居们见了都暗中发笑。瑞申从苏区来，被她这一番法式热情，弄得浑身不自在。不一会儿，老蔡就从车间里捧出一大沓裁切成型墨香飘逸的样报，分发给围观的宾客，大家一边看一边啧啧称赞。祥海早已在自家食堂里摆下酒席，将大家请到食堂，各方宾客、邻里朋友共进午餐。饭后，祥海来不及询问婆媳两人近况，一头扎进车间，弄草儿母子和陈太太十分无趣，自去小洋房。

祥海忙到入夜才回，先去陈太太房里问安。陈太太面色红润，坐等赵先生下班回家。祥海询问她身体可好？为何一去就如失踪的鹞子杳无音信？陈太太面露喜色，催促祥海快回自己房去，说弄草儿在房里等候。祥海颇觉怪异，见瑞申已入睡，便来到自己房里，弄草儿在灯下安坐，似是等候良久。祥海口称："娘子别来无恙？"弄草儿笑而不答。祥海将弄草儿上下打量，道："昔日怠慢了，三个多月不见，今日你珠润玉圆满面红光，再无往日病恹恹模样，你们婆媳有什么好事瞒着我？"弄草儿抿嘴而笑，说道：

“此次回去实是为看病去的。”

祥海奇怪地问：“看病？你有何病？”

弄草儿道：“妾的毛病就是不能生育的病。”

“这个我知道。你不是去帮来娜妹子种地的，是去找张先生看病了？”

“地也种了，病也看了。是来娜妹子将我叫回去的，说她公公可以治好我的病。”

“如此说来，你的毛病治好了？”

“嗯，张先生说看好了，可以回来孵小鸡了。”

祥海道：“孵小鸡？张先生是这么说的吗？”

弄草儿羞怯怯道：“是他说的……”

祥海欣喜地道：“果真好了？”

“好不好，得生出孩子来才算数……”

“哈哈……”祥海不觉笑道：“关关雎鸠，在河之洲。窈窕淑女，君子好逑。”说着，将弄草儿揽入怀中，在她后臀上只一拍，弄草儿不觉两腿间就紧了。祥海又一捏，弄草儿不觉一股暖流涌上心头。这种感觉从未有过，嘴上却说道：“别急，听我说。”祥海放开弄草儿，弄草儿便将她们婆媳两人问医经过叙述一遍。

原来，张先生得知祥海媳妇就是多年前他救治过的落水女子后，就要来娜带口信给她，叫她去广福治病，他可以将她的病治好。弄草儿大喜，和陈太太串通好了，瞒着祥海来到广福。张先生给弄草儿施用中药调理，弄草儿服药十来天便见红，经月余，便准头儿来月事了。弄草儿欣喜异常，对陈太太说知，陈太太见张先生如此神奇，便也要张先生诊治一番。张先生见陈太太面色青灰，把脉一搭，已知陈太太心火积郁，不得宣泄，以致身体虚胖乃至房事不和。问起夫妻房事，陈太太果然心有余而力不足，弄得赵先生兴味索然。张先生也给陈太太开了一个月的方剂，陈太太吃了张先生的药，立竿见影，面容红润，自觉神清气畅，心中大喜。第二个月，弄草儿已按时行经，但是行起经来肚子疼得呼爹喊娘，在床上打滚，因此回不了城。张先生给她换了药，下月再来月事便不再疼痛，自觉肾气充盈，走起路来铿锵有力落地有声。如此在广福耽搁了三个多月。回城之前，婆媳再去张家医堂讨药，说要备些药带回去。

张先生说:“两位都已通脉,无须再吃药,趁早回去孵小鸡吧！”

弄草儿自觉吃了张先生的药，身体和以往大不一样，刚才被祥海一拍一捏，心头竟突突地如小鹿乱撞，不由自主地酥了半边身子，两朵桃花红上脸。

祥海大喜，将弄草儿抱到床上宽衣解带。一个灯下相觑，欣喜异常，两唇相啮，一啮一快意。一个柳腰轻摆，春情涌动，多少感慨涌上心头。

弄草儿生于官宦之家，本该享尽荣华富贵，谁想命运的捉弄将不谙世事的她一下子从天堂打入地狱，有幸遇上身边这个男人，露水相逢，牵出一段旷世情缘。老天似乎特别眷顾，她乖舛的命运刚开了一个头就结束了。弄草儿想到这些，往事如云雾一般在脑海里萦绕、翻滚，她紧紧抱住她的贵人，缠绵良久，不觉喜极而泣。

有道是:“家破廿载红尘醉，飘零半世生计催。情浓意切忆旧事，天荒地老从头会。”从此夫妻恩爱情意绵长，云雨巫山只恨天短。

冬去春来，又到了农耕好时节。眼看着国共和谈就要成功，政局一片祥和，马上会成立联合政府，祥海放心将厂子交给赵大打理，携弄草儿回到广福，重金谢过张先生，在广福小住。

厚德府前有一方荷塘，此时荷花开得正盛，碧绿的荷叶托起一朵朵粉色荷花，荡漾在水面，微风一吹，随风摇曳，好一片红花绿叶的世界。荷塘那边是一小块菜地，弄草儿在菜地里劳作。祥海开了院门，两脚跷起搁在红木搁凳上，嘴里哼着京腔，远远地隔着池塘望着弄草儿在地里忙东忙西，享受着一杯清茶一杆烟的悠闲时光。

祥海关照弄草儿收割完了这茬菜就不要再下种，家里吃不完那么多的菜。弄草儿说,田地不打理,要不了多久就会长出野草来。祥海说就让它们撂荒，他喜欢青草，喜欢任何绿色的东西，让门前满眼绿色多好。

“你真是个怪人。”弄草儿不以为然地说。她歇不了手，十分满足栽花种菜的田园生活。每当耕作季节，她不是在自家地里，就是去帮来娜拾掇地里的活。如果不让她下地干活，反而是一桩十分苦恼的事。

这时，厚德府外突然走来一伙荷枪实弹的军人，祥海一惊，起身走到门口张望。只见军人们身穿土色军装，头戴钢盔，在门外站停。这时走来一位长官，朝这伙人挥了挥手，说道：“到前面去看看，这里目标太大！”一伙人便匆匆往桥南而去。祥海丈二和尚摸不着头脑，琢磨着这是哪里来的军队。

他哪里知道，国共和谈已破裂，解放军以秋风扫落叶之势横渡长江，逼近上海，上海之战正在悄然进行。广福乃解放军南下进城的必经之地，他们侦知敌军从市内调来大炮部署在娄水河边，准备伏击解放军。解放军派出一支尖刀连潜入广福，欲出其不意一举消灭娄水河边的敌军，为解放上海扫清障碍。尖刀连是一支屡建战功的勇猛连队。连长来自山东，人称小山东。刚才的部队就是尖刀连的先头部队。小山东手下一个排长是广福人，非常熟悉广福的人文、地形，他说李家店堂位于十字桥东侧，扼守着东进娄水河、南下上海城的有利位置，它房屋坚固，背水临街，极适合做临时指挥所。小山东派他组成先头部队前来侦察，排长来到厚德府前，见昔日的李家店堂已经变成了三堂五厦的奢华府院了，如果在此驻扎，目标太大。连忙请示小山东，小山东赶来一看，厚德府确实不适合做临时指挥所，当即带队朝十字桥走去。祥海望着远去的解放军，反应不过来，懵里懵懂仍旧回到廊下坐下。

午后的天空，乌云压顶，天气十分闷热。祥海在太师椅上昏昏欲睡。弄草儿仍在田间劳作，要趁雨没下，将田地平整完，埋下塌肥，待大雨一来，肥料就会渗入田里，来年土地肥沃。突然，远处传来一声巨响，大地为之震动，接着又有一阵凌乱散物重重砸地的声响。弄草儿被这一声巨响震得趴在地里，惊觉是炸弹爆炸，连忙扔了手中钉耙，急急跨过田埂，绕过荷塘直奔厚德府而来。

祥海被突如其来的巨响震得晕乎乎的，呆坐在椅子上不知所措。

弄草儿三步并作两步跳上门前台阶，冲进院子，一把将祥海从摇椅上拉起。祥海手中的烟杆掉落在地，搁凳上的茶杯也打碎了，弄草儿全然不顾，奋力将他推出门外，两人同时跌落台阶。幸好台阶不甚高，又有弄草儿肉身垫底，祥海并未受伤。弄草儿虽说是小脚女子，但力气大得惊人，立刻起身又将祥海扯出一丈开外。说时迟那时快，又有一发炮弹飞来，只听到“轰隆隆”一声巨响，修葺一新的厚德府瞬间尘烟遮天。弄草儿顾不得许多，硝烟中扯起祥海连滚带爬跳进荷塘。就在这时，又有一颗炮弹呼啸着飞来，在厚德府内爆炸，硝烟从院门内席卷而出，扑向荷塘。祥海藏身在荷叶下，只露出两只鼻孔，望见浓烟混合着尘土和水珠迎面扑来，未及下沉已呛进一口漂浮着绿萍的塘水，连忙闭眼沉入水中。忽地又一声巨响，这一次炮弹落在三丈开外。祥海顶起荷叶露出水面换一口气，惊见厚德府已轰然倒塌，刚才摆放太师椅的廊下已被瓦砾掩埋。再抬眼望向远处，阿毛家的两间茅草屋也已夷为平地。

待枪炮声渐渐平息，两人才从荷塘里爬出来。弄草儿拉着失魂落魄的祥海，跑过十字桥，朝自家大院跑去，却见自己家里有军人进进出出，正立停了不知所措时，祥海拉起她钻进屋后一片旱稻地。

这是一片长势喜人的陆稻，稻杆子长到一人多高，两人一钻进去，立刻就被金色的稻秆所淹没。祥海在前面开路，来到稻田深处，环顾四周，抬头望了望天空，突然停下来不走了。只见他双手推倒一片稻秆，踩在脚下，踩结实了，又抓过一把，连续踩了几次，踩出一小块空地。这才满头大汗坐在卧倒的稻秆上，脱下湿衣服铺在地上拍了拍，赤条条躺了，看着同样是湿淋淋的弄草儿说：“这真是个好地方！你看，天作被地作床，彩云拿来作衣裳，在这里晒晒太阳多好啊！你也脱了吧！”

炮火连天，祥海全然不顾自己的家院被炸成废墟，天上正飞着炸弹，却像孩子一般脱光了晒太阳。弄草儿心想天底下真有这么不怕羞的人，叫人眼睛往哪儿搁？顿时羞得面红耳赤，别过头去说："当心别受凉了！"

祥海却哈哈笑道："稻草吸收了太阳的精华，不冷，暖和着呢！"不由分说，将弄草儿拉到怀里，剥了她身上所有衣物，一件件甩到稻穗上。阳光从稻秆堆的豁口强烈地射下来，弄草儿的裸体如粉妆玉琢一般在阳光下熠熠生辉。祥海将她抱在怀里遍体抚摸，弄草儿不知所措地蜷曲起身体将双手交叉护在胸前，语无伦次地说道："老爷……又打仗了……"

"打吧！把一切都打得落花流水才好，落得个白茫茫大地真干净。"一边说，一边拿开她的手，毫无顾忌地细细端详。她两个高隆的乳房在阳光下是如此生机勃勃，随着她的呼吸起伏而波动。再往下看去，那柔软而微微隆起的腹部，似乎随时可以孕育无限的生命。

"别怕，这里很安全，不会有炮弹飞来！"祥海轻轻安抚着弄草儿，弄草儿紧张地环抱他的头颈。祥海托起她富有弹性的臀部，轻轻抱起，随后平放在稻地上。弄草儿双手依旧没有放开，就这样在祥海的身下躺下了。

"老爷，现在要是来一个人，比炸弹更让人害怕……"弄草儿战战兢兢地小声说道。

祥海笑道："你听炮声轰隆隆响，正在打仗，哪里会有人过来！"

"不行，老爷……不能在这里……我们回家吧……"

"家？没有家了……"祥海说道，"这里天作屋顶地作床，就是我们的家，多好！”弄草儿紧张地环顾四周，只见稻秆相互偎依，春风悄然穿过密布的稻秆丝丝缕缕地吹进来，像一把刷子轻抚着她的周身，让她羞不可当。她知道祥海接下来要做什么，她的眼睛不敢朝他看，战战兢兢仰望天空。天空中，硝烟已经散去，热辣辣的阳光直射下来，覆盖在她冰冷的身上，却强烈地向她传递了一种狂野的热情。他和她紧紧相拥，彼此的每一根汗毛都伸出敏感的触手去舔舐彼此的身体。弄草儿既害羞，又兴奋，浑身都沁出了细细的汗珠。刚才她不顾一切地将他拽进荷塘湿了身，已在太阳底下晒干，现在又变得湿漉漉滑腻腻的了。祥海在她的眼睛、鼻子、嘴唇、脖子、肩膀上亲吻，满载人世间所有的快乐情绪迅速滑进她的身体，两人紧紧地结合在一起，没有一丝缝隙。阵阵眩晕袭来，像一团白雾，将她轻轻托起，飘浮在空中，沉浸在一种从未有过的、因惴惴不安带来的无与伦比的欣快的感觉之中。突然天空中传来一种机械的嗡嗡声和尖锐的呼啸声，她顿时清醒过来，从祥海的肩膀上方，看见天空中一架飞机飞过，丢下一连串黑黝黝的炸弹。

她来不及推开他，炸弹就在四处炸响了，大地都为之震动了。一瞬间，天空浓烟滚滚，暗如黑夜。这本是个花开烂漫，蜜蜂忙于传递花粉的季节，现在却被战火笼罩，陷于死一般的黑暗陷阱之中。

祥海起身一看，稻地四周在燃烧，发出“噼里啪啦”的爆裂声。天空由黑暗变得通红，火借风势很快就汹涌起来，伸出金黄色的火舌朝他们藏身的地方卷来。他们来不及去取稻穗上的衣服，立刻向外奔突，但大火很快将他们逼了回来，将他们团团围困。

眼看难以逃命，即将被大火吞噬之际，两个解放军战士发现屋后稻田起火，稻田里似有人惊呼，连忙用砍刀斩出一条生路，将他们解救出来，给他们裹上衣物，一问才知是临时指挥所房屋的主人。小山东以为两人因房屋被辟作指挥所而无家可归才躲进稻田避难，连忙表示歉意，向两人申明纪律，是临时征用，不会久驻，他们可以回家。原来，小山东带队临时更换驻地，过了十字桥见朱家大院房屋坚固，位置隐蔽，便临时将指挥所设在了朱家大院。正是此举，指挥所逃过了蒋军炮弹的突然袭击。

祥海和弄草儿去自己房里拿衣服换了，谢过解放军。厚德府回不去了，朱家大院有解放军，住着不方便，就跑去沈府找福生。沈老板说福生在花衣街未回，他正要去花衣街。他已给福生买好了去香港的船票，要他去香港避难。祥海困惑地问沈老板，国民党完了，共产党就要来了，共产党向来支持民族资本的发展，为何要福生去香港？沈老板说，共产党靠造反起家，造的是资产阶级的反，将来不知会怎么样，劝祥海也先到香港避一避再说。然后留祥海和弄草儿吃过晚饭，带着儿媳妇张姑娘亲自开车前往上海。此时下起了大雨，马路虽然筑有堡垒、堆着路障，但除了远方偶尔有几声枪响外，一切都是静悄悄的，他们进城未受到任何阻挠。倒是弄草儿不得安耽，下车吐了几次，她身旁的张姑娘以为她惊吓过度，将她搂在怀里不断安慰。半夜时分，沈老板将祥海夫妇送到“一街两坊”，又开车载着儿媳妇匆匆往花衣街去。

车行驶在黄埔滩上。黄浦江上，轮船的汽笛声混乱地响着，摇橹木船帆船舢板船沙船齐头并进，和兵舰货船争航道，靠岸的、离码头的挤在一起，比往常任何时候都要嘈杂。兵舰在忙着装货，货船却在运兵，都争着要靠岸。肩挑扁担拖家带口避难的、迁居的争着要离开码头。沈老板的车拐进花衣街，街上的棉花交售市场和棉布商店统统关了门，显得十分冷清。

傍晚时分，福生正在盘点财物，准备遵照父亲的嘱咐，离开上海。突然，从八仙桥那边传来一阵枪声。福生连忙叫雇工把睡觉的弹簧床垫搬来，靠墙堵在窗户上。窗户刚刚堵上，大门就被“乒乒啪啪”地敲响。福生开门一看，门外是几个国民党溃兵，个个灰头土脸神情疲惫。福生连忙招呼道：“老总，屋里请。”溃兵并不进屋，说道：“兄弟，我们不进屋，有衣服给一套穿吧！”福生看出他们是想做逃兵，也不作声，到自己房里找出三四件长衫、短褂、几双布鞋，丢给溃兵。溃兵就在门口脱下军装换上便服，将随身携带的枪支弹药都扔进门外的井里，正准备离开，福生道：“老总，你们不打仗了？”

一位年长的士兵说：“兵舰开走了，把我们丢下不管了。唉！真是兵败如山倒，老蒋完了，我们不想再做炮灰了。”福生看到这些以前神气活现的国民党士兵，如今成了丧家犬仓皇奔豕，竟生恻隐之心，问他们道：“仗已经打到城里，全国都要解放了，你们要往哪里跑？”

一个士兵说“回山东老家种地”，一个说“回四川做生意”，还有的说本来就是少林寺和尚，回去仍旧做和尚。福生说：“上海已被解放军包围，四面八方都有解放军，就算你们穿了平民服装，也未必能出城。这种光景下老百姓哪有出城的！一看就知道你们是逃兵，抓着了也是有罪，倒不如弃暗投明投奔解放军还可以立功。你们都是当兵的，又不是当官的，解放军一定不会为难你们。投奔了解放军，要回老家说不定还给路费呢！倘若你们这样逃回家乡藏起来，被解放军查到麻烦就大了，势必还要连累家人。”

几个逃兵一听在理，但是都不信有回家给路费这样的好事。福生就把自己所了解的解放军优待俘虏的政策说给他们听，几个逃兵听了马上改变主意，要福生帮忙带他们去找解放军。福生说：“如果你们真的想明白了要投奔解放军，就在我家住一晚，明天一早我把你们领去找解放军。在天亮之前你们还可以改变主意。”这几个逃兵就在福生家坐等天亮。

“咚咚咚……”凌晨时又有人敲门。福生赶快开门，一看是父亲和妻子，心头一块石头落地，说道：“你们终于来了！”

沈老板进屋，见四个颓废潦倒的汉子席地而坐，吃了一惊。福生便将实情告知。沈老板听了稍稍放了心，说道：“你没空管闲事了！船票已经给你买好，媳妇也给你带来了，明天一早就要开船。你赶快打点行装。你先去，我和家里人随后再来跟你会合。”

福生将父亲拉到一边道：“他们怎么办？”

“这件事交给我。”沈老板说，“我知道解放军在哪里。”

天一亮，福生来不及和祥海他们辞别，就被沈老板催促着出门了。

祥海带着疑惑回到“一街两坊”。拂晓前的“一街两坊”静得出奇，天空中探照灯划来划去，街上却未见一个士兵。祥海和弄草儿悄悄溜进小洋房，小洋房比平日里更加静谧。他们轻手轻脚地来到自己房里。弄草儿一夜未睡，此时精疲力尽，一沾床便彻底放松，马上沉睡过去。祥海却睡不着，琢磨着沈老板的话，心想自己不但属于资本家，父辈投资兵工厂而发家，应该还是官僚资本家，是不是也应该去香港避一避。可是刚刚办起的厂子怎么办，“一街两坊”怎么办，丢下这些不管，那就等于破产。并且厂子地下还埋着祖传生计银，不可能带走，如此丢下祖传生计银奔走他乡,对不起列祖列宗,此生再难以安生。祥海翻来覆去睡不着,索性起来趴在百叶窗前观察街上动静。这个时候，弄草儿一个翻身,没有摸到身边的祥海,睁开眼来,见祥海呆呆地望着窗外出神,便拿一件外衣悄悄来到他身后。祥海凝神静思之间，竟没有察觉。弄草儿拿衣服给他轻轻披上说：“老爷，小心着凉。”

祥海猛一回头，见是弄草儿，拍了拍她手背说：“我睡不着。”

“老爷，你在担心什么？”

“我在想沈老板的话，你说他说得对不对？”

“我说不出道道来，不过他决心放弃那么大的家业离开上海，我想有他的道理。”

“我也是这么想的，可我下不了决心。”

“你没见共产党解放军是那么和蔼近人吗？还救了我俩一命。你给共产党做过事，又没做过什么坏事，还有你大哥也是共产党，你有什么可以担心的？”

祥海这才将李家生计银的事告诉弄草儿,弄草儿听罢问道:“如今李家的生计银在哪里？”祥海道：“厂房底下埋着。”弄草儿说道：“那你没有可能离开上海的。既留之则安之，塞翁失马，焉知非福？”祥海道：“是呀！报纸上说，共产党共产共妻，我是不信的。”过了一会儿又说：“草儿，你说我这一生是不是很失败？房子造起来就打仗，厂子办起来又打仗，拿祖上的钱一败再败，广福的家曾经令父亲那么引以为傲，如今在我手上坍了，想想真是惭愧，无颜以对列祖列宗。”

弄草儿安慰他道：“战争让大多数人失去家园，不单单你一个。老爷几经失败又东山再起，我觉得已经做得很好了。三十年河东，三十年河西，共产党来了，老爷从此发达起来也是有可能的。”祥海听了，心里稍觉宽慰。

这时，雨停了，街上虽寂静无人，但家家都有灯火。弄草儿搬过长凳，和祥海并排坐在窗前说话。

“老爷，我有身孕了。”

“啊，真的？你有身孕了？怪不得小肚子凸起了。”

“是啊，已三个多月没来月事了，此前没有告诉你，是想给你一个惊喜。”

“惊喜！太惊喜了！”祥海说，“那我更不能走了，将来孩子出生就叫沪生。打完仗，辰龙兄弟也该回来了，一家人团聚，说不定李家从此兴旺发达起来！”

此时，窗外的天空浮起一片鱼肚白，大地渐渐苏醒。天空像是一块巨大的透着光亮的幕布般罩在那穹顶之上，幕布上映着山川河流、亭台楼阁，有光有影，楼台之下是一片浩瀚的海洋，水势连天。祥海赞叹一声，喃喃自语：“这等奇景，当真是百年难得一见，这是祥瑞之兆。”

弄草儿见他梦呓一般，不禁推了推他问：“你在说什么？”

祥海奇怪地问弄草儿：“难道你没看见？”

“看见什么？”

“前面，蜃楼美景。”

“没有，我没看见。”

祥海觉得奇怪，同坐一条板凳，看同一扇窗外，他看到的景象弄草儿却看不到，难道身处两个世界？再看时，哪里还有什么蜃楼美景，连已经透亮的天空也变得暗淡，黑洞洞的一片了。祥海连连摇头，刚才他看得明明白白，天际处琼台玉阁，宛如仙境，让人想要步尘乘天而去，现在却什么都没了，连穹顶上的白雾也散去了。知道是自己的幻觉，便不再说什么，只说天亮以后要去街上看看。正这样想着时，瞥见街上出现一个人影，像是赵大。自从祥庆坊围墙后的树木被日本鬼子砍去后，在小洋房顶楼可以将“一街两坊”一览无遗。他生怕又是自己的幻觉，揉了揉眼睛再看，分明就是赵大。他嘱咐弄草儿好好歇息，便走下楼去。

原来，赵大一早醒来，见街上比往日更是寂静，按捺不住想要看看仗打得怎么样了，悄悄摸出门，刚走过祥庆坊，就迎面撞上祥海。赵大一把拖住他问道：“你什么时候回来的？”

祥海答道：“昨夜刚回来。”

赵大说：“我正要找你，好像仗已经打完了，我想出去看看。”

祥海说：“我也正要出门去看看呢。”两人说着话便来到华德路，朝义王庙走去。路过摩西会堂，摩西会堂跟平常一样敲着晨钟，对面的工部局监狱大门紧闭。赵大拉过祥海说，前阵子监狱围墙里在枪毙囚犯，监狱外囚车排起长队，一卡车一卡车的人被送进去，一口一口的白皮棺材抬出来运走。

“啊……”祥海惊叹一声，“那里关的都是不同政见者，又不是杀人放火的强盗，都杀了？”

“是啊，一天杀了五百多个。”

祥海摇了摇头，胆战心惊地走过监狱，向西走去。天潼路、峨嵋路、西安路，一条条马路走过去，路上静悄悄的，商家都还没有开门，只有菜农依旧早起将自家地里种的菜挑了拿到街上来卖。

雾蒙蒙的天空又飘起毛毛细雨，高楼大厦都披上了一件灰蒙蒙的外衣。他们走过四川路桥来到大马路，惊讶地发现，马路两旁全是熟睡的解放军士兵，他们和衣躺在冰冷潮湿的水泥地上，手里抱着武器。祥海和赵大沿着大马路一路走过去，路的两旁都是这样侧身而躺的士兵，从四川路一直躺到西藏路。此时，苏州河北传来枪声，两人停下脚步，不敢再朝前走，迅速打道回府。

回到"一街两坊"，食堂的门板刚刚卸下两块。老蔡从屋里出来，将一壶隔夜茶倾在阴沟里，见祥海突然冒出来，刚要开口问话，就被赵大一把拖进食堂："沏茶，沏茶！"老蔡沏了两壶茶端给祥海和赵大，问祥海："兄弟何时归来？"

祥海道："昨夜。老哥，你知道城里在打仗吗？"

老蔡道："我知道，现在时局不太平，街上比往日少了许多人，来食堂吃饭的人也少了。这不，凉茶也在家照看孩子，不用来食堂。兄弟昨夜回来，今日早起，什么事急成这样？"

祥海道："变天了！我是一夜没睡……刚刚和阿大到大马路兜了一圈回来，太出乎人意料了！"

"兄弟见着什么了？"

"解放军进城了！"

"不会吧？大炮都未开过就进城了？'刮民党'跑了？"

"跑了！"

"解放军啥模样？"

"黄色军装黄色军帽，在大马路上躺着。"

“啊！”老蔡吃惊地问：“解放军都死……啦……？”

祥海止住老蔡说：“乱话三千！解放军肯定是为了不扰民，才怀抱枪支睡在路边人行道上，看样子是昨天夜里进城的。上海不声不响，已经换了人马。”

赵大说：“从新雅饭店一直到先施公司，足足有几千人！”

祥海道：“你想想，这样的场景有多壮观？像是一大片黄澄澄的麦穗地。”

“真有这样的事？解放军露宿街头？”老蔡吃惊地问。

“没错！天空下着细雨，地面很潮湿。老哥，你可有见过这样的军队？”

“几十年未曾有过！”老蔡说。

“何止几十年，千百年来未曾有过！”祥海说。

这时候，天又下起了雨，不一会儿大雨如注，雨点“噼里啪啦”地打在食堂的屋檐上，远处又响起零零落落的枪声。祥海越说越兴奋，一拳击砸在茶桌上。

“改朝换代了！这样的军队古往今来从未有过！”又对老蔡说：“你刚才说‘刮民党’，不错！只知搜刮民脂民膏的蒋家王朝完蛋了！”

赵大和祥海共事几十年，从没见过祥海如此激动过。

“天终究亮了！”祥海说。

他们不知道，此时苏州河北岸还有战事。

天亮前，苏州河以南的市区全部解放，而北岸仍在国军手中，他们盘踞在那座曾经抵抗日本鬼子四昼夜而出了名的银行仓库里负隅顽抗，但这次他们的枪口指错方向，对准了自己的同胞。尚在天黑之前，一队戴有红袖章的解放军先头部队，急行军来到垃圾桥南岸，隐蔽在沿河的民房里寻找战机。房东说："那座仓库在建造的时候，用了世界上最坚固的水泥，可称固若堡垒。日本人攻打了四天四夜都没能打下来，你们还是到别的地方去打吧！"

负责攻坚的解放军先头部队，便是由刚刚全歼娄水河敌军一个炮兵团而升任营指导员的小山东率领的攻坚队。听了房东的话，小山东一个分神，脚下被绊了个趔趄，低头一看，他的脚踩在一个翘起的盖子上。他用脚顿了顿盖子，底下是空的。他从来没见过这玩意儿，便问房东："这是什么盖子？难不成南方也有地窖？"房东告诉他："这不是地窖，是窨井，是排雨水和污水用的下水道。"

"排水？水排到哪里？"

"就是排到前面的苏州河里。"

小山东听了，一拍大腿，立刻有了主意。他召来手下谋划，要从这下水道钻到河边，趁现在河面漆黑，泅过河去，里应外合打敌人一个措手不及。手下说："你这个主意太大胆了！"小山东大手一挥说："就这么定了！"说罢掀开窨井盖，带领两名会游水的战士跳下窨井。窨井里没水，一片漆黑，三人弓起腰，掩鼻爬行。不一会儿，一道亮光就出现在他们眼前。北岸仓库顶楼的探照灯扫过来，照亮了河面。小山东摸到洞口一看，洞口下面就是苏州河，顿时大喜，立刻悄悄跳入苏州河中，另外两名战士紧随着跳下。三人像三只野鸭子，悄无声息凫水前行。国军的探照灯在波动的河面上划来划去，却没发现河里有人。三人"噌噌"地就过了河，干掉麻痹大意的敌人哨兵，悄悄摸进敌人指挥所。

半夜时分，解放军大部队开到南岸，准备采用坦克开路战士跟进的办法从桥上展开强攻。这时发现桥头的敌人正在后撤，团长一声令下，解放军立刻冲过垃圾桥，直插银行仓库。敌人纷纷缴械，列队走出仓库大楼。团长惊讶地发现，举着手枪押解一千多名俘虏的仅仅只有小山东和两名战士。至此，南岸战于无声，上海之战落下帷幕。

· 第十篇 ·

尾声

天亮了，祥海和赵大再次来到市区看情况。原先躺满解放军的马路两边，现在坐着一长溜缴了械的国军士兵，两边房屋的外墙上贴满了彩色标语纸。

“看……”赵大指着新安百货公司楼顶说，“上面升起了红旗。”

祥海看见新安公司塔楼上升起一面红旗，转而望向先施、新新、大新公司，都升了红旗。再看周边，人们纷纷走出家门，在家门口插上红旗，一瞬间大街上成了红色的海洋。电车也插了小红旗，恢复行驶，车站上，候车的市民安静地排成长队。商店重新开门，报童挥舞手中报纸奔走呼喊：“号外，号外！上海解放了！”祥海买了一份，靠着街边电线杆，把新闻念给赵大和老蔡听：“今天凌晨，中国人民解放军第三野战军攻入上海市区，攻占国民党军最后的堡垒——苏州河北银行仓库，虹口警察局随即挂出白旗，至此全上海解放。”赵大听了祥海的读报不过瘾，要抢过来自己看，祥海分了一份给他，赵大情不自禁也将报纸大声读了出来：“上海解放以后，上海的共产党员、工人和革命知识分子的首要任务，就是团结一致，与进步的产业界和一切爱国民主人士通力合作，克服困难，恢复生产，恢复城乡联系和内外贸易，并与反动势力的残余作继续斗争去争取胜利。我们相信，有长久革命传统和高度政治觉悟的上海人民，在全国人民的援助之下，一定能完成这个光荣的任务。”

“你看，共产党把恢复生产列为战后的首要任务，你的担心是多余的。”赵大对祥海说。

“是这么说的吗？”祥海抢过报纸去，赵大指着报纸说：“这份贺电是这么说的。”这是中共中央委员会给上海市民的贺电，祥海从头到尾仔仔细细看一遍，生怕漏了一个字。看完以后说：“太好了！走！我们去‘大中国’，好好庆贺一下！”

两人转身往回走。路过公证处，见公证处外站着几名解放军战士，其中一个不是别人，正是老杜。赵大连忙上前招呼：“哎呀，老杜，你也打回来啦！”老杜见到赵大，十分高兴，使劲和他握了握手说：“听说你被日本鬼子抓去坐了牢，我以为你牺牲了，原来你还活着，真是太好了！”

赵大说：“我那些事不足挂齿！听说你们在横沙岛和日本鬼子干了一仗，打得鬼子从此不敢上岛？”

“这不还要感谢你们给搞来了子弹，我们有了机关枪，鬼子才不敢上岛嘛！”

赵大想起老蔡的事来，把老杜拉到一边问：“老杜，老蔡的事你听说了没有？”

老杜说：“当然听说了。”

赵大说：“老蔡加入维持会是为了盗取军火，这事你知道。在盗取鬼子军火一事上，老蔡还有功。他儿子虽已与家庭决裂，但有个汉奸父亲恐怕会影响前程。此事只有你能帮老蔡说两句好话。”

老杜立已做了公安局局长，今天来接收民政处，他神情严肃地说道：“赵大，你怎么这么糊涂！老蔡虽然有功，但是改变不了他出卖同志、害死多条人命、还害多名革命志士坐牢的事实。这是原则问题，大是大非问题，是不可原谅的，不能凭个人好恶判定事实！”赵大猛然惊醒，老杜不可能帮老蔡，谁也帮不了老蔡了，只好作罢。转而问老杜：“你们怎么不进去？”老杜说：“里面有新人在结婚，等他们仪式结束再进去。”

这时，里面的仪式散了，走出一对新人，老杜和赵大握手道别：“有事可以到军管会来找我。”说完，带领解放军战士走进公证处。花白胡子的老者收起长桌上的文书交给老杜道：“这是我最后一次为民众做公证，现在我把它移交给你们，我的使命完成了。”老杜说：“不，你留下，依旧做你的公证员，按既定程序办事。”老者没想到解放军会留用旧政权人员，心中万分感慨，说道：“共产党毛主席宽宏大量，实乃真命天子，黎民百姓之大幸！”说罢，连忙招呼同僚向解放军致敬。

新人走出公证处，在马路边候车。新郎头戴毡帽身穿绸缎长衫，新娘穿一袭大红旗袍，脚踩高跟鞋，手挽新郎臂弯，发髻高高地盘在头顶上，横插一支金蝴蝶。金蝴蝶两翼平张，触须前伸，随着她走路转头，翼须颤动，栩栩如生。祥海的目光始终被这只金蝴蝶吸引，见新娘的背影眼熟，却一时想不起是谁。心中疑惑，待要上前仔细打量时，新娘已被新郎搀扶进小汽车，小汽车一溜烟开走了。赵大见祥海望着远去的小汽车出神，就敲了敲他肩膀说：“看什么呢！”祥海才回过神来，不再想那人是谁，和赵大来到“大中国”。

两人来到饭店，祥海径直走进大厨间，找到赵先生，要赵先生打电话给陈太太，要弄草儿把阿毛、吴妈和老蔡夫妇、秦先生、张大姐，都请到“大中国”来吃饭。赵先生拨通小洋房的电话，让祥海自己跟陈太太说话。祥海未及开口，电话里就传来陈太太焦急的声音：“你媳妇不见了你，去找赵大，赵大也不在，她十分着急。回家来说，你昨天一夜没睡，有点神志不清，怕会出什么事。”祥海在电话里对陈太太说：“我清醒得很，从来没有这么清醒过。”他要陈太太让弄草儿接电话。弄草儿接了电话，祥海说：“别担心，我好得很！快快去将阿毛夫妇、隔壁邻居都叫来‘大中国’，你也来。把老蔡夫妇和小蔡也请来，就说我说的，团团圆圆庆解放。”祥海听老蔡说，他儿子小蔡也回来了，要让他们父子重归于好。

弄草儿见祥海没事，就放下心来，遵照嘱咐，和陈太太叫了阿毛夫妇，又来请老蔡。自从红莲女嫁到友邦里，老蔡从来不踏进友邦里一步，此时怕见小蔡，推说腿脚不便，不去友邦里。又极想见儿子一面，便请弄草儿走一趟。阿毛娘子是极不要看小蔡的，当即说：“小蔡现今做了共产党的官，怕是请不来。我可不想热面孔去贴冷屁股。”说着拉起阿毛和老蔡自顾自去了“大中国”。弄草儿只好硬着头皮，和陈太太一起去友邦里找小蔡。小蔡痛恨自己有一个妓女母亲和一个汉奸父亲，还有一个被枪毙的黑帮干爹，早已与家庭决裂。这次回家，带着解放军来清算继父金少爷的遗产，把红莲女气得要上吊寻死。后来宋巧儿要回金家房产时，红莲女死活不肯让出房子。小蔡正告母亲，新社会了，若还想骑在人民头上作威作福，不好好接受改造，是要拉去坐牢的。红莲女只好灰溜溜地搬进亭子间。为了与腐朽的家庭彻底划清界限，他不跟母亲同住，却住到楼上，和宋巧儿的女儿一个住前楼，一个住后楼。红莲女哀大莫如心死，一个夜晚，悄悄爬上高郎桥投河自尽。此时，弄草儿到友邦里找到小蔡，把来意一说，想不到小蔡竟二话不说就跟来了。

一众人来到“大中国”门口，唯独凉茶因为要带孩子没有来，大家都拥在一起欢呼解放，有说不尽的辛酸话，念不完的苦难经。祥海见到小蔡，高兴地上前和他握手，把他拉到老蔡面前。父子俩一个住在祥安坊，一个住在友邦里，只隔一条马路，虽近在咫尺，却久未见面。老蔡见到儿子，激动得说不出话来，显得有些迟钝有些木讷，迟疑地伸出手去，想和儿子握个手。谁知小蔡却将他一把挡开说：“今天我来此地，不是来和你吃饭的，是来和你决裂的。我没脸和你坐在一张桌子上吃饭，也没你这个父亲，你好自为之吧！”说罢转身欲走。祥海蒙了，连忙上前劝阻道：“小蔡，不要这么和父亲说话，都过去了，容人之过乃天下大德。况且他是你亲生父亲，血缘关系是改变不了的。”小蔡说：“正因为他是我亲生父亲，我不能原谅他。”说完就走，老蔡伸出去的手缩不回来，僵硬地站在原地呆若木鸡。祥海大声喊小蔡：“小蔡，小蔡，你父亲的事，我们都清楚，你却不清楚。你听我说……”一辆宣传车从饭店门前开过，车上高音喇叭一遍一遍地广播着布告，立刻掩盖了祥海的喊声，小蔡头也不回地走了。

这一年的夏季特别长，真是春华秋实的好年头。印刷厂的业务纷至沓来，祥海用了半世时光，终于等来了这一天，他从搁几上捧下一只木盒，掀开上面盖着的布。木盒里面，一块胶木板上支起一座小风车模样的线圈，这是不需要电力的矿石收音机。每天一早，印刷厂一开工，他就来到碉楼他的办公室听新闻。他打开开关，收音机里立刻传出一个激动人心的声音："中华人民共和国中央人民政府在今天成立了……"收音机里爆发出一阵排山倒海的掌声，祥海不禁心潮澎湃，中国人民历经磨难，从此站了起来，不再受洋人们的奴役，这是多么伟大的功绩！祥海静静听着，所有电台都在广播这个喜讯，他每个电台都听过一遍，沉浸在巨大的喜悦中，竟然没有发现弄草儿挺着大肚子来到客堂，站在他面前。

弄草儿已怀孕八个月。昨天，她让走街串巷的绞脸婆绞过脸，两条眉毛修得长长的，如一弯新月，连颈部细小的汗毛也绞得一丝不剩，颈脖子光滑白嫩。一头乌黑的秀发用刨花水梳得整整齐齐，额头上垂着一排刘海，更兼眉目如画。脚上穿了一双尖尖的黑色布鞋，鞋面上绣有一朵红色的牡丹花。她见祥海聚精会神地听着广播，就轻轻叫了一声："老爷，我还有两个月就要生了！"

听到弄草儿开口说话，祥海才发现身边的弄草儿面目一新。

"不要叫我老爷！"祥海拍了拍收音机："新社会人民当家作主，不兴再叫老爷了！你也不是我的仆人，而是我的救命恩人，我的爱人！"

"不！我愿意做你的仆人！我改不了口，喜欢这么叫！"弄草儿对祥海始终主仆相称，在她的心里，老爷的称呼还有另外一层深意，她觉得这才是表达她内心爱意最恰当的称呼。她移步到祥海面前："老爷，你才是我的恩人，是你将我从苦难的深渊里救赎出来。没有你，我一个寡妇早就生存不下去了，你是我的大恩人，我感激不尽。”

而在祥海眼里，弄草儿始终是广福寺山门外走过的那个削肩细腰、像白云一般轻飘的小脚女子。

“别说这些陈年旧事了。”祥海移了移椅子，靠近她说：“时代变了,你得改口。我叫你草儿,像称呼女儿,你叫我老爷,像叫老爹,我们肚子里的孩子叫我什么呢？”

弄草儿羞红了脸，娇嗔道：“老不正经的！孩子过两个月就要出世了，我牵挂广福乡下的房子，厚德府坍塌了不加整治，也会很快长出野草，那就彻底成了废墟。家里的田自打仗以后就荒着，也未来得及施肥涵养。已经荒了一季，不能再荒了。人养地，地养人，锄头底下出黄金。趁现在还能走动，我想回去看看。老爷，等你忙过一段时间，也回去看看吧！”

正说着话，门外凉茶急惊风似地跑来，边跑边哭诉道：“不好了，不好了！”

“怎么回事？”祥海问。

“老蔡吃老鼠药死了！”凉茶见了祥海和弄草儿，上气不接下气说道。

一股冷气刺了祥海太阳穴一下，他急忙问道：“出了什么事？好端端的为什么要寻死？”

说着，急匆匆朝凉茶家奔去。

屋里昏暗无光，床脚直挺挺地躺着一个人，嘴角挂着一串好似螃蟹吐出的泡沫，两眼直瞪瞪地望着向床板。老蔡终于忍受不住灵魂的拷问，追随红莲女去了。

祥海跺了一脚道：“唉！还是挨不过……”

收尸人将老蔡尸体抬出后厢房时，尸体像肉庄里冻肉一般硬挺挺滑到地上，骇得旁观的人纷纷怪叫着逃开，收尸车走了许久都不敢回家。

– 全书完 –

二〇二零年四月一稿

二〇二二年五月二稿

二〇二二年六月三稿

二〇二二年九月四稿

二〇二三年一月五稿

二〇二三年二月六稿

二〇二三年三月七稿

二〇二三年四月八稿

二〇二三年七月定稿

◎后　记

《生存之路》这部小说经过四年的艰苦创作，终于完成了。在为这部作品画上最后一个句号之际，我感到书中的人物仿佛都活了过来，他们朝我走来，向我诉说他们的悲苦与幸福。我心中萌生出一种强烈的冲动，想要创作一部姊妹篇，继续书写他们的故事。这部姊妹篇暂且命名为《荆棘之恋》。

《荆棘之恋》的故事将由《生存之路》中石凉茶寻找失散女儿的情节作为起点，逐步展现她充满磨难与困苦的一生。此外，本作将紧密围绕《生存之路》的核心线索——李家的第二代人物李瑞申和李家奇父子，继续铺写他们在那个特殊年代如何继续探索“生存之路”，以及怀春少年李家奇爱上亭子间少妇的禁忌之恋。和他的父辈一样，李家奇生长在石库门里，自从亭子间来了一位名叫金子的漂亮少妇以后，少年家奇的生活开始起波澜，他的成长之路便到处刻下了这位少妇的名字。他的父母忙于生活，无人教导，姐姐们无奈离乡，他所遇到的，皆用自己的方式去面对。一场不伦之恋发生了，看似身不由己却由看不见的命运紧紧掌握。我试图用他们的爱情故事向读者阐述，爱情到底应该是什么模样的。

《荆棘之恋》依旧是一部散发着“沪式风情”的市井小说，独树一帜。《生存之路》描写的是李家在二十世纪前五十年的故事，《荆棘之恋》描写的是后五十年发生的事，它们组成了一个颇具代表性的家族在一个百年间为了生存而奋起拼搏、自强不息的长幅画卷。我希望读者能够与我一同期待这部作品的问世，共同领略其中的深刻内涵与感人故事。